다 시 쓰 는

중국풍류문학사

다 시 쓰 는

중국풍류문학사

최병규 지음

한국학술정보

서문

중국풍류문학사를 집필하며

중국문학사의 큰 흐름에는 면면히 이어지는 멋과 정신이 있다. 그것은 ≪시경≫의 "꽥꽥 우는 물수리는 황하의 사주(沙洲)에, 간들간들한 어여쁜 아가씨는 님의 좋은 짝이로세(關關雎鳩, 在河之洲. 窈窕淑女, 君子好逑)."라고 하는 남녀 간의 애틋한 사랑일 수도 있고, 이태백의 <장진주(將進酒)>에서 느껴지는 "하늘이 나를 태어나게 한 것은 반드시 그 쓰임이 있을진대, 내 천금을 다 써버린다 해도 그 돈은 다시 돌아올 것이리라(天生我材必有用, 千金散盡還復來)."라는 호쾌한 정일 수도 있으며, 또 여류사인 이청조(李淸照)의 <성성만(聲聲慢)>에서 말하는 "오동잎에 가는 비 내리니, 황혼녘까지 떨어지는 빗방울 소리(梧桐更兼細雨, 到黃昏點點滴滴)."와 같은 처량하고 아련한 우수일 수도 있다. 2천 년 중국고전문학의 세계에 흐르는 이런 멋과 정신을 필자는 중국문학의 풍류정신이라고 칭하고 싶다.

중국문인들은 예로부터 대장부가 나라를 위해 '중류지주(中流砥柱)'를 맡아 큰일을 하지 못하면 차라리 '명사풍류(名士風流)'를 즐기는 것만 못하다는 말을 종종 하였다. 또 중국에서는 세상이 어지러울 때면 언제나 많은 지식인들이 난세에서 스스로의 생명을 보존하기 위해 제후나 실권자들에게 벼슬을 구하지 않고, 자신만의 세계를 추구하며 은거에 들어갔으니, 이른바 "난세에서 오직 생명만을 보전하며, 제후들에게 벼슬을 구하지 않는다(苟全性命於亂世, 不求聞達於諸侯)."란 말이 바로 그것이다. 자신의 생명을 보전하여 천수를 누리는 것은 인간의 가장 기본적인 요구이자 본능이다. 중국문학의 풍류정신도 아마 이러한 이념에 그 바탕을 두고 있으리라. 위진남북조의 난세를 맞아 죽림칠현(竹林七賢) 등과 같은 수많은 명사(名士)들이 그 어지러운 세상을 피해 도가적 삶을 표방하여 명교를 버리고 자연을 숭상하며 죽림에서 자유롭고 한가로이 생활하였으니, 중국문학의 풍류정신은 이로써 그 개화기(開花期)를 맞게 되었던 셈이다. 따라서 중국고전문학의 세계는 수많은 풍류재자들의 꿈과 열정으로 이뤄진 것이며, 중국문학사는 바로 이들의 발자취의 역사라고 할 수 있다. 선진시대부터 청대까지 수많은 풍류재자들이 등장하지 않았다면 중국고전문학의 세계는 정말 무미건조한 사대부 문인들의 족적에 대한 기록에 불과했을 것이다.

사실 중국전통문화의 근원에는 풍류정신이 내재되어 있기도 하다. 공자는 ≪논어≫ <述而>에서 말하길, "거친 밥을 먹고 물만 마시며 팔을 구부려 베개를 삼아도 즐거움은 또한 그 가운데 있다(飯蔬食飮水, 曲肱而枕之, 樂亦在其中矣)."라고 했고, 또 <學而>에서 "배우고 때로 익히면 또한 즐겁지 아니한가? 친구가 있어 먼 곳에서부터 온다면 또한 기쁘지 아니한가(學而時習之, 不亦悅乎? 有朋自遠方來, 不亦樂乎)."라고 했으며, 또 <雍也>에서 "지혜가 있는 사람은 물을 좋아하고 어진 사람은 산을 좋아한다. 또 지혜로운 자는 동적인 반면에 어진 자는 정적이며, 지자(知者)가 항시 즐거운 인생을 산다면 인자(仁者)는 장수한다(知者樂水, 仁者樂山, 知者動, 仁者靜, 知者樂, 仁者壽)."라고도 했으니, 그는 사실 우리가 생각하는 엄숙하고 딱딱한 성현이 아니라 실로 인생을 즐겁게 살며 또 재미도 있는 위인이었다. 그러기에 그 자신도 <述而>에서 말하길 "그 사람됨은 배움을 얻지 못하면 발분하여 식사도 잊어버리고, 그 배움을 얻게 되면 즐거워하며 근심을 잊어 늙음이 오는 것도 알지 못한다(其爲人也, 發憤忘食, 樂以忘憂, 不知老之將至)."라고 자평했던 것인데, 그는 항시 즐거운 마음으로 생활하며 풍류를 아는 사람이었다. 그리고 그가 <述而>에서 말한 "도에 뜻을 두고, 덕에 의지하며, 인을 따르고, 예에서 노닌다(志於道, 據於德, 依於仁, 遊於藝)."라는 말에서 "유어예(遊於藝)"는 바로 그의 문학·예술에서의 풍류정신을 말해주고 있다. 유가의 대표적 성인인 공자가 이 정도였으니 도가의 인물들은 더 말할 나위가 없다. 장자(莊子)는 스스로 즐거운 삶을 영위했을 뿐 아니라 물고기의 즐거움까지도 아는, 풍류달관의 인생을 누린 사람이었다. 이와 같이 중국 문학의 양대 사상적 근원에서 우리는 풍류정신을 쉽게 느낄 수가 있다. 그러므로 유가와 도가의 사상적 근원에서 꽃을 피운 중국고전문학의 세계에서 풍류정신은 끊이지 않았다고 하겠다.

그렇다면 풍류는 구체적으로 무엇을 뜻하며, 그 함의는 무엇일까? 그 어느 고전소설에서보다 '풍류'란 말을 많이 사용한 중국고전소설의 정화 ≪홍루몽≫에 나타난 풍류의 함의에 대해 홍학자 주여창(周汝昌)은 ≪紅樓夢辭典≫(廣東人民出版社, 1987)에서 3

가지 함의로 해석하였다. 하나는 사람의 이목을 끄는 유명한 것을 말함이고, 둘째는 재학(才學), 의표(儀表), 풍도(風度)가 있으면서 예법에 얽매이지 않음이고, 셋째는 남녀 간의 연애에 대해 말함이다. 그 가운데 가장 대표적인 함의가 바로 두 번째의 함의일 것이다. 그러나 이런 풍류의 함의가 사람이 아닌 문예 속에서 사용될 때는 문학예술의 표일하고 멋스러운 경지를 일컫는다. 즉 우리의 고전문학 속에서 익히 들어온 "옛사람 풍류를 아는가 모르는가?", "준동이 비었거든 아이에게 아뢰어라. … 꽃나무 가지 꺾어 수놓고 먹으리라." 등의 문장 속에서 말하는 멋스러운 경지가 바로 풍류의 의미라고 할 수 있을 것이다. 이것은 우리가 흔히 얘기하는 '운치(韻致)', '풍류자적(風流自適)', '음풍농월(吟風弄月)' 등의 말로 표현되는, 옛 사람들의 고아한 멋과 낭만적인 정취를 얘기한다.

우리 선인들이 즐겨 사용한 풍류란 용어는 사실 오래전부터 중국에서 시작되었다. 한대에 사용된 풍류의 함의는 주로 풍속교화나 유풍(遺風)[1]의 의미로 사용되었는데, ≪한서(漢書)・형법지(刑法志)≫에서의 "관리는 그 직책을 능히 지키고, 백성들은 즐거이 그 업을 행하고, 창고의 남은 저축은 매년 증가하고, 호수(戶數)의 인구는 나날이 늘어가며, 돈독하고 어진 풍습이 유행하여 각종 금령과 규범들이 점차 관대해지도다(吏安其官, 民樂其業, 蓄積歲增, 戶口寖息, 風流篤厚, 禁罔疏闊…)."[2]에서는 풍류의 의미가 바로 '풍속교화(風俗敎化)'의 개념으로 쓰인 대표적인 예이다. 그 후 풍류의 함의는 점점 법도를 벗어난 소탈한 경지의 사람의 탁월한 인품이나 문학의 현묘한 경지를 지칭하는 말로 주로 사용되게 된다.[3] 이를테면 사공도(司空圖)의 ≪시품(詩品)・함축(含蓄)≫에서의 "한 글자를 적게 사용하였지만 풍류를 모두 얻었다(不著一字, 盡得風流)."는 문학작품의 초일하고 미묘한 경지를 얘기한다. 그리고 그것이 사람에게 사용될 때는 또 다른 의미를 지닌다. 우선 남자에게 사용될 때 그것은 '풍도(風度)'와 유사한 의미로 재기(才氣)와 학문이 뛰어나지만 세속의 예법에 구속되지 않는 걸출한 인물들을 지칭한다. 예를 들면 두보(杜甫) ≪영회고적(詠懷古跡)≫ 시의 "나뭇잎이 흔들리며 떨어지니 송옥(宋玉)의 슬픔을 깊이 헤아릴 수가 있다니, 그 풍류스럽고 유아함은 또한 나의 스승일지다(搖落深知宋玉悲, 風流儒雅亦吾師)."와 소식(蘇軾) ≪염노교(念奴嬌)・적벽회고(赤壁懷古)≫ 사(詞)의 "장강이 동으로 넘실넘실 흘러 그 흉흉한 파도에 예전의 모든 걸출한 영웅들

---

1) 유풍의 함의로 사용된 예로 "≪漢書・趙充國辛慶忌等傳贊≫: "其風聲氣俗自古而然, 今之歌謠慷慨, 風流猶存耳" 를 들 수가 있다.

2) 謝瑞智 注譯, ≪漢書刑法志≫, 臺灣: 地球出版社, 1991년, 46쪽.

3) ≪後漢書・方術傳論≫: "漢, 世之所謂名士者, 其風流可知矣。", ≪魏書・元彧傳≫: "臨淮雖風流可觀, 而無骨鯁之操。" 등이 그 예이다.

모두 씻겨 가버렸네(大江東去, 浪淘盡千古風流人物…)." 속의 풍류는 바로 이러한 의미를 가진다. 소위 '풍류재자(風流才子)'라든지 중국 위진시대 고매하고 광달한 인품을 가진 인물들을 지칭하는 '명사풍류(名士風流)'라는 말들은 모두 이 의미를 가리킨다. 그리고 이것이 부녀자를 지칭할 때는 주로 재기와 학문과는 무관하며, 여인의 자태와 기질에서 발하는 아름답고 멋스런 신태기운(神態氣韻)을 나타낸다. 이른바 '풍류뇨나(風流裊那)'(여인의 아름다운 자태에서 발하는 멋)란 말은 그 대표적인 예이다.

그러나 이런 풍류의 고의(古意)는 현대에 이르러 변질하게 된다. 현재 중국인들이 주로 사용하는 풍류의 의미는 주로 남녀 간의 애정에 관한 의미로 사용되는데, 백화(白話)에서의 '他很風流', '風流韻事', '風流艷遇', '一夜風流' 등의 표현들은 각각 '그 남자는 바람기가 있다', '남녀 간의 애정사건', '미인과의 만남', '하룻밤 여자와의 외도' 등의 의미를 포함하고 있다. 그도 그럴 것이 이 풍류의 어원을 살펴보면 당대(唐代)에 신진 선비들이 놀던 기생이 모여 있던 곳을 "풍류수택(風流藪澤)"이라고 했던 것[4]과 연관이 깊다. 따라서 풍류란 말의 원래의 의미는 이런 뜻을 가진 개념이 결코 아니었지만 남녀 간의 연애에 관한 의미로 많이 변질된 것은 바로 이러한 역사적 배경에서 비롯된 것이다.

그런데 원래는 매우 낭만적이고 고상한 함의를 지닌 풍류가 현대 중국에 와서는 건전하지 못한 다소 부정적인 의미로 변질하게 되는데, 그것은 중국의 청루문화(靑樓文化)[5]의 변화와도 밀접한 관계가 있다. 앞에서 얘기한 대로 풍류의 어원인 "풍류수택"이 바로 기생집을 뜻하는 데서 풍류가 불건전한 의미를 내포하게 되었는데, 사실은 당대에 불러진 청루 즉 기생집은 지금의 그것과는 의미가 다르다. 서양의 기생집이 그리스 로마시대로부터 지금까지 주로 '성욕' 문제를 해결하는 장소였는데 반해 중국의 그것은 다소 차이가 있었다. 고대 중국인에게 있어서의 청루는 사대부 계층의 귀족이나 지식인들이 가정의 속박과 윤리적 부담을 벗어던지고 자신의 부인들이 갖지 못하는 아름다운 모습과 멋진 말솜씨 그리고 뛰어난 재기를 가진 기녀(妓女)들과 교제를 하며,

---

4) 王仁裕의 ≪開元天寶遺事・風流藪澤≫에는 다음과 같은 말이 있다. "장안에는 평강방이란 곳이 있는데, 기녀들이 거주하는 곳이다. 서울의 젊은 유객들이 여기에 모두 모였으며, 또한 매년 새 진사(進士)들이 붉은 종이에 이름을 적어 표지를 가지고 그곳에서 놀았는데, 당시 사람들은 이 교방을 '풍류수택'이라고 불렀다(長安有平康坊, 妓女所居之地. 京都俠少, 萃集於此, 兼每年新進士以紅箋名紙遊謁其中, 時人謂此坊爲 '風流藪澤')."

5) 청루란 용어는 원래 기녀와 전혀 관계없는 어휘였다. 이를테면, 曹植의 <美女篇>에서는 "푸른 누각이 大路에 임해 있고, 높은 대문은 겹겹이 닫혀져 있네(靑樓臨大路, 高門結重關)."라고 하였지만, 唐代에 오면 그것은 점차 기생집으로 많이 지칭되었지만, 또 그렇지 않은 경우도 있었다. 예를 들면, 孟浩然은 <賦得盈盈樓上女>에서 "남편이 오랫동안 떨어져 있으니, 푸른 누각에는 공허히 홀로 돌아가네(夫婿久離別, 靑樓空望歸)."는 옛 의미로 사용되었으나, 杜牧의 <遺懷>에서 "십년 만에 양주 꿈에서 깨어나니, 박정하다는 소문만 화류계에 얻었네(十年一覺揚州夢, 嬴得靑樓薄倖名)."이나 李商隱의 <風雨>에서 "나뭇잎이 이미 시들어 누렇게 된 데다 풍우까지 겹치니, 청루의 여자들은 스스로 가무연악을 일삼네(黃葉仍風雨, 靑樓自管絃)."는 바로 기녀들이 살고 있는 세계를 일컫는 것이다. 그 후 송 원 이래부터는 "청루"는 갈수록 古意를 벗어나 후자의 의미로 사용되었다.

그들과 아무 구속 없이 친구 같은 깊은 정을 나누는 심미적 가치를 갖고 있었으니, 육체적 교역에만 그 뜻이 있는 것이 아니었다. 중국의 이러한 '고상'하면서도 특별한 청루문화는 당대에 절정에 달했으나, 송원대를 거쳐 명대에 이르면 도시시민계층의 성장에 따라 중국고대 사대부 지식인과 멋과 운치를 아는 예기(藝妓)들과의 절묘한 화음은 깨어지게 된다. 그리하여 그때부터는 점점 돈 많은 상인들이 지식인들을 대신하게 되고, 이로부터 중국의 청루문화는 점점 그 고아한 낭만을 잃어가게 되었으니, 중국의 풍류문학도 그 후 한층 암울한 빛을 더하게 된 것이라 할 수 있다.

  필자가 엮은 이 책은 중국문학사의 발전과정을 '풍류'라고 하는 중국문학 특유의 멋과 재미를 바탕으로 이면(裏面)에 흐르는 중국문학의 일관된 전통과 정신을 짚어 설명하면서 중국문학사의 큰 맥과 흐름을 파악하는 데 중점을 두었다. 이는 중국문학사를 알고자 하는 후학들에게 단순한 자료소개의 차원을 넘어 중국문학사의 큰 맥락에 대한 이해는 물론 다른 나라 문학사와 구별되는 중국문학의 영혼과 특성을 이해하게 하는데 도움이 되리라 생각한다. 그뿐만 아니라 본서는 전공서적이 아닌 중국문학과 중국문화에 대한 교양서로서의 기능도 할 수 있으리라 기대한다. 중국문학의 풍류정신은 실로 사람의 성정을 순화시키고, 때로는 우리들로 하여금 세속적인 물욕과 기성관념들을 초월하게 하며, 또 때로는 우리들의 비좁은 흉금을 시원하게 풀어주기도 할 것이다. 말하자면 그것은 중국문학의 멋과 낭만, 그리고 지혜와 달관의 세계이자 그 재미와 매력이기도 하다. 그러나 어쩌면 그것은 중국문학을 전공하여 적지 않은 세월 동안 연구와 교학에 매진한 필자의 중국문학에 대한 변치 않은 정에서 비롯된 주관적 편애의 감정일 수도 있을 것이다. 여하튼 그것은 한 중문학자가 오랫동안 중국문학의 정서를 머리와 가슴으로 체험하면서 얻은 조그마한 심득(心得)의 결과임엔 틀림없을 것이다. 필자는 이런 중국문학의 풍류세계의 '향연'을 중국문학을 전공하는 학생들과 중국문학에 관심이 있는 세상의 모든 이들과 함께 나누고 싶은 마음에서 이 책을 집필하였다고 할 수 있다. 하지만 필자의 짧은 지식과 둔한 문재로 인해 적지 않은 오류와 미흡한 부분이 있을 것이라 생각하며, 이에 대해서는 여러 탁월한 전공자 분들의 아낌없는 지적과 너그러운 아량을 구하고자 한다.

2018년 7월
최병규

목차

3장 위진남북조문학사

4장 당대문학사

5장 송대문학사

6장 원대문학사

7장 명청문학사

1장

:

선진문학사

1. 선진문학사 개관

선진시대란 진나라 이전의 시대를 말하는데, 구체적으로 말하자면 진나라가 중국을 최초로 통일하기까지의 하나라, 은나라, 주나라, 춘추전국시대까지를 말한다. 이 시기는 시간으로 보면 몇 천 년간의 긴 역사의 세월이며, 문학의 기록으로 보아도 전설시대인 하나라를 제외해도 역사시대의 개막을 연 은나라에서부터 주나라, 그리고 춘추전국시대의 찬란한 문화를 간직한 길고긴 유구한 세월이다.

당시 중국은 황하유역의 한족을 중심으로 여러 민족들이 만나 서로 융합되면서 중국 고대문명의 꽃을 피우기 시작하였는데, 이처럼 중국은 광활한 영토에서 수많은 민족들이 서로 어우러지면서 발전하였고, 그 범위도 황하유역에서 시작하여 장강 이북 지역까지 그 문화의 범위를 넓히기 시작하였다. 따라서 중국문화는 황하유역의 북방의 문화와 장강유역의 남방의 문화가 서로 다른 지리적 특색과 문화적 배경하에서 서로 상이한 문화와 문학의 세계를 연출하게 되었고, 그로 인해 중국문학의 세계는 더욱 다양하고 다채로운 문학적 전통을 형성하기 시작하게 된다.

선진시대는 문사철(文史哲, 즉 문학, 사학, 철학)이 분리되기 훨씬 이전의 시대로, 당시 문학에 대한 개념은 문자로 쓰인 학문의 개념이었으니, 순문학에 대한 인식도 없었다. 선진문학사의 내용은 크게 시와 산문으로 대표된다. 시는 중국문학의 원조라고 할 수 있는 시경(詩經)과 초사(楚辭)이고, 산문은 춘추전국시대에 꽃을 피운 이른바 제자백가(諸子百家)의 산문들이다. 시경과 초사는 선진시대 문학을 대표하는 작품으로 각각 중국의 현실주의와 낭만주의 문학의 전통을 수립하게 된다. 제자백가의 산문은 크게 역사산문과 철리산문으로 구분되며, 이들 산문들은 후대 중국고대산문의 발전에 큰 영향을 미치게 될 뿐 아니라 소설의 탄생에도 큰 영향을 미치게 된다. 당시 중국에서는 아직 소설이라고 부를 만한 문학 장르가 등장하지 않았으며, 단지 이런 역사 철리 산문 속에서 소설의 성격과 흡사한 단편의 문장 '우언소품(寓言小品)'이 나타났을 따름이었다.

2. 선진문학 속의 풍류정신 – 풍류정신의 화려한 개막

선진시대는 중국문학 풍류정신의 시각에서 보면 대단히 중요한 시대이다. 선진시대는 중국 봉건시대의 초기단계로 아직 강력한 중앙전제의 집권체제로 진입되기 전의 시기였다. 따라서 중국문학의 세계도 대통일의 시대와는 다른 활발하고 다채로운 개인주의적 양상을 띠게 되어 중국문학의 풍류정신도 다양하고 화려한 서막을 연 시대라고 할 수 있다.

시경과 초사, 그리고 제자백가의 산문으로 대표되는 선진시대 문학의 풍류는 아무 구속 없이 자유분방하고 대담하게 자신의 생각을 거침없이 표현함에 있다고 할 수 있다. 시경 속의 민가들에 나타난 자유분방하고 직선적인 솔직한 언어라든지 초사에 나타난 굴원의 개인적인 불만과 억울함, 고뇌, 감성 등에 대한 거침없는 토로와 표현이 그러하다. 특히 초사에 나타난 인신상련(人神相戀)의 초현실주의적인 상상력과 향초미인의 낭만주의적 감성, 그리고 초속적인 은일주의 사상은 훗날 중국시가문학의 풍류에 큰 영향을 미치게 되었다.

선진시대 산문의 풍류도 괄목할 만하다. 이 시기 선진제자(先秦諸子)들의 다양한 산문은 그 어떤 특정 사상에만 구속됨이 없이 자신들의 독특한 생각과 철학을 자유롭게 펼쳐 중국문학 풍류세계의 폭을 넓히는 데 이바지하였을 뿐만 아니라, 종교 신학적인 천명(天命) 의식에서 점점 벗어나 과학적이고 인본주의적 세계를 지향함으로써 중국문학 풍류세계의 인문적 특성을 형성하는 데 크게 작용하였다고 할 수 있다. 춘추전국시대의 사회적 대변화 속에 탄생한 유가, 묵가, 도가, 법가, 명가, 음양가 등의 주요 학파들은 상호간의 첨예한 사상적 대립으로 인해 철학사상의 번영을 초래하였을 뿐만 아니라 천(天), 인(人), 예(禮), 법(法) 등의 문제들에 대한 치열한 논쟁은 향후 중국문학 풍류정신의 다양한 세계를 이룩하는 데 한몫을 하게 된다.

3. 선진문학의 세계

수천 년 중국문학의 역사를 살펴보면 크게 유가문학과 도가문학으로 구분이 가능하다. 유가와 도가는 중국문화의 양대(兩大) 정신지주이자 중국문학의 사상적 근원을 지배해온 큰 양대 흐름이다. 유가는 중국 북방의 기질을 대표하는 문화로서 공자의 가르침에 힘입어 문학에 있어서는 대개 현실적이고 공용(功用)적이며, 또한 전통적인 복고주의, 형식주의의 성격을 띠었지만 그 반면에 도가는 중국 남방의 기질을 대표하는 문화로 노장(老莊)의 영향을 받아 문학에 있어서의 실용성, 도덕성 등 현실주의를 탈피하여 비교적 낭만적이고 자유주의적인 문학양상을 띠었다. 그리하여 세상이 잘 다스려질 때에는 유가의 사상이 문학을 지배하였지만, 세상이 어지러워질 때에는 도가의 문학이 득세하였는데, 이러한 유·도 문화의 순환과 함께 중국문학은 성장·변화하였던 것이다. 따라서 이런 중국문학의 특성으로 보면, 중국문학의 풍류정신은 당연히 도가사상의 지배하에 풍미한 것으로 인식될 것이다. 그러나 중국 문학사를 연구하면 거의 모든 시대에 걸쳐 이러한 풍류정신이 나타나고 있음을 발견하게 된다.

1) 시 – 중국 선진문학의 양대 산맥 ≪시경≫과 ≪초사≫의 풍류

첫째로 중국문학의 시조격인 선진시대의 문학인 ≪시경(詩經)≫을 살펴보자. 주지하는 바와 같이 ≪시경≫은 공자가 추종하는 유가의 경전이면서 유가문학을 대표하는 것이기도 하다. 유가는 ≪시경≫이 백성을 다스리고 세상을 평화롭게 다스려준다는 시의 효용성을 중시하였다. 그러나 이러한 유가문학의 전범인 ≪시경≫ 305편 중에는 남녀 간의 애정을 주로 노래한 풍(風)이 160편을 차지하여, 조정의 악가인 아(雅)(105편)와 종묘의 음악인 송(頌)(40편)을 훨씬 능가한다. 물론 이것은 시경이 원래 채시(採詩)나 헌시(獻詩), 산시(刪詩) 등의 방법을 통해 수집된 민간의 가요이기 때문이지만 여하튼 중국의 유가문화가 추대하고 유가사상의 지배하에 생성된 유가문학의 비조격이며 중국 문학의 모체가 되는 문학에서 이러한 현상이 나타난 점은, 미래의 중국문학의 발전사에 그 어떤 특성을 암시한 것이라 볼 수 있다. 사실 유가는 시경이 결국 나라를 잘 다스릴 수 있다는 공용성을 중시했으나, 그 과정으로 백성들이 음악과 시를 통하여 그 마음을 즐겁게 하며 성정을 순화시키게 되는 방법 또한 중시했던 것이다. 여기에서 중국의 풍류문화는 싹이 텄다고 볼 수 있다.

그러면 시경의 풍류문화는 어떤 양상을 띠며 어떤 특색을 지닐까? 시경의 풍류문화는 당연히 "국풍(國風)"에서 찾아야 할 것이다. 그리고 그것은 주자(朱子)의 풀이[6]와 같이 남녀언정(男女言情)의 서정적인 풍시(風詩)에서 찾을 수 있는데, 우선 첫째로 그 유명한 "관저(關雎)"[7]를 보자.

〈그림 1〉 관저

꽥꽥 우는 물수리는 황하의 사주(沙洲)에. 간들간들 어여쁜 아가씨는 님의 좋은 짝이로다. 들쭉날쭉한 마름 풀을 이리저리 헤치네. 요조숙녀를 자나 깨나 찾는다네. 구하려 해도 얻지 못해 자나 깨나 생각하네. 길고 길어라(긴 밤이), 이리저리 뒤척이네. 올망졸망 마름 풀을 이리저리 캐네. 요조숙녀를 금슬(거문고와 비파)로 벗하네. 들쭉날쭉 마름 풀을 이리저리 고른다네. 요조숙녀를 종과 북을 울리며 즐긴다네.
(關關雎鳩, 在河之州. 窈窕淑女, 君子好逑. 參差荇菜, 左右流之. 窈窕淑女, 寤寐求之 求之不得, 寤寐思服. 悠哉悠哉, 輾轉反側. 參差荇菜, 左右採之 窈窕淑女, 琴瑟友之 參差荇菜, 左右芼之 窈窕淑女, 鐘鼓樂之).

"꽥꽥 우는 물수리는 황하의 사주에. 간들간들 어여쁜 아가씨 님의 좋은 짝이로다(關關雎鳩, 在河之洲. 窈窕淑女, 君子好逑)."로 시작되는 이 관저편은 의심할 여지없이 젊은 남자가 어여쁜 여자를 사모하여 갈망하는 애정시이다. 공자 또한 이러한 남녀 간의

---

6) 朱熹. ≪詩集傳≫序: 凡詩之所謂風者, 多出於裏巷歌謠之作, 所謂男女相與詠歌, 各言其情者也(무릇 시에서 말하는 풍이란 대개 백성들이 사는 마을 골목에서 나온 가요로서, 이른바 남녀가 서로 주고받는 노래로서 각기 자기의 마음을 노래한 것이다).
7) 周南 十一篇 중의 첫째 작품이다.

연정을 노래한 시를 칭송했으며 그를 가리켜 "관저낙이불음, 애이불상(關雎樂而不淫, 哀而不傷)"(관저편은 즐거워하되 음란하지 않고, 슬퍼하되 마음을 상하게는 하지 않음)이라고 평한 것을 보면, 공자 역시 자연스러운 남녀 간의 상열지정(相悅之情)을 찬미했던 것이다. 그런데 이러한 소박하고 은근한 연정이 있는가 하면 또 강렬하고 야성적인 사랑을 읊은 노래도 있다.

> 들에는 우거진 풀, 풀잎마다 방울진 이슬 위에. 미인이 있어 맑은 눈동자 굴리네. 어쩌다 만난 사랑, 내 맘을 사로잡네.
> 들에는 우거진 풀, 풀잎마다 촉촉한 이슬 위에. 미인이 있어 큰 눈동자 움직이네. 어쩌다 만난 사랑, 그대와 함께 눕네.
> (野有蔓草, 零露漙兮. 有美一人, 淸揚婉兮. 邂逅相遇, 適我願兮.
> 野有蔓草, 零露瀼瀼. 有美一人, 婉如淸揚. 邂逅相遇, 與子偕臧).
> (<野有蔓草>, 鄭風)

이 시는 남녀가 우연히 만난 후 첫눈에 반한 나머지 바로 사랑을 일삼는 열광적인 애정을 노래한 것인데, 이는 이미 "즐거워도 지나치지 않음(樂而不淫)"의 소위 "시교(詩敎)"의 범주를 다소 넘어서지 않았을까 생각이 들 정도다. 이 밖에 시경에는 농염하고 멋진 여성미를 노래한 시가 있는데, 이 역시 화려하고 풍류스러운 멋이 있다. 이를테면 위풍(衛風)의 <석인(碩人)>에서는 "손은 여린 띠 싹과 같고, 피부는 응고된 돼지 기름과 같으며, 목은 나무 굼벵이같이 희멀겋고, 치아는 박씨와 같으며, 씽씽 매미같이 넓은 이마에 나방의 눈썹. 예쁜 미소에 나타나는 보조개에다 흑백 분명한 맑은 눈동자여(手如柔荑, 膚如凝脂. 領如蝤蠐, 齒如瓠犀. 螓首蛾眉. 巧笑倩兮, 美目盼兮)."라든지 주남(周南)의 <도요(桃夭)>에서의 "젊고 싱싱한 복사꽃 나무, 그 꽃은 마치 불같이 붉구나(桃之夭夭, 灼灼其華)."라고 하여 여성의 성숙하고 요염한 자태를 화사한 도화 꽃에 비유함은 실로 방동윤(方玉潤)의 말[8]대로 역대 향염체(香奩體)[9] 문장의 시조라고 아니 할 수 없다.

시경의 풍류는 무엇보다도 남녀의 원만한 화합을 칭송한 것이 많은데, 상술한 "관

---

8) 方玉潤曰: "艶絶, 開千古詞賦香奩之祖." (농염의 극치이니, 천고의 사부문학 향염체의 시조를 열었도다.) ≪詩經 評註讀本≫, 三民書局, 裵普賢 編著, 24쪽.

9) 香奩體: 韓偓의 ≪香奩集≫에는 艶情詩가 많았는데, 그리하여 후인들은 그런 시들을 "향염체"라고 불렀다. 嚴羽의 ≪滄浪詩話·詩體≫에도 "향염체가 있었는데 거기에는 한악의 詩들은 모두 裙裾脂粉(여자의 치마와 옷소매 그리고 화장분)의 말들만 쓰였는데, ≪香艶集≫이 전함."이라고 기재되어 있다.

저", "야유만초" 외에도 "야유사균(野有死麕, 들에는 죽은 고라니)"은 이러한 원초적이고 자연스러운 남녀상열(男女相悅)의 즐거움이 있다.

> 들에는 죽은 고라니, 흰 띠 풀로 그것을 싸도다. 봄을 맞아 생각에 젖은 여자가 있어, 아름다운 선비가 그를 유혹하구나. 숲에는 작은 나무, 들에는 죽은 사슴. 흰 띠 풀로 모아서 싸니 여인은 옥과 같도다. 가만 가만히! 나의 앞치마를 만지지 말아요! 개도 짖지 말도록 해요(野有死麕, 白茅包之, 有女懷春, 吉士誘之, 林有樸樕, 野有死鹿. 白茅純束, 有女如玉. 舒而脫脫兮, 無感我帨兮, 無使尨也吠). (召南)

이 시는 일찍이 주희에 의해 여자가 사내를 거절하는 노래로 오인된 적이 있지만, 당연히 그것은 젊고 멋진 외모의 남자와 아름다운 숙녀와의 결합을 노래한 것으로 보아야 한다. 여기에는 또한 상고 사회에서 구혼하는 남자가 왕왕 들짐승을 사냥해서 여자에게 바치는 사회학적 풍속이 숨어 있으며, 청춘남녀의 정의투합과 수줍어하면서도 은근히 적극적인 여성의 심리를 매우 생동감 있게 표현한 질박한 풍류가 있다.

위와 같은 남녀의 화합지정(和合之情)을 노래한 시 외에도 남녀 불화협의 불만을 읊은 가요도 있었는데, 이 또한 당시 사회의 풍류의 풍속도를 볼 수 있게 한다. 저 유명한 "교동(狡童, 나쁜 자식)"과 "건상(褰裳, 치마 걷고)"을 보자.

> 저 교활한 자식, 나와 이젠 말도 하지 않네! 당신 때문에 나는 밥도 먹지 않고 있어.
> 저 교활한 자식, 나와 밥도 같이 먹으려고도 않네! 당신 때문에 나는 잠시도 쉴 수가 없네!
> (彼狡童兮, 不與我言兮! 維子之故, 使我不能餐兮!
> 彼狡童兮, 不與我食兮!10) 維子之故, 使我不能息兮!)
> (<狡童>, 鄭風)

> 그대 나를 사랑한다면 치마 걷고 진수(溱水)를 건너련만. 그대 나를 사랑하지 않는다면 어찌 다른 사람이 없으리! 바보 같은 사람 참 어리석기도 하지!
> 그대 나를 사랑한다면 치마 걷고 유수(洧水)도 건너련만. 그대 나를 사랑하지 않는다면 어찌 다른 선비가 없으리! 바보 같은 사람 참 어리석기도 하여라.
> (子惠思我, 褰裳涉溱. 子不我思, 豈無他人? 狂童之狂也且!
> 子惠思我, 褰裳涉洧. 子不我思, 豈無他士? 狂童之狂也且!)
> (<褰裳>, 鄭風)

---

10) "不與我食"에 대해 聞一多는 "나와 함께 밥도 먹지 않네."란 내용을 "性交의 象徵"으로 풀이했는데 그 또한 가능성이 있다. ≪陳風, 株林≫을 보면 國君의 荒淫을 풍자한 내용으로 "朝食於株" 句가 있는데, 上古社會에서 性行爲를 '食'이란 단어로 사용하곤 했다.

여기에서 우리는 중국 북방인 즉 당시의 정국(鄭國, 지금의 河南省 부근) 여자들의 기세가 섞인 애교와 발랄하고 거만한 기질 등을 엿볼 수 있는데, 이 또한 중국 선진시대 남녀 정시의 풍류의 단면을 잘 보여주고 있다.

　이상으로 우리는 시경 속에 나타난 중국문학의 질박하고 솔직하며 활발한 중국 북방 민족의 정서를 대변하는 풍류의 특색을 짚어 보았는데, 이는 공자가 추구하는 "낙이불음(樂而不淫), 애이불상(哀而不傷)"의 "중화지도(中和之道)"의 풍격을 지니고 있으면서도, 이 지역 특성을 지닌 직선적임과 강렬함은 여전히 존재했음을 보여준다. 그러나 그렇다고 시경의 정서를 이상의 풍격들로만 묶어서는 또한 너무 편파적이다. 이 속에서도 가슴 아픈 별리(別離)의 정을 읊었다든지 남편에게 버림당한 한을 노래하고 또 은근하고 절실한 짝사랑의 비애 등을 묘사한 작품들은 남방적인 완곡하고 애절한 여성적 정감을 느낄 수도 있다. 예를 들면, 패풍(邶風) 속의 <녹의(綠衣)>에 나타난 죽은 처에 대한 그리움으로 그녀가 손수 지어준 녹색 옷을 입고 끝없는 우수에 잠긴 애절한 회한을 읊은 시라든지, "연연(燕燕)"에서 누이를 멀리 남국으로 시집보내며 혼자서 눈물짓는 처량함, 주남(周南) <권이(卷耳)>에서의 끈끈한 사념(思念)의 정, 그리고 지극히 사모하면서도 감히 가까이 접근하지 못하는 짝사랑의 아픔을 아름답고 완약한 미학의 경지로 승화시킨 진풍(秦風)의 <겸가(蒹葭)> 등은 또 다른 성격의 맛을 지닌다. 그 가운데 <겸가>를 보자.

〈그림 2〉蒹葭

어린 갈대 무성한데, 흰 이슬은 서리가 되었네. 내가 그리는 그 사람은, 물가에 있네. 물을 거슬러 헤엄쳐 올라가 그를 찾으려 해도, 길은 험하고 또 머네. 물이 흐르는 대로 헤엄쳐 그를 찾아가려 하여도, 마치 물 가운데 있는 것 같네(가까운 것 같아도 볼 수는 있으나 다가갈 수 없네).
어린 갈대는 무성한데, 흰 이슬은 마르지 않았네. 내가 그리는 그 사람은, 물이 있는 강기슭에 있네. 물을 거슬러 올라가 그를 찾아가려 하여도, 길은 험하고 또 갈수록 오르막이네. 물이 흐르는 대로 헤엄쳐 그를 찾아가려 하여도, 마치 물 가운데 모래톱에 있는 것 같네.
어린 갈대는 창창한데, 흰 이슬은 마르지 않았네. 내가 그리는 그 사람은, 물가에 있네. 물을 거슬러 올라가 그를 찾아가려 하여도, 길은 험하고 또 구불구불하네. 물이 흐르는 데로 헤엄쳐 그를 찾아가려 하여도, 마치 물 가운데 모래톱에 있는 것 같네.
(蒹葭蒼蒼, 白露爲霜。 所謂伊人, 在水一方。 遡洄從之, 道阻且長。 遡遊從之, 宛在水中央。
蒹葭萋萋, 白露未晞。 所謂伊人, 在水之湄。 遡洄從之, 道阻且躋。 遡遊從之, 宛在水中坻。
蒹葭采采, 白露未已。 所謂伊人, 在水之涘。 遡洄從之, 道阻且右。 遡遊從之, 宛在水中沚。)

이 시는 설령 짝사랑을 노래한 것은 아니라고 하더라도 사모하면서도 끝내 다가가지 못하는 그 어떤 대상에 대한 아쉬움과 연모의 정을 대단히 완곡하고 감성적으로 노래하고 있다. 시경의 이 작품은 "재수일방(在水一方)"이란 제목으로 한때 대만의 현대 작가에 의해 소설로 채택되기도 하였을 뿐 아니라 대중가요로도 불러졌음을 보면 이 시의 인기를 잘 알 수가 있다.

〈그림 3〉屈子行吟圖(傅抱石)

시경이 선진시대 북방의 유가문학을 대표한다면 초사(楚辭)는 선진시대 남방의 도가 문학적 성향에 가까운 작품이라고 할 수 있다. 초사는 굴원(屈原)이라는 당시 초나라 즉 남방의 낭만주의 시인에 의해 생성된 것이기에 그 풍격을 시경과 같이 직접 비교함은 사실 불합리하지만, 굳이 비교하자면 우선 시경이 단체적 민간가요인 데 반하여 초사는 물론 민간의 가요에서 본뜬 것도 있지만 대체로 개인적인 문학이며, 시경이 현실적인 것과는 달리 초사는 낭만적이고 환상적이며 또한 탈속적이고 은둔적이다. 그 외에도 초사는 시경과는 달리 부드럽고 화려하며 곡선적인 섬세함 등을 들 수 있다.

초사의 풍격으로 시경과 가장 판이한 점은 바로 그것의 개인적 낭만주의 색채일 것이다. 시경은 거의 모두가 사회현실적인 면을 사실적으로 읊은 데 반하여 초사는 굴원이라는 불우한 정치가 겸 시인의 실의와 모순, 그리고 고민과 갈등 등 개인적 정감과 환상 등을 낭만적인 수법으로 묘사하였다. 그러므로 거기에는 굴원의 지극히 개성적인 사상과 감정들이 이미 아름답게 미화 내지 승화가 되고 초현실적인 신비세계를 볼 수가 있으니, 오색 옷으로 단장한 귀신이 있고 신화 이야기들이 종종 등장하였다.

중국의 가장 위대한 낭만주의 신인으로 평가되는 굴원이 지은 초사 가운데 가장 대표적인 작품은 그의 자서전과도 같은 2,400여 자로 이뤄진 ≪이소(離騷)≫라는 아주 긴 서정시이다. 굴원은 이소에서 먼저 자신의 자랑스러운 출신배경과 당시 타락한 정치환경에 대한 개탄, 그리고 혼탁한 세상에서 홀로 깨끗하게 살아가고자 하는 확고한 심지 등에 대해 반복적으로 읊조리고 있다. 이를테면,

> 아침에 목란의 떨어지는 이슬을 마시고, 저녁에는 가을 국화의 떨어지는 꽃부리를 먹도다. 진실로 내 속마음이 아름답고 오로지 한마음이라면 비록 오랫동안 초췌하게 지낸들 또 어떠리오! 목근을 따다가 백지(白芷) 향초에 꿰서 또 벽여의 떨어진 열매에다 꿰도다. 균계를 가져다가 혜초에 묶고, 호승(胡繩)의 잎을 길게 새끼줄 치도다. 아! 나는 옛 현인을 쫓나니 이는 세속이 용납하는 바가 아니로다. 비록 지금의 사람들에게 용납되지 않으나 나는 차라리 팽함11)의 가르침을 따르리라!
> (朝飮木蘭之墜露兮, 夕餐秋菊之落英, 苟餘情其信姱以練要兮, 長顑頷亦何傷! 擥木根以結茝兮, 貫薜荔之落蕊. 矯菌桂以惠茞兮, 索胡繩之纚纚, 謇吾法夫前脩兮, 非世俗之所服, 雖不周於今之人兮, 願依彭咸之遺則!)
> (<離騷>中)

---

11) 彭咸: 전설에 의하면 殷나라 때의 어진 人夫로서, 임금에게 諫하여 들어주지 않자 스스로 물에 빠져 죽었다 함.

〈그림 4〉 이소

이소에 나타난 굴원의 이러한 이상과 고통, 그리고 열정은 그의 대표작인 ≪천문(天問)≫, ≪구가(九歌)≫, ≪구장(九章)≫, ≪원유(遠遊)≫, ≪복거(卜居)≫, ≪어부(漁父)≫, ≪초혼(招魂)≫ 등에서도 대체로 유사하게 잘 드러나고 있는데, 그의 작품은 내용면에서 ≪이소≫, ≪천문≫, ≪구가≫류로 크게 삼분된다. 이른바 ≪이소≫류에 해당하는 ≪구장≫, ≪원유≫, ≪복거≫, ≪어부≫, ≪초혼≫ 등이 굴원 자신의 고뇌와 심정을 직접적으로 노래한 반면, ≪천문≫은 굴원이 신화와 전설을 통해 자신의 지적 호기심과 역사와 자연에 대한 식견을 표현하였으며, ≪구가≫는 초나라의 민간 제사악곡을 그가 편집, 각색한 것으로 초나라의 문화적 색채가 농후한 작품이라 할 수 있다. 그 가운데 대표적인 작품을 몇 편 살펴보자.

초여름 따가운 날씨에, 초목이 무성도 하구나. 나는 홀로 슬퍼하여, 멀리 남방으로 왔네. 눈앞이 온통 어지러워, 그 어떤 소리도 들리지 않네. 마음속의 우환은 잊기 어려우니, 어지 몸이 온전하겠는가. 내 뜻을 반성하나니, 억울함을 당한 것이 뭐가 대수겠는가. 스스로 내 뜻을 지키니, 교활하게 처신을 못하도다. 유속을 좇아감은, 뜻있는 자들이 천하게 여기는 바로다. 법도를 지켜 변치 않으며, 여전히 내 도리를 따르도다. 속마음이 충실하고 단정함은 심지 있는 자들이 찬미하는 바이다. 훌륭한 장인이라도 도끼를 들지 않는다면, 그 누가 진가를 알아주리오. 오색찬란함이 감춰진다면, 맹인이 그것이 아름답지 못하다 하네. 아무리 눈이 밝은 자라도 두 눈을 감는다면, 맹인이 그를 맹인이라고 하네. 흰

것을 검다고 하고, 높은 것을 낮다고 하네. 봉황이 새장에 갇히니, 오리가 잘 난다고 하네. 옥석이 혼재하니, 좋고 나쁜 것을 구분하기 어렵네. 그들의 비속함으로 인해, 나의 뜻을 알지를 못하네. 책임은 무겁고 부담도 크니, 스스로 이길 수가 없도다. 보물을 손에 지녔지만, 그 누구에게 보여주리오. 마을에 개들이 무리를 이루니, 내가 낯설어 마구 짖어대네. 호걸을 괴물로 여기는 것은, 용속한 자들의 구미로다. 내가 문질빈빈해도 그 누가 알아주겠는가. 나의 재주는 동량이 되지만, 그 누구도 내 재능을 알질 못하네. 내가 인의를 지극히 중시하고, 충성으로 한 마음이건만. 순임금은 이미 떠나 다시 살아날 수 없고, 그 누구도 내 풍도를 알지 못하겠지. 자고로 성현은 그 시대와 함께 하지 못한다는데 그것은 무슨 연유일까? 하우(夏禹)와 상탕(商湯)은 이미 옛 사람이라 아무리 추모해도 다시 태어날 수가 없다네. 마음속의 분을 억제하고, 굳건한 마음을 지켜야지. 내게 닥친 재앙을 후회하지 않고, 훗날 사람들에게 본보기로 남아야지. 급한 길을 재촉하여, 이미 황혼에 이르렀네. 잠시 내 비애를 호소하나니, 생명도 이미 끝에 이르렀도다.

미성(尾聲): 호탕한 원수(沅水)와 상수(湘水)는, 출렁이며 흐르는데. 길고 긴 노정은 어둡고, 전도도 묘망하도다. 끊임없이 슬픔을 읊으며, 영원히 처량히도 탄식하네. 세상에 지기가 없으니, 그 누구와 상의하겠는가. 내 아무리 충성스럽다지만 그 누가 나를 도와주리. 백락(伯樂)이 죽고 나면, 천리마를 그 누가 알아주리. 사람마다 재능이 다르니, 각자의 생명도 다르도다. 나는 나의 뜻을 견지하며, 결코 죽음을 두려워하지 않으리. 내 쉼없는 비애는, 길고 긴 탄식으로 이어지네. 세상은 혼탁해 나를 알아주지 못하니, 남에게 할 말도 없도다. 죽는 것이 뭐 그리 대단하겠는가. 나는 죽음을 회피하지 않고, 내 몸을 아끼고 싶지도 않다네. 공명정대한 선현들이여, 당신들은 나의 거울이라네.

(滔滔孟夏兮, 草木莽莽。傷懷永哀兮, 汩徂南土。眴兮杳杳, 孔靜幽默。鬱結紆軫兮, 離慜而長鞠。撫情效志兮, 冤屈而自抑。刓方以爲圜兮, 常度未替。易初本迪兮, 君子所鄙。章畫志墨兮, 前圖未改。內厚質正兮, 大人所晟。巧倕不斲兮, 孰察其揆正? 玄文處幽兮, 矇瞍謂之不章。離婁微睇兮, 瞽謂之不明。變白以爲黑兮, 倒上以爲下。鳳皇在笯兮, 雞鶩翔舞。同糅玉石兮, 一概而相量。夫惟黨人鄙固兮, 羌不知余之所臧。任重載盛兮, 陷滯而不濟。懷瑾握瑜兮, 窮不知所示。邑犬群吠兮, 吠所怪也。非俊疑傑兮, 固庸態也。文質疏內兮, 眾不知余之異采。材樸委積兮, 莫知余之所有。重仁襲義兮, 謹厚以爲豐。重華不可遻兮, 孰知余之從容! 古固有不並兮, 豈知其何故! 湯禹久遠兮, 邈而不可慕。懲連改忿兮, 抑心而自強。離慜而不遷兮, 願志之有像。進路北次兮, 日昧昧其將暮。舒憂娛哀兮, 限之以大故。

亂曰: 浩浩沅湘, 分流汩兮。脩路幽蔽, 道遠忽兮。曾唫恒悲兮, 永慨歎兮。世既莫吾知兮, 人心不可謂兮。懷質抱青, 獨無匹兮。伯樂既沒, 驥焉程兮。民生稟命, 各有所錯兮。定心廣志, 余何畏懼兮! 曾傷爰哀, 永歎喟兮。世溷濁莫吾知, 人心不可謂兮。知死不可讓, 願勿愛兮。明告君子, 吾將以爲類兮。)

≪九章·懷沙≫

그대는 머뭇거리며 나아가지 아니하니, 아! 물섬에서 누구를 기다리시나? 아름답고 정숙한 모양 잘 꾸미고, 나는 서둘러 계수나무 배를 탑니다. 원수와 상수의 강물에 파도가 없도록 하며, 장강의 물도 편안히 흐르게 하소서. 그대의 강림(降臨)을 바라오나 오지 않으니, 내 통소를 불며 그 누구를 생각하리요? 비룡을 타고 북쪽으로 가시니, 나는 길을 돌아 동정호로 가렵니다. 벽려로 엮은 발과 혜초로 짠 휘장, 창포로 장식한 노와 난초 무늬의 깃발. 잠양포 아득한 물가를 바라보며, 큰 강을 가로지르며 신령한 기운을 날립니다. 신령한 기운 날리기를 다하지 아니해서, 그녀의 고운 마음이 날 위해 크게 한숨짓습니다. 눈물을 줄줄 흘립니다. 남몰래 임 생각하며 슬퍼합니다. 계수나무 상앗대와 목란 돛대로, 얼음을 깨고 눈을 치워 쌓으며, 벽려를 물에서 캐고, 부용을 나무 끝에서 뽑습니다. 마음이 같지 않으면 중매만 힘들고, 생각하는 정이 깊지 않으면 끊어지기 쉬운 것. 돌에 부딪히는 물 졸졸 흘러가고, 비룡은 훨훨 날아갑니다. 나누는 정분 깊지 않으면 원한만 깊어지고, 약속을 지키지 않고 시간 없다고만 하십니다. 아침에 강을 달려, 저녁에 북쪽 소주에 왔습니다. 새들은 지붕 위에 깃들고, 강물은 집 아래를 맴돕니다. 내 옥고리 강물에 던지고, 내 패옥을 예수 강변에 두었습니다. 방주에서 두약을 캐어서, 하계의 여자에게 남겨두겠습니다. 시간은 다시 얻지 못하는 것, 잠시 여유롭게 강가를 거닐어 봅니다.

(君不行兮夷猶, 蹇誰留兮中洲? 美要眇兮宜修, 沛吾乘兮桂舟. 令沅湘兮無波, 使江水兮安流. 望夫君兮未來, 吹參差兮誰思? 駕飛龍兮北征, 邅吾道兮洞庭. 薜荔柏兮蕙綢, 蓀橈兮蘭旌. 望涔陽兮極浦, 橫大江兮揚靈. 揚靈兮未極, 女嬋媛兮為余太息. 橫流涕兮潺湲, 隱思君兮陫側. 桂櫂兮蘭枻, 斲冰兮積雪. 采薜荔兮水中, 搴芙蓉兮木末. 心不同兮媒勞, 恩不甚兮輕絕. 石瀨兮淺淺, 飛龍兮翩翩. 交不忠兮怨長, 期不信兮告余以不閒. 朝騁騖兮江皋, 夕弭節兮北渚. 鳥次兮屋上, 水周兮堂下. 捐余玦兮江中, 遺余佩兮醴浦. 采芳洲兮杜若, 將以遺兮下女. 時不可兮再得, 聊逍遙兮容與.)

(≪九歌 · 湘君≫)

마치 사람 같은 것이 산모퉁이에 있는데, 벽려를 두르고 소나무 겨우살이로 허리띠를 삼았네. 곁눈질을 하며 또 다소곳이 미소 짓는데 그대는 아마도 나의 아름다운 모습을 사모하는 것일까! 붉은 표범을 타고 얼룩 이리를 따르며 신이 풀 수레와 계수나무 깃발을 꽂고 석란을 걸치고 두형을 허리에 찼네. …「저는 어두운 대나무 숲에 살아 종일토록 하늘을 보지 못해요. 길이 험난하여 홀로 뒤에 오겠어요.」그대는 우뚝 홀로 산 위에 서 있는데, 구름은 뭉게뭉게 아래에 있네. 아득히 날이 어두워지니, 아! 낮이 갑자기 캄캄해지도다. 동풍이 가벼이 부니 신령이 비를 내리도다. 그대를 홀로 두고 사무치는 마음 갈 길을 잃네. 세월은 덧없이 흐르나니 그 누가 나를 영화롭게 하리오? 산중의 사람은 향기가 두약과 같은데, 돌 여울의 샘물을 먹고 송백그늘에서 쉬네. 그대는 나를 그리워하겠지만 그래도 의심이 이네. 뇌성이 쿵쿵 울리면서 비가 내리는데, 원숭이는 찍찍 거리며 또 밤이 우네. 바람은 소슬 그리며 나뭇잎은 떨어지는데 그대를 생각하며 공연히 근심에 잠기네.

(若有人兮山之阿, 被薜荔兮帶女羅. 既含睇兮又宜笑, 子慕予兮善窈窕. 乘赤豹兮從文狸, 辛夷車兮結桂旗. 被石蘭兮帶杜衡, 折芳馨兮遺所思 …「余處幽篁兮終不見天, 路險難兮獨後來.」表獨立兮山之上, 雲容容兮而在下, 杳冥冥兮羌晝晦, 東風飄兮神靈雨. 留靈脩兮憺亡歸, 歲既晏兮孰華予? 采三秀兮於山間, 石磊磊兮葛蔓蔓, 怨公子兮悵亡歸, 君思我兮不得閒. 山中人兮芳杜若, 飲石泉兮蔭松柏. 君思我兮然疑作. 雷塡塡兮雨冥冥, 猨啾啾兮又夜鳴, 風颯颯兮木蕭蕭, 思公子兮徒離憂.)

(≪九歌 · 山鬼≫)

나는 묻나니, 옛날 세상이 처음 시작될 때, 누가 그것을 후대에 전했을까? 하늘과 땅이 그 모양이 갖춰지지 않았을 때, 어떻게 그것이 생겨났을까? 어두운 혼돈의 시기에 그 누가 그것을 밝혀냈을까? 대기가 혼돈 그 자체였을 때 무엇으로 그것을 분별하였을까? 낮은 밝고 밤은 어두운데 그것은 어찌하여 그럴까? 음양이 화합하여 만물이 생겼거늘 무엇이 본원이고 무엇이 변화인가? 구중(九重)의 크고 큰 푸른 하늘은 그 누가 그것을 헤아릴 수 있을까? 또 이렇게 큰 공정(工程)을 그 누가 짓기 시작했을까? … 장엄한 국가가 사라지거늘 상제(上帝)에게 무엇을 기도하리! 몸을 구부려 동굴에 숨어 있는데 또 무슨 할 말이 있으리! 초나라는 전공만 세우려는데 그 세력이 얼마나 유지될까? 나는 이제 자신의 잘못을 깨달았는데 또 무슨 할 말이 있으리! 오왕(吳王) 합려(闔廬)는 초나라와 전쟁을 벌이니 우리는 오랫동안 그들을 당해내지 못하리. 사직의 두루 살펴보면 어찌하여 사통한 자가 영윤(令尹) 자문(子文)을 낳을 수가 있으리! 나는 일찍이 현자인 도오(堵敖)에게 말했거늘, 초나라는 곧 패망할거라고. 어찌하여 그가 군주를 시해하고 왕이 되었거늘 충성스러운 이름이 더욱 빛을 발했을까?
(曰: 遂古之初, 誰傳道之? 上下未形, 何由考之? 冥昭瞢暗, 誰能極之? 馮翼惟象, 何以識之? 明明暗暗, 惟時何爲? 陰陽三合, 何本何化? 圜則九重, 孰營度之? 惟茲何功, 孰初作之? …… 厥嚴不奉, 帝何求? 伏匿穴處, 爰何云? 荊勳作師, 夫何長? 悟過改更, 我又何言? 吳光爭國, 久余是勝. 何環穿自閭社丘陵, 爰出子文? 吾告堵敖以不長. 何試上自予, 忠名彌彰?)
≪天問≫

굴원이 쫓겨나 강가에서 노닐고 못가를 거닐면서 시를 읊조릴 적에 안색이 초췌하고 몸이 수척해 있었다. 어부가 그를 보고는 이렇게 물었다. 그대는 三閭大夫가 아닌가? 어인 까닭으로 여기까지 이르렀소? 굴원이 대답했다. 온 세상이 모두 혼탁한데 나만 홀로 깨끗하고 뭇사람들이 모두 취해 있는데 나만 홀로 깨어 있으니 그래서 추방을 당했소이다. 어부(漁父)가 이에 말했다. 성인(聖人)은 사물에 얽매이거나 막히지 않고 능히 세상을 따라 옮기어 나가니 세상 사람들이 모두 혼탁하면 왜 그 진흙을 휘젓고 흙탕물을 일으키지 않으며 뭇사람들이 모두 취해 있으면 왜 그 술 지게미를 먹고 박주(薄酒)를 마시지 않고는 무슨 까닭으로 깊은 생각과 고상한 행동으로 스스로 추방을 당하셨소? 굴원이 이에 대답하였다. 내 듣기로, 막 머리를 감은 자는 반드시 관(冠)을 퉁겨서 쓰고 막 목욕을 한 자는 반드시 옷을 털어 입는다 하였소이다. 어찌 몸의 반질반질한 곳에 외물의 얼룩덜룩한 것을 받겠소? 차라리 상강(湘江)에 뛰어들어 강 물고기의 배속에서 장사를 지낼지언정 어찌 희디흰 순백으로 세속의 먼지를 뒤집어쓴단 말이요? 어부는 빙그레 웃고는 배의 노를 두드려 떠나가며 이에 노래를 불렀다. 창랑의 물 맑으면 내 갓 끈을 씻고, 창랑의 물 흐리면 내 발을 씻으리오. 그는 마침내 떠나가고 굴원은 다시 그와 더불어 말하지 못하였다.
(屈原既放, 遊於江潭, 行吟澤畔, 顏色憔悴, 形容枯槁。漁父見而問之曰: "子非三閭大夫與? 何故至於斯?" 屈原曰: "擧世皆濁我獨淸, 衆人皆醉我獨醒, 是以見放。" 漁父曰: "聖人不凝滯於物, 而能與世推移。世人皆濁, 何不淈其泥而揚其波? 衆人皆醉, 何不餔其糟而歠其醨? 何故深思高擧, 自令放爲?" 屈原曰: "吾聞之, 新沐者必彈冠, 新浴者必振衣; 安能以身之察察, 受物之汶汶者乎? 寧赴湘流, 葬於江魚之腹中。安能以皓皓之白, 而蒙世俗之塵埃乎?"

漁父莞爾而笑, 鼓枻而去, 乃歌曰: "滄浪之水清兮, 可以濯吾纓；滄浪之水濁兮, 可以濯吾足。" 遂去, 不復與言。)

(≪漁父≫)

〈그림 5〉 굴원의 어부사

　≪구장≫은 왕일(王逸)의 ≪초사장구(楚辭章句)≫에 의하면 ≪석송(惜誦)≫、≪섭강(涉江)≫、≪애영(哀郢)≫、≪추사(抽思)≫、≪회사(懷沙)≫、≪사미인(思美人)≫、≪석왕일(惜往日)≫、≪귤송(橘頌)≫、≪비회풍(悲回風)≫ 등의 아홉 편의 작품으로 구성되어 있다. 그중에 대다수가 후인의 의탁이라는 설이 있는데, 그 가운데 비교적 굴원의 작으로 여겨지

는 ≪회사≫는 ≪석왕일≫과 함께 굴원이 자결하기 직전에 지은 이른바 '절명사(絕命詞)'로 잘 알려진 작품이다. 굴원은 여기서 자신의 정직함과 절개, 그리고 죽음으로써 자신의 이상을 펼치고자 하는 비장한 결심을 잘 드러내고 있다.

그리고 ≪구가≫는 ≪상군(湘君)≫, ≪상부인(湘夫人)≫, ≪운중군(雲中君)≫, ≪산귀(山鬼)≫ 등과 같이 초나라 여러 신들에 대한 제사의 노래로 사람과 신과의 사랑을 담은 '인신상련'의 내용이 많이 있는데, 위의 ≪상군≫, ≪산귀≫도 상수(湘水)의 신 상군(湘君)과 산신(山神)인 산귀(山鬼) 여신(女神)에 대한 애모를 그리고 있다. 그리고 굴원의 작품 가운데 대단히 기이하고 난해한 작품으로 평가되고 있는 ≪천문≫은 굴원이 천지와 자연, 인간세상 등 모든 사물의 현상에 대한 의문에서부터 시작하여 신화와 전설, 그리고 성현들의 전쟁과 역사에 이르기까지 그 모든 자신의 의문을 토로하고 있는데, 여기에는 굴원의 전통적 관점에 대한 회의정신과 함께 진리에 대한 탐구정신도 잘 드러나고 있다. 또 ≪어부≫는 어부와 굴원과의 첨예한 대립적인 대화를 통해 굴원의 심경과 사상을 대비적으로 선명하게 잘 그려내고 있다.

이상의 내용을 보면 초사의 세계는 우선 시경에 비해 훨씬 다채롭고 기려(奇麗)하며, 낭만적이고도 환상적이다. 거기에다 굴원이라는 개인의 고뇌가 미적으로 승화되어 더욱 감동적이며, 특히 "인귀상련"의 낭만은 매우 기이하며 환상적이다.

또 초사는 비(比), 흥(興)(일종의 비유와 연상)을 통해 작자의 청렴결백하고 티 없이 순수한 마음을 미인(美人), 향초(香草) 등에 비유한 것은 중국 문학의 풍류세계에서 미인을 단순히 외형적인 아름다움을 가진 여자로 보지 않고, 미인을 한층 승화시켜 고매하고 격조 높은 인품의 소유자로 보는 중국 특유의 문학현상을 낳게 했다. 이러한 미인 존중, 미인숭배의 현상은 중국 문학의 독특한 점일 것이다. 이를테면,

"惟草木之零落兮, 恐美人之遲暮."
(초목이 떨어져 시듦을 생각하고, 미인도 그와 같이 늙어 감을 두려워하도다.)
"衆女嫉余之蛾眉兮, 謠諑謂余以善淫."
(뭇 여자들은 나의 미모를 질투하여 내가 음탕하다고 중상하네.)
"思九洲之博大兮, 豈唯是其有女?"
(천하가 이처럼 넓거늘, 어찌 단지 여기에만 미인이 있으리?)

위 이소(離騷)에서 보듯이 작자는 미인을 현신이나 현군에 비유했을 뿐 아니라, 결백하고 충직한 자신도 미인에 비유하였는데, 중국 문인들의 여성화 경향이라든지 그들의

연향석옥(憐香惜玉, 여자에 대한 연민과 동정)의 정은 바로 이러한 정서에서 비롯되지 않았나 생각된다.

　마지막으로 초사의 풍류세계의 특징은 은일(隱逸)과 탈속(脫俗)의 미학일 것이다. 유가가 입세적(入世的)임에 반해 도가는 출세적(出世的)이며, 따라서 유가가 적극적, 세속적임에 비해 도가는 소극적이고 탈속적이다. 물론 초사를 완전히 도가적인 문학으로 간주함은 불합리하지만 그 풍격과 특성은 역시 도가의 사상에 가깝다. 초사의 창시자인 굴원은 본시 우국충절이 지극한 유가적인 정치가에 속하지만 회재불우(懷才不遇)의 비운을 맞아 세상을 등짐으로써 그의 문학은 탈세속적이고 은둔적인 성향도 띄게 된 것이다. 앞서 인용했던 "아! 나도 옛 현인을 쫓나니, 이는 세속이 용납하는 바가 아니로다. 비록 지금의 사람들에게 용납되지 않으나 나는 차라리 팽함의 가르침을 따르리라."는 대목도 그러거니와 "천하에 어딘들 안주할 곳이 없겠으리오만 당신은 어찌하여 줄곧 고국만 연연해합니까?"[12]라는 영분(靈氛: 옛날 길흉을 점치는 사람)의 말에 따라 "끝났도다! 나라 안에는 현인이 있어 나를 알아줄 이가 없거늘, 어찌 하필 고국을 연연해하겠는가! 나와 함께 미정(美政)을 할 자가 없는 바에는 차라리 팽함이 살고 있는 곳으로 달려가리라."[13]라고 하며 인연을 끊지 못해 곁눈질하던 조국[14]을 결국 떠나는 '원유(遠遊)'의 작정을 하게 된다든지, <어부>에 나타난 작자의 "擧世皆濁我獨淸, 衆人皆醉我獨醒(온 세상이 모두 흐려도 나 혼자 맑고, 모든 사람들이 모두 취해 있어도 나 혼자 깨어 있으리)."라는 현실도피적이고 탈세속적인 정신은 도가적 출세사상에 가깝고, 이러한 사상은 이후 중국 문학의 유토피아적인 이상향을 꿈꾸는 은둔문학의 풍류세계를 낳는데 영향을 끼친 것으로 볼 수 있다.

　그러나 굴원에 대한 후대인들의 평가는 칭송만 있는 것이 아니다. ≪사기≫에서 사마천은 자신의 운명과 흡사한 굴원에 대한 동정에서인지 이런 굴원의 ≪이소≫를 공자의 ≪춘추≫와 같이 보며 높이 평가하였다. 그러나 반고, 양웅, 안지추(顔之推) 등을 비롯한 문인학자들은 굴원이 다소 경박스러우며, 자신의 재주를 너무 자랑한 반면 군주의 허물을 폭로하였다는 부정적인 평을 내리기도 하였다. 여하튼 굴원은 중국문학사에서 뛰어난 정치적 재능과 문학적 재기를 지닌 중국 최초의 애국주의 시인으로 평가[15]되기도

---

12) 屈原, 離騷, "何所獨無芳草兮, 爾何懷乎故宇?"

13) 屈原, 離騷, "已矣哉! 國無人莫我知兮, 又何懷乎故都? 旣莫足與爲美政兮, 吾將從彭成之所居."

14) "밝은 하늘을 이미 오른 후에 홀연히 또 고개를 죽어 고향을 향해 곁눈질하네(陟陞皇之赫戲兮, 忽臨睨夫舊鄕. 離騷)."에서 보듯이 작자는 고국을 떠날 작정을 하면서도 내심 조국을 연연해하고 있음을 알 수가 있다.

하지만, 현실의 정치에 너무 집착한 나머지 거기서 벗어나 자신의 풍류세계를 일구어내지 못하고 절망하여 스스로 자신의 생명을 포기한 점은 그리 지혜로운 행동으로 보기어렵다. "남이 나를 알아주지 못해도 화를 내지 않는 것이 군자이다(人不知而不慍, 不亦君子乎)."라는 공자의 말을 되새겨보면 굴원의 행동은 다소 지나침을 느끼게 된다.

　굴원이 창시한 초사문학은 훗날 전국시대 말기에 송옥에 의해 다시 계승되었는데, 송옥은 굴원을 이은 최고의 사부 작가였다. 일찍이 두보(杜甫)가 "흔들리며 떨어지는 나뭇잎에서 송옥의 슬픔을 헤아릴 수 있나니, 그 풍류스럽고 유아함은 또한 나의 스승일지다(搖落深知宋玉悲, 風流儒雅亦吾師)."(<詠懷古跡>)라고 했듯이, 그는 굴원의 낭만주의 문학을 계승한 뛰어난 문재를 지닌 시인이었다. 그가 지은 "구변(九辯)"은 비록 굴원의 작품과 비교하면 사상성이 빈약하지만 그의 문장력은 결코 굴원에 뒤지지 않는다. 그러나 송옥은 문장의 미(美)에 힘쓴 중국의 대표적인 유미작품의 대가인데, 그의 작풍은 사회성을 완전히 탈피하여 개인적 순예술성을 지닌 철저한 유미주의였다. 그러므로 그는 또한 중국의 '무병신음(無病呻吟)'의 공동하고 남조한 문장의 대가로써 평가받고 있지만, 뛰어난 재정(才情)을 통하여 중국 문학사에 끼친 풍류재자의 이미지는 결코 무시할 수 없다. 소명태자(昭明太子)의 ≪문선(文選)≫에 기록된 그의 <고당부(高唐賦)>, <신녀부(神女賦)>, <등도자호색부(登徒子好色賦)> 등은 그 성숙한 부체(賦體)의 세련됨으로 인해 진위성이 거론되지만, 작품들에 보이는 풍격은 이런 뛰어난 재기를 가진 풍류재자의 특성을 잘 보여주고 있다. 설령 그것이 후인의 위탁이라고 할지라도 후대의 중국 문학과 중국 문인들에게 끼친 영향은 대단히 큰 것이므로 결코 무시될 수 없을 것이다. 「등도자호색부」를 보면 풍류재자로서의 송옥의 면모를 충분히 짐작할 수가 있다.

　　초국의 대부 등도자는 초왕 면전에서 송옥을 비방하며 말했다. "송옥은 생긴 것이 점잖고 잘 생겼으며, 언변도 뛰어나 그 언사가 절묘하지만 또 여색을 탐하니 대왕께서는 그자가 후궁에 출입하는 것을 못하게 하시는 것이 좋겠습니다." 초왕은 등도자의 말을 송옥에게 하며 물었더니 송옥이 말했다. "용모가 아름다운 것은 하늘이 주신 것이고, 언변이 능함은 스승으로부터 배운 것이며, 여색을 탐함에 있어서는 신은 절대 그런 일이 없습니다." 이에 초왕이 말했다. "자네가 여색을 밝히지 않는다는 것을 이치에 맞게 말할 수 있겠는가? 자네의 말에 일리가 있으면 궁에 둘 것이고 그렇지 못하면 야기서 쫓겨날 것이다." 이에 송옥이 변호하며 말했다. "천하의 미녀라면 초나라 여자와 비교할 만한 곳이 없습니다. 초나라 여자의 아름다움도 신의 고향의 미녀를 능가할 수가 없습니다. 그

---

15) "屈原是中國有史以來第一個偉大的愛國詩人" - 龔鵬程, ≪中國文學史≫.

런데 제 고향의 가장 아름다운 미인이라면 이웃 동쪽 집의 처자가 제일입니다. 그 동쪽 집 여성의 미는 몸매로 말하면 1분을 더하면 너무 크고, 1분을 빼면 너무 작으며; 그 피부색을 말하면 흰 분을 바르면 너무 희고, 붉은 화장을 하면 너무 붉으니 실로 생긴 것이 꼭 적절합니다. 그녀의 눈썹은 비취새의 깃털과 같고, 피부는 백설처럼 깨끗하며, 허리는 가늘어 흰 비단을 묶은 듯하며, 치아는 가지런한 것이 마치 작은 조개들을 꿰어놓은 듯한데, 한번 예쁘게 웃으면 양성과 하채 일대의 사람들은 그로 인해 미혹되어 기절하게 됩니다. 이렇게 자색이 절륜한 미녀가 담장에 엎드려 저를 3년간이나 훔쳐보았지만 저는 아직까지 그 여자와 만나주질 않았습니다. 등도자는 그렇지가 않습니다. 그의 처는 산발한 머리에 때가 낀 얼굴에다 귀는 오그라들고 입술은 툭 튀어나오고 치아는 울퉁불퉁하며 허리는 굽어 곱추와 같아 걸을 때는 기우뚱거리며 걸으며 또 치질도 있습니다. 그러나 이런 추한 여자를 등도자는 무척이나 좋아하며 아이를 다섯이나 낳았습니다. 대왕께서 판단하시길 대체 누가 호색한이라 하겠습니까?" 그때 진나라의 장화대부가 초나라에 있었는데, 그 기회를 타 초왕에게 진언하길, "현재 송옥이 자기 이웃의 처자를 선양하며 그 미색이 사람을 미혹시켜 사악한 마음을 일킬 정도라고 하니 신이 생각해보면 제가 아무리 착실히 법을 따른다고 해도 송옥만 못한 것 같습니다. 게다가 초나라 멀리 떨어진 곳의 여성이 어찌 대왕에게 말을 해줄 수 있겠습니까? 제가 안목이 비루하다고 한다면 모두가 확실히 눈으로 보아 확인한 것인데 저는 감히 달리 말을 할 수 없습니다." 이에 초왕이 말했다. "자네가 알아보고 내게 다시 보고하라." 이에 대부가 말했다. 알겠습니다. 신은 젊은 적에 멀리 여행을 한 적이 있는데, 그 족적은 중원을 다 돌아다녀 번화한 도시를 모두 가보았습니다. 함양을 떠나 한단에서 여행하며 정나라와 위나라의 진수와 유수가 머문 적이 있습니다. 당시 늦은 봄이라 여름에 가까운 따뜻한 해가 비추니 온갖 새들이 지저귀고 뭇 미녀들이 뽕나무 밭에서 뽕잎을 따고 있었습니다. 정나라와 위나라 교외의 미녀들은 그 미모가 절륜하여 광채를 발산했습니다. 몸매는 아름다웠으며 얼굴도 예뻤습니다. 신은 그들 가운데 아름다운 여성에게 시경 속의 구절을 인용해 말했습니다. "큰 길을 따라 그님과 함께 손잡고 걷네." 이 아름다운 구절을 그녀에게 선사하는 것이 너무 절묘하였습니다. 그 미인은 마치 오는듯하면서도 또 다가오지 않았습니다. 사람의 마음을 심란케 하여 황홀한 지경이었지요. 정은 깊었지만 그녀의 몸은 멀어졌습니다. 그 미인의 일거수일투족은 특별했습니다. 몰래 그녀를 바라보니 마음속은 너무 기뻐 미소가 나오고 그녀도 정을 품어 몰래 제게 추파를 보냈습니다. 그리하여 저는 다시 시경 속의 구절을 인용했습니다. "만물이 봄바람에 소생하니 신선함이 한바탕 가득하네." 그 미인은 마음이 순수하면서도 품행이 단정하여 제가 좋은 소식을 가져다주길 기다리고 있었습니다. 이렇게 그녀와 결합하지 못한다면 차라리 죽어버리는 것이 나을 지경이었습니다. 그녀는 몸을 뒤로 빼며 완곡한 말로 거절하였습니다. 아마 결국 그녀의 마음을 움직일 시구를 찾지 못한 듯하며 다만 정신적으로 의지하며 서로 기대고 있었습니다. 정말 그녀의 모습을 직접 보고 싶었지만 마음속으로는 도덕규범과 남녀예법을 생각했습니다. 입으로 시경의 옛 구절을 암송하며 예의를 지키며 끝내 규범을 넘어서지 않아 그 어떤 도리를 벗어난 행동을 하지 않았습니다. 그리하여 초왕은 좋다고 동의하였고, 송옥도 궁을 떠나지 않게 되었다.

(大夫登徒子侍於楚王, 短宋玉曰: 玉爲人體貌閑麗, 口多微辭, 又性好色。願王勿與出入後宮。王以登徒子之言問宋玉。玉曰: 體貌閑麗, 所受於天也; 口多微辭, 所學於師也; 至於好色, 臣無有也。王曰: 子不好色, 亦有說乎? 有說則止, 無說則退。玉曰: 天下之佳人莫若楚國, 楚國之麗者莫若臣裏, 臣裏之美者莫若臣東家之子。東家之子, 增之一分則太長, 減之一分則太短; 著粉則太白, 施朱則太赤; 眉如翠羽, 肌如白雪; 腰如束素, 齒如含貝; 嫣然一笑, 惑陽城, 迷下蔡。然此女登牆窺臣三年, 至今未許也。登徒子則不然: 其妻蓬頭攣耳, 齞唇曆齒, 旁行踽僂, 又疥且痔。登徒子悅之, 使有五子。王孰察之, 誰爲好色者矣。是時, 秦章華大夫在側, 因進而稱曰: 今夫宋玉盛稱鄰之女, 以爲美色, 愚亂之邪; 臣自以爲守德, 謂不如彼矣。且夫南楚窮巷之妾, 焉足爲大王言乎? 若臣之陋, 目所曾睹者, 未敢雲也。王曰: 試爲寡人說之。大夫曰: 唯唯。臣少曾遠遊, 周覽九土, 足曆五都。出鹹陽、熙邯鄲, 從容鄭、衛、溱、洧之間。是時向春之末, 迎夏之陽, 鶬鶊喈喈, 群女出桑。此郊之姝, 華色含光, 體美容冶, 不待飾裝。臣觀其麗者, 因稱詩曰: 遵大路兮攬子袪。贈以芳華辭甚妙。於是處子悅若有望而不來, 忽若有來而不見。意密體疏, 俯仰異觀; 含喜微笑, 竊視流眄。複稱詩曰:'寐春風兮發鮮榮, 潔齋俟兮惠音聲, 贈我如此兮不如無生。因遷延而辭避。蓋徒以微辭相感動。精神相依憑; 目欲其顏, 心顧其義, 揚《詩》守禮, 終不過差, 故足稱也。於是楚王稱善, 宋玉遂不退。)

「登徒子好色賦」

'정'이란 한마디 총제(總題)로 표기된 ≪소명문선≫, 제19권에 기재된 이상의 문장에서 우리는 우선 송옥이 화사한 용모에다 문재와 구재를 겸비한, 그야말로 재정양일(才情洋溢)의 문인이어서 주위로부터 시샘을 당했음을 알 수 있다.

그가 지은 <고당부>, <신녀부>는 각각 초양왕(楚襄王)이 고당(高唐)에서 유람을 하다가 꿈에 무산(巫山)의 신녀(神女)를 만나 운우의 정을 나누는 낭만과, 고당의 신녀의

〈그림 6〉 무산의 신녀

아름다움을 유미적인 문필로 묘사한 것인데, 이 모두 아름다운 여인의 미를 가송했다든지 미인과의 애틋한 사랑을 묘사했기 때문에 등도자로부터 "호색"이라는 불명예스러운 험담을 당했으나, 그는 이 <등도자호색부>를 지어 자신의 결백을 노래하여 결국 호색한은 송옥이 아닌 못생긴 처와 함께 살면서 많은 자식을 낳은 등도자로 판명되었다는 재미있는 이야기이다.

여기서 우리는 송옥이 한대의 사마상여나 진의 반악(潘岳)등과 같은 재기와 용모를 겸비한 중국의 대표적인 풍류재자의 선구였음을 알 수가 있으며, 그의 풍류는 이러한 멋지고 세련된 미남자의 외모를 가지고 있는데다 남녀 간의 풍류를 안 개인적 매력과 정취가 넘치는 전형적 인물의 특성을 지닌 풍류임을 느끼게 된다.

2) 산문

중국문학에서의 산문은 시문(詩文)이라는 말로 병칭될 만큼 시와 함께 가장 중요한 문학 장르라고 할 수 있다. 국문학에서 우리가 흔히 말하는 산문의 개념인 수필이라는 말은 12세기 남송의 홍매(洪邁)가 지은 ≪용재수필(容齋隨筆)≫에서 비롯된 것인데, 중국에서의 산문의 개념은 이와 다르며, 그 역사도 매우 유구하다. 말 그대로 '붓 가는 대로' 짓는 자유스러운 내용과 형식을 갖춘 짧은 문장인 수필은 중국문학의 소품문(小品文)에 가깝지만, 산문은 운문인 시와 역사를 같이 하는 유구한 전통의 실용성이 강한 문체이다. 중국문학에서 시의 원조인 시경이 있다면, 동시대에 산문의 원조인 역사서 서경(書經)이 있었다.

중국산문의 발생 배경을 살펴보면, 춘추전국시대부터 중국은 철기의 사용과 함께 사회가 전 시대에 비하여 큰 발전과 변화를 겪게 되면서 문학의 발전과정에 있어서도 변화가 일어났다. 즉 시가 쇠퇴하고 산문이 흥성하게 되었는데, 복잡해지는 사회에서 사람의 생각은 더 이상 시에만 의존할 수 없었기에 산문의 발전은 당연한 현상이었다. 문학의 보편적인 발전과정을 보면 상업 도시사회가 형성되면서 시가 쇠퇴하고 산문이나 소설이 그 자리를 대신하는 것은 당연한 이치인 것이다. 뿐만 아니라 선진시대인 춘추전국시대는 전쟁으로 얼룩진 동란의 시대였으며, 복잡한 사회문제와 함께 사람들의 사상의식에 있어서도 큰 변화와 발전을 가져온 이른바 대변혁의 백가쟁명(百家爭鳴)의 시대였다. 그리하여 이 시대에는 산문가들이 대거 출현하여 자신들의 다양한 생각과 학설을 표현하였다. 선진시대의 산문은 문장의 결구가 근엄하고, 추리(推理)가 치밀하였을 뿐 아니라 생동적인 비유로 수많은 걸출한 역사산문과 철리산문을 배출하여 중국산문의 황금시대로 간주된다.

선진시대를 포함한 중국의 고대산문은 크게 역사산문(歷史散文)과 철리산문(哲理散文, 혹은 諸子散文)으로 양분된다. 역사산문에는 서경을 비롯한 춘추(春秋), 좌전(左傳), 국어(國語), 전국책(戰國策), 사기(史記) 등의 사전류(史傳類)의 역사서가 해당되며, 철리산문에는 노자(老子), 논어(論語), 묵자(墨子), 맹자(孟子), 장자(莊子), 순자(荀子), 한비자(韓非子) 등의 제자류의 철학서가 해당된다. 중국산문의 황금시기라고 칭해지는 이 시대에는 문학이 학술과 아직 미분화된 시대로서 당시의 산문도 순수한 문학작품이라고는 할 수 없으며, 실용성과 학술성을 띠고 있는 것이 특징이다. 그럼에도 불구하고 적지 않은 이 시대 산문 작품들은 그 풍부한 문학적 색채로 인해 훗날 중국산문의 전범이 되어 큰 영향을 끼치게 된다.

먼저 역사산문에는 상서, 춘추, 좌전, 국어, 전국책 등이 있으나 비교적 문학성이 강한 작품으로는 좌전과 전국책을 꼽을 수가 있다. 좌전은 춘추좌씨전의 약칭으로 춘추를 역사사실에 따라 풀어 쓴 책으로 노나라의 사관 좌구명(左丘明)의 작품이다. 좌전은 인물과 전쟁묘사에 매우 뛰어나 훗날 사기를 비롯해 산문과 소설 예술의 인물묘사에 큰 영향을 끼쳤다. 전국책은 전국시대 종횡가들이 여러 나라에서 유세하던 책략적인 내용을 담고 있는데, 문장이 호쾌하고 유창하며, 재미있는 우언과 변론으로 문학성도 꽤 높이 평가된다. 그중의 몇 편을 보자.

장공이 조귀와 함께 병차를 몰고 장작 싸움에 나섰다. 공이 북을 울리며 진격을 명하자 조귀는 "아직 이릅니다!"라고 했다. 제군이 북을 세 번 울리자 귀가 말하길: "이제 됐습니다!"라고 한다. 제군이 대패하여 도망을 치자 장공은 이를 추격하려고 했는데, 귀왈: "아직 안 됩니다!" 조귀는 병차에서 내려 적의 수레바퀴 흔적을 살폈다. 또 수레 앞턱의 가로나무에 올라 멀리 조망한 후 : "됐습니다!" 하였다. 드디어 추격하여 제군을 모두 쫓았다.
(公與之乘, 戰於長勺. 公將鼓之, 劌曰: "未可!" 齊人三鼓, 劌曰: 可矣! 齊師敗績, 公將馳之, 劌曰: 未可. 下視其轍. 登軾而望之. 曰: 可矣! 遂逐齊師.) - ≪左傳·조귀가 전쟁을 논하다(曹劌論戰)≫

추기는 키가 8척이 넘고 몸매와 얼굴도 준수하였다. 어느 날 아침, 그는 의관을 갖추고 거울을 보며 처에게 물었다.
"나와 성북의 서공을 비교하면 누가 더 잘 생겼소?"
그의 처가 말했다. "당신이지요. 서공이 어찌 당신과 비교하겠어요?" 성북의 서공은 제나라의 미남자였다. 추기는 자신이

〈그림 7〉 추기가 제왕에게 간언하다(전국책)

서공보다 미남자임을 믿을 수가 없어 다시 그의 첩에게 물었다. "나와 서공 중에 누가 더 잘 생겼어?"

그러자 첩도 "사공이 어찌 당신과 비교가 되겠어요?" 라고 말했다.

이튿날, 문객이 밖에서 들어와 인사를 하였다. 추기를 그와 담소를 나누다가 물었다.

"나와 서공을 비교하면 누가 더 잘 생겼소?"

손님이 말했다. "서공은 당신만큼 잘 생기지 못합니다."

또 하루가 지나 서공이 그를 찾아왔다. 추기가 그를 자세히 살펴보니 자신이 그만큼 잘 생기지 못함을 알 수 있었다. 다시 거울을 비춰 자신을 보니 역시 서공보단 훨씬 못함을 알 수 있었다. 저녁에 자리에 누워 이 일을 생각하며 혼자 말했다. "처가 나를 잘생겼다고 한 것은 나를 편애한 때문이고, 첩이 나를 잘 생겼다고 함은 나를 두려워한 때문이며, 손님이 나를 잘 생겼다고 한 것은 나에게 도움을 얻고자 한 때문이야."

이에 추기는 조정으로 달려가 제위왕(齊威王)을 찾아가 말했다.

"저는 확실히 서공보다 잘 생기지 못한 것을 알고 있지만 저의 처는 저를 편애하고 첩은 저를 두려워하며, 문객은 제게 도움을 청하기 위해 제가 서공보다 더 잘 생겼다고 얘기했습니다. 지금의 제나라는 토지가 천리에 달하고 120개의 성이 있으며, 궁중의 희첩들은 그 누구도 대왕을 편애하지 않는 자가 없으며, 조정의 대신들도 대왕을 두려워하지 않는 자가 없으며, 나라 안의 백성도 대왕에게 도움을 청하고자 하지 않는 자가 없습니다. 이를 보면 대왕은 분명히 기만을 당하고 있을 것입니다."

제 위왕이 말했다. "잘 말하였소." 이에 명을 내려 말했다. "모든 대신과 관료, 백성들 가운데 내 앞에서 직접 나의 과오를 비판하는 자에게는 상등장(上等獎)을 주고, 상소를 올려 나를 간하면 중등장(中等獎)을 주며, 백성들이 모인 공공장소에서 나의 과실을 지적하고 얘기하여 그 말이 내 귀까지 들려오면 하등장(下等獎)을 내릴 것이다." 정령이 하달되자마자 모든 대신들은 간언을 퍼부었고, 궁중의 대문이 마치 시장통같이 벅적거렸다. 몇 달이 지나니 간혹 어떤 자가 찾아와 간언을 하였고, 1년이 지나자 간언을 하려고 해도 할 얘기가 없었다. 연, 조, 한, 위 등의 나라들이 이 일을 전해 듣고는 모두 제나라로 찾아와 그를 알현하였다. 이것이 바로 사람들이 말하는 조정에서 적국을 물리쳤다는 것이다.

(鄒忌修八尺有餘, 而形貌昳麗. 朝服衣冠, 窺鏡, 謂其妻曰: "我孰與城北徐公美?" 其妻曰: "君美甚, 徐公何能及君也?" 城北徐公, 齊國之美麗者也. 忌不自信, 而複問其妾曰: "吾孰與徐公美?" 妾曰: "徐公何能及君也?" 旦日, 客從外來, 與坐談, 問之客曰: "吾與徐公孰美?" 客曰: "徐公不若君之美也." 明日徐公來, 孰視之, 自以爲不如; 窺鏡而自視, 又弗如遠甚. 暮寢而思之, 曰: "吾妻之美我者, 私我也; 妾之美我者, 畏我也; 客之美我者, 欲有求於我也." 於是入朝見威王, 曰: "臣誠知不如徐公美. 臣之妻私臣, 臣之妾畏臣, 臣之客欲有求於臣, 皆以美於徐公. 今齊地方千裏, 百二十城, 宮婦左右莫不私王, 朝廷之臣莫不畏王, 四境之內莫不有求於王: 由此觀之, 王之蔽甚矣." 王曰: "善." 乃下令: "群臣吏民, 能面刺寡人之過者, 受上賞; 上書諫寡人者, 受中賞; 能謗譏於市朝, 聞寡人之耳者, 受下賞." 令初下, 群臣進諫, 門庭若市; 數月之後, 時時而間進; 期年之後, 雖欲言, 無可進者. 燕、趙、韓、魏聞之, 皆朝於齊. 此所謂戰勝於朝廷.)

≪戰國策·추기가 제왕에게 간언하다(鄒忌諷齊王納諫)≫

위왕과 총신(寵臣) 용양군이 함께 배를 타고 낚시를 했다. 용양군이 십여 마리 물고기를 잡고는 눈물을 흘렸다. 위왕이 물었다. "경은 무슨 기분 나쁜 일이 있는 것 같은데, 왜 짐에게 말하지 않는가?" 용양군이 답했다. "기분 나쁜 일이 없사옵니다." "그럼 왜 눈물을 흘리는가?" "신은 잡은 물고기를 보고 우는 것이옵니다." "그게 무슨 소리인가?"

"신이 처음 물고기를 잡았을 때는 기뻤지만 나중에 더 큰 고기를 잡고는 앞의 고기를 던져버렸습니다. 지금 저의 누추한 얼굴로 대왕을 모시며 용양군으로 봉해져 조정에서 대신들이 신을 추종하며 길을 비켜주지만, 천하의 미인들은 많고도 많아 제가 대왕의 총신을 얻은 것을 알면 모두 소매를 걷고 대왕에게로 달려올 것입니다. 그러면 저는 그들에 비할 바가 못 되어 처음 잡은 물고기와 같이 버려질 것입니다. 신이 어찌 눈물이 나지 않겠사옵니까?" "그렇지 않소. 경이 그런 마음이 있었는데 왜 짐에게 일찍 얘기하지 않았소?" 그리하여 전국에 영을 내려 "감히 미인이라고 하는 자는 구족을 멸한다."라고 하였다.
…

〈그림 8〉 전국시대 위왕·용양군과 함께 동성애로 유명한 漢哀帝와 董賢

(魏王與龍陽君共船而釣, 龍陽君得十餘魚而涕下. 王曰: "有所不安乎?如是, 何不相告也?" 對曰: "臣無敢不安也." 王曰: "然則何爲涕出?" 曰: "臣爲王之所得魚也." 王曰: "何謂也?" 對曰: "臣之始得魚也, 臣甚喜, 後得又益大, 今臣直欲棄臣前之所得矣. 今以臣凶惡, 而得爲王拂枕席. 今臣爵至人君, 走人於庭, 辟人於途. 四海之內, 美人亦甚多矣, 聞臣之得幸於王也, 必褰裳而趨王. 臣亦猶曩臣之前所得魚也, 臣亦將棄矣, 臣安能無涕出乎?" 魏王曰: "誤!有是心也, 何不相告也?" 於是布令於四境之內曰: "有敢言美人者族." …)
≪戰國策·위왕과 용양군이 함께 낚시하다(魏王與龍陽君共船而釣)≫

좌전 속의 <조귀가 전쟁을 논하다>의 문장은 매우 짧은 문장으로 전투상황을 간결하게 잘 묘사하였는데, 작자는 조귀라는 자의 지모를 아주 짧은 몇 마디의 말과 간결한 행동에 대한 묘사를 통해 대단히 잘 표현해내었다. ≪전국책≫에 있는 <추기가 제왕에게 간언하다>의 문장은 자신의 논리를 대단히 친근하고 재미있는 비유를 통해 간결하면서도 논리정연하고 설득력 있게 이야기를 전개시키고 있음을 알 수가 있다. 처, 첩, 객으로부터 시작해 궁중의 희첩, 조정의 대신, 나라 안의 백성, 그리고 상등장, 중등장,

하등장으로 이어지는 수미상응의 구조는 이 문장이 풍취는 물론 짜임새 있는 소설적 문장 구조도 함께 갖춘 멋진 산문임을 잘 보여주고 있다. 이런 고전산문의 간결하면서도 생동감 있고 재미있는 인물묘사는 서진시대 철리산문에 많이 나타난 우언고사들과 함께 중국산문이나 소설의 인물묘사예술에 큰 영향을 미치게 된다. 그리고 ≪전국책≫의 <위왕과 용양군이 함께 낚시하다>의 내용은 고대 제왕과 신하 사이의 동성애의 내용을 담고 있는데, 이로부터 '용양(龍陽)' 혹은 '용양지호(龍陽之好)'란 말이 남총(男寵, 혹은 男色)의 대명사가 되었다.16) 이처럼 선진시대 산문은 문학적 가치는 물론 당시 선진시대의 자유분방한 문화를 잘 보여주는 자료로서의 가치도 높다.

철리산문은 당시 제자백가들의 산문으로 한서예문지에 의하면 당시 학파로는 유가, 도가, 음양가(陰陽家), 법가, 명가(名家), 묵가, 종횡가(縱橫家), 농가(農家), 잡가, 소설가 등의 십가(十家)가 주였는데, 그들의 산문은 논어, 맹자, 노자, 장자, 묵자, 순자, 한비자 등으로 대표된다.

제자백가 산문의 내용을 대체적으로 살펴보면, 유가는 그중 가장 일찍 창립되고 영향력도 가장 큰 학파로 공자가 죽은 후에 맹자와 순자의 두 파로 나누어졌다. 묵가는 전국시대 초기의 묵자에 의해 창시되었는데, 운명을 부정하면서도 하늘과 귀신을 숭배하는 모순을 띠기도 하였지만 당시에는 유가와 함께 가장 영향력이 큰 학파였다. 묵자가 죽은 후 전국시대 후기 그의 일파는 미신적 색채를 탈피하고 논리학과 자연과학의 발전에 공헌하였다. 도가는 노자에 의해 창시되어 장자에 의해 계승 발전되는데, 전국시대에 도가의 일파는 명가, 법가와 결합하여 황로지학(黃老之學)으로 발전되어 한(漢) 초기의 통치자들에게 크게 활용되었다. 법가는 그 선구가 관중(管仲)과 자산(子産)이었지만 실제 기초를 닦은 자는 이리(李悝), 상앙(商鞅), 신불해(申不害) 등이다. 전국시대 말기 한비자는 법가를 집대성하여 법(法), 술(術), 세(勢)가 결합된 완정한 법치이념을 제시하여 노자와 순자의 합리적인 개념을 계승한 자신의 견해를 이루었다. 명가는 명실(名實)과 동이(同異), 이합(離合) 등의 개념문제를 전적으로 토론하던 전국시대의 학파로 대표인물은 혜시(惠施)와 공손룡(公孫龍)이다. 그들은 사물의 동일성과 차별성에 대해 연구하여

---

16) 선진 산문 속에서 동성애의 내용을 담고 있는 문장은 이 밖에도 ≪韓非子・說難≫ 속의 미자하(彌子瑕)와 위령공(衛靈公) 간의 복숭아를 나눠먹은 '분도(分桃)' 고사가 유명하다. 또 ≪漢書・董賢傳≫에는 동현이 애제(哀帝)와 늘 함께 잠을 잤는데 어느 날 애제가 자신의 옆에서 팔을 베고 깊이 낮잠이 든 동현이 깨어나지 않고 계속 자도록 자신의 소매를 잘랐다는 고사도 있다. 여기서 유래된 말이 '단수(斷袖)'인데, 역시 동성애를 가리키는 말이다.

고대 논리학의 발전에 공헌하였다. 음양가는 추연(鄒衍)이 그 대표로 음양오행설에 신비감을 더하여 오행 생극(生剋)의 순서로 왕조의 교체를 설명하는 '오덕종시(五德終始)'의 설로 신흥 봉건정권의 건립에 이론적 근거를 제시하였다. 그 외에도 병가(兵家)를 비롯한 여러 학파들이 있었다.

제자백가 산문 문장의 풍격을 보면, 논어는 짧고 평이하나 함축성이 있으며, 맹자는 기세가 크고 웅방하고, 노자는 소박하고 간결함 속에 깊은 함의가 있으며, 장자는 자유분방하고 기이하며, 묵자는 소박하고 명쾌하며, 순자는 치밀하고 비유가 많으며, 한비자는 엄숙하고 변론적이다. 그 가

〈그림 9〉 묵자

운데 유가와 대립하여 전국시대 양대 세력으로 성장했지만 나중에 급속히 쇠퇴했던 묵가에 주목할 필요가 있다. 묵가의 창시자 묵자는 이름이 적(翟)으로 전국시대 초기 노(魯)나라에서 태어났다는 설이 있다. 그는 처음에는 유학을 사사(師事)하였지만, 유가의 지나친 예악(禮樂)에 불만을 품어 독자적 사상체계를 창립했다고 한다. 묵자의 학설의 요체는 겸애(兼愛) 사상에 있다. 묵자는 유가의 인애(仁愛) 사상이 자신의 부모와 타인을 대함에 차이가 있는 차등적인 사랑(別愛)이라고 간주하여 배척하면서 평등하여 차별이 없는 사랑인 겸애를 주장하였다. 유가에 대한 묵가의 비판의식은 ≪묵자(墨子)·비유(非儒)≫편에 잘 드러나는데, 그 가운데 한 문장을 보자.

공자가 진(陳)과 채(蔡)의 사이에서 곤혹을 치를 때, 죽으로 배고픔을 달래며 밥을 먹지도 못했다. 열흘 째 되던 날, 자로(子路)가 돼지 새끼를 한 마리 삶아 찾아갔다. 공자는 고기가 어디서 왔는지 묻지도 않고 먹었다. 또 다른 사람의 의복을 벗겨 팔아 술을 사왔다. 공자는 또 술이 어디서 나왔는지를 묻지도 않고 마셨다. 나중에 노나라의 애공(哀公)이 공자를 영접하였는데, 공자는 자리가 바르게 깔려 있지 않다고 앉지 않았고, 고기가 바르게 썰려 있지 않다고 먹으려 하지 않았다. 자로가 공자에게 물었다.
"어찌 하여 진·채에 계실 때와는 상반되요?"
이에 공자가 답했다.
"자, 내가 얘기하지. 그때는 자네나 내가 모두 사는 데 급급했지만 지금 우리는 의리를 행하는 데 급급한 거야."
배고플 때에는 수단과 방법을 가리지 않고 목숨을 구하고, 배가 부르면 가식적으로 자신

을 부풀리니 비열하고 위선적임이 어찌 이보다 더할 수가 있으리!

(孔丘窮於蔡、陳之間, 藜羹不糂. 十日, 子路爲享豚, 孔丘不問肉之所由來而食. 襂人衣以酤酒, 孔丘不問酒之所由來而飮. 哀公迎孔丘, 席不端弗坐, 割不正弗食. 子路進, 請曰: "何其與陳、蔡反也?" 孔丘曰: "來, 吾語女. 曩與女爲苟生, 今與女爲苟義." 夫饑約則不辭妄取以活身, 贏飽則僞行以自飾. 汙邪詐僞, 孰大於此?)

≪墨子·非儒≫

이처럼 묵가는 유가의 가식적이고 위선적인 면을 신랄하게 비판하였다. 그러므로 묵가가 주장한 십대(十大) 사상인 상현(尙賢), 상동(尙同), 겸애(兼愛), 비공(非攻), 절용(節用), 절장(節葬), 천지(天志), 명귀(明鬼), 비락(非樂), 비명(非命) 등도 이런 선상에서 이해할 수가 있다. 요컨대 묵가는 민중의 편에서 유가의 비리에 정면으로 맞서 합리적이고 실천적인 강령으로 중국 선진산문의 정신적 경지와 내용을 풍부하게 하였지만, 아쉽게도 대통일의 국가 한(漢)이 들어서면서 백가를 파출하고 유학을 독존시키는 정책으로 인해 그 지위와 영향력이 중국에서 사라지게 되었다.

중국 선진시대 철리산문 가운데 문학의 최고봉은 역시 장자의 산문이라고 할 수 있다. 자유분방한 장자의 풍류는 바로 자유소요(自由逍遙)의 정신에 있는데, 그의 작품 속에서 가장 유명한 <소요유(逍遙遊)>는 이런 그의 사상을 가장 잘 반영하고 있다.

북쪽 바다에는 물고기가 있는데 그 이름을 곤이라 했다. 곤의 크기는 그것이 몇 천리나 되는지 몰랐다. 그것이 변화하여 새가 될 때는 이름을 붕이라 했는데, 붕의 등은 몇 천리나 되는지 몰랐다. 그것이 날개를 떨쳐 날 때 그 날개는 마치 하늘을 드리운 구름과 같았다. 이 새는 바다가 움직이게 되면 저 남쪽 바다로 옮겨가는데, 남쪽 바다라고 하는 곳은 하늘의 못을 말한다. 제해란 것은 괴이한 일을 기록한 책인데, 그의 말에 의하면, '붕이 남쪽 바다로 옮겨갈 때에 그 물파도는 삼천리를 때리고, 위로 올라가는 바람은 구만리나 뻗치는데, 갈 때는 유월의 바람에 의지한다.'고 했다.

(北冥有魚, 其名爲鯤. 鯤之大, 不知其幾千里也. 化而爲鳥, 其名爲鵬. 鵬之背, 不知其幾千里也; 怒而飛, 其翼若垂天之雲. 是鳥也, 海運則將徒於南冥. 南冥者, 天池也. 齊諧者, 志怪者也. 諧之言曰 : '鵬之徒於南冥也, 水擊三千里, 搏扶搖而上者九萬里, 去以六月息者也.')

위 우언(寓言)의 가치는 바로 장자의 초인적인 상상력에 있는데, 그는 사람이 살고 있는 현실세계의 공간을 초월한 무한한 세계를 창조함으로써 우리들에게 아무런 제한과 구속 없이 마음껏 오유(遨遊)하는 새로운 심령의 경지를 제공한 것이라고 할 수 있다. 그것은 바로 장자가 세속적인 명위(名位)나 이해(利害)、시비(是非)、생사(生死) 등의 모든 고정관념을 초월함으로써 진정한 자유를 만끽하려고 하는 노력에서 비롯된 것이다. 장자가 추구하는 이러한 이상적인 인생 경계인 자유소요 정신은 그로 하여금 달관적 인생의 풍류를 누리게 했는데, 다음 문장은 그러한 그의 세계의 단면을 잘 반영하고 있다.

> 장자의 처가 죽어 혜자가 조상을 갔는데, 장자는 마침 거기에 쪼그리고 앉아서 와분(瓦盆)을 두드리며 노래를 부르고 있었다. 혜자는 그를 꾸짖어 말하길 : "당신이 처와 더불어 오랫동안 살면서 처는 당신을 위해 자녀들을 키우고 이제 늙어서 죽게 됐는데, 당신이 울지 않는 것만도 족한데 와분을 두드리며 노래까지 하는 것은 너무하지 않은가?" 하니 장자가 회답하길 : "그렇지 않소. 내 처가 막 숨을 거두었을 때 난들 어찌 슬퍼하지 않았겠소! 그러나 나중에 곰곰이 생각해 보니, 그녀는 애초에 원래부터 생명이 없었소. 형체가 없었을 뿐만 아니라 심지어는 숨소리 기운까지 없었소. 그 후에 자신도 모르는 사이에 그만 돌변하여 기운이 된 것인데, 지금 또 생명이 변화하여 죽음이 되었소. (이러한 연변 과정은)바로 춘하추동 사시의 순환과도 같소. 그러니 지금 그는 천지의 큰 방에서 한창 편안히 자고 있는데, 나는 그 곁에서 질질 울고 있는 것이 스스로 생각하길 성명(性命) 연변의 이치를 깨닫지 못한 소행이라 느껴져 울지 않고 있는 것이오."
> (莊子妻死, 惠子弔之, 莊子方箕踞鼓盆而歌. 惠子曰 : "與人居, 長子老身, 死不哭亦足矣, 又鼓盆而歌, 不亦甚乎!" 莊子曰 : "不然, 是其始死也, 我獨何能無槪! 察其始而本無生, 非徒無生也本無形, 非徒無形也而本無氣. 雜乎芒芴之間, 變而有氣, 氣變而有形, 形變而有生, 今又變而之死, 是相與爲春秋冬夏四時行也. 人且偃然寢於巨室, 而我噭噭然隨而哭之, 自以爲不通乎命, 故止也.")
> (≪莊子≫ <至樂>中))

이와 같이 인생의 가장 극한 상황인 사생(死生)조차 초월하려는 의지를 통해 그는 진정한 자유와 즐거움을 찾았던 것인데, <열어구(列禦寇)>, <추수(秋水)> 등에서 그가 비록 빈곤과 기아 속에서 생활할지라도 세속인들이 추구하는 부귀공명을 탐하지 않고 그것을 멸시하는 고결한 인품을 보인 것[17]도 세속의 모든 가치기준에서 벗어나 형해(形骸)의 향수(享受)로써 즐거움을 삼는 것이 아닌, 성정(性情)의 편안함으로써 그 낙(樂)을 삼고자 함이었다. 이는 바로 무위소요(無爲逍遙)이자 진정한 지락(至樂)이라고 여긴, 그의 초일하고 달관적인 풍류정신을 말해주며, 그것은 바로 진정한 자유를 추구하는 그의 사상에서 연유된 것이다.

---

17) ≪莊子·秋水≫편에는 그가 차라리 진흙 속에서 꼬리를 끌며 다니는 산 거북이 될지언정 사당에 갇혀 사람들에게 존경 받는 죽은 거북이 되지 않겠다며, 楚威王이 파견한 두 大夫를 거절하는 내용이 있고, <列禦寇>편에서는 曹商이라는 宋나라의 관리가 자신의 재능과 부귀를 뽐내며 장자의 무능함을 비웃었을 때, 장자는 하는 일이 비천할수록 버는 돈이 많다는 내용의 멋진 비유를 들며 세속의 부귀공명에 추호의 관심도 없는 태도를 보이는 내용이 있다.

철리산문 가운데 장자 다음으로 꼽을 수 있는 것은 한비(韓非, 즉 한비자)의 산문 ≪한비자(韓非子)≫이다. 한비자는 상앙(商鞅)의 '법(法)'과 신불해(申不害)의 '술(術)', 그리고 신도(慎到)의 '세(勢)'를 하나로 집대성한 사람으로 그가 지은 ≪한비자≫는 모두 10여 만 자에 이르는 방대한 서적으로 선진시대 법가사상의 대표작이다. 그러나 그의 법가사상인 '형명법술지학(刑名法術之學)'은 원래 도가의 '황로지술(黃老之術)'에 그 뿌리를 두기에 그는 장자와 함께 노자의 사상을 가장 잘 계승한 자라고 할 수 있다. 그의 산문은 다량의 우언고사를 절묘하게 잘 운용하고 있는데, 모두 당시 사회현실을 소재로 하여 그의 법가사상을 잘 반영하고 있다. 그 가운데 대표적인 문장들을 보자.

송인(宋人) 가운데 농사를 짓는 이가 있었는데, 그의 밭에 나무가 한 그루 있었다. 어느 날, 토끼 한 마리가 달려가다가 나무에 받쳐 목이 부러져 죽고 말았다. 그는 힘들지 않게 토끼를 얻게 되자 그날부터 아예 농사일을 포기하고 날마다 그 나무 아래에서 토끼만 기다렸다. 그런데 다시는 토끼를 얻지 못했고 그는 송나라 사람들의 웃음거리가 되었다. (宋人有耕田者。田中有株，兔走，觸株折頸而死。因釋其耒而守株，冀複得兔。兔不可得，而身爲宋國笑。) - "守株待兔"

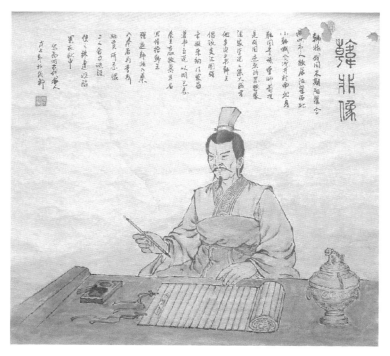

〈그림 10〉 韓非子 像

위왕이 초왕에게 또 절세미인을 한 명 선사했다. 초왕의 마음은 곧 그녀에게 빠졌다. 초
왕의 부인 정수는 내심 매우 질투가 났지만 겉으로는 초왕보다 더 그녀를 좋아하는 척하
며 멋진 보석과 의복들을 그녀에게 선사하며 마음대로 고르게 했다. 정수의 이런 거짓 행
동에 초왕은 완전히 속고 말았다. 그는 정수에게 "부인은 내가 새로 온 미인을 좋아하는
것을 알고 나의 마음에 응해 그녀를 나보다도 더 좋아하니 이는 마치 효자가 부모를 섬기
고 충신이 군왕을 모시는 것과 같구려."라고 하였다. 정수는 자신이 미녀를 질투함을 초
왕이 전혀 의심하지 않는 것을 확신한 후에 몰래 그 미인을 해칠 궁리를 하였다. 그리하
여 그 미인에게 말했다. "초왕이 당신을 매우 총애하지만 당신의 코를 싫어해요. 앞으로
대왕을 만날 때는 코를 막아요. 그럼 당신은 초왕의 사랑을 영원히 얻을 거야." 미인은 전
혀 경계심 없이 정수의 말대로 하였다. 매번 초왕을 뵐 때마다 손으로 코를 가렸다. 초왕
은 정수에게 말했다. "새로 온 미인이 나를 보면 언제나 코를 막는데, 그게 무슨 이유요?"
정수는 일부러 머뭇거리며 모르는 체하며 말했다. "저도 그 이유를 잘 모르겠습니다." 초
왕은 정수의 계략을 전혀 의식하지 못하고 자신도 모르게 그녀의 속임수에 빠져버렸다. 그
는 억지로 그 이유를 밝혀내려고 하였다. 정수는 속으로 결국 기회가 왔다고 기뻐하면서
날조하여 대답하였다. "얼마 전에 그녀가 말하길, 대왕의 몸에서 나는 냄새가 싫다고 하더
군요." 초왕은 그 말을 듣자마자 큰소리로 소리쳤다. "그년의 코를 잘라버려라!" 정수는 사
전에 시위들에게 경고하길, 초왕이 만약 무슨 명령을 내리면 즉시 집행하라고 하였다. 그
리하여 초왕의 화가 식기 전에 시위는 얼른 칼을 들어 그 미인의 코를 베어버렸다.
(魏王遺荊王美人, 荊王甚悅之。夫人鄭袖知王悅愛之也, 亦悅愛之, 甚於王。衣服玩好, 擇其
所欲爲之。王曰: "夫人知我愛新人也, 其悅愛之甚於寡人, 此孝子所以養親, 忠臣之所以事
君也。" 夫人知王之不已以爲妒也, 因爲新人曰: "王甚悅愛子, 然惡子之鼻, 子見王, 常掩鼻,
則王長幸子矣。" 於是新人從之, 每見王, 常掩鼻。王謂夫人曰: "新人見寡人常掩鼻, 何也?"
對曰: "不已知也。" 王强問之, 對曰: "頃嘗言惡聞王臭。" 王怒曰: "劓之!" 夫人先誡禦者
曰: "王適有言必可從命。" 禦者因揄刀而劓美人。) - "鄭袖不妒"

초나라 사람 변화(卞和)는 초산에서 박옥(璞玉, 다듬지 않은 옥석) 하나를 얻어 여왕(厲
王)에게 상납하였다. 여왕은 옥을 다듬는 장인에게 감정하게 하니 장인은 그것이 돌멩이
라고 하였다. 여왕은 변화가 그를 속였다고 생각해 그의 왼 다리를 잘라버렸다. 여왕이
죽고 무왕이 즉위하자 변화는 다시 그것을 무왕에게 헌납하였다. 무왕은 옥장에게 그것
을 감정하게 하니 장인은 또 말하길, 그것이 돌이라고 했다. 무왕은 변화가 자신을 속인
것을 알고 그의 오른쪽 다리를 잘라버렸다. 무왕이 죽고 문왕이 등극하자 변화는 그 옥
돌을 들고 초산 아래로 가서 통곡을 하였다. 사흘 밤낮을 울자 눈물이 말라 피가 흘렀다.
문왕이 그 소식을 듣고 사람을 보내 천하에 다리를 잘린 자들이 많거늘 왜 그렇게 슬피
우느냐고 물었다. 그러자 변화는 말하길, 자신은 다리가 잘렸기에 비통한 것이 아니라
보옥을 돌멩이라고 하고 충성심이 있는 사람을 사기꾼이라고 해서 슬퍼하는 것이라고
하였다. 문왕은 옥장에게 그것을 다듬어보라고 하니 진짜 옥을 하나 발견하게 되었다.
그리하여 그것을 "화씨의 옥"으로 이름 지었다.(楚人和氏得玉璞楚山中, 奉而獻之厲王。厲
王使玉人相之, 玉人曰: "石也." 王以和爲誑, 而刖其左足. 及厲王薨, 武王即位, 和又奉其璞
而獻之武王.武王使玉人相之, 又曰: "石也." 王又以和爲誑, 而刖其右足. 武王薨, 文王即位,

和乃抱其璞而哭於楚山之下, 三日三夜, 泣盡而繼之以血. 王聞之, 使人問其故, 曰: "天下之刖者多矣, 子奚哭之悲也?" 和曰: "吾非悲刖也, 悲夫寶玉而題之以石, 貞士而名之以誑, 此吾所以悲也." 王乃使玉人理其璞而得寶焉, 遂命曰 "和氏之璧".) - "和氏之璧"

한비자 속의 우언은 그 숫자가 3, 4백 개나 되는데 모두 한비자의 역사관과 사회현실에 대한 인식, 그리고 그의 법가 사상을 잘 반영하고 있다. 따라서 위에 인용된 우언고사들은 그의 현실주의적 법가 사상을 이해하는 열쇠이기도 하다. 이처럼 ≪한비자≫ 우언의 특징은, 시의(詩意)가 풍부하고 환상적이며 낭만주의적 풍격의 ≪장자≫와는 달리 매우 천근한 현실주의적 풍격을 지니고 있는 점에 있다. 그리하여 현실주의자인 한비자는 낭만주의자 장자와는 달리 너무 현실에 집착한 까닭에 큰 재주를 지니고도 동학(同學) 이사(李斯)와의 반목으로 인해 결국 이사의 말을 믿은 진시황에게 처형을 당하게 되는 불행한 운명을 맞게 된다.

요컨대 선진시대의 산문은 비록 순문학적인 문장은 아닐지라도 다량의 비유와 우언(寓言) 등의 예술적 표현방법을 활용함으로써 문학성이 대단히 높이 평가될 뿐만 아니라 유창한 변론은 이후 당송팔대가 산문을 비롯한 중국의 산문예술에 크게 영향을 미쳤다. 특히 제자백가들의 자유분방한 사상과 격정과 이상으로 충만한 철리산문은 중국문학의 사상성을 풍부하게 함으로써 중국문학의 풍류세계를 더욱 다채롭게 하였다.

3) 선진문학 속의 풍류재자

● 굴원(약 BC340—BC278년)

〈그림 11〉 굴원

굴원은 중국 전국시대 초나라의 시인이자 정치가로 지금의 호북성 의창(宜昌) 사람이었다. 이름은 평(平)이고, 자가 원(原)이었다. 일찍이 초회왕(楚懷王)의 신임을 받아 좌도(左徒), 삼려대부(三閭大夫) 등의 직책을 맡았으며, 귀족들의 시기와 비방으로 인해 귀양살이를 하다가 나중에 멱라강(汨羅江)에 투신하여 죽게 된다.

굴원은 그의 주요 작품인 ≪이소≫, ≪구가≫, ≪구장≫, ≪천문≫ 등을 통해 '향초미인'의 낭만주의 전통을 수립하였으며, 그가 창시한 초사체는 시경과 함께 중국인들에 의해 '풍소(風騷)'로 병칭될 만큼 사부(辭賦)의 시조로 추앙받고 있다. 그는 자신의 고뇌와 번민, 그리고 격정을 자유분방하고 상상력이 풍부한 낭만적인 수법으로 노래하여 중국 낭만주의 문학의 선구자이자 독창적인 시체로 자신의 개성을 표현하였기에 중국시인의 비조로 칭송되기도 한다. 낭만적이고, 초속(超俗)적이며, 고결하고 자유분방한 굴원의 삶과 문학은 그의 숭고한 애국정신과 함께 후대 중국문인들에게 큰 영향을 끼쳤다.

● 장자(약 BC369—BC286년)

장자는 전국시대 중엽 송(宋)나라 상구(商丘, 지금의 하남성에 위치한 도시)사람으로 이름은 주(周)였는데, 노자를 이은 전국시대 도가학파의 대표적 인물이다.

굴원이 고뇌 속에서 진정한 해결책을 얻지 못한 채 고민하며 오직 아름다운 사부 문학의 창작에만 의지하며 쓸쓸히 일생을 마친 정치가 겸 시인이었다면 장자는 그 번뇌와 우환의식을 자신의 지혜로써 극복하여 달관의 풍류적인 인생을 살다간 철학자 겸 산문가였다. 청대의 저명한 문학 비평가 김성탄(金聖歎)은 중국 고대의 문학작품 가운데 십부를

〈그림 12〉 장자-仇英 그림

선정하여 "십재자서(十才子書)"라고 명명하였는데 여기에는 "장자"란 책을 제일 처음으로 꼽았으니, 이로부터 장자는 중국 최초의 재자가 되는 것인데, 사실 그는 아주 달관적이고 자유로운 삶을 영위하였으니, 그는 중국 최초의 풍류재자라고 볼 수도 있을 것이다.

장자는 당시 전국시대 혼란스러운 세상에서 통치자들과 함께 뒤섞여 부귀영화를 추구하는 삶을 혐오하였다. 따라서 그는 당시 위정자들의 벼슬 청탁을 모두 사양하고, 오직 마음의 평화와 자유를 숭상하면서 평생 큰 관직을 하지 않은 채 은거하며[18] 저술에만 몰두하였다.

≪사기≫ <노자열전>에 딸린 그의 전을 보면 장자의 사상과 삶을 잘 이해할 수가 있는데, 그 원문은 다음과 같다.

---

18) 장자는 漆園이란 곳에서 미관말직을 맡은 적이 있어, 漆園吏는 곧 장자를 가리키는 말이 되었다.

장자는 몽(蒙)이란 곳의 사람으로 이름은 주(周)였다. 그는 일찍이 몽 지역 칠원(漆園)의 작은 관직을 맡은 적이 있다. 양혜왕(梁惠王), 제선왕(齊宣王)과 동시대 인물이다. 학식이 풍부하고 연구범위 또한 무척 광범위하였다. 중심사상은 노자의 학설이다. 그는 십여 만 자의 저술을 지었는데, 대부분이 비유로써 말하는 우언이었다. 그가 지은 ≪어부(漁父)≫, ≪도척(盜蹠)≫, ≪거협(胠篋)≫ 등은 공자학파의 사람들을 비판하면서 노자의 학설을 펼친 것이며, ≪위루허(畏累虛)≫, ≪항상자(亢桑子)≫ 등은 실제 사실을 말한 것이 아니다. 장자는 능숙한 문장력으로 유가와 묵가를 비박하였으니 당시 박학지사들도 그의 공격을 피하기 어려웠다. 그의 언어는 호방광대하고 종횡무진하여 마음껏 자신의 성정을 드러내었기에 왕공귀족들도 모두 그를 등용하지 못했다. 초위왕(楚威王)이 그의 현능함을 알고 사신을 보내 후한 예물로 그를 조(曹)나라의 재상으로 초빙하려 하였으나 그는 웃으며 사신에게 다음과 같이 말했다. "천금과 재상은 큰 예물과 존귀한 직위지만 그대는 천지에 제사를 올릴 때 사용하는 소를 보지 못했소? 그것을 몇 년간이나 잘 먹이고 화려한 비단을 걸쳐 태묘로 끌고 가 공물로 바치는 거지요. 이때 그 소가 외로운 돼지가 되고 싶어도 그럴 수가 있겠소? 나를 모욕하지 말고 어서 떠나시오! 나는 차라리 도랑 속에서 심신이 유쾌하게 살지언정 제왕들에게 구속받으며 살지 않겠소. 나는 평생 벼슬 하지 않으며 즐겁게 살겠소이다."

(莊子者, 蒙人也, 名周。周嘗爲蒙漆園吏, 與梁惠王、齊宣王同時。其學無所不窺, 然其要本歸於老子之言。故其著書十餘萬言, 大抵率寓言也。作漁父、盜蹠、胠篋, 以詆訿孔子之徒, 以明老子之術。畏累虛、亢桑子之屬, 皆空語無事實。然善屬書離辭, 指事類情, 用剽剝儒、墨, 雖當世宿學不能自解免也。其言洸洋自恣以適己, 故自王公大人不能器之。楚威王聞莊周賢, 使使厚幣迎之, 許以爲相。莊周笑謂楚使者曰:『千金, 重利 ; 卿相, 尊位也。子獨不見郊祭之犧牛乎? 養食之數歲, 衣以文繡, 以入大廟。當是之時, 雖欲爲孤豚, 豈可得乎? 子亟去, 無汙我。我寧遊戲汙瀆之中自快, 無爲有國者所羈, 終身不仕, 以快吾志焉。』)

≪史記≫ 卷六十三 ≪老子列傳≫附 ≪莊周傳≫

● 송옥

송옥(약 BC298—BC222년)은 전국시대 말기 초나라의 사부 작가로 지금의 호북성 의성(宜城) 근처에서 태어났다. 굴원이 죽은 후에 사마천의 지적대로 세인들이 그를 용납하지 못했지만 오직 송옥만이 굴원을 애도하며 그를 위해 사부를 지었다고 한다. 따라서 그는 굴원을 대단히 존경한 굴원 이후 최고의 사부 작가였다고 할 수 있다.

송옥은 중국고대 사대(四大) 미납자[19]로도 꼽히며, 또 그는 중국 문학 최초의 풍류재자라고 말할 수도 있을 것이다. 우선 <등도자호색부> 서에서 대부인 등도자가 초양왕을 모시며 송옥을 험담하는 말 "송옥은 사람됨이 체격과 외모가 화려하고, 입에는 교묘한 문사가 끊이지 않으며, 또한 성정이 호색하니 대왕께서는 그와 더불어 후궁에 드나

---

19) 가장 일반적인 설은 潘安、蘭陵王、宋玉、衛玠 등의 4명이지만 또 일설에는 潘安、蘭陵王、嵇康、衛玠라고 말하기도 한다.

들지 마시기 바랍니다."에서 우리는 송옥이라는 문인의 형상을 대략 그려낼 수가 있다. 따라서 송옥은 재기는 물론 뛰어난 외모와 풍정(風情)을 갖춘 중국고대 '풍류' 문인의 선구로서 후대 중국의 수많은 풍류재자들의 탄생에 영향을 끼쳤다고 할 수 있다.

〈그림 13〉 미남자 송옥

2장

⋮

한대문학사

1. 한대문학사 개관 - 풍류정신의 소침과 귀족문학의 발전

한대는 진대와 마찬가지로 대통일(大統一)의 시대였는데, 무위황로(無爲黃老)를 숭상하던 한초 혜제(惠帝), 문제(文帝), 경제(景帝)를 거쳐 무제(武帝) 때에는 드디어 오경박사(五經博士)의 설립과 함께 백가(百家)를 파출(罷黜)하고 오직 유교만 숭상하였으니, 거대한 태평통일국가를 형성한 한제국으로서는 당연한 현상이었으리라. 따라서 동중서(董仲舒), 양웅(揚雄), 마융(馬融), 정현(鄭玄) 등의 대사상가들이 유교에 치력을 쏟았지만, 유안(劉安), 왕충(王充) 등은 도가를 부르짖기도 했다. 사실 이 시대에는 유가나 도가가 공히 음양(陰陽),[20] 첨위(籤緯),[21] 방술(方術)[22] 등 미신적인 색채로 얼룩졌으니 이 또한 한대의 사회분위기였다.

흔히 한대를 유학의 성행시대로 보아 순수 서정문학이 고개를 들지 못했던 시기로 보는데, 이를테면 자유분방한 순수시가인 시경이 많은 유학자들에 의해 도덕론적으로 곡해되었다든지, 당시의 대통일국가의 위상과 태평을 가송하는 새로운 장르인 부(賦)가

---

20) 陰陽은 五行사상과 더불어 중국고대의 일종의 자연철학에 해당하며, 오행관념의 생성에 힘입어 음양사상이 발전하게 됐는데, 오행이 선민들의 어떤 숫자에 대한 숭배사상에서 나온 것이라면, 음양은 하늘의 형상과 기후를 관찰하는 기초위에 싹터 발전한 것이라 할 수 있다. 음양오행 학설 중에는 과학적 사고방법도 없지 않지만, 그 속의 '五德終始說'이나 '天人感應' 사상은 후에 봉건통치자들에게 이용되어 改朝換代의 이론으로까지 확대되며, 董仲舒는 더욱 그것을 신비화시키고 신격화하여 유가사상에까지 끌어들이게 된다.

21) 籤緯는 한대에 유행한 종교적 미신으로, 籤이란 길흉을 점치는 신비스런 隱語로서 이는 하늘의 뜻에 부합된다는 신성한 의미를 가지고 있었다. '緯'란 이미 方士化된 유생들이 神學적인 관점에서 유가경전에 대해 해석한 저작을 말하는데, '經'에 대응하여 얻은 이름이다. 한대 유학에는 '五經', '七經' 등이 있었고, 또 緯書에도 '五緯', '七緯' 등이 있었으며, 이러한 緯書 가운데 籤語가 있었으므로 후에 왕왕 籤과 緯를 함께 아울러 籤緯라고 하였는데, 漢儒들은 緯書로써 견강부회적으로 유교경전을 해석하는 경향이 있었다.

22) 方術이란 도교에서 믿어 행하는 方士들의 術로서, 煉丹採藥, 服食養生, 그리고 귀신들에게 제사를 지내는 등의 행위를 통해 '修煉成仙'을 이상으로 하였다.

일률적으로 개인의 서정보다는 정치에 영합하고 제왕의 환심을 사기 위한 귀족들의 형식주의적인 궁정(宮廷) 문학으로 전락했던 것이다. 더구나 이 시대에는 많은 문인들에 의하여 순수문학의 가치가 부정되었던 바 선진문학의 자유분방한 풍류 정신은 대통일 국가의 전아(典雅)와 의고(擬古)의 기풍 아래 수그러들 수밖에 없었다.

그러나 한대는 전대에 없던 대통일 시대였던 만큼 정치, 사회, 경제, 문화 등 모든 방면에 걸쳐 찬란한 발전을 이룬 시대였다. ≪한서≫ <식화지(食貨誌)>에 의하면 한무제 때에 이미 괄목할 만한 부를 축적하였다고 하는데, 그는 경제발전을 촉진시켰을 뿐 아니라, 한초의 '무위지치(無爲而治)'의 소극적인 태도를 일소하고 문치와 무공에 힘을 쏟았다. 무엇보다도 중요한 것은 그는 사상의 통일을 꾀하면서 동시에 문학예술에 박차를 가했던 점인데, 그가 문예상에 쏟은 정열은 우리가 주목할 만하다. 우선 그는 스스로 시문을 즐겨 지었고, 가요를 채록하는 악부라는 관청을 두어 문예발전을 크게 촉진시켰다.23) 한무제는 일찍이 사마상여(司馬相如)의 사부(辭賦)를 보고 "짐이 이 자와 동시대에 살지 못함이 한스럽도다."24)라며 그의 문학적 재기를 찬양했고, 그 이후의 제왕들도 이와 같은 분위기였는데, 한선제(漢宣帝) 때에는 많은 유생들이 문학을 음미(淫靡)한 것으로 여기고, 사부에 대해 비난을 가했을 때, 그는 "사부는 크게 보면 옛날의 시경과도 같으며, 그것은 아름답고 사람을 편안하게 해준다."25)라고 변호하였으니, 이는 그가 순문학을 옹호하고 문학의 풍류정신을 존중한 것을 의미한다. 거기에다 이 시대에는 선진시대의 문학개념에서 한걸음 나아가 문학과 학술을 분리하기 시작했으니, 그들은 어렴풋이나마 문학의 독자적인 가치를 느끼기 시작했던 것이었다. 그러나 귀족들에 의한 고전문학의 이러한 특성에 반하여, 평민백성에 의한 이 시대의 민간 시가문학 즉 악부시(樂府詩)는 뛰어난 예술성은 물론, 사실주의적이고 현실주의적인 시경의 문학전통을 이어받아 계속 발전했으니, 그 후 문인들에 의해 악부민가를 모방한 고시(古詩)가 출현하게 된 것도 이러한 악부가사의 전통을 이어받은 것이다. 따라서 이들은 한대문학 풍류정신의 실질적인 주류를 형성했다고 볼 수가 있는데, 그 후 한말 건안(建安) 시대를 맞아 이러한 전통은 더욱 꽃을 피우게 된다.

---

23) "立樂府而采歌謠"- ≪漢書≫ <藝文誌>.

24) "朕獨不得與此人同時哉"- ≪漢書≫ <司馬相如列傳>.

25) "辭賦大者與古 ≪詩≫同義, 小者辯麗可喜."- ≪漢書≫ <嚴朱吾丘主父嚴終王賈傳>.

2. 한대문학 속의 풍류정신

한대는 진대를 이은 대통일국가로서 전제주의 중앙집권의 대봉건제국을 형성한 시대인데, 당시는 중국역사에서 이미 정치와 경제 그리고 문화적으로 매우 발달한 시기였다. 호남성(湖南省) 장사시(長沙市) 마왕퇴(馬王堆) 서한묘(西漢墓)에서 출토된 진(秦)씨 부인의 소장품을 살펴보면 그 당시 귀족들의 생활이 얼마나 호화롭고 사치스러웠는지를 충분히 알 수 있다.

한대의 문화는 백가쟁명의 전국시대와 진대의 기초위에 더욱 활기차게 발달하였으니, 한초에는 황로(黃老) 문화가 주류를 이루다가 서한 중기에는 유학이 성행했고, 동한에 와서는 신선가(神仙家)와 도가학설의 기초 위에 도교가 흥행하고 또 불교도 중국으로 유입되었으니, 이런 문화적 교류와 융합 아래 한대문화는 대제국의 매우 웅장하고 번영된 기상을 가지게 된 것이 특징이다.

따라서 이 시대의 문학예술도 대체적으로 비교적 웅장하고 호방한 가운데서도 단정한 풍격을 지니게 된다. 한대의 문학은 당시의 음악 무도 등에서 선진시대의 초성(楚聲), 초무(楚舞) 식의 경가만무(輕歌曼舞, 즉 경쾌한 음악과 부드러운 춤)가 기조를 이루었던 바와 같이 기본적으로 선진시대 초나라의 문학을 계승하였는데, 한초 제왕들이 모두 황로사상을 좋아했고, 한고조 유방과 한무제 유철(劉徹) 등이 지은 대풍가(大風歌)와 추풍사(秋風辭)가 모두 형식과 풍격에서 초성의 전통을 이어받은 점을 보면[26] 이를 알 수가 있다. 한대를 풍미한 부(賦)라는 문학 장르도 원래 초사에서 비롯된 형식임도 우리들이 주지하는 사실이다. 그러던 것이 서한을 거쳐 동한에 이르는 동안 중서 문화교류와 중국 내의 민족 문화교류가 점점 활발해지면서 건안 시대에 이르러 사회적, 정치적 변화에 따라 문학의 주도세력도 완전히 바뀌게 된다. 이 시기의 문화적 기반은 초나라 문화에서 서서히 북방민족 중심의 문화로 전환되면서 문학의 풍격도 변화하고 다양해지게 된다.

한대의 문학은 동한 시대를 지나면서 시가 중심이 되었고, 그로부터 시는 중국 문학의 주류를 이루게 되었다. 특기할 만한 점은 이때의 문인들은 서로 다투어 민가를 모방

---

26) 賈誼의 ≪惜誓≫, 淮南小山의 ≪招隱士≫, 王褒의 ≪九懷≫, 劉向의 ≪九嘆≫, 揚雄의 ≪畔牢愁≫등은 劉邦과 劉徹의 ≪大風歌≫, ≪秋風辭≫와 더불어 굴원의 楚辭體를 모방하였다고 해서 '騷體詩'라고 불리어지는데, 이는 일종의 시가 장르를 형성하게 되며, 한대 시가 발전에 큰 영향을 끼치게 될 뿐 아니라 나중에 李白·韓愈·柳宗元·蘇軾 등의 대시인들에게도 큰 영향을 끼치게 된다.

하여 시를 지었다는 것인데, 이때부터 호적(胡適)의 말대로 "문학의 민중화"와 "민가의 문인화"[27])가 이루어지게 되는 셈이다. 따라서 이 시대는 중국의 시가전통에서 볼 때 현실주의 정신과 사회성을 띤 악부시가 성행, 발전하였으며, 악부시의 애락의 감정에 근원을 두면서도 사회성을 띠는 정신이라든지 또 건안시대의 이른바 '건안풍골(建安風 骨)'의 현실주의적 문학풍조의 전통은 훗날 당대의 이백, 두보, 백거이(白居易), 원결(元 結), 원진(元稹) 등의 대시인들의 사상에 많은 영향을 끼치게 된다.

요컨대 한대문학의 풍류세계는 한부에서 나타난 대통일국가의 부강과 위엄 그리고 풍요와 여유에서 비롯된 웅혼하고 활기찬 기상이 주종을 이루다가 동한을 지나면서 시 경의 전통을 이은 악부시가 그 사상성과 예술성에서 뛰어난 풍모를 발휘하여 당시의 문단을 지배하였으니, 그 소박함과 진지함(악부시, 고시십구수 등), 처량함과 강개함(건 안시)의 풍격으로 전개되는 인생의 비애에 대한 고민, 삶에 대한 깊은 깨달음과 체념 (악부시, 고시십구시 등) 그리고 나아가서는 사회와 인간에 대한 관심과 동정(건안시) 등은 이 시대의 문학이 갖는 보편적인 풍류에 해당된다고 볼 수 있다. 그리고 또 특기 할 사실은 이 시기의 역사가 사마천은 자유롭고 걸출한 산문예술정신으로 중국문학의 발전에 크게 공헌하였을 뿐 아니라 이 시대 문학예술의 풍류세계의 한 자리를 차지하 였다는 점일 것이다.

3. 한대문학의 세계

1) 한대사부(漢代辭賦)의 풍류(風流) 세계

한대의 귀족문인들에게 있어 가장 중요했던 문학은 역시 부(賦)였다. 한대에 풍미하 여 그 시기의 문학을 대표했던 부는 내용이 빈약한 수식주의 문학으로 간주되어져 그 자체의 문학적 가치를 대개 인정받지 못하고 있지만, 포장과 과시를 통해 표현되는 부 본래의 이런 특성은 대통일국가의 부강과 웅혼한 기상이 반영되어 활력차고 호방한 기 풍이 드러나는데, 이 역시 중국문학의 풍류세계의 초보 단계로 볼 수 있다.

---

27) 胡適, 《白話文學史》, 臺灣: 文光圖書, 1983, 45쪽 참조.

그리하여 질펀하게 노니는데, 하늘을 찌르는 듯한 누대에 술을 차려놓고, 궁궐 같은 넓고 깊은 집에서 음악을 베풀도다. 십이만 근이나 되는 종을 두드리고, 백이십만 근이나 되는 종 기둥을 세우며, 비취깃산의 깃발과 신령스러운 저파룡(猪婆龍)의 북을 세웠도다. 요(堯) 임금의 춤을 연주하며 갈천씨(葛天氏)의 노래를 듣나니, 천인이 합창을 하고 만인이 화성을 넣도다. 산 구릉이 이로 인해 진동을 하며 계곡이 또한 물결을 치구나.

(是乎遊戲懈怠, 置酒乎顥天之臺, 張樂乎膠葛之寓. 撞千石之鐘, 立萬石之虡. 翠華之旗, 樹靈鼉之鼓. 奏陶唐氏之舞, 聽葛天氏之歌. 千人唱, 萬人和. 山陵爲之震動, 川穀爲之蕩波.)

≪上林賦≫

위의 부는 천자의 음악과 무도의 웅장함을 묘사한 부분인데, 표현이 지나치게 포장되고 과장되어 있으나 기세의 웅대함은 가히 사람을 감동시킬 만하다. 한부의 이러한 포진(鋪陳, 즉 포장과 과장)의 특성은 대제국을 형성한 한의 부강함과 위엄하에 나타날 수 있는 풍요와 여유에서 비롯된 또 다른 풍류정신의 반영일 것이다.

운몽이라는 것은 사방 구백 리에 걸쳤는데, 그 가운데에 산이 있다. 그 산은 첩첩히 싸여 이어졌고, 가파지른 듯 높이 솟아올라 울퉁불퉁한 산봉우리들은 해와 달을 가렸고, 서로 복잡하게 어우러져 위로는 푸른 구름을 범하고 옆으로 문어져 내린 듯 울퉁불퉁 비알진 모습은 아래로 강과 내에 이어졌네. 그 흙은 붉고 푸르고 희고 노란데 석벽과 금은처럼 온갖 색이 현란하고 그 찬란함이 용의 비늘과 같도다. 그 돌은 적옥, 매괴, 임민, 곤오, 함륵, 현려, 난석, 무부 등과 같은 옥돌이어라. 그 동쪽은 혜초동산에 두형란, 지약, 궁궁, 창포, 강리, 균무, 제서, 파거 등의 향초풀들이 있으며 그 남쪽은 평원과 넓은 못가가 있는데 그 올라가고 내려간 모양이 비스듬히 길게 뻗쳐 있고, 움푹 아래로 내려간 모양이 넓게 이어졌는데, 대강(大江)에 연유하고 무산(巫山)을 경계로 하도다.

(雲夢者, 方九百里. 其中有山焉. 其山則盤紆茀鬱, 隆崇律崒, 岑崟參差, 日月蔽虧. 膠錯糾紛, 上幹靑雲. 罷池陂陁, 下屬江河. 其土則丹靑赭堊, 雌黃白坿, 錫碧金銀. 衆色炫燿, 照爛龍鱗. 其石則赤玉玫瑰, 琳瑉昆吾. 瑊功玄厲, 礝石碔砆. 其東則有蕙圃, 蘅蘭芷若, 芎藭菖蒲, 江蘺麋蕪, 諸柘巴苴. 其南則有平原廣澤, 登降陁靡, 案緣壇曼. 緣以大江, 限以巫山.)

≪子虛賦≫

이상의 한 대목은 단순히 운몽(雲夢)이라는 경치를 묘사한 부분인데, 이 또한 과장된 수법과 포장적 배열로 성대한 분위기를 유감없이 표현하고 있다. 한부의 이러한 포진적인 표현과 웅대한 기세는 그대로 계속 이어져 내려가 동한의 ≪양도부(兩都賦)≫, 위진의 ≪삼도부(三都賦)≫[28] 등으로 발전했으니, 그것은 바로 한부의 특성이자 일종의

---

28) <兩都賦>와 <三都賦>는 각각 班固와 左思의 대표적 賦작품인데 모두 京都의 장관을 묘사한 것이다. 班固의 <兩都賦>가 세상에 나오자 이어서 張衡이 <西京賦>, <東京賦>, <南京賦>를 짓게 되고, 연이어 左思도 <三都

장점이라고도 볼 수 있다.

포진적인 표현으로 천자와 제후의 궁원과 유렵을 웅장한 기백으로 묘사한 것이 한부의 가장 주요한 특색이라고 하면 서정적인 표현으로 작자의 개성을 비교적 감동적으로 읊조린 것은 한부 중 그렇게 많지는 않으나 문학적으로 우리가 비교적 그 가치를 높이 평가하는 것들로서, 앞에서 인용한 웅혼한 풍류세계와는 또 다른 멋이 있다.

> 한숨을 쉬고 슬피 흐느끼나니 신을 신고 일어나 배회를 하도다. 긴 소매를 들어 얼굴을 가리며 옛날의 과실들을 헤아려 보고는, 스스로 얼굴을 볼 면목이 없어 모든 생각을 끊어 버리고 침상에 들도다. 분약(향초명)을 주물러서 베개를 삼고 전란(향초명)과 지향(향초명)으로 자리를 만들었네. 부지불식간에 잠이 들었는데 꿈결에 마치 그님이 옆에 있는 듯하였는데, 놀라 깨어보니 사람은 온데간데없고 마음은 두려움 속에서 넋을 잃도다. 뭇 닭들의 울음에 내 마음 더더욱 처량하여 일어나 밝은 달을 보도다. 별들의 행렬을 보니 필성과 묘성이 모두 동방에 떴구나. 정원에 비친 미광을 바라보니 마치 가을의 서리가 내린 듯하여라. 길고 긴 밤은 마치 일 년과도 같고 끊임없는 나의 슬픔은 견디기 어렵구나. 우두커니 서서 움직이는 서광을 보니 멀리서부터 점점 밝아 오도다. 말없이 혼자 슬퍼하나니 해와 달이 가도 그 님을 잊지 못하겠네.
> (舒息悒而增欷兮, 跋履起而彷徨. 揄長袂而自翳兮, 數昔日之響殃. 無面目之可顯兮, 遂穨思而就牀. 搏芬若以爲枕兮, 席荃蘭而芝香. 忽寢寐而夢想兮, 魄若君之在旁. 惕寤覺而無見兮, 魂迁迁若有亡. 衆雞鳴而愁予兮, 起視月之精光. 觀衆星之行列兮, 畢昴出於東方. 望中庭之藹藹兮, 若季秋之降霜. 夜曼曼其若歲兮, 懷鬱鬱其不可再更. 澹偃蹇而待曙兮, 荒亭亭而復明. 妾人竊自悲兮, 究年歲而不敢忘.) ≪長門賦≫ 中

≪장문부≫는 그 창작동기는 비록 다른 부들과 마찬가지로 자신의 정감을 노래한 것이 아닌 타인을 위해 바치기 위한 무병신음의 문장이지만, 한부가 일반적으로 가지고 있는 무절제한 포진퇴체(鋪陳堆砌)의 성격에서 벗어나 아름답고 부드러운 필치로 궁원(宮怨)적인 내용을 비교적 간결하게 묘사한 작품으로, 산체대부(散體大賦)의 전형적인 한부 형식을 탈피하여 서정소부(抒情小賦)적인 작품이다. 이 작품은 한무제(漢武帝)의 왕비인 진황후(陳皇後)가 남편의 총애를 잃고 장문궁(長門宮)에서 외롭게 지내는 처량한 신세를 읊은 것인데, 군주를 고대하며 깊은 밤에 잠 못 이루며 애태우는 왕비의 간절한 마음이 매우 섬세하고 애절하게 표현되어 있다. 전하는 말에 의하면 한무제가 이 글을 읽고 크게 감명 받아 그녀를 다시 받아들였다고 하니 그 문장의 힘이 얼마나 대

賦≫를 지었다. 이러한 賦들은 모두 서로서로 모방을 한 것들이지만, 당시 서울의 웅장한 경관이라든지 그 지역의 風土物産 그리고 人物習俗 등을 오랜 세월에 거쳐 세밀히 묘사한 人作이라고 할 수 있다.

단했는가를 가히 알 수가 있다.

위 작품들의 작자는 한대 제일의 부 작가인 사마상여(司馬相如)가 지은 것인데, 그는 비록 구흘(口吃, 말더듬이)과 소갈증(消渴症, 일종의 당뇨병과 같은 증세)이라는 신체적 결함이 있었지만, 뛰어난 문재와 음악예술적인 재능 그리고 자유분방한 개성 등을 두루 갖춘 자로서 송옥에 이어 중국의 전형적인 풍류재자에 해당한다. 그가 탁문군(卓文君)이라는 묘령의 과부와 펼친 사랑의 도피행각은 천고의 미담으로 수천 년간 중국인의 입에 회자되었을 뿐 아니라, 낭만적인 문학의 제재로서 후대의 중국문학 특히 재자가인류의 소설, 희곡 등에 큰 영향을 끼쳤다.

≪장문부≫는 비록 상납을 위해 지어진 문학이지만 거기에는 여성에 대한 연민과 불우한 처지에 대한 동정이 있으며 애절한 정감과 완약한 풍류가 있으니, 중국 천고의 풍류재자의 전범이라고 할 사마상여의 작품으로 의심의 여지가 없다. 그리고 일부에서 과연 사마상여의 작품인지 의문을 가지는 ≪미인부(美人賦)≫ 또한 사마상여의 개성을 잘 반영하고 있는 작품이다.

사마상여는 아름답고 우아하여 양(梁)나라에 유세하러 갔을 때엔 양왕은 그를 매우 좋아하였다. 추양(鄒陽)이 양왕에게 그를 비방하였다. "상여는 아름답긴 하지만 의복이 야하며, 용모는 아름다우나 믿음이 없고, 장차 달콤한 말로 대왕의 호감을 얻고자 하면서도 후원에 가서는 여러 후비들과 히득거리는데 대왕은 아직 모르시는지요?" 양왕이 상여에게 물었다. "그대는 여색을 탐하는가?" 상여가 답했다. "저는 여색을 탐하지 않습니다." 양왕이 말했다. "자네가 여색을 탐함은 공자나 묵자와 비교하면 어떤가?" 상여가 말했다. "고대에 여성을 회피한 사람 가운데 공구는 제나라에서 미녀를 노나라에 보낸다는 말을 듣고 멀리 도망갔으며, 묵적은 상나라의 음탕했던 조가성을 바라보고는 수레를 돌려 돌아갔으니, 이는 마치 불과 물에 빠지는 것을 방지하는 것과도 같아 물을 피해 산으로 올라간 것과 같습니다. 이는 욕망을 자극하는 것을 피한 것인데, 무엇으로 그들이 여성을 좋아하지 않는다고 말할 수 있겠습니까? 그들은 저와 같지 않습니다. 저는 젊을 적에 서부에서 혼자 살았었는데 집은 넓었지만 저와 놀 수 있는 사람이 없었습니다. 동쪽 이웃에 여자가 하나 있었는데, 아름다운 머릿결은 구름과 같았고, 두 눈썹은 아미와도 같았으며, 치아는 새하얗고 얼굴은 달처럼 풍만했습니다. 요염한 모습은 빛이 났습니다. 언제나 머리를 높이 들어 서쪽을 향해 쳐다보며 저와 함께 밤을 보내길 희망하였습니다. 그녀가 담을 넘어 저를 바라본 지가 지금 이미 삼 년이 넘었지만 저는 그녀를 바라보지 않았습니다.

저는 대왕의 고상한 덕을 흠모하여 차를 몰아 동으로 정나라와 위나라, 그리고 상중과 같은 음란한 지역을 지나게 되었습니다. 아침에 정나라 진유하를 출발해 저녁에 위나라 상궁에 머물렀습니다. 상궁은 방이 비었는데, 그 적막함이 허공에는 구름안개가 끼일 정도였습니다. 문들은 낮인데도 닫혀져 있었고 실내는 포근하여 마치 신(神)들이 사는 곳 같았는데, 신이 그 문을 열고 안으로 들어서니, 아름다운 향기가 진동하였고, 꽃무늬 휘장이 높이 펼쳐져 있었습니다. 그리고 거기에는 한 여인이 홀로 있었는데 침상에 아름다운 자태로 누워 있었습니다. 기이한 꽃같이 빼어난 자태로 그 아름다운 바탕은 농염하여 빛날 정도였었습니다. 이윽고 신을 보고는 다가와서 살며시 끌며 미소 지어 말하길 … 손님께서는 어느 나라의 공자이시며 오신 길은 멀지 않았습니까? 그리고는 술을 가져오고 금(琴)을 올렸는데, 신은 현을 다듬으며「유란백설」의 곡을 탔습니다. 그녀는 노래를 불렀는데 "홀로 있는 거실은 넓은데 의지할 사람은 없고, 그 님을 그리워하며 마음은 괜히 슬퍼집니다. 그대는 어찌 이다지도 늦도록 나타나지 않고 날은 이미 저물어 꽃다운 모습은 초췌해가니 감히 그대에게 몸을 맡겨 오랫동안 간직하길 바라옵니다." 마침내 옥으로 된 머리장식들을 풀어 신의 관(冠)에다 걸고 비단소매 자락으로 신의 옷을 만졌습니다. 그때 해는 져 석양이었고 검은 그림자가 어둡게 깔렸는데 흐르는 바람은 차가웠고 흰 눈은 날렸으며 조용한 방은 한없이 적막한데 인기척 하나 없었습니다. 그리하여 침구가 펼쳐졌고 잠옷과 그 장식들이 참으로 진기했습니다. 금향로에 향이 피워지고 꽃무늬 휘장은 낮게 드리워졌으며, 담요는 이어져 펼쳐졌고 베개는 옆으로 길게 놓였는데, 여인은 그 윗옷을 풀었으니 속옷이 드러났습니다. 그리고 흰 몸이 펼쳐졌는데 가는 뼈대에 속살이 풍만했으며, 그때 신에게 가까이 다가왔을 때 그 부드럽고 미끈한 살결은 마치 기름과도 같았습니다. 그러나 저는 마음을 가다듬고 정신을 맑게 하여 올바른 마음을 지킬 것을 맹세하며, 멀리 달아나 그녀와 이별하였습니다.

(司馬相如美麗閑都, 遊於梁王. 梁王悅之, 鄒陽贊之於王曰: "相如則美則美矣, 然服色容冶, 妖麗不忠, 將欲媚辭取悅, 遊王後宮, 王不察之乎?" 王問相如曰: "子好色乎?" 相如曰: "臣不好色也." 王曰: "子不好色, 何若孔墨乎?" 相如曰: "古之避色, 孔墨之徒, 聞齊饋女而遐逝, 望朝歌而回車. 譬於防火水中, 避溺山隅. 此乃未見其可欲, 何以明不好色乎? 若臣者, 少長西土, 鰥處獨居. 室宇遼廓, 莫與爲娛. 臣之東鄰, 有一女子, 雲發豐豔, 蛾眉皓齒, 顏盛色茂, 景曜光起, 恒魋魋而西顧, 欲留臣而共止. 登垣而望臣, 三年於茲矣, 臣棄而不許. 竊慕大王之高義, 命駕東來, 途出鄭衛, 道由桑中, 朝發溱洧, 暮宿上宮. 上宮閑館, 寂寞雲虛, 門上晝掩, 曖若神居. 臣排其戶而造其堂, 芳香芬烈, 黼帳高張. 有女獨處, 婉然在床. 奇葩逸麗, 淑質豔光. 睹臣遷延, 微笑而言曰: "上客何國之公子? 所從來無乃遠乎?" 遂設旨酒, 進鳴琴. 臣遂撫弦, 爲幽蘭白雪之曲. 女乃歌曰: "獨處室兮廓無依, 思佳人兮情傷悲. 有美人兮來何遲, 日既暮兮華色衰. 敢托身兮長自私." 玉釵掛臣冠, 羅袖拂臣衣. 時日西夕, 玄陰晦冥, 流風慘冽, 素雪飄零, 閑房寂謐, 不聞人聲. 於是寢具既設, 服玩珍奇, 金鉔熏香, 黼帳低垂. 裀褥重陳, 角枕橫施. 女乃馳其上服, 表其褻衣. 皓體呈露, 弱骨豐肌. 時來親臣, 柔滑如脂. 臣乃氣服於內, 心正於懷, 信誓旦旦, 秉志不回, 翻然高舉, 與彼長辭.[29])

유대걸(劉大傑)에 의하여 "중국 최초의 색정 문학" 내지는 "중국 최고급의 회음(誨淫) 문학" 등으로 비평되는 이 작품은 간결하고 함축적인 필치로 남녀 간의 은밀한 사

---

29) 費振剛 等 輯校, 『全漢賦』, 北京: 北京大學出版社, 1993, 97~98쪽.

건을 절제 있게 묘사했지만, 사실상 이 문장의 행간은 숨 막히는 정욕과 육감이 충만되어 있다고 해도 과언이 아니다. 유대걸도 지적하였듯이 이른바 "큰 도둑은 무기를 지니지 않는다(大盜不操干戈)."고나 할까 아니면 절제된 간략한 터치로 핵심을 생동적으로 포착해내는 백묘(白描)적 기법이라고 할까, 삼언양언(三言兩語) 식의 짧은 문장으로 독자들로 하여금 그 분위기에 빠져 무한한 상상을 펴게 하며, 색정적인 요염한 여인의 강렬한 정욕과 호색적인 작자의 욕망을 아주 생동적이고 농염하게 표현했지만, 우리들에게 결코 저속하다거나 지나친 노출감을 느끼게 하지 않고 있다. 이 글의 작자가 재정이 넘치고 연애 사건의 고수인 낭만적이고 자유분방한 성격의 사마상여인 것은 매우 당연하게 느껴진다. 인간의 자유스러운 정감을 노래하는 서정문학이 침체된 유학의 시대인 한대에 사마상여와 같은 유가적인 분위기를 벗어난 낭만적이고 개인주의적 색채가 짙은 문인이 한 시대의 문단을 대표하고(귀족문학인 賦에서는 그가 단연 으뜸이었다) 그 시대 문학의 맹주로서 군림하였음에 위는 주목하지 않을 수 없다. 그의 풍류재자로서의 이미지는 한대뿐 아니라 그 후 중국문학의 역사에서 영원히 남아 부단한 영향력을 발휘하였다는 사실은, 중국문학에서는 이러한 풍류정신이 살아 숨 쉬며 끊임없이 계승 발전되어 나감을 의미하는 것이다.

　서한의 부들이 편폭이 다소 길며 서사적, 영물적인 내용이 주였다면, 동한의 부들은 대개 편폭이 작은 서정소부 식이었다. 그중에서 장형(張衡)의 ≪귀전부(歸田賦)≫는 가장 대표적인 작품으로 위진시대 전원문학의 선구가 되었으며 名利를 벗어나 전원에서 대자연과 더불어 평담하게 살아가는 또 하나의 중국문학의 풍류세계를 낳게 된다.

　　오랫동안 낙양(洛陽) 경도에 있었으나 높은 지략이 없어 군왕을 돕지 못했네. 공허한 생각으로는 일을 이루기 어렵나니, 정치가 청명할 날은 그 언제일까. 채택(蔡澤)과 같이 심중의 큰 뜻을 펴고자 할 때, 당생(唐生)을 쫓아 마음속의 의문을 펴 보네. 천도가 실로 암울하니 어부를 쫓아 함께 즐기리라. 오탁한 세상을 떠나 멀리 가나니 속세와 영원히 결별하도다. 그리하여 중춘의 좋은 계절에 날씨는 온화하고 청명한데 들판의 초목들은 무성하고 백초가 자생하구나. 물수리는 날개 짓을 하고 꾀꼬리는 슬피 울며 쌍쌍이 날며 꽥꽥 앵앵 우는구나. 한가히 소요하며 잠시 마음을 펴 보나니 마치 용이 큰 못에서 길게 소리치듯 하고 범이 산속에서 크게 포효하듯 하도다. 가는 활을 가져다 나는 새를 쏘고 큰 강 아래에서 낚시를 드리우네. 새는 화살을 맞아 죽고 물고기는 먹이를 탐내 낚시 바늘을 삼켰도다. 구름 사이에서 노니는 새를 쏘아 맞추고, 깊은 못에 있는 물고기를 낚아 올리네. 이때에 태양은 점점 기울고 달은 점점 높이 뜨는데, 마음껏 노니느라 하늘이 어두워져도 피로함을 잊도다. 사냥이 사람을 미치게 만든다는 노자의 가르침을 생각하여 수레를 타고 초가집으로 돌아오네. 거문고로 미묘한 곡조를 켜보고 소리 높여 주공(周公)과 공자의 서적을 읽도다. 붓을 들어 멋진 문장을 짓기도 하고 삼황(三皇, 옛 선현)의 가르침을 적어도 보네. 스스로 마음을 세속 밖에 둔다면 영욕과 득실을 어찌 생각이나 하리오!
(遊都邑以永久, 無明略以佐時. 徒臨川以羨魚, 俟河淸乎未期. 感蔡子之慷慨, 從唐生以決疑., 諒天道之微昧, 追漁父以同嬉. 超埃塵以遐逝, 與世事乎長辭. 於是仲春令月, 時和氣淸, 原隰鬱茂, 百草滋榮. 王雎鼓翼, 鶬鶊哀鳴, 交頸頡頏, 關嚶. 於焉逍遙, 聊以娛情. 爾乃龍吟方澤, 虎嘯山邱. 仰飛纖繳, 俯釣長流, 觸矢而斃, 貪餌呑鉤, 落雲間之逸禽, 懸淵沈之魦鰡. 於時曜靈俄景, 係以望舒, 極般遊之至樂, 雖日夕而忘劬. 感老氏之遺誡, 將廻駕乎蓬廬. 彈五絃之妙指. 詠周 孔之圖書, 揮翰墨以奮藻, 陳三皇之軌模. 苟縱心於物外, 安知榮辱之所如!)
≪歸田賦≫

궁전이나 유렵을 주로 읊은 초기의 '산체대부'에 비해 '서정소부'라고 칭해지는 장형의 ≪귀전부≫는 개인적인 정감과 성령 그리고 자신의 인생철학을 노래한 것으로, 기존의 부들에 비하여 훨씬 문학성이 뛰어나다. 여기에는 도가의 청정자유(淸靜自由)의 경지와 안빈낙도(安貧樂道), 공성신퇴(功成身退), 독선기신(獨善其身) 등의 유가적 풍류정신이 복합적으로 결합돼 있는데, 이는 이후 위진의 현학청담지풍(玄學淸談之風)의 문학이나 도연명(陶淵明) 식의 전원은일문학으로 계속 이어져가게 된다. 시문에 있어 반고와 어깨를 겨룬 그는 세칭 「반장(班張)」으로도 통했는데, 그의 문학적인 업적은 ≪사수시(四愁詩)≫에 있다고 할 수 있을 것이다. ≪문선(文選)≫에 수록된 이 시의 서문에 의하면 그가 이 시를 지은 동기가 정치적인 포부를 기탁한 것이라고도 얘기했는데,[30] 여하튼 이 시가 갖고 있는 사미인(思美人)의 애절한 정감을 부인할 수가 없다. 제1장을 살펴보자.

내가 그리워하는 사람 태산에 있나니, 가서 그를 따르고 싶지만 양보 땅 험하고 몸 기울여 동쪽을 바라보며 눈물로 편지를 적시네. 그님은 내게 금착도를 주셨는데 무엇으로 보답할까 꽃부리 경요뿐이네. 길은 멀어 가지 못하고 배회만 하나니 마음 괴로워 수심에 잠기네!
(我所思兮在泰山, 欲往從之梁父艱, 側身東望涕霑翰. 美人贈我金錯刀, 何以報之英瓊瑤. 路遠莫致倚逍遙, 何爲懷憂心煩勞!)

최초의 칠언시로서 세인의 주목을 받고 있는 전체 4장의 이 시는 당시로서는 극히 보기 드문 정제된 형식을 갖추고 있을 뿐 아니라, 민가풍의 정취를 느끼게 하는 서정성

---

30) "張衡不樂久處機密, 陽嘉中出爲河間相. 時國王驕奢, 不遵法度, 又多豪右並稱之家. … 時天下漸弊, 鬱鬱不得志, 爲四愁詩. 依屈原以美人爲君子, 以珍寶爲仁義, 以水深雪雰爲小人. 思以道術相報貽時於君, 而懼讒邪不得以通."-≪文選≫.

이 아주 풍부한 연가로서 마치 당대(唐代) 이상은(李商隱)의 무제시(無題詩)들처럼 작자의 또 다른 은정(隱情)을 내포하고 있는 작품이다.

〈그림 14〉 洛陽 洛神苑의 洛神像

한말 건안(建安) 시대에 오면 당시 문단의 맹주가 부에서 차차 고시(古詩)로 옮겨가는 단계에 있었으므로 이 시대의 부 또한 이전과 다른 특성을 가지게 된다. 말하자면 부의 편폭이 짧아진 반면에, 내용은 더욱 광범위한 제재를 갖게 되면서 한층 개성화되고 정감적으로 변하게 된 것이다. 흔히 진사왕(陳思王)으로 불리는 조식(曹植)은 이 시대 문단의 총아로서 그의 <낙신부(洛神賦)> 또한 이 시기의 부를 대표하기에 족하다. 일명 <감견부(感甄賦)>라고도 칭해지는 이 작품은 극히 낭만적인 몽환적인 기법으로 사람과 신의 순수하고 진지한 애정을 묘사한 것으로, 강렬한 서정성과 전기(傳奇)적인 맛을 띠고 있다. 이 작품의 서문31)에 의하며 작자가 황초(黃初) 3년에 봉지(封地) 견성(鄄城, 지금의 山東城 濮縣 동쪽 20裏)으로 돌아가는 도중에 낙수(洛水)를 지나면서 느낀 바가 있어 적은 작품이라고 한다.

여기에는 또 낙수에 빠져 죽어 여신이 된 복비(宓妃)와 송옥이 지은 ≪고당부≫와 ≪신녀부≫ 등의 고사들에 영향을 받아 이 부를 지었다고 되어 있다. 전설에 따르면 낙수의 여신은 복희씨(宓羲氏)의 딸인 복비를 가리키는데, 낙수에 빠져 죽어 낙수의 여신이 되었다는 고사가 있다. 또 ≪고당부≫의 내용은 초양왕이 송옥과 더불어 운몽의 못가를 거닐다가 양왕이 고당의 구름기운을 보고는 宋玉에게 그것을 물어보자 송옥은 말하길, 옛날 선왕께서 고당을 노닐 때 꿈속에서 무산의 여신과 서로 밀애한 적이 있었는데 그 여신이 떠날 때 말하길 "첩은 새벽에는 아침의 구름이 되었다가 저녁에는 다시 비가 되어 내립니다."라고 했으니 이 구름 기운은 바로 그녀를 가리킨다는 낭만적인 이야기이다. ≪신녀부≫의 내용 역시 그날 밤에 초양왕이 꿈속에서 그 신녀를 만난 일을 기록한 것이다. 따라서 여기에는 물에 빠져죽은 여인에 대한 애틋한 연민의 정(憐香惜玉之情)과 사람과 신과의 현실적인 한계를 초월한 낭만적인 사랑이 있다.

---

31) "黃初三年, 余朝京師, 歸濟洛川. 古人有言, 斯水之神名曰宓妃. 感宋玉對楚王說神女之事, 遂作斯賦."

그러나 명기된 이러한 사실 배후에는 또 다른 숨은 사실이 존재하는데, 그것은 바로 송(宋) 우무(尤袤)의 ≪이주문선(李注文選)≫ 각본(淸 胡克家 重刊) 안의 이선(李善) 주에 기록된 내용이다. 그 내용은 조식의 부친인 조조(曹操)가 일찍이 한헌제(漢獻帝) 건안 9년 2월에 병력을 끌고 북벌할 시에 당시 북방을 장악하고 있던 원소(袁紹)의 세력을 치게 되는데, 그때 원소 본인은 이미 병사하고 그의 세 아들들이 서로 권력투쟁으로 조조의 공세를 저항하지 못하고 결국 사로잡히게 된다. 그때 원소의 장남인 원희(袁熙)의 처 견씨(甄氏)를 보고 반한 조비는 나중에 그녀를 비로소 맞이하게 되니, 그녀가 바로 이 작품의 주인공이 되는 것이다.

그러나 사실 이 여인은 조비(曹丕)의 아우 조식이 어릴 때 사귀었던 죽마고우였는데 난리통에 서로 헤어져 원희의 처가 되었다가 이젠 그의 형의 아내가 되었던 것이니 그의 마음은 한없이 안타깝고 괴로웠던 것이다. 그 후 조조 사망 뒤에 조비가 자칭 위문제(魏文帝)로 군림하고 견씨를 황후로 책봉하게 된다. 그러나 그녀는 일 년도 못 가 궁중의 또 다른 곽미인(郭美人)의 중상과 참언으로 조비의 미움을 사 평민으로 폐위당하고 결국은 사사(賜死)를 맞는다. 이 시기에 조식은 이미 서울을 떠나 산동의 봉읍지에서 우울한 나날들을 보내고 있었는데, 자연히 견후의 사사 소식을 듣고 매우 마음 아파했다. 그 후 오래지 않아 조식은 조비의 명을 받아 입조를 했을 때 우연히 형수의 일을 형에게 묻게 되고 조비는 그에게 견후가 평소 사용하던 베개 하나를 그녀에 대한 추억으로 주었다. 조식은 그것을 고이 간직하고는 봉읍지로 되돌아가는 도중에 낙수를 경유하게 되었는데, 어느 날 저녁 꿈에 견후의 혼령을 만나게 되고 그녀는 그에게 진주 한 줄을 선사하고 조식 또한 차고 있던 옥패를 그에 대한 보답으로 주면서 두 사람은 서로 떨어지지 못하고 연연해한다. 조식은 꿈에서 깬 후 그 생생한 기억을 노래하니 그것이 바로 ≪감견부≫였는데, 훗날 조비가 죽은 뒤 그의 아들 조예(曹叡)가 대통을 이어 위명제(魏明帝)가 되니 그는 바로 견후의 아들인 것이다. 그는 애매하게 숨진 어머니의 황후 지위를 회복시키고 또한 숙부의 이 문장이 모친의 명예를 손상시킨다고 생각하여 그것을 <낙신부>로 개명하고, 작품 속의 여주인공은 바로 낙수의 여신이라며 그것을 순수한 허구적인 문학작품으로 간주하였다. 물론 이상의 사실들에 대해 혹자는 사실(史實)을 입증하며 반박하기도 하지만 이러한 낭만적인 고사가 수세기 동안 중국 문학에 끼친 영향을 생각해볼 때 결코 이 사실을 간과해서는 안 될 것이다.

<낙신부>의 내용을 보면, 부를 짓게 된 동기를 서술한 서(序) 다음에는 바로 본문이

이어지고, 전문은 대략 여섯 단락으로 구분된다. 제1장은 서에 이어 봉읍지로 돌아가며 낙수를 건너다 낙수의 여신을 만나게 되었다는 것을 얘기하고, 제2장은 본격적으로 낙신의 자태와 용모, 옷차림, 동작 등을 묘사했으며, 제3장은 낙신에 대한 애모와 만남, 그리고 혹시라도 모를 그녀의 배신에 대한 두려움 등의 모순된 심정을 읊었다. 제4장은 자신의 진실한 마음에 이끌린 후의 낙신의 행동과 반응을 노래했으며, 제5장은 낙신이 인간과의 서로 다른 도로 인해 함께 지내지 못함을 깨닫고 마음 가득히 연정만을 품은 채 원망스럽게 떠나간다는 것이며, 제6장인 마지막은 낙신이 떠난 후 자신의 깊은 사련(思戀)의 심정을 토로하며 종결을 짓는다. 그 가운데 제2단락에 해당하는 낙신의 자태를 소개하는 한 구절을 보자.

그 모습을 보면, 날렵함은 놀란 기러기와 같고 완약함은 구불구불한 용의 자태로다. 그 광채는 가을날의 국화와 같고 화려함은 봄날의 소나무로세. 마치 구름에 가리운 달 같고 그 표묘함은 바람속의 눈과 같네. 멀리서 바라보면 그 희고 빛나는 모습이 아침하늘의 태양과 같고, 가까이 가서 그를 살펴보면 맑은 물결 위에 나와 있는 연꽃과 같이 선명하구나. 몸매는 살찌지도 마르지도 않았고 그 키 또한 적합하네. 어깨는 깎은 듯하고 허리는 (가늘어) 한 다발의 비단이로세. 목은 길어 흰 살결을 드러냈는데, 화장과 분을 바르지 않았네. 구름처럼 높은 올림머리에 길게 구부러진 눈썹 그리고 산뜻한 붉은 입술과 빛나는 흰 치아에다 곁눈질치는 맑은 눈동자 그리고 볼 아래에는 보조개가 이어졌네. 아름다운 자태는 예쁘되 속되지 않고 몸짓은 조용하며 행동은 우아하도다. 태도는 온화하고 말씨는 아름다우며 기이한 의복은 세상에 둘 없고 그 골격모습은 신선의 화상과 일치하네. 밝고 깨끗한 비단을 걸치고 얼룩진 瑤碧의 패옥을 찼으며, 금과 비취로 머리를 장식하고 몸은 맑은 구슬로서 빛을 냈으며, 신발은 遠遊라는 꽃신을 신고 얇은 비단치마를 끄네. 짙은 향내 나는 幽蘭들 사이에 몸을 숨기고 산모퉁이에서 배회하다가 또 홀연히 마음껏 노니는데 왼쪽으로는 채색 깃발을 들고 오른쪽에는 계수나무 깃대로 머리를 받쳤으며, 흰 손을 펴서는 물가의 黑芝를 켜네.
(其形也, 翩若驚鴻, 婉若遊龍. 榮曜秋菊, 華茂春松. 髣髴兮若輕雲之蔽月, 飄飖兮若流風之廻雪. 遠而望之, 皎若太陽升朝霞, 迫而察之, 灼若芙蕖出渌波. 襛纖得衷, 修 短合度. 肩若削成, 腰如約素. 延頸秀項, 皓質呈露. 芳澤無加, 鉛華弗御. 雲髻峨峨, 修眉聯娟, 丹脣外朗, 皓齒內鮮, 明眸善睞, 靨輔承權. 瓌姿艶逸, 儀靜體閑. 柔情綽態, 媚於語言. 奇服曠世, 骨像應圖. 披羅衣之璀粲兮, 珥瑤碧之華琚. 戴金翠之首飾, 綴明珠以耀軀. 踐遠遊之文履, 曳霧綃之輕裾. 微幽蘭之芳藹兮, 步踟躕於山隅. 於是忽焉縱體, 以遨以嬉. 左倚采旄, 右蔭桂旗. 攘皓腕於神滸兮, 采湍瀨之玄芝.)

이상의 묘사에서 보듯 작자는 우아하고 아름다운 여신의 형상을 더없이 생동감 있고 세밀하게 직접적인 묘사를 하고 있다. 이는 물론 송옥의 ≪고당부≫와 ≪신녀부≫의 영향을 받았지만, 묘사기교는 한층 진보하여 새로운 시어를 광범위하게 운용하였고, 고도의 형상화와 풍부한 상상력을 발휘하여 미인의 섬세한 외형에 대한 직접묘사의 극치를 보여준다고 해도 과언이 아니다. 이 작품에서 보이는 이러한 외형적 직접묘사를 통한 묘사대상의 내면적 정신면모와 신운기질 등의 세계에 대한 정확한 포착 묘사는, 훗날 중국산문 특히 소설문학의 인물묘사기교로 크게 계승 발전해 나가게 된다. 그리하여 내면세계 묘사를 통한 인물의 풍운(風韻, 인물에서 풍기는 멋진 분위기와 이미지)과 정신세계의 묘사는 인물의 풍류세계를 소개하는 데에도 큰 몫을 하였다. 이 작품은 여기에서 끝나지 않고 계속하여 낙신에 대한 작자의 애모의 정과 상호 정감투합에 의한 연정의 싹틈 그리고 배신에 대한 두려움 등의 섬세한 연애심리묘사나 특히 인간과 귀신이라는 상호장애에 의한 한스러운 이별의 아픔 등은 한층 이 작품의 신비와 낭만 그리고 비애미를 자아낸다. 이 역시 중국문학에 있어서의 독특한 또 하나의 멋의 세계이며 바로 풍류정신에 해당한다. 흔히 인귀상련(人鬼相戀)이라고 일컫는 중국문학의 이러한 전통은 선진문학의 초사에서 시작하여 위진의 지괴(志怪)소설, 당대의 전기(傳奇)소설, 송원명청의 필기류(筆記類) 문언(文言) 소설 등으로 부단히 계승 발전되어 가는데, 이 또한 중국문학에서 간과할 수 없는 큰 특징이다.

2) 한대시가(漢代詩歌)의 풍류(風流) 세계

중국문학에서 한대시가의 풍류 세계를 맨 처음 장식하게 되는 시는 바로 항우(項羽)의 ≪해하가(垓下歌)≫라고 할 수 있다.

> 힘은 산을 뽑을 수 있고 기개는 세상을 덮을 수 있어도, 때가 불리하니 오추마는 나아가지 못하도다. 오추마가 나아가지 못하니 어찌하겠는가! 우여, 우여, 그대를 어찌 하리!
> (力拔山兮氣蓋世, 時不利兮騅不逝. 騅不逝兮可奈何! 虞兮虞兮奈若何!)

한고조 유방과 항우는 천하를 장악하기 위해 여러 번 싸웠고 그동안 한왕은 줄곧 패했으나 그 유명한 해하지전(垓下之戰) 한판으로 항우는 지고 결국 자살을 하고 만다. 이 시는 바로 그가 야간에 한군(漢軍)의 사면초가(四面楚歌) 소리를 듣고 비분강개하며 부른 노래인데, 그의 애첩인 우희(虞姬)도 이에 화답하여 "한나라 군사들이 이미 땅을 장악하여, 사방에는 사면초가가 울리도다. 대왕의 의기가 사라지면 천첩은 어찌 살길 바라리오!(漢兵已略地, 四面楚歌聲, 大王意氣 盡, 賤妾何聊生)."란 노래를 부르며 비통하게 스스로 목숨을 끊었다. 한 쌍의 영웅과 미인의 비참한 말로는 훗날 수많은 다정시인(多情詩 人)들에 의하여 애도와 동정의 눈물을 받게 되 었고,[32] "예부터 참 영웅들은 모두 정이 있는 자였다."[33]라는 평과 함께 그 후 수없이 많은 사람들의 가슴을 울려 결국 중국인들의 마음속 에 '영웅도 미인의 관문을 통과하지 못한다(英 雄難過美人關).' 등의 영웅미인의 스토리를 창 조하게 된다. 이는 재자가인(才子佳人)의 이야 기와 함께 중국문화 속의 한 특성을 차지하게 되며, 중국문학에서 늘 빠질 수 없는 소재가 되었고 중국문학의 풍류세계의 한 부분을 차지

〈그림 15〉 항우와 우희

하고 있다. 여기서 우리가 주목해야 할 점은 자고로 진정한 영웅은 모두 다정한 사람이 었다는 것인데, 일대의 무부장사(武夫壯士) 항우도 한 여인을 위해 눈물을 뿌린 적이 있고 그로 인해 더욱 훗날 사람들의 마음을 사로잡아 참 영웅으로 존경을 받을 수 있 었다는 데서 중국인들의 정을 중시하는 문화적 특성을 엿볼 수 있다.

그 후 한대문학 풍류정신의 주류를 형성한 것은 바로 민간에 뿌리를 둔 시가문학이 었다. 여기에는 악부민가(樂府民歌), 고시십구수(古詩十九詩) 그리고 악부민가에 뿌리를 두고 발전한 건안시가(建安詩歌) 등이 포함된다. 악부란 원래 한무제 때 설립된 민가를 채집하던 관서였고, 한대에는 시와 음악이 분리되었던바, 이 악부란 이른바 음악성을 띤 시체를 지칭하는 말로 변하게 된 것이다. 당시 민간의 악부를 수집하고 정리한 인물

---

32) 蘇軾은 <虞姬墓>를 지어 "帳下佳人拭淚痕, 門前壯士氣如雲. 倉皇不負君王意, 只有虞姬與鄭君."이라고 영웅미 인의 처량한 종말을 애도하였고, 李易安도 <項羽>라는 시에서 "生當爲人傑, 死亦作鬼雄. 至今思項羽, 不肯過 江東."이라고 읊었으며, 淸代에 蔣士銓은 <烏江項羽墓>에서 "喑嗚獨滅虎狼秦, 絶世英雄自有眞. 俎上肯貽天下 笑, 座中惟覺沛公親. 等閒割地分強敵, 慷慨將頭贈故人. 如此殺身猶灑落, 憐他功狗與功臣."이라고 하며 項羽의 높은 정신을 찬양했고, 吳偉業도 <虞姬>란 詩에서 "千夫辟易楚重瞳, 人敬居然百戰中. 博得美人心肯死, 項王此 處是英雄."이라며 두 사람을 애도하였으니, 후세 중국인들이 얼마나 그들의 절개를 중시하였는지 알 수 있다.

33) "從古眞英雄必非無情者"-淸, 沈德潛, ≪古詩源≫.

로 한무제 때의 대음악가 이연년(李延年)을 뺄 수가 없다. ≪사기(史記)·영행열전(佞幸列傳)≫과 ≪한서(漢書)·영행전(佞幸傳)≫에 의하면 그는 일찍이 법을 어겨 부형(腐刑)을 당한 자로 궁중에서 개를 키우는 일을 담당하였는데, 음률에 재능이 있어 한무제의 총애를 얻게 되었다고 한다. 뿐만 아니라 그는 한무제의 남총(男寵)으로 황제와 기거를 함께 할 정도였다고 하니 한무제가 얼마나 그를 사랑했는지 짐작할 수가 있다. 아울러 그는 창기(娼妓) 출신인 자신의 누이도 한무제에게 추천하여 총애를 얻게 하였는데, 그녀는 나중에 이부인(李夫人)이 되었다. 이연년이 누이를 한무제에게 소개하며 지은 ≪가인곡(佳人曲)≫은 5언시의 시작을 알린 작품이다.

북방에 미인이 있으니 그 아름다움은 세상에 둘도 없이 뛰어나구나. 한번 돌보면 성이 무너지고, 다시 돌보면 나라가 무너지네. 성이 무너지고 나라가 무너져도 알게 뭐람. 미인은 다시 얻기 어렵거늘.
(北方有佳人, 絶世而獨立, 一顧傾人城, 再顧傾人國。寧不知傾城與傾國, 佳人難再得.)

〈그림 16〉 이연년

이연년의 이 아이러니한 '미인송'은 절세미인의 절대적 가치를 칭송한 것으로 어떤 의미에서는 강산보다 미인이 더 중요하다고 노래한 것이다. 일대영웅(一代英雄) 한무제는 한때 이런 미인에 빠진 바가 있어 사마상여가 진황후(陳皇後) 아교(阿嬌)를 위해 <장문부>도 지었던 것도 바로 이런 배경에서 비롯된 것이다. 아무튼 이연년은 그의 누이 이부인과 함께 모두 창기 출신이었지만 아름다운 용모와 뛰어난 가무 실력으로 한무제의 지극한 총애를 받았다. 특히 이연년은 악부에서 수집한 대량의 민간가요를 수집, 정리하였을 뿐 아니라 사마상여와 같은 궁중 문학 시종들이 지은 사부에도 새로운 곡을 부여하여 악곡을 제작하였으니, 민간가곡의 발전에 적지 않은 이바지를 하였다고 할 수 있으며, 특히 오언시의 발전에도 큰 공을 끼쳤다고 할 수 있다.

한대문학 장르 가운데 문학성이 가장 높이 평가되는 것이라면 단연 악부시를 꼽을 수가 있다. 악부시 즉 악부민가의 내용은 사실 매우 광범위하여 사회전반에 관한 소재들을 매우 진지하고 소박하게 노래하였지만 그래도 애정에 관한 내용이 압도적이다. 북송(北宋)의 곽무청(郭茂倩)이 편찬한 ≪악부시집(樂府詩集)≫은 ≪시경·풍≫ 이후 중국고대 악부가사를 총체적으로 수집한 책인데, 그 가운데 가장 유명한 노래들을 하나하나 살펴보자. 그 처음을 장식한 노래는 ≪상야(上邪)≫이다.

하늘이시여! 나는 그대와 함께 서로 사랑하고파, 영원히 끊임없이. 산이 평지로 변하고, 강물이 마르고, 겨울에 천둥이 쿵쿵 울리고, 여름에 눈이 내리며, 하늘과 땅이 합쳐지면 비로소 그대와 헤어지리라!
(上邪! 欲與君相知, 長命無絶衰. 山無陵, 江水爲竭, 冬雷震震, 夏雨雪, 天地合, 乃敢與君絶!) ≪上邪≫

한 여인의 하늘에 대한 사랑의 맹세가 이쯤이면 "정에서 발하여, 예에서 그친다(發乎情, 止乎禮義)."라는 전통적 유교 관념을 이미 벗어났다고 볼 수가 있는데, 박질한 민간 구어로 불같이 격정적인 감정을 매우 대담하고 강렬하게 표현한 이 작품은 시경 이래의 중국 민간시가에서 흔히 보이는 직선적이면서 솔직하게 깊고 진지한 정을 표현한 노래이다. ≪상야≫와 같이 여성의 입장에서 여성의 언어로써 사랑을 노래한 연가로는 또 ≪유소사(有所思)≫가 있다.

내 그리워하는 사람은 큰 바다 남쪽에 있나니 내 무엇으로써 당신에게 드리리오? 쌍구슬 대모비녀에 옥구슬로 감은 것. 그대가 다른 마음이 있다는 것을 듣고는 그것을 분질러 불에 태워 버리도다. 불에 태워 버리고는 바람에 그 재를 날려 버리네. 지금부터 다시는 생각하지 않으리. 당신을 생각하는 것은 이제 영원히 끝. (먼동이 터) 닭이 울고 개가 짖으면 형수도 이 일을 알겠지. 아! 가을바람 소슬히 불어오고 신풍새는 짝을 찾아 우짖는데, 머지않아 날이 밝아지면 무슨 수가 생기겠지.
(有所思, 乃在大海南. 何用問遺君? 雙珠玳瑁簪, 用玉紹繚之. 聞君有他心, 拉雜摧燒之. 摧燒之, 當風揚其灰. 從今往後, 勿復相思! 相思與君絶! 鷄鳴狗吠, 兄嫂當知之. 妃呼豨! 秋風蕭蕭晨風颸, 東方須臾高知之.) ≪有所思≫

<상야>가 사랑의 행복과 희열에 대한 기대와 축복을 노래했다면, 이 악부시는 사랑의 좌절과 증오의 심정을 읊은 것이라고 할 수 있다. 특히 한 여성의 연애감정의 파절(波折) 전후의 심경변화를 매우 생동감 있게 묘사하였다. 첫 구절에서 이 시는 멀리 있는

연인을 그리워하며 정성어린 선물을 준비하는 한 여인의 선량하고 순정적인 깊은 정을 그렸다가 그 정이 바로 분노와 한으로 바뀌는 강렬한 심리적 변화를 대비적 수법으로 부각시켰고, 또 다시는 생각하지 않겠다는 증오의 결심을 했다가도 옛정을 과감하게 끊지 못해 미망(迷惘)의 늪으로 빠져드는 여인의 심정변화를 단계적으로 매우 진실되게 표현하였다. 한 사람을 깊이 사랑했다가 또 그 사람을 뼈아프게 증오하는 이른바 감애(敢愛), 감한(敢恨)의 직설적이고 대담하며 꾸밈없는 표현은 시경에서 보여진 중국 북방인의 기질을 잘 나타내준다. 겉으로는 냉정하면서도 순정에 약해 매정하게 결별을 짓지 못하는 속마음 또한 중국 북방여성의 돈후(敦厚)한 개성을 잘 암시하고 있다.

악부시의 애정류에 보이는 이러한 사랑의 비극은 ≪공작동남비(孔雀東南飛)≫라는 시가 가장 전형적이다. 이 시는 한말(漢末) 안휘성(安徽省) 잠산현(潛山縣)의 초중경(焦仲卿)이라는 사람과 그의 아내 유란지(劉蘭芝)와의 순애고사를 바탕으로 쓰인 1,765자에 달하는 중국 최장의 서사시이다. 이 작품은 시어머니가 난지를 학대하여 쫓아내고 아들을 다른 여자와 재혼시키려 하자 두 사람이 함께 정사하는 비극을 그려냄으로써, 당시 젊은이들의 순수하고 이상적인 사랑에 대한 추구와 갈망을 묘사하고 있다. 여기에 보인 기녀(棄女, 버려진 여성)에 대한 동정이나 현녀(賢女)에 대한 찬미 등의 부녀형상묘사의 부각은, 중국문학에서의 전통적인 연향석옥지정(憐香惜玉之情)의 여성존중정신 또는 '애홍(愛紅, 여성을 사랑함)'적 문화심리가 싹트고 있음을 시사하고 있다. 또 비극적인 결말로써 남녀의 순수하고 고상한 사랑을 미적으로 승화시킨 점은 중국문학에서의 일종의 슬픔의 미학, 다시 말해 처미적(凄美的) 비애미의 전통을 표현한 것으로 볼 수가 있다.

남성 위주의 봉건 사회 속에서 압박받는 여성의 가련한 신세를 묘사한 위의 작품들과는 달리, 파렴치한 남성에게 일침을 가하는 씩씩하고 아름다운 여자 형상을 찬미한 악부시도 있다. 대개 관리의 횡포와 부패를 묘사했다고 하여 정치류 혹은 사회류에 귀속시키는 <맥상상(陌上桑)>이 바로 그것이다. 내용은 대체로 태수가 나부(羅敷)라는 뽕밭의 젊고 예쁜 새댁을 희롱하다가 힐책당하는 이야기를 노래한 것인데, 그 문장을 보면 다음과 같다.

해가 동남쪽에서 떠 우리 진씨집 누각을 비추네. 진씨집에는 아리따운 여자가 있으니 본명을 나부라 했네. 나부는 누에치기와 뽕따기를 좋아하여 성 남쪽에서 뽕을 따네. 청사로 바구니 끈을 만들고 계지로는 바구니 손잡이를 만들었도다. 머리는 한쪽으로 멋드러지게 처진 쪽을 지고 귀에는 명월주를 찼네. 담황색비단으로 치마를 삼고 자주빛 비단으로 저고리를 삼았네. 나그네가 나부를 보면 짐을 놓고 수염을 더듬고 젊은이가 나부를 보면 관을 벗고 두건을 다시 다스리네. 밭가는 사람은 쟁이를 잊고 삽질하는 자는 삽을 잊어버리구나. 돌아와서 서로 다투는 것도 오로지 나부를 본 까닭이로다.

태수가 남쪽에서 오는데 다섯 말들이 서서 머뭇거리도다. 태수가 아전을 보내 묻길 "누구집 미인인고?" "진씨가에 예쁜 딸이 있어 이름을 나부라 부릅니다." "나부는 올해 몇인고?" "스물은 아직 이르고 열다섯은 넘은 줄 아뢰오." 태수는 나부에게 묻길, "함께 타고 가길 원하는가?" 나부가 앞으로 나가 대답하길, "태수께서는 어찌 이리도 어리석나이까! 태수도 부인이 있고, 나부도 또한 서방이 있사옵니다."

동쪽에는 천여기의 수행원이 있는데 서방님이 맨 앞이로다. 무엇으로써 그 님을 구별하리오. 백마를 타고 흑마들이 그 뒤를 따르네. 청사로 말꼬리를 매고 황금으로 말머리를 덮었으며, 허리에 찬 녹노검은 천만여금에 달하네. 십오 세에 태수부의 아전이 되었다가 이십에는 조대부, 삼십에는 시중랑이 되고 사십에는 성을 맡아 다스리도다. 그 사람 생김새는 허연 피부에 수염이 듬숭듬숭, 느릿느릿, 으젓하게 관아와 부중을 걸을 때면 관아에 앉아 있는 수많은 사람들이 모두 지아비가 출중하다고 말하네.
(日出東南隅, 照我秦氏樓. 秦氏有好女, 自名爲羅敷. 羅敷喜蠶桑, 採桑城南隅. 青絲爲籠係, 桂枝爲籠鉤. 頭上倭墮髻, 耳中明月珠. 緗綺爲下裙, 紫綺爲上襦. 行者見羅敷, 下擔捋髭鬚. 少年見羅敷, 脫帽著帩頭. 耕者忘其犁, 鋤者忘其鋤. 歸來相怒怨, 但坐觀羅敷. 使君從南來, 五馬立踟躕. 使君遣吏往, 問是誰家姝? 秦氏有好女, 自名爲羅敷. 羅敷年幾何? 二十尙不足, 十五頗有餘. 使君謝羅敷, 寧可共載不? 羅敷前致辭. 使君一何愚! 使君自有婦, 羅敷自有夫. 東方千餘騎, 夫婿居上頭. 何用識夫婿, 白馬從驪駒. 青絲繫馬尾, 黃金絡馬頭. 腰中鹿盧劍, 可直千萬餘. 十五府小史, 二十朝大夫. 三十侍中郎, 四十專城居. 爲人潔白晳, 鬑鬑頗有鬚. 盈盈公府步, 冉冉府中趨. 坐中數千人, 皆言夫婿殊.)

≪우림랑(羽林郎)≫과 함께 한악부 가운데 염가(艶歌)의 쌍절로 일컬어지는 <맥상상>은, 황음무치한 고관을 풍자하고 단정하고 지조 있는 미인을 찬양하는 한대 특유의 설교적이고 상투적인 예교주의 관념이 엿보인다. 그러나 아름다우며 외부세력에 흔들리지 않는 당찬 미녀 '나부'를 생동적으로 묘사하여 중국여성의 전통적인 독립의지와 주체성을 묘사했다든지 또 한대 남성미의 전형이라고 할 수 있는 흰 피부에 구레나룻의 외모 등의 묘사는 우리가 주목할 만하다.

악부민가가 거의 백성들의 구두 창작물이라고 하면, ≪고시십구수(古詩十九首)≫는 문인들에 의해 지어진 것이다. 동한 말엽의 무명 문인들에 의해 창작되어 ≪삼백편≫(즉 시경)과 같이 일컬어지는 이 작품들은 모두 서정성이 풍부하고 세련됨과 예술성이 탁월해, 종영(鍾嶸)의 ≪시품(詩品)≫에 의해 "사람의 심금을 울리는 천금 같은 시"[34]

라는 극찬을 받기도 했다. 주로 이별의 아픔과 생명의 허무함, 인생의 짧음을 읊은 아름다운 이 시들의 밑바닥에 깔린 기조는 모두가 비량(悲凉)하고 암담하다. 그리고 대개 동란 시대의 실의에 찬 나그네와 그 아내의 애환을 다룬 이 작품들의 의경(意境)은 바로 애절함과 비애의 경지에 있다. 선진시대 초사의 부드럽고 섬세한 전면비측(纏綿悱惻)의 정신과 국풍(國風)의 질박하고 생동감 넘치는 멋을, 이 시대의 일부 문인들은 계승하고 또 그것을 결합 발전시킨 것이다. 이제 가장 대표적인 몇 작품을 살펴보자.

가고 가고 한없이 가 당신과 생이별합니다. 서로가 만여 리에 떨어져 각기 하늘 한 모서리에 있으니, 길은 험하고 또한 멀어 서로 만날 날 어찌 알겠습니까. 호마(胡馬)는 북풍에 기대고 월조(越鳥)는 남쪽 가지에 깃드는데, 서로 헤어짐이 나날이 멀어질수록 허리띠는 나날이 느슨해집니다. 부운은 흰 태양을 가리고 떠난 사람은 돌아올 생각을 않으니, 그대를 생각타가 날로 늙어지고 세월은 문득 기웁니다. 아, 다시 무슨 말이 필요하리오, 다만 이 몸이나 잘 돌봐 만날 날을 고대할 뿐입니다.
(行行重行行, 與君生別離. 相去萬餘裏, 各自天一涯. 道路阻且長, 會面安可知. 胡馬依北風, 越鳥巢南枝. 相去日已遠, 衣帶日已緩. 浮雲蔽白日, 遊子不顧返. 思君令人老, 歲月忽已晚. 棄捐勿復道, 努力加餐飯.)

푸르고 푸르른 냇가의 풀, 울울창창한 언덕의 버들. 날씬하고 아름다운 누각의 여인은 달처럼 흰 모습으로 창가에 서서, 물찬 제비처럼 몸단장하고는 가늘고 가는 흰 손을 보이네. 옛날에는 가무집의 여자였다가 지금은 나그네의 처. 나그네는 떠나 다시는 돌아오지 않고 독수공방은 실로 견디기 어려우리.
(靑靑河畔草, 鬱鬱園中柳. 盈盈樓上女, 皎皎當窗牖. 娥娥紅粉粧, 纖纖出素手. 昔爲倡家女, 今爲蕩子婦. 蕩子行不歸, 空牀難獨守.)

견우성은 멀리 아득한데 직녀성은 교교히 빛나도다. 가늘고 가는 흰 손을 들어 찰찰 소리 내며 베틀을 놓으나, 종일토록 문채를 짜지 못해 눈물이 비 오듯 하도다. 은하는 맑고도 얇은데 서로 떨어짐이 얼마나 되리오? 해맑은 물을 사이에 하나 두고, 물끄러미 바라만 보며 서로 말을 하지 못하네.
(迢迢牽牛星, 皎皎河漢女. 纖纖擢素手, 劄劄弄機杼. 終日不成章, 泣涕零如雨. 河漢淸且淺, 相去復幾許? 盈盈一水間, 脈脈不得語.)

푸르른 언덕 위의 잣나무와 많고 많은 계곡의 돌. 천지간에 인생이란 급히 먼 길 떠나는 나그네. 한 잔의 술로 서로 시름을 잊고 잠시 위로하세. 수레를 몰아 노둔한 말을 채찍질하여 완현과 낙양으로 놀러가세. 낙양은 어찌 이리도 번화하고, 귀인들은 서로 간에만 왕래하네. 길고 큰 길에는 작은 골목이 즐비하고 왕후장상들의 저택은 많기도 하여라.

---

34) 鍾嶸, ≪詩品≫, "驚心動魄, 一字千金."

낙양 내의 양궁은 서로가 멀리서 바라보고 있고 그 대궐은 백여 척에 이르네. 그들은 마음껏 연회를 베풀어 기분을 내지만, 내 마음의 슬픔은 이디서 오는가?
(靑靑陵上柏, 磊磊磵中石. 人生天地間, 忽如遠行客. 斗酒相娛樂, 聊厚不爲薄. 驅車策駑馬, 遊戲苑與洛. 洛中何鬱鬱. 冠帶自相索. 長衢羅夾巷, 王侯多第宅. 兩宮遙相望, 雙闕百餘尺. 極宴娛心意, 戚戚何所迫?)

인생은 백년도 되지 않는데 늘 천년의 시름을 갖나니, 낮은 짧고 밤은 괴롭고 길건만 어찌 밤 세워 놀지 않으리. 즐김에는 응당 때를 놓치지 말아야 하며 어찌 내년을 기다릴 수 있으리오! 어리석은 자는 금전을 아껴 후세의 웃음거리가 되었으나, 신선이 된 왕자교와 같이 되기는 실로 어려우리.
(生年不滿百, 常懷千歲憂. 晝短夜苦長, 何不秉燭遊. 爲樂當及時, 何能待來玆. 愚者愛惜費, 但爲後世嗤. 仙人王子喬, 難可與等期.)

　　<가고 또 가고(行行重行行)>은 집을 떠난 남편을 그리워하는 내용이고, <푸르고 푸른 냇가의 풀(靑靑河畔草)>는 수심에 잠긴 나그네의 아내를 읊었으며, <아득히 멀리 떨어진 견우성(迢迢牽牛星)>은 견우와 직녀의 이별을 묘사함으로써 인간세상의 별리의 아픔을 간접적으로 노래하였다. 그리고 <푸른 언덕 위의 잣나무(靑靑陵上柏)>는 실의에 빠진 선비의 우수와 사회현상에 대한 불만을 적었고, <백년도 되지 않는 인생살이(生年不滿百)>은 급시행락(及時行樂)의 사상을 이야기한 것이다. <고시십구수>의 내용은 이와 같이 모두가 불행한 자들의 개인적인 고독, 비애, 고민, 실의, 개탄, 그리고 방황 등 처량하고 공허한 영혼의 아픔을 읊었을 뿐 아니라, 이러한 비애감에서 인생의 무상함을 통감한 나머지 나중에는 영단묘약(靈丹妙藥)을 찾고 신선이 되길 갈망하거나 또 그 아픔을 잠시나마 잊기 위해 급시행락을 찾기도 하였다.

　　앞서 얘기했듯이 <고시십구수>의 전면비측(纏綿悱惻)의 경지는 비록 초사와 시경에서 연유된 것으로 볼 수 있으나, 사람이 가지고 있는 보편적이고 가장 일상적인 소재를 사용하여 인생 중 가장 사람의 마음을 움직이는 삶의 느낌과 경험을 토로하면서 삶에 대한 깊은 깨달음과 달관, 체념 등의 경지를 평담하고 자연스러우며 진지하게 노래한 점은 초사와 시경에서 일찍이 다루지 못한 점이었다. 이 때문에 바로 "경심동백, 일자천금"으로 평가되었던 것인데, 여기서 또 우리가 주목해야 할 점은 <고시십구수>에는 이런 우수와 비애 속에서도 순수하고 진술하면서도 질박하고 온유돈유한 정감을 지녔다는 점이다. 이 때문에 비록 슬퍼도 절제하며 극단에 치우치지 않고 스스로 자애하고 체념하는 경지에 이른 것이며, 이것은 <고시십구수>의 비애미의 한 특징이자 중국문화의 "애이부상, 낙이불음"이라는 온유돈후한 시교(詩敎)의 경지와도 통한다. 그리고 이

러한 비애미는 주로 여성의 내면 심리묘사를 통한 섬세하고 부드러우며 완약(婉約)하고 애원(哀怨)적인 기조를 바탕으로 하고 있다는 점이다.

〈그림 17〉 조조의 단가행

한말 건안시기에 이르면 한대문학은 또 한바탕 변화를 겪게 된다. 한대 전반기의 태평통일국가를 칭송하던 단정 장엄하면서 미미지음(靡靡之音)을 추구하던 문학풍조가 후반기에 와서는 난세의 사회생활과 자신의 불만을 토로하는 성격으로 이어졌다가, 한말 중의 건안시대에 이르면 난세 중의 처량함과 비애감 등 시대의 아픔이 존재하면서도 한편으로는 건국지업(建國之業)의 꿈을 꾸는 야심과 포부 그리고 그에 따른 고달픔과 함께 그것을 일시적으로 잊어버리기 위한 급시행락을 추구하는 복합적인 사상들이 공존하였으니 그야말로 당시는 문학의 황금시대라고 할 수 있다. 이 시대의 문단은 물론 시가 주류이며, 그 문단의 맹주는 역시 조조부자(曹操父子)와 건안칠자(建安七子)가 중심이 되었다.

술을 대하면 응당 노래를 부르세. 인생이 그 얼마나 되리오. 아침 이슬 같은 것, 지난날은 우환도 많았어라. 격앙된 마음에 걱정은 잊기 어렵나니 무엇으로서 근심을 잊을꼬? 오직 술이로세. 푸르른 그대들의 옷깃은 내 마음을 그리워하게 하도다. 단지 그대들 때문에 지금까지 잊지 못하네. 우하고 사슴이 울며 들의 쑥 풀을 먹듯, 나는 아름다운 손님이 있어 북치고 거문고 타고 피리와 생황을 불며 즐기네. 저 밝은 달은 언제나 멈출까? 내 가슴 속의 근심도 이처럼 끊이질 않네. 밭두렁 길을 넘고 논둑을 지나 일부러 찾아와 서로 살펴주니, 멀리 떨어짐에 서로 만나 잔치를 벌여 흉금을 터나니 마음은 옛 은덕을 그리워함이리라. 달 밝고 별은 드문드문하며 까막까치는 남으로 날며 나무 둘레를 세 번이나 두르는데 어느 가지에나 의지할꼬? 산은 높은 것 탓하지 않고, 바다 깊은 것 두려워하지 않나니, (이처럼 明君은 衆賢을 꺼리지 않나니) 周公은 입안에 있는 것을 뱉아 천하가 하나로 돌아가게 했도다.

(對酒當歌, 人生幾何? 譬如朝露, 去日苦多. 慨當以慷, 憂思難忘. 何以解憂? 唯有杜康. 青青子衿, 悠悠我心. 但爲君故, 沈吟至今. 呦呦鹿鳴, 食野之蘋. 我有嘉賓, 鼓瑟吹笙. 明明如月, 何時可掇? 憂從中來, 不可斷絶. 越陌度阡, 枉用相存. 契闊談讌. 心念舊恩. 月明星稀, 烏鵲南飛. 繞樹三匝, 何枝可依? 山不厭高, 海不厭深. 周公吐哺, 天下歸心!) <短歌行>

동한 말엽에는 기존의 사회체제가 붕괴되고 삼국시대라는 정권 각축의 혼란한 시대를 맞이하여 많은 시인들이 일어나 백성의 아픔과 괴로움을 노래하였으며, 또 영웅적인 포부를 펼치며 치국평천하의 위대한 사상을 발휘하기도 하였으니, 이러한 신흥 사회세력들의 백성들의 정서에도 깊이 관여한, 시가에 나타난 이러한 현실 참여적인 문학관념 내지는 정신을 '한위풍골(漢魏風骨)'이라 부른다. 그것은 시경과 초사 중의 우수한 전통을 이어받은 것으로서 이 시대 문학정신의 정화라고 볼 수가 있는데, 이 또한 건안시대 중국문학의 풍류정신을 대변해주고 있다. 위 조조의 <단가행>이라는 시에서도 보듯 작자는 악부의 옛 제목을 사용하여 대화식의 서술형식 등 악부시와 고시십구수의 전통을 이어 받았으며, 그 내용 또한 악부와 고시의 인생무상에 대한 회의라든가 유선(遊仙)적이고 황로(黃老)와 신선장생(神仙長生) 등의 급시행락적인 면을 가지고 있지만 한편으로는 천하의 모사들을 모두 수용하여 그들을 예우하며 중원을 통일해보겠다는 당찬 야망과 대지(大志)도 함께 지녀 이 작품을 단순히 퇴폐적이고 비관적인 유선시로만 생각할 수 없게 한다. 그리고 처음에는 다소 소침한 분위기지만 전체적 기조는 역시 격앙되고 강개하며 호방하여 건안시대의 문학풍격을 잘 반영해준다고 할 수가 있다. 조비와 조식도 각각 ≪연가행(燕歌行)≫, ≪칠애시(七哀詩)≫ 등 악부가사에 영향 받은 대표적인 명시들을 남겼지만, 그들의 풍격은 부친인 조조와는 달리 웅방(雄放)한 기질이 적은 반면 여성적인 섬세함과 문인화된 세련된 면을 띠어 청기(淸綺)하고 완약(婉約)한 풍격이 강하다. 그 가운데 조식의 ≪칠애시≫를 보자.

밝은 달 누각을 비춤에 달빛에 막 배회를 하도다. 누각 위에는 근심어린 아낙이 있어 비탄에 잠겨 몹시도 슬퍼하네. 그 탄식하는 이 물어보니 나그네의 처라 하네. 남편이 떠난지 십년이 넘으니 외로운 처는 늘 혼자 지내네. 남편이 길가에 피어나는 먼지라고 하면 천첩은 물속에 가라앉은 진흙이라. 하나는 날아가고 하나는 가라앉으니 그 언제나 합쳐지리오. 원컨대 서남풍이 되어 오랫동안 그대 품속에 들어가고파. 당신의 가슴은 늘 열려 있지를 않으니 천첩은 어디에나 의지하리오.
(明月照高樓, 流光正徘徊. 上有愁思婦, 悲嘆有餘哀. 借問嘆者誰, 言是客子妻. 君行逾十年, 孤妾常獨棲. 君若淸路塵, 妾若濁水泥. 浮沈各異勢, 會合何時諧. 願爲西南風, 長逝入君懷. 君懷良不開, 賤妾當何依.) <七哀>

건안칠자 또한 시대의 아픔과 처참한 현실을 노래한 많은 작품들을 지어 조조부자와 더불어 건안문학의 분위기를 주도하였는데, 진의 만리장성 축성 때의 민고를 묘사한, 처참하기 이를 데 없는 진림(陳琳)의 <음마장성굴행(飮馬長城窟行)>이라든지 건안칠자 중의 최고의 문예(文譽)를 가지고 있던 왕찬(王粲)의 <칠애시> 등은 너무도 유명하다. 그중 가장 훌륭한 <칠애시> 중의 한 수를 살펴보자.

장안(長安)은 말할 수 없이 어지러워, 승냥이와 범들(李催과 郭氾 등을 가리킴)이 한창 우환을 일으키니, 중원을 버리고 떠나 형주(荊州)로 가 몸을 의탁하도다. 친척들은 나를 보고 슬퍼하고 친구들은 나의 수레를 붙잡고 놓지를 않네. 문을 나서면 아무것도 보이질 않고 백골만이 넓은 평원을 덮고 있도다. 길에는 굶주린 아낙네가 아이를 안고 풀숲에다 버리는데, 돌아보니 울부짖는 소리 들리건만 눈물을 훔치며 되돌아가지 않도다. 자신이 죽을 곳도 알지 못하는데 어찌 두 사람이 온전하길 바라리오. 말 몰아 그녀를 떠나 버리고 가나니 차마 그 말을 들을 수가 없기 때문이로다. 남으로 패릉(霸陵)의 높은 곳에 올라 고개 돌려 장안을 바라보며 황천에 있는 사람을 깨닫고는 탄식하며 슬퍼하도다.
(西京亂無象, 豺虎方遘患. 復棄中國去, 委身適荊蠻. 親戚對我悲, 朋友相追攀. 出門無所見, 白骨蔽平原. 路有飢婦人, 抱子棄草間. 顧聞號泣聲, 揮涕獨不還. 未知身死處, 何能兩相完. 驅馬棄之去, 不忍聽此言. 南登霸陵岸, 回首望長安, 悟彼下泉人, 喟然傷心肝.)

마치 조조의 <호리행(蒿里行)>에서 보여진 "백골이 들판에 쌓이고, 천리에 닭 우는 소리 들리지 않도다."[35]의 정경과 유사한 이 작품도 동란으로 인한 처참한 현실과 백성들의 고난을 매우 심각하게 묘사했을 뿐 아니라 우국우민의 비장하고 격앙된 감정을 표출하였으니, 이처럼 건안칠자들의 시들의 정서는 거의가 비분강개(悲憤慷慨)하여 처참하고 비량(悲涼)하였다.

---

35) 曹操, <蒿里行>, "白骨露於野, 千里無鷄鳴."

3) 한대의 재자서(才子書) ≪사기≫의 풍류

〈그림 18〉 형가

중국문학의 풍류세계가 아직 완전히 그 모습을 드러내지 못한 이 시기에 걸출한 인품과 탁월한 사상으로 이 시대 문학의 풍류정신을 아름답게 장식한 사람은 바로 사마천(司馬遷)이다. 그의 자는 자장(子長)이고, 하양(夏陽, 지금의 陜西省 韓城縣) 사람이었는데, 그는 서한의 역사가일 뿐 아니라 중국문학사에서 보기 드문 위대한 문학가였다.

사마천의 사상의 근본은 ≪사기≫에서 누누이 노자를 존중한 것에서도 알 수 있듯이 도가였다. 그의 문학은 도가의 자연주의 사상에다 자신의 정감과 낭만을 가미한 성격을 띤다고 볼 수 있다. 그는 고금의 일체의 저작들을 "성현들이 발분하여 지은 작품"[36]이라고 하였으니, 그 반항적인 낭만성을 가히 짐작할 수 있다. 그의 이러한 낭만적 정신은 그가 ≪사기≫ <유협열전(遊俠列傳)>을 통해 당시 사회의 하층민인 많은 협객들의 이야기를 인용하였으며, 그들이 지닌 용맹과 진실성은 오히려 조정에 있는 많은 가식적인 벼슬아치보다 더욱 고결한 인품이라며 그들을 동정한 태도에서도 잘 알 수가 있다. 그의 이러한 민간정신(民間精神)은 ≪사기≫의 문체에서도 그대로 반영되었으니, 그는 어려운 문장을 반대하고 쉬운 백화체의 형식으로 이 작품을 지었던 것이다. 사마천이 실제 생활에서 사용하는 구어체의 문장에다 방언과 속어 등의 표현까지 마다하지 않은 그의 자유와 반항, 그리고 낭만적인 정신은 당시 그 어떤 문학가들에게서도 찾아

---

36) "大抵聖賢發憤之所爲作也" ≪史記≫.

볼 수 없었던 점이다. 그러므로 청대의 걸출한 진보주의 문학평론가 김성탄(金聖歎)은 ≪사기≫를 재자에 의해 지어진 이른바 '재자서'의 대열에 합류시킨 것이다.

〈그림 19〉 사마천

사마천의 이런 자유분방함의 결정체인 ≪사기≫는 민간문학의 정신을 긍정한 사마천의 소설작품이라고까지 말할 수 있다. 특히 인물묘사에서의 그의 탁월한 성취는 그 후 중국소설의 인물묘사예술에 크게 이바지하였다. 그는 간결하면서도 압축적인 문체로 그 인물의 성격을 가장 잘 반영하는 언행이나 대화, 그리고 세절묘사 등의 소설적 산문기교를 사용하였는데, 그중의 대표적인 부분을 몇 개 보기로 하자.

진왕과 형가가 같이 지도를 펼치는데, 바로 비수가 드러났다. 형가는 왼손으로 진왕의 옷소매를 쥐고 오른손으론 비수를 잡고 힘껏 진왕을 찔렀다. 그 비수가 닿기도 전에 진왕은 놀라 몸을 급히 피하니 옷소매가 찢어져나갔다. 진왕은 칼을 뽑았다. 그러나 너무 길어 뽑혀지지 않아 칼자루만 쥐고 있었다. 그는 당시 너무 놀라 칼머리가 앞을 향했기에 그것을 바로 뽑지 못한 것이다. 형가가 진왕을 쫓아가니 진왕은 대들보를 돌며 몸을 피했다. 군신들은 모두 경악을 금치 못했는데, 너무도 돌발적인 일이었기 때문이다. 그래서 모두 응당해야 할 조치를 취하지 못한 것이다.
(秦王發圖, 圖窮而匕首見. 因左手把秦王之袖, 而右手持匕首揕之. 未至身, 秦王驚, 自引而起, 袖絶. 拔劍, 劍長, 操其室. 時惶急, 劍堅, 故不可立拔. 荊軻逐秦王, 秦王環柱而走. 群臣皆愕, 卒起不意, 盡失其度.) <刺客列傳-荊軻>

패현의 호걸 관리는 패령에 귀빈이 온단 말을 듣고 모두 여공이 있는 곳으로 배알하러 갔다. 당시 소하는 주리(主吏)였는데, 축하금을 받고 손님을 접대하는 것을 관장하였다. 그는 관리들에게 말하길 "축의금이 천 냥이 못 되는 자는 모두 당 아래에 앉게 하시오." 고조는 당시 정장(亭長)이어서 평소 패현의 관리들을 매우 경시하였다. 그래서 그는 거짓으로 예첩(禮帖) 종이에다 "축의금 만 냥"이라 적었는데, 사실 그는 한 냥도 갖고 가지 않았다. 그 예첩 종이를 여공이 보고는 크게 놀라 일어서서 고조를 문 앞에서 영접했다. 여공은 관상을 잘 보았는데, 고조의 모습을 보고는 특별히 그를 존경하여 그를 모시고 자리에 앉게 했다. 소하는 여공에게 "유계 이 사람은 언제나 허풍이 심하지만 이루는 일은 거의 없다네."라고 했다. 그러나 고조는 여공이 그에게 경의를 표하니 오만한 태도로 사람들을 대하며 높이 상좌석에 앉아 조금도 겸허한 빛이 없었다.
(沛中豪傑吏聞令有重客, 皆往賀. 蕭何爲主吏, 主進, 令諸大夫曰: 進不滿千錢, 坐之堂下. 高祖爲亭長, 素易諸吏, 乃紿爲謁曰: 賀錢萬! 實不持一錢. 謁入, 呂公大驚, 起, 迎之門. 呂公者, 好相人, 見高祖狀貌, 因重敬之, 引入坐. 蕭何曰: 劉季固多大言, 少成事. 高祖因狎侮諸客, 遂坐上坐, 無所屈.) <高祖本紀>

각각 ≪사기≫ <자객열전> 가운데 형가가 진시황을 암살하려는 급박한 상황과, 한고조 유방이 대권을 장악하기 이전의 그 건달 같은 기질을 묘사한 흥미진진한 문장이다. 여기서 작자는 긴박한 상황에서 육박전을 벌이는 장면을 생동감 있게 표현하기 위해 문장들을 아주 짧게 끊어 그 절박한 분위기를 배가시켰으며, 뒤의 문장에서도 고조의 거만하고 비겁한 성격을 아주 잘 대변해주는 세절의 상황묘사를 통해 그 특성을 잘 포착하였다. ≪사기≫의 이와 같은 묘사기법은 훗날 중국의 산문예술과 소설기교에 크게 공헌을 하게 된다.

4) 한대문학 속의 풍류인물

● 사마상여(약 BC179—BC118년)

〈그림 20〉 사마상여와 탁문군

사마상여(司馬相如)는 서한을 대표하는 문학가로 자는 장경(長卿)이며, 사천성 성도(成都)에서 태어났지만 조적(祖籍)은 지금의 섬서성 한성(韓城)이었다. 사마상여의 본명은 원래 사마장경(司馬長卿)이었지만 전국시대의 명재상 인상여(藺相如)[37]를 흠모하여 사마상여로 개명하였다고 한다. 사부에 능해 사종(辭宗) 또는 부성(賦聖)으로 추종되지만 사실 그는 사부뿐만이 아니라 산문에도 능해 명실공이 한대를 대표하는 특출한 문

---

37) 藺相如는 전국시대 조나라의 뛰어난 책략가로 깊은 도량으로 당시 그를 시기하던 무장 廉頗를 관대한 아량으로 받아들여 管仲과 鮑叔牙의 管鮑之交와 함께 생사를 함께하는 고금을 대표하는 깊은 우정인 刎頸之交를 탄생시킨 고사의 인물이다. ≪史記・廉頗藺相如列傳≫.

인이라고 할 수 있다. 사부작품으로는 ≪자허부(子虛賦)≫, ≪상림부(上林賦)≫, ≪대인부(大人賦)≫, ≪장문부(長門賦)≫, ≪미인부(美人賦)≫ 등이 있고, 산문작으로는 ≪유파촉격(諭巴蜀檄)≫, ≪난촉부로(難蜀父老)≫, ≪간렵소(諫獵疏)≫, ≪봉선문(封禪文)≫ 등이 있다. 사마천은 사기에서 문학가들을 위해 남긴 열전으로 오직 두 편만이 있는데, 바로 ≪굴원가생열전(屈原賈生列傳)≫과 ≪사마상여열전(司馬相如列傳)≫이다. 그런데 ≪사마상여열전≫은 그 편폭에서 ≪굴원가생열전≫의 6배나 되니, 사마상여가 얼마나 대단한 문인이며, 동시에 사마천이 얼마나 그를 대단하게 생각하였는지도 알 수가 있다. ≪사마상여열전≫ 속의 주요 내용을 소개하면 다음과 같다.

사마상여는 촉군 성도인으로 자는 장경이다. 소년시절 독서를 좋아하고 검술도 배웠는데, 그의 부모가 그를 견자(犬子, 잘 크라는 이름으로 개똥이 정도로 해석이 가능)란 이름을 지어 불렀다. 사마상여는 학업을 이룬 후에 인상여를 존경하여 상여로 이름을 고쳤다. 처음 그는 부유한 집안 재산으로 낭관직을 맡았다가 효경제를 시위하면서 무기상시 직책을 맡았지만 그가 좋아하는 직업이 아니었다. 마침 효경제는 사부를 좋아하지 않았고 양(梁)의 효왕(孝王)이 경성으로 와 경제를 만났는데, 그와 함께 온 유세가 중에는 제군(齊郡)의 추양(鄒陽), 회음(淮陰)의 매승(枚乘), 오현(吳縣)의 장기(莊忌) 등이 있었다. 그는 이들을 보고 몹시 마음에 들어 병을 빙자하여 사직하고 양나라에 머물게 되었다. 양효왕은 상여를 그들과 함께 머무르게 하였는데 이로써 그는 여러 선비, 책략가들과 함께 몇 년간이나 교류하며 ≪자허부≫를 짓게 되었다.
(司馬相如者, 蜀郡成都人也, 字長卿。少時好讀書, 學擊劍, 故其親名之曰犬子。相如既學, 慕藺相如之爲人, 更名相如。以貲爲郎, 事孝景帝, 爲武騎常侍, 非其好也。會景帝不好辭賦, 是時梁孝王來朝, 從遊說之士齊人鄒陽, 淮陰枚乘, 吳莊忌夫子之徒, 相如見而說之, 因病免, 客遊梁。梁孝王令與諸生同舍, 相如得與諸生遊士居數歲, 乃著 ≪子虛≫之賦.)

마침 양효왕이 세상을 떠나자 상여는 성도 고향으로 돌아오지 않을 수 없었다. 그러나 가정은 궁핍하고 생계를 이어갈 직업도 없었다. 상여는 줄곧 임공현(臨邛縣)의 현령 왕길(王吉)과 잘 지냈는데 그가 상여에게 말하길, "자네가 오랫동안 타향에서 관직생활을 하다 보니 마음이 편치 않을 것이니 우리에게 놀러나 오시오!" 하여 그는 임공현으로 찾아가 성 안의 작은 정자에 머물게 되었다. 임공현령은 공경하는 체하며 날마다 그를 찾아왔다. 처음에는 상여도 예로써 대했지만 후에는 병을 빙자하여 수행원을 시켜 그의 방문을 거절하였다. 그러자 왕길은 더욱 조심하며 공경을 표하였다. 임공현에는 부자가 많았는데 탁왕손(卓王孫)의 집에는 가노(家奴)가 800명이나 되었고 정정가(程鄭家)에도 수백 명이 되었다. 두 사람은 현령에게 귀한 손님이 있다고 하니 우리들이 연회를 열어 그를 초대하도록 하자고 상의하였다. 그리하여 현령도 초청을 받게 되었는데, 현령이 탁씨 집에 이르니 손님만도 이미 백여 명이 넘었다. 낮에 사마장경을 초청을 했는데 그는 몸이 아프다는 핑계로 가지 않았다. 임공현령은 상여가 오지 않자 음식을 먹지도 않고 직접 그를 찾아가 영접하였다. 상여는 부득이하여 억지로 탁씨가에 가게 되었고, 자리를 가득 메운 손님들은 상여의 모습에 경탄을 하였다. 주흥이 무르익자 임공현령이 나가 거문고를 가져다 상여 앞에 두며 말했다. "장경 선생이 금을 잘 탄다고 들었는데 한 곡 연주하여 분위기를 띄워주시기 바랍니다." 상여는 한번 사양을 한 후에 한두 곡을 연주하였다. 이때, 탁왕손은 문군(文君)이란 딸이 있었는데 과부가 된 지 얼마 안 되었다. 그녀가 음악을 좋아한다고 하니 상여가 일부러 현령에게 겸양을 하면서 금으로 슬며시 그녀를 흠모하여 유혹하는 마음을 드러낸 것이다. 상여가 임공에 도착하였을 때 말과 수레가 그 뒤를 잇고 의표가 당당하면서도 점잖으며 전아하면서 대범하였다. 탁왕손 집에서 술을 마시고 금을 연주할 적에 탁문군이 문틈으로 그를 몰래 엿보다가 매우 좋아하게 되었는데, 상여가 그 마음을 몰라줄까 염려되었다. 연회가 끝난 후에 상여는 사람을 시켜 탁문군의 시종에게 많은 돈을 주게 하여 그녀에 대한 자신의 마음을 전하였다. 그리하여 탁문군은 밤을 이용해 집을 도망쳐 나와 상여에게 달려갔고 상여는 그녀와 함께 급히 성도로 돌아갔다.

(會梁孝王卒, 相如歸, 而家貧, 無以自業。素與臨邛令王吉相善, 吉曰: "長卿久宦遊不遂, 而來過我。" 於是相如往, 舍都亭。臨邛令繆爲恭敬, 日往朝相如。相如初尚見之, 後稱病, 使從者謝吉, 吉愈益謹肅。臨邛中多富人, 而卓王孫家僮八百人, 程鄭亦數百人, 二人乃相謂曰: "令有貴客, 爲具召之。" 並召令。令旣至, 卓氏客以百數。至日中, 謁司馬長卿, 長卿謝病不能往, 臨邛令不敢嘗食, 自往迎相如。相如不得已, 彊往, 一坐盡傾。酒酣, 臨邛令前奏琴曰: "竊聞長卿好之, 願以自娛。" 相如辭謝, 爲鼓一再行。是時卓王孫有女文君新寡, 好音, 故相如繆與令相重, 而以琴心挑之。相如之臨邛, 從車騎, 雍容閑雅甚都；及飮卓氏, 弄琴, 文君竊從戶窺之, 心悅而好之, 恐不得當也。旣罷, 相如乃使人重賜文君侍者通殷勤。文君夜亡奔相如。)

집으로 돌아가 보니 아무것도 없고 사방의 벽만 서 있었다. 탁왕손은 딸이 상여와 눈이 맞아 야반도주한 사실을 알고 크게 노하면서 "한심한 것! 내가 너에게 벌은 내리지 않는다 하더라도 돈은 절대 한 푼도 줄 수가 없어."라고 하였다. 사람들이 탁왕손을 타이르기도 했지만 그는 절대 말을 듣지 않았다. 오랜 세월이 흐른 후에 탁문군은 마음이 편치 못해 장경에게 그가 자신과 함께 임공현으로 가면 형제들에게 돈을 빌려 생활을 할 수 있으며 이렇게 고생할 필요도 없다고 말하였고 상여는 곧 문군과 같이 임공현으로 와서 자신의 거마를 모두 팔아 주점을 하나 사서 술장사를 하였다. 거기다 문군은 직접 계산대에서 손님들을 접대하고 자신은 반바지 차림으로 하인들과 함께 일하면서 시장에서 술그릇을 씻기도 하였다. 탁왕손은 그 사실을 알고 치욕으로 느끼며 두문불출하였다. 형제들과 연장자들은 그를 타이르며 말했다. "자네가 아들 하나에 딸만 둘이 있고, 집엔 돈이 없는 것도 아닌데 지금 문군은 이미 사마장경의 아내가 된 것이 아닌가! 장경도 이제 집을 떠나 돌아다니는 생활도 지쳤을 것일세. 그 사람이 비록 가난해도 인재는 확실하니 믿을 만할 걸세. 거기다 그 자가 현령의 귀한 손님이기도 하니 그를 업신여기면 안 될 걸세." 탁왕손은 부득이 문군에게 하인 100명과 돈 100만 냥, 그리고 결혼 시에 필요한 의복과 이불 등 각종 재물들을 주었다. 문군은 상여와 함께 성도로 다시 돌아가 전답을 사서 부유하게 살았다.

(相如乃與馳歸成都。家居徒四壁立。卓王孫大怒曰: "女至不材, 我不忍殺, 不分一錢也。"

人或謂王孫, 王孫終不聽。 文君久之不樂, 曰: "長卿第俱如臨邛, 從昆弟假貸猶足爲生, 何至自苦如此!" 相如與俱之臨邛, 盡賣其車騎, 買一酒舍酤酒, 而令文君當壚。 相如身自著犢鼻褌, 與保庸雜作, 滌器於市中。 卓王孫聞而恥之, 爲杜門不出。 昆弟諸公更謂王孫曰: "有一男兩女, 所不足者非財也。 今文君已失身於司馬長卿, 長卿故倦遊, 雖貧, 其人材足依也, 且又令客, 獨奈何相辱如此!" 卓王孫不得已, 分予文君僮百人, 錢百萬, 及其嫁時衣被財物。 文君乃與相如歸成都, 買田宅, 爲富人.)

사마상여는 말을 좀 더듬었지만 문장은 아주 뛰어났다. 그는 만성 당뇨병이 있었다. 그는 탁문군과 결혼한 후에 돈이 많아져 관직을 맡아도 공경대부들과 같이 국가대사를 논의하길 원하지 않았기에 병을 핑계로 집에서 한가로이 지냈으며, 고관대작을 추구하지 않았다. 그는 일찍이 황제를 따라 장양궁에도 가 사냥도 하였다. 당시 천자는 손수 곰과 돼지를 사냥하는 것을 좋아하였는데, 말을 달리면서 야수들을 쫓아다녔다. 이에 상여가 소를 올려 자제를 간하였다.
(相如口吃而善著書。 常有消渴疾。 與卓氏婚, 饒於財。 其進仕宦, 未嘗肯與公卿國家之事, 稱病間居, 不慕官爵。 常從上至長楊獵, 是時天子方好自擊熊彘, 馳逐野獸, 相如上疏諫之.)

태사공 왈: 춘추는 사물의 은미(隱微)한 부분도 밝혀내고, 역경은 원래 은미하나 쉽게 해석하며, 대아는 왕들을 얘기하지만 덕은 백성들에게 미치며, 소아는 한미한 작자의 득실을 풍자하지만 조정의 정치에도 그 영향을 미친다. 그러므로 언어의 표현은 달라도 그 부드러운 교화력은 모두 일치한다. 상여의 문장은 비록 가탁적이고 과장적인 언어지만 그 주지는 절제와 검약이니 이는 시경의 풍간(諷諫)의 주지와 무엇이 다르겠는가! 양웅은 상여의 화려한 사부가 사치를 부추김이 절검(節儉)을 창도하는 것에 비해 100배가 넘는다고 하며 이는 정나라와 위나라의 미미지음을 마음껏 노래하다가 마지막에 아악을 조금 연주한 것과 같다고 하였다. 이는 상여 사부의 가치를 폄하한 것이 아니겠는가!
(太史公 曰: 春秋推見至隱, 易本隱之以顯, 大雅言王公大人而德逮黎庶, 小雅譏小己之得失, 其流及上。 所以言雖外殊, 其合德一也。 相如雖多虛辭濫說, 然其要歸引之節儉, 此與詩之風諫何異。 揚雄以爲靡麗之賦, 勸百風一, 猶馳騁鄭衛之聲, 曲終而奏雅, 不已虧乎?)

● 사마천(약 BC145—미상)

사마천은 자가 자장(子長)으로 원적은 사마상여와 같은 지역인 섬서성 한성 부근으로 사마상여와 더불어 한대를 대표하는 문인이라고 할 수 있다. 그는 사관 사마담(司馬談)의 아들로 태사령(太史令)으로 세습되었지만 패장 이릉(李陵)의 사건을 변호하다가 궁형(宮刑)을 당하였지만 나중에 중서령(中書令)을 맡기도 하였다. 치욕적인 사건으로 인해 스스로 발분하여 ≪사기≫를 저술하게 되었다. 후대인들은 그를 존경하여 태사공(太史公)으로 칭하였다. 노신(魯迅)은 그가 지은 사기를 "사가(史家)의 절창(絶唱)"이자 "무운(無韻)의 이소(離騷)"로 평가하였다. 명말청초의 문학비평가 김성탄은 사기를 육재자서(六才子書)38) 중의 하나에 편입하여 높이 평가하였는데, ≪수호전≫의 창작 방법은 ≪사기≫로부터 나왔다고 하였다. 또 청대의 문학비평가 장죽파(張竹波)도 ≪금병매(金瓶梅)≫는 ≪사기≫의 한 작품이라고도 하였으니, ≪사기≫가 중국 후대 산문은 물론 소설 창작의 기법에 끼친 큰 영향을 짐작할 수가 있다.

● 조식(AD 192-232)

조식은 한말과 한위 사이인 건안 시기의 대표적인 문인으로 자가 자건(子建)으로 지금의 안휘성(安徽省) 박주시(亳州市) 사람이다. 조조의 셋째 아들로 생전에 진왕(陳王)으로 봉해졌다가 죽어서는 시호가 사(思)였으므로 진사왕(陳思王)으로 불러진다. 대표작으로는 ≪낙신부(洛神賦)≫, ≪백마편(白馬篇)≫, ≪칠애시≫ 등이 있으며, 후대인들은 그를 조조, 조비와 함께 삼조(三曹)라고 부른다. 남조 송대의 문학가 사령운(謝靈運)은 천하의 재주가 1석이면 조자건이 홀로 여덟 말을 차지한다고 하였다 (天下才有一石, 曹子建獨占八斗). 그리고 문학

〈그림 21〉 조식

비평가 종영(鍾嶸)도 ≪시품≫에서 조식의 시를 최고의 시로 등급을 매겼다. 또 청대의 문학가 왕사정(王士禎)도 ≪대경당시화(帶經堂詩話)≫에서 한위 이래로 2천여 년간 시인 가운데 시선으로 칭할 수 있는 사람은 오직 조식과 이백(李白), 그리고 소자첨(蘇子瞻)뿐이라고 말했다.39) 남조의 유의경(劉義慶)은 ≪세설신어(世說新語)·문학(文學)≫에서 그의 형 조비가 그 재기를 질투하여 칠보 안에 시를 짓지 못하면 처형하겠다고 하여 칠보시(七步詩)40)를 지은 것으로도 유명하다. 이백을 비롯한 역대 시인들도 시와 문장을 통해 조식의 재기와 호방함을 언급한 바가 있다.41) ≪낙신부≫에서는 그와 형 조비의 비인 견씨와의 애틋한 낭만도 엿볼 수가 있다.

---

38) ≪莊子≫, ≪離騷≫, ≪史記≫, ≪杜工部集≫, ≪水滸傳≫, ≪西廂記≫를 말한다.

39) "漢魏以來, 二千餘年間, 以詩名其家者眾矣。顧所號爲詩仙才者, 唯曹子建、李太白、蘇子瞻三人而已。"- ≪帶經堂詩話≫.

40) 칠보시의 내용은 다음과 같다. "煮豆持作羹, 漉菽以爲汁。其在釜下燃, 豆在釜中泣。本自同根生, 相煎何太急."

41) "陳王昔時宴平樂, 斗酒十千恣歡謔"-李白, <將進酒>.

3장

⋮

위진남북조문학사

··· •

1. 위진남북조문학사 개관 – 풍류정신의 開花시기

위진남북조 시대의 문학을 이야기할 때 우리는 흔히 문학의 각성 시기 혹은 인성의 자각 시기 등의 말을 주로 쓰게 된다. 그것은 중국문학이 동한을 거쳐 위진남북조시대에 이르면 중앙봉건집권세력의 쇠퇴와 와해에 따라 유가경술(儒家經術)이 쇠락하게 되어 철학과 문학이 경학의 속박으로부터 벗어나게 되고, 이에 도가사상이 발전함에 따라 인간의 개성이 존중되기 시작했기 때문이다. 말하자면 동한 봉건지배 정권의 붕괴와 더불어 유학의 독존(獨尊)적 지위가 무너지게 되고 지방의 호족 지주 집단들이 세력을 장악하게 되면서 그동안의 유가적 예법명교(禮法名敎)[42]를 무시하게 되었으니, 이로부터 사족(士族) 귀족들의 자유롭고 광달임방(曠達任放)한 도가적 풍조가 사회에 만연하게 되었다. 따라서 도가가 중시하는 인간의 정신적 경지 즉 허정(虛靜), 자유(自由), 초월(超越) 등의 사상과 함께 사람의 정신세계가 중시되고 이에 따라 문학에 있어서도 개성이 중시되었다. 그리하여 문학창작의 주제에 있어서도 변화가 생겼으니, 그동안 유가의 예교나 정치교화의 수단으로 이용되던 문학이 동한을 거쳐 이 시대가 되면 개인적 희로애락이나 현실에 대한 고통이나 깊은 감회를 묘사하는 내용으로 변화하게 된다.[43] 이택후(李澤厚)도 지적한 바와 같이 중국문학에 있어서의 이런 "인적각성(人的覺

---

42) 儒家에서는 이름(名)에 따라 가르침(敎)을 두게 되는데(因名設敎), 이를 名敎라고 했으며, 바로 '名分'이라는 말과 같다. ≪論語·子路≫에서의 "子曰, 必也正名乎 … 名不正則言不順, 言不順則事不成, 事不成則禮樂不興, 禮樂不興則刑罰不中, 刑罰不中則民無所措手足."에서의, '名敎'란 뜻도 여기에서 나온 말이다.

43) 張少康. 劉三富, ≪中國文學理論批評發展史(上)≫(북경대학출판사, 1995년). 首先, 文學創作主題的變化. 漢代由於受經學的影響, 文學成爲宣傳儒家禮敎的工具, 文學創作的主題大都是以政治敎化和美刺諷諫爲中心的, 而到了漢末魏初, 逐漸轉變爲以寫個人悲歡遭際爲主了, 著重抒發個人喜怒哀樂之情, 描寫個人的曲折經歷, 以及對動亂現實的深沈感慨. 從表現社會政治主題到刻畵個人內心世界, 這是一個重大的變化. 這種變化在漢末的 ≪古詩十九

醒)"44)의 시기인 위진남북조 시대는 중국문학의 풍류정신의 개화(開化)시기라고 할 수가 있다. 주지하다시피 이 시대에는 문학이 치용(致用)과 재도(載道)의 목적에서 탈피함으로써 문학과 도덕이 분리되었으며, 호운익(胡雲翼)의 말대로 "예술지상주의의 문학시기"를 맞이하여 인간의 모든 자유의지가 문학을 통하여 자유분방하고 다채롭게 표현되었던 것이다. 그 배경요인으로는 역시 삼사백 년에 걸친 정치 사회적으로 지극히 불안정한 현실사회를 들 수 있는데, 이 기간 동안 흥망을 기록한 왕조만도 삼십 조대를 헤아렸다는 사실을 알면 이 시대가 얼마나 혼란한 전란시대였는가를 족히 알 수가 있다. 그리고 이러한 정치적 불안은 이 시대 문인들로 하여금 생명의 위협을 느끼게 하여 정신적으로 크나큰 변화를 겪게 했는데, 그것은 그들로 하여금 문학을 통해 인생과 생명에 대한 전무후무의 강렬한 집착을 드러내게 했던 것이다. 그들의 표면적 행동에 나타난 퇴폐적이고 소극적이며 삶에 대한 비관적인 모습 배후에는 사실 인간 개체의 존재에 대한 깊은 인식과 삶에 대한 강한 애착이 도사리고 있었다. 그것은 또한 도덕과 인의(仁義)를 개인의 생명보다 중요시여기는 유가적인 윤리의식과 공리주의(功利主義) 생사관(生死觀)45)을 벗어나 개인의 존재와 생명을 더 중시여기는 인간해방정신의 발로라고 할 수 있을 것이다.

위진남북조시대는 중국역사상 가장 혼란했던 내화외환의 동란시대로 유학이 몰락하고 노장철학이 부활했던 시대이다. 전화와 기황으로 백성들의 생활은 이루 말할 수가 없었고, 애석하게도 수많은 문인들이 위정자들의 만행에 의해 목숨을 잃게 되었다. 그러나 이러한 불안한 환경 속에서도 위진인들의 철학과 문학 그리고 예술은 전시대에서 볼 수 없던 획기적인 전기를 맞게 되었다. 그들은 노장의 철학을 더욱 발전시켜 현학을 창시했고, 그것의 영향으로 문학에 있어서도 사람의 개성과 성정을 중시하는 이른바 문학의 각성 시대를 맞이하였으며, 특히 예술에 있어서의 성취는 더욱 괄목할 만하였다. 이 시대의 대표적 미학가인 동진의 화가 고개지(顧愷之)의 화론(畵論)에 나타난 "전신(傳神)"이나 "이형사신(以形寫神)" 그리고 "천상묘득(遷想妙得)" 등의 명제는 바로 이 시대의 문학에서 가장 주목되던 개성중시의 이론과 일치된다. 고개지가 인물 회

首≫及建安文學中有相當突出的反映. 160, 161쪽.

44) 李澤厚, ≪美的歷程≫, 北京: 中國社會科學出版社, 1984년 7월판, 118쪽.

45) 유가의 대표적 인물 孔子는 말하길, "未知生, 焉知死"(<先進>)라고 하였으며, "朝聞道, 夕死可矣"(<裏仁>), "志士仁人, 無求生以害仁, 有殺身以成仁."(<衛靈公>) 등을 통해 사람의 사회적 존재와 仁義道德을 개인적 생명보다 중시여기는 경향을 드러내었다.

화의 미학사상을 발전시킨 자라고 한다면, 이 시대 남조 송의 화가인 종병(宗炳)은 산수화의 이론을 전개시킨 중국 산수화가의 거목이다. 중국고대 최초의 산수화론(山水畵論)인 ≪화산수서(畵山水序)≫의 저자이기도 한 그는, 산수를 그림에 있어 산수의 정신을 우선적으로 그려내어야 한다는 귀중한 이론을 제시했으며, 산수화가 정식으로 화종(畵種)의 하나로 정립하는 계기를 마련하였다.

위진문학의 풍류정신의 핵심은 세칭 '위진풍도(魏晉風度)'와 '명사풍류(名士風流)'라는 데에 있다. 위진인들은 자유광달(自由曠達)하고 종정임탄(縱情任誕)한 호방함을 지니면서도 초속청담(超俗淸淡)하고 표일고아(飄逸高雅)한 청아한 기품을 동시에 지니고 있어, 위진풍도와 명사풍류는 위진문학의 품격과도 같아 한마디로 표현할 수 있는 것은 아니다. 그러나 위진인들의 인성의 아름다움과 매력은 무엇보다도 그들의 솔직한 심정과 진실한 정을 표현한 이른바 '진정필로(眞情畢露)'의 정신에 있다고 하겠다. 그러므로 이 시대 문학의 풍류정신은 가장 진실하고 순수하며 인간적인 점을 지닌 것이 특징이다. 죽림칠현(竹林七賢)들의 광방(狂放)함과 왕개(王愷), 석숭(石崇) 등의 사치스러움, 그리고 왕희지(王羲之), 사령운 등의 산수에 대한 정과 도연명의 개성 등은 제각기 나름대로의 멋과 풍류로 각자의 경지를 이룩했으나, 그들 본질의 세계는 모두 위진풍도의 정신으로 귀납될 수가 있다.

이러한 점은 이 시대의 소설에도 그대로 반영되었으니, 개인 성정의 존중을 드러낸 ≪세설신어≫는 실로 중국소설이 명청대를 맞아 크게 도약하는 데 발판이 된 주역이라고 할 수도 있다. 그리고 이 시대 소설의 주류를 이룬 지괴가 위진남북조시대에 등장하여 중국 문언소설의 전통을 열었고, 또 중국의 해학소설도 이 시대에 등장하여 중국인의 여유와 유머를 선사하게 된 점도 주목할 만하다.

2. 위진시대의 풍류정신

1) 위진풍도와 명사풍류

위진시대는 정치사회적인 동란과 불안의 시대였지만 중국사상사와 미학사적으로는 매우 의미 깊은 중요한 시대였으며, 기존의 질서가 해체되고 인간의 자유와 개성이 상대적으로 높이 평가되던 시대였다. 이 시기의 많은 문인들은 위로는 노장의 정신을 이어받아 구예교를 반대하며 술, 시, 음악, 그리고 자연에 묻혀 자유롭고 아무런 구속 없는 시주방달(詩酒放達)하고 호방불기(豪放不羈)한 생활을 하면서 노장의 초연물외(超然物外)적인 고아하고 탈속적인 삶을 영위하여 유속(流俗)에 흐르지 않고 아행아소(我行我素)적인 태도로 살아갔다. 이들의 임탄방탕(任誕放蕩)하고 낭만적이며 고아하고 초속(超俗)적인 삶의 정신을 위진풍도 혹은 진인풍미(晉人風味) 등의 말로 표현하는데, 이러한 위진시대 명사들의 풍류세계는 대개 다음과 같은 심미적 경지를 포함하고 있다.

(1) 임정방달(任情放達)

〈그림 22〉 완적

위진시대 문인들을 논할 때 제일 먼저 떠오르는 단어는 아마도 술일 것이다. 위진명사들의 광음남취(狂飮濫醉)와 취생몽사(醉生夢死)의 태도는 이 시대 문인들의 상징이었다. 죽림칠현 거의 모두가 그러했지만 특히 "이주위명(以酒爲名)"의 유령(劉伶)은 수레를 탈 때도 술병을 들고 탔으며, 그 뒤에는 항시 삽을 멘 사람을 대동하여 말하길, "내가 죽거든 바로 묻어주오."46)라고 하였다. 그의 주벽에 관한 기록은 때론 나체로 방 안에서 생활하던 방종하고 괴벽한 고사들과 함께 우리들에게 널리 알려져 있다.47) 완적

---

46) ≪世說新語・文學≫ 注引 ≪名士傳≫ 曰, "伶字伯倫, 沛郡人. 肆意放蕩, 以宇宙爲狹. 常乘鹿車, 攜一壺酒, 使人荷鍤隨之, 云… 死便掘地以埋." ≪世說新語校箋≫, 徐震堮著, 臺灣: 文史哲出版社, 1985년, 제136쪽.

(阮籍) 또한 주량에 있어 이와 필적할 만하다. 사마소(司馬昭)가 그와 사돈을 맺기 위해 혼담을 꺼내려 하였지만, 그는 무려 60일간을 대취하여 사마소로 하여금 혼사를 거론치 못하게 한 일은 너무도 유명하다. 또 보병주방(步兵廚房)에 잘 익은 술이 3백 근이나 있단 말을 듣고 고관을 마다하고 스스로 보병교위(步兵校尉)를 자청한 일도 매우 유명하다. 그의 생활방식은 일반인들이 이해하기 힘든 괴이한 점이 매우 많았는데, 한 달쯤 문 밖으로 한걸음도 나가지 않고 두문불출하며 책을 읽다가도 홀연 홀로 산수를 유

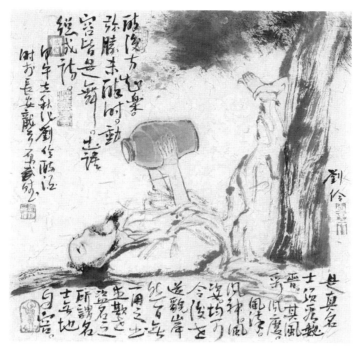

〈그림 23〉 유령

---

47) "유령은 방달한 성격에 술을 지나치게 즐겨 혹은 옷을 벗고 나체로 방에 있었으며 사람들이 그를 보고 비웃으면 영은 말하길… 나는 천지로써 집을 삼고 방으로써 바지를 삼거늘 그대들은 어찌하여 내 바지 속으로 들어왔는고?(劉伶恒縱酒放達, 或脫衣裸形在屋中. 人見譏之, 伶曰… "我以天地爲棟宇, 屋宅爲褌衣, 諸君何爲入我褌中!") ≪世說新語‧任誕≫.
유령은 술이 병이었다. 갈증이 심해 부인으로부터 술을 찾으니 부인은 술병을 던지고 그릇을 깨 버리며 눈물을 흘리고 울며 간하길, "당신은 음주가 지나치옵니다. 섭생의 도가 아니니 꼭 그것을 끊어야 해요." 영왈 … "좋소만 나 혼자서 끊을 수가 없고 오직 귀신께 제사를 지내고 맹세를 하여 끊도록 해야 하니 술과 고기를 준비하시오." 부왈, "뜻대로 하겠어요." 신명께 술과 고기가 받쳐지고 영이 축사를 하게 되었을 때 그는 꿇어앉아 맹서하길, "하늘이 유령을 나게 한 것은 술로써 이름을 얻게 한 것이니, 일음에 일석이요, 오두로 해정을 해야 합니다. 아낙네의 말은 실로 들어서는 안 되는 것입니다!" 그리고 그는 술과 고기를 들이키며 흠뻑 취하였다(劉伶病酒, 渴甚, 從婦求酒. 婦捐酒毁器, 涕泣諫曰… "君飮太過, 非攝生之道, 必宜斷之!" 伶曰… "甚善. 我不能自禁, 唯當祝鬼神自誓斷之耳. 便可具酒肉." 婦曰… "敬聞命". 供酒肉於神前, 請伶祝誓. 伶跪而祝曰… "天生劉伶, 以酒爲名, 一飮一斛, 五斗解酲. 婦人之言, 愼不可聽!" 便引酒進肉, 隗然已醉矣). ≪世說新語‧任誕≫.

람하며 며칠간을 돌아오지 않기도 하였으며, 어쩌다가 길을 잃어버리면 대성통곡하기도 했다. 그리고 그는 친정에 가는 형수에게 작별을 고하기도 했으며(이는 곡례(曲禮)의 "형수와 시동생 간에는 서로 인사하며 안부를 묻지 않는다(嫂叔不通問)."는 당시의 법도에 크게 어긋나는 처사이다), 옆집 술파는 예쁜 아낙이 좋아 항시 함께 술을 마셨을 뿐 아니라 취하면 그녀 옆에서 함께 쓰러져 자곤 한[48] 행동들을 보면 그 당시는 물론 지금 사람들의 눈으로도 무척 괴탄(怪誕)하고 광방(狂放)했음을 알 수 있다.

당시 문인들의 이러한 생활태도 배후에는 자신의 삶에 대한 불안과 사회에 대한 불만, 근심 등의 피치 못할 사연들이 있는 것이 사실이지만, 그들이 시대적 아픔을 극복하고 잊기 위해 취한 행동들을 보면 다분히 종욕(縱欲)적인 부분도 없지 않다. 즉 그들은 술이란 것으로 자기마취와 쾌락을 추구했고, '연단복약(煉丹服藥)'이란 이름으로 장생불로를 추구하였으며, 또 '방중술(房中術)', '연년술(延年術)' 등을 운운하며 성욕의 추구와 생명의 연장도 갈구하였다. 사실 이는 삶에 대한 그들의 초조함과 생명에 대한 열정적인 추구의 반영이자 당시 그들의 인간적인 강렬한 몸부림으로 해석될 수가 있다.

여하튼 위진문인들의 이러한 광방, 광달한 삶의 경지를 내포하는 임정방달(任情放達)의 정신은 도피적이고 유희적인 노장의 사상에 연유된 것이지만, 직접적으로는 위진현학(魏晉玄學)의 '득의망형해(得意忘形骸)'의 사상에서 비롯된, 예법과 행동에 구속받지 않는 사상적 배경에서 비롯된 것으로 볼 수도 있다.[49] 당시 유명한 서예가 채옹(蔡邕)은 다음과 같이 말했다.

> "글을 쓴다는 것은 흩트린다는 것이다. 글씨를 쓰려고 하면 먼저 가슴을 흩트려서 마음대로 기분대로 맡긴 연후에 글을 써야 된다. 만약 무언가에 압박을 받고 있으면 비록 아무리 좋은 붓이 있다고 한들 좋은 글씨는 나오지 않는다."[50]

---

48) 완적의 형수가 일찍이 친정을 갈 때 적은 더불어 작별을 고하였다. 혹자가 그것을 비웃으니 적은 말하길, "예라는 것이 어찌 나 같은 자들을 위해 만들었겠는가!" 했다. 완적 이웃집 부인이 미색이 있었는데 직접 술을 팔았다. 완적은 왕안풍과 같이 항시 그녀 곁에서 술을 마셨는데, 완적은 취하면 바로 그 여자 옆에서 누워 자곤 했다. 남편이 처음에는 매우 의심하여 지켜 살펴보았지만 결국 다른 뜻은 없음을 알게 되었다(阮籍嫂嘗還家, 籍見與別. 或譏之, 籍曰… "禮豈爲我輩設也" 阮公鄰家婦, 有美色, 當壚酤酒. 阮與王安豊常從婦飲酒, 阮醉, 便眠其婦側. 夫始殊疑之, 伺察, 終無他意).

49) 先秦哲學和漢代哲學關於 "形". "神"的理論, 對於顧愷之提出傳神寫照的命題有重要的影響. 但是, 這種影響是通過魏晉玄學這個環節而産生的. 魏晉玄學又大大加深了這種影響. 湯用彤指出… "神形分殊本玄學之立足點." "按玄者玄遠. 宅心玄遠, 則重神理而遺形骸." 魏晉名士之人生觀, 就是得意忘形骸. 這種人生觀的具體表現, 就是所謂 "魏晉風度"… 任情放達, 風神蕭朗, 不拘於禮法, 不泥於形跡.-葉朗, ≪中國美學的開展(上)≫(金楓出版有限公司, 1987년), 제55쪽.

50) ≪後漢蔡邕筆論≫, 載 ≪佩文齋書畵譜≫卷五.

이는 예술창작에 있어서의 해방과 자유를 강조한 것인데, 이와 같이 위진풍도의 임정방달의 경지는 실로 모든 예술창작의 기본적 태도라고 할 수 있는 고귀한 정신이며, 동시에 지극히 자유롭고 열정적인 위진 시기의 귀중한 '시대정신'이라고 볼 수 있다.

(2) 초속청고(超俗淸高)

〈그림 24〉 혜강과 거문고

위진시대의 문인들을 이야기할 때 우리가 가장 일반적으로 형용하는 말은, 앞에서 언급한 "임정방달"이란 단어 외에 '초속청고'라는 말이 있을 것이다. 아정(雅正)하다 또는 고아(古雅)하다는 표현이 유가적 심미관이라면, '고아(高雅)' 혹은 '탈속(脫俗)'이라는 용어는 세속을 풍자하고 '신인(神人)', '지인(至人)' 등의 초범탈속(超凡脫俗)을 지향하는 도가 철학에 바탕을 두고 있다고 볼 수 있다. 초속청고의 정신은 바로 이러한 노장 철학이 다시 흥성하던 위진남북조시대의 위진풍도의 정신세계를 잘 반영해주고 있다. 죽림칠현 중의 우두머리로서 공개적으로 이경반도(離經叛道)의 문장과 성인을 비박하는 언론 등을 발표함으로써 결국 당시 권력자인 사마소(司馬昭)에게 죽임을 당한 혜강(稽康)은 정의감과 반항심이 강했는데, 강엄(江淹)의 <의혜중산언지(擬稽中散言志)>에 의하면 그는 아침에는 낭간의 열매를 먹고 저녁에는 옥지의 물을 마시며 천지

우주의 정화를 얻어 사는[51] 그야말로 인간연화(人間煙火)를 먹지 않는 고결하고 탈속적인 사람으로 묘사되어 있다. 완적(阮籍) 또한 용모가 걸출하고 지기(志氣)가 홍방하며 범인과 구별되는 범속적인 면을 가진 사람이었으니[52] 그들은 모두 명교와 예법을 준수하고 유교의 속박 아래 개성을 박탈당하고 살아가는 당시의 범속한 유사(儒士)들을 멸시했던 것이다. ≪세설신어·배조(排調)≫에 기록된 내용을 보면, '속중인(俗中人)'과 대조적인 의미를 지닌 '방외지인(方外之人)'으로 지칭되는 완적이 죽림칠현 가운데 다소 명교도(名敎徒)적인 왕융(王戎)을 비웃는 모습을 보면 그가 얼마나 속물들을 경멸했는지를 알 수가 있다.[53] 또 ≪세설신어·간오(簡傲)≫에서도 범속한 선비들을 조소하는 이야기가 있다.

> 혜강과 여안은 서로 친했는데, 매번 서로 생각날 때마다 천리 길을 마다하고 수레를 시켜 찾아가 만났다. (어느 날) 여안이 와보니 마침 혜강이 없고 혜희가 문을 나와 그를 안내했는데, 들어가지를 않고 문 위에다 "봉(鳳)"자를 쓰고 나갔다. 혜희는 그것을 깨닫지 못하고 오히려 기쁜 이유로 적은 걸로 여겼다. (사실) "봉"자는 범속한 새라는 뜻이었다.[54]

혜희는 혜강의 형으로 양주자사(揚州刺史)를 지낸 적이 있는, 명교를 중시여기는 자였다. 따라서 여안(呂安)과 같은 초속적이고 청고한 선비의 눈에는 당연히 더할 수 없는 속물로 보인 것이다. 사실 중국고대의 일부 특별한 문인들은 세속의 범부(凡夫)와 속사(俗事)를 경시하고 세상을 깔보며, 언제나 자신을 세상 사람들보다 위에 두려는 정신적 특질이 있었다. 그 대표적인 예로는 우리가 앞서 다룬 적이 있는, "온 세상이 다 흐려도 나 혼자 맑겠다."[55]의 선진시대 굴원의 세계를 들 수가 있다. 그런데 위진시대에 들어서면 문인들의 초속청고에 대한 추구는 그 어느 시대보다 더 강렬해진다. 이 시기의 문인들이 노장사상에서 비롯된, 모든 개념들을 초월하려는 강한 심미적 욕구를 가지고 있었고, 또 당시의 개방적이고 자유로운 풍조와 위진 현학적 요소에 기반을 둔 인물 품평 분위기의 영향 아래 있었기 때문이다. ≪진서(晉書)≫ <왕휘지전(王徽之傳)>에 의하면 왕

---

51) "朝食琅玕實, 夕飮玉池津. 曠哉宇宙惠, 雲羅更四陳"- ≪江文通集滙注≫, 券四, <擬嵇中散言志>.

52) "貌瑰傑, 志氣宏放, 傲然獨得, 任性不羈, 而喜怒不形於色."- ≪晉書≫ <阮籍傳>.

53) "嵇, 阮, 山, 劉在竹林酣飮, 王戎後往,步兵曰… 俗物已復來敗人意!"- ≪世說新語·排調≫.

54) "嵇康與呂安善, 每一相思, 千里命駕. 安後來, 値康不在, 喜出戶延之, 不入, 題門上作 "鳳"字而去. 喜不覺, 猶以爲欣故作. "鳳"字, 凡鳥也."- ≪世說新語·簡傲≫.

55) 屈原, ≪楚辭≫, <漁父辭>, "擧世皆濁我獨淸."

휘지가 밤에 ≪고사전(高士傳)≫을 읽고 있을 때 그의 동생 헌지(獻之)가 정단(井丹)의 고결함을 칭찬했는데, 휘지는 오히려 말하길 "장경(長卿)의 만세(慢世)만 못하다."라고 했다고 한다. 여기서 장경은 한대의 유명한 문학가로 부의 천재이며 탁문군이라는 묘령의 과부와 함께 몰래 사랑의 도피행각을 벌인 사마상여를 말한다. "만세"란 세인을 깔보고 세속의 일들을 눈 밖에 두는 탈속 내지는 초속의 경지를 말하는 것이다.

(3) 진정필로(眞情畢露)

'진정필로'란 말은 글자 그대로 마음속에 있는 진실한 심정을 모두 다 드러낸다는 뜻인데, 이 또한 단순한 이야기 같지만 중국문학사에 있어서는 깊고 중요한 의미를 지니고 있다. 이는 위진시대 문인들의 정신을 대표하는 것 중의 하나일 뿐 아니라 거짓 없는 순진한 정신을 중시하는 중국문학과 중국문인들의 사상적 전통을 나타내는 중요한 개념이다. ≪홍루몽≫ 제5회에서 작자 조설근(曹雪芹)은 경환선고(警幻仙姑)의 말을 통해 아주 중요한 문제를 제시하는데, 그것은 '그릇됨을 꾸면서 추악함을 감추거나(飾非掩醜)' '본마음을 속이고 겉으로 조작하는(矯揉造作)' 세속인들의 행위에 대한 경멸이다.[56] 이러한 사상은 명대 중엽 이후 청대까지 계속 이어져 내려간, 이지(李贄), 엽주(葉晝), 탕현조(湯顯祖), 원굉도(袁宏道), 풍몽룡(馮夢龍), 김성탄(金聖嘆) 등을 중심으로 한 '천리를 보존하고 인욕을 멸한다(存天理, 滅人欲).'는 가식적, 가군자적, 자기 기만적인 정주이학(程朱理學)에 반대하며, 인간의 진실하고 솔직한 정(眞情)을 중시하여 '이정반리(以情反理)'를 주장하던 낭만주의 문예운동을 그 배경으로 하고 있다. 명청문학에서의 이러한 '진정'의 미학은 중국 역사상 인간해방의 시기였던 위진남북조 시대정신의 부활을 의미한다. ≪세설신어·상서(傷逝)≫를 보면 다음과 같은 내용이 있다.

〈그림 25〉 세설신어 속의 張季鷹

고언선은 생전에 거문고를 좋아했는데 상을 당하자 집안사람들은 언제나 그의 거문고를

---

56) "自古來多少輕薄浪子, 皆以好色不淫爲飾, 又以情而不淫作案, 此皆飾非掩醜之語也."- ≪紅樓夢≫.

영상 위에다 놓아두었다. 장계응이 와서 그에게 곡을 했는데, 그 비통함을 이기지 못해 바로 영상 위로 올라가 거문고를 두드리며 몇 곡을 쳤다. 곡(曲)을 끝내고 거문고를 어루만지며 말하길, "고언선은 이 곡을 좋아할까?" 그리고는 또 크게 통곡하며 상주의 손도 잡지 않고 바로 나가버렸다.

(顧彦先平生好琴, 及喪, 家人常以琴置靈牀上. 張季鷹往哭之, 不勝其慟, 遂徑上牀, 鼓琴作數曲, 竟, 撫琴曰 … "顧彦先頗復賞此不?" 因又大慟, 遂不執孝子手而出.)

마음속의 솔직한 심정과 진실한 정을 예속적 형식에 구애받지 않고 거리낌 없이 표현하기란 결코 쉬운 일이 아니다. 위진인들의 행동에 나타난 이러한 파격적인 솔직함은 그들의 거짓 없는 순수하며 순진한 '진정'의 마음에서 나온 것이다. 그리고 그것은 이지가 ≪동심설(童心說)≫에서 말하는 꾸밈없는 '眞心'이자 왕국유(王國維)가 강조한 천진난만한 '적자지심(赤子之心)'이기도 하다. 완적은 평소 전혀 교분이 없는 이웃 마을의 예쁜 처녀가 죽었다는 말을 듣고 그 부모들과도 서로 안면이 없어도 그 집에 가서 애통하게 곡을 하고 왔다고 하는데, 이런 행동도 위진인들의 깊고 솔직한 진정을 반영해주는 이야기이다. 혜강 또한 성격이 진솔하여 마음속의 뜻을 솔직히 드러내는지라 친구의 불의를 보고 그와 절교하리라는 <여산거원절교서(與山巨源絶交書)>라는 글을 지었다. 결국은 당시의 권력자인 종회(鍾會)를 직접 비방하다 죽음을 맞게 되는 것도 바로 '질성자연(質性自然)'의 발로이자 그의 진정을 다한 것이다. 역시 죽림칠현 중의 한 사람이며 위진명사로 유명한 왕융(王戎)은 ≪세설신어≫의 기록에 의하면 다소 인색한 인물로 표현되어 있다. 그는 딸이 시집갈 때 돈을 빌려주었는데, 돈을 갚기 전까지는 딸이 친정으로 올 때마다 냉담하게 대하다가 나중에 딸이 돈을 다 갚자 비로소 얼굴에 웃음을 띠며 반갑게 맞았다고 한다.[57] 한편으로는 그의 행위가 소인배적인 인정 없는 행동으로 생각될 수도 있겠지만, 그의 가식 없고 솔직하며 어린애와 같이 꾸밈 없는 행동은 역시 위진 명사의 풍도를 느끼게 해준다고 할 수 있다.

(4) 표일소쇄(飄逸瀟灑)

도가의 정신이 문학예술에 있어서 가장 중시하는 부분은 아마도 천진난만한 천성을 드러내는 것에 있다. 그리고 이러한 천성을 자유롭게 드러내는 최고의 경지가 바로 "표일"과 "소쇄"일 것이며 그것은 또한 위진인들의 최고의 인생관이기도 하다. 흔히 서예

---

57) ≪世說新語・儉嗇≫.

를 논할 때 위진시대를 서예의 황금시기로 보며, 위진남북조의 서예는 당시(唐詩), 송화(宋畵)와 병칭되는 중국예술의 정화로 간주된다. 또 "위진인들의 서법은 신운(神韻)을 숭상하고, 당인은 법도를 중시하고, 송대는 의취(意趣)를 중시하며, 원명대는 형식을 숭상했다"(晉尙韻, 唐尙法, 宋尙意, 元明尙態)."(淸 梁巘)는 말을 하기도 한다.

〈그림 26〉東床快婿—왕희지

여기서 '운(韻)'이라는 말의 원래의 의미는 화해(和諧)의 소리를 뜻하지만 예술표현상으로 쓰일 때는 일종의 신비한 멋(神趣)과 풍취의 자연적인 발로를 의미한다. 위진시대는 주지하는 바와 같이 도가의 자연주의가 성행한 시대여서, 노자의 정정담박(淸靜淡泊)의 지혜와 장자의 임기천성(任其天性)의 자유 그리고 불교이론을 흡수하여 생겨난 현학 등의 사상적 영향으로, 위진인들은 방일광달(放逸狂達)하고 초연절속(超然絕俗)하며 표일소쇄한 미학 체계를 형성하고 있다. 서예예술에 있어서의 위진인들의 높은 성취 역시 이 시대의 문학예술정신을 단적으로 잘 반영해주고 있다.

그러면 표일과 소쇄의 경지는 구체적으로 어떠한 심미적 의미를 함축하고 있을까? 위진의 대표적 예술가 중의 한 사람인 왕희지(王羲之)의 서예를 논할 때 우리가 가장 일반적으로 품평하는 말이 바로 이 표일과 소쇄이다. 송대 강기(姜夔)는 다음과 같이 말했다.

> 당인은 서예를 꼭 법규에 맞추니 진인의 표일한 맛이 다시는 나타나지 않았다. 진서(眞書, 즉 楷書)는 평정(平正)해야 좋은 것으로 여기는데, 이는 세상의 범속한 논리로서 당인(唐人)의 잘못이다. … 두 대가(大家, 즉 鍾繇와 王羲之)의 글씨는 모두 소쇄종횡(瀟灑縱橫)하니 어찌 평정에 구속됨이 있으리오?
> (唐人下筆, 應規入矩, 無復晉人飄逸之氣. 眞書以平正爲善, 此世俗之論, 唐人之失也. … 二家之書, 皆瀟灑縱橫, 何拘平正?)
> ≪續書譜≫

또 양(梁)의 원앙(袁昂)도 말하길, "왕희지의 서예는 사가(謝家, 즉 위진시대의 謝安의 가문)의 자제들과 같이 자유로워 단정치 못한 바가 있으며 호방하면서도 일종의 멋이 있다."[58]고 했다. 그리고 명의 왕가옥(汪珂玉)은 한걸음 더 나아가 다음과 같이 말했다.

> 진인의 서예를 보면 비록 그들이 명법가(名法家)는 아닐지라도, 또한 일종의 풍류가 엉켜 있는 모습을 띄고 있었다. 그것은 당시 위진인들이 청고하고 간귀(簡貴)한 인품을 숭상하고, 허무와 광달함을 가슴의 지표로 삼으며, 얼굴을 다듬고 언사를 발함에 운치의 극을 달렸으며, 글씨를 쓰고 문장을 지음에 자연스러워 보기 좋은 것과 연관이 있다.
> (晉人書雖非名法之家, 亦有一種風流蘊藉之態, 緣當時人士以淸簡爲尙, 虛曠爲懷, 修容發語, 以韻相勝, 落筆散藻, 自然可觀.)
> ≪墨花閣雜誌≫

이 말들을 종합해보면 위진인들의 표일소쇄의 경지는 '운(韻)'이란 말과 관련이 깊으며, 그것은 형식과 법도에 구애받지 않고 무위와 자연의 상태에서 자연스럽게 얻어지는 아름다운 멋과 풍류라고 볼 수 있다.[59] ≪설문(說文)≫에서는 말하길, "일(逸)은 없

---

58) "王右軍書如謝家子弟, 縱復不端正者, 爽有一種風氣."-袁昂, ≪古今書評≫.

59) 近人 熊秉明은 王羲之 서예의 飄逸瀟灑의 境界가 그의 字形의 변화, 行과 行간의 거리의 불규칙함 그리고 行勢의 기울어짐 등의 구체적인 요소에서 나온 것으로 지적했음.- "字形的變化, 行距的不等, 以及行勢的偏斜是王字的一個重要特徵, 這也是晉書所以顯得瀟灑自然的原因之一, 但往往不爲人所注意." (≪中國書法理論體系≫, 臺灣: 文師出版社, 1988년, 43쪽).

어지다(失)는 것이고, 달아나다(走)와 토끼(兎)로 구성되어 있는데, 토끼는 이리저리 잘 달아난다."[60]라는 구절에서 "일(逸)"자는 원래 '달리다', '숨다', '없어지다', '한가하다' 등의 인신의(引申義)를 가지고 있었다. 그런데 그것이 동한이후 위진시대에 와서는 일상의 법도에 구애되지 않는 초연함과 방일함이라는 심미적 의의를 갖게 되는데, 위진시대 인물품평의 분위기 아래 이 "일"자는 당시 위진의 명사풍도의 중요한 내용이 되는 동시에 또 예술작품 품평의 술어가 되기도 하여 '일기(逸氣)', '은일(隱逸)', '수일(秀逸)', '고일(高逸)' 등으로 사용되기도 했지만 그 함의는 거의 일치한다. ≪세설신어‧아량(雅量)≫에서는 사윗감을 고르러 온다는 말을 듣고 왕가(王家)의 형제들이 모두 억지로 부자연스럽고 점잖은 체하고 있을 때, 왕일소(王逸少, 즉 王羲之)는 마치 아무 일도 모르는 듯 동쪽 침상 위에 누워 있었다. 사위를 고르러 온 사람은 왕희지의 그런 솔직하고 자연스러우며 소탈한 모습이 마음에 들어 결국 그를 선택했다는 이야기가 기록되어 있다. 이러한 정신이 바로 '표일소쇄'의 경지가 아닐까 한다.[61]

(5) 미려고아(美麗高雅)

〈그림 27〉 琴棋書畵

마지막으로 위진풍도의 심미적 특성을 얘기한다면 그것은 우리들에게 그 어떤 미감을 가져다준다는 것이다. 그러나 그 아름다움은 현란한 것이 아니라, 자연스럽고 솔직

---

60) ≪說文≫, "逸, 失也, 從走兎, 兎漫馳善逃也."

61) ≪世說新語‧雅量≫, "郗太傅在京口, 遣門生與王丞相書, 求女壻. 丞相語郗信… 君往東廂, 任意選之. 門生歸白郗曰… 王家諸郎亦皆可嘉, 聞來覓壻, 鹹自矜持, 唯有一郎在東牀上坦腹臥, 如不聞. 郗公云… 正此好! 訪之, 乃是逸少, 因嫁女與焉."

하며 담백하고 청초한 미려 고아한 아름다움이라고 할 수 있다. 여계상(呂啓祥)은 ≪홍루몽회심록(紅樓夢會心錄)≫이란 책에서 금릉십이채(金陵十二釵)의 한 사람인 사상운(史湘雲)이 낮에 술에 취하여 작약이 만개한 꽃밭에서 정신없이 쓰러져 자는 모습에서 위진풍도의 미(美)를 느껴 장문의 글을 발표한 바가 있는데,62) 위진풍도의 명사풍류에서 뺄 수 없는 것이 바로 이 미적 느낌이다. 중국의 한정문화(閑情文化)를 논할 때 빠지지 않는 멋과 낭만이 서린 문화 중의 하나가 금기서화(琴棋書畵)라고 한다면, 위진시대의 명사들을 빼고 그것을 얘기할 수가 없다. 그들은 그것들을 통해 자신의 심령을 스스로 정화시키고 자아를 초탈함으로써 후대인들에게 모방할 수도 없는 격조 높은 아름다움을 남겼다.

중국에서는 예로부터 음악을 중시하였는데, ≪악기(樂記)≫에서는 "악은 하늘과 땅의 화합이다."63)라고 하였다. '화(和)'는 중국 고대 철학사상의 핵심 개념으로, 규율에 맞고 화협(和協)에 어울린다는 것을 의미하며, 그것은 또한 진선진미(盡善盡美)한 것을 뜻한다. 따라서 '화'의 개념은 고대 중국인들의 심미적 표준이 되었으며, 음악은 바로 이 '화'라는 특징을 갖고 있기에 가장 중시하는 예술이 되었다. 그리고 수많은 악기 중에서 거문고(琴)는 '화'를 가장 잘 구현하는 악기라고 해서 사대부들의 가장 깊은 사랑을 받았다.64) 위진의 문인들은 거문고를 특히 좋아했는데, 그중 혜강과 금(琴)과는 깊은 사연이 있었다. ≪세설신어・아량≫을 보면 혜강이 낙양(洛陽)의 동시(東市)에서 처형을 당할 때 역시 여느 때와 마찬가지로 그는 얼굴에 희로애락의 표정이 없이 가져온 금으로 '광릉산(廣陵散)'이라는 거문고곡을 켜고 나서 말하길, "예전에 원효니(袁孝尼)가 이 곡을 내게 가르쳐 달라고 했을 때 나는 아까워 차마 가르쳐주지 못했는데, 이젠 '광릉산'이란 곡도 영원히 사라지고 말겠구나!"65)라고 했다고 한다. '서여기인(書如其人, 즉 글씨는 그 사람과 같다)'이라고 하였듯이, 그의 서예를 논한 평어에 "혜강의 서예는 마치 거문고를 안고 반쯤 취한 모습이며, 시를 읊조리며 천천히 걸어가는 모습이다(嵇康書如抱琴半醉, 詠物緩行- ≪唐人書評≫)."라고 하니 그의 모습에서 풍겨 나오는 미를 발견하게 된다.

위진명사 중에서 낭야왕씨(琅邪王氏) 일가의 풍류는 유명하다. 왕희지에게는 일곱 아

---

62) ≪紅樓夢會心錄≫, 臺灣: 貫雅出版社, 1992년, 제31-48쪽, <湘雲之美與魏晉風度及其他>참조.

63) ≪禮記≫, <樂記>, "樂者, 天地之和也."

64) 楚流 王德 孫新, ≪閑情文化≫, 中國經濟출판사, 1995년, 제30쪽 참조.

65) "嵇中散臨刑東市, 神氣不變, 索琴彈之, 奏廣陵散. 曲終, 曰… 袁孝尼嘗請學此散, 吾靳固不與, 廣陵散於今絶矣!"

들이 있었는데, 그중 유명한 자는 다섯이나 되고, 그중 특히 막내 아들 헌지(獻之)와 다섯째 휘지(徽之)는 특출해 세칭 '이왕(二王)'이라고 하면 왕희지와 막내인 헌지를 일컫는 말이다. ≪세설신어·상서(傷逝)≫에 보면 이들 형제들의 다음과 같은 처량하고 아름다운 고사가 있다. 진 효무제(孝武帝) 태원(泰元) 12년에 왕휘지, 헌지 두 형제가 모두 심한 병이 들었는데, 병상에서 휘지는 헌지의 사망소식을 듣고 일어나 동생의 빈소로 수레를 타고 가 영상(靈床)에 앉아 헌지의 금을 탔다. 그런데 그 소리의 화음이 잘 이루어지지 않자 "주인이 가니 거문고도 제 소리를 잃었구나!"라고 말하고는, 헌지의 이름을 부르며 울다가 기절하고는 한 달쯤 후에 따라 죽었다는 것이다. 위진 문인들의 깊은 정이 가슴에 와 닿는 아름다운 이야기이다.66)

중국민족은 대나무를 사랑하는 민족이다. 위진시대는 중원의 동남쪽에 위치했기 때문에 강남의 따뜻한 기후로 인해 대나무가 많았고, 이로부터 문인들과 대나무는 깊은 인연을 맺게 된다. 대나무의 속성은 겸허(謙虛), 절개(節槪) 등 여러 면이 있지만 그중에서도 그것이 가지는 고아한 기품을 빼놓을 수 없다. 전술한 바 있는 왕희지의 아들 왕휘지는 대나무를 너무 사랑해 잠시 남의 공택(空宅)에 묵을 때도 대나무를 심고 그것을 보고 소리를 읊조리며67) 말하길, "어찌 하루라도 이 군자(君子)가 없을 수 있으리오!"68)라고 했다. 완적, 혜강, 산도(山濤), 향수(向秀), 완함(阮咸), 왕융, 유령은 언제나 죽림 아래에 모여 즐겼으니, 아침에는 죽림에서 놀고, 저녁에는 죽으로 친구를 삼고, 죽림 사이에서 식사도 하고, 죽림 그늘에서 누워 쉬기도 하여 세인들은 그들을 죽림칠현이라 불렀다고 한다. 격조 높은 대나무 숲과 그들의 고아한 기풍은 더없이 서로 좋은 조화를 이룬 아름다운 풍경을 느끼게 한다.

---

66) "王子猷, 子敬俱病篤, 而子敬先亡. 子猷問左右… 何以都不聞消息? 此已喪矣. 語時了不悲. 便索輿來奔喪, 都不哭. 子敬素好琴, 便徑入坐靈牀上, 取子敬琴彈, 弦旣不調, 擲地云, 子敬, 子敬, 人琴俱亡! 因慟絶良久. 月餘亦卒."

67) 竹을 보면서 情을 쏟는 것으로 東晉 사대부들의 이른바 嘯詠이라는 것이 있는데, 그것은 바로 입술을 가늘게 압축시켜서 읊조리는 것으로 소리를 낼 때는 氣를 혀끝으로 강하게 뿜어 악기나 물건을 빌리지 않고 입술을 움직이기만 하면 곡이 되고 소리를 내면 음이 되는 것을 말한다. ≪晉書≫ <阮籍傳>에 의하면, 완적은 술을 좋아하고 嘯를 잘 한 것으로 기록되어 있는데, 그 소리가 수백 보 멀리까지 들렸다고 한다. 嘯는 무언가에 감흥을 받아 發하는 것이다. 그러나 嘯만으로는 사대부들의 뜻을 이끌어 내지 못하고 또 후세 사람들이 볼 때 길게 읊조리는 '長嘯'라는 것이 그리 우아하게 느껴지지 않아 竹을 그림으로 그리는 일이 생겨났다고 한다.- "對竹暢情, 有東晉士大夫所謂嘯詠, 卽縮緊口而吟. 嘯時氣激於舌端, 不假器, 不借物, 動脣有曲, 發聲成音. 據 ≪晉書. 阮籍傳≫記載, 阮籍樂酒善嘯, 聲聞數百步遠. 嘯是有感於物而發. 但單單有嘯, 仍不能使士大夫導達意氣, 而且在後世看來, 長嘯仍不夠雅. 於是竹畵随之嘯起."- 張懋鎔, ≪書畵與文人風尙≫, 臺灣: 文津出版社, 1989년. 105쪽.

68) ≪世說新語·任誕≫, "王子猷嘗暫寄人空宅住, 便令種竹. 或問… 暫住何煩爾? 王嘯詠良久, 直指竹曰… 何可一日無此君!"

2) 위진 현학적 미학의 풍류 세계

현학(玄學)이란 동한 말 천하가 혼란에 빠져 기존의 경학과 유교의 예법이나 명교가 무너졌을 때 지방의 문벌사족 등을 중심으로 생겨난 일종의 노장철학의 부흥으로 위진 남북조 학술사상의 중심이 된 것이다. 현학은 재기와 식견이 있는 선비들이 "난세에는 자신의 생명을 지키며, 제후들에게서 부귀를 구하지 않는다(苟全性命於亂世, 不求聞達於諸侯)."는 정신에서 나온 학술 사상이라고 볼 수 있다. 우선 현학의 발생과 발전과정을 한번 짚어보자.

동한 말엽 조조와 제갈량(諸葛亮) 등은 혼란한 사회를 맞아 각각 신불해(申不害), 상앙(商鞅)의 법술(法術)과 관자(管子) 등의 황로형명지술(黃老刑名之術)로 천하를 다스렸지만 난세는 오랫동안 그치지 않았다. 이에 따라 사람들의 마음속에 평화를 갈구하는 마음이 점차 깊어지면서, 청정무위(淸靜無爲)의 출세(出世, 즉 세상을 떠남)적인 사상이 성행하고 노장의 광달(曠達)을 지향하게 되었던 것이다. 현학의 시작은 왕충(王充)에서 비롯된다. 왕충은 도가의 자연설(自然說) 이론으로 한말 음양(陰陽)의 미신을 타파함으로써 그 물길을 튼 이후, 왕필(王弼)이 주역과 노자를 풀이하면서 분위기는 한층 고조되었다가 완적, 혜강, 하안(何晏), 유소(劉劭) 등에 이르러 더욱 큰 발전을 보게 되었다. 그들은 유파에 따라 명리(名理)를 중시하거나 현론(玄論)에 치우치거나, 혹은 광달(曠達)을 추구하였지만 기본이념은 역시 하나라고 할 수 있다.

그중에서 명리파(名理派)는 인물을 평론하는 것으로 그 종지를 삼았으며, 구체적인 인물의 평론에서 시작하여 추상적인 재성(才性)의 분석까지 이어졌는데, 나중에는 청담(淸談)으로 흘렀다. 위진시대의 인물 품평의 습성은 여기에서 비롯된 것으로 보인다.

현론파(玄論派)는 하안과 왕필이 대표적인데, 하안의 ≪논어주(論語注)≫와 왕필의 ≪주역주(周易注)≫는 모두 도가적 설법으로 유가의 글을 풀이한 것이다. 왕필의 ≪노자주(老子注)≫가 세상에 나오자 수많은 문인들이 그의 뒤를 이어 노자나 장자의 주(注)를 내면서 현담(玄談)을 중시한 파가 바로 현론파이다.

광달파(曠達派)는 완적과 혜강을 위시한 죽림칠현을 중심으로 하는데, 그들은 모두가 현언(玄言)을 숭상하고 예법과 예속을 무시한 방달하고 탈속적인 삶을 지향함으로써 노장의 말들을 실제로 독실하게 이행한 자들이라고 할 수 있다.[69]

---

69) 이상 서술한 위진현학에 대한 약술은 대체로 林尹 선생의 ≪中國學術思想人綱≫(臺灣商務印書館, 1981년)의 학설을 따른 것이다. 112-131쪽 참고.

이상으로 간략하나마 위진 현학의 발생과 그 중심이 되는 유파들을 종합적으로 언급했는데, 위진남북조의 문학과 미학을 논할 때 우리는 현학을 빠뜨릴 수 없다. 현학이 당시의 문학창작이나 문학이론 그리고 미학사상에 끼친 영향은 지대하다. 종영(鍾嶸)의 ≪시품·서(序)≫에서는 비록 현언시(玄言詩)에 대해 "시가 설리성을 문재(文才)보다 중시하여 담담하고 맛이 적다(理過其辭, 淡乎寡味)."라든지 "모두 평담하여 마치 도덕론과 같다(皆平典似道德論)."라며 그 폐단에 대해 언급했으나, 그것이 문학예술 전반에 끼친 적극적 영향은 누구도 부인할 수 없을 것이다. 즉 대상에 대한 형이상학적인 추구, 말하자면 유한한 물상의 개념을 초월해 그것의 본질을 탐구하려는 위진인들의 심미의식은 바로 위진 현학에서 비롯된 것이다. 다음은 위진 현학의 구체적 내용 가운데 문학예술과 직접 통하는 심미적 특질 중 중국문학의 독특한 풍류세계를 연출한 것들을 모아 약술해본다.

(1) 인물 품평과 개성 중시 - 전신사조(傳神寫照), 천상묘득(遷想妙得), 기운생동(氣韻生動)

위진남북조시대의 미학을 얘기할 때, 우리는 그것을 인물 감상에서 나온 미학이라고 할 정도로 이 시대는 인물비평이 매우 유행한 시대였는데, 그것은 위진현학의 영향과 매우 관계가 깊다. 전술한 바와 같이 한말 혼란한 사회에서 조조 등은 형명법술(刑名法術) 정책을 사용하여 백성을 다스릴 때 법도를 중시하고 관직을 간략화하며 신상필벌을 명확히 했고, 인재들을 쓸 때에도 오로지 재능이 있는 자를 등용시키며 인물들의 재능성(才能性)을 중시했다. 이는 후에 현학으로 이어져 그중 명리파는 인물들을 평론하는 것으로써 그 핵심을 삼았고, 또 거기에서 발전하여 추상적인 재상(才性)의 분석으로까지 발전되기도 하였다. 현학의 이러한 인물품평은 도가의 '허정(虛靜)'이나 '현초(玄超)' 등의 이념을 높은 정신적 경지로 삼는 정신에서 비롯된 것이다. 유소(劉劭)는 ≪인물지(人物志)≫ <구정(九征)>에서 말하길, "대저 인물의 근본은 성정에서 나오는데, 성정의 이치는 매우 미묘하고 현묘하다(蓋人物之本, 出乎情性, 情性之理, 甚微而玄)." 또 "물상은 형태가 있고 형태에는 정신이 있는데 능히 정신을 알면 그 이치와 성질을 다 알 수 있다(物生有形, 形有神精, 能知精神, 則窮理盡性)."라고 하며, 도가적 차원에서 인물의 정신을 중시했는데, 여기에서 중시되는 인물의 정신은 유가적인 도덕성이나 선을 지칭하는 것이 아니라 인물의 재정, 재기, 개성, 분위기, 성정 등을 주로 일컫는다. 이런 인물품평의 현상을 가장 잘 보여주는 위진남북조의 대표적인 문학작품이 바로 그 유명한 ≪세설신어≫이다. 이 책에서 품평되어진 위진인들의 현묘하고 멋스런 정신적 경지를 형용한 말들은 수없이 많은데, 그중의 몇몇을 소개하면 다음과 같다.

황숙도는 만경의 파도와 같이 스케일이 커서, 그 물을 깨끗이 해도 맑지 않고, 흐려놓아도 탁하지 않으니, 그 그릇이 깊고 넓어 측량하기가 어렵도다.
(叔度汪汪如萬頃之波, 澄之不淸, 擾之不濁, 其器深廣, 難測量也.) (德行)

왕희지는 사만석을 말하길, "산림의 호택가에서 홀로 힘을 드러내구나." 하였고, 지도림을 탄복해 말하기는, "심기(心器)가 밝고 선리(神理)가 준일하다."라고 했으며, 조약(祖約)에 대해서는, "바람과 같은 머리에다 바싹 마른 골격, 세상에 다시없는 자."라고 했다. 또 유담(劉惔)을 논하기는, "구름 가운데의 한 그루 나무, 그 가지와 잎은 듬성듬성."이라고 평했다.
(王右軍道謝萬石: "在林澤中, 爲自逍上". 歎林公: "器朗神儁". 道祖士少, "風領毛骨, 恐沒世不復見如此人." 道劉眞長: "標雲柯而不扶疏".) (賞譽)

혜강은 키가 7척 8촌이나 되었고 풍도와 자태가 매우 독특하고 초군(超群)하였다. 그를 본 사람들은 탄복해 말하길: 후리후리하고 멋진데다 (원래 "蕭蕭肅肅"는 바람소리를 뜻하나 여기서는 사람의 모습이 자연스럽고 멋진 모양을 말함) 시원스럽고 명쾌하다. 또 누구는 말하길, "소나무 아래에 부는 매서운 바람이 위에서 아래로 서서히 이어져 내려오는 것과 같다." 산도(山濤)는 말하길, "혜강의 사람됨은 힘 있게 우뚝 솟아서는 고송(孤松)이 홀로 서 있는 것 같고, 취했을 때에는 높은 옥산(玉山)이 바야흐로 무너져 내리는 듯하다."
(嵇康身長七尺八寸, 風姿特秀. 見者嘆曰: 蕭蕭肅肅, 爽朗淸擧. 或云: 肅肅如松下風, 高而徐引. 山公曰: 嵇叔夜之爲人也, 岩岩若孤松之獨立; 其醉也, 傀俄若玉山之將崩.) (容止)

왕융이 산도를 보고는 … 조탁하지 않은 돌 상태의 옥과 제련하지 않은 금과 같으니("璞玉渾金"이란 말은 바탕이 아름다워 문식(文飾)을 가하지 않음을 비유하는 말임), 사람들은 모두 그 보배를 공경하지만 그 그릇을 명명(命名)할 줄을 모르도다.
(王戎目山巨源 … 如璞玉渾金, 人皆欽其寶, 莫知名其器.) (賞譽)

세상 사람들이 이원체를 보고는 그 준걸함이 마치 힘찬 소나무 아래 부는 바람과 같다 하였다.
(世目李元體, 峻峻如勁松下風.) (賞譽)

당시 사람들은 왕희지를 보곤 표연(飄然)함이 마치 떠도는 구름과 같고, 날렵함은 놀란 용과 같다고 했다. (時人目王右軍, 飄如遊雲, 矯若驚龍.) (賞譽)

이상의 인물품평에서 우리는 몇 가지 사실을 알 수 있다. 먼저 위진인들은 사람을 평할 때, 그 사람의 성정이나 분위기를 소나무나 바람 그리고 구름 등과 같은 자연물에 비유하여 "소나무 아래의 바람(松下風)", "떠도는 구름(遊雲)" 등의 형식으로 표현하는 경향이 많았음을 알 수 있다. 이는 훗날 중국인들이 호를 지을 때 즐겨 택하는 방법으로서 도가의 무위자연 사상이 계속 발전되어 이 시대에도 자연을 근본으로 삼고 자연을 본받으며 자연적인 성정을 중시했음을 보여주고 있다. 그것은 또한 자연미가 바로 인물이나 예술의 미적 근본이 된다고 여기는 위진남북조인들의 심미의식을 말해준다.

〈그림 28〉 고개지의 그림—신선도 부분

그리고 또 하나는 위진인들의 인물비평에서 중시하는 인물상은 그 정신을 가히 짐작해 알 수 없는 자들을 높이 평가했고, 그 인물의 성향이 쉽게 파악되는 자들은 정신적으로 결핍되고 천박하며 용속한 자라고 판단한 점이다. 이 또한 정신적으로 심원하여 범인이 이해할 수 없는 도인이나 지인(至人)을 숭상하는 성인난지(聖人難知)의 도가적 사상을 말해주는 것이기도 하다. 그러나 더욱 중요한 점은 이것이 유가적 공용성과 실용성을 가진 천편일률적인 범속한 사람을 경시하고, 사람마다 각자 명명할 수 없는 나름대로의 개성을 지니고 있는 점을 중시했다는 사실이다. 이러한 개성존중의 정신은 당시의 문학에 적극적인 영향을 끼치게 되어, 조비의 ≪전론(典論)・논문(論文)≫이나 종영의 ≪시품≫과 같은, 각자의 개성과 작가의 정신을 중시하는 문학평론서들을 낳게 하였다. 특히 조비의 ≪전론・논문≫은 문장창작의 풍격과 작자의 개성을 서로 결합하여 논한 '문기설(文氣說)'이 제시되어, 문장은 기를 위주로 하며(文以氣爲主), 사람에 따라 기의 맑고 어두움이 다르다(氣之淸濁有體)고 하였다. 여기서의 기는 재기를 지칭하며,[70] 그것은 바로 사람마다 지니고 있는 기질이나 개성과도 통한다. 그가 말한 '기'의 청탁에서 '청'이란 준상(俊爽)한 양강지기(陽剛之氣)를 가리키고, '탁'이란 침울(沈鬱)한 음유지기(陰柔之氣)를 말한다. 후에 유협(劉勰)이 ≪문심조룡·체성(體性)≫에서 "재주에는 용속한 것과 준수한 것이 있으며(才有庸儁)", "문기에는 강한 것과 부드러운 것이 있다(氣有剛柔)"고 말한 것이나 심약(沈約)이 ≪송서(宋書)·사령운전론(謝靈運傳論)≫에서 말한 "강함과 유함을 번갈아 사용하고, 기쁨과 화냄을 정으로 구분하다(剛柔迭用, 喜慍分情)." 등과 청대의 동성파(桐城派) 고문가(古文家)들이 양강과 음유의 미로써 문장을 분석했던 것들은 모두 이 ≪전론·논문≫의 영향을 받았다고 볼 수 있다.

현학의 영향 아래 인물품평의 분위기로 인해 생겨난 개성 중시의 풍조가 본격화됨에 따라 위진남북조시대의 심미 인식은 더욱 깊어만 갔다. 이 시대의 저명한 미학가이자 대화가인 고개지(顧愷之)가 제시한 전신사조(傳神寫照)란 명제는, 바로 이 시대 개성 중시의 정신이 당시 중국의 회화 영역에까지 확대된 현상을 잘 보여주고 있다. '전신'이란 용어는 그 후 명·청시대를 거치면서 소설미학의 전문용어71)로 널리 사용되기도 하였다. ≪세설신어·교예(巧藝)≫를 보면 다음과 같은 기록들이 있다.

고개지는 사람을 그릴 때 간혹 몇 년간 눈동자를 찍지 않았다. 사람들이 그 연고를 물으니, 그는 말하길, "사지(四肢)를 잘 그리고 못 그리고는 원래 그 그림이 잘 그려지고 못 그려짐과 무관하며, 생동감과 사실감을 나타내는 것은 바로 여기(눈)에 있습니다."
(顧長康畵人, 或數年不點目精. 人問其故, 顧曰 … 四體姸蚩本無關於妙處, 傳神寫照正在阿堵中.)

고개지는 배숙칙을 그릴 때 이마 위에다 털 세 가닥을 더했다. 누군가 그 원인을 물으니, 그는 말하길, "배해는 사람됨이 준랑(儁朗)하여 특징이 있는데 바로 이것이 그 특징입니다. 그림을 보는 자는 털 세 가닥을 보태는 것이 정신이 깃들어 있는 것 같아 그것을 넣지 않을 때보다 분명히 훨씬 낫다고 느낄 겁니다."
(顧長康畵裴叔則, 頰上益三毛. 人問其故, 顧曰 … 裴楷儁朗有識具, 正此是其識具. 看畵者尋之, 定覺益三毛如有神明, 殊勝未安時.)

여기에서 말하는 '전신사조' 중의 '신(神)'이란 쉽게 말해서 그 사람의 정신 즉 개성을 말하는 것으로, 고개지는 사지의 형체는 사람의 개성과 정신을 표현하는(傳神)데 중

---

70) 郭紹虞, ≪中國文學批評史≫.

71) "傳神"이란 원래 中國古典 繪畵 美學에서 쓰이는 述語로서 인물의 外的 형상으로부터 그의 內的인 정신을 그려낸다는 것인데, 그 후 중국고전 小說理論이나 小說美學에서 상용되는 술어가 되었으며, 특히 葉晝, 金聖歎, 張竹坡 등의 小說評點에서 많이 인용하였다. 소설이론 속에서의 "傳神"은 인물의 개성특징을 요구하는 것 외에도 사회현실 생활에 부합되는 인물의 眞實性(여기에는 생활의 진실성과 예술의 진실성이 포함되고 있음)에 대한 요구도 있었다.

요한 것이 아니고, 중요한 것은 바로 눈에 있다고 생각한 것이다. 이러한 '화룡점정(畵龍點睛)'의 묘미를 발견함은 중국회화의 발전과정에서의 위진남북조시대의 필연적 성취로 볼 수 있겠으나, 사실 그것은 이 시대 현학의 영향으로 생겨난 인물품평에서 사람의 외면적 형체보다는 내면적 개성이나 정신, 분위기를 더욱 중시하는 현상에서 나온 것이라고 볼 수 있다.

그리고 그는 '전신사조' 방법의 하나로서 '천상묘득(遷想妙得)'을 이야기했는데, 그것은 바로 예술적 상상력을 말한다. 이를테면 인물을 그릴 때 사람의 특징과 개성을 효과적으로 나타내기 위해 종종 그 대상의 특정 부분을 부각시켜서 표현하거나, 예술적 상상력을 발휘하여 실재 형체에서는 볼 수 없는 추상적인 것을 첨가시킴으로써 대상의 내면적 정신과 개성을 더욱 명확하게 표현하는 방법인데, 위 인용문의 내용은 바로 그것을 말한다. 고개지는 또 ≪위진승류화찬(魏晉勝流畵贊)≫에서 말하길, "모든 그림은 사람이 최고 어렵고 다음은 산수이고 그다음은 개나 말이다. 누각이나 집은 일정한 형태일 뿐이므로 그리기 어려우나 쉽게 성공할 수 있어서, 천상묘득이 필요치 않다(凡畵, 人最難, 次山水, 次狗馬 ; 臺榭一定器耳, 難成而易好, 不待遷想妙得也72))."라고 하였다. 말하자면 '천상묘득'이란, 말 그대로 작자의 생각을 그 객체인 대상에 옮겨 그 객체의 형상을 정확히 묘하게 얻어낸다는 뜻인데, 깊이 있게 사물을 파악한 후에 자신의 예술적 표현능력 즉 상상력을 동원시켜 그 대상의 개성을 실감 있고 정확하게 표현해내는 것이다. 그리고 이러한 전신사조와 천상묘득의 효과 내지 결과로 신(神)과 묘(妙)를 얻게 되면 그 작품은 기운생동73)이 이루어진 것이며, 거꾸로 기운생동의 목적은 바로 이 신과 묘의 경지를 추구하기 위함이라고 볼 수도 있다. 여기서 우리가 알아야 할 점은 기운생동의 운 또한 신운(神韻) 혹은 정신(精神)의 의미를 포함하는 것으로 객체가 가지고 있는 내재적인 개성을 의미한다는 것이다.

(2) 득의망언(得意忘言)과 상외지의(象外之意) 그리고 언불진의(言不盡意)의 여운의 미

득의망언이란 말은 언불진의(言不盡意)와 함께 위진 현학의 대표적 미학사상의 하나인데, 그 출처를 살펴보면 우선 득의망언은 ≪장자·외물≫에 나오는 말이고, '언불진

---

72) 于民 孫通海 選注, ≪魏晉六朝隋唐五代美學≫, 中華書局, 1987년, 제59쪽.

73) 氣韻生動이란 말은 원래 南朝의 畵家 謝赫이 지은 ≪古畵品錄≫라는 책에서 처음으로 보이는데, 그는 이 책의 序에서 繪畵의 六法(氣韻生動, 骨法用筆, 應物象形, 隨類賦彩, 經營位置, 傳移模寫)을 제시하면서 "기운생동"이란 말을 가장 중시하였다.

의’란 말은 ≪주역 · 계사≫에 나오는 말이다. 각각 그 원문을 보자.

어구(魚俱)는 그것으로 물고기를 잡는 기구이니, 물고기를 잡고 나면 그 기구를 잊어버
릴 수 있다. 토끼 덫도 토끼를 잡는 공구이니, 토끼를 잡고 나면 그 덫을 잊어버릴 수 있
다. 말이란 그로써 뜻을 전하는 수단이므로 뜻을 알게 되면 그 말을 잊어버릴 수 있다.
나는 언제 말을 잊어버릴 수 있는 사람을 만나 그와 함께 이야기하리오!
(荃者所以在魚, 得魚而忘荃. 蹄者所以在兎, 得兎而忘蹄. 言者所以在意, 得意而忘言. 吾安
得夫忘言之人而與之言哉![74])

공자는 말하길, "사람은 문자로써 하려고 하는 말을 전부 써내지 못하고, 말로써도 뜻을
모두 표현해낼 수도 없으니, 그렇다면 성인의 사상은 드러날 수 없는 것인가?" 또 말하
였다. "성인은 사물을 위해 상(象)을 지어서 말로써 다 표현할 수 없는 뜻을 모두 전하
고, 괘를 설정하여서 사물의 내재적인 정태(情態)와 작용(혹은 만물의 참뜻과 허위)을 모
두 전했다. 괘 아래의 글로써 그의 말을 전부 전했고, 또 384 효(爻)로써 변통을 하여 만
물에게 이로움을 주었으며 그리하여 천하에 그것을 보급시켜 주역의 신묘한 도를 모두
발휘하였도다."
(子曰: "書不盡言, 言不盡意, 然則聖人之意. 其不可見乎?" 子曰: "聖人立象以盡意, 設卦以
盡情僞, 系辭焉以盡言, 變而通之以盡利, 鼓之舞之以盡神."[75])

이상의 "득의망언"과 "언부진의"의 의미를 종합 보완하여 위진의 대표적 현학가(玄
學家) 왕필은 그의 '득의망언'설을 제시하였다.

무릇 사물(사실 卦象을 지칭하고 있지만 넓은 의미에서 보면 사물을 상징함)이라는 것은
뜻(卦象을 지칭할 때는 義理라고 볼 수 있으나 결국은 같은 의미임)을 나타내는 것이고,
말이란 것은 사물을 밝히는 것이다.
뜻을 모두 드러내는 데에는 사물만 한 것이 없고, 사물을 모두 밝히는 데에는 말만 한
것이 없다. 말은 사물에서 생겨나고 그러므로 말을 생각함으로써 가히 사물을 볼 수 있
고, 사물은 뜻에서 생겨나므로 사물을 생각하고는 뜻을 살필 수 있다. 뜻은 사물로써 나
타내지고 사물은 말로써 드러난다.
그러므로 말은 그로써 사물을 밝힐 수 있기에 사물을 알고 나면 말을 잊게 되고; 사물이
라는 것은 그로써 뜻을 지니게 하는 것이니 뜻을 이해하고 나면 사물은 잊게 된다. 그것
은 덫은 토끼를 잡기 위해서니 토끼를 얻고 나면 덫은 잊게 되고; 어구는 고기를 잡는
데 있기에 고기를 얻고 나면 그것을 잊는 것과 같다.
그러한즉 말이란 것은 사물의 덫(蹄)이요, 사물이란 것은 뜻의 어구(荃)이다. 이런 까닭

74) 黃錦鋐 註譯, ≪新譯 莊子讀本≫, 三民書局, 1988년, 제313쪽.

75) 黃壽祺. 張善文, ≪周易譯注≫, 上海古籍출판사, 1996년, 제564쪽.

에 말을 지닌다는 것은 사물을 이해한 것이 아니고, 사물을 지닌다는 것은 뜻을 이해한 것이 아니다. 사물은 뜻에서 생겨나기에 사물을 지니는 것이고 그런즉 지니고 있는 자체는 바로 그 사물이 아니다. 말은 사물에서 생겨나기에 말을 지니는 것이고 그런즉 그 지니고 있는 자체는 바로 그 말이 아니다.

그러므로 사물을 잊는 것이 바로 뜻을 이해하는 것이요, 말을 잊는 것이 바로 사물을 이해하는 것이다. 뜻을 이해하는 것은 사물을 잊는 데 있고, 사물을 이해하는 것은 말을 잊는 데 있다. 그러므로 사물을 세워서 뜻을 다하지만 그 사물은 잊어버릴 수 있고, 괘상으로써 사물의 진위를 다할 수 있으나 그 괘상은 잊어버릴 수 있다.

(夫象者, 出意者也. 言者, 明象者也. 盡意莫若象, 盡象莫若言. 言生於象, 故可尋言以觀象; 象生於意, 故可尋象以觀意. 意以象盡, 象以言著. 故言者所以明象, 得象而忘言; 象者, 所以存意, 得意而忘象. 猶蹄者所以在兎, 得兎而忘蹄; 筌者所以在魚, 得魚而忘筌也. 然則, 言者, 象之蹄也, 象者, 意之筌也. 是故, 存言者, 非得象者也. 存象者, 非得意者也. 象生於意而存象焉, 則所存者乃非其象也; 言生於象而存言焉, 則所存者乃非其言也. 然則, 忘象者, 乃得意者也; 忘言者, 乃得象者也. 得意在忘象, 得象在忘言. 故立象以盡意, 而象可忘也; 重畵以盡情, 而畵可忘也.) ≪周易略例·明象≫

유가는 원래 말로써 자신의 사상을 충분히 그리고 정확하게 표현하려고 애쓴다. 그러나 이상 왕필의 논리를 보면 그는 도가적 입장에서 공자의 ≪주역·계사≫의 원뜻을 고쳐 해석했음을 알 수 있는데, 그에 의하면 '언(言)'과 '상(象)'은 단지 '의(意)'의 수단(공구)에 지나지 않으며, '의' 자체가 아니라는 것이다. 그러므로 '의'를 얻고 나면 그 수단은 버릴 수 있으니, 그것은 마치 토끼와 물고기를 잡고 나면 그 덫과 어구를 버릴 수도 있다는 것과 같다. 그렇다면 언과 상이 의를 얻기 위한 도구에 불과하기에 우리들의 인식이 언과 상에 그치면 의를 알 수가 없으니, 그것은 마치 덫과 어구만 가진 것으로는 토끼와 물고기를 잡은 것과 동일시될 수 없는 것과 같다. 마찬가지의 이치로 언과 상만을 굳게 믿어 말을 지니고(存言) 사물을 지니는(存象) 것만으로는 의를 얻을 수가 없다는 것이다. 그리고 언과 상은 단지 의를 얻기 위한 도구에 불과하므로 언과 상만을 고수하다가 의를 놓쳐 버리면, 언과 상의 원래 의의를 잃어버리는 것과 같다. 그렇다면 오직 사물을 잊어야만 비로소 뜻을 이해할 수가 있고, 말을 잊어야만 비로소 사물을 이해할 수가 있는 것이다. 다시 말하자면 말과 문자는 사람의 사상을 전하는 상징적인 부호에 지나지 않으며, 사람으로 하여금 뜻을 이해하게끔 하는 일종의 공구일 뿐이며 그 자체가 아니다. 따라서 우리가 사물의 뜻을 정말 이해하려면 그 말에 구속되지 않아야 한다. 그런데 그렇지 않고 뜻이 그 말에 있다고 굳게 믿는다면, 그 뜻을 정말 이해할 수 없으므로 반드시 '망언(忘言)'한 연후에 득의(得意)를 하는 것이다.

도가는 말이 암시와 상징에 지나지 않는다는, 말의 한계성을 실감하여 '불언지교(不言之敎)'를 주장하면서 "지자불언(知者不言), 언자불지(言者不知)"를 얘기하기도 했으나, 그 한계를 극복하기 위해 또 비유와 상징, 암시 그리고 상상과 연상 등등의 방법을 동원하여 말의 부족함을 보충하고, 유한한 말과 글의 범위를 확대시키며 그 '언외지의(言外之意)'를 강조한 것이다. 따라서 현학에서 얘기하는 득의망상(得意忘象), 언불진의는 바로 '언외지의', '상외지의(象外之意)'를 찾으며 '단지 그 뜻을 마음으로 체득할 뿐, 말로써 전할 수 없음(只能意會, 不能言傳)'이나 '말은 끝났으나 그 뜻은 무궁함(言有盡而意無窮)' 등의 심미의식을 표현한 것이다. 그리고 이들은 문학이론비평과 창작 전반에 걸쳐 '의경(意境)', '경계(境界)', 여운(餘韻), 함축미(含蓄美) 등의 전통적인 미학적 명제를 제시하였다. 다음은 이러한 현학적 풍류정신의 영향 아래에 생겨난 문학창작 작품의 예를 들어 보기로 하자.

> 난초 핀 들녘에서 쉬다가 꽃핀 산에서 말을 먹이겠지. 평야와 못지에서 새를 쏘기도 하고 긴 강에서 물고기도 잡고. 남쪽으로 돌아가는 기러기를 눈으로 보내고 손으로는 오현금을 타며, 언제 어디서나 스스로 깨달아 도로써 즐거움을 얻네. 저 낚시하는 늙은이를 찬미하나니 물고기를 얻고는 대바구니를 잊어버리네(큰 도를 깨닫고는 자신의 형적을 잊어버리네). 영인은 저 세상으로 가 버렸으니 누구와 더불어 이야기할까.76)
> 息徒蘭圃, 秣馬華山. 流磻平皋, 垂綸長川. 目送歸鴻, 手揮五弦. 俯仰自得, 遊心太玄. 嘉彼釣叟, 得魚忘筌. 郢人逝矣, 誰與盡言. (嵇康 ≪贈秀才入軍≫其二)

위의 시는 혜강이 종군하는 형인 혜희를 보내며 지은 것인데, 출정 후 형의 생활을 상상하며 지은 내용이다. 첫눈에도 "태현(太玄)", "득어망전(得魚忘筌)" 등 현학적 냄새가 풍긴다. 이 작품에서 우리가 주의해야 할 곳은 득의망전과 "남쪽으로 돌아가는 기러기를 눈으로 보내고, 손으로는 오현금을 타네(目送歸鴻, 手揮五弦)."일 것이다.

'득의망전'은 앞에서 말한 '득의망언'의 경지를 말하며 그것은 바로 어옹이 대자연

---

76) ≪莊子·徐無鬼≫에 보면 春秋시대 楚나라의 都城 郢이라는 곳에 匠石이라는 者가 있었는데, 그의 짝인 者는 코에다 파리 날개만큼 얇게 석회를 묻히면 匠石은 도끼를 힘껏 휘둘러 상대의 코를 전혀 상하게 하지 않고 그 석회만 베었고, 또 그 짝은 조금도 두려워하지 않고 서 있었다. 그 이야기를 아는 宋元君은 匠石을 불러 자신의 코에다 한번 시범을 보여 주기를 원했는데, 그때 匠石은 말하길, "제가 그 일을 했을 때는 상대가 있기에 한 것이며, 이젠 저의 짝은 이미 죽은 지 오랩니다."라고 했다고 하는데, 이 이야기는 莊子가 惠施의 무덤 앞에서 수행자들에게 한 말이며 그 뜻은 郢人이 죽은 후에 匠石이 상대를 찾지 못하는 것과 마찬가지로 혜시가 죽은 후 자신도 辯論의 짝을 찾지 못함을 애석해 한 말이다. 이 詩에서는 嵇康의 형인 嵇喜가 從軍을 떠나면서 비록 밖에서 무엇을 깨달았다고 할지라도 서로 이야기할 상대가 없음을 한탄해 하는 말이다.

속에서 우주와 자연 인생의 진리를 깨닫고 물아일체의 경지에 이른 것을 뜻하기도 한다. "목송귀홍, 수휘오현"은 《세설신어·교예》에 나오는 말로 원문은 "고개지가 그림을 논하길, 손으로 오현을 타기는 쉬워도 눈으로 날아가는 기러기를 보내기는 어렵다(顧長康道畵, 手揮五弦易, 目送歸鴻難)."라고 했는데, 여기서 고개지는 회화의 '전신(傳神)'이라는 효과의 각도에서 그의 시를 인용한 것이다. 그의 원래의 뜻은 손으로 오현을 타는 모양은 그리기 쉬워도, 눈으로 돌아가는 기러기를 보내는 그 분위기(혹은 정신)를 그리기는 어렵다는 것이다. 즉 그것은 "목송귀홍"은 눈을 통한 작자의 심정과 분위기 등 형태 즉 그림에서 드러날 수 없는 작자의 마음을 표현해야 하므로 어려운 것이다. 말하자면 그것은 형태에서 표현할 수 없는 그 깊은 내면적 의미 즉 '상외지의'를 나타내야 하는 것이다. 그러므로 청대의 시인 왕사정(王士禎)은 이 시를 비평하길, "손으로 오현을 타고 눈으로 날아가는 기러기를 보내는 것은 그 시구의 묘미가 '상외지의'에 있다(手揮五玄, 目送歸鴻, 妙在象外)."(《古夫於亭雜錄》)라고 했던 것이다. 이러한 의미에서 볼 때 동진의 대시인 도연명(陶淵明)의 득의망언의 경지는 더욱 유명하다.

> 세간에 집을 짓고 살지만 거마의 시끄러움은 없나니, 스스로 묻건대 여기서 무엇을 할까? 마음이 이미 세속 밖 멀리 있기에 사는 곳도 자연히 외딴 곳이 되었다네. 동쪽 울타리 아래에서 국화를 따다 유유히 멀리 남산을 보도다. 여기에 인생의 참맛이 있거늘 말을 하려가도 이미 그 말을 잊네. (그 말을 해서 무엇하리오?)
> 結廬在人境, 而無車馬喧. 問君何能爾, 心遠地自偏. 採菊東籬下, 悠然見南山. 山氣日夕佳, 飛鳥相與還. 此中有眞意. 欲辨已忘言. (<飮酒二十首> 中)

도연명은 세속의 온갖 잡무들을 이미 멀리 했기에 속세에 살면서도 외진 곳에 사는 것과 같이 느꼈으며, 세상사와 거리를 두고 국화, 남산, 비조(飛鳥) 등의 대자연과 벗하며 지내는 동안 인생의 참맛을 느꼈다(得意). 그것을 말로 전할 수 없으며 그럴 필요도 없다는 것은 바로 "단지 그 의미를 마음으로 알 뿐이지, 말로 전할 수 없다(只能意會, 不能言傳)."는 경지이자 '득의망언'의 상황이다. 소동파는 말하길, "이 시의 '동쪽 울타리 아래에서 국화를 따다 유유히 멀리 남산을 보도다'라는 구절에서, 국화를 따면서 남산을 보는 것은 경(境)과 의(意)가 합쳐진 것으로 여기가 가장 묘미가 있는 곳이다."[77]라고 했다. 그것은 바로 이 시가 중국 시에서 항시 강조하는 정(情)과 경(景)이 합쳐진 이른바 '정경교융(情景交融)'의 효과를 보았다는 것이고, 경계(境界)와 의경(意境)이 있

---

[77] 蘇軾, 《題淵明飮酒詩後》, "'采菊東籬下, 悠然見南山.' 因采菊而見南山, 境與意會, 此句最有妙處."

음을 이야기하는 것이다. 또 이는 위에서 인용한 '목송귀홍'의 단순한 형태가 아닌 인물의 내면적인 정신세계를 표현한 것과 동일하니, 거기에는 그 자체의 동작 외의 '상외지의'가 숨어 있는 것이기도 하다. 도연명의 이러한 '득의망언'의 경지는 그의 문학 작품들에서 종종 표현되고 있다. 그의 <오류선생전(五柳先生傳)>이란 산문을 보면 "독서를 좋아하나 그 깨달음의 경지를 좋아했지 장구의 해석에 얽매이지 않았으니, 매번 그 뜻을 깊이 깨닫게 되면 기분이 좋아 밥 먹는 것도 잊었다(好讀書, 不求甚解, 每有會意, 便欣然忘食)."에서와 같이 그는 책을 잘 읽고 독서를 좋아했어도 책 속의 말(言)에만 집착하지 않고, 항상 그 내면의 깊은 뜻(意)을 중시했으며(不求甚解), 그 뜻을 깨닫게 될 때는 '득의망식(得意忘食)'하였으니 이것 또한 '득의망언'과 같은 경지라고 볼 수가 있는 것이다.

3. 위진남북조 시문의 풍류 세계

위진남북조시대의 문학에서 시가 차지하는 비중은 매우 높다. 이 시대의 시를 이야기할 때 우리는 보통 영회시(詠懷詩), 유선시(遊仙詩), 초은시(招隱詩), 현언시(玄言詩), 전원시(田園詩), 산수시(山水詩), 궁체시(宮體詩), 신체시(新體詩), 영명시(永明詩) 등 수없이 많은 시들을 얘기하게 된다. 물론 형식과 소재에 따라 분류를 다시 정확히 할 수도 있으나, 여하튼 이 시대는 한말 건안시의 우수한 전통을 이어받아 중국시의 전성시대인 당대(唐代) 못지않게 다양한 시들과 위대한 시인들을 배출한 중국시가발전사에서 매우 중요한 시기라고 할 수 있다. 단지 이 시대의 시들은 당시의 시대정신인 노장과 현학의 영향으로 내용면에서 다소 도가 일변도적인 성향이 짙었으니, 상대적으로 당시(唐詩)와 같은 다채롭고 웅장한 스케일을 가지지는 못했다고 볼 수 있다. 따라서 위진남북조 시의 풍류세계는 그 시대사상에서 보이는 바와 같이 대체로 비교적 담담하고 유한(悠閑)하며 청일(淸逸)한 색채를 띠었다고 생각할 수 있다. 그러나 한악부의 전통을 이어 받은 평민문학의 시가는 이 시대에 남북으로 나뉘지면서 각각 정열적이고 활발한 양상을 띠고 발전하여 귀족들의 문학과는 판이한 풍류세계를 보여주었다.

위진남북조의 시를 논할 때 제일 처음 부딪히는 것이 시대구분인데, 일반적으로 위, 서진(西晉), 동진(東晉), 송(宋), 제량진(齊梁陳)의 네 시기로 구분하는 방법을 채택한다.

또 그 시대의 연호를 사용하여 정시(正始, 대체로 魏에 해당), 태강(太康, 西晉), 영가(永嘉, 東晉), 원가(元嘉, 宋), 영명(永明,齊梁陳)의 이름을 붙여 정시 시인, 태강 시인 등으로 부르기도 하는데, 그것은 비단 시뿐 아니라 그 시대의 모든 문학 장르에도 해당된다. 말하자면 정시 문학, 원가 문학 등의 호칭으로 그 시대의 모든 문학을 지칭하기도 했던 것이다. 정시 문학의 시는 현언시가 대종을 이뤘고, 태강 시가는 유선시, 동진 말에는 도연명의 전원시, 원가 문단에서는 산수시, 영명 시단에서는 신체시(新體詩, 永明體)와 궁체시(宮體詩) 등과 같이 획일적으로 이야기하기도 한다. 그러나 현언시와 유선시 그리고 초은시들은 대개 동시에 그 특징을 모두 갖고 있어 구별이 애매하기도 하며 시기의 구분도 불분명한 것이 사실이다.

위진남북조의 산문은 대우(對偶)의 형식을 갖춘 변문(騈文, 즉 騈體文)이 매우 성행하여 지금까지도 그 중요성을 인식하지 못하는 경향이 있지만 문장의 아름다움과 그 속의 풍류정신은 결코 간과할 수 없는 부분이다. 필자는 이 시대의 시문의 풍류를 논함에 위에서 열거한 복잡한 시대 구분을 따르지 않고 대략적인 시대순으로 이 시대의 대표적 풍류세계의 경지를 창조한 문인들을 하나씩 소개하며 그들의 삶과 문학을 살펴보기로 하겠다.

1) 죽림칠현(竹林七賢)의 인생

죽림칠현 중 제일 유명한 인물은 역시 완적과 혜강이다. 앞에서도 얘기한 바와 같이 완적은 시대적 고민을 술로써 달래면 52세의 일기로 작고한 문인이고, 혜강 또한 당시 유명한 사상가 겸 문인으로 39세의 나이로 세상을 떠난 자였다. 완적은 지금의 하남성 위씨현(尉氏縣)의 사람이었고, 혜강은 지금의 안휘성 숙현(宿縣) 부근의 사람이었는데, 완적이 혜강보다 13살 위였으나 혜강이 완적보다 한해 먼저 세상을 떠났다. 그들은 모두 노장 사상을 신봉하며 당시의 허식적인 예교사상을 반대하고 양심적 정의감으로써 당시 공포적인 통치 정권에 저항한 공통점을 지녔을 뿐 아니라, 음악예술을 사랑하며 특히 거문고를 좋아했었다. 완적의 용모는 괴걸(傀傑)하고 혜강은 키가 7척 8촌에 이르렀다 하니, 그들은 모두 외모부터 당당하고 훤칠하여 비범했다. 그런 까닭에 완적은 60일간을 술에 만취해 있었어도 끄떡없었고, 혜강은 술에 취한 모습이 마치 높은 옥산이 무너져 내리는 것과 같았다고 하였다.

〈그림 29〉 혜강

　　그러나 완적은 비록 당시의 예법을 무시하고 예속지사(禮俗之士)들을 경멸하면서도 처세에 자못 신중하여 다른 사람의 좋고 나쁨을 직접 비방하지는 않았다. 이에 반하여 혜강은 성격이 비교적 과격하여 직선적으로 남을 비방하는 말을 서슴지 않아서 결국 종회(鍾會)의 앙심을 사고 사마소(司馬昭)에게 화를 당해 형장의 이슬로 사라졌다.78) 그러므로 완적의 작품(詠懷詩 82首가 대표작)은 ≪문선(文選)≫ 이선(李善)의 주(注)에 따르면 문장이 매우 은근하고 완곡하여 그 뜻을 추측하기 어렵다고 하지만,79) 종영의 ≪시품≫에서는 그것이 사람으로 하여금 성령을 도야시키고 깊은 생각을 하게 만들어 시의 풍격이 천근(淺近)함을 지양하고 원대하게 되도록 하였다고 평하였다.80) 이 말은

---

78) ≪晉書·阮籍傳≫에 의하면 그는 "발언하는 것이 깊고 애매하여 쉽게 추측할 수 없고, 입으로 사람들의 좋고 나쁨을 비평하지 않았다(發言玄遠, 口不臧否人物)."라고 기록하고 있고, 혜강은 <與山巨源絶交書>에서 나타난 바와 같이 스스로 말하길, "성질이 강직하고 악을 증오하며, 경솔하고 방자하여 거리낌 없이 바로 직언하며, 이러한 급한 성질은 일을 당하면 바로 드러났다(剛腸疾惡, 輕肆直言, 遇事便發)."라고 하였으며, 또 "항상 탕임금과 무왕 그리고 주공과 공자를 비박하였다(每非湯武, 而薄周孔)."라고 하니, 그는 비교적 격렬한 성격의 소유자로 판단된다. 사실 그 스스로도 자신의 이러한 과격한 성질을 깨달아 완적의 완곡함을 존경하며 배우려고 하나 그 성격을 고칠 수가 없었다고 위 문장에서도 밝히고 있다. 혜강은 위 종실의 사위로 中散大夫의 벼슬을 지냈는데, 魏를 찬탈하려는 司馬氏에 비협조적이었다. 그리고 당시 권력자인 司馬昭의 심복인 鍾會를 눈앞에서 면박 주었으며, 거기다 공개적으로 聖人을 비박하는 언론으로 당시 예교를 이용하여 권력을 찬탈하려는 사마소와 그의 일파들의 음모에 직접 저촉됨으로써 결국 그들에 의해 무고하게 처형을 당했다.

79) 李善 文選 注 ≪詠懷詩≫, "嗣宗身仕亂朝, 常恐罹謗遇禍. 因玆發詠, 故每有憂生之嗟. 志雖在刺譏, 而文多隱避, 百代以下, 難以情測也." (사종(완적의 字)은 몸이 亂世에 처해 있기에 항상 禍를 당할까 두려워했고 그리하여 시를 읊을 때도 늘 삶을 걱정하는 한탄을 했다. 그 뜻이 비록 풍자와 비판에 있으나 문장이 숨기고 회피함이 많아 백대 이후의 사람들은 그 마음을 헤아려 짐작하기가 어렵다).

80) "≪詠懷≫之作, 可以陶性靈, 發幽思, … 使人忘其鄙近, 自致遠大."- ≪詩品≫.

바로 완적시의 사의(辭義)가 설령 애매하고 난해하지만 그 뜻과 풍격은 매우 훌륭하다는 것이다. 이제 82편 <영회시> 중에서 몇 편을 감상해보자.

한밤중에 잠을 못 이뤄, 일어나 앉아 금을 타네. 얇은 휘장에 밝은 달 비치고, 맑은 바람은 옷깃을 스친다. 외로운 기러기는 바깥들에서 소리치고, 나는 새는 북쪽 숲에서 우는데. 홀로 배회하건만 무슨 소용이리요! 근심걱정으로 혼자 애태울 뿐.
(夜中不能寐, 起坐彈鳴琴. 薄幃鑒明月, 淸風吹我襟. 孤鴻號外野, 翔鳥鳴北林. 徘徊將何見, 憂思獨傷心.) (一)

좋은 나무 아래에는 원래 길이 생기는 법. 동쪽 동산의 도화와 배꽃나무여. 가을바람에 콩잎이 날리니 영락(零落)은 지금부터 시작되는구나. 번성함에도 결국 쇠락함이 있어 당상에는 잡목이 무성하네. 말달려 이곳 난세를 떠나 백이숙제의 수양산으로 가자. 한 몸도 돌보지 못하는데 아내와 자식은 생각해 무엇 하리. 들풀에는 두터운 서리가 덮이고 세모가 또 가네.
(嘉樹下成蹊, 東園桃與李. 秋風吹飛藿, 零落從此始. 繁華有憔悴, 堂上生荊杞. 驅馬舍之去, 去上西山趾. 一身不自保, 何況戀妻子. 凝霜被野草, 歲暮亦云己.) (三)

옛날 젊은 시절 가벼이 날뛰며 가무에 빠졌었지. 서쪽으로는 함양까지 놀았고 항시 내로라는 기생들과 어울려 다녔건만, 즐거움이 채 가시기도 전에 세월은 문득 가버렸네. 말을 몰아 고향으로 갈까나, 고개 돌려 고향땅 삼하를 바라보네. 수없이 많은 황금도 곧 바닥이 나는 법이고 재산이 아무리 많은들 길 잃은 슬픔을 달래 주리오? 태행 산에서 길 잃은 이 사람을.
(平生少年時, 輕薄好弦歌. 西遊鹹陽中, 趙李相經過. 娛樂未終極, 白日忽蹉跎. 驅馬復來歸, 反顧望三河. 黃金百鎰盡, 資用常苦多. 北臨太行道, 失路將如何?) (四)

이렇듯 그의 영회시는 대체로 허무적인 색채를 띠고 있다. 자신의 고민과 방황 그리고 인생에 대한 무상함을 상징과 비유 등의 방법으로 은근하게 읊은 자서전적인 시이다. 중국문학사에서 종종 등장하는 '영회'란 제목의 시는 바로 그에게서 비롯된 것이다.[81] 완적의 작품은 <영회시> 외에도 <대인선생전(大人先生傳)>이라는 산문이 있는데, 그 내용은 봉건통치계급 내의 온갖 비리와 죄악을 폭로하고 허위적인 예교와 위선적인 가군자(假君子)들을 신랄히 비판하고 있다. 그리고 그러한 환경에서 고민하는 지식인의 심정을 적은 것이지만, 그의 이러한 사상은 결국 당시 시대적 한계로 인해 현실

---

81) 許世旭著, ≪中國古代文學史≫, 법문사, 1986년. 제177쪽. "혹자는 阮籍詩의 추상성, 난해성, 중복성 등의 결점을 지적하기도 하지만, 그의 詠懷詩가 위로는 楚辭의 영향을, 아래로는 詠懷의 제목으로 삼은 連作詩의 전통을 세움으로써 문학사에 공헌했다."

적으로 출로를 찾지 못해 단지 피세적이고 퇴폐적인 방향으로 흘러 버렸다.

≪혜중산집(嵇中散集)≫에 기록된 혜강의 시는 비교적 양이 적은데, <답이곽(答二郭)>, <유분시(幽憤詩)> 그리고 앞서 소개한 <증수재입군(贈秀才入軍)>, <술지(述志)>, <주회시(酒會詩)> 등이 있으며, 그 내용은 주로 세속과 합류하지 않고 자신의 의지대로 살아가겠다는 것과 자연으로의 복귀를 갈구하는 것들이다. 물론 모든 죽림칠현들이 그러했지만, 그는 특히 노장을 숭상하며 선단(仙丹)의 정신수련과 복식(服食), 방중연년술(房中延年術) 등의 도가적인 양생술을 좋아했으나 정의감과 반항심이 너무 강해 자신의 명대로 살지 못하고 간 점은 애석한 일이다.

2) 중국고대 문단의 미남자의 풍류

죽림칠편의 시대인 정시(正始) 때는 사마소의 정권에 대한 원성이 높았고, 문인들은 그들의 화를 피하기 위해 죽림에 묻혀 술과 음악, 청담에 심취한 채 불안한 날들을 보냈다. 사마소가 죽은 후 그의 아들 사마염(司馬炎)은 정변을 일으켜 위원제(魏元帝)인 조환(曹奐)을 폐위시키고 정식으로 나라를 세워 진무제(晉武帝)가 되었다. 그 후 그는 또 남으로는 동오(東吳)를 멸망시켰으니, 이로써 삼국시대는 끝나고 진(晉)이 들어서게 된 것이다. 이러한 정치 사회적으로 비교적 안정된 시대를 맞아 진무제는 연호를 태평강락(太平康樂)의 의미를 지닌 '태강(太康)'으로 칭했는데, 이 태강문학의 특성은 태평성대의 문학이 대개 그러하듯이 비교적 전아하고 호화로운 풍격을 지니게 된다. 그리하여 '삼장(三張), 이륙(二陸), 양반(兩潘), 일좌(一左)'(張華, 張載, 張協, 陸機, 陸雲, 潘岳, 潘尼, 左思) 등과 같은 훌륭한 문인들이 출현하여 이 시대의 문단을 화려하게 장식하였다. 그들의 문명(文名)은 모두 뛰어났지만, 그중 문학적인 업적을 가장 인정받는 자는 좌사이다. 그러나 이 시대의 문인 중에서 중국인들에게 가장 오랫동안 기억되고 있는 인물은 바로 반악이다. 어릴 때부터 신동으로 알려진 그가 중국문학사에서 이토록 유명한 것은 무엇보다도 그가 뛰어난 미남자였기 때문인데, 중국에서는 예로부터 '반안지모(潘安之貌)'라고 하여 '潘安仁(安仁은 반악의 字이다)과 같은 뛰어난 외모'라는 말이 있을 정도로 그의 외모를 높이 평가했다.

≪진서≫의 기록에 의하면, 그가 탄궁(彈弓)을 끼고 서진의 도읍지인 낙양거리를 수레를 타고 다니면, 그 멋진 모습과 세련된 매너에 반한 성안의 수많은 여자들이 다투어 서로 보려고 했으며, 그중 열광적인 젊은 처녀들은 그 모습을 오래 보기 위해 아예 서

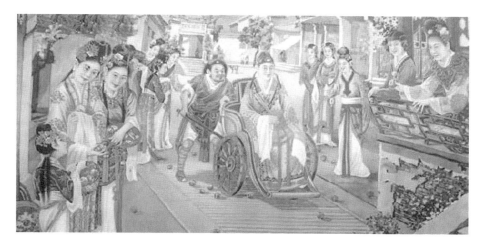

〈그림 30〉 반악

로 손깍지를 낀 채 그의 수레를 에워싸고 길을 막기도 했다고 한다. 또 어떤 부녀들은 애모의 표시로 과일을 수레 안에다 던져 그의 수레에는 언제나 과일이 그득한 채 집으로 돌아왔다고 하니, 외모의 출중함은 아마도 지금의 인기 연예인 이상이었을 것이라고 생각된다. 재미있는 점은 당시 태강의 팔대가 중에 장재(張載)는 외모가 아주 못생겨, 매번 거리에 나갈 때마다 개구쟁이 아이들이 그를 향해 돌팔매질을 하여 곤혹을 치렀다고 한다.

　이러한 사실은 중국 문학에서 미인을 존중하는 전통이 강했던 것과 같이, 남성의 외모 또한 매우 중시했다는 점을 알려 준다. 그것은 태강 이후부터 시작하여 남조(南朝)까지 줄곧 이어진 남색(男色)을 좋아하는 풍속과 관계가 있다.[82] 이는 또한 중국 문학 속에서 남성의 외모에 대해서도 줄곧 언급하는 독특한 풍류 세계를 형성한 것이라고 볼 수 있다. 그리고 또 특이한 점은 중국인들이 선호하는 남성의 미는 비록 시대에 따라 심미관이 다소 차이는 있으나, 대개 중국 문학 속에 나타난 남성의 미는 여성적인 모습을 띤 분을 바른 듯한 흰 얼굴에다 붉은 입술 그리고 성격 또한 섬세하고 온유하며 다정한 문인의 기질을 띤 자들이 많음은 우리가 주목할 부분이며, 현재까지도 중국인들의 남성에 대한 심미관은 이러한 큰 특성을 벗어나지 못하고 있는 것 같다.

---

82) ≪晉書. 五行志≫: 自咸寧, 太康之後, 男寵大興, 甚於女色, 士大夫莫不尚之. 天下相倣效, 或至婦離絶, 多生怨曠, 故男女之氣亂而妖形作也(함녕, 태강 이후에 남색을 좋아하는 것이 크게 일어나, 여색을 좋아하는 것을 능가했다. 사대부들이 이러한 풍습을 숭상하지 않는 자가 없게 되자 천하의 백성들도 서로 본받아 간혹 여자를 멀리하고 버리는 현상이 생겨 특히 독신 남녀가 많아졌으며, 그러므로 남녀의 모습에도 서로 혼란이 생기고 요사스러운 모양들이 생겨났다).

반악이 중국인의 마음속에 이렇게 깊은 인상을 가져다 준 것은 다만 그 문재와 외모의 아름다움 때문만은 아닐 것이다. 그가 지은 <도망시(悼亡詩)>에 나타난 죽은 아내를 그리워하는 진실하고 깊은 정은 그의 또 다른 매력이다.

어느 덧 겨울과 봄은 가고 한서(寒暑)가 바뀌었는데, 그 사람은 땅속으로 돌아가 겹겹의 흙으로 영원히 결별했도다. 마음속의 슬픔을 누가 가히 따르겠냐마는, 이대로 집에만 있는다고 무슨 소용이 있으리오. 힘써 조정의 명을 쫓아 마음을 돌려 원래의 부임지로 돌아가야겠지만, 집을 바라다보면 그 사람이 생각나고, 내실에 들어서면 지난 일들이 떠오르도다. 휘장과 병풍을 보면 그가 이미 사라진 듯하지만, 생전에 남긴 유묵에는 그 모습이 있어, 흐르는 향내는 끊임이 없고, 걸어 놓은 유묵은 아직도 벽에 있네. 혼미한 심정에 마치 그가 살아 있는 듯했는데, 다시 놀라며 이미 죽은 것을 깨닫도다. 마치 저 숲의 새가 쌍쌍이 지내다 하루아침에 혼자가 된 듯하고, 마치 저 냇가에서 짝지어서만 다니는 비목어(比目魚)가 중도에서 갈라진 듯. 봄바람은 문창의 틈마다 불어오고 새벽 처마의 물방울은 차갑게 떨어지는데, 자나 깨나 잊을 수 없어 침통한 마음은 나날이 쌓이기만 하네. 언제나 이 슬픔 가라앉아 장자가 아내의 죽음에 노래하듯 하게 될는지.
(荏苒冬春謝, 寒暑忽流易. 之子歸窮泉, 重壤永幽隔. 私懷誰克從, 淹留亦何益. 僶俛恭朝命, 廻心反初役. 望廬思其人, 入室想所歷. 幬屛無髣髴, 翰墨有餘跡. 流芳未及歇, 遺掛猶在壁. 悵怳如或存, 回惶忡驚惕. 如彼翰林鳥, 雙棲一朝隻. 如彼遊川魚, 比目中路析. 春風緣隙來, 晨霤承簷滴. 寢食何時忘, 沈憂日盈積. 庶幾有時衰, 莊缶猶可擊.)

<도망시> 삼 수 중 첫 수에 해당하는 위의 작품은 그 가운데 가장 유명한 부분이다. 솔직하고 진지한 마음으로 망처(亡妻)에 대한 깊은 정감을 읊은 이 시는 '진정(眞情)'으로 충만되어 있어 읽는 자를 감동시킨다. 특히 "쌍서조(雙棲鳥)"나 "비목어(比目魚)" 등을 통해 자신의 처지를 비유한 부분이나 "봄바람은 문창의 틈마다 불어오고 새벽 처마의 물방울은 차갑게 떨어지는데(春風緣隙來, 晨露承簷滴)."의 슬픈 마음과 쓸쓸한 배경의 상호 배치는 '정경교융'의 효과를 잘 나타낸 부분이다. 그리하여 이 작품은 역대 도망시의 표본으로 손꼽힌다.

3) 왕희지(王羲之)의 멋

진(晉)은 번영되고 안정된 십여 년의 태강시대가 지나면, 무제가 병사하면서 정치적으로 불안이 거듭되고, 팔왕(八王)의 난 등의 내란과 그 틈을 타 중국 북방의 여러 외족들이 서로 각축을 벌이는 오호십국(五胡十國)의 난도 발생한다. 그리하여 사마예(司馬睿)는 낙양에서 금릉(金陵)으로 도읍을 옮기게 되고 이로써 동진(東晉)이 시작된다.

이 시대 초기의 문인들은 북에서 호시탐탐 남침을 노리는 호족들을 대하며 국토를 수복하려는 비분강개한 마음으로 문학에 임하는 자가 있는가 하면, 불안스러운 풍우표요(風雨飄搖)의 현실을 맞아하여 소극적으로 유선(遊仙)적인 세계를 갈망하는 문학을 하는 자도 있어 다소 극단적인 경향을 보였다. 그러던 것이 동진의 정권이 점차 정치 사회적으로 안정을 찾게 되자 문학의 양상도 청신하고 안정된 모습을 찾아가게 되었다.

이 시대의 문인 중 유명한 자는 왕희지(王羲之)가 있으니 아마도 위진을 살다간 문인 중에 그만큼 멋과 풍류를 누리며 여유롭게 살다간 사람도 얼마 없을 것이다. 앞서 위진풍도를 소개하는 문장에서도 언급했듯이 그의 소탈하고 호방한 멋은 위진명사 중에서도 정평이 나 있던 것으로, 사람들이 그를 보고는, "표연함은 마치 떠도는 구름과 같고 날렵함은 놀란 용과 같다(飄如遊雲, 矯若驚龍- ≪세설신어·상예(賞譽)≫)."라고 표현했을 정도였다.

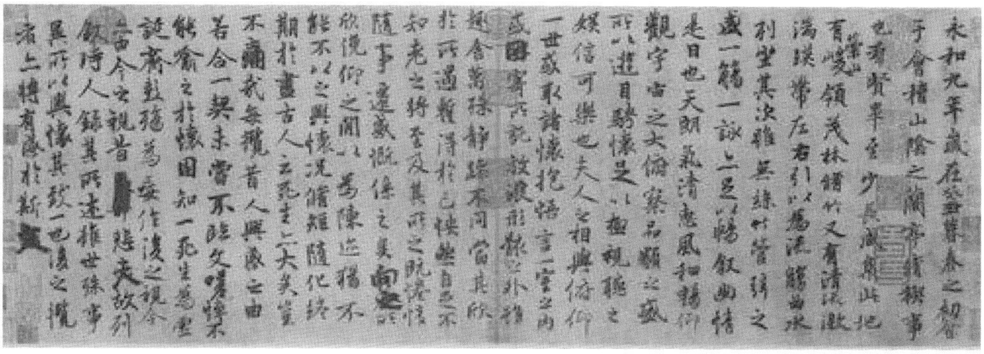

〈그림 31〉 ≪蘭亭序≫馮承素摹(神龍本)

왕희지는 지금의 산동성 임기(臨沂)현 태생으로 태원왕씨(太原王氏)와 더불어 당시 중국에서 널리 이름을 떨친 낭야왕씨가(琅邪王氏家)의 사람이었다. 그는 왕광(王曠)의 아들이자 당시 유명한 대장군 왕돈(王敦)과 명사 왕도(王導) 그리고 죽림칠현의 한 사람인 왕융의 조카가 된다.

이러한 대단한 가문에서 태어난 그는 총명한 일곱 명의 아들을 둔 가장이기도 했는데, 그 아들들의 재기와 낭만적인 행적에 대해서는 전술한 바대로 ≪세설신어≫에 자세히 기록되어 있다. 왕희지의 일생을 보면 그는 문학가이기 전에 서예가로서 더욱 유명해 그의 문명이 서예에 의해 많이 덮여져버린 것이 사실이다. 전해지는 그의 일화들도 모두가 그의 뛰어난 서예에 관한 것들이다. 그중 예를 하나 들면 그가 회계(會稽)의 거리를 한가히 홀로 걷고 있었을 때, 우연히 종이부채를 파는 가게를 보았는데 그 안에는 노파가 한가히 가게를 지키고 있었다. 왕희지는 문득 흥이 발해 그 안으로 들어가 부채를 보여 달라고 하니 노인은 마침내 손님이 왔다고 기뻐하며 그것을 보여주었다. 그런데 왕희지는 그것을 받고는 옆에 놓여 있던 붓으로 작은 글을 몇 줄 적고는 바로 돌아 나가려 하였다. 노파는 그가 부채를 사기는커녕 물건에다 낙서만 하고 나가려고 하니 그를 놓아주지 않았다. 그러자 왕희지는 노인에게 그것의 가격을 물어서 한 냥이라는 대답을 듣고는 그것을 밖에다 걸어놓으면 백 냥을 받을 수 있을 것이라며 노파의 잔소리에도 아랑곳하지 않고 유유히 나가버렸다. 노인은 영문을 모르며 혼자 운이 없다는 생각을 하고 있는데, 과연 얼마 되지 않아 손님이 지나다 그 부채를 보고는 백 냥을 선뜻 내고 사가 버렸다. 노인은 입이 쫙 벌어지고 말았다. 그 다음날 왕희지가 다시 그 가게 앞을 지날 때 노인은 다시 글을 부탁했으나 다시 써주지 않았다고 한다.

왕희지에게는 이러한 자유스럽고 멋진 흥과 호방함이 있기에 그의 글씨뿐 아니라 문장도 산뜻한 힘과 준아(俊雅)한 멋을 지니고 있다. 그가 지은 불멸의 산문 소품인 <난정집서(蘭亭集序)>는 유려한 필법으로 역대 행서의 진품으로 손꼽히지만, 그 문장의 내용 또한 천고의 걸작이다. 예로부터 중국에서는 '서여기인'이라고 했던 바와 같이 '서성(書聖)'이라는 칭호를 갖고 있던 그는 인품 또한 위진명사답게 도가적 색채를 띠고 있었다. 49세부터는 관직을 완전히 버리고 은거하여 명산을 유람하며 호걸들을 사귀고 소요자적한 생활을 했다고 하니, 그의 분위기는 자못 당대의 이백(李白)을 방불케 한다. <난정집서>는 그가 관직생활을 청산하기 직전인 영화 9년(그의 나이 47세) 음력 3월 3일 회계내사(會稽內史)로 재임하던 중 당시의 명사인 손작(孫綽)과 사안(謝安), 자신의 아들인 왕응지(王凝之), 왕휘지 등 41인이 지금의 절강성 소흥현 근처 물가의 정자에서 수계(修禊, 고대 중국의 음력 3월 상순 巳日에 흐르는 냇가에 몸을 씻으며 나쁜 액을 흘려보내는 풍속으로 그 후 이런 풍습은 점차 쇠퇴하고 문인들은 이 날을 빙자해 서로 모여 산과 계곡에 올라가 술을 마시며 시부를 짓곤 했다) 모임을 가지던 때에 쓴 글이다. 이 글은 당시 내로라는 문인들이 시를 한 수씩 짓기에 앞서 왕희지가 먼저 지었던 서(序)로, 일명 <난정아집시서(蘭亭雅集詩序)>라고도 불린다.

영화 9년 해로는 계축년 모춘(음력 3월을 지칭) 초에 회계 산음의 난정이란 곳에 우리가 만났음은 수계사를 치루기 위하이라. 여러 어진 분들이 모두 오고, 젊은이와 연장자들이 모두 모였으며, 이곳에는 고산과 준령이 이어졌고 울창한 숲에는 가는 대나무들이 있었으며 또 맑은 시냇물은 급히 흐르는데 물빛과 산색이 서로 어우러져 있었다. 물을 모아 작은 못을 만들고 잔을 띄워 차례대로 마시도다. 비록 사죽관현의 음악은 없었어도 한잔 술에 한수의 시로 그윽한 회포를 마음껏 풀기에 족했다. 이날 하늘은 화창하고 공기는 청신하며 부드러운 바람은 불어와 상쾌하였는데, 머리 들어 천하고금의 웅대함을 생각하고, 고개 숙여 만물의 번성함을 느끼도다. 그리하여 마음껏 눈을 돌려 가슴을 여니 이목의 기쁨은 극에 달하였고 실로 즐거웠다. 대저 세상 사람들이 서로 살아가는 모습이란 부앙지간에 한 평생을 문득 보내나니, 혹은 마음속의 포부를 방안에서 지우과 서로 토로하고, 혹은 마음을 기탁할 곳을 찾아 형해(몸)를 떠나 방랑하며 다른 곳에서 구하기도 하여 그 취사가 비록 서로 판이하고 (취향의) 동과 정이 다를지라도 스스로 조그마한 즐거움을 만나면 기뻐하고 만족하며 늙음이 찾아옴도 알지 못하는지라. 그렇지만 흥이 지나 권태가 찾아오면 그 마음도 따라 변하고 탄식이 뒤를 잇는다. 옛날에 좋아하던 바가 순식간에 발자취로 남겨지니 그 감회를 느끼지 않을 수 없는 것이다. 하물며 사람 수명의 길고 짧음은 천지조화에 달렸으며, 최후의 기약이란 바로 생명의 끝인데. 옛사람도 이르길 … "죽고 삶은 큰일이다."라 했는데, 어찌 슬프지 않겠는가! 항시 책으로 고인들이 느끼는 감정의 연유(緣由)를 대할 때면 마치 판에 박은 듯 동일하여 글을 보며 탄식하지 않은 적이 없었고, 마음속에서 그것을 떨쳐버린 적이 없었다. 실로 삶과 죽음을 하나로 봄은 허황된 것임을 알게 되고, 팔백 년이나 산 팽조(彭祖)와 단명하여 요절한 것을 한가지로 보는 장자의 논리 또한 터무니없는 것이려니. 먼 훗날에 현재를 생각함은 마치 지금 우리가 지나간 옛적을 보는 것과 같으니 이 어찌 슬픈 일이 아니겠는가! 그러므로 당시 모인 사람들을 적고 그들의 시를 기록하니, 비록 세상과 상황은 다를지라도 그 느끼는 바는 하나일지니 후세에 이 글을 보는 자는 그래도 이 문장에 감동을 받으리라.

(永和九年, 歲在癸醜, 暮春之初, 會於會稽山陰之蘭亭, 修禊事也. 群賢畢至, 少長咸集. 此地有崇山峻嶺, 茂林修竹. 又有清流激湍, 映帶左右. 引以爲流觴曲水, 列坐其次. 雖無絲竹管絃之盛, 一觴一詠, 亦足以暢敍幽情. 是日也, 天朗氣清, 惠風和暢. 仰觀宇宙之大, 俯察品類之盛. 所以遊目騁懷, 足以極視聽之娛, 信可樂也. 夫人之相與, 俯仰一世, 或取諸懷抱, 晤言一室之內. 或因寄所託, 放浪形骸之外. 雖取舍萬殊, 靜躁不同, 當其欣於所遇, 暫得於己, 快然自足, 曾不知老之將至. 及其所之旣倦, 情隨事遷, 感慨係之矣. 向之所欣, 俛仰之間, 已爲陳跡, 猶不能不以之興懷, 況修短隨化, 終期於盡. 古人云: 死生亦大矣. 豈不痛哉? 每覽昔人興感之由, 若合一契, 未嘗不臨文嗟悼, 不能喩之於懷. 故知一死生爲虛誕, 齊彭殤爲妄作. 後之視今, 亦猶今之視昔. 悲夫! 故列敍時人, 錄其所述. 雖世殊事異, 所以興懷, 其致一也. 後之覽者, 亦將有感於斯文.)

이제 우리는 천고에 회자되는 한편의 산문 소품을 감상했다. 왕희지의 말대로 적어도 인생을 되돌아보려는 생각을 해본 사람이라면, 왕희지의 이 옛글을 대할 때 비록 처한 시대와 나라는 다를지라도 문장의 뜻에 감동하여 탄식하지 않을 수 없고, 그 의미를 깊이 깨닫게 된다면(得意) 마음은 할 말을 잊는(忘言) 경지에 이르지 않을 수 없다.

위 문장에서 보듯이 왕희지는 장자가 <제물론(齊物論)>에서 말하는 "상자(殤子, 어려서 죽은 사람)같이 장수한 자도 없고, 팽조(彭祖, 전설상의 인물로 팔백세까지 장수를 누렸다고 한다)는 요절한 셈이다(莫壽乎殤子, 而彭祖爲夭)."라는 식의 삶과 죽음, 천수와 요절을 동일시하는 '허무주의'의 논조에 동조하지 않았음을 알 수 있다. 사실 위진시대의 문인들은 비록 노장을 신봉하여 인생의 무상함을 얘기하면서도 스스로 현실속의 쾌락을 즐기는 식이었다. 죽림칠현 위인들이 양생술에 탐닉하고, 그 시대의 문인들이 급시행락(及時行樂)을 운운하는 것, 또 왕희지가 즐거움에 기뻐하고 죽음을 슬퍼했던 태도들은 모두 그들의 사상이 완전히 노장과 일치하지는 않았음을 시사하고 있다. 그런 까닭에 위진인들의 생각은 대단히 인간적이었다고 볼 수 있으며, 그들의 문학도 이러한 솔직성과 삶에 대한 열정으로 충만되어 있는 매우 인간적인 문학이었다고 생각할 수 있다.

그리고 이 문장의 구조상의 특징은 전반부에서의 명쾌하고 밝은 마음이 후반부에 이르러서는 갑자기 어두워지며 죽음의 슬픔과 인생의 비애를 토로하는 처량한 분위기로 변하는데, 이것은 소품문의 구조상의 특성인 개합종횡(開闔縱橫)의 묘를 살려 변화다단(變化多端)한 점을 유감없이 발휘했다고 볼 수 있다. 이 또한 왕희지의 표연하고 자유로운 성격을 잘 반영한 것이다. 게다가 신기한 점은 이 문장에서 사용된 19개의 '지(之)'자가 모두 그 모양이 일치하지 않고 제각기 맛이 달라 나름대로의 생명을 지녔다고 하니, 이 문장은 내용은 물론이거니와 그 서예예술에 있어서도 탁월한, 금상첨화의 작품이라고 할 수 있다.

4) 도연명의 개성 ‐ 반속(反俗) 정신 그리고 진솔

백여 년의 동진 왕조의 말엽에 이르면 중국문학사에서 가장 존경받는 한 시인이 탄생하게 되는데, 그는 바로 도연명(陶淵明)이다. 앞서 득의망언이란 현학적 명제를 설명할 때 잠시 그의 문학을 언급한 바 있지만, 그는 강서성(江西省) 심양(潯陽, 지금의 九江 서쪽) 출신으로 지금까지 선진문학, 한대문학 그리고 위진문학을 통해 언급한 중원 부근이나 중국 북방의 중국인들과는 달리 그는 중국 남방 중에서도 상당히 남쪽인 강서성에서 태어났다. 강서성은 그 후 송·명을 거치면서 많은 문인들을 배출한 곳인데,

도연명은 강서성 출신으로 제일 처음 중국문학사의 장을 연 위대한 작가라고 볼 수 있다. 혹자는 그가 조식과 이백·두보 사이의 400년간 가장 훌륭한 시인이었다고 하기도 하고, 혹자는 도연명이 중국에서 가장 훌륭한 시인이었다고 강조하기도 한다. 이러한 추종에 걸맞게 그에 대한 세인들의 연구량도 매우 많다. 흔히 그를 전원시인의 원조로 보아, 당송시대의 대가인 왕유(王維)와 맹호연(孟浩然)·왕안석(王安石)·소식(蘇軾) 등에게 크게 영향을 미친 고금 은일(隱逸)시인의 시조로 본다.[83] 또 그는 고결한 인품의 소유자로 쌀 다섯 말(五斗米)을 위해 구구하게 향리 소아에게 허리를 굽히기를 싫어해("不爲五斗米折腰"- <歸去來辭>), 관직을 마다하고 고향으로 돌아가 그 유명한 <귀거래사(歸去來辭)>를 짓고 가난하게 살면서 오직 자연을 사랑하며 안빈낙도의 생활을 한 점은 너무나 잘 알려진 사실이다. 그러나 도연명의 문학과 인생에서 우리가 가장 주목해야 할 점은 그는 누구보다도 뚜렷한 개성을 가지고 반속(反俗)정신과 진솔함을 지닌 참 문인이었다는 것이다. 이러한 점은 그의 작품을 통해 쉽게 감지된다.

〈그림 32〉 도연명

젊어서부터 세속적인 기질이 없었고, 본성은 원래 산을 좋아했다. 잘못하여 속세의 거물에 빠진지 어느 듯 십삼 년. 묶인 새는 옛 숲을 그리워하고, 지당의 물고기는 자신이 살던 그 연못을 잊지 못하듯, 남쪽 들간에 땅을 일구고 우졸(愚拙)한 마음을 따라 전원으로 돌아왔네. 집 둘레는 사방 십여 무(삼백평)에다 초옥이 팔구 칸. 느릅과 버드나무는 뒤처마에 그늘을 지우고 복사와 배나무는 당 앞에 늘어섰네. 해는 져 어둑어둑하면 멀리

---

83) 鍾嶸, ≪詩品≫, "古今隱逸詩人之宗也."

인가가 보이는 촌락에서 연기가 모락모락 피어나고, 개는 마을 골목 안에서 짖어대며 닭들은 뽕나무 가지 위에서 소리치누나. 집안에는 티끌 세속의 잡일이 없고, 한적한 거실엔 여유가 남아돈다. 오랫동안 새장 속에 갇혔다 다시금 자연으로 돌아왔도다.
(少無適俗韻, 性本愛丘山. 誤落塵網中, 一去三十年. 羈鳥戀舊林, 池魚思故淵. 開荒南野際, 守拙歸田園. 方宅十餘畝, 草屋八九間. 楡柳蔭後簷, 桃李羅堂前. 曖曖遠人村, 依依墟里煙. 狗吠深巷中, 鷄鳴桑樹顚. 戶庭無塵雜, 虛室有餘閒. 久在樊籠裏, 復得返自然.) <歸園田居>

위 문장은 그의 <귀원전거> 5수 가운데 첫 수에 해당한다. 도입부에서 그는 '젊어서부터 세속과 어울리는', 말하자면 속세적인 저속하고 평범하며 개성 없는 그러한 기질이 없음을 밝혔는데, 그것은 자신에 대한 일종의 긍지를 솔직하게 표현한 것이다. 그리고 다음의 "우졸한 마음을 지켜"에서의 우졸함이란 바로 도가에서 경시하는 총명하고 교묘함에 반하는, 질박하고 순진한 마음을 가리키며, 이 또한 세속에서 중시하는 얄팍한 지혜에 반하는 자신의 반속적인 개성을 말해주는 부분이다. 마지막 대목에서 나타난 "집안에는 티끌 세속의 잡일이 없고"에서도 시인은 속세의 잡사를 경멸하는 어투로 자신의 반세속적인 면을 재차 강조하고 있다.

도연명의 이러한 반속적인 사상은 그의 대표적인 작품 속에서도 얼마든지 쉽게 발견된다. 앞서 인용한 그의 <음주(飮酒)>의 첫 구절 중 "속세에 집을 짓고 살지만 거마의 시끄러움은 없네(結廬在人境, 而無車馬喧)."라는 대목에서 우리가 알 수 있는 것은, 도연명식의 은거는 흔히 세속인들이 생각하는 깊은 산속에 묻혀 세상과 완전히 결별하는 그런 비인간적이며 부자연스럽고 허식적이며 가식적인 은일생활이 아니라 자연스럽게 속세에 집을 짓고 살면서도 자신의 마음은 속세와 일정한 거리를 두는, 보다 인간적이고 허식이 없는 은거생활이다. 그러므로 그 다음 구절에서도 "스스로 묻나니 여기서 무엇을 할까? 마음이 이미 세속 밖 멀리 있기에 사는 곳 또한 자연히 외딴 곳이 되었다네(問君何能爾? 心遠地自偏)."라고 하며 스스로 마음을 다스리는 일을 중시하면 사는 곳이 비록 속세일지라도 자연히 외딴 곳으로 변하게 된다는 자신의 철학을 말한 것이다.

이러한 도연명의 반속사상은 그로 하여금 속세를 떠나 환상 속의 세계에 대한 동경을 유발시켰는데, 그가 지은 <도화원기(桃花源記)>라는 산문은 바로 그의 이상향에 대한 동경이자 추구라고 볼 수 있다. 그 이상적인 세상은 통치자가 없고, 신분의 고하도 없으며 세상의 왕조가 바뀌는 것도 모른 채 소요자적(逍遙自適)하며 태평세대를 보내는, 그야말로 유토피아적인 세계인 '별유천지비인간(別有天地非人間)'의 경지를 가리키는 것이다. 그의 자서전적인 짧은 산문 <오류선생전(五柳先生傳)>에는 자신의 성품과 취향 등에 대해 서술한 것이 있는데, 그는 여기서 세속인들이 추구하는 부귀영화나 이해득실에 아랑곳하지 않고 스스로의 뜻대로 살아가며 글을 지어 스스로를 위안하며 즐기는 초연하고 초속적인 자신의 세계에 대한 환상을 노래하였다. 이러한 점은 그가 문장의 결미 부분에서 검루(黔婁, 齊나라의 隱士로서 평생을 은둔하면서 安貧樂道한 者임)나 무회씨(無懷氏, 葛天氏와 함께 道家에서 이상으로 여기는 想像적인 帝王임), 갈천씨(葛天氏) 등의 도가적 환상 인물들에 대해 동경과 추종을 금치 않은 것을 보면 쉽게 알 수 있다.

그뿐 아니라 그는 평소 술을 몹시 즐겼는데, 그에게 있어 술은 그의 이러한 환상을 부추기고 활성화시켜 주는 매체가 된 것이었다. 동시에 술은 그로 하여금 세속의 때를 벗게 하는 데에도 일조를 하였다. 그가 살던 위진남북조시대 때 비교적 유일하게 그의 재능을 인정한[84] 소통(蕭統)도 <도연명집서(陶淵明集序)>에서 말하길, "도연명의 시에는 편마다 술이 보이는 것 같은데, 내가 보기에는 그 뜻이 술에 있는 것이 아니라 술을 통해 자신의 뜻을 기탁한 것이리라(有疑陶淵明詩篇篇有酒. 吾觀其意不在酒, 亦寄酒爲跡焉)."라고 하며 그의 음주의 참뜻을 인정하였고, 그 또한 시에서 술이 탈속의 경지로 안내하는 역할을 하게 되는 점을 지적한 바 있다. 예를 들면 그의 <귀원전거> 중 제2수의 "한낮에 사립문을 닫고, 술을 마주하며 세속의 생각을 끊네(白日掩荊扉, 對酒絶塵想)."라는 구절에서 보듯 그에게 술은 속세의 잡사들을 잊어버리고 자신의 세계에 몰입하는 데 큰 몫을 한 것이다. 그것은 마치 위진시대의 명사들이 생각하던, 술이 사람으로 하여금 높은 정신적 경지에 이르게 한다든지(王衛軍云: 酒正自引人著勝地 ≪세설신어‧임탄≫) 술을 삼일간만 마시지 않으면 몸(形)과 정신(神)이 서로 친하지 못하여 몸과 마음이 서로 일치하지 않는다(王佛大歎言: 三日不飮酒, 覺形神不復相親- ≪세설신어‧임탄≫).라고 말한 것들과도 유사하다.

그 밖에 우리가 도연명을 논함에 꼭 짚고 넘어가야 할 점은 그의 진술한 마음이다.[85] 앞서 위진풍도를 얘기할 때 우리는 위진인들의 진정에 대해 논의한 적이 있다.

---

84) 도연명의 詩文은 南朝시대 때에 인정을 받지 못하여, 당시 그 체계가 가장 방대하고 자세한 문학비평서인 劉勰의 ≪文心雕龍≫에서도 그에 대해 일언반구도 하지 않았고, 그다음으로 유명한 鍾嶸의 ≪詩品≫이란 비평서에서도 그를 上品이 아닌 中品으로 인정했다. 따라서 그는 當時와 그 이후에도 줄곧 그다지 인정을 못 받다가 唐代 이후부터 李白이나 杜甫, 白居易, 王維, 孟浩然, 柳宗元 등의 수많은 대시인들로부터 추앙을 받기 시작하였다. 그리고 宋代 이후부터는 그의 진가가 더욱 인정받게 되었다.

85) 左松超는 "도연명의 위대함은 그가 평생 '眞'이라는 말을 추구하고 지켜나간 것에 있다고 하였으며, 그의 시의 위대함도 모두 가식과 허위를 거부하고 오직 '眞'을 추구한 것에 있다고 하였다."- 左松超, ≪中國文學史初稿≫, 臺灣: 福記文化, 1978, 334쪽.

도연명이 그의 부 <귀거래사>의 서에서 말한 "본바탕이 자연스러움을 좋아해 가식적으로 억지로 행하고 다듬는 짓을 못했고, 주림과 추위가 절실할지라도 자신의 본성을 위배하는 일이 더욱 마음 아팠다(質性自然, 非矯勵所得; 飢凍雖切, 違己交病)."라는 대목은 바로 그의 솔직하고 가식을 모르는 진솔한 마음을 말하는 것이며, 그것은 즉 위진 명사들이 자신의 진정을 가식 없이 드러내는 순진한 마음이다. 그런 까닭에 그는 팽택령(彭澤令)이라는 일생 중 가장 큰 벼슬을 맡고 있을 때 독우(督郵) 직의 시찰관에게 자신의 체질에 맞지 않는 아부가 싫어 벼슬까지 버리고 사직했던 것이다. 그의 이러한 개성과 고집 때문에 그가 비록 고결한 인품의 소유자라 할지라도 ≪홍루몽≫ 작가가 그를 인인군자(仁人君子)로 간주하지 않고 정(正)과 사(邪)를 모두 갖추고 있는 일사고인(逸士高人)의 범주에 넣었던 것이다.86) 진역(陳繹)이 일찍이 그에 대해 평한 "정진(情眞), 경진(景眞), 사진(事眞), 의진(意眞)"(≪시보(詩譜)≫)란 말도 그의 문학이 가식적이고 조작적인 면이 전혀 없이 사실적이고 진실한 생활 속의 경험을 자연스럽게 표현했음을 뜻하며, 그 근원은 바로 그의 이러한 성품에 기인한 것이라고 볼 수 있다. 그가 지은 문제의 작인 <한정부(閑情賦)>도 도연명이 지닌 이런 진솔한 정을 잘 반영하고 있다. 그중 가장 핵심적인 한 부분을 보자.

　　나 바라건대 그대의 옷깃이 되고 싶소, 아름다운 얼굴에서 풍기는 향기라도 맡고 싶어요. 하지만 비단 옷깃은 저녁이 되면 벗어버리니 슬프고, 긴긴 가을밤이 원망스럽기만 합니다. 나 바라건대 그대 치마끈이 되고 싶소, 님의 가는 허리 묶고 싶어요. 하지만 추위와 더위의 변덕스런 날씨에 수시로 새 옷 갈아입으시니 그게 한이랍니다. 나 바라건대 그대의 머릿기름이 되고 싶소, 님의 어깨에 드리운 검은 머리에 발라드리고 싶어요. 하지만 어여쁜 님이 자주 머리를 감으시니, 뜨거운 물에 씻기어 버릴 것이 한스럽습니다. 나 바라건대 그대 눈썹 그리는 먹이 되고 싶소, 아름다운 님의 눈매를 따라 바라보고 싶어요. 하지만 연지와 분은 처음엔 고와도 그것이 지워질까 애달플 뿐입니다. 나 바라건대 그대의 돗자리 방석이 되고 싶소, 삼추의 계절에 님의 여윈 몸 쉬게 하고 싶어요. 하지만 날이 추워지면 비단 이불이 그것을 대신해 해가 바뀌어서야 다시 찾을 테니 한스러울 뿐입니다. 나 바라건대 명주실이 되어 그대 신발이 되고 싶소, 님의 고운 발에 붙어서 어디든 다니고 싶어요. 하지만 몸가짐에 예절이 있으니 쓸쓸히 침대 앞에 벗어 둘 것이 슬플 뿐입니다. 나 바라건대 대낮에는 그대 그림자 되고 싶소, 님의 몸에 기대어 여기저기 다니고 싶어요. 하지만 큰 나무 그늘에 가려져 사라지니 단번에 신세가 바뀌는 것이 슬플 뿐입니다. 나 바라건대 밤에는 그대 촛불이 되고 싶소, 두 기둥 사이에서 님의 옥 같은 얼

---

86) ≪紅樓夢≫에서는 도연명을 "正邪兩賦"의 기운을 타고 난, "仁人君子"와 판이한 "情癡情種"과 "奇優名倡"과 대등한(단지 그들과 태어난 환경이 다를 뿐 바탕은 모두 正氣과 邪氣를 모두 갖추고 있다는 점에서 그들의 근본은 동일함) "逸士高人"의 대열에 끼웠다.

굴 비추고 싶어요, 하지만 아침 태양이 빛을 펼치면 홀연히 불은 사라지고 빛에 묻혀버릴까 슬플 뿐입니다. 나 바라건대 대나무라면 그대의 부채가 되고 싶소, 그대 가녀린 손에 들리어 시원한 바람 일으키고 싶어요. 하지만 백로가 지나 아침저녁으로 서늘해지면 다만 멀리서 그대의 옷소매만 바라보고 있겠지요. 나 바라건대 나무라면 오동나무가 되고 싶소, 님의 무릎 위에 놓이는 거문고 되고 싶어요, 하지만 즐거움이 다하고 슬픔이 오면 나는 한쪽으로 밀려나 아름다운 소리를 내지 못할 것을 생각하니 슬플 뿐입니다.

(願在衣而爲領，承華首之餘芳；悲羅襟之宵離，怨秋夜之未央!願在裳而爲帶，束窈窕之纖身；嗟溫涼之異氣，或脫故而服新!願在髮而爲澤，刷玄鬢於頹肩；悲佳人之屢沐，從白水而枯煎!願在眉而爲黛，隨瞻視以閑揚；悲脂粉之尚鮮，或取毀於華妝!願在莞而爲席，安弱體於三秋；悲文茵之代御，方經年而見求!願在絲而爲履，附素足以周旋；悲行止之有節，空委棄於床前!願在晝而爲影，常依形而西東；悲高樹之多蔭，慨有時而不同!願在夜而爲燭，照玉容於兩楹；悲扶桑之舒光，奄滅景而藏明!願在竹而爲扇，含淒飆於柔握；悲白露之晨零，顧襟袖以緬邈!願在木而爲桐，作膝上之鳴琴；悲樂極以哀來，終推我而輟音!) <閑情賦> 中

도연명도 지적하였듯이 이 작품의 본래의 의도는 자신의 강렬한 사랑의 감정을 올바르게 절제하여 다스리는 것87)이라고 하였지만 절세가인을 그리워하는 한 선비의 영(靈)과 육(肉)의 떨림의 욕망과 사랑의 강렬한 감정을 매우 솔직히 표현하였다는 점에 대해서는 누구도 부인할 수가 없는 사실이다.88) 따라서 이 작품은 도연명이 마음속 깊은 곳에서 사모하는 미지의 여성에 대한 치정(癡情)을 대담하게 표현해 역대 문인들로부터 고결한 그의 성품과 어울리지 않는다는 혹평을 받기도 했지만89) 진정한 위진의 명사라고 할 수 있는 도연명의 진솔하고 솔직한 면모를 대단히 잘 드러낸 작품으로 볼 수도 있을 것이다.

---

87) 도연명은 <閑情賦>의 序文에서 "처음에는 방탕이 염려가 되지만 결국은 正으로 귀결될 것이다(始則蕩以思慮, 而終歸閑正)."라고 밝히고 있다.

88) 그런 까닭에 魯迅은 이 작품을 "터무니없이 자유분방한 고백(胡思亂想的自白)"이라고 하였고, 심지어 唐人 司空圖는 <白菊>이란 시에서 "도연명은 狂生임에 틀림없네. 賦를 이렇게 열정적으로 짓다니!(不疑陶令是狂生, 作賦其如有定情)"라고 하며 사랑을 구가하는 그의 격정적인 감정을 칭송하였다.-査紫陽, <論陶淵明閑情賦之賦史地位>, ≪現代語文(文學研究)≫, 2009, 25쪽.

89) 도연명의 고결한 인품을 극히 흠모한 蕭統조차도 이 작품을 매우 부정적으로 평가하였으며, 그 외에도 많은 후대인들이 <閑情賦>를 봉건시대 남녀 간의 애정표현으로 간주하여 저속하게 보고 있었음이 사실이다. 이를테면 淸의 方東樹는 "옛사람들이 말하길, 正氣를 지닌 사람은 염정시를 짓지 않는다고 했는데, 이 말은 정말 옳은 말이다. 이를테면 도연명의 한정부는 짓지 않는 것이 옳았다. 후세가 답습할 것이며 경박하고 음탕하니 남의 자제들을 오도하기 십상이다."라고 비난하며, 도연명의 '邪氣'를 지적하기도 했다. 물론 이는 유가의 '詩敎'라고 하는 시의 교육적 가치만을 지나치게 중시한 편파적인 평가이다. 이는 소식이 <閑情賦>를 國風이나 離騷와도 같은 풍자적인 의미를 지닌 것으로 비록 호색적이나 음탕하지는 않다는 평가는 대조적이다. 이처럼 도연명은 우리가 생각하는 고결함을 대표하는 그런 유가적 전통의 모범적인 위인이라기보다는 자신의 소신과 개성대로 평생을 자유롭게 살다간 인물이라고 볼 수가 있을 것이다. - 이에 대해서는 최병규, <홍루몽의 도연명 수용 연구>, ≪중국소설논총≫, 제38집, 2012, 47쪽 참고.

5) 사령운(謝靈運)과 산수시(山水詩)

동진이 멸망한 후 중국은 이른바 남북조시대를 맞이하게 되며, 북은 북위(北魏), 남은 송(宋)으로 바뀌면서 남북은 장기간 서로 다른 문화 아래서 판이한 문학양상을 띠게 된다. 남조 초기인 송대에는 사령운(謝靈運), 안연지(顔延之), 포조(鮑照) 등이 출현하여 이른바 '사안포(謝顔鮑)'의 '원가(元嘉)문학'을 장식하게 되는데, 이 시대를 대표하는 문인은 역시 사령운이다. 그는 동진의 명장인 사현(謝玄)의 손자로 당대 최고의 가문을 자랑하는 호족이었다. 조부가 죽은 후 사령운은 '강락공(康樂公)'이라는 벼슬을 세습받게 되어 세상에서는 그는 '사강락(謝康樂)'으로 칭하게 되었다. 그는 어릴 때부터 자손이 귀한 가정에서 귀하게 자라 그 성격의 사치스러움이 극에 달했으며, 그가 사용하는 의복과 수레들은 모두 초호화판이었다고 한다. 어릴 적부터 재기를 발휘한 그는 동진이 멸망 후 송이 들어서자 정치에 대한 불만으로 가득 찬 나날들을 보내다 결국 시골로 좌천되어 영가(永嘉) 태수라는 절강성 내의 한직을 맡게 되지만 그의 문학적인 성취는 이로써 더욱 빛나게 되었다. 즉 그는 아름다운 중국 남방의 경치에 푹 빠져 정사는 접어두고 산수유람만을 일삼아 세상에서 추종하는 주옥같은 산수시들을 남기게 되었고, 그는 중국문학사에서 산수시의 비조로 군림하게 된 것이다.

≪시품≫을 보면 그는 "정교함과 형사(形似)를 중시하며, 방일하고 호탕함은 장협(張協)을 능가했다. 자못 번잡스러움이 누(累)가 되기도 했으나, 나는 말하길, 사령운은 흥과 재기가 많아 눈으로 본 것은 바로 글로 썼으니, 시정이 항상 넘쳐 눈으로 흘려버리는 것이 없었다(尙巧似, 而逸蕩過之. 頗以繁蕪爲累, 嶸謂若人興多才高, 寓目輒書, 內無乏思, 外無遺物)."라고 소개가 되었듯이, 그의 방일함과 자유분방함이라든지 넘치는 興과 情, 그리고 뛰어난 문재로 그것들을 하나도 빠트리지 않고 글로 표현했다고 하니 그는 바로 중국의 풍류재자 중의 한 사람이라고 할 수 있을 것이다.

오랫동안 구속받은 마음이 새벽 가을을 만나, 새벽의 쌓인 근심 펼치며 노니네. 외로운 객은 급히 흐르는 내에도 마음 아파하고, 여정의 나그네는 절벽에 부서지는 물에도 괴롭다. 돌은 얕은 물에 졸졸 흐르고, 해는 지니 산을 밝게 비춘다. 공허한 산에는 숲이 무성한데, 애처로운 새들은 서로 우짖는다. 물상들을 대하고는 귀양의 서러움을 느끼지만, 허정한 마음으로 내일에 희망을 걸어본다. 스스로 옛 선현들의 마음을 지녔음에 어찌 말세의 꾸짖음에 연연해하리오! 눈으로 엄광(嚴光, 東漢 시대의 賢人으로 그의 同學인 劉秀가 帝位에 오르자 스스로 富春山에 들어가 세속과 인연을 끊었다 함)이 지내던 여울을 보고는 임공(任公, <莊子. 外物>에 의하면 任公子는 50마리의 소로 낚시미끼를 만들어

동해에서 낚시하다 1년 후 큰물고기를 잡았다 함)의 낚시에 마음을 붙여보네. 누가 고금
이 다르다고 말했던가? 시대는 달라도 한 가지인걸.
(羈心積秋晨, 晨積展遊眺. 孤客傷逝湍, 徒旅苦奔峭. 石淺水潺湲, 日落山照曜. 荒林紛沃若,
哀禽相叫嘯. 遭物悼遷斥, 存期得要妙. 旣秉上皇心, 豈屑末代誚. 目覩嚴子瀬, 想屬任公釣.
誰謂古今殊, 異代可同調.) <七裏瀬>

　　이상은 사령운의 대표작 중의 하나인 <칠리뢰>이다. 산수시는 전원시와 달리 산수유
람을 주로 노래한 것이니, 은거적인 전원시와 비교하면, 하나가 정적이라면 하나는 동
적이며, 또한 전원시의 소박함과 달리 산수시는 자못 화려하고 낭만적이다. '유람시'라
고도 칭해지는 산수시의 가장 중요한 특징은 그 자구가 매우 조탁적일 뿐 아니라 그
시어의 형상성이 무척 뛰어나다는 것이다. 이를테면 위 시에서 보듯 "고객(孤客)", "도
려(徒旅)"와 "석천(石淺)", "일락(日落)" 등의 시어의 정제(整齊)함은 물론이거니와, 그
구절과 구절들도 서로 대(對)를 이루니 그 자구의 조탁에 대한 신경이 보통이 아님을
알 수 있으며, "돌은 얕은 물에 졸졸 흐르고, 해는 지니 산을 밝게 비춘다(石淺水潺湲,
日落山照曜)."라든지 "공허한 산에는 숲이 무성한데, 애처로운 새들은 서로 우짖는다
(荒林紛沃若, 哀禽相叫嘯)." 등과 같이 시어의 형상성도 퍽 뛰어나다.

　　사령운의 일생을 보면 그는 사실 도연명과 정반대의 인물이라고 할 수도 있다. 출생
배경부터 양자가 판이했고 그들의 성격 또한 전자가 강렬하고 입세적이라 하면 후자는
담백하고 출세적이었으니, 그들은 사실 서로 너무도 달랐다. 그러므로 산수시와 전원시
는 비록 그것이 모두 자연을 노래한 것이라 하지만, 그 기본성질부터 판이한 것이었다.
단지 전원시나 산수시가 모두 현언시와 유선시 그리고 초은시(招隱詩) 등으로 일색이
었던 당시의 진부한 시단의 분위기를 깨고 시단의 참신한 총아로 등장하여 당대는 물
론 후대에까지 깊은 영향을 끼친 점은 동일하다고 할 수 있다. 특히 산수시는 그 당시
시단에서 전원시보다 훨씬 높은 평가를 받아, ≪詩品≫에서는 도연명의 시가 중품이었
던 반면 사령운의 시는 상품으로 인정받았다.

6) 민가(民歌)의 멋

　　서진 말엽부터 정국은 어지럽기 시작하다가 영가 이후부터 세상은 더욱 어수선해져
중원을 중심으로 한 북방은 새로 발흥한 호족들이 할거했고 원래 중원을 차지하던 한
족은 대거 남하하여 이른바 중국은 남북조의 혼란한 시대를 맞이하게 되었다. 그리하

여 북방의 활발하고 거친 흉노(匈奴)를 비롯한 갈(羯), 선비(鮮卑), 저(氐), 강(羌) 등의 오호 민족들의 문화와 예법을 중시하고 온유돈후한 특성을 지닌 남방 한족의 상호 대립적인 문화가 꽃피게 된다. 그러므로 이 시대의 민가에는 이러한 남북문화의 차이에서 비롯된 풍격상의 차이가 현저히 나타나는 재미있는 문학현상을 볼 수가 있다. 수많은 남북민가 중 <목란사(木蘭辭)>가 북방의 민가를 대표하는 것이라면, <공작동남비(孔雀東南飛)>는 남방의 민가를 대표한다.

〈그림 33〉 목란종군

먼저 <목란사>의 내용을 살펴보자. 목란이라는 영웅형의 소녀는 늙은 아버지에게 나온 징병통지서를 보고는 집에서 베틀을 짜면서 베틀소리보다 더 큰 한숨소리를 내며 걱정한다. 아버지의 나이가 너무 많아 군생활의 고초를 견뎌내지 못할 것이기 때문이었으며 더구나 집에는 대신해서 출정할 장정이 없었다. 생각 끝에 목란은 스스로 아버지를 대신해서 입대할 결심을 하게 된다. 그녀는 시장에서 한 필의 준마와 마구를 사고 바로 집을 하직해 떠난다. 대오를 따라 황하를 건너고 달흑산(達黑山)으로 향하는데, 다시는 부모의 부르는 목소리는 들리지 않았고, 황하 강물이 출렁이는 소리와 연산(燕山)의 호마(胡馬)가 구슬피 우짖는 소리만 들린다. 엄청난 환경의 변화 속에 목란은 전장을 전전하며 용감히 적과 싸우며, 냉혹한 추위 속에서 십여 년의 격전 끝에 결국 개선을 하게 된다. 조정에서는 그의 용맹을 치하하여 많은 재물을 내리고 벼슬까지 주려

하지만 목란은 마다하고 하루 빨리 고향으로 돌아갈 것을 희망한다. 그리하여 결국 갑옷을 벗고 고향으로 달려가 집 앞에 이르자 아버지와 어머니 그리고 자매형제들이 모두 나와 반갑게 맞이하는데, 그녀는 급히 자기 방에 들어가 다시 옛날의 여장을 입고 나오니 함께 온 일행들은 크게 놀라며 목란과의 십이 년 종군생활을 함께 했지만 여자인 줄을 몰랐다며 대경실색하며 감탄했다. 이 민가는 목란이라는 용감하고 씩씩한 북방소녀의 영웅담을 매우 생동적으로 묘사했으며, 그를 통해 북방인들의 상무적이고 영웅적인 호방함을 숭상하는 문화특성을 잘 드러내고 있다. 이 민가는 그 후 오랫동안 중국전역에 크게 전파하여 '목란종군(木蘭從軍)'이라는 말을 탄생시켰는데, 이 이야기는 그 후 중국소설과 희곡 등을 비롯한 문학작품의 소재로 널리 활용되기도 하였다. 그 가운데 주요 부분을 감상해보자.

> 휴우! 휴우! 목란이 문가에서 베틀을 놓는데, 베자는 소리는 들리지 않고, 오로지 한숨만 들리도다. 묻건대 그대는 무엇을 생각하고, 무엇을 그리워하나? 소녀는 아무 상념도 없고, 아무런 그리움도 없습니다. 다만 어젯밤 징병 문서를 읽어보니, 임금님이 군대를 모으는데, 군서 열두 권에 권마다 아버지 이름이라. 아버지에겐 큰 아들이 없고, 목란에겐 큰 오빠가 없으니, 원컨대 안장과 말을 사서, 아버지 대신으로 종군을 바란다네.
> (중략)
> 부모 딸 온단 소식을 듣고는, 손에 손을 마주 잡고 성 밖을 나오고, 언니는 동생이 온다는 말 듣고, 방안에서 예쁘게 치장을 하고 있네. 남동생도 누나가 온다는 이야기 듣고, 쓱싹 칼을 갈아 돼지와 양을 찾네. 동쪽의 방문을 열고, 정 어린 나의 침상 앉아도 보고, 전시의 군장을 벗고, 내 옛날의 치마를 입고서는 창가에 기대어 구름 같은 머리를 빗고 거울을 대하고는 화장도 해보네. 문을 나서 전우들 바라보니 전우들도 모두가 하나같이 놀라면서 "십이 년을 동행했음에도 목란이 여자인 줄 꿈에도 몰랐어라."라고 소리치네. 앞 뒤 다리 서로 다른 수토끼는 바삐 뛰고, 암토끼의 눈망울은 언제나 어두운데, 두 마리의 토끼가 나란히 달아나면 목란이 여자인 줄 어떻게 알았겠는가?
> (唧唧複唧唧, 木蘭當戶織。不聞機杼聲, 惟聞女歎息。(惟聞 通: 唯)問女何所思, 問女何所憶。女亦無所思, 女亦無所憶。昨夜見軍帖, 可汗大點兵, 軍書十二卷, 卷卷有爺名。阿爺無大兒, 木蘭無長兄, 願爲市鞍馬, 從此替爺征。… 爺娘聞女來, 出郭相扶將；阿姊聞妹來, 當戶理紅妝；小弟聞姊來, 磨刀霍霍向豬羊。開我東閣門, 坐我西閣床, 脫我戰時袍, 著我舊時裳。當窗理雲鬢, 對鏡帖花黃。出門看火伴, 火伴皆驚忙：同行十二年, 不知木蘭是女郎。雄兔腳撲朔, 雌兔眼迷離；雙兔傍地走, 安能辨我是雄雌?) <木蘭辭> 中

위의 밝고 호쾌한 북방 민가와 달리 남방의 민가를 대표하는 <공작동남비>는 그 내용부터 어둡고 애잔하다. 중국 고대에서 편폭이 가장 긴 서사시로서 유명한 이 작품은 매우 비극적이다. 이 이야기는 초중경(焦仲卿)과 그의 아내 유란지(劉蘭芝) 사이의 슬픈 사랑과 죽음을 다루고 있다. 그 내용은 다음과 같다. 안휘성 노강(廬江)에 하급관리가 있었으니 이름을 초중경이라 했는데, 그에게는 아주 예쁘고 현숙하며 또 재주도 있는 유란지라는 아내가 있었다. 그들은 서로 매우 사랑했지만 시어머니가 그들의 사이를 질투하기도 하고 또 이웃사람의 이간으로 며느리를 눈의 가시로 여기며 누차 아들에게 이혼하도록 종용한다. 얌전한 아들은 모친의 영을 끝내 마다하지 못해 결국은 아픔을 머금고 처를 친정으로 돌려보낸다. 이로부터 비극은 전개되어 유란지는 그 억울함이 가슴을 메워도 하소연할 길이 없게 된다. 남편의 사랑을 모르는 바는 아니지만 어려운 처지에 있는 남편의 입장을 생각하여 서러움을 꾹 참고 눈물을 뿌리며 돌아선 것이다. 이러한 곡절을 겪은 후 그녀는 개가하지 않고 홀몸으로 한평생을 보낼 결심을 하나 불행히도 그녀의 인정 없는 오빠는 친정에 공짜로 붙어사는 동생을 미워하고 또 혼례품이 탐나 그녀의 의사는 무시한 채 그곳 관리의 아들에게 강제로 시집가도록 강요한다. 한편 이 일이 초중경에게 알려지자 그는 매우 괴로워한다. 그는 비록 현재 부부가 떨어져 있어도 결국은 어머니를 설득하여 다시 그녀를 데려와 행복한 가정을 재건하길 바라고 있었던 것이다. 그는 급히 장인댁으로 찾아가 유란지와 그 일을 상의하였지만, 마음이 여린 유란지는 오빠의 강요에 항거하지 못하였고, 부부는 서로 마주앉아 흐느끼다가 헤어지고 만다. 재혼 전야 그녀는 다시 남의 아내가 되는 것이 초중경에게 너무 미안하여 바다에 빠져 죽음으로써 그에 대한 자신의 마음을 밝힌다. 다음날 유란지의 죽음을 안 초중경은 너무도 슬퍼하며 사랑하는 처를 죽게 했다는 자책감으로 목을 매어 자살한다. 나중에 잘못을 깨달은 두 집안의 사람들은 이 가련한 부부를 동정하며 합장을 했다. 이 긴 시의 주요 부분을 살펴보자.

"공작이 남동으로 날아가는데, 다섯 마리마다 한 번씩 배회를 하는구나. 열세 살에 명주를 짰고, 열네 살에 바느질을 배웠네. 열다섯에 공후를 쳤고, 열여섯에는 시서를 암송했다오. 열일곱에 당신의 아내가 된 후에 마음은 항상 괴로웠소. 그대는 부중의 관리가 되었고, 절개를 지키며 사랑도 돈독했소. 닭이 울면 베틀에 올라가 밤에도 쉴 날이 없었고, 삼 일이면 다섯 필 거뜬히 지었네. 그래도 시어머님 느리다고 핀잔을 주니, 제가 베 짬이 느린 게 아니라, 당신 집 며느리 노릇하기 참으로 힘들다오. 첩이 며느리 노릇 잘못하니, 헛되이 남아 무슨 소용 있으리오. 시부모님께 아뢰오니, 어서 저를 내보내 주옵소서."
남편이 소리 듣고 마루에 올라서는 어머님께 아뢰길, "소자 원래가 보잘것없는 팔자인데, 다행히 이 사람 얻어 머리 묶고 한 자리 하고 황천길도 함께 약속을 했습니다. 함께 섬기길 이삼 년 아직도 오래지 않았고, 여자의 행실도 나쁘지 않거늘, 왜 그리 박대를 하십니까?"

어머니가 아들에게 말하길, "웬 말이 그리 많은가! 이 애는 예절이 없고, 몸가짐도 제멋대로다. 내 오랫동안 참아왔거늘, 너는 어찌 항상 제멋대로냐? 동쪽 마을 착한 색시 있거늘, 그 아이 이름은 진나부라 하더라. 참으로 세상에 또 다시 없다는데, 이 애미가 널 위해 매파를 보내주마. 어서 빨리 그 애를 쫓아내어 다시는 여기에 발붙이지 못하게 하라!" 아들이 오랫동안 무릎 꿇어 고하길, "엎드려 어머님께 아뢰옵나니, 만약 이 사람을 쫓아내 버리시면 죽어도 새장가는 들지 않겠습니다." 어머니 그 소리 듣더니만 침상을 치면서 크게 노하도다.

("孔雀東南飛, 五里一徘徊. 十三能織素, 十四學裁衣. 十五彈箜篌, 十六誦詩書. 十七爲君婦, 心中常苦悲。君既爲府吏, 守節情不移, 賤妾留空房, 相見常日稀。雞鳴入機織, 夜夜不得息。三日斷五匹, 大人故嫌遲。非爲織作遲, 君家婦難爲!妾不堪驅使, 徒留無所施, 便可白公姥, 及時相遣歸。" 府吏得聞之, 堂上啟阿母: "兒已薄祿相, 幸復得此婦, 結髮同枕席, 黃泉共爲友。共事二三年, 始爾未爲久, 女行無偏斜, 何意致不厚?" 阿母謂府吏: "何乃太區區! 此婦無禮節, 舉動自專由。吾意久懷忿, 汝豈得自由!東家有賢女, 自名秦羅敷, 可憐體無比, 阿母爲汝求。便可速遣之, 遣去慎莫留!" 府吏長跪告: "伏惟啟阿母, 今若遣此婦, 終老不復取!" 阿母得聞之, 槌床便大怒。) <孔雀東南飛> 中

이 이야기의 애처로움과 비극적인 낭만성 이면에는 사실 북방인의 관점에서 보면 이해하지 못할 어처구니없는 요소들도 적지 않다. 초중경이 무조건 모친의 말에 복종하여 사랑하는 부인을 내쫓는 주견 없는 자세와, 유란지가 시어머니와 남편을 설득하지도 않고서 물러서는 행위라든지, 또 오빠의 강요에 못 이겨 마음에도 없는 사람에게 시집을 가게 되는 것, 그리고 이미 혼인을 승낙하고도 마음이 아파 자살하는 등, 이런 모든 자신감 없는 처사들이 우유부단하고 나약하여, 동정하기에 앞서 책망하고픈 마음이 생기는 것을 어찌할 수 없다. 이것이 바로 문화와 기질의 차이이다. 그러나 부드럽고 완곡하며 유약하지만 그 내면적인 강렬함은 북방인에게는 찾기 힘든 남방인들의 보편적인 기질이다.

<공작동남비> 외에도 남방의 민가를 대표하는 작품에는 옛 오나라 지역인 강남을 중심으로 한 오성(吳聲, 혹은 吳歌라고도 함)과 옛날 초나라 땅인 형초(荊楚) 지역을 중심으로 발달한 서곡(西曲)이 있다. 이들 지역은 당시 경제적으로 매우 번영을 이루어 많은 상려(商旅)들이 드나들고, 주점이 즐비한 곳이었다. 이들의 민가는 주로 아름답고 부드러우며 매우 열정적인 성격을 띤 오언체의 연가(戀歌)가 주였다. 특히 서곡의 애정시는 완약하고 함축적인 오가에 비해 다소 속될 만큼 정열적이고 대담하여 색정적인 육조(六朝)의 궁체시(宮體詩)에 크게 영향을 미치기도 하였다. 여하튼 호적도 그의 ≪

백화(白話)문학사≫에서 지적한 바와 같이 이러한 남북의 민가들로부터 중국에서의 영웅문학과 남방적인 여성주의 문학의 차이를 쉽게 느낄 수가 있다.

7) 인성해방주의(人性解放主義) 위진남북조 소설의 출범

중국에서 소설다운 소설이 처음 출현한 시대는 바로 위진남북조시대이다. 이 시대는 문학의 자각시기인 만큼 그동안 유가의 뿌리 깊은 전통 아래 천시를 받아오던 소설이 비로소 그 싹을 뻗기 시작하여 맹아기를 맞이한 셈이다. 물론 중국 선진시대의 ≪좌전≫이나 ≪전국책≫ 등의 역사산문이나 ≪장자≫, ≪맹자≫ 그리고 ≪한비자≫ 등의 철리산문 속의 우언고사들에서 중국소설의 초기적 발아 형태를 엿볼 수 없는 것은 아니나, 그 성숙도에서 볼 때 중국소설의 출현은 역시 위진으로 보는 것이 보편적이다. 이 시기의 소설은 그 내용과 풍격에 따라 크게 세 가지로 구분되는데, 바로 지괴류(志怪)류와 지인(志人)류 그리고 해학(諧謔)류이다.

(1) 중국소설의 영원한 괴담과 난만 – 지괴(志怪)류

중국 문헌에서 지괴란 이름이 등장한 것은 매우 옛날의 일이다. ≪장자·소요유≫에서 "제해는 기이한 일을 기록한 것이다(齊諧, 志怪者也)."라고 한 것을 보면, "제해"라는 책은 장자 이전의 작품임을 알 수 있으니, 그 역사가 매우 이름을 알 수 있다. 이처럼 중국에서는 소설의 발전에 있어 사람의 이야기를 묘사한 것보다 대개 귀신의 얘기를 고사화한 지괴소설이 먼저 유행한 것이 그 특징이며, 그것은 예로부터 신선과 무풍(巫風)의 도를 신봉하던 중국의 문화와도 관계가 깊다. 위진남북조시대 소설의 주류를 형성했던 지괴류 소설은 수당시대에 이르러서는 '전기(傳奇)'라는 소설로 발전되는데, 그것은 지괴에서 주로 다루던 귀괴(鬼怪)의 내용에서 그 범위가 훨씬 진전하여 현실사회와 사람의 일들까지도 그 소재로 채택하였지만, '전기'라는 이름에서도 알 수 있듯 지괴적 성격을 여전히 지니고 있었던 것이다. 중국소설에서의 이러한 '지괴 전통'은 그 후 문학의 진화와 더불어 중국소설이 점차 성숙되어 백화체소설이 등장하며 중국소설의 발전이 그 절정에 이르러감에도 불구하고 그것은 없어지지 않고 계속 이어졌다. 따라서 송·원·명·청을 지나며 지괴는 문인들의 필기(筆記)류 문언소설로 그 전통을 이었고, 청대에 이르러서는 결국 중국 문언소설의 최고 결정체라고 할 수 있는 포송령

(蒲松齡)의 ≪요재지이(聊齋志異)≫까지 탄생시키기에 이른 것이다. 이처럼 지괴소설은 오랜 세월을 거치는 동안 중국적인 체취와 낭만을 지닌 중국소설에서의 영원한 주제라고 아니할 수 없다.

당시의 지괴류 소설 중 가장 훌륭한 작품은 뭐니 해도 간보(干寶)의 ≪수신기(搜神記)≫이다. 하남성 신채(新蔡) 사람인 간보는 평소 음양술수(陰陽術數)의 학문을 좋아해 고금의 영이(靈異)로운 일들과 인물들의 변화를 수집해 모아 지은 책이 바로 ≪수신기≫인데, 신명(神明)의 도에 그릇됨이 없음을 밝히기 위해 지은 것이라고 하였다.[90] 비록 미신의 색채가 농후하나 그 내용은 낭만적이고 아름다우며 문장 또한 뛰어나다. 20권의 내용에서 가장 유명한 이야기는 "한빙부부(韓憑夫婦)"와 "간장막야(干將莫邪)"의 고사인데, 전자는 송강왕(宋康王)의 사인(舍人)인 한빙과 그의 아내인 하씨(何氏) 간의 비애를 묘사한 것으로, 두 사람의 깊은 사랑은 하씨에 눈독 들여 그녀를 차지하려는 황음무도한 왕의 횡포에 의하여 저지되며, 그들이 억울하게 화를 당해 죽은 후에도 두 무덤 위의 나무가 서로 몸을 감고 합쳐지는 기적을 낳았고, 당시 사람들은 그 나무를 "상사수(相思樹)"라고 했으며, 지금도 그곳에는 "한빙성(韓憑城)"이라는 곳이 있다고 하는 이야기다. 우리에게도 낯설게 느껴지지 않는 이 이야기에는 진실한 사랑의 두 주인공 뒤에 극악무도한 군주가 도사리고 있는 당시 봉건사회의 현실을 반영하기도 했지만, 동시에 그 기적적인 사실을 실재적인 것처럼 믿는 미신적인 성향을 드러내기도 했다. 비교적 짧은 전문은 다음과 같다.

전국 시대, 송(宋)나라 강왕(康王)의 문객(門客) 중에 한빙(韓憑)이라는 사람이 있었는데, 그는 하(何)씨 성을 가진 빼어난 미인을 아내로 맞이하였다. 그런데 강왕은 한빙의 아내를 빼앗고, 이에 원한을 품은 한빙을 잡아다가 성단형(城旦刑)에 처하였다. 한빙의 아내는 몰래 남편에게 은밀한 비유로 되어 있는 다음과 같은 글을 보냈다.
"오랜 비 그치지 않으며, 강물은 크고 물은 깊으니, 뜨는 해는 나의 마음."
이때 하씨가 남편에게 보낸 편지가 강왕의 손에 들어갔다. 강왕은 그 편지의 내용을 좌우의 신하들에게 물어보았으나 아무도 그 뜻을 알지 못하였다. 그런데 그중에 소하(蘇賀)라는 신하가 "당신을 그리는 마음을 어찌할 수 없고 방해물이 많아 만날 수 없으니 그저 죽고만 싶을 따름입니다."라고 자기 멋대로 해석하였다. 그런데 그때 갑자기 한빙이 자살하였다는 소식이 전해졌다. 한빙의 아내는 일부러 옷을 썩게 하고, 어느 날 왕과 함께 누대에 올라갔다. 한빙의 아내가 누대에서 뛰어내리려고 하자, 옆에 있던 사람들이 그녀를 붙잡았지만 그녀의 옷이 이미 낡아 있었으므로 그녀는 죽고 말았다. 한빙의 아내가 띠에

---

90) ≪搜神記≫, <自序>, "亦足以明神道之不誣也."

지니고 있던 유서에는 다음과 같이 적혀 있었다.

"왕은 제가 살기를 바라지만 저는 죽기를 바라고 있습니다. 원컨대 저의 주검을 남편과 함께 묻어주시기 바랍니다."

화가 난 강왕은 그녀의 유언을 무시하고, 두 사람이 서로 보이는 곳에 무덤을 만들게 하였다. 그리고 강왕은 이렇게 말했다.

"그들 부부의 사랑은 끝이 없으니, 만약 그들이 자신들의 무덤을 합치게 할 수 있다면, 나는 그것을 막지 않겠다."

그런데 하룻밤 사이에, 두 무덤 끝에 커다란 가래나무가 자라기 시작했는데, 열흘이 지나자 서로를 감싸고 휘어지며 서로에게 향하였다. 뿌리는 아래에서 서로 얽히고, 가지는 위에서 서로 얽혔다. 또한 암수 원앙새 한 쌍이 늘 나무 가지 위에 깃들며, 아침부터 저녁까지 나무를 떠나지 않고, 서로 목을 꼬고 슬피 울었는데, 그 소리는 사람들을 감동시켰다. 송나라 사람들은 이를 슬퍼하여, 그 나무를 '상사수(相思樹)'라고 부르게 되었으며, '서로를 그린다'는 뜻의 '상사(相思)'라는 말은 여기에서 유래하였다. 중국의 남쪽 지방 사람들은 이 새들을 한빙 부부의 영혼이라고 말한다. 지금 수양현에는 한빙성이 있으며, 그들이 불렀다는 노래는 지금도 전하여진다.

(宋康王舍人韓憑, 娶妻何氏, 美。康王奪之。憑怨, 王囚之, 論爲城旦。妻密遺憑書, 繆其辭曰: "其雨淫淫, 河大水深, 日出當心。" 既而王得其書, 以示左右; 左右莫解其意。臣蘇賀對曰: "其雨淫淫, 言愁且思也; 河大水深, 不得往來也; 日出當心, 心有死志也。" 俄而憑乃自殺。其妻乃陰腐其衣。王與之登台, 妻遂自投台; 左右攬之, 衣不中手而死。遺書於帶曰: "王利其生, 妾利其死, 願以屍骨, 賜憑合葬!" 王怒, 弗聽, 使裏人埋之, 塚相望也。王曰: "爾夫婦相愛不已, 若能使塚合, 則吾弗阻也。" 宿昔之間, 便有大梓木生於二塚之端, 旬日而大盈抱。屈體相就, 根交於下, 枝錯於上。又有鴛鴦雌雄各一, 恒棲樹上, 晨夕不去, 交頸悲鳴, 音聲感人。宋人哀之, 遂號其木曰相思樹。相思之名, 起於此也。南人謂此禽即韓憑夫婦之精魂。)

〈그림 34〉 간장막야

그리고 "간장막야"의 이야기는 억울하게 죽은 아버지의 원수를 갚기 위해 자신의 목숨을 초개같이 내던지는 비장한 복수의 스토리인데 그 내용이 더욱 흥미진진하다. 초나라의 간장과 막야는 대장장이 부부인데, 초왕의 명을 받고 칼을 제작하는데, 꼬박 삼 년을 걸려서야 자웅(雌雄) 한 쌍의 보검을 완성한다. 이때 마침 막야는 임신하여 만삭이었는데, 초왕의 불 같은 부름을 받고 집을 나서는 간장은 아내에게 말하길, 자신이 검을 더디게 만들어 왕이 크게 화나 죽음을 면키 어려우니, 곧 나올 아기가 사내거든 그가 장성했을 시 집을 나가 남산 쪽 큰 바위 위에 나 있는 소나무 뒤에 보검을 숨겨 놓았다고 말해라고 하며 자검(雌劍)만을 지닌 체 떠난다. 초왕은 벼락같은 화를 내며 검을 찾으러 사람을 보내는데, 자웅의 두 칼을 제작하였다고 전해 들었건만 하나만 가지고 온 간장을 보고는 당장 참수한다. 한편 막야가 낳은 아이는 과연 아들이었고, 이름을 "적(赤)"이라 했는데, 장성하자 어머니에게 아버지는 어디에 갔느냐고 묻게 되고 그녀는 아들에게 그의 부친은 초왕을 위해 검을 주조하는데 삼 년 만에 검을 완성한 죄로 죽임을 당했으며, 마지막 집을 떠나는 날 자신에게 부탁하길, 집을 나와 남쪽을 향하면 한 그루의 소나무가 큰 바위 위에 자라고 있는 것을 볼 텐데 보검을 그 뒤에 숨겨놓았다는 말을 아들에게 하도록 했다는 얘기를 말하게 된다. 그 소리를 들은 아들은 문을 나서 남쪽으로 가나 산을 찾지는 못하고 당 앞의 석주(石柱) 위에 한 그루의 소나무가 자라 있는 것을 보고는 도끼로 그곳을 파니 과연 보검이 있었고, 그때부터 아들은 아버지를 위해 초왕에게 복수할 것을 다짐한다. 한편 어느 날 초왕은 양미간이 한 자나 되는 사내아이가 자신에게 복수하겠다고 고함치는 기분 나쁜 이상한 꿈을 꾸게 되고, 곧 그 소년을 천금의 현상금을 걸고 잡아들이라는 체포령을 내린다. 이 소식을 전해들은 소년은 산속으로 달아나 구슬픈 노래를 부르며 다니는데, 마침 한 협객이 나타나 그에게 어린 나이에 왜 그다지도 슬프게 울부짖느냐고 묻었고, 그는 자신의 아버지의 원수를 갚기 위해 초왕을 죽이려는 계획을 말하게 된다. 그러자 그 협객은 선뜻 그에게 초왕이 그의 머리를 천금의 현상에 붙였으니, 그의 머리와 그 칼을 자신에게 주면 복수를 해주겠다는 말을 한다. 소년은 잘되었다고 하며 당장 자결하여, 두 손으로 자신의 머리와 보검을 들어 바치는데, 그의 시체는 굳게 서서 넘어지지를 않았다. 협객은 그것을 받고는 그의 뜻을 져버리지 않겠다는 말을 하니 그제야 시신은 앞으로 쓰러졌다. 협객이 그 수급을 들고 초왕을 찾으니, 초왕은 크게 기뻐한다. 협객은 초왕에게 그것은 용사의 머리니 솥에다 삶아야 한다고 하니, 초왕은 그의 말에 따라 삼 일을 꼬박 삶지만 그것은 삶기지를 않았고, 그 머리가 탕 위에 떠올라 눈을 부릅뜨고 사람을 쳐다보고 있었다. 협객은 초왕에게 그의 머리가 삶기지 않으니 왕께서 직접 솥 가까이 가서 그 얼굴을 보며 삶으면 그것이 삶길 것이라고 하니, 왕은 그 말대로 가까이 다가 선다. 이때 협객은 칼을 조준하여 왕의 목을 내리치니 초왕의 머리는 바로 끓는 물속으로 떨어져 버렸다. 협객은 다시 자신의 목도 쳐서 세 사람의 머리가 솥으로 들어가니, 그것들은 모두 삶겨져 분간을 할 수 없었고, 나중에 그것들을 모아 매장을 했는데, 그 무덤을 이름하여 "삼왕묘(三王墓)"라 했으며, 지금의 하남성 여남(汝南) 북쪽의 의춘현 (宜春縣)이라는 곳에 위치하고 있다는 것이다.

당 전기소설 중의 호협(豪俠)류에 큰 영향을 끼친 이 고사는 억울하게 죽은 남편, 그리고 그 원수를 갚기 위해 부인은 뱃속의 아들이 클 때를 기다려 결국 아버지의 유언을 말해주고, 그 아들은 마치 아버지의 화신인양 마음속에 복수의 불꽃을 태우며, 또 그 중간에 어느 이름 모를 협객이 나타나 힘없는 주인공을 도와 이윽고 대사를 완성시키는 구성은 우리가 흔히 대하는 한편의 중국 무협영화를 연상시킨다. 그것은 이 고사가 후세에 큰 영향을 끼쳤다는 것을 말해주는 것이기도 하다. 원문 중의 한 부분을 감상해보자.

> 초왕은 꿈에 양미간의 사이가 한 척이나 되는 사내아이를 보았는데 복수하겠다며 자신에게 부르짖었다. 이에 초왕은 천금의 현상금을 걸고 그 아이를 잡아들이라는 체포령을 내렸다. 소식을 들은 소년은 멀리 산속으로 도망을 갔는데 달아나면서도 구슬픈 노래를 부르고 있었다.
> 어느 협객이 그와 마주쳐 묻길 "어린 나이에 왜 그리 슬프게 우는가?" 그러자 그는 "저는 간장과 막야의 아들입니다. 초왕이 저의 부친을 살해했으니, 꼭 초왕을 찾아 복수를 하겠습니다."라고 하였다. 협객은 말하길, "듣자니 초왕이 천금으로 너의 목을 현상에 붙였다는데, 너의 목과 그 칼을 내게 주면 내가 너의 복수를 갚아주겠다."라고 했다. 소년은 "잘되었군요!"라며 즉시 자결하였다. 그리고는 두 손으로 수급과 검을 협객에게 바치는데, 그 시체는 꼿꼿하게 서서 쓰러지지 않았다. 협객이 "너의 뜻을 져버리지 않겠다." 라고 말하니, 시체는 그때야 비로소 앞으로 꼬꾸라졌다.
> (王夢見一兒, 眉間廣尺, 言欲報仇. 王即購之千金. 兒聞之, 亡去, 入山行歌. 客有逢者, 謂: "子年少, 何哭之甚悲耶?" 曰: "吾干將、莫邪子也, 楚王殺吾父, 吾欲報之!" 客曰: "聞王購子頭千金, 將子頭與劍來, 爲子報之." 兒曰: "幸甚!" 即自刎, 兩手捧頭及劍奉之, 立僵. 客曰: "不負子也." 於是屍乃仆.)

위의 작품들 외에도 ≪수신기≫ 속의 유명한 작품에는 <동영(董永)>, <자옥(紫玉)> 등의 고사들이 있다. <동영>은 송원대의 백화소설인 청평산당(淸平山堂)이 펴낸 화본

가운데에도 <동영우선전(董永遇仙傳)>이라는 이야기가 있으며, 또 명대의 희곡인 <직금기(織錦記)>라는 작품도 이 이야기에서 파생된 것임을 보면 이 작품이 후세에 끼친 영향이 적지 않다. 짧은 전문은 다음과 같다.

한의 동영은 천승인이다. 어릴 적에 모친을 잃고 부친과 함께 살았다. 밭에서 힘들어 일하고 작은 수레에 부친을 싣고 돌아오곤 했다. 부친이 죽자 장사를 지낼 수가 없어 스스로를 노비로 팔아 장사를 지냈다. 주인이 그의 어짐을 알고 만 냥을 주어 돌려보냈다. 영이 삼년상을 끝내고 주인에게 돌아가 노비직에 임하려고 하는데, 길에서 한 여자를 만났다. (그녀가) 말하길: "당신의 처가 되고 싶습니다." 그녀와 함께 주인집으로 갔다. 주인은 영에게 말하길: "그 돈을 그냥 그대에게 드리겠소." 영은 "그대의 은혜를 입어 부친의 유골을 안장하였습니다. 제 비록 미천한 사람이나 전력을 다해 일해 후한 은혜에 보답하겠습니다." 하였다. 주인은 말하길: "부인께서 무엇을 할 수 있소?" 영은 "베를 짤 수 있습니다." 했다. 주인은 "정 그러하다면 부인으로 하여금 백 필의 가는 비단을 짜게 해서 가져오시오." 했다. 그리하여 영의 처는 주인집을 위해 비단을 짜 열흘 만에 마쳤다. 여자는 문을 나서며 영에게 말하길: "저는 하늘나라의 직녀입니다. 당신이 지극히 효성스러워 천제께서 저로 하여금 당신의 빚을 갚도록 한 것입니다." 말을 끝내자 공중으로 올라가 그 어디로 갔는지 알 수 없었다.
(漢董永, 千乘人。少偏孤, 與父居。肆力田畝, 鹿車載自隨。父亡, 無以葬, 乃自賣為奴, 以供喪事。主人知其賢, 與錢一萬, 遣之。永行三年喪畢, 欲還主人, 供其奴職。道逢一婦人曰:「願為子妻。」遂與之俱。主人謂永曰:「以錢與君矣。」永曰:「蒙君之惠, 父喪收藏。永雖小人, 必欲服勤致力, 以報厚德。」主曰:「婦人何能?」永曰:「能織。」主曰:「必爾者, 但令君婦為我織縑百疋。」於是永妻為主人家織, 十日而畢。女出門, 謂永曰:「我, 天之織女也。緣君至孝, 天帝令我助君償債耳。」語畢, 淩空而去, 不知所在。)

마지막으로 <자옥>은 사랑하는 사람을 만나기 위해 죽은 자의 혼령이 나타나는 이야기로 중국고대 소설이나 희곡에서 많은 내용이다. 이를테면 <담생(談生)>, <이혼기(離魂記)>, <양축(梁祝)>, <백사전(白蛇傳)> 등의 이야기도 모두 이러한데, 이 작품은 그런 작품들의 원조라고 볼 수 있다. 그 전문은 다소 길지만 수록해본다.

오왕 부차의 딸은 그 이름이 자옥이었는데, 나이 18세에 재색이 출중하였다. 청년 한중은 나이가 19세였는데, 도술을 알았다. 자옥이 그를 매우 좋아하여 서로 서신을 왕래하며 사귀다가 그의 처가 되길 허락하였다. 한중은 제로의 땅에서 공부를 하여 떠날 때에 그 부모에게 혼인의 일을 부탁하였다. 오왕은 대노하여 딸을 주지 않았고, 자옥은 기가 막혀 죽어 소주 밖으로 묻히게 되었다. 3년이 지나 한중이 돌아와 그 부모에게 사연을 물으니 그 부모가 말하길, "왕이 대노하여 자옥은 심장마비로 죽어 이미 장사를 치뤘다." 고 했다. 한중은 애통하게 울고는 제물을 갖추어 그 무덤으로 가서 제를 지냈다. 그때 자옥의 혼령이 무덤 밖으로 나와 그를 보고는 눈물을 흘리며 말했다.

"옛날 당신이 떠난 후에 당신의 부모님이 제 아버님을 만나 뵈어 혼인을 부탁하였고, 그 바람이 쉽게 이뤄질 줄 알았지만 예상치 않게도 이런 운명에 처하게 되었으니, 어찌 하오리까!"

그리고 자옥은 고개를 돌려 왼쪽을 바라보며 슬프게 노래하였다. "남쪽 산에 까마귀가 있어 북쪽 산에다 그물을 치네. 까마귀가 이미 높이 날아갔으니 그물을 어찌할까나? 마음은 당신을 따르고 싶지만 비방의 소리가 너무나 많네. 비통하여 가슴에 병이 생겨 황천의 길에 올랐네. 운명이 너무도 도와주질 않으니, 그 억울함이 한이 없네. 새 중의 왕이 봉황이라고 하는데, 하루아침에 수컷 봉황을 잃으니 3년 동안 나를 슬프게 만들었네. 새들이 많고 많다 한들 짝을 이룰 수가 없다오. 이에 그 몸체를 드러내어 서로 만나 광채를 뿜어내네. 두 사람이 몸은 떨어져도 마음은 가까우니, 그 언제나 서로를 잊게 될런고!"

자옥은 노래를 마치고는 흐느껴 울며 한중과 무덤 속으로 함께 들어갈 것을 청하였다. 한중은 말하길, "죽고 사는 것이 다른 세계인데, 당신말대로 하면 화를 당할 것 같아 그 요청을 들어줄 수가 없구려!" 하였다. 그러자 자옥은 "죽고 사는 것이 다른 세계인 줄은 나도 알지만 오늘 이렇게 이별하면 영원히 다시 볼 날이 없을 것입니다. 당신은 제가 귀신이라 해칠 것이라고 생각되나요? 저는 자신의 진실한 마음을 드리고 싶은데, 저를 믿지 못하시나요?" 하였다. 한중은 그녀의 말에 감동하여 그녀와 함께 무덤 속으로 들어갔다. 자옥은 연회를 베풀어 그를 맞이하며 그와 함께 사흘 밤낮을 함께 보내면서 부부의 예식을 올렸다. 한중이 무덤을 나올 적에 자옥은 직경이 한 촌이나 되는 구슬을 그에게 주며 말했다.

"저는 명성도 망쳤고, 희망도 단절되었으니 다시 무슨 드릴 말이 있겠어요? 낭군께서는 언제나 몸을 잘 보중하시고, 만일 저희 집에 가시면 아버님께 예의를 갖추십시오."

한중은 무덤에서 나온 후에 오왕을 배알하고 이런 사연을 얘기하였다. 오왕은 크게 노하여 "내 딸이 이미 죽었는데 네가 다시 거짓말을 날조하여 죽은 자의 영혼을 더럽히느냐! 이것은 네가 무덤을 도굴하여 그 안의 물건을 가져와 일부러 귀신의 짓이라고 하는 것이야!"라며 그를 체포하려 하였다. 한중은 도망을 나와 자옥의 무덤으로 가서 이 일을 호소하였다. 자옥은 "걱정마세요. 제가 지금 가서 부왕께 말씀드리겠어요." 하였다. 오왕이 마침 세수를 하는데 자옥이 홀연 나타나니 그는 크게 놀라 기쁨과 슬픔이 함께 하며 물었다. "네 어찌 다시 살아왔느냐?" 자옥은 꿇어 앉아 말했다.

"예전에 한중이란 선비가 찾아와 저와의 결혼을 부탁하였을 적에 부왕께서는 허락하지 않아 제 명예가 추락하고 신의도 이미 끊겼습니다. 한중은 멀리서 찾아와 제가 죽었다는 것을 알고는 제물을 준비하여 저의 무덤을 찾아 제를 올렸습니다. 저는 그의 변함없는 진심에 감격하여 그와 만나 그 구슬을 선사했답니다. 그가 도굴하여 얻은 것이 아니니 그를 추궁하지 마시길 바랍니다."

오왕의 부인은 자옥이 온 것을 알고는 그녀를 안으려고 하니 자옥은 한 줄기 푸른 연기와 같이 사라져버렸다.

(吳王夫差小女, 名曰紫玉, 年十八, 才貌俱美. 童子韓重, 年十九, 有道術, 女悅之, 私交信問, 許爲之妻. 重學於齊魯之間, 臨去, 屬其父母使求婚. 王怒, 不與女. 玉結氣死, 葬閶門之外. 三年重歸, 詰其父母. 父母曰: 「王大怒, 玉結氣死, 已葬矣.」重哭泣哀慟, 具牲幣往弔於墓前。玉魂從墓出，見重，流涕謂曰：「昔爾行之後，令二親從王相求，度必克從大願；不圖別後，遭命奈何！」玉乃左顧，宛頸而歌曰：「南山有鳥，北山張羅；鳥既高飛，羅將奈何！意欲從君，讒言孔多。悲結生疾，沒命黃壚。命之不造，冤如之何！羽族之長，名為鳳凰；一日失雄，三年感傷；雖有眾鳥，不為匹雙。故見鄙姿，逢君輝光。身遠心近，何當暫忘。」歌畢，歔欷流涕，要重還塚。重曰：「死生異路，懼有尤愆，不敢承命。」玉曰：「死生異路，吾亦知之；然今一別，永無後期。子將畏我為鬼而禍子乎？欲誠所奉，寧不相信。」重感其言，送之還塚。玉與之飲讌，留三日三夜，盡夫婦之禮。臨出，取徑寸明珠以送重曰：「既毀其名，又絕其願，復何言哉！時節自愛。若至吾家，致敬大王。」重既出，遂詣王自說其事。王大怒曰：「吾女既死，而重造訛言，以玷穢亡靈，此不過發塚取物，託以鬼神。」趣收重。重走脫，至玉墓所，訴之。玉曰：「無憂。今歸白王。」王粧梳，忽見玉，驚愕悲喜，問曰：「爾緣何生？」玉跪而言曰：「昔諸生韓重來求玉，大王不許，玉名毀，義絕，自致身亡。重從遠還，聞玉已死，故齎牲幣，詣塚弔唁。感其篤，終輒與相見，因以珠遺之，不為發塚。願勿推治。」夫人聞之，出而抱之。玉如煙然。）

≪수신기≫ 다음으로 유명한 이 시대의 소설로는 조비의 작품으로 추정이 되는 ≪열이전(列異傳)≫이다. 그중 가장 유명한 작품은 아마도 <종정백(宗定伯)>과 <담생(談生)>일 것이다. 전자의 내용은 남양(南陽) 땅의 종정백이라는 사람이 젊은 시절 밤길을 걷다가 귀신을 만나 벌어지는 해프닝인데 그 내용이 다소 유머스럽다.

남양의 종정백이 젊은 시절 밤길을 걷다가 귀신을 만났다. 그가 묻길 "누구요." 하니 귀신은 말하길 "귀신이요." 하며 "당신은 또한 누구시요?"라고 물었다. 종백은 그를 속여 말하길, "나도 귀신이요." 했다. 귀신이 "어디로 갈려고 하시오?" 하니 답하길, "완시로 갈려 하오." 했고, 귀신도 "나 역시 완시로 가오." 했다. 두 사람이 함께 몇 리를 걷다 귀신이 말하길, "걷는 것이 너무 힘드니 서로 교대로 업어주기 합시다." 하니 종백은 "그 좋지요."라고 했다. 귀신이 먼저 종백을 업고 몇 리를 가다가, "당신이 이렇게도 무거운 걸 보니 아마도 귀신이 아닌가 보지요?" 했고, 종백은 답하길, "나는 죽은 지 오래되지 않았기 때문에 무겁소."라고 답했다. 종백이 그리하여 다시 귀신을 업는데, 귀신은 조금도 무겁지 않았고 그렇게 그들은 여러 번 되풀이하였다. 종백이 또 말하길, "나는 새로 죽은 귀신이기에 귀신들이 대개 두려워하고 꺼리는 것이 무엇인지 모르겠소." 하고 물었다. 귀신은 "오로지 인간의 타액을 싫어한다오." 했고, 그들은 함께 가다 또 물을 만나게 되었다. 종정백은 귀신에게 먼저 건너게 했는데, 그 소리가 전혀 나지 않았다. 그러나 종정백이 건너갈 때는 첨벙첨벙하고 소리가 났다. 귀신은 또 묻길, "왜 소리가 나지요?" 하니 종정백은 "나는 죽은 지가 얼마 안 되어 물을 건너는 데 익숙하지 못해 그럴 뿐이니, 개의치 마시오."라고 했다. 그들이 완시에 거의 도착했을 쯤 정백은 그 귀신을 머리 위로 치켜올려 들고 급히 뛰었다. 귀신은 크게 부르짖었는데, 그 소리가 '찍찍' 하고 들렸으며, 내려달라고 요구하였다. 그 말에 응하지 않고 곧장 완시로 들어갔다. 땅에 내려놓았을 때는 한 마리 양으로 변했는데, 그것을 팔아버렸다. 또 그것이 변할까 두려워 침을 묻혔다. 그리고 종정백은 천오백 냥을 받고 떠났다. 당시에 "종백이 귀신을 팔아 천오백을 벌었다."는 말이 나돌았다.

(南陽宗定伯, 年少時, 夜行逢鬼. 問曰 "誰." 鬼曰 "鬼也." 鬼曰 "卿復誰?" 定伯欺之, 言 "我亦鬼也." 鬼問 "欲之何所?" 答曰 "欲之宛市." 鬼言 "我亦欲之宛市." 共行數里. 鬼言 "步行太亟, 可共迭相擔也." 定伯曰 "大善." 鬼便先擔定伯數里. 鬼言 "卿太重, 將非鬼也?" 定伯言 "我新死, 故重耳." 定伯因復擔鬼, 鬼略無重. 如是再三. 定伯復言 "我新死, 不知鬼悉何所畏忌?" 鬼曰 "唯不喜人唾." 於是共道遇水, 定伯因命鬼先渡, 聽之了無聲. 定伯自渡, 漕漼作聲. 鬼復言 "何以作聲?" 定伯曰 "新死不習渡水耳. 勿怪!" 行欲至宛市, 定伯便擔鬼至頭上, 急持之. 鬼大呼, 聲咋咋, 索下. 不復聽之, 徑至宛市中. 著地化爲一羊, 便賣之. 恐其便化, 乃唾之. 得錢千五百, 乃去. 於時言 "定伯賣鬼, 得錢千五百.")

위의 작품은 간결한 문체로 무서운 괴담을 재미있고 흥미진진하게 묘사한 이야기이다. 종정백이라는 담력 있고 꾀 많은 사람의 무용담이지만 어쩐지 그의 용맹과 재주를 극찬하기에 앞서 귀신에 대한 동정이 먼저 생긴다. 이처럼 순진하고 어리석은 듯한 귀신의 모습, 그리고 인간의 꾀에 넘어가는 인간보다 더욱 인간적인 귀신의 모습은 아마도 오랜 전통을 거쳐 형성된 중국귀신의 특징이 아닐까 생각된다. 그것은 우리가 흔히 생각하는 소름끼치는 무서운 모습에다 사람에게 해를 끼치는 그런 우리의 귀신형상과 판이하다. 우리가 중국영화를 통해 접하는 우스꽝스럽고 재미있으며 심지어는 귀엽게도 생각되어 어린이들의 인형으로까지 변한 "강시(殭屍)"형 귀신은 바로 위 이야기 속의 귀신의 모습과도 유사하다고 할 수 있겠다.

≪열이전≫ 속의 또 하나 유명한 고사는 <담생>이라는 이야기다. 그 내용은 담생이라고 하는 나이 사십에 부인이 없는 선비의 이야기다. 하루는 여느 때와 같이 시경을 흥미롭게 읽고 있는데 야밤중에 나이가 아마도 열대여섯쯤 되어 보이는, 외모와 의복이 세상에 둘도 없는 여자가 그에게 다가와 그의 여자가 되고자 하며 말하길, "저는 다른 사람과 달라 불로써 저를 비춰보면 안 됩니다. 삼 년이 지나면 비춰봐도 되지요."라고 했다. 그들은 부부가 되어 아들을 하나 낳았는데, 두 살이 되던 해, 도저히 참지 못해 저녁에 그녀가 잠든 후를 기다려 몰래 비춰보았다. 그런데 그 허리 이상은 사람과 같이 살이 붙었는데, 허리 아래는 단지 뼈만 있었다. 부인은 그를 눈치 채고 일어나 말하길, "낭군님은 저를 배반하셨어요. 저는 이제 막 부활하려는 참이었는데, 어찌하여 한 해를 참지 못하고 절 비춰보셨나요!" 하며 생(生)에게 하직을 고하는데, 눈물이 하염없이 흘러 내렸다. 그리고는 또 말하는데, "비록 낭군과의 큰 인연은 영원히 끊어졌

으나 제 자식을 생각하여 말씀드리니, 만약 가난해서 생활이 어려울 것 같으면 잠시 저를 따라오시면 낭군에게 재물을 드리겠습니다." 하였다. 생이 그녀를 따라가 보니 화려한 집으로 들어섰는데, 그 안의 기물들은 모두 비범하였다. 그리고 그에게 구슬이 달린 저고리를 주며 말하길, "이것으로 자급자족이 될 것입니다."라고 하며 또 생의 옷소매를 찢어 그곳에 남기고 떠났다. 후에 생은 그 옷을 들고서 저양왕(雎陽王)의 집에서 파니 천만 냥을 받았다. 왕은 그것을 알아보고는 "내 딸의 저고리인데, 이는 필시 무덤을 도굴한 것이야."라며 그를 잡아 심문을 하였고, 생은 사실 그대로를 얘기했다. 왕은 여전히 믿지를 못해 딸의 무덤을 보았는데, 무덤은 완전히 옛날과 같았다. 결국 그것을 파 보니 과연 관의 덮개 아래에서 생의 옷소매를 얻을 수 있었다. 또 그 아들을 불러보니 자신의 딸과 닮았다. 왕은 비로소 그 일을 믿었고, 바로 담생을 불러 다시 그에게 유의(遺衣)를 주며 군주(郡主, 王의 딸을 말함)의 사위로 삼았으며, 그 아들은 시중(侍中)으로 삼았다는 이야기다. 길지 않은 전문은 다음과 같다.

> 담생은 나이 마흔에도 부인이 없었다. 하루는 여느 때와 같이 시경을 흥미롭게 읽고 있는데 야밤중에 나이가 아마도 열대여섯쯤 되어 보이는 외모와 그 의복이 세상에 둘도 없는 여자가 生에게 다가와 그의 아낙이 되고자 하며 말하길, "저는 다른 사람과 달라 불로써 저를 비춰보면 안 됩니다. 삼 년이 지나면 비춰봐도 되지요."라고 했다. 그들은 부부가 되어 아들을 하나 낳았는데, 두 살이 되던 해, 도저히 참지 못해 저녁에 그녀가 잠든 후를 기다려 몰래 비춰보았다. 그런데 그 허리 이상은 사람과 같이 살이 붙었는데, 허리 아래는 단지 뼈만 있었다. 부인은 그를 눈치 채고 입을 열어 말하길, "낭군님은 저를 배반하셨어요. 저는 막 부활하려는 참이었는데, 어찌하여 한 해를 참지 못하고 절 비춰보았어요?" 하며 담생에게 하직을 고하는데, 눈물이 하염없이 흘러 내렸다. 그리고는 또 말하는데, "비록 낭군과의 큰 인연은 영원히 끊어졌으나 제 자식을 생각하여 말씀드리니, 만약 가난해서 생활이 어려울 것 같으면 잠시 저를 따라오시면 낭군에게 재물을 드리겠습니다." 하였다. 그가 그녀를 따라가 보니 화려한 집으로 들어섰는데 그 안의 기물들은 모두 비범하였다. 그리고 그에게 구슬이 달린 저고리를 주며 말하길, "이것으로 자급자족이 될 것입니다."라고 하며 담생의 옷소매를 찢어서 그곳에 남기고 떠났다. 후에 담생은 그 옷을 들고서 저양왕(雎陽王)의 집에서 파니 천만 냥을 받았다. 왕은 그것을 알아보고는 "내 딸의 저고리인데, 이는 필시 무덤을 도굴한 것이야."라며 그를 잡아 심문을 하였고, 담생은 사실을 그대로 얘기했다. 왕은 여전히 믿지를 못해서 딸의 무덤을 보았는데, 무덤은 완전히 옛날과 같았다. 결국 그것을 파 보니 과연 관의 덮개 아래에서 담생의 옷소매를 얻을 수 있었다. 또 그 아들을 불러보니 자신의 딸과 마침 닮았었다. 왕은 비로소 그 일을 믿었고, 바로 담생을 불러 다시 그에게 그 유의(遺衣)를 주며 군주(郡主: 王의 딸을 말함)의 사위로 삼았으며, 그 아들을 시중(侍中)으로 삼았다
> (談生者, 年四十, 無婦. 常感激, 讀詩經. 夜半, 有女子可年十五六, 姿顏服飾, 天下無雙, 來

就生爲夫婦, 言... 我與人不同, 勿以火照我也. 三年之後, 方可照. 爲夫妻, 生一兒, 已二歲, 不能忍, 夜伺其寢後, 盜照視之. 其腰以上生肉如人, 腰下但有枯骨. 婦覺, 遂言曰... 君負我. 我垂生矣, 何不能忍一歲而竟相照也? 生辭謝. 涕泣不可復止, 云... 與君雖大義永離, 然顧念我兒. 若貧不能自存活者, 暫隨我去, 方遺君物. 生隨之去, 入華堂, 室宇器物不凡. 以一珠袍與之, 曰... 可以自給. 裂取生衣, 留之而去. 後, 生持袍詣市, 睢陽王家買之, 得錢千萬. 王識之, 曰... 是我女袍, 此必發墓. 乃取考之. 生具以實對. 王猶不信, 乃視女塚, 塚完如故. 發視之, 果棺蓋下得衣裾. 呼其兒, 正類王女. 王乃信之. 即召談生, 復賜遺衣, 以爲主婿. 表其兒以爲侍中.)

위 <담생>의 이야기는 소설로서의 구성적 완벽함으로 유명할 뿐 아니라 지괴류에 나타난 최초의 인귀상련의 내용을 담고 있는 작품이라는데 그 의의가 있다. 그리고 이 작품의 사회적 의의는 위진시대 삼엄한 문벌주의 혼인 관념을 용감히 타개한 것에서도 찾을 수 있다. 자립의 능력이 없는 가난한 선비와 왕족의 딸을 성혼시킴으로써 봉건주의 사회 관념을 비판한 것으로 볼 수가 있다. 또 여기서의 귀신도 우리가 생각하는 머리를 풀고 입에는 송곳니가 튀어나온 흰 소복의 남을 해치는 여귀(厲鬼)가 아닌, 사랑하는 인간을 만나 자식을 낳고 인간으로 살고 싶어 하는 매우 아름다운 모습의 다정하고 착한 귀신이다. 그 후 중국의 문언체 소설에서는 이러한 인귀상련의 내용의 작품들이 본격적으로 많이 등장하는데, 대표적 작품으로는 청대의 ≪요재지이≫나 ≪열미초당필기(閱微草堂筆記)≫ 등을 꼽을 수가 있다. 위 <담생>의 이야기 속 담생의 아내는 비극적인 종말을 맞이하는 불쌍하면서도 인정이 많은 여귀인데, 이런 유형은 그 후 중국 필기소설 속의 섭소천(聶小倩)을 비롯한 여주인공들의 탄생에 크게 영향을 미쳤을 것으로 생각된다. 따라서 위진남북조 지괴 속의 이런 귀신들의 형상은 그 후 중국 필기류 소설 속의 여러 다채로운 여귀들의 원형이 되었다고 볼 수 있을 것이다.

이 밖에도 위진남북조 지괴소설 가운데 유명한 작품으로는 ≪수신후기(搜神後記)≫, ≪열선전(列仙傳)≫, ≪이문기(異聞記)≫, ≪박물지(博物志)≫, ≪서경잡기(西京雜記)≫, ≪습유기(拾遺記)≫, ≪유명록(幽明錄)≫, ≪제해기(齊諧記)≫, ≪속제해기(續齊諧記)≫ 등을 꼽을 수가 있는데, 그 가운데 수록된 유명한 작품으로 ≪수신후기≫ 속의 <백수소녀(白水素女)>, <양생구(楊生狗)>, <원상근석(袁相根碩)>, <정공화학(丁公化鶴)>, ≪열선전≫ 속의 <강비이녀전(江妃二女傳)>, <소사전(蕭史傳)>, ≪유명록≫ 속의 <유신완조(劉晨阮肇)>, <매호분여자(賣胡粉女子)>, <초호묘축(焦湖廟祝)>, ≪속제해기≫ 속의 <양선서생(陽羨書生)>, <청계묘신(淸溪廟神)>, ≪이문기≫ 속의 <장광정녀(張廣定女)>, ≪서경잡기≫ 속의 <왕장(王嬙)>, <사마상여(司馬相如)>, ≪습유기≫ 속의 <원비(怨碑)>, <이부인(李夫人)>, <설령운(薛靈芸)>, <상풍(翔風)> 등의 고사들이 특히 유명하다.

(2) 개인의 성정을 존중하는 위진인의 풍류 – 지인(志人)류

지인소설이란 이 시대의 소설의 주류를 이룬 괴력 난신(怪力亂神)의 괴상한 이야기들을 다룬 지괴류 소설에 반하여 붙여진 이름인데, 주로 문사들의 언행거지나 일사들을 모은 것으로 그 대부분이 유실되었고, 현재 가장 완전하게 남아있는 것은 오직 노신에 의해 "명사들의 교과서"로 칭해지는 ≪세설신어≫뿐이다. ≪세설신어≫의 편자인 유의경은 ≪유명록≫의 저자이기도 한데, 남조 송대의 왕족으로 송무제(宋武帝)의

〈그림 35〉 유의경

조카이자 송문제(宋文帝)의 사촌형이다. 그는 왕족 가운데 대단히 재기가 출중한 인물로 당시 혼란한 정치판에서 한걸음 물러나 문학에 정열을 기울인 문학정치가였다. 특히 그는 문사들을 존중해 많은 문인들을 거두어 예우하였으며, 그가 편찬한 ≪세설신어≫도 그와 함께 지내던 많은 문사들이 서로 힘을 합쳐 지은 것으로 사료된다.

위진남북조 소설의 주류는 비록 지괴가 차지했지만, 이 시대 문학정신을 더욱 대표하는 소설은 역시 지인소설이었다고 할 수 있다. 전술한 바와 같이 ≪세설신어≫는 당시 위진인의 자유스러운 정신과 낭만적인 멋(즉 위진풍도와 명사풍류)을 대변해주는 이 시대의 대표적인 문학작품이다. 이 소설에서는 개인의 제각기 다른 독특한 성정을 심미적인 관점에서 그것을 분석하고 평가하며 또 그것을 감상하고 즐겼던 것인데, 이러한 점은 이후 중국소설 특히 백화장편소설에서의 인물묘사예술에 큰 영향을 끼치게 된다. 다시 말하자면 ≪세설신어≫에서 보인 인물들의 인품개성에 대한 간결하면서도 압축적인 서술언어나 세절묘사는 소설의 뛰어난 산문적 기법으로 후대 중국소설의 인물묘사기교에 큰 영향을 주었을 뿐 아니라, 작품에 나타난 인물품평과 개성중시의 정신은 이후 중국소설의 인물묘사예술의 발전에 큰 몫을 하게 되었다는 것이다. 흔히 우리는 소설에 있어서의 세절묘사는 그것이 단순한 이야기 즉 고사와 구별되게 하는 중요한 요소가 된다고 본다. 이런 의미에서 ≪세설신어≫는 사건의 대체적인 정황만을 소개하는 지괴소설에서 찾기 힘든 세절묘사의 우수성을 지니고 있다. ≪세설신어≫

<분견(忿狷)>에 수록된 다음의 문장을 보자.

> 왕남전은 성격이 급했는데, 언젠가 달걀을 먹게 되어 젓가락으로 그것을 찔렀는데 찔려지지 않자 크게 화를 내며 그 계란을 집어던져버렸다. 계란이 땅위에서 계속 돌아가고 있을 때 그는 이어 땅으로 내려가 나무신의 이빨 같은 바닥으로 계란을 밟았다. 그런데 그것이 밟히지 않자 화가 머리끝까지 달했다. 다시 바닥에서 그것을 집고는 입속에 넣고 씹어 부순 다음에 뱉었다. 왕우군은 이 말을 듣곤 크게 웃으며 말하길, 만약 안기(安期)에게 이런 성격이 있었다면 그래도 우리가 이야기할 가치가 없는데 (즉 그래도 우리가 이해되련만), 하물며 남전에게야?
> (王藍田性急, 嘗食鷄子, 以筯刺之, 不得, 便大怒, 擧以擲地, 鷄子於地圓轉未止, 仍下地以기齒蹍之, 又不得, 瞋盛., 復於地取内口中, 齧破卽吐之. 王右軍聞而大笑曰… 使安期有此性, 猶當無一豪可論, 況藍田邪?)

지극히 짧은 몇 줄의 글로써 왕남전이란 인물의 개성 가운데 불같이 급한 성미 요소를 아주 자세하고 생동감 있게 묘사했다. 이처럼 아주 세부적인 작은 사건의 묘사를 통해 인물의 어느 특성을 실감 있게 묘사하는데 세절묘사의 매력이 있고, 그것은 바로 소설의 생명과도 직결되는데, ≪세설신어≫에는 이러 세절묘사가 부지기수인 것이다. 이러한 형식적인 내용 외에도 이 책에서 강조되어진 인물들의 발랄하고 개성 있는 행동이나 사상들에 대한 찬탄은 중국소설에서의 인물예술의 장을 넓혀 갔고 또 중국소설이 사람을 주체로 삼는 소설다운 소설로 성장하는 데 크게 기여를 했다.

≪세설신어≫에서는 기존의 도덕성과 선을 위주로 한 인격기준이나 단순화적인 척도에 의해 사람을 평하는 것이 아니라 그 개인 나름대로의 멋과 재미 그리고 분위기 등의 이른바 개성을 중시해 인물들을 논하였다. 이는 전통적인 선악 양분론적인 인물론이라든지 절대화된 인물 성격묘사 등의 중국고전소설에서 흔히 나타나는 단순하고 평면적인 구태의연한 인물묘사의 틀에서 벗어나 복합적이고 입체적인, 살아있는 인물을 창조해내는 데 크게 이바지했다고 볼 수 있다.

예를 들면 중국소설의 황금기에 나타난 사대기서의 하나인 ≪삼국연의(三國演義)≫는 세인들의 주목을 끌만한 흥미진진한 영웅적 정치가들의 계략과 음모에 관한 이야기들을 소설화하여 크게 성공한 작품이다. 그런데 그 구성과 주제 등의 문제는 접어두고라도 우선 그 인물묘사의 방식을 보면 너무도 비합리적이고 진실성이 결여되어 있다. 유비의 인자함을 지나치게 강조하여 그의 행동들의 가식적인 인상을 독자에게 안겨주었고, 제갈공명의 지혜를 너무나 과장한 나머지 그가 사람이 아닌 귀신으로 둔갑시켰다든지, 조조의 간악함을 크게 장양한 결과 그는 마치 악의 화신으로 전락시키고 말았다. 그 밖에 동오의 풍류남아인 주유를 왜곡하여 그를 일개 소인배로 만든 점 등은, 이 소설의 인물묘사가 전통적으로 고전소설에서 즐겨 사용하는 절대화적이고 단순화적인, 진실성이 결핍된 인물성격묘사의 틀을 벗어나지 못했음을 드러내고 있다. 그러나 ≪수호전(水滸傳)≫이라든지 그 후에 나타난 ≪홍루몽(紅樓夢)≫ 같은 소설에서는 이러한 불합리적인 요소들을 탈피하여 소설인물성격의 다양성이라든지 복합성 그리고 인물성격들의 발전변화 등의 요소들을 감안하여 인물예술의 보다 차원 높은 경지를 개척하였다. 전통적인 고전소설의 인물묘사에 나타난 이런 결함을 인물의 '유형화(類型化)'라고 하는데, 중국소설의 최고봉으로 인정되는 ≪홍루몽≫과 같은 작품에서는 이런 면이 거의 보이지 않는다. 이를테면 이 소설의 인물들 가운데 가보옥(賈寶玉)이나 임대옥(林黛玉) 아니면 설보채(薛寶釵)나 사상운(史湘雲), 심지어 왕희봉(王熙鳳)이나 왕부인(王夫人), 가정(賈政) 등의 인물을 선악이나 좋고 나쁨 등의 단순한 척도로 그 성격들을 도저히 얘기할 수가 없다. 이 소설의 주인공으로 작자가 부각시키고 있는 가보옥이나 임대옥 같은 정면 인물들은 작자가 추종하는 자들이지만 그들은 긍정적인 요소 외에 부정적인 면도 있으며, 작자의 필묵아래 표독한 여인으로 묘사되고 있는 왕희봉이나 심지어는 자못 가식적인 가정 같은 인물들도 그들의 성격을 논함에 부정적 인물로 결정짓기에 매우 주저됨은 그들에게도 좋은 면이 있고 긍정할 만한 사랑스러운 점이 있기 때문이다. 이러한 인물묘사를 우리는 흔히 인물묘사의 '개체화(個體化)'라고 부른다. ≪세설신어≫의 인물묘사는 중국소설이 위에서 제시한 개체화적 인물묘사의 묘미를 발휘하는 데 큰 작용을 했다. 그 소설 속의 모든 인물들은 특유의 자유와 풍류, 멋과 낭만 그리고 괴벽과 결함 등으로 충만한 생동감 있는 인물들이다. 예를 들어 이 책 속에 등장하는 왕희지의 아들 왕휘지를 한번 살펴보기로 하자. 여기서 그는 호방함과 경박스러움과 재기와 다정함과 낭만 그리고 선비의 고결함과 오만함, 변덕스러움 등등의 복합적인 요소들을 동시에 지닌 살아 있는 인물로 묘사되었다. 그에 관한 묘사를 몇 군데 살펴보자.

> 자경이 자유(즉 휘지) 에게 쓴 편지에서 말하길, 형은 남들과 잘 어울리지 않아 항시 쓸쓸히 보이는데, 술을 대하면 마음껏 취하며 일어설 줄을 모르니, 이것은 참 좋은 점입니다.
> (子敬與子猷書, 道兄伯蕭索寡會, 遇酒則酣暢忘反, 乃自可矜.) <賞譽>

〈그림 36〉 왕휘지 故事-明 戴進
《雪夜訪戴圖》

왕휘지의 형제 세 사람이 모두 사공을 찾아 갔는데, 자유와 자중은 세속의 일들을 많이 얘기했지만 자경은 간단한 인사만 하고 말이 없었다. 그들이 나가자 좌객이 사공에게 묻기를.. "방금 세 명의 어진 친구 중에서 누가 가장 낫지요?" 하니 사공 왈... "막내가 가장 낫소." 객이 "어째서 그렇게 판단하셨소?" 하고 물으니 사공이 말하길... "군자는 말이 적고, 소인배는 말이 많은 것이니, 이를 미루어 알게 된 것이오."라고 했다.
(王黃門兄弟三人俱詣謝公, 子猷子重多說俗事, 子敬寒溫而已. 旣出, 坐客問謝公... 向三賢孰 愈? 謝公曰... 小者最勝. 客曰... 何以知之? 謝公曰... 吉人之辭寡, 躁人之辭多. 推此知 之.) <品藻>

왕자유와 자경형제가 같이 ≪고사전(高士傳)≫이란 책 속의 인물과 그 논찬을 읽고 있을 때, 자경은 정단의 고결함을 찬한 부분을 좋아했다. 그러자 자유는 말하길... "사마장경의 완세불공(玩世不恭, 즉 낭만적이고 자유방종한 자세로 세상을 즐기며 살아가는 태도)만 못해."라고 했다.
(王子猷子敬兄弟共賞高士傳人及贊, 子敬賞 "井丹高潔". 子猷云... 未若 "長卿慢世".) <品藻>

왕자유가 언젠가 남의 공택에서 잠시 묵은 적이 있는데, 사람을 시켜 죽(竹)을 심도록 했다. 누가 의아해 묻길... "잠시 머물 뿐인데 왜 그리 번거로운 일을 하십니까?" 하니 왕자유는 그 말에 아랑곳 하지 않고 대를 보고 한참 소리 내어 읊조린 후 그것을 가리키며 왈... "어찌 하루라도 이 군자가 없을 수 있겠소!"라고 말했다.
(王子猷嘗暫寄人空宅住, 便令種竹. 或問... 暫住何煩爾? 王嘯詠良久, 直指竹曰... 何可一日 無此君!) <任誕>

왕자유가 산음에 머무를 때 하루는 밤에 눈이 내렸다. 그때 그는 잠에서 깨어나 문을 열고 술을 가져오라고 하며 온통 하얗게 변한 야경을 바라보다가 일어나 배회를 했다. 그리고는 좌사의 초은시를 읊다가 문득 대안도를 생각했다. 그때 대안도는 섬(剡)에 있었는데, 곧장 밤에 작은 배를 타고 그곳으로 갔다. 밤을 꼬박 새워 비로소 도달했지만 문 앞에 와서 들어가지 않고 다시 되돌아 가버렸다. 사람들이 그 이유를 물으니 그는 대답하길... "애초에 내가 흥이 나서 떠난 것이고, 또 흥이 가서 돌아온 것인데, 꼭 그를 봐야 할 까닭이 있소!"라고 했다.
(王子猷居山陰, 夜大雪, 眠覺, 開室命酌酒, 四望皎然. 因起彷徨, 詠左思招隱詩, 忽憶戴安道. 時戴在剡, 即便夜乘小船就之. 經宿方至, 造門不前而返. 人問其故, 王曰… 吾本乘興而行, 興盡而返, 何必見戴!) <任誕>

왕자유가 경도를 떠나려고 물가 아래에 나와 있었다. 그가 듣자니 환자야라는 사람이 피리를 잘 분다는 말을 들었지만 서로 알지 못하는 사이였다. 우연히 그가 마침 그 위를 지나가게 되었는데, 왕은 그때 배 위에 있었다. 일행 가운데 그를 알아보는 자가 있어 환자야라고 하니, 왕자유는 사람을 보내 인사를 하며 "피리를 잘 분다는 소문을 들었는데, 나를 위해 한번 불어주시오."라는 말을 하게 했다. 환자야는 당시 이미 높은 벼슬을 하고 있었지만 평소 왕자유의 명성을 들어온지라 곧 수레에서 내려 호상(胡牀)에 앉아 그에게 세 곡을 연주해주었다. 곡을 마치자 그는 수레를 타고 가버렸는데, 객과 주인은 한마디도 서로 나누지 않았다.
(王子猷出都, 尙在渚下. 舊聞桓子野善吹笛, 而不相識. 遇桓於岸上過, 王在船中, 客有識之者, 云是桓子野, 王便令人與相聞, 云… 聞君善吹笛, 試爲我一奏. 桓時已貴顯, 素聞王名, 即便回下車, 踞胡牀, 爲作三調. 弄畢, 便上車去. 客主不交一言.) <任誕>

왕자유가 일찍이 오중을 지나칠 때 한 사대부가에 멋진 대나무가 많이 나 있는 것을 보았는데, 주인은 왕자유가 응당 찾아 올 것을 미리 알고는 주위를 청소하고 술과 음식을 차려놓고 청사에 앉아 기다리고 있었다. 왕자유의 가마는 곧바로 대나무 아래로 갔고, 그는 거기서 오랫동안 읊조리고 있었다. 주인은 매우 실망을 했지만, 그래도 돌아갈 때에 자기가 있는 곳을 통과하기를 바라고 있었다. 그런데 왕자유는 또 곧장 문을 나가려고 하고 있었다. 주인은 크게 불쾌하여 하인을 시켜 문을 잠그게 하고 자신도 안에서 나오지 않았다. 왕자유는 이 일로 인해 그 주인을 더욱 좋아하게 되어 비로소 머물며 서로 즐거움을 만끽하고 떠났다.
(王子猷嘗行過吳中, 見一士大夫家極有好竹, 主已知子猷當往, 乃灑掃施設, 在聽事坐相待. 王肩輿徑造竹下, 諷嘯良久, 主已失望, 猶冀還當通. 遂直欲出門. 主人大不堪, 便令左右閉門, 不聽出. 王更以此賞主人, 乃留坐, 盡歡而去.) <簡傲>

왕자유와 자경은 모두 병이 위독했는데, 자경이 먼저 갔다. 자유는 주위 사람에게 묻길… "어찌 아우의 소식이 들리지 않는가? 이미 저승으로 간 거로군." 말을 마치고도 그는 슬퍼하지도 않았다. 그리고 수레를 준비시켜 조상하러 갔는데, 역시 울지 않았다. 자경은 평소 금(琴)을 좋아했는데, 그는 바로 영상(靈牀)으로 들어가 앉아 자경의 금으로 곡을 탔으나 그 음 또한 맞지 않자 그것을 땅에 던지며 말하길… "자경, 자경, 사람과 금이 함께 갔구나!"라고 하며 오랫동안 통곡하다 혼절했는데, 한 달쯤 지나 그도 세상을 떠났다.
(王子猷子敬俱病篤, 而子敬先亡. 子猷問左右… 何以都不聞消息? 此已喪矣. 語時了不悲. 便索輿來奔喪, 都不哭. 子敬素好琴, 便徑入坐靈牀上, 取子敬琴彈, 弦旣不調, 擲地云… 子敬子敬, 人琴俱亡! 因慟絶良久. 月餘亦卒.) <傷逝>

위에 나타난 왕휘지(王徽之, 즉 王子猷)의 개성을 한번 살펴보면 그는 한마디로 이렇다고 간단히 말할 수 있는 인물이 아님을 알 수 있다. 그는 술을 좋아하는 호방한 성격이면서도 늘 쓸쓸해 보이는 혼자 있기를 좋아하는 성격이며, 대나무를 좋아하는 선비의 고매함을 지니면서도 고결하게 살아가는 처사(處士)라기보다는 자유롭고 방종하게 세상을 즐기는 풍류재자라고 할 수 있다. 그러므로 그는 다소 경박스러움과 변덕스러움을 가진 듯한 소인의 기질이 있는가 하면 또 남의 무례함을 너그럽게 용서를 하는 아량도 있다. 그러면서도 그는 실재인물인 만큼 정과 흥이 넘치는 가운데 통일된 모습을 지닌 진실한 인물로 우리들의 인상에 남아 있게 된다. ≪세설신어≫ 속의 인물묘사는 이렇게 한 개인의 복잡 미묘한 개성을 사실 그대로 잘 묘사를 했으며, 또 각 개인이 가지고 있는 나름대로의 성격과 그 속의 멋을 심미적 자세로써 관찰하고 그것을 표현했다. 이러한 개인의 성정에 대한 존중은 이 시대 시대정신의 발로이며 동시에 이 시대 풍류세계를 더욱 다채롭게 하였다.

그 가운데에서도 ≪세설신어≫에서는 위진인들의 주정주의(主情主義) 사상이 매우 잘 드러나 있다. 중국의 미학가 종백화(宗白華)는 <세설신어와 진인(晉人)의 미(美)에 대하여>라는 문장에서 위진인들의 높은 예술적 경지는 그들이 지닌 사상의 심오함이나 개성존중정신, 그리고 사유의 활달함에서 비롯된 것이라고 볼 수 있으나 그보다 더욱 중요한 원인은 그들이 우주만물에 대해 하나같이 쏟은 깊은 정 때문이라고 하였다.[91] 이를테면 위진인들은 자연에 대한 깊은 정은 물론, 진리의 추구나 친구 간의 우정 등 모든 면에 걸쳐 진지하고 깊이 있는 정을 쏟았다는 것이며, 그것이야말로 위진인들이 지닌 가장 위대한 심미적 원천이 되었다는 것이다. 사실 ≪세설신어≫에서 죽림칠현 중의 한 사람인 왕융(王戎)이 선언[92]한대로 위진인들은 모두 정의 화신이었다고 할 수 있다. 특히 ≪세설신어·상서(傷逝)≫에 나타난 위진인들의 깊은 정에 관한 고사들은 실로 감동적이다. 형제의 죽음에 슬픈 나머지 결국 따라죽고 만 왕헌지(王獻之) 가의 이야기,[93] 사랑하는 부인이 고열로 신음할 때에 자신의 몸을 얼려서 그것으로 애처의 몸을 비벼주다가 결국 부인과 함께 죽고만 순찬(荀粲)의 이야기,[94] 그뿐 아니라 생전에 전혀 친분이 없는 소녀의 죽음에까지 달려가 통곡을 한 완적에 관한 일련의 정담들, 자연의 미경에 푹 빠진 왕자경(王子敬)의 모습,[95] 어린 나이에 현리(玄理)에 심취하여 주

---

91) 陶新民, ≪李白與魏晉風度≫, 北京: 中國廣播電視出版社, 1996, 145쪽 참조.

92) "王戎曰 … 聖人忘情, 最下不及情, 情之所鍾, 正在我輩."-(≪世說新語·傷逝≫).

93) ≪世說新語·傷逝≫.

94) ≪世說新語·傷逝≫.

야로 탐구하다가 생각이 막히자 병까지 얻게 되는 위개(衛玠)의 이야기[96] 등, ≪세설신어≫에 기록된 위진인들의 다정(多情)을 넘어선 치정(癡情)의 경지는 이루 헤아릴 수도 없이 많다.

특히 ≪세설신어≫에서는 치와 치정의 경지를 중시하고 있다. '치(癡)'라는 글자는 허신(許愼)의 ≪설문(說文)≫에 보면 "불혜야(不慧也,[97] 현명하지 못하다)"라고 되어 있다. 거기에 대한 단옥재(段玉裁)의 주도 다분히 부정적이다.[98] 그러나 위진남북조시대에 들어오면 그 의미가 확장되면서 단순히 부정적인 의미를 벗어나 복잡한 함의로 발전되었다. 즉 ≪세설신어≫에서는 사람을 품평할 때에 '치' 내지 '치정'이라는 말을 자주 사용하였는데, 그 개념은 단순히 어리석거나 바보스럽다는 원래의 부정적인 의미 외에 새로운 함의를 더하고 있다. 그 함의는 ≪세설신어≫ 속의 완적, 고개지, 임육장(任育長) 등의 예에서도 알 수 있듯이, 남들이 이해하지 못하는 독특한 개성을 지니거나 순진할 정도로 정이 각별하여 세인들에게는 바보로 통하지만 그 내면에는 다재다능한 재주를 지닌 기인(奇人) 등을 지칭하는 말로 사용된 것이다. 이는 전술한 바와 같이 사람이 지닌 독특한 성정과 개성을 중시하는 위진남북조의 시대정신의 결과라고 할 수 있다.[99] 명청시대의 문학에서 자주 등장하는 '풍매치광(瘋呆癡狂, 미치거나 바보스러움)'의 특성을 지닌 '광인(狂人)' 형상은 위진남북조 ≪세설신어≫에서 비롯된 것이라 할 수 있다.

(3) 중국최초 소화(笑話)집의 등장 – 해학(諧謔)류

흔히 위진남북조의 소설을 분류할 때 지괴류와 지인류로 나누어 해학류를 지인류에 포함시키는 방식을 취한다. 그러나 이 시대의 일련의 해학 소설들은 비록 그것들이 거의가 산실되어 그 전모를 볼 수 없지만, 내용이나 풍격 면에서 볼 때 지괴류와 지인류의 소설들과 다른 면이 있어 나누어 설명함이 온당하다.

중국 최초의 소화집은 동한 시대의 탁월한 문학가 한단순(邯鄲淳)에 의해 지어진 ≪소림(笑林)≫이라는 세 권의 서적이다. 그러나 이 책은 일찍이 소실되어 그 유문 이삼십 칙

---

95) "王子敬云: 從山陰道上行, 山川自相映發, 使人應接不暇. 若秋冬之際, 尤難爲懷."(≪世說新語·言語≫).

96) ≪世說新語·文學≫.

97) 段玉裁, ≪說文解字注≫, 臺北, 蘭臺書局, 1983, 제356쪽.

98) "癡者, 遲鈍之意. 故與慧正相反. 此非疾病也, 而亦疾病之類也".-상동서, 같은 쪽.

99) 이에 대해서는 최병규, <세설신어를 통해서 본 치정과 무정의 경지>, ≪중어중문학≫ 제33집, 2003 참고.

(則)만이 ≪태평광기(太平廣記)≫, ≪예문유취(藝文類聚)≫ 등의 서적에 산재되어 있을 뿐이다. 중국에서의 두 번째의 소화집은 후백(侯白)의 ≪계안록(啓顔錄)≫이고, 당·송을 거치면서 해학류 소설은 많은 발전을 하는데, 당 하자연(何自然)의 ≪소림(笑林)≫, 송 여거인(呂居仁)의 ≪헌거록(軒渠錄)≫, 심징(沈徵)의 ≪해사(諧史)≫, 주문파(周文玻)의 ≪개안록(開顔錄)≫ 등이 부단히 출현했다. 그러다 명·청시대에 이르면 소화집이 그 전성시대를 맞이하게 된다. 이때에는 수많은 시민들의 애호를 받으면서 적지 않은 문인들이 이른바 아속공상(雅俗共賞)의 소화집들을 편찬하게 되었으며, 서상(書商)들도 이에 부응하여 한몫을 하였는데, 명말 청초의 통속문학가 풍몽룡(馮夢龍)이 지은 ≪소부(笑府)≫는 중국 소화집의 결정체라고 할 수 있는 작품이다.

〈그림 37〉 소림 속의 이야기

중국민족은 사실 매우 유머가 있는 민족이다. 본격적인 소화소설이 등장한 것은 위진시대부터지만, 사실 선진시대 ≪장자≫의 우언이나 ≪한비자≫, ≪맹자≫ 등의 서적에 기록된 송인고사(宋人故事)들의 이야기는 그 조소적인 내용과 풍자성으로 이미 중국소화의 기틀을 형성했다고 볼 수 있다. 그리고 ≪열녀전(列女傳)≫에 의하면 하(夏)나라 걸왕(桀王) 때에 이미 광대가 있었다고 하며, 현재 확실시된 자료에 의해도 춘추시대에도 진(晉)나라의 우시(優施), 초(楚)나라의 우맹(優孟) 그리고 진(秦)나라의 우전(優旃) 등의 광대들이 항시 해학과 골계로써 여러 왕들을 기쁘게 했던 것이다. 이제 이 시대의 대표적 소화집에 해당하는 ≪소림≫과 ≪계안록≫에 있는 몇 편의 유명한 작품을 직접 감상해보며 중국 옛사람들의 유머를 느껴 보도록 하자.

노나라에 긴 대막대기를 들고 성문을 들어가려는 자가 있었는데, 처음에 그것을 새워서 들어가려고 하니 들어갈 수가 없었고, 그래서 그것을 옆으로 눕혀 들어가려고 했는데 역시 들어갈 수가 없었다. 어찌할 줄 몰라 하고 있는데 마침 어느 백발의 노인이 지나가다 그것을 보고는 점잖게 왈… "나는 비록 매사를 꿰뚫어 아는 성인(聖人)은 아니지만 천하의 견문들을 익힌 지 오래라고 말할 수는 있소. 내가 보기에는 그것의 중간을 자른 다음 들어가면 되겠소이다." 그리하여 그 말에 따라 그것을 잘랐다.
(魯有執長竿入城門者, 初, 竪執之不可入, 橫執之亦不可入, 計無所出. 俄有老父至曰… "吾非聖人, 但見事多矣, 何不鋸中截而入?" 遂依而截之.) ≪笑林≫

초나라의 어느 가난한 사람이 ≪회남방≫이란 책을 읽는데 그 속에 적혀 있길… "사마귀가 매미를 잡으려고 하면 스스로 그 나뭇잎으로 감춰서 몸체를 숨긴다."라고 되어 있어, 그는 나무 아래로 가 그 사마귀가 사용한 나뭇잎을 얻을 생각으로, 사마귀가 나뭇잎을 쥐고 매미를 기다리는 것을 발견하고는 그 잎을 땄다. 그런데 그 잎이 나무 아래로 떨어져 먼저 떨어져 있던 낙엽들과 섞여버리게 되자 그는 쓸어서 한껏 가지고 돌아와 하나하나 그 원래 잎들을 가려내 얼굴을 가렸다. 그리고는 처에게 "나 보여 안 보여?" 하고 물었다. 그의 처는 처음에는 싫증을 무릅쓰고 "보여요", "보여요" 하다가 며칠 지나자 짜증이 나 일부러 "아니" 하고 답했다. 그는 내심 매우 기뻐하며 그 잎으로 얼굴을 가리고 시장에 들어가 서슴지 않고 주인 앞에서 남의 물건을 훔쳤다. 포졸이 그를 잡아 관아로 데리고 가 현관이 그를 심문하니 그는 자초지종을 얘기했다. 현관은 그 소리를 듣고 크게 웃으며 그의 죄를 다스리지 않고 석방하였다.
(楚人居貧, 讀淮南方… "得螳螂伺蟬自障葉, 可以隱形." 遂於樹下仰取葉. 螳螂執葉伺蟬, 以摘之, 葉落樹下. 樹下先有落葉, 不能復分別, 掃取數鬥歸. 一一以葉自障, 問其妻曰… 汝見我否? 妻始時恒答言見, 經日乃厭倦不堪, 紿云… 不見. 黙然大喜. 齎葉入市, 對面取人物. 吏遂縛詣縣. 縣官受辭. 自說本末. 官大笑, 放而不治.) ≪笑林≫

어떤 사람이 어느 날 밤에 갑자기 병이 나 그 제자에게 등불을 켜도록 시켰다. 그런데 그날 밤은 특히 어두워 불을 찾기가 어려웠다. 급한 나머지 그가 막 제자를 다그치니, 그

제자 분연히 왈... "선생님도 참 경우 없이 남을 꾸짖긴요! 오늘 밤 이렇게 칠흑같이 어두운데, 등불을 제게 비쳐주셔야지 제가 불을 찾는 것이 수월할 게 아니에요!"
(某甲夜暴疾, 命門人鑽火. 其夜陰暝, 不得火, 催之急. 門人忿然曰... 君責人亦太無理! 今暗如漆, 何以不把火照我! 我當得覓鑽火具, 然後易得耳.) ≪笑林≫

산동의 남자가 산서성 포주(蒲州)의 여자를 얻었는데, 포주의 여인들은 혹이 있는 사람이 많았다. 그 처의 어머니도 목에 큰 혹을 달고 있었다. 결혼하고 몇 달 후에 신부집에서는 사위가 똘똘치 못하다는 말을 듣고 장인이 술과 음식을 차리고 친척들을 불러 모으고 그 사위를 한번 시험해보려고 했다. 장인이 묻길... "자네는 산동에서 글줄이나 읽었으니, 세상의 이치를 알 것 같아 내 한 가지 물어보겠네. 큰 학이 잘 우는 것은 무슨 연유지?" "하늘이 그렇게 만든 겁니다." 장인은 또 묻길... "소나무와 잣나무가 겨울에도 푸른 것은 무엇 때문인가?" "하늘이 그렇게 만든 거지요." 또 묻길... "길가의 나무에 울퉁불퉁한 혹이 있는 것은 무슨 까닭인가?" "하늘이 그렇게 만들었어요." 장인은 그 말을 듣고 말하길... "자네는 전혀 이치를 알지 못하군. 산동에 헛살았군 그래!" 그러면서 그를 놀리기 시작하며 말하길... "큰 학이 잘 우는 것은 모가지가 길어서이고, 송백이 겨울에도 푸른 것은 속이 강해서이며, 길가의 나무에 혹이 있는 것은 수레가 받아서 상처가 났기 때문이지 어떻게 하늘이 그렇게 만든 것인가!" 그 말이 끝나자 사위 왈... "제가 들은 견문으로 한 말씀 드리려 하는데, 괜찮을지요?" 장인 왈... "말해 보게나." 사위 왈... "두꺼비가 잘 우는 것이 어찌 목이 길어서이고, 대나무가 겨울에도 푸른 것이 어찌 속이 강해서이며, 장모님의 목 아래 혹이 그렇게 큰 게 어찌 수레에 받힌 상처이겠습니까?" 장인은 그 소리를 듣고 창피해 대꾸를 못했다.
(山東人聚蒲州女, 多患瘻, 其妻母項瘻甚大. 成婚數月, 婦家疑壻不慧, 婦翁置酒盛會親戚, 欲以試之. 問曰... 某郎在山東讀書, 應識道理. 鴻鶴能鳴, 何意? 曰... 天使其然. 又曰... 松栢冬靑, 何意? 曰... 天使其然. 又曰... 道邊樹有骨骨出, 何意? 曰... 天使其然. 婦翁曰... 某郎全不識道理, 何因浪住山東! 因以戲之, 曰... 鴻鶴能鳴者, 頸項長., 松栢冬靑者, 心中强., 道邊樹有骨者, 車撥傷... 豈是天使其然! 壻曰... 請以所聞見奉酬, 不知許否? 曰... 可言之. 壻曰... 蝦蟆能鳴, 豈是頸項長? 竹亦冬靑, 豈是心中强? 夫人項下瘻如許大, 豈是車撥傷? 婦翁羞愧, 無以對之.) ≪啓顔錄≫

이상의 유명한 소화들을 보면 중국인의 유머가 지닌 대체적인 경향을 느낄 수 있다. ≪소림≫에 나와 있는, 대막대기를 들고 성문을 들어가지 못하는 자도 어리석기 그지없지만, 그보다 스스로 지혜로움을 자처하는 점잖은 노인의 우둔함 또한 더할 나위가 없다. 무엇보다 재미있고 인상적인 부분은 그 어리석기 짝이 없는 노인이 스스로 견문이 있다고 자부하며 말하는 그 어투와 태도이다. 그것은 읽는 자로 하여금 폭소가 터져나오도록 하지만 그 인물들의 말씨와 표정은 진지하고 점잖기 짝이 없다. 우스꽝스러운 상황의 내면적 분위기와는 달리 표면적인 문장은 흥분되지도 급박하지도 않은 온화하기 그지없다. 이것이 오히려 '대비'와 '반친(反襯)'의 효과를 얻어 그 장면을 더욱 인상적이고 우스꽝스럽게 만든다. 이러한 '냉준(冷雋)'의 필법은 바로 중국소화의 특징이라고 할 수 있다. 중국소화의 또 다른 특색은 비록 그것이 간혹 다소 천박하고 경박스러우며 외설적인 부분이 있지만, 대개는 그 민족성을 닮아 내용이 온후하여 야박스럽거나 지나친 부분은 거의 없다는 것이다.

4장

:

당대문학사

1. 당대문학의 풍류정신 – 풍류정신의 절정기

당대문학의 풍류정신의 특색은 중국의 그 어느 시대보다도 대제국의 호방하고 개방적이며, 다양하고 화려한 모습을 지닌 점이 그 특징이다.

중국의 풍류문화는 위진남북조시대에 크게 꽃피우기 시작하여 당대에 오면 그 절정에 달한다. 당대의 풍류는 기본적으로 위진남북조의 풍류를 이어 받았다고 할 수 있겠으나, 위진남북조문학의 풍류가 난세의 틈바구니 속에서 잠시의 편안함을 얻어 추구한 풍류라면, 당대의 그것은 태평성대의 기상 아래 부강과 여유로움에서 자연히 피어난 것이며, 전자의 풍류가 열정적이면서도 대체로 순수하고 담아(淡雅)한 모습을 지닌 것이라면, 후자의 풍류는 호방한 가운데 단정하면서도 화려한 모습이다. 따라서 전자를 청초한 수련이나 국화에 비한다면, 후자는 농염한 목단이나 화려한 연(荷花)에 비할 수 있을 것이다. 그것은 바로 위진남북조시대가 도가적 성향을 띤 비교적 중국적인 문화인 반면에 당대는 대통일국가의 포용과 위세를 가지고, 유가의 바탕 하에 불교 그리고 도교를 융합시키고 동시에 중국내의 민족융합은 물론 국제적인 대외관계를 통한 동서문화의 교류에 의해 완성된 문화인 것에서 비롯된다. 따라서 위진남북조시대 문학의 풍류가 암울한 시대 속에서 잠시의 틈을 찾아 얻었던 도가 위주의 풍류였다면, 당대의 풍류는 비교적 안정된 긴 세월의 태평세대에서 유석도(儒釋道)의 다양하고 국제적인 문화환경 아래 자연히 숙성되어진 것이다. 그러므로 전 시대가 중국문학의 풍류정신이 꽃피기 시작한 시기라 하면, 당대는 그것이 본격적으로 무르익어 절정기에 달한 시기라고 볼 수도 있다.

당대에는 위진남북조시대에 이미 틀을 마련한 중국문학의 대종인 시문학이 찬란한 황금시기를 이루어, 중국이 "시의 왕국"으로 호칭되는 결정적인 계기를 마련했을 뿐 아니라, 당대문학의 풍류세계가 중국문학의 풍류정신의 중요한 한 핵심부분을 차지하도록 하였다. 또 전 시대에 탄생한 중국의 문언소설이 이때에 또 본격적인 전성시기를 맞이하게 되어 재자가인의 낭만이나 호쾌한 협객이 등장하는 이 시대 소설문학 특유의 풍류세계를 구축하게 된 것이었다.

중국 당나라 시대를 살다간 수많은 걸출한 시인들이 남긴 천고의 명작들은 과거 우리 할아버지의 할아버지 또 그 할아버지의 할아버지들이 밤을 새워 읽으며 반복하여 읊조렸던 글귀인 동시에 우리가 죽은 후 우리들의 자손들이 대대로 읽어나갈 글들이다. 덧없이 짧은 사람의 한평생에 비해 문장의 생명은 유구하다. 단명하여 20대에 요절하였거나 혹은 장수하여 80을 살다간 자들이나 모두 중국문학사의 유구한 장부에 그 이름을 공평히 남기고 떠났다. 중국문학사에서는 청년 시절을 못 넘기고 떠난 이하(李賀)나 왕발(王勃)이 아흔을 살다간 위응물(韋應物)보다 결코 뒤지는 바가 없다. 무엇보다 중요한 것은 그 순간적인 삶의 불길을 누가 가장 강렬하게 태우다 갔느냐에 있는 것이다. 어찌 보면 짧은 삶을 살다간 문인들에게서 무언가 더욱 진지하고 값진 인생의 그 무엇을 발견할 수도 있다. 당대 문인들의 삶과 문학은 그런 의미에서 더욱 가치를 발산한다. 청년 왕발이기에 등왕각(滕王閣) 연회에서의 그런 호기(豪氣)를 발휘해 명문을 지을 수 있었고, 짧은 인생을 마감해야 했던 이하는 아픈 몸을 이끌고도 피를 토하며 시를 읊조렸던 것이다. 당대 문인들은 한 사람 한 사람 뚜렷한 개성을 지녔을 뿐 아니라 무엇보다도 열정적으로 자신의 삶을 살다 갔다. 그러기에 그들의 삶은 너무도 인간적이다. 혹은 산수에 심취하고, 혹은 사회현실에 관심을 쏟고, 혹은 변방의 장쾌함에 그 정을 담았으며, 또 누구는 검술과 협사(俠士)를 추종하여 스스로 신선이라 칭하며 형해 밖에서 살았고, 또 어떤 이는 주색에 탐닉하기도 했다. 이렇게 자신의 취향에 따라 세상을 나름대로 살아갔기에 그들의 삶은 진실하고 다채로웠으며, 그들의 작품 속에 나타난 풍류는 다양하며 또 강렬했다고 할 수 있다.

당대문학의 풍류는 원래 위진의 정신을 계승한 것이지만 다소 통속적인 면이 없진 않았지만 더욱 솔직하고 대범하며 남성적이었다. 비록 위진의 청아함은 다소 그 기세가 꺾였지만 그 열정과 호방함에 있어서는 맥락을 같이 한다. 왕·맹의 자연시는 위진 시기 도연명의 전원시와 사령운의 산수시에 버금갔고, 이백이 광인을 자칭하며 도사를 꿈꾸고 죽계(竹溪)에서 신선과 같이 보낸 종정(縱情)한 생활은 바로 죽림칠현과 위진풍도의 부활이다. 그뿐 아니라 당대문인의 풍류에는 기구한 운명의 여성이나 약자에 대한 동정어린 눈물이 있고, 청루의 여성들과의 애틋한 낭만도 있으며, 황량한 변방을 노래한 남아의 기상도 엿보인다.

당대의 소설 즉 전기는 당인의 생활 속의 풍류를 직접 우리들에게 얘기해주는 부분이다. 거기에는 그들이 추구하는 진정한 자유와 진실한 사랑 그리고 하늘에 대신해 도를 행하는 정의감이 숨 쉬는데, 인간과 귀신의 한계를 초월한 상상 속의 아름다운 연애와 낭만이 있으며, 문질빈빈하고 다정다감한 감성적인 미남자 지식인인 풍류재자들도 대거 등장하였다. 또 사랑하는 남자를 위해 봉건예교를 무시하고 사통하는 당차고 열정적인 미인인 재녀(才女)와 가인(佳人)들도 등장하며, 악의 무리를 제거하고 약자를 구해주는 호방한 협객들도 보이는데, 이 모두가 바로 이 시대 문학의 풍류정신인 것이다.

2. 당대문화개황(唐代文化槪況)

중국 봉건사회의 최고 전성기에 해당하는 당대문화의 특징은 유불도가 어우러진 다채로움과 자유로움 속에서 포용성과 개방성을 띤 것이 특징이다. 우리는 흔히 말하길, 당대의 통치자들은 불교로 자신의 마음을 다스리고, 도교로 몸을 닦았으며, 유교로 세상을 다스렸다고 하는데, 당대의 문화는 이러한 삼교 병용의 복합적이고 다양함속에서 찬란하게 꽃피우게 된 것이다.

당대는 그 초기부터 여러 제왕들이 모두 유학의 장려에 힘을 쏟게 되는데, 우선 당고조(唐高祖)는 유신(儒臣)들을 특별히 예우했고, 태종(太宗) 또한 유학의 중요성을 국가의 존망과 직결되는 문제로 간주하여 "그것을 잃으면 국가가 죽게 되니, 잠시라도 없어서는 안 된다."[100]라고 했으니, 당시 유학이 급속히 발전하여 수많은 유사들이 경전을 안고 서울로 모여 들었다는 기록이 있다. 그리고 이러한 유학진흥책은 고종(高宗)과 현종(玄宗)을 거치면서도 계속 이어져 나갔다. 거대한 대통일국가의 정책적 요구에 따라 공영달(孔穎達)의 ≪오경정의(五經正義)≫라든지 안사고(顔師古)의 ≪오경정본(五經定本)≫등의 유학서들이 편찬되었으니, 그를 통한 중앙집권의 도모를 꾀한 점은 마치 한무제가 백가를 파출하고 유학을 독존시킨 점과 같다고 볼 수 있다. 그리하여 대통일

---

100) "失之則死, 不可暫無"(≪貞觀政要≫券6).

국가의 모습과 함께 유학에 있어서도 그 내용상의 통일을 모색하게 되었으며, 유학이 한대의 한학(漢學)에서 송대의 송학(宋學)으로 변화 발전하는 기반을 이 시기에 완성하게 된다. 그리하여 한유(韓愈)나 이고(李翶)와 같은 대유학자들을 배출하게 되고, 그들의 학풍은 그 후 바로 정주(程朱)에게 이어지거나 송명이학(宋明理學)에 큰 영향을 끼치게 되었다.

〈그림 38〉 당대 사녀도

당대에는 유학의 부흥과 함께 도교와 불교가 그 성숙기를 맞이하는 시기이기도 하다. 도교는 동한 중기에 발생한 것으로, 황로지학과 민간 무술(巫術)의 종합물인데, 그 이론과 지위를 굳히기 위해 춘추전국시대에 발생한 도가의 학설을 그 기초로 삼고 노자로써 태상노군(太上老君)으로 삼아 추앙하며 발전하다가 위진남북조에 이르면 현학과 더불어 널리 유행하다 당대에 와서 더욱 통치자들의 주목을 받게 된다. 우선 이씨 왕조인 당대는 그들의 통치를 더욱 정당화하고 신성화하기 위하여 스스로 노자의 후예로 자처했으며, 노자를 국조(國祖)로 신봉하여 사당을 지어 제사를 지내며, 도교도들을 우대했다. 정관(貞觀) 12년 당태종 때에는 영을 내려 도사와 여관(女冠)을 승니들보다 더욱 우대하도록 했고, 당 고종 건봉(乾封) 원년(736)에는 노자를 '태상현원황제(太上玄元皇帝)'로 봉했고, 무측천(武則天) 때에는 비록 혁명정책에 따라 당초의 숭도(崇道)정책에 반하여 불교를 더욱 중시하기도 했으나 그녀 역시 도교를 부정하지는 못했었다. 그리고 현종 때에는 도교의 지위가 더욱 올라갔는데, 중요한 점은 그는 숭현관(崇玄館)을 설치하여 현학박사(玄學博士)를 두었고, 각 주에 현학사를 두어 ≪노자≫와 ≪장자≫

를 가르치어 '도거(道擧)'라고 불리는 과거에 응하도록 했다. ≪노자≫를 ≪도덕진경(道德眞經)≫으로 부르고, ≪장자≫를 ≪남화진경(南華眞經)≫으로 칭했으며, ≪열자(列子)≫를 ≪지덕진경(至德眞經)≫으로 추앙하여 이름 지은 것도 바로 이때인 것이다.

불교는 중국에 전해진 후 동한과 위진남북조시대를 거치면서 발전하다가 수대에 크게 흥성했으며, 당대에도 대부분의 황제들의 숭불정책에 의해 발전되어 이 시대 중국 전통문화로서의 자리를 굳히게 되었다. 당고조 이연(李淵)은 불사(佛寺) 건립을 지지하여 청선사(清禪寺)라는 사원을 불교도에게 하사했고, 정관 19년(645) 현장(玄奘)이 인도로부터 불경을 가지고 귀국했을 때 그는 성대한 연회를 열어 그를 맞이하였으며, 직접 현장이 번역한 불경에 ≪대당삼장성교서(大唐三藏聖敎序)≫라는 서를 친히 쓰기도 하였다. 그 후 측천무후가 들어서면서 불교는 그 황금시기를 맞게 되다가, 현종에 오면 또 한 번 주춤하기도 했으나, 안사의 난을 거치며 사회가 어지러워지면서 불교는 더욱 발전하게 된다.

유불도의 균형적인 발전에 따라 이 시대 문화의 특색으로 우선 그 개방성을 꼽지 않을 수가 없다. 위진남북조시대부터 중국북방의 대량의 소수민족들이 중원으로 들어오면서 서서히 민족융합이 이루어지다가 당대에 오면 제왕들의 소수민족들에 대한 친선책으로 개방적인 사회조성에 더욱 한몫을 하게 되었던 것이다. 당대문화의 개방성을 드러내는 그 구체적인 예를 들면, 첫째, 복식에서 부녀자들의 복식 가운데 부드러운 비단 천으로 된, 가슴의 윗부분을 드러낸 서양의 이브닝드레스와 같은 복식이 유행한 사실이다. 주로 귀족출신의 부녀자들이 정원에서 산보할 때나 꽃을 따러갈 때 입던 이 옷은 주방(周昉)의 '잠화여사도(簪花仕女圖)'라는 회화에서 우리가 보듯 당시 개방적인 풍조와 관계가 깊다고 할 수 있다. 그리고 당대인들은 호복(胡服)을 입는 것을 멋으로 삼았고, 남녀를 막론하고 장화(長靴)를 신고 말을 타고 다니는 것을 좋아했다. 아무리 지위가 높은 귀족이라도 특별한 일을 제외하고는 모두 말을 타고 다니기를 좋아했으며, 특히 초당과 성당 시에는 많은 부녀자들도 말을 타고 다니기를 즐겼다.

둘째, 결혼과 그에 관한 습속을 보면, 당대의 부녀자들은 당시 비록 위진남북조시대부터 중시된 문벌관념에 따라 가문을 중시하여 상호 함부로 결혼하지 못했지만 그래도 어느 정도 딸이 스스로 배우자를 선택하는 자유가 있었으니, 이는 당시의 개방성을 보여주고 있다. 당시의 재상인 이림보(李林甫)는 손님을 맞는 거실 벽에 작은 구멍을 뚫어 평소 그가 만나는 사람 중에 귀족자제가 그를 찾아오면 그의 다섯 딸들이 서로 놀다가 그 구멍을 통해 스스로 마음에 드는 남자를 고르게 했다고 하며(≪開元天寶遺事≫ 上), 또 한유의 제자로서 당대의 유학도인 이고(李翶)는 자신의 책상 위에 놓인 노저(盧儲)의 문장을 본 딸이 감동한 나머지 그를 사모하자 그를 불러 사위로 삼았다고 한다(≪太平廣記≫ 卷181). 그 외에도 당대의 전기소설 중 <규염객전(虯髯客傳)>을 보면 양소(楊素)의 첩인 홍불(紅拂)이 비록 가난하지만 뜻이 높은 이정(李靖)을 보고 반해 밤에 그에게로 달려갔다는 내용도 있고, 당대 범로(範攄)의 <운계우의(雲溪友議)>에도 최교(崔郊)가 무쌍(無雙)이라는 고모의 계집종과 서로 사랑을 하였지만 결국 고모의 가난으로 인해 그녀를 당시 유명한 장군에게 첩으로 보내게 되는 불행을 맞게 되자 두 사람이 통곡하며 서로 연연해하다가 나중에 우연히 만났다가 헤어지면서 보낸 시 "왕후장상의 문은 깊어 한 번 들어가면 바다와 같으니, 지금부터 이 사람은 길에서 만나도 남입니다(侯門一入深似海, 從此蕭郞是路人)."라는 구절을 본 그 장군이 감동하여 그녀를 다시 그에게 돌려주었다는 이야기가 있다. 이상의 내용들을 보면 당대의 부녀자들은 배우자를 선택함에도 비교적 자유로웠던 것 같다.

셋째, 희박한 정조관념과 이혼, 개가의 유행이다. 당대의 남녀관계는 지금 이상으로 무척 개방적이었다. 당대는 봉건고대사회에서 특이한 시대였다고 볼 수 있을 정도로 여성의 정조관념을 그다지 따지지 않은 시대였던 것 같다. 당대소설 <앵앵전(鶯鶯傳)>의 최앵앵(崔鶯鶯)은 귀족가문의 규수로서 자신이 좋아하는 남자와 서로 정을 통했으며, 그것도 스스로 주동적으로 계집종을 앞세우고 매일 밤 그 남자와 만났으며, 정조를 잃은 후에도 다시 쉽게 결혼했으니, 이 시대에는 혼전순결에 대한 요구가 그다지 엄격하지 않았고 정조를 잃은 후에도 어렵지 않게 결혼할 수 있었던 것처럼 보인다. 또 <유의전(柳毅傳)> 속에서의 유의는 젊은 과부인 노씨(盧氏)를 아내로 맞았으며, 이 소설에서는 과거가 있는 노씨를 당시의 선비들이 모두 선망하는 대상이었다고 한 것을 보면 이혼에 대한 사회적 편견이 없었던 것 같다. 소설 속의 이야기를 접어두고라도 실재상황을 봐도 마찬가지다. 당대 결혼한 123명의 공주 가운데 재혼한 사람이 24명이었고(≪新唐書≫ 卷83 ≪公主傳≫), 한유의 딸은 그의 제자인 이한(李漢)에게 시집갔다 이혼하고 다시 번중의(樊仲懿)에게 시집갔다(≪全唐文紀事≫卷36). 또 엄정지(嚴挺之)의 처는 그와 이혼 후 자사(刺史) 왕염(王琰)에게 개가했고, 위제(韋濟)의 부인 이씨(李氏)도 남편이 죽자 주동적으로 왕진(王縉)에게 달려갔다고 한다(≪舊唐書≫ 卷106 <李林甫傳>과 卷118의 <王縉傳>). 그리고 당대에는 쌍방의 요구에 의한 협의이혼의 자유가 당율(唐律)의 규정에 있었고, 전부(前夫)가 이혼하는 전처(前妻)에게 재혼해서 잘 살도록 축원하는 내용도 있었으니(돈황 문서 중의 '放妻書文' 3件) 당인들의 결혼과 이혼에 대한 개방적인 면모를 여실히 엿볼 수 있다.

그 외 당대 문화에서 우리의 주목을 끄는 것은 음주문화이다. 당 이전에는 역대 통치자들이 평민들의 음주와 양주(釀酒)에 대해 거의 금지 정책을 취해 왔지만, 당대에 이르면 특별한 상황을 제외하고는 금주령을 내리지 않았다.[101] 당시 수도 장안(長安)은 주업(酒業)이 매우 발달했고, 각 지방의 명주(名酒)들이 모였으며, 특히 '신풍주(新豊酒)' 와 '금릉주(金陵酒)' 등이 유명하였다.[102] 그리하여 위로는 황실귀족에서부터 아래로는 평민백성들까지 모두 술을 즐겨 마셨으니, 친구들이 모이면 마시고, 이별할 때도 마셨으며, 손님을 접대할 시도 술이 없어서는 안 되었다. 그리고 그러한 습관은 중화(中和, 음력 2월 1일)나 상사(上巳, 음력 3월 3일), 그리고 중양(重陽, 음력 9월 9일)의 세 절기에 가장 성했다고 한다.

3. 풍류재자(風流才子)의 본격적 등장과 청루(靑樓)문학의 발달

원대의 문인 신문방(辛文房, 字는 良史)이 편찬한 ≪당재자전(唐才子傳)≫에는 당대 유명한 시인이자 풍류재자인 397명에 대한 간략한 전기가 기록돼 있는데, 이것이 중국의 풍류재자들을 집대성해서 소개한 최초의 문헌이라고 생각된다. 봉건사회 절정기인 당대는 시로써 관리를 선발한 시대인 만큼 ≪전당시(全唐詩)≫에 수록된 이천여 명이 넘는 재정이 넘치는 시인들이 모두 나름대로의 멋과 풍류 속에서 살다간 풍류재자였고, 당대는 바로 이런 풍류재자들이 본격적으로 등장한 시대가 된다. 그들의 인품은 청대 가경(嘉慶) 연간의 문인 왕종염(王宗炎)이 지적한 바와 같이 경박하거나 아니면 편협되어 옛 성현들의 가르침을 중시하여 인품과 재능이 모두 출중했던 옛날의 재자들과 동일시할 수 있는 바는 아니었다.[103] 사실 당대의 여러 유명 문인들 중에는 유가적 기준

---

101) 趙文潤, ≪隋唐文化史≫, 陝西師範大學출판사, 1992년, 제109쪽.

102) 李白은 일찍이 "買酒入新豊"이라 했고, 王維도 "新豊美酒斗十千"이라며 "新豊酒"를 찬미했으며, "金陵酒" 역시 이백에 의해 "解我紫綺裘, 且換金陵酒"(<金陵酒肆留別>)라고 노래되어진 적이 있다. 그 외 당대 13 名酒 중의 하나인 "西市腔"이라든지 "郎官淸", "阿婆淸"들도 유명하였다.

103) ≪四庫全書總目提要≫, 史部七, 傳記類의 王宗炎의 <二間草堂本序>에는 말하길 … 옛날의 재자들은 모두 인격과 덕이 뛰어나 나라를 다스리고 백성을 교화하는 데 보탬이 되었으나, 그 후에는 도덕이 실추되어 단지

으로 볼 때 인격적으로 문제가 있는 사람들이 매우 많았다. 이를테면 만당의 대시인 이상은(李商隱)은 그의 무제시(無題詩)에서 보듯 비구니나 궁녀 그리고 유부녀 등과 같은 도의적으로 이루어질 수 없는 대상과의 비정상적인 사랑을 다루었으며, 역시 만당의 대시인 두목(杜牧), 온정균(溫庭筠) 등도 화류계에서 주색에 빠진 퇴폐적인 삶을 해온 것을 스스로 시인하였다.

　그러나 당대의 이러한 풍류재자들은 사실 다정다감하고 진실한 태도로 인생을 후회 없이 마음껏 살다간 진정한 문인이었다. 도학자들의 눈에 비친 그들의 방종하고 변태적이며 혹은 색정적인 행동들은 사실 그들의 왕성한 창조력에서 기인된 천재 예술가의 생명력의 표현으로 보아야 할 것이다. 도학자 왕종염의 말은 문학을 학술, 도덕과 동일시하는 중국의 전통적인 편협한 사고방식에서 비롯된 것이다. 만일 당대에 이러한 괴짜 같은 문인들이 등장하지 않았다면 당대문학은 그 의미를 상실하였을 것이며, 중국문학의 풍류정신도 그 맥을 상실하게 되었을 것이다.

　남북조시대부터 중국은 양자강 유역의 상업경제가 급속히 발달하면서 남쪽에서는 오가와 서곡 등의 남녀 간의 연정을 노래한 민가가 많이 출현했고, 이러한 현상은 육조시대 퇴폐적인 궁중의 염정문학인 궁체시를 탄생시키기도 하였지만, 중국의 본격적 음주가무와 남녀상열의 풍류문화는 당대부터 시작되었다고 할 수 있다. 학자들의 통계에 의하면, ≪전당시≫에 수록된 5만 수에 달하는 시 중에서 기녀에 관한 것이 2천여 수에 달했다고 하니 정말 놀라운 숫자다.[104] 생각건대 당대문인들이 제일 좋아했던 세

기예와 재능만 있어도 才子의 명예를 가질 수가 있게 되었으니, 그것은 당태종 이후 詞賦로써 인재를 등용했던 제도 때문이다. 그리하여 그들이 비록 詩才가 있다고 하나 漢魏의 詩나 文選, 離騷를 답습하는 정도였고, 그 외의 하찮은 詩들은 綺靡淫亂할 따름이었으니, 당시 본받을 만한 자라고는 韓愈밖에 없었다. 이를테면 詩人 중의 우상인 이백과 두보도 그들의 시를 제외하고는 특별히 이야기할 것도 없었고, 원진은 경박했으며, 유종원, 유우석은 붕당질을 일삼았고, 나은과 두순학은 진실함이 결여되고 아첨을 잘했어도 모두 번듯이 才子라는 이름을 가지고 있었던 것이다(古之才子, 必有齊聖廣淵明允篤誠之德, 忠肅共懿宣慈惠和之行., 其見於用, 則能寬惠柔民, 治國家不失其柄, 結忠信, 制禮義, 使百姓加勇. 若是者, 謂之天下才, 而官司之所因體而利之者. … 道德之失, 而後以技能爲才, 技能之薄, 而後以文藝爲才. 至於唐世, 經術衰熄, 而才專屬於詩矣. 蓋自太宗以下, 諸帝皆工於詩, 上有好者, 下必甚焉. 進士之擧, 試以詞賦, 利祿之途誘之. … 故其爲詩, 上者不過沿溯漢魏, 根柢選騷., 下者涉於淫咔綺靡, 增巡導俗. 求其行能踐言, 華足副實者, 韓愈氏而止耳. 李白,杜甫, 詩家之極軌, 而立身行己未能有所表現. 若元稹之輕薄, 柳宗元,劉禹錫之朋黨, 羅隱,杜荀鶴之嘲謔阿諛, 皆儼然被才子之名而不辭).

104) 孔慶東, ≪靑樓文化≫, 中國經濟出版社, 1995년, 제20쪽 참조 . 또한 陶慕寧, ≪靑樓文學與中國文化≫(東方出版社, 1993년, 제7쪽)에도 다음과 같이 말하고 있다. "그러나 사만구천사백이 수의 전당시를 낭괄하여 그 중 기녀들에 대해 적은 편장은 이천여 수에 달하고, 전당시에는 또 기녀작가 21인의 시편이 모두 136수나 있다. 당인들의 소설 중에서도 평강과 북리(즉 기녀들이 살던 곳)에서 그 제재를 구한 것도 역시 수십 편이 넘는다. 그리고 필기 가운데에서도 당대 기녀방의 風流韻事나 才氣가 있는 기녀들에 대한 기록도 수시로 보이고 있다(然而囊括四萬九千四百零三首的 ≪全唐詩≫中, 有關妓女的篇章就有兩千餘首; ≪全唐詩≫還收錄妓女作者二十一人的詩篇共有一百三十六首. 唐人小說取材於平康北裏的亦不下數十篇; 至於筆記中有關唐代靑樓

가지는 아마도 술과 시 그리고 기녀였을 것이다. 당대 문인 중에 술을 싫어하는 시인은 없었고, 술을 못하는 자로서 그 당시의 풍류재자의 대열에 낀 사람 역시 없었다. 그것은 당대가 중국 서쪽과 북쪽에 있던 북방계통의 여러 소수민족들이 당인으로 융합된 시대였고, 그들은 온유돈후한 한족(漢族)의 개성과 달리 호방하고 활달한 것이 특징이었다. 당인들은 그러한 씩씩한 호풍(胡風)을 흠모하는 경향이 많았던 것이다. 따라서 대부분의 당대문인들은 그러한 사회기풍의 영향하에 호방하고 대범한 것이 특징이었다. 그들은 위진시대의 문인들처럼 극단적으로 세상을 등지며 탈속 고매하고 자유 방

〈그림 39〉 당대 가무도

종한 삶을 살아가기보다는 태평성대에서 평범하게 신하의 도리를 지키며 대범하게 살아가는 한편 개인적인 취향에 따라 시와 음주가무를 즐기거나 혹은 조용히 자연을 감상하며 자신의 성령과 흥취를 마음껏 발산하기도 했으니 이 모두가 당대인들의 활달하고 호탕한 기질에서 연유된 것이라고 볼 수 있다.

청루문학이란 기녀와 그에 관련해서 생겨난 모든 문학을 통칭하는 말이다. 도모녕(陶慕寧)의 ≪청루문학과 중국문화(靑樓文學與中國文化)≫란 책에서 자세히 언급한 대로, "청루"란 말의 원래 의미는 기녀와 전혀 무관한 것이었는데, 당대에 이르러 청루란 말이 점점 광범위하게 기녀가 사는 곳의 의미로 지칭되게 되었다. 예를 들어 조식(曹植)의 <미녀편(美女篇)>에서 "靑樓臨大路, 高門結重關(푸른 누각은 큰길에 임해 있고, 높은 문은 모두가 굳게 닫혀져 있네)."의 "청루"는 당시의 귀족들이 살던 푸른 칠로 단장한 누각을 뜻하지 결코 기방이 아니며, 두목(杜牧)의 <견회(遣懷)>에서 "十年一覺揚州夢, 嬴得靑樓薄倖名(십 년 만에 양주의 꿈에서 한 번 깨니, 화류계에 박정하다는 소문만 얻었네)."는 바로 기원(妓院)을 의미한다. 물론 당대에서도 청루의 의미가 고의(古意)로 사용되기도 하였는데, 맹호연(孟浩然)의 <부득영영루상녀(賦得盈盈樓上女)>에서

韻事,妓女才情的記載更是隨處可見)."

의 "夫婿久離別, 靑樓空望歸(지아비가 오랫동안 떨어져 있으니, 청루에서 헛되이 돌아
올 사람만 바라보네)."는 위진시대의 의미와 상동하다. 여하튼 청루란 말이 당대에 와
서 많은 문인들에 의하여 기방의 의미로 많이 사용되기 시작한 것은 사실인데, 그것은
청루문학이 당대에 와서 크게 발전했음을 말해준다.[105]

〈그림 40〉 韓熙載夜宴圖

이를테면 당말(唐末) 대신이었던 한희재(韓熙載)는 집에 재산은 별로 없어도 몇 백
명의 가기(家妓)를 데리고 있었는데, 손님이 집으로 찾아오면 가기를 불러내 음밀히 접
대하도록 하였다고도 한다. 이는 당시 한희재가 정치에서 실각하여 살신(殺身)의 화를
피하기 위해 주색에 빠진 모습을 보여 정사에 무관함을 드러내었다고 해석되기도 한다.
또 당인이 지은 수많은 시와 소설 그리고 희곡과 필기에서도 기녀들에 관한 고사들이
비일비재하다. 당인의 시집을 펼쳐보아도 관기(觀妓), 휴기(攜妓), 출기(出妓), 송기(送
妓), 증기(贈妓), 별기(別妓), 회기(懷妓), 상기(傷妓) 등 기생과의 일을 노래한 것이 너
무도 많다. 이러한 현상의 출현은 당시 개방적이고 호방한 사회분위기 그리고 대통일
국가의 부강함과 풍성함으로[106] 인한 사치와 퇴폐풍조의 만연 외에도 당시의 과거제도

---

105) 당대는 중국봉건주의 발전의 전성시기이자 중국 창기(倡妓) 산업의 기형적인 전성시기이기도 하였다. 당시
는 官과 私가 경쟁적으로 창기들을 배양하였는데, 당대의 창기는 관기(官妓), 가기(家妓), 사창(私娼)으로 3
분되었으며, 관기에는 궁기(宮妓), 관기(官妓), 영기(營妓)로 분류되고, 사창에도 명창(明娼)과 암창(暗娼)이
있었다. 劉鈞瀚, ≪靑樓≫, 上海: 百家出版社, 2003, 30-35쪽 참고.

106) 唐代의 번영됨과 부강함은 貞觀之治를 지나 開元 연간에 이르면 하늘을 찌를 듯 극에 달하는데, 史書의 기
록을 보면, "개원 13년에 이르면 태산을 봉했고, 쌀은 한 말에 13냥 했고, 청제의 곡물은 한 말에 5냥 했으
며, 그때부터 천하에 모든 것이 싸고 흔했다. 양경의 쌀은 말에 20냥도 못 되었고, 밀은 32냥이었고, 비단은
한 필에 210냥이었다. 東으로는 宋의 汴州까지 서로는 岐州에 이르기까지 길 옆으로 여관이 쭉 늘어서 손님
을 맞이했으며, 술과 음식이 풍부하였고, 매 객점마다 모두 노새를 제공하여 손님이 탈 수 있게 했으니, 수

와도 밀접한 관계가 있다. 주지하는 바와 같이 당대는 바로 시문의 시험으로 벼슬자리를 떼어 주던 시대였던 만큼 젊은 선비들의 과거에 대한 열정은 우리의 상상을 초월했다. 오랜 세월의 고투 끝에 급제를 하게 되면 그들은 이제 부귀영화를 손에 쥐게 되었으니 그동안 쌓였던 한을 펴기 위해 진탕 술을 마시고 기생을 찾아 마음껏 즐겼던 것이다. 그리고 이러한 과거준비의 고시생들과 낙방생들의 긴장과 스트레스를 풀어주는 역할로서도 또 청루가 한 몫을 하였다. 당대의 유명한 전기소설 <이왜전(李娃傳)>의 내용도 과거준비를 위해 장안에 온 청년이 그곳에 즐비한 기생집의 유혹을 피하지 못해 늪에 빠지고, 과거는 접어둔 채 결국 파란만장의 고생을 하게 되는 이야기다.

그러나 여기서 우리가 꼭 짚고 가야 할 점은 당대문인들과 기녀들 간의 관계인데, 그들 사이는 지금의 우리가 생각하는 그런 단순한 술집 접대부와 손님과의 퇴폐적이고 색정적인 육체적 만남이 아니었다는 것이다. 당시에는 귀족 사대부들이 청루에 모여 술 마시는 것이 일상적인 일과였다. ≪개원천보유사(開元天寶遺事)≫를 보면 장안의 '평강방(平康坊)'[107]이라는 기녀들이 모여 있는 '홍등가(紅燈街)'에는 서울의 멋쟁이 청년들로 항시 득실거렸고, 매년 새로 합격한 진사들도 이곳에서 풍류를 즐겼다고 기록되어 있다. 그리고 당시 조정에서도 교방(敎坊)을 설치하여 기녀들에게 필요한 기예를 교습하여 평소의 일과에 능히 대처할 수 있도록 하였다. 그러니 당대의 수많은 문인들은 평소 부인에게서 느껴 보지 못한 청루 기녀들의 세련된 태도와 멋진 말솜씨 그리고 아름다운 외모와 뛰어난 재기에 반해 그들을 즐겨 찾아 시로써 그들을 노래했으며, 또 그들은 문인들의 멋진 풍도와 호탕하고 세련된 매너, 고상한 언사와 재정 등에 이끌리게 되었던 것이다. 말하자면 그 둘은 서로의 멋과 재기를 아끼는 지기(知己)로서의 만남이었던 것이다. 그러므로 그들 사이는 항시 심미적이고 생산적인 면이 존재했으며, 이 점은 당대 청루문학에서 우리가 유의해야 할 점이라고 할 수 있다.

십 리도 금방 갈 수가 있어 그것을 "驛驢"라고 불렀다. 남으로는 荊州와 襄陽에 이르기까지, 북으로는 太原, 範陽에까지 그리고 서쪽으로는 사천의 촉 땅 凉府에까지 모두 객사가 있어 상인과 여행객들을 모셨으며, 멀리 수천 리에 달했고, 거기에는 (자신들을 방어하기 위한) 조그마한 칼도 지니지 않았었다(至(開元)十三年. 封泰山. 米斗至十三文, 靑,齊穀斗至五文, 自後天下無貴物. 兩京米斗不至二十文, 麵三十二文, 絹一疋二百一十文. 東至宋汴, 西至岐州, 夾路列店肆待客, 酒饌豐溢, 每店皆有驢賃客乘, 倏忽數十裏, 謂之驛驢. 南詣荊襄, 北至太原,範陽, 西至蜀川凉府, 皆有店肆, 以供商旅, 遠適數千裏, 不持寸刃.- ≪通典≫卷七 "食貨"七)."라고 하니, 盛唐의 번영된 모습과 태평스러운 사회를 엿볼 수 있다.

107) 평강방은 私娼이 공개적으로 영업하던 홍등가라고 할 수 있다. 劉鈞瀚, ≪靑樓≫, 36쪽 참고.

4. 당대 문인의 풍류와 술

　고대중국의 문인들은 대개 모두 술을 좋아했다. 이백이 시에서 "고래로 성현들은 죽은 후 쓸쓸하여 아무도 그들을 몰라주지만, 오직 술을 잘하던 자들만 후세에 그 이름을 남겼다(古來聖賢皆寂寞, 唯有飮者留其名)."(<將進酒>)라고 했듯이 우리들이 알고 있는 중국의 이름난 문인들은 거의가 술을 좋아했다. 위진 건안시대의 삼조와 칠자를 비롯하여 그 유명한 죽림칠현들은 두말할 필요도 없었고, 동진의 고매한 인품의 시인 도연명도 중국의 유명한 문인 가운데 술에 있어서는 누구에게도 뒤지지 않는 자였다. 중국의 역대 왕조에서 그 어느 시대보다도 번영과 호방한 문화를 자랑하던 당대에는 문인들의 음주는 기본이었다. 두보가 지은 <음중팔선가(飮中八仙歌)>를 보면 당시 저명한 풍류재자들의 술 취한 모습이 적나라하게 소개되어 있다. 그 여덟 명의 위인은 바로 李白, 하지장(賀知章), 이진(李璡), 이적지(李適之), 최종지(崔宗之), 소진(蘇晉), 장욱(張旭), 초소(焦遂) 등이었는데, 시성(詩聖) 두보의 필묵하에 그들의 멋과 풍류는 유감없이 드러났다.

〈그림 41〉 음중팔선가

　하지장의 말 탄 모습 마치 배를 탄듯하고, 취한 눈 잘못 보아 낙정(落井)하여 잠을 자네. 여양 땅 이진 석잔 술 마신 후에 바야흐로 입조하다, 길에서 누룩 술 수레 만나 침을 질질 흘리니, 그를 데려다 주천왕(酒泉王)으로 봉하지 못함이 한이로다. 좌상 이적지는 하루에 흥이 나면 만 냥을 써버리고, 술 마시는 그 모습 큰고래가 백천(百川)을 빠는 것 같고, 잔 들어 스스로 맑은 술 마시며 현인(賢人)을 멀리 한다 일컫네. 최종지 멋쟁이 미남자 술잔 들면 천하를 깔아 보고, 취한 후 그 흰 모습 옥수(玉樹)가 바람에 우뚝 선 듯. 오랫동안 계율 지킨 절실한 불교신자 소진도 취하면 언제나 파계라네. 이백은 술 한 말에 시 백편 짓고, 장안 시내 술집에서 취하여 떨어졌네. 천자가 불러도 아랑곳 않고, 스스로 일컬어 "주중신선"이라 하네. 장욱은 술 석 잔의 "초성(草聖)"으로 알려진 자, 모자 벗어 맨머리를 왕공(王公) 앞에 드러내고, 붓 들어 휘갈기면 그 글씨 구름연기 피듯 하네. 말더듬이 초수는 술 취하면 딴 사람, 청산유수 언변으로 사람들이 넋을 잃네. (知章騎馬似乘船,[108] 眼花落井水底眠. 汝陽三斗始朝天, 道逢麴車口流涎. 恨不移封向酒泉.[109] 左相日興費萬錢, 飮如長鯨吸百川, 銜杯樂聖稱避賢.[110] 宗之蕭灑美少年, 擧觴白眼望靑天, 皎如玉樹臨風前. 蘇晉長齋繡佛前, 醉中往往愛逃禪. 李白一斗詩百篇, 長安市上酒家眠. 天子呼來不上船, 自稱臣是酒中仙. 張旭三杯草聖傳, 脫帽露頂王公前, 揮毫落紙如雲煙. 焦遂五斗方卓然, 高談雄辯驚四筵).

당대문인들의 호탕한 모습을 묘사한 시이지만 어쩐지 위진문인들의 광방한 분위기를 느낄 수 있는 것은, 바로 당대의 풍류재자들이 기본적으로 위진명사들의 풍도를 계승했기 때문이다. 이적지가 흥이 나면 돈을 물 쓰듯이 하는 행동은 자못 위진시대 석숭(石崇), 왕개(王愷) 등의 사치스러움이나 이백도 언급한 바 있는 진사왕 조식의 호방함과 유사하며,[111] 미남자 최종지의 이미지는 바로 혜강을 방불케 한다.[112] 그리고 이백이 자신의 재주를 믿고 오만을 피우는 행동은 위진명사들이 지니고 있던 세상을 멸시하거나 만세(慢世)적 자세로 고고하게 살아가던 행동과 일치하며, 장욱의 광방함 또한 완적이나 유령을 보는 듯하다. 당시 초서체에 능했던 그는 누가 글을 부탁하면 우선 먼저 술을 거나하게 마신 뒤 두건을 벗어 정수리를 드러낸 채(이는 당시 매우 예법에 어긋나는 행위임) 크게 미친 듯이 고함을 지르며 흥을 돋운 다음에 일필휘지 써 내려갔다고 하니, 그의 신들린 예술정신을 높이 살 만하다. 심지어 그는 머리에 먹을 묻혀 온 몸을 흔들어 글을 쓰기도 했다고 하며, 그가 쓴 시구나 초서는 모두 대단히 훌륭하다.[113] 그리고 시 처음에 등장하는 하지장은 이백이 처음 장안에 왔다는 말을 듣고 급

---

108) ≪舊唐書≫에 의하면 賀知章은 會稽 永興人이니 중국 南方의 吳人에 해당한다. 남방사람은 말보다 배를 주로 타기에 한 말이다(楊倫, ≪杜詩鏡銓≫, 華正書局, 1989년, 제17쪽).

109) 酒泉은 지금의 甘肅省 酒泉縣으 지명이다. 전설에 의하면 이곳 성 아래에는 金泉이라는 샘이 있었는데, 그 물맛이 마치 술과 같이 맛이 있어 그 이름을 "酒泉"이라고 했다 한다(≪三秦記≫).

110) ≪舊唐書≫에 의하면 李適之는 746년에 李林甫의 배격을 받아 결국 좌승상의 관직을 해임하게 되는데, 그때 그는 "현인들을 피하여 처음으로 승상 직을 파하나니, 성인들을 좋아하며 잔을 항시 기울이네. 묻나니 오늘 찾아온 손님은 아침에 몇이나 되었는고(避賢初罷相, 樂聖且銜杯. 爲問門前客, 今朝幾個來?)"라는 詩를 지었다고 한다. 또 ≪魏志≫에는 "취객이 말하길, 맑은 술은 성인들을 위한 것이고, 흐린 술은 현자들을 위한 것이다(醉客謂酒淸者爲聖人, 濁者爲賢人)."란 말도 있다.

111) 李白의 <將進酒>를 보면, "陳王昔時宴平樂, 斗酒十千恣歡謔(진사왕은 옛날 평락관에서 연회를 베풀 적에 한 말에 만 냥이나 되는 비싼 술도 멋대로 마음껏 즐겼다네)."라는 구절이 있다.

112) 혜강은 키가 7척 8촌이나 되는 竹林七賢 가운데 대표적인 문인일 뿐 아니라 미남자로써 유명하다. ≪世說新語·容止≫를 보면 그가 취했을 때의 모습이 "마치 높은 옥산이 바야흐로 무너져 내리는 듯하다(其醉也, 傀俄若玉山之將崩)."라는 대목이 있다.

히 여관으로 달려가 몸에 차고 있던 금귀(金龜)를 팔아 미처 준비치 못한 술값을 마련해 서로 술을 마음껏 마시며 취했다고 하는데, 이로부터 둘은 일생의 지우(摯友)가 되었다고 한다.

특히 이백은 우리들이 모두 누구나 잘 알고 있는 자로서 자칭 "주중선(酒中仙)"이며, 남들은 그를 "주성(酒聖)", "주선(酒仙)" 혹은 "주성혼(酒星魂)"이라 불렀었다. 술 취한 이백에 대한 많은 고사 중에서 "이백두주시백편(李白斗酒詩百篇)"의 이야기는 너무도 유명하다. 당 천보 초년 봄의 어느 날, 당 현종 이융기(李隆基)와 그의 애비 양귀비가 흥경궁(興慶宮)의 침향정(沈香亭)이란 곳에서 활짝 핀 모란을 구경할 때, 악사들은 옆에서 노래와 악곡으로 흥을 돋우고 있었다. 그때 현종은 손을 저으며 말하길 "오늘 명화(名花)를 감상하는데, 귀비 앞에서 어찌 옛날 노래를 연주하는가! 빨리 악사 이구년(李龜年)을 불러들여 새 노래를 불러 주시오!"라고 했고, 고력사(高力士)는 급히 사람을 한림원에 보내 이백을 부르도록 했으나, 이백은 거기에 없었다. 이곳저곳 사람을 보내 끝내 이백을 찾은 곳은 장안 시내에 있는 한 술집이었다. 이때 그는 술에 만취하여 늘어져 인사불성이었고, 조정에서 온 사람들은 그를 부축해 수레에 실어서 궁으로 데려갔다. 조금 지난 후 이백이 술에서 깨어났을 때 현종이 그에게 노래 시를 짓도록 하자 그는 천자에게 먼저 술을 하사하도록 요구했다. 황제는 그가 이제 막 술에서 깨어났는데 또 술을 마시려하자 영문을 몰라 어리둥절할 때 그는 말하길, "신은 한 말의 술에 백 편의 시를 짓습니다(臣是斗酒詩百篇)."라고 했고, 제왕이 다시 그에게 술을 내리니 그는 연거푸 몇 잔 마신 후 취기가 또 돌자 그 유명한 <청평조(淸平調)> 세 수(首)를 순식간에 썼다고 한다. 전하는 말에 의하면 이백이 그때 궁으로 실려와 늘어져 있을 때 현종이 사람을 시켜 이불을 깔아주도록 명했을 뿐 아니라 몸소 그의 입언저리를 닦아주고, 친히 그에게 술을 깨게 하는 탕을 먹여주었다고 한다. 격식을 따지지 않는 현종의 이런 처사나 이백의 대담한 행동 모두가 사실 당대의 호방하고 개방적인 사회풍토를 엿보게 해주는 것이 아닐 수 없다.

위에서 언급한 음중팔선 외에도 당대 저명한 시인 중 술을 좋아했던 사람들은 너무도 많았다. <음중팔선가>의 작자이며 온유돈후한 성품의 지극히 유가적 애국시인인 두보

---

113) 위에서 인용한 杜甫詩 외에도 李頎도 그의 <贈張旭>이라는 詩에서 "정수리를 드러내고 胡床에 걸터앉아, 길게 서너 번 고함을 치면서, 흥이 일면 흰 벽에다 바로 내갈기니, 그 글씨 마치 流星과도 같아라(露頂據胡床, 長叫三五聲. 興來灑素壁, 揮筆如流星)."(≪全唐詩≫, 권 307)라고 하며 그의 괴팍한 모습과 뛰어난 서예를 칭송한 바가 있다.

역시 술을 매우 좋아하여 하루도 술 없인 못 살았으며, 그의 죽음도 술과 관계있다고 전한다.[114] 그리고 자리에 항시 분향소지(焚香掃地)한 연후에 앉던 고결한 성품의 산수전원시인 위응물(韋應物)도 당시 "시주선(詩酒仙)"이라고 칭해졌으며, 그 외 왕유(王維), 백거이(白居易), 원진(元稹), 두목(杜牧), 이상은(李商隱), 피일휴(皮日休) 등도 모두 술을 매우 좋아했다고 한다. 그중 원진은 주량은 그리 좋지 않았으나 반드시 취하기를 좋아해 그가 지은 12수의 취주시(醉酒詩)(<先醉>, <宿醉>, <獨醉>, <懼醉>, <羨醉>, <憶醉>, <病醉>, <擬醉>, <勸醉>, <任醉>, <同醉>, <狂醉>) 등은 매우 특색이 있다.

술은 사람의 대뇌를 흥분시켜 우리의 정서와 사유를 매우 활성화시켜주는 역할을 한다. 고대문인들에게 있어 술은 평소 봉건사회의 엄격한 예법으로부터 일시적으로 탈피하게 하여 그들의 기분과 생각을 자유롭게 했으며, 또 그들의 창작행위에 영감을 불러일으키는 작용을 하기도 했다. 중국고대문인들의 술에 대한 예찬론은 위진시대 문인들의 술에 대한 형이상학적인 태도에서 쉽게 읽을 수 있는데, ≪세설신어·임탄≫을 보면 군데군데 명사들이 보는 술의 미학을 찾아 볼 수 있다. 왕광록(王光祿, 즉 王蘊)은 말하길, "술은 바로 사람들을 스스로 방축하게 만든다(酒正使人人自遠)."라 하여 술이 사람들로 하여금 '자아도취'나 '자득기락(自得其樂)'의 무아지경으로 끌어 들인다고 했으며, 왕위군(王衛軍, 즉 王薈)도 말하길, "술은 바로 사람들로 하여금 저절로 높은 경지로 오르도록 한다(酒正自引人著勝地)."라고 했으며, 왕불대(王佛大, 즉 王忱)은 진일보 나아가 "삼일만 술을 마시지 않아도 몸과 정신이 서로 멀리 떨어진 것 같고, 심신이 서로 불일치하게 느껴짐(三日不飮酒, 覺形神不復相親)"이라고 했다. 말하자면 그들은 술을 통해 정신의 해방과 무한한 상상의 자유를 추구했으니, 다시 말하자면 그들은 술을 통해 새로운 정신적 경지를 발견코자 한 것이었다. 위진문인들의 이른바 "기주위적(寄酒爲跡)"의 경계라든지 도연명의 <음주>에서의 "술 속에 깊은 맛이 있다(酒中有深味)"라는 말도 바로 이러한 점을 말해주고 있는 것이다. 이와 마찬가지로 당대문인들의 음주행위도 그 기본정신은 대동소이하다. 그들은 술을 통해 또 다른 정신경계를 찾았고, 끝없는 영감을 얻었던 것이다. 그러므로 당대의 대시인 이백은 그가 취해 있을 때가 가장 깨어 있을 때이고, 그가 술에 취해 있지 않을 때는 가장 혼미할 때라고 한 것

---

114) <음중팔선가>의 작자인 두보 본인도 사실 또한 술에 있어 "신선"에 속했다. 그는 14～15세에 이미 매우 이름난 "주호"였고, 어른이 되어서도 더욱 술잔을 입에 물고 다니는 애주가였다. … 일설에 의하면 그의 죽음도 술과 관계가 있다고 한다(<飮中八仙歌>的作者杜甫本人其實也是一 "仙". 他十四五歲時就已是一位頗有名氣的 "酒豪"了. 長大以後更是銜杯愛酒, … 據說, 他的死也與酒有關).- 劉軍, 英福山, 吳雅芝 著, ≪中國古代的酒與飮酒≫, 商務印書館, 1995년, 163쪽.

이다(郭沫若, ≪李白與杜甫≫).

　물론 여느 시대와 마찬가지로 당대문인들의 음주풍류 또한 소위 "차주소수(借酒消愁, 즉 술을 빌어 근심을 해소시킴)"의 요소를 무시할 수 없다. 일찍이 조조도 <단가행>에서 "술을 대하면 응당 노래하세. 인생이 그 얼마나 되리오. 아침이슬과도 같은 것, 지난날은 우환도 많았어라. 격앙된 마음에 걱정은 잊기 어렵나니 무엇으로써 근심을 잊을꼬? 오직 술이로세(對酒當歌, 人生幾何. 譬如朝露, 去日苦多. 慨當以慷, 憂思難忘. 何以解憂, 唯有杜康)."라며 현실적인 고민을 술을 통해 잊으려고 했듯이, 당대 뛰어난 재기와 호탕한 성격을 가진 이백도 장기간 실의에 찬 유랑생활을 할 때 "꽃 사이에 술을 받아놓고, 친구 없이 홀로 마시도다. 잔 들어 밝은 달을 요청하니 그림자를 마주하여 세 사람이 되었도다(花間一壺酒, 獨酌無相親. 擧杯邀明月, 對影成三人- <月下獨酌>)."라고 하며 술을 통해 자신의 고독한 영혼을 노래했다. 그는 또 "좋은 음악 맛있는 음식 아낄 것 아니로되, 다만 오래도록 취하여 깨어나지 말길 바랄 뿐이라. 고래로 성현들은 모두 쓸쓸했지만 오직 술을 마시던 자들만 이름을 후세에 남겼도다(鍾鼓饌玉不足貴, 但願長醉不復醒. 古來聖賢皆寂寞, 惟有飲者留其名- <將進酒>)."에서의 음주는 스스로를 위로하기 위한 것이었다. 그리고 "칼을 뽑아 물을 잘라도 물은 다시 흐르듯, 잔을 들어 시름을 해소하려하나 근심은 더욱 근심으로 남도다(抽刀斷水水更流, 擧杯消愁愁更愁- <宣州謝眺樓餞別敎書叔雲詩>)."에서의 술은 근심을 잊기 위해 마신 것이나 그 근심은 더욱 깊어졌다는 것이니, "술이 슬픈 가슴속으로 들어가 다시 슬픔으로 변함(酒入愁腸化成愁)"의 상황을 말하기도 하였다.

5. 중국 풍류문학의 정화(精華) - 당시의 멋과 당대 시인의 개성

　주지하는 바와 같이 당대는 시의 황금시대다. 청 강희 연간에 편찬된 ≪전당시≫에 기록된 이천이백여 명이나 되는 시인의 수와 사만 팔천 구백여 수나 되는 시의 양은 전 시대 천여 년 시사(詩史)의 총 분량을 능가한다고 한다. 이러한 당시 흥성의 원인은 앞에서 잠시 언급한 바와 같이 군주들의 시가 애호에 의한 시부로써 진사를 뽑는 당시의 과거제도와 가장 밀접한 관계가 있다. 그 외 우리가 알아야 할 점은 당대 호한(胡漢) 민족 융합에 의한 새 민족의 호방한 개성이 당시에 미친 영향이다. 우리가 당시의 훌륭한 점을 얘기할 때 흔히 그 시가내용의 풍부함을 거론하지만 사실 무엇보다도 중요한 점은 시가의 자유롭고 개방적인 풍격에 있으며, 그것은 당대 시가형식 중에서 가장 탁월한 성과를 거둔 것이 근체시(近體詩)인 율시(律詩)가 아니라 비교적 그 형식이 자유로운 오칠언가행(五七言歌行)이나 절구(絶句)였다는 사실에서 그 점을 알 수 있다. 양계초(梁啓超)가 지적한 대로 한족의 온유돈후한 성격에 반하여 오호의 난을 거쳐 중원에 들어와 한족과 융합된 서북의 여러 소수민족들은 그 개성이 항상직솔(伉爽直率)하여 당시가 전시대 육조시대의 나약한 연화미만(鉛華靡曼)한 풍격을 쇄신하고 호방질솔(豪放質率)한 이채를 띠게 하는데 크게 한몫을 한 것이다(梁啓超, <中國韻文裏所表現的情感>). 말하자면 새 민족이 융합된 당인의 자유롭고 호방한 개성은 자연히 엄격한 격율의 구속을 기피했던 것이며, 당시의 멋은 바로 당인의 이러한 자유분방한 개성에서 비롯된 것이라고 할 수 있다.

당시를 시대별로 구분할 때 우리가 가장 일반적으로 채택하는 방법은 송의 엄우(嚴羽)가 ≪창랑시화(滄浪詩話)≫에서 제시하고 또 명의 고병(高棅)이 ≪당시품휘(唐詩品彙)≫에서 얘기한 초당(初唐), 성당(盛唐), 중당(中唐), 만당(晩唐)의 사분법이다. 초당의 시는 대개 육조의 유풍을 완전히 탈피하지 못해 유미기려(唯美綺麗)한 것이 특징이며, 왕발(王勃), 양형(楊炯), 노조린(盧照隣), 낙빈왕(駱賓王)의 이른바 '초당사걸(初唐四傑)'이 주축이 되었다. 성당의 시는 자연파(自然派)의 왕유와 맹호연, 낭만파의 이백, 사회파의 두보, 변새파(邊塞派)의 고적(高適)과 잠삼(岑參) 등 그 내용과 풍격에 있어 매우 다채로움을 드러내어 당시의 황금시기를 맞이하였다. 중당의 시는 크게 원진(元稹)과 백거이(白居易)의 신악부(新樂府) 운동으로 인한 평이근인(平易近人)한 시풍과 한유(韓愈)와 유종원(柳宗元)을 비롯한 대문호들의 예술적 작품 두 양상으로 나타났다. 그리고 마지막으로 만당의 시는 다시 이상은(李商隱)과 두목(杜牧)을 중심으로 한 유미기미한 기풍으로 변하게 된다. 이제 당대를 풍미한 풍류재자들의 일생과 그 시들을 상술한 사분법에 의하지 않고 그 유형별로 묶어서 하나하나 살펴보기로 하자.

1) 요절한 천재시인 왕발(王勃)과 이하(李賀)

당대의 대시인 가운데 뛰어난 문재를 가지고서도 불혹은커녕 서른도 넘기지 못하고 간 아까운 기재들이 많이 있었는데, 그중의 대표적인 문인은 바로 초당사걸의 대표 왕발과 중당 때의 귀재(鬼才) 이하다. 왕발은 서기 650년에 태어나서 676년에 작고했으니 27년을 살았고, 이하는 서기 790년에 태어나 816년에 떠났으니, 역시 27살에 세상을 하직한 셈이다. 왕발은 지금의 산서성 하진현(河津縣)에서 누대에 걸쳐 학문과 벼슬로 명망이 높은 가문의 아들로 태어났는데, 그의 조부는 수대의 대유(大儒)인 왕통(王通)이었고, 당시 유명한 문인이었던 왕도(王度), 왕적(王績) 등도 그의 할아버지뻘 되는 사람이었으며, 그의 부친 왕복치(王福畤) 또한 수당(隋唐) 사이의 유명한 문인이었다. 전통적인 유교 가정의 엄격한 교육과 누대에 걸친 서향세가(書香世家)의 분위기 이래 자라난 왕발은 어려서부터 세상에 대한 원대한 포부와 농후한 문학적 소양을 지니고 성장하게 되는데, 그는 타고난 천재로서 9세 때 당대의 대학자 안사고(顔師古)가 주석한 ≪한서(漢書)≫를 읽고 그 문제점을 지적한 ≪지하(指瑕)≫ 10권을 지었으며, 또 15세 때에 태상백(太常伯) 유상도(劉祥道)가 각지를 순찰하다 왕발이 있는 강주(絳州)에 도착했을 때 왕발은 그에게 상서하여 국정에 관한 세 가지 건의를 제기하였었다. 그가 조정에 돌아간 후에 당고종 이치(李治)에게 그 일을 보고하자 고종은 그를 입조하게 하여 국정의 대책에 대해 면접시험을 치룬 다음, 그에게 조산랑(朝散郞)이라는 벼슬을 맡기게 된다. 한편 이하는 지금의 하남성 의양현(宜陽縣)에서 태어났으나 스스로 농서인(隴西人)으로 자칭하였는데, 농서는 바로 당왕실의 본관이 되는 곳이다. 양(兩) ≪당서(唐書)≫에 의하면 그는 "종실정왕지후(宗室鄭王之後)"라고 되어 있는데, 그는 바로 당고조 이연(李淵)의 숙부 대정왕(大鄭王) 이량(李亮)의 후손이다. 그러나 그의 대에 와서는 근 200년의 세월이 흘러 황족과의 관계는 극히 소원하여 그의 부친 또한 한미한 관직을 맡고 있었으니, 그는 바로 몰락한 종실의 후손이었다고 할 수 있다.

이처럼 부유하고 권세 높은 가문의 왕발에 비해 이하는 가정 형편이 매우 궁핍했고 그가 성년이 되기 전에 부친이 세상을 떠나 그의 곤궁한 생활은 더욱 심했었다. 그러나 두 시인이 모두 조숙한 천재인 점은 일치한다. 오대(五代)의 왕정보(王定保)가 지은 ≪당척언(唐摭言)≫이라는 책의 기록을 보면 이하는 7세 때에 시가로 서울에 그 명성을 날렸으며, 한유와 황보식(皇甫湜)이 그 문명을 듣고 왕림했을 때 이하는 두 사람의 왕림을 감사하고 그들의 문장을 칭송하는 <고헌가(高軒過)>라는 문장을 지어 받쳤다고 하는데, 그 가운데 "입문하마기여홍(入門下馬氣如虹)"(문에 들어와 말에서 내릴시 그 기세는 마치 무지개와 같다)나 "필보조화천무공(筆補造化天無功)"(그 문장이 천지의 조화를 얻으니 하늘의 공이 무색하도다)의 구절은 그 중에서 인구에 회자되는 부분이다. 비록 이 글을 지을 때의 그 나이에 대해서는 이설이 있긴 하나 그가 청년시기에 지은 것임은 분명하니 역시 그의 천재성을 입증해주는 사실이다.

두 사람의 청년시기의 과거운을 보면 왕발은 약관이 되기도 전에 급제하여 조산랑이라는 벼슬을 하사받고 이로부터 궁정에서 생활하며 당고종이 태산(泰山)을 봉선(封禪)할 때, <신유동악송(宸遊東嶽頌)>을 지어 바치기도 했으며, 문명이 크게 알려지자 패왕(沛王) 이현(李賢)이 그의 재주를 흠모하여 그를 불러 편집을 맡던 수찬(修撰) 직을 명하기도 했으니, 그의 초기의 관운은 매우 순탄했다고 하겠다. 그러나 당시 궁정과 상류사회에서 성행했던 도박성 오락의 일종인 닭싸움의 흥을 돋우려고 패왕을 위해 경쟁자 영왕(英王)의 닭을 성토하는 문장 <격영왕계(檄英王鷄)>를 지은 것이 화근이 되어 당황실 형제간을 이간질하는 데 부채질을 했다는 이유로 고종에 의해 패왕부로부터 축출되고 만다. 그리하여 그는 장안을 떠나게 되고 벼슬과의 인연도 끊기면서 평소의 숙원인 삼사년간의 긴 유랑생활을 하게 된다. 파촉(巴蜀, 지금의 四川省 지역)을 원유(遠遊)하며 안목을 넓히고, 웅기장관(雄奇壯觀)의 촉도풍광(蜀道風光)을 보며 감탄과 찬사를 보내며 인생을 다시 느끼기 시작한 것이니, 그가 장안에서 제왕을 위해 지은 문장과 이 시기에 지은 <입촉기행시서(入蜀紀行詩序)>나 <마평만행(痲平晚行)>, 그리고 <이양조발(易陽早發)> 등의 문장은 그 기개와 풍격에 있어 판이하다고 할 수 있다.

그러나 왕발은 그 후 괴주(虢州, 지금의 河南省 靈寶縣)에 약재가 많이 생산된다는 말을 듣고 부친을 봉양하기 위해 괴주참군(虢州參軍) 직에 나아가게 되고 거기서 그는 또 결정적인 실수를 하게 된다. 그는 조달(曹達)이라는 사죄(死罪)를 범한 관노(官奴)를 동정심의 발로로 인해 사적으로 은닉해 주었다가 나중에 그것이 발각되려 하자 진퇴양난에 빠진 그는 그 일을 후회하며 화를 피하기 위한 방법으로 그 자의 입을 봉하려고 그를 몰래 죽여버렸다. 그는 살인죄로 원래 죽을 목숨이었으나 마침 조정의 사면을 얻어 단기간의 감옥살이를 했으며, 그 부친도 그 죄에 연루되어 남해교지(南海交阯, 지금의 越南 부근)라는 남만(南灣)지역으로 좌천을 가게 되었다. 그는 나중에 <상백리창언소(上百里昌言疏)>라는 문장을 통해 자신의 몸과 뼈가 가루가 될 때까지 부친에게 사죄를 해도 모자란다는 내용의 회개하는 글을 지었으며, 그에 대한 보답으로 발분 저술하여 이름을 날릴 것을 맹세하기도 하였다. 상원(上元) 초년 서기 674년 그의 나이 25세 되던 해 왕발은 낙양을 떠나 부친이 있는 교지로 향할 때에 도중에 있는 한고조의 묘에 부친을 대신하여 글을 짓고 분향제배도 하였으며, 上元 2년 서기 675년 그가 세상을 떠나기 1년 전 가을 홍도(洪都, 지금의 江西省 南昌)를 지날 때, 그는 세인들에게 천고에 길이 기억될 풍류행각을 벌이게 된다. 그것은 바로 도독(都督) 염공(閻公, 즉 閻伯嶼)이 등왕각(滕王閣)에서 연회를 베풀어 빈객들을 초청했는데, 마침 왕발도 그중의 한 귀빈으로 참석하게 되면서 생긴 일이다. 이때는 마침 9월 9일 중양절이었는데, 이 절기는 한대 이후부터 지켜져 내려오던 것으로 중국의 풍습에 의하면 이날은 등고(登高)를 하며 수유(茱萸)를 꼽고 국화주를 마시던 날인데, 문인학사들이 특히 좋아하던 날이었다. 이날 연회에서 염도독은 그의 사위인 오자장(吳子章)의 문재를 사람들에게 과시하기 위해 여러 빈객들에게 이 모임을 기념하기 위한 문장을 짓도록 청했다. 빈객들은 주인의 뜻이 사위의 문재를 드러내기 위한 것임을 알고 모두 사양하며 거절을 했지만, 먼 곳에서 온 왕발은 영문을 모른 채 지필묵이 자신에게 건네졌을 때 조금도 주저하지 않고 붓을 잡고 문장을 써 내려간 것이다. 왕발의 이런 당돌한 행동은 주위 사람들은 물론 염도독 역시 못마땅하여 옷을 갈아입으러 간다는 핑계로 방으로 피해 버렸고, 하인으로 하여금 왕발이 문장을 써내려갈 때마다 한 구절씩 큰소리로 읽어 보고하도록 했다. 왕발의 문장은 처음에는 평범한 듯했으나 점점 갈수록 훌륭해져 "낙하여고목기비(落霞與孤鶩齊飛), 추수공장천일색(秋水共長天一色)"(저녁 노을은 외로운 따오기와 함께 날고, 가을 강물은 푸르른 먼 하늘과 더불어 한 빛이 되었다)이라는 구절에 이르자 주위의 객들은 그 글의 매력에 넋을 읽고 염도독도 그 뛰어난 문재에 탄복하여 방에서 나와 그가 문장을 다 써내려갈 때까지 옆에서 지켜보았다고 한다. 그 문장이 바로 만고에 길이 남을 <등왕각서(滕王閣序)>이다. 이 문장은 아름다운 병려체(騈儷體)로 쓰여 있으며 글의 마지막에는 칠언고시의 시가 있는데 그 또한 천고절창(千古絶唱)이다.

> 등왕의 높은 누각은 강가에 임해 있는데, 가녀(歌女)들이 허리에 찬 옥과 수레에 단 방울 소리에 춤과 노래가 끝나네. 그림이 그려진 기둥에는 남포의 구름이 아침에 날고, 구슬 발을 저녁에 걷으니 서산에는 비가 내린다. 한가로운 구름이 못에 그림자를 내리며 날이 유유히 흘러가는 가운데, 물상이 바뀌고 별이 자리를 옮기기를 그 몇 가을이나 지났던가! 그 누각에 살던 등왕은 지금 어디에 있나? 난간 밖의 긴 강물만 헛되이 홀로 흘러가도다!
> (滕王高閣臨江渚, 佩玉鳴鑾罷歌舞. 畵棟朝飛南浦雲, 朱簾暮捲西山雨. 閒雲潭影日悠悠, 物換星移幾度秋? 閣中帝子今何在? 檻外長江空自流!)

등왕각은 당고조의 말자(末子)인 등왕 이원영(李元嬰)이 홍주도독(洪州都督)이 되어 강서성의 남창부에 재임할 시에 창건한 누각인데, 그 뒤 고종 상원 2년(675년)에 홍주도독 염공이 다시 수리하고 기념연회를 베푼 것이다. 젊은 천재가 느낀 세사의 허무함과 인생의 무상함을 읊은 이 시는 전아(典雅)하면서 웅혼(雄渾)한 멋을 지니고 있으며 특히 앞의 문장의 기세와 상호 호응하여 천의무봉을 드러냈는데, 왕발 최후의 유작이자 바로 그의 절필이라 할 수 있다. 이듬해인 676년 그는 부친을 만나보지도 못하고 교지로 가는 도중에 배가 뒤집혀 익사했다. 27세의 젊은 나이에 그만 생을 마감한 것이다.

〈그림 42〉 등왕각

왕발에 비해 이하의 관운은 매우 미미했다. 그는 원화(元和) 5년(810년) 21세의 나이에 하남부(河南府)의 시험에서 높은 성적을 얻어 차년 2월에 서울에서 있을 진사과에 응시할 예정이었으나 그의 재기를 시기한 사람들이 과거응시를 방해하였다. 그들은 이하의 부친의 이름이 이진숙(李晉肅)이니 진사(進士)의 "진(進)"과 이진숙의 "진(晉)"이 같은 음이라 아들의 도리는 부친의 명휘(名諱)를 피해야 하므로 응당 과거응시를 거부해야 한다는 것이었다. 터무니없는 이런 주장에 유학자인 한유조차도 <휘변(諱辯)>이라는 문장을 지어 그들을 공박하길, "부친의 이름이 '진숙'이라 아들이 진사에 응시를 할 수 없다면, 가령 부친의 이름이 인(仁)이면 아들 된 자는 사람(人)이 되어서도 안 된다는 것이 아닌가?"라고 하며 그를 옹호했지만 완고한 사회여론에 밀려 결국 그는 진사에 응시하는 자격을 잃고 만다. 절세의 문재를 지니고도 이러한 사회적 냉대를 당한 그는 일찍 자신의 서글픈 처지를 시를 통해 한탄하길, "내 인생 스물에 뜻을 이루지 못해, 마음 가득한 수심은 마치 시들은 난초와 같네(我生二十不得意, 一心愁謝如枯蘭)."라

고 읊은 적이 있다. 비록 그는 스물이 넘어 태상사봉예랑(太常寺奉禮郞)이라는 종묘제
사의 사소한 의식을 관장하는 한미한 9품 소관과 봉례협률랑(奉禮協律郞)이라는 음악
사무를 보는 관직을 맡은 적이 있으나, 그의 관운은 재기에 비해 너무도 보잘것없었다.

　왕발과 이하는 그 천부의 재기에 있어 서로 공통점을 갖고 있다. 흔히 이하를 "귀재"
라고 부르는데 그 이유는 그의 시에 나타난 유령이나 죽음을 암시하는 음침한 분위기
와 그가 즐겨 사용한 시어 중의 하나인 "귀"자 때문이다. 대개의 천재들이 그러하듯 이
하와 왕발은 괴상한 습관들을 가지고 있었다. 이하는 시를 지을 때 항상 집을 떠나 멀
리 나가서 시의 영감을 얻었는데, 그는 매일 아침 새벽에 일어나 나귀를 타고 도처를
유람했다. 그리고 집을 나설 때는 항상 서동으로 하여금 금낭을 매고 뒤따르게 했는데,
매번 무슨 시상을 생각해냈을 때마다 바로 시구를 적어 금낭에다 넣고서 집에 돌아와
서는 그것들을 끄집어내어 정리하며 시작을 완성시켰다고 한다. 그의 홀어머니는 아들
이 허약한 체질이면서도 항시 힘들게 돌아다니니 늘 걱정했으며 그가 집에 돌아오면
하인을 시켜 금낭을 가져오게 하여 그 속을 조사하였는데, 그 안에 들어있는 시구가 많
으면 그를 핀잔하길, "네가 이렇게 죽도록 하면 언젠가는 자신의 심혈까지도 토해낼까
걱정이 되구나."라며 마음 아파했다고 한다. 그러나 이하는 아랑곳하지 않고 계속 돌아
다니며 시구를 모았고, 돌아와서는 또 한밤중에도 시를 음송하기에 여념이 없었다고
한다. 원래 허약한 체질인 그는 지나친 음시(吟詩)로 인한 과로로 결국 모친이 우려한
바대로 큰 병을 앓게 되고, 27살의 젊은 청춘에 마침내 요절하고 만다. 이상은이 지은
<이하소전(李賀小傳)>을 보면 그의 병이 위독할 때 홀연히 붉은 옷을 입은 천사가 나
타나 그에게 말하길, "천제께서 '백옥루(白玉樓)'라는 누각을 지었으니 빨리 나와 함께
올라가 한편의 문장을 지어 축하를 하시오."라고 그에게 말했으며, 그 후 그는 바로 세
상을 떴다고 한다. 재능이 있는 문인이 죽었을 때 '천상수문(天上修文)' 혹은 '응소수문
(應召修文)'이라는 성어를 사용하는 것도 여기서 비롯된 것인데, 그 뜻은 바로 하늘의
부름을 받고 문장을 지으러 갔다는 의미다. 이하와 같이 왕발도 문장을 지을 때 괴이한
습관을 가지고 있었는데, 그는 문장을 쓸 때 다른 사람들같이 머리를 쥐어짜며 어렵게
적는 것이 아니라 하필(下筆)하기 전에 먼저 먹물을 가득히 갈아 놓고 술을 거나하게
마신 다음 취한 후 실컷 잠을 자고 일어나 거침없이 글을 써 내려갔다고 한다. 그리고
그는 이렇게 적은 문장을 결코 다시 퇴고한 적이 없다고 하는데, 그러므로 당시 사람들
은 그를 복고(腹稿)라고 칭했다.

왕발과 이하는 동시대의 인물은 아니다. 그 두 사람 간에는 약 150년이라는 큰 시간적인 차이가 있었지만, 모두 당대의 문인으로 젊은 나이에 이미 그 문재를 떨친 기재로서 공통점이 많이 보인다. 그들의 천재적인 재기에 하늘이 시기를 한 것인지 두 사람 모두 요절을 했으며, 생전에도 그들은 대체로 불우한 삶을 살았다. 왕발은 일찍 어머니를 여위었고, 이하는 일찍이 아버지를 잃었다. 편친 하에서 불행한 소년시절을 보낸 그들

〈그림 43〉 이하

의 사회운도 역시 좋지 못하여, 왕발은 짧은 일생에서 두 번이나 큰 화를 맞이했고, 이하도 회재불우의 불운 속에서 일생을 시에만 힘을 쏟다가 요절을 하였다.

그러나 그 두 사람의 개성을 살펴보면 다소 차이가 있다. 왕발은 대유학자 왕통의 손자인 만큼 그는 유가적 도덕규범이나 법도, 언행을 중시했으며, 문학의 경세(經世)와 교화(敎化)를 주장한 사람이다. 그는 문장의 목적을 대의를 표명하는 "경국지대업(經國之大業)"이자 "불후지성사(不朽之能事)"라고 본 것이다(≪平臺秘論·藝文≫). 앞서 언급한 바와 같이 그가 15세 남짓한 소년시기에 이미 국정에 관한 건의안을 조정에 제기한 점을 미루어 볼 때 그는 시부에만 능한 고지식한 문인이 아니라 국가대사에도 식견과 관심을 가진 다능한 문인이었다고 사료된다. 이에 비해 이하는 우선 그 마르고 허약한 체질에다 기다란 손톱 그리고 성긴 눈썹의 외모에서도 다소 느껴지듯 비교적 순수한 문인이었다고 생각된다. 일생의 불우한 운 때문인지 그의 시는 다소 소극적이고 향락적인 면이 강한 가운데 또 감상적이고 퇴폐적 요소도 많이 보인다. 동시에 그의 시에서 느껴지는 가장 중요한 부분은 역시 신선이나 귀괴를 동원한 묘원하고 신비스러운 상상력일 것이다. 이제 그 대표적인 몇 작품을 보기로 하자.

달 속의 늙은 토끼와 추위에 떨고 있을 두꺼비가 흘린 눈물에 하늘이 물처럼 푸르고, 신선이 사는 구름 누각(月宮)은 반쯤 열려 달빛이 기울어 비친다. 달이 마침내 옥 바퀴 같은 몸을 굴리니, 물기 어린 하늘에는 둥근 광채가 일어나는데, 계화 향기가 피어나는 그 월궁 길에서 나는 옥패를 허리에 찬 한 선녀를 만났네. 우리들이 멀리 인간 세상을 바라보았을 때 단지 누른 티끌(육지)과 맑은 물(바다)만이 동해의 신선들이 사는 산(蓬萊, 方丈, 瀛洲) 아래에 흩어져 있는데, 세상 수천 년의 변화도 하늘에서 보기엔 말 타고 가듯 금방이로다. 멀리서 중국을 바라보니 바로 아홉 점의 티끌먼지와 같고, 큰 바다는 마치

술잔에서 흘러나온 물만큼 묘소하구나. (<꿈의 하늘>)

(老兎寒蟾泣天色, 雲樓半開壁斜白. 玉輪軋露濕團光, 鸞佩相逢桂香陌. 黃塵淸水三山下, 更變千年如走馬. 遙望齊州九點煙, 一泓海水盃中瀉.) <夢天>

오동나무에 부는 바람 사람의 마음 설치게 하니, 시인의 마음 괴롭기만 하고, 희미한 등불에 여치는 울어대니 가을은 스산하기 한이 없다. 내가 지금 보는 이 책을 그 옛날 누가 보았으며, 그것은 결국 벌레들에 의해 좀먹고 사그라져 소멸되겠지. 꼬리를 무는 부질없는 생각에 오늘 밤도 고통스럽고, 한습한 비에 죽은 미녀의 혼령만이 고독한 선비를 위로한다. 설렁한 무덤에는 귀신들이 포조의 시(<代蒿里行>)를 울부짖는데, 천년의 한 맺힌 그들의 피는 옥이 되어 흙속에서 영원하리라. (<가을날>)

(桐風驚心壯士苦, 衰燈絡緯啼寒素. 誰看靑簡一編書, 不遣花蟲粉空蠹. 思牽今夜腸應直, 雨冷香魂弔書客. 秋墳鬼唱鮑家詩, 恨血千年土中碧.) <秋來>

<몽천>은 하늘을 보는 시인의 풍부한 상상력을 재미있게 노래했고, <추래>는 가을밤 홀로 독서할 때의 서글픈 감상을 읊은 것인데, 두 시가 모두 시인의 어둡고 쓸쓸한 영혼을 기조로 하고 있다. 이와 같이 이하란 시인의 분위기는 왕발과 비교하면 그 근본적인 사상부터 판이하다. 그러나 왕발이 비록 유가적인 품행과 봉건적 도덕을 중시한 문인에 속했지만, 짧은 일생에 두 번의 큰 실수로 인해 예기치 못한 큰 불행을 초래했듯이 그의 행위는 다소 경솔한 면이 없지 않았고, 이하도 여의치 못한 사연으로 인해 인생을 비관하고 시작에 있어 그 내용이 주색에 치중된 면이 없지 않았던 점은 젊은 두 천재가 공통적으로 지니고 있었던 문인적 기질의 개성에서 비롯된 것이라 할 수 있다.

2) 성당의 두 시인, 시선(詩仙)과 시성(詩聖)

초당사걸을 거쳐 성당 때에 오면 중국의 시는 백화제방의 황금기를 맞이하게 된다. 그러나 시가에 있어서의 성당 시기는 사실 당 왕조가 번성을 누리다가 쇠함을 맞보게 되는 전환 시기를 말하는 것이다. 그것은 다름 아닌 당 왕조가 개원 연간 30년가량의 전성기를 맞이하다가 현종 말년에 이르러 그가 갑자기 안일함에 빠지면서 생긴 일이다. 즉 그는 간신을 가까이 하고 여색에 탐닉하며 도교와 신선술을 지나치게 중시하였고, 또 변방을 넓히기 위해 지나친 국력을 낭비하면서 무리한 전쟁을 치러 국가기초는 흔들렸는데, 이 틈을 타 안록산 등의 난과 번진(藩鎭)이 할거하는 국면을 초래했으니 이로써 당의 국세는 급격한 쇠약하게 되는 위기를 맞이하였다.

하지만 이런 어지럽고 혼란한 사회적 변화는 당시의 제재와 내용을 더욱 다양화시키고 심화시켰으니 그것이 바로 시가에 있어서의 '성당시기'를 초래하게 된 것이다. 그리고 이 시기는 사실 중국문학에 있어 시뿐만 아니라 모든 예술이 극치를 보인 찬란한 시기라고 할 수 있다. 우선 당대 제왕들은 시를 좋아했을 뿐 아니라 또 음악과 무도를 좋아했으니, 특히 현종은 천부적 음악가로 당시 유명한 "예상우의곡(霓裳羽衣曲)"도 그가 개작한 호한(胡漢) 문화가 융합된 무도곡이었으며, 따라서 이 시기의 음악과 무도는 실로 공전의 발전을 거둔 것이다. 그리고 현종의 문예 애호와 사회적 안정 그리고 물질적인 풍요에 힘입어 개원, 천보 연간에는 회화도 매우 발달하였으니, 장언원(張彦遠)의 말대로 성당에서 당시까지 230년간 걸출한 예술작품들이 속출하였는데, 개원, 천보 연간에 그 화가들이 제일 많았다고 하였다(《歷代名畵記》, 券一). 그리고 예술의 천재 현종은 묵죽화(墨竹畵)의 시조였다고도 한다(潘天壽, 《中國繪畵史》). 그뿐 아니라 이때에는 서예에 있어서도 당대의 풍격을 대표하는 장욱의 초서체라든지 안진경(顔眞卿)의 해서라든지 그 외에도 이옹(李邕), 이양빙(李陽冰) 등의 대가가 출현하였으며, 조각에 있어서도 낙양의 용문석굴(龍門石窟)이나 돈황(敦煌)의 조각상들도 이때에 이루어진 것이다. 이러한 예술전반의 번영에 힘입어 시가예술도 당시 중의 절정기를 맞이하게 되어 당대 시인 중 가장 탁월한 두 거장으로 굴원 이래 가장 위대한 낭만주의 시인인 이백과 중국문학사상 가장 훌륭한 현실주의 시인 두보가 바로 이 시기 시가예술을 대표하였다.

이백의 관적에 대해서는 이설이 분분하나 현재 가장 유력한 설은 일반적으로 농서(隴西) 성기인(成紀人, 지금의 甘肅省 蘭州)으로 알려지고 있으며, 그는 바로 당 황실의 방계 후손이다. 이백은 유년시절부터 문화적인 교양과 수양을 갖춘 부친 아래서 엄격한 교육을 받고 자라났는데, 그는 일찍이 스스로 말하길, "다섯 살에 육갑을 암송하고(五歲誦六甲)", "열 살에는 백가의 서적을 열람했다(十歲觀百家)"라고 했으며 또 "열 살에 기이한 서적들을 읽고, 부를 지으면 사마상여를 능가했다(十歲觀奇書, 作賦凌相如)"라고 했으니 소년시절의 그는 글공부에 부단한 노력을 기울었음을 알 수 있다. 따라서 이백은 타고난 재주 외에도 남다른 노력을 경주한 천재임을 알아야 할 것이다.

이백의 개성은 전통적 중국문인들과는 사뭇 다르다고 할 수 있다. 물론 술을 좋아하는 자유롭고 호방한 성격과 분세질속(憤世嫉俗)의 탈속적이고 호탕한 개성은 위진시대의 광류명사(狂流名士)들의 모습과 맥을 같이한다고 볼 수도 있다. 그러나 그는 거기에서 한걸음 나아가 중국 전통적인 문인의 유형에서 쉽게 찾기 힘든 호협(豪俠)적인 특징과 정치에 간여하여 제세구인(濟世救人)을 추구하면서도 사해를 유랑하는 것을 목표로 하는 독특한 개성을 지니고 있다. 말하자면 그는 문무를 겸비하고 대의를 위해 목숨을 초개로 여기는 망아(忘我)의 정신과 영웅협객의 기질을 고루 갖춘 중국문인의 새로운 전형을 창조한 인물이라 할 수 있다.

이백은 젊은 시절에 협객으로 자처하며 검술을 익혔으며 협객이나 도사들과 서로 어울러 지냈으며, 전하는 말에 의하면 그는 일찍이 누구를 대신해 복수를 갚아주기 위해 사람을 죽인 적도 있다고 한다. 그가 지은 유협(遊俠)을 주제로 한 시를 보면 그가 후영(侯嬴)이나 주해(朱亥), 형가(荊軻), 고점리(高漸離) 등의 협사들을 대단히 존경했으며, 금전을 경시하고 정의를 중시하는 호협의 정신을 평소 얼마나 동경했는지를 알 수 있다. 다음은 그의 <협객행(俠客行)>이란 시의 일부 내용이다.

> 은색의 말안장은 흰말과 더불어 한 빛이 되었고, 날렵한 그 모습은 유성과도 같도다. 열 걸음 만에 사람을 한 명 죽이니, 천리에 그 적수가 없었고, 일이 완료되면 옷을 털고 떠나며, 그 몸과 이름을 절대 드러내지 않도다. (중략) 술 석 잔에 뜻을 드러내니, 그 무거운 언약 오악이 오히려 가볍고, 얼큰하게 취한 후엔 그 의기가 더욱 빛나네. (중략) 비록 죽더라도 그 협객의 정신은 향기로워 세상의 영웅들에게 뒤지지 않도다.
> (銀鞍照白馬, 颯遝如流星。十步殺一人, 千里不留行。事了拂衣去, 深藏身與名。(중략) 三杯吐然諾, 五嶽倒爲輕。眼花耳熱後, 意氣素霓生。(중략) 縱死俠骨香, 不慚世上英。)

이 시에서 이백은 흰 말과 흰 옷을 걸친 협객들의 멋진 모습[115]과 뛰어난 검술을 흠모하였으며, 또 임무를 완수한 후에는 아무 일도 없었다는 듯 유유히 떠나며 공을 세운 다음에도 절대로 자신의 신분이나 이름을 드러내지 않는 초인적인 면을 존경하였다. 그는 또 석 잔의 술을 마신 후 의로운 청탁을 흔쾌히 승낙하는 협객의 남아다운 의기를 높이 사면서, 세상의 영웅들마저도 무색하게 만든다는 협객의 기상을 높이 평가하였다.

이러한 협객정신 외에도 그는 세상에 전하는 그의 최초의 시 <방대천산도사불우(訪戴天山道士不遇)>(25세 이전의 작품)에 나타나듯 그는 젊어서부터 도가를 흠모하였고, 또 여러 시들을 통해 세상을 잘 다스린 장량(張良), 한신(韓信), 제갈량(諸葛亮) 등의 인물이나 노중련(魯仲連), 사안(謝安) 그리고 범려(範蠡) 등을 높이 추앙했다. 그러므로

---

115) 협객들은 그들의 행위가 정당하고 떳떳한 것임을 보이기 위해 흰 옷과 흰 말 그리고 흰 두건을 사용하던 경향이 있었다.

이백의 사상주류는 도가와 종횡가(縱橫家)였으며, 거기다 유가도 다소 영향을 미친 것으로 보인다.[116)]

이백은 이런 사상적 기반에서 그의 일생 60평생을 사해를 낭유(浪遊)하는데 보냈다. 그가 지은 수많은 우수한 시 작품들도 대개가 모두 그가 정처 없이 떠돌아다니던 때에 지은 것이다. 그는 자신이 자란 촉(蜀)땅을 모두 두루 여행한 후 25세에 이르러 촉을 떠나는데, 그 목적은 도사와 친구를 찾고, 산수를 유람하기 위해서였다. 그는 "대장부는 반드시 집을 떠나 큰일을 이루어야 한다(大丈夫必有四方之志)."(<上安州裴長史書>)고 생각한 것이다.

이백의 발자취를 하나하나 살펴보자. 우선 그는 나고 자란 지금의 사천성 강유(江油)현을 떠나 장강삼협을 따라 동하(東下)하여 지금의 호북성 내의 형문(荊門), 강하(江夏)를 지나 강서성의 심양(潯陽)에 도착해 여산(廬山)을 오르는데, 그 사이에 그는 강소성의 금릉(金陵)과 절강성의 양주(揚州)도 구경하였다. 그리고 다시 배를 타고 서쪽으로 올라가 호북성의 한수(漢水)와 양양(襄陽) 부근을 여행하는데 이때 그는 맹호연을 만나게 된다. 그리고는 호북성의 안륙(安陸)에서는 결혼까지 하게 되며 상당한 시간을 여기서 보내게 된다. 그 후 서기 735년 가을에는 친구 원연(元演)과 함께 산서성 태원(太原)을 방문하며 이듬해 봄에 다시 안육으로 돌아온다. 그리고 그 해에 그는 가족을 데리고 다시 산동성 임성(任城)에 거주하게 되는데, 산동성에 있을 때 그는 조래산(徂徠山)이란 산에서 공소부(孔巢父)를 비롯한 다섯 명의 은자들과 술로 벗을 삼았는데, 이들을 "죽계육일(竹溪六逸)"이라 칭하였다. 그리고는 그 사이에 다시 호북성의 한수와 양양을 다시 드나들었고, 또 북으로 올라가 하남성의 동도(東都) 낙양과 남양(南陽, 당시엔 鄭州라고 함)을 찾았으며, 다시 임성으로 돌아온 지 얼마 되지 않아 다시 남하하여 오월(吳越, 浙江省)에서 유명한 도사 오균(吳筠)을 만나는데, 그는 후에 왕의 부름을 받고 입경하게 되었을 때 당현종 앞에서 이백을 극력 추천한 사람이다. 천보 원년 서기 742년에는 그가 결국 안휘성의 남릉(南陵, 지금의 蕪湖市 부근)에서 당현종의 소환을 받아 장안으로 입궁하게 되는데, 그의 나이 42살이었다. 그때 그는 앞날에 대한 포부와

---

116) 이백의 방랑은 순수한 유랑이 아닌 정치와 유세의 성격을 띤 것이었는데, 劉全白의 <故翰林學士李君碣記>에서는 "性偶儻, 好縱橫術"이라 하였고, ≪新唐書·文藝列傳≫에도 "喜縱橫術, 擊劍, 少任俠…"이라 하였으니, 그는 縱橫家의 영향을 많이 받아 몸소 그것을 실행한 者이다. 그리고 그는 詩를 통해 腐儒를 풍자비판 하였지만 스스로를 儒生 혹은 窮儒로 칭했고, 공자를 비판도 했으나 존경도 했다. 이를테면 <嘲魯儒>와 동일한 시기에 쓰인 <送方士趙叟之東平>이나 <書懷贈南陵常贊府>에서 보듯 그는 스스로 공자에 비교했으며, 더욱이 그가 임종할 때에 지은 <臨終歌>도 그 스스로를 공자에 비유했다. 따라서 그에게 나타난 유가적 성향도 무시할 수 없다.

기대로 무척 기뻐하며 마음이 들떠 있었다(<南陵別兒童入京>).

수도인 장안에 들어온 후 그는 오균의 소개로 당시 비서감을 맡고 있던 유명한 시인 하지장(賀知章)을 알게 되고, 그는 이백의 시 재주에 크게 감복하여 그를 '적선(謫仙, 하늘에서 내려온 神仙)'이라 불렀으며, 그를 당현종에게 추천하게 된다. 현종은 친히 그를 소견한 후 그의 식견과 재기가 마음에 들어 그를 궁에 머무르게 하여 식사를 대접하고 친히 탕을 조리하여 주는 등 그에 대한 대우가 극진했었다. 그러나 이때 현종은 말년이라 젊은 시절의 영명함은 온데간데 없이 그저 사치와 향락에 빠져 있었던 터라 그에게 단지 한림공봉(翰林供奉)이라는 유명무실하고 별 일이 없는 한직을 맡기게 된다. 그는 그 봉직 시에 현종의 무사안일과 조정 관리들의 농권(弄權)에 불만을 느꼈고, 또 자신의 포부를 펴지 못하는 실망감에서 늘 장안 시내의 주점에서 취하도록 술을 마시며 광방하고 안하무인의 생활을 했다. 그러던 중에 그는 자연히 고력사를 비롯한 소인배들과 마찰을 일으키게 되며 결국 그들의 참언으로 그는 눈 깜짝할 사이의 3년이란 봉직생활을 마치고 장안을 떠나게 된다. 장안을 떠난 후 그는 남북을 전전하며 북으로는 조(趙), 위(魏), 연(燕), 진(晉), 그리고 서로는 섬서의 기산(岐山)을 돌고, 동으로는 다시 산동을 찾으며 동시에 또 여러 차례 회계(會稽, 지금의 절강성 紹興부근)와 금릉(金陵, 지금의 江蘇省 南京 부근) 그리고 안휘성 선성(宣城)을 찾았는데, 이때 그는 두보와 불후의 우의를 맺게 되며 두 사람은 또 함께 고적(高適)과 이옹(李邕) 등의 대시인이나 대서예가도 만나 서로 왕래했다.

그 후 안록산의 난이 일어나고 중앙정권이 완전히 와해되었을 때 그는 안휘와 강남의 선성(宣城)과 율양(溧陽), 섬중(剡中) 등지를 전전하고 있었는데, 이때 그는 그만 큰 실수를 하게 된다. 당종실에 영왕(永王)으로 책봉을 받은 이린(李璘)이라는 현종의 열여섯 번째 아들이 있었으니, 그는 어수선한 정국을 틈타 강남에서 군사를 일으키고 독립을 선언하며 심지어 북벌을 준비하면서 천자의 자리를 노렸는데, 이백은 그를 도와 막부에서 일하며 <영왕린동순가(永王璘東巡歌)>를 지어 찬양했던 것이다. 그러나 영왕의 이러한 제위 쟁탈전이 실패로 돌아가자 그는 반역죄에 가담한 행위로 사형을 선고받게 되었을 뿐 아니라 청사에 길이 빛날 그의 이름에 어두운 그림자를 남기게 된다. 그의 이런 역적동조 행위에 송대 주희를 비롯한 일부 문인들은 그의 인격은 물론 그의 시작까지도 부정하기 시작한 것이다. 그러나 자료에 의하면 이백이 영왕을 도와 그 막부에서 일한 것은 소식의 주장대로 강력한 위협 하에 행해진 것이었고, 그는 이 기회를 이용해 나라를 위해 무슨 일을 해보고 싶은 욕망에서 한 행동이었다고 한다. 여하튼 이백의 이런 불명예는 그의 일생에 있어 지울 수 없는 것이었다. 그 후 그는 평소 친분이 있던 곽자의(郭子儀)의 도움으로 사형에서 유형(流刑)으로 내려졌고, 지금의 귀주성 야랑(夜郞)이라는 곳으로 군대를 따라 귀양 가던 중 사천의 무산(巫山)에 이르러 특사를 받아 다시 동으로 호북성의 강하(江夏)와 파릉(巴陵, 지금의 湖南省 岳陽) 그리고 호남성의 형양(衡陽)과 영릉(零陵) 일대로 와서 잠시 기거하다 다시 강서성의 심양(潯陽)으로 돌아온다. 그 이후 그는 금릉과 선성 등지를 거듭 드나들다 죽기 1년 전 서기 761년 이광필(李光弼)이 백만 대군을 일으키고 사조의(史朝義)에 항거한다는 소식을 접하고 그를 찾아가 벼슬을 얻어 적을 물리치며 공을 세우려 했으니, 그는 그 상황에도 나라와 자신을 위해 무언가를 해보려고 했던 것이다. 그러나 불행히도 도중에 병을 얻어 금릉으로 송환되고, 거기서 안주할 수가 없자 족숙(族叔) 이양빙(李陽冰)이 영으로 있던 안휘 당도(當塗)로 가서 의탁해 살다 이듬해에 병이 악화하여 세상을 떠나고 만다.

이상에서 보듯 이백은 예순 남짓한 인생에 광활한 중국의 전역을 거의 모두 답파했으니, 그의 초인적인 활동력에 놀라지 않을 수 없게 된다. 그의 시작(詩作)을 시대별로 고찰해보면 작품의 양과 질에서 가장 뛰어난 시기가 바로 그가 장안을 떠난 후부터 야랑(夜郞)으로 귀양을 떠나기 직전까지 그의 나이 45세에서 57세까지인데, 당시는 그가 동서남북으로 천하를 유랑할 때로 생활경험이 가장 풍부했던 시기였다. 그는 타고난 정력가일 뿐 아니라 그 기질이나 관심도가 너무도 복잡 다양했다. 그는 유협(遊俠), 자객(刺客), 은사(隱士), 도사(道士), 책사(策士), 주객(酒客) 등의 기질을 한 몸에 지니고 있었을[117] 뿐 아니라 중국역대시인 중에서 전후미문(前後未聞)인 "두주시백편(斗酒詩百篇)"의 시재를 지닌 기재였다. 그의 천재성과 웅방한 기상 앞에는 그 어떠한 어려운 시체의 격률도 융화되어 그를 위해 바쳐졌고, 가장 통속적이고 평범한 언어를 사용했건만 읽는 자로 하여금 결코 천박하지 않고 자연스럽게 느껴지도록 할 수 있는 시인은 바로 이백밖에 없었다. 그것은 그의 대담성과 반항정신 그리고 혁신정신과 창조성을 말해주며 그 바탕은 물론 그의 천재성이다.

나를 버리고 가버린 어제의 날들은 다시 붙잡을 수 없고, 내 마음을 심란하게 하는 오늘

---

117) 허세욱, ≪중국고대문학사≫, 법문사, 1986년, 305쪽.

이란 또 얼마나 나로 하여금 근심이 많게 했던가! 만 리 밖에서 불어오는 긴 바람은 가을의 기러기를 남쪽으로 날려 보내는데, 우리는 이러한 정경을 눈앞에 두고 누각에 앉아 거나하게 술을 마시도다. 이운(李雲)선생은 학문이 뛰어나 그 문장은 마치 봉래궁(蓬萊宮) 속의 문장과 같은데다 동한시대 건안체(建安體)의 풍골(風骨)을 지녔으며, 그 중간에 재기와 문사가 청려(淸麗)한 사조(謝脁)가 있어 스스로를 비하나니, 우리 모두는 표일한 흥취과 호방한 기질을 가졌으니, 함께 하늘로 날 것 같으면 하늘의 명월이라도 잡지 못하겠는가! 그러나 지금 나는 숙운(叔雲)과 이별하니 그 서글픈 심정 풀길이 없어, 마치 칼을 뽑아 물을 잘라도 물은 다시 흘러가듯, 잔을 높이 들어 통쾌하게 대작을 하며 근심을 잊으려고 해도 그 우수는 더욱 깊어지기만 한다. 인생이란 원래 이렇게 뜻대로 되는 일이 없는 법, 내일에는 머리를 풀어헤치고 일엽편주에 몸을 실어 정처 없이 떠돌아다니며 은자의 낙을 누리는 것만 못할 것이다(<선주 사조루에서 교서 숙운을 전별하며>). (棄我去者昨日之日不可留, 亂我心者今日之日多煩憂. 長風萬里送秋雁, 對此可以酣高樓. 蓬萊文章建安骨, 中間小謝又淸發. 俱懷逸興壯思飛, 欲上靑天攬明月. 抽刀斷水水更流, 擧杯消愁愁更愁. 人生在世不稱意, 明朝散髮弄扁舟.) <宣州謝脁樓餞別校書叔雲>

숙운은 바로 이백의 먼 조카인 이운(李雲)으로, 그는 일찍이 비서성 교서랑(校書郎)을 역임한 바 있다. 이 시는 이백이 장안을 떠나 천지를 떠돌아다닐 때 지은 것으로, 이운을 전별하는 쓸쓸한 마음이 자신의 불우한 처지와 함께 어우러져 비량한 분위기를 자아내고 있는 작품이다. 여기서 우리는 이 시의 앞 구절이 자수를 초과한 산문적인 어투로 지어졌음을 알 수 있다. 그러나 그 시구는 우리가 실재 낭송을 할 때, 칠언 구의 기본적인 2·2·3의 가락(棄我去者, 昨日之日, 不可留; 亂我心者, 今日之日, 多煩憂)에 맞도록 읽힌다. 이것이 바로 이백이 가지고 있는 혁신성과 창조성의 발로이다. 이러한 부분은 그의 작품 여러 곳에서 발견되는데, <장진주(將進酒)>도 그중의 하나이자 뭐니 해도 그의 대표작이 아닐까 한다.

그대는 황하의 물이 하늘로부터 쏟아져 내려 바다로 치달린 후, 다시는 돌아오지 않음을 보지 못했던가? 그대는 댁의 어르신들이 맑은 거울을 대하고, 아침엔 청사같이 검은 머리가 저녁이 되어 눈같이 희게 변한 것을 보고 슬퍼하는 것을 보지 못했던가? 그르므로 인생에서 기쁜 때를 만나면 반드시 마음껏 즐겨야 되나니, 술잔이 헛되이 아름다운 달을 대하게 해서는 되겠는가? 하늘이 나를 이 세상에 태어나게 한 데에는 반드시 쓰임을 위해서일 것이니, 천 냥의 황금을 써 버렸어도 언젠가는 내게 다시 돌아올 것이리라. 양을 삶고 소를 잡아 모두들 잠시 즐겨보세. 기왕 술을 한 번 마셨으니 삼백 잔은 마셔야 하오. 잠부자! 그리고 단구생! 우리 술을 마시며 잔을 놓지 말도록 하오. 그대들에게 내 노래 한 곡 들려주리니 바라건대 귀 기울여 들어주시오. "부귀한 집 호사스런 음악과 멋진 음식 내 하나도 부럽지 않네. 오직 영원히 취하여 깨어나지 않기만을 바라네. 자고로 성스럽고 어진 자들은 죽은 후 모두 쓸쓸하여 아무도 그들을 몰라주지만, 다만 술을 즐겨하는 사람들은 후세에 그 이름을 남겼지 않았더냐! 진사왕 조식은 옛날 평락관(平樂觀)에서 연회를 베풀 적에 한 말에 만 냥이나 하는 비싼 술도 아랑곳 않고 마시며 즐겼다네." 오늘 내가 주인이 되어 그대들을 청하는데 어찌 돈이 없단 말을 하겠는가? 만약 술이 떨어지면 바로 나가 사와서 그대들과 다시 대작할지니, 좋은 말 '오화'와 천금의 흰 여우 가죽옷 내 모두 꺼내 아들을 시켜 술로 바꿔 그대들과 더불어 만고의 시름 풀어보겠소.

(君不見黃河之水天上來, 奔流到海不復回. 君不見高堂明鏡悲白髮, 朝如靑絲暮成雪. 人生得意須盡歡, 莫使金樽空對月. 天生我材必有用, 千金散盡還復來. 烹羊宰牛且爲樂, 會須一飮三百杯. 岑夫子, 丹丘生, 將進酒, 杯莫停. 與君歌一曲, 請君爲我側耳聽. "鐘鼓饌玉不足貴, 但願長醉不用醒. 古來聖賢皆寂寞, 惟有飮者留其名. 陳王昔時宴平樂, 斗酒十千恣歡謔." 主人何爲言少錢, 徑須沽取對君酌. 五花馬, 千金裘, 呼兒將出換美酒, 與爾同銷萬古愁.) <將進酒>

〈그림 44〉 이백

이 시에서도 "그대는 황하의 물이 하늘로부터 쏟아져 내려 바다로 치달린 후, 다시는 돌아오지 않음을 보지 못했던가?(君不見黃河之水天上來, 奔流到海不復回)"의 시작에서부터 자수를 무시한 산문화적인 시구로써 시두(詩頭)를 열었는데, "黃河之水天上來, 奔流到海不復回"라든지 "천 냥의 황금을 써 버렸어도 언젠가는 내게 다시 돌아올 것이리다(千金散盡還復來)." 그리고 "기왕 술을 한 번 마셨으니 삼백 잔은 마셔야 하오(會須一飮三百杯)." 등의 시구에서 마치 황하의 물이 일사천리로 흘러가는 듯한 호방하고 힘찬 기백을 느낄 수 있으며, 거기에는 "황하(黃河)", "천상(天上)", "분류(奔流)", "해

(海)”, “천금(千金)” 등의 웅장한 시어들도 한몫을 하고 있다. 그리고 이 시의 매력은 금전이나 물질적 풍요나 사치를 경시하고 자신의 당시 우정이나 기분을 중시하여 그것을 위해서라면 모든 것을 아끼지 않는 바로 작자의 낭만적인 대범하고 호탕한 기질의 정신세계를 잘 드러냈을 뿐 아니라 또 그것을 전통적 형식을 탈피한 대담하고 광오(狂傲)한 시의 형식으로 표현한 두 가지 측면의 성공을 동시에 거둔 데 있다. 여기서 표현된 시인의 경지는 바로 이백이 이룩한 중국문인의 새로운 정신세계이자 그 특유의 풍류정신이며, 작자의 이런 대범성과 호방함은 바로 작자가 인생과 세상을 천재적인 감오력(感悟力)으로 통찰한 후 느끼게 된 무상함에 그 근원을 두고 있는 까닭에 그 호방함과 대범함이 더욱 절실하게 우리의 가슴에 와 닿는 것이다.

　그리고 이상의 시에 나타난 것처럼 이백은 자신의 시를 통해 근심이나 고민이란 말을 사용하지만 그것은 결코 우리가 흔히 생각하는 소극적이고 퇴폐적인 우울이나 슬픔이 아니라는 것이다. 그는 자신의 회재불우의 실의의 감정을 보통 사람들처럼 술로써 순화하고 달래기도 했지만, 그는 그 어려운 환경과 조건에서도 항시 희망과 즐거움을 잃지 않았으니, 그것은 그의 호방한 개성에서 나온 것이라 생각되며, 그런 이유로 그를 적극적 낭만주의라고 부른다. 이를테면 처음의 시 <선주사조루전별교서숙운시>에서 그는 일상의 근심과 고뇌를 토로하면서도 나중에는 세상의 일이 잘되지 않을 때는 슬픔에 빠져 퇴폐주의로 흐르는 것이 아니라 미련 없이 세상을 떠서 은자로서의 새로운 낙을 추구하며 유유히 살겠다는 것인데, 이는 슬픔(愁)에 빠져버리지 않고 그것을 초월하려는 의지를 보인 것으로 바로 그의 낙천적인 면을 말해 준다. <장진주>에서도 그는 만고의 시름을 갖고 있지만 “하늘이 나를 이 세상에 태어나게 한 데에는 반드시 쓰임을 위해서일 것이니, 천 냥의 황금을 써 버렸어도 언젠가는 내게 다시 돌아올 것이리라(天生我才必有用, 千金散盡還復來).”라고 하며 비록 지금은 표락해 있어도 언젠가는 등용이 되어 자신의 이상을 펴게 되리라는 희망을 잃지 않았으며, 그러기에 재물에 대한 큰 아쉬움도 없었다. 또한 “자고로 성스럽고 어진 자들은 죽은 후 모두 쓸쓸하여 아무도 그들을 몰라주지만, 다만 술을 즐겨하는 사람들은 후세에 그 이름을 남겼지 않았더냐!(古來聖賢皆寂寞, 唯有飲者留其名).”에서도 자신과 같이 술을 좋아하는 호방한 사람은 세상의 이치로 보아 반드시 출세를 하게 된다는 확신을 했으니, 그는 매우 낙천적이며 아무리 암울한 현실 속에서도 항시 미래에 대한 꿈을 버리지 않는 사람이었다. 그러므로 그의 우수와 고독도 보통사람이 느끼는 그런 애가식의 우울이나 슬픔이 아니다.

그가 지은 <월하독작(月下獨酌)>이란 시는 바로 시인의 그런 차원 높은 정신세계를 잘 보여주고 있다.

> 꽃 사이에 술을 받아놓고, 아무도 없이 홀로 마시네. 잔 들어 밝은 달을 청해오고, 그림자를 마주하니 문득 세 사람. 달은 술을 마실 줄 모르고, 그림자도 헛되이 나만 따라 움직인다. 잠시나마 달과 그림자를 벗하니, 즐김도 그때를 타야 하는 것. 내가 노래하면 달은 서서히 배회하고, 내가 춤추면 그림자도 움직인다. 깨어 있을 때는 서로 함께 즐기면서, 취한 후에는 제각기 흩어지니, 이 같은 (자유롭고 구속 없는) 무정(無情, 달과 그림자는 원래 사람처럼 번뇌나 고민이 없으므로 무정이라 일컬었음)의 교정을 맺어 먼 은하수 하늘에서 영원히 함께하길 바라도다.
> (花間一壺酒, 獨酌無相親. 擧杯邀明月, 對影成三人. 月旣不解飮, 影徒隨我身. 暫伴月將影,
> 行樂須及春. 我歌月徘徊, 我舞影零亂. 醒時同交歡, 醉後各分散. 永結無情遊, 相期邈雲漢.)
> (其一)

이 시도 제목에서 느껴지는 그 어떤 고독감을 작품에서 쉽게 찾아볼 수가 없다. 작자는 자연 속의 달을 의인화하여 그것에 감정을 부여했는데, 바로 시인의 풍부한 정감을 나타낸 것이다. 따라서 여기서의 "무정유(無情遊)"란 말의 의미는 세속사람들의 고뇌와 번민이 없는 자연(즉 달과 그림자)과 우정을 맺어, 서로 부담 없이 만나 구속 없이 자유로이 헤어질 수 있는 그런 교유를 맺고자 한 것이다. 이는 세사의 번뇌를 벗어나 무정의 자연과 같이 살아가고픈 자신의 마음을 표현한 것이라고도 할 수 있으며, 여기서의 '무정'의 경지란 집착하는 정의 구속에서 해방되어 진정 자유로운, 위진인들이 추구하던 정의 경지를 말하기도 한다.

이백 시의 정신에서 가장 두드러지게 표현된 것은 아마도 그의 반항정신이 아닐까 한다. 뛰어난 재기와 식견을 지닌 그의 천재성은 그를 일상적인 사상과 법도에 안주하게 하지 않았으며, 그의 호방한 거침없는 성격은 그로 하여금 현실과 인생에 대한 불만과 격정을 시를 통해 유감없이 표현케 했다. 그가 젊은 시절 산동 지역을 유람할 때 노(魯)의 부유(腐儒)들이 그를 "궁통의 이치를 깨닫지 못한다(不識窮通之理)"라고 그를 조소했을 때, 그는 이러한 고지식한 유생들을 위해 다음과 같은 시를 적어 풍자했다.

> 노의 늙은이들은 오경을 얘기하며, 백발이 되도록 장구(章句)에만 의지하네. 그들에게 경국제세(經國濟世)의 방략을 물어보면 오리무중일 뿐. 발에는 원유라는 옛 신을 신고, 머리에는 방산건이라는 옛 어진이의 모자를 썼으며; 항시 느린 걸음으로 곧바로 걷고, 움직이기도 전에 먼저 먼지를 일으키도다(둔하고 우스운 몸짓을 비유). 진나라의 승상 이

사는 유생을 중시하지 않았었고, 그대들이 숙손통(叔孫通)과 같은 통유(通儒)가 아닐지라면 본시 나와 다른 길을 걷는 사람. 세상의 일들도 통달하지 못할 바에는 차라리 문수가에 가서 밭이나 갈고 살 것.
(魯叟談五經, 白髮死章句. 問以經濟策, 茫如墜煙霧. 足著遠遊履, 首戴方山巾. 緩步從直道, 未行先起塵. 秦家丞相府, 不重褒衣人. 君非叔孫通, 與我本殊倫. 時事且未達, 歸耕汶水濱.)
<嘲魯儒>

여기서의 숙손통은 진한(秦漢) 때의 통유(通儒, 시대의 변화에 순응할 줄 아는 通達한 儒家徒)로서, 이 시에서 알 수 있듯 이백은 스스로를 통유인 숙손통에 비유하며, 유교경전만 고수하여 융통성이 없고 고지식한 유생들을 도리어 조소한 것이다. 이백은 그의 <여산요기로시어허주(廬山謠寄盧侍禦虛舟)>라는 시에서 이미 "나는 본시 초나라의 광인으로, 봉의 노래를 부르며 공자를 비웃도다. 손에는 옥으로 된 녹색 지팡이를 쥐고, 아침에 황학루를 나오네. 오악의 신선을 찾는 일이라면 아무리 멀어도 꺼리지 않고, 한평생 명산을 찾아 노니는 것을 낙으로 삼도다(我本楚狂人, 鳳歌笑孔丘. 手持綠玉杖, 朝別黃鶴樓. 五嶽尋仙不辭遠, 一生好入名山遊)."라고 하며 공자를 비웃은 사실이 있다. 그러나 그것은 부패한 유가도들에 대한 그의 비판 반항정신의 발로이지 그가 완전히 유가를 경시한 것은 결코 아님은 우리가 알아야 할 것이다.

두보(杜甫)는 서기 712년에 나서 770년에 작고했으니, 이백보다 11살이 아래다. 그의 13대 조상은 진대(晉代)의 명장이자 명유(名儒)인 두예(杜預)였고, 그의 조부 또한 당대의 저명한 시인 두심언(杜審言)이었으며, 그 부친 두한(杜閑)도 청렴한 선비였다고 한다. 이런 특별한 가학(家學)의 분위기에서 그는, 원적은 호북성 양양(襄陽)이었지만, 하남성 공연(鞏縣)에서 태어나게 된다. 그의 자는 자미(子美)이고, 또 일찍이 장안 근처인 소릉(少陵)이란 곳에서 거주한 적이 있어 "소릉야로(少陵野老)" 혹은 "두소릉(杜少陵)"이라 부르기도 했다. 그는 이런 내력 있는 걸출한 선비가문에서 태어난 것을 무척 자부하며 자랐는데, 이 점은 그의 시 "내 조부의 시는 옛날 제일이었고(吾祖詩冠古)"(<贈蜀僧閭丘>)라든지 "시를 짓는 일은 우리 집안의 내력임(詩是吾家事)"(<宗武生日>)라는 시구에서 쉽게 알 수 있다.

두보는 비교적 순수한 유생이었다고 할 수 있으나 우리가 생각하는 그런 문약한 유생 시인은 아니었다. 그는 <백우집행(百憂集行)>이라는 시에서 말하길, "옛날을 회상하면, 열다섯에 마음은 여전히 어린애 같았고, 건장함은 작은 황소와도 같아 마구 뛰놀아다녔다. 팔월이 되면 마당 앞에 배와 대추나무는 한창이었는데, 하루에도 천 번이나 나무를 올라가곤 했었다(憶昔十五心尙孩, 健如黃犢走復來. 庭前八月梨棗熟, 一日上樹能千回)."라고 했으니, 소년시절의 그는 매우 활발하고 튼튼한 몸을 지녔던 것 같다. 또한 그의 일생을 살펴보면 그의 사상의 주류는 물론 유가라고 할 수 있지만, 도가를 좋아하고 유협(遊俠)의 기질도 있었다. 그러므로 그는 6세 때 언성(郾城, 지금의 河南省 許州)이란 곳에서 당시 유명한 무도가인 공손대낭(公孫大娘)의 검무를 보고 크게 감명을 받아 수십 년이 지난 후 그 때의 기억과 감동을 시로 표현하였으며, 당시 '사절(四絶)'로 불러지던 배민(裵旻)의 검무 칼춤도 매우 흥미롭게 관상한 적이 있었다. 이와 같이 젊은 시절의 두보는 매우 광방했으며 술에 있어서도 이백 못지않은 편력을 갖고 있었다. 그가 말년 죽기 4년 전에 지은 <장유(壯遊)>라는 시는 자신의 생평부터 시작하여 그의 사상 그리고 성격을 자술한 자서전적인 작품인데, 그 시에 나타난 젊은 시절의 두보는 활을 잘 쏘고 말을 좋아했으며 또 사냥에도 능한 매우 호방한 면을 갖고 있었음을 엿볼 수 있다.[118]

두보의 일생을 살펴보면 상술한 이백과 마찬가지로 불행한 관운으로 사방을 분주히 유랑하는 가운데 생을 마쳤다고 해도 과언이 아니다. 물론 성당 시기는 사회가 비교적 태평하여 물가가 쌌고, 더욱이 교통이 편리하여 대개의 유명시인들은 모두 전국을 여행하는 것이 통례였지만, 그가 삼년 남짓한 짧은 세월을 통해 누렸던 집현원(集賢院)의 대제(待制), 좌습유(左拾遺), 절도참모 겸 검교공부원외랑(節度參謀 兼 檢校工部員外郞) 등의 미관말직을 제외하면 그의 59년 일생은 모두가 바로 곤궁과 고난 그리고 표박의 연속이었다. 그러던 중 그의 중년시기(44세)에 '안사(安史)의 난(亂)'이 일어나 사회는 너무도 어지러웠고, 그해 그의 어린 아들은 굶주림으로 세상을 하직하게 되면서 그는 "귀족의 집에는 술과 고기가 썩어나지만, 길에는 얼어 죽은 시체가 즐비하다(朱門酒肉臭, 路有凍死骨)."(<自京赴奉先縣詠懷五百字>)라는 명구(名句)를 남기며 항시 사회와 현실을 걱정하며 민중의 입장에서 우국우민(憂國憂民)의 수많은 시를 적게 된다. 이러한 정신은 그로 하여금 사회파 시인이라든지 애국시인 등의 호칭을 얻게 하였으며, 시

---

118) <壯遊>란 詩에는 "山東과 河北을 노닐 적에 가죽 옷을 입고 말 타며 자못 스스로 狂放한 생활을 했네. 봄에는 총대 위에서 노래 부르고, 겨울에는 청구 옆에서 사냥을 했었지. 조력림에서 기러기를 향해 소리치고, 운설강에서는 길짐승을 쫓았었네. 말달리며 나는 새를 쏘았고, 활을 당기면 해오라기도 떨어뜨렸지(放蕩齊趙間, 裘馬頗淸狂. 春歌叢臺上, 冬獵靑丘旁. 呼鷹皁櫪林, 逐獸雲雪岡. 射飛曾縱鞚, 引臂落鶖鶬)."라는 대목이 있다. 따라서 이백이 "十五好劍術"라고 하여 劍術에 능한 것과 같이 두보는 騎射(말을 타고 활을 쏨)에 능했다고 한다. 또한 그는 말의 기백과 호방함을 좋아하여 말을 묘사한 시도 많이 있었으며, 또 누군가의 용맹스러운 개성을 말로 형용하기도 했다(<奉簡高三十五>).

인의 모범으로 후세의 추종을 한 몸에 받게 된 것이다. 그가 50세 되던 서기 761년에는 그가 살고 있던 초가집의 지붕이 광풍에 날아가 버려 그는 <초가집이 가을바람에 파손됨을 노래함(茅屋爲秋風所破歌)>이라는 제목의 시를 지었는데, 그는 여기서 "어떻게 하면 천만 칸의 넓은 집을 얻어서, 천하의 가난한 선비들을 널리 구제하여 그들의 즐거운 얼굴을 보게 될까?(安得廣廈千萬間, 大庇天下寒士俱歡顔)."라고 표현했다. 그리고 이어 "풍우에 끄떡없는 이런 집들이 세워져 가난한 선비들에게 제공된다면 비록 자신이 얼어 죽더라도 한이 없다(風雨不動安如山, 嗚呼! 何時眼前突兀見此屋, 吾廬獨破受凍死亦足!)."고도 했다. 자신이 그렇게 곤궁에 처해 있을지라도 여전히 남을 생각하는 유가적 추기급인(推己及人)의 정신은 사람들의 마음을 감동케 한다. 이러한 인도주의적 비천민인(悲天憫人), 인닉기닉(人溺己溺)의 정신은 바로 두시(杜詩)가 가지고 있는 위대한 점이며, 그것은 또 유가가 강조하는 온유돈후의 시교의 정신이자 동시에 곧 박애사상이다. 이제 두보의 대표적인 시를 몇 수 살펴보기로 하자.

<춘망(春望)>은 가장 잘 알려진 두보의 대표작 중의 하나로 당현종 때에 일어난 안록산의 난으로 인해 피폐해진 나라를 걱정하면서 동시에 가족과 떨어진 자신의 처지를 슬퍼하며 지은 작품이다.

> 나라는 망해도 강산은 여전하니, 성안에 봄이 오니 초목이 무성하구나. 시절을 생각하니 꽃을 보고도 눈물을 뿌리고, 이별을 슬퍼하니 새의 울음도 마음이 아프네. 전쟁은 끝없이 이어지니, 집에서 온 편지가 천금과도 같다. 흰머리는 긁어 더욱 적어지니, 비녀를 꼽을 수도 없구나.
> (國破山河在, 城春草木深。感時花濺淚, 恨別鳥驚心。烽火連三月, 家書抵萬金。白頭搔更短, 渾欲不勝簪。)

이와 비슷한 시기의 작품으로 <월야(月夜)>가 있다. 두보는 천보 15년 서기 756년(45세)에 안록산 무리에게 포로로 붙잡혀 장안에 갇혀 있을 때 그의 가족들은 부주(鄜州, 지금의 陝西省 鄜縣)에 남아 있었는데, 이 시는 가족에 대한 그의 사랑과 정이 얼마나 깊은가를 잘 보여주는 명작이다.

> 오늘밤 부주의 달을 그 사람은 홀로서만 보고 있겠지. 멀리 떨어져 있는 아이들을 생각하건데, 그들은 (아직 어려) 엄마가 장안을 그리워하는 것을 알지 못하겠지. 그 삼단 같은 머리칼은 안개에 젖고, 옥 같은 팔뚝은 달빛에 차가울 텐데. 아, 그 언제쯤 두 사람이 서로 만나 부드러운 휘장에 기대고 앉아 달빛이 우리들의 눈물흔적을 비추어 말려주게

될까.
(今夜鄜州月, 閨中祗獨看. 遙憐小兒女, 未解憶長安. 香霧雲鬟濕, 清輝玉臂寒. 何時倚虛幌, 雙照淚痕乾.)

　　이 시의 매력은 작자가 자신의 슬픔은 언급치 않고 상대(妻)의 입장에서 그녀의 고통과 슬픔을 위로하는 관점에서 지어졌다는 것이며, 그것은 바로 위에서 언급한 항시 남을 생각하는 그의 후덕한 마음과 인간에 대한 온정을 말해 주는 것이다. 특히 "멀리 떨어져 있는 아이들을 생각하건데, 그들은 (아직 어려) 엄마가 장안을 그리워하는 것을 알지 못하겠지(遙憐小兒女, 未解憶長女)." 구절은 철없는 어린 자식에 대한 부친의 정을 절묘하게 잘 표현한 구절이다.

　　두보의 이런 깊은 인정은 그가 지우인 이백에게 보인 정에서도 쉽게 발견된다. 흔히 이백과 두보의 만남을 두고 마치 공자와 노자와의 성대한 만남에 비유키도 하는데, 두보가 33세 때 이백을 만나 그의 친우가 된 이후 그를 위해 십여 수나 되는 깊은 우정을 토로한 시를 적은 것을 보면 그는 항상 남에게 주는 자였다는 것을 실감하게 한다. 이백이 말년에 영왕의 사건으로 투옥되어, 세인들이 모두 그를 성토하려고 했을 때에도 그는 시를 지어 이백을 변호하기도 하였으며, 심지어 그는 꿈에서도 이백을 위해 아낌없는 정을 쏟기도 하였다.

　　정다운 이와의 사별 사람을 흐느끼게 하지만, 그와의 생이별 또한 그지없이 비통하기만 하다. 남방의 음습하고 무더운 곳으로 귀양을 간 이래로 축객은 소식이 없는데, 친구는 나의 꿈속으로 들어와 내 그대 그리워하는 마음 아는 듯. 그대는 지금 옥 속에 있는데, 날개라도 생긴 것인가? 길이 멀어 알 길이 없나니, 혹 당신이 죽어 혼백이 내게로 오지는 않았는지? 진정 당신의 혼이 찾아왔다면 풍림도 그로 인해 푸르게 될 것이며, 만약 혼이 떠나간다면 관산도 어두워질 것이네. (깨어 보니) 떨어진 달이 집의 대들보를 훤히 비추는데, 아마도 그대의 얼굴을 비추는 듯하네. 중도에 물이 깊고 파도가 거치니 조심하여 교룡의 해를 입지 않길 바랄 뿐이오.
　　뜬구름이 종일토록 하늘을 서성이니, 떠난 사람 소식 없고, 사흘 밤을 연이어 그대의 꿈을 꾸니, 그대 나의 향한 정을 실감하오. 떠날 때는 늘 바삐 서두르고, 날 찾아오기 힘들었다 말하며, 강호에 풍파가 너무도 험악해 돛이 떨어질까 두려웠다 했소. 그리고는 집을 나서는데, 흰 머리를 긁적이며 난처해하는 모습 평시와 달랐었소. 장안을 오가는 사람 모두가 고관대작이건만 단지 그대만 얼굴을 찌푸리며 뜻을 얻지 못했는데, 그 누가 천리는 공평하여 그 누구도 혜택을 보지 않을 수 없다고 하였는가? 그대만 유독 늘그막에 죄까지 얻었으니! 천추만세에 그 이름 날린다 한들 이미 죽은 후면 그 무슨 소용이 있으리!

(死別已吞聲, 生別長惻惻. 江南瘴癘地, 逐客無消息. 故人入我夢, 明我長相憶. 君今在羅網,
何以有羽翼? 恐非平生魂, 路遠不可測. 魂來楓林青, 魂返關山黑. 落月滿屋梁, 猶疑照顔色.
水深波浪闊, 無使蛟龍得.
浮雲終日行, 遊子久不至. 三夜頻夢君, 情親見君意. 告歸常局促, 苦道來不易. 江湖多風波,
舟楫恐失墜. 出門掻白首, 若負平生志. 冠蓋滿京華, 斯人獨憔悴. 孰云網恢恢, 將老身反累.
千秋萬歲名, 寂寞身後事.) <夢李白> 二首

이(李)·두(杜)가 낙양에서 서로 만나 알게 된 후 점점 정이 깊어지고, 서기 759년
(당시 이백은 59세)경에 두보는 야랑(夜郎, 지금의 貴州省 桐梓縣)으로 귀양길에 오른
이백의 생사를 걱정하며 이 시를 짓게 된다. 그가 연거푸 세 번이나 이백의 꿈을 꾸었
으며, 그것도 불길한 꿈을 계속 꾸게 된 것은 바로 친구를 걱정하는 정이 그만큼 깊은
까닭이다. 그리고 이 시에서 두보가 걱정한 것처럼 이백은 귀양길에서 죽지는 않았다.
그러나 그들은 그 이후 죽을 때까지 다시는 서로 만날 수 없었으니 이 시는 사실상 이
백의 죽음에 대한 애도였다고도 볼 수 있다.

이백과 두보는 서로 판이하게 다른 성격의 두 시인으로 세상 사람들은 생각하고 있
다. 이백이 낭만파의 기재라면, 두보는 사실파의 거장이며; 이백이 호방불기(豪放不羈)
의 도가적 인물이라면, 두보는 온유돈후(溫柔敎厚)한 유가적 인물로 기억될 수 있다.
그리고 그 작품의 풍격에 있어서도 두보가 사회와 민중을 노래한 애국시인이었다면,
이백은 자신의 감정과 낭만을 노래한 개인주의 시인으로 간주된다. 하지만 이러한 이
분법적인 구분은 사실 대단히 위험하다. 이백과 두보는 모두다 도교에 심취해 그들은
각기 도사를 찾아다녔고, 이백도 그의 시를 통해 사회와 백성을 걱정하는 무수한 사
회시를 남겼으며, 두보도 이백과 같이 협객을 좋아하고, 술을 좋아했다. 이·두의 차이
점을 찾는 것만큼 그 공통점을 찾는 일도 무척 중요하리라 생각된다. 둘 사이에 많은
공통점이 없었다면 그들은 서로 만나자마자 그렇게 친숙해지지 않았을 것이며, 또 그
렇게 오랫동안 깊은 우정을 나누지도 못했을 것이다.

끝으로 두보의 시 가운데에도 음주미녀에 관한 풍류의 정을 노래한 것도 적지 않은
데, 그 가운데 <가인(佳人)>이란 시는 가장 대표적인 작품 중의 하나라고 할 수 있다.
이 시는 불우한 처지의 미인에 대한 연민의 정을 토로하고 있는데, 미인을 통해 지조
높은 아름다운 자를 은유적으로 묘사하는 방식은 굴원의 초사 이래로 중국고전문학 특
유의 향초미인의 전통을 계승한 것이라고 하겠다.

절세 미녀가 있나니, 외로이 깊은 계곡에 사네. 스스로 양가의 여자라는데, 쓸쓸히 산림에 묻혀 사네. 당시 천하가 전란에 휩싸여, 자신의 형제들도 죽음을 당했다네. 고관에 녹봉은 무슨 소용이 있으리, 죽은 가족의 유해도 수습하지 못하였는데. 세상일은 험난하고 알 수 없으니, 만사가 마치 흔들리는 촛불과도 같네. 박정하고 의리 없는 남편은 나를 버리고, 옥같이 아름다운 새 신부를 사랑했네. 야합화는 부부의 화합을 알고, 원앙새는 홀로 지내지 않건만. 남편의 눈에는 새 사람의 웃음만 있으니, 나의 비통한 울음소리를 어찌 듣기나 하리오! 산속의 냇물은 맑고도 깨끗하지만, 산을 나오면 혼탁함으로 물이 드네. 하녀가 패물을 팔고 돌아오며, 등나무를 캐어 지붕이나 고쳐야겠네. 예쁜 꽃을 꺾어 머리를 장식하지 않고, 지조 높은 푸른 잣나무를 마음껏 꺾네. 찬바람이 내 얇은 저고리에 불어오니, 해질 황혼에 푸른 대나무에 기대어보네.

(絶代有佳人, 幽居在空穀。自云良家女, 零落依草木。關中昔喪亂, 兄弟遭殺戮。官高何足論, 不得收骨肉。世情惡衰歇, 萬事隨轉燭。夫婿輕薄兒, 新人美如玉。合昏尙知時, 鴛鴦不獨宿。但見新人笑, 那聞舊人哭。在山泉水淸, 出山泉水濁。侍婢賣珠回, 牽蘿補茅屋。摘花不揷發, 采柏動盈掬。天寒翠袖薄, 日暮倚修竹。)

3) 기타 성당의 시인들

이백과 두보 외에도 성당 시기에는 뛰어난 시인들이 대거 출현했다. 그중 산수 전원파의 대가인 왕유(王維, 자가 摩詰)는 이 시기 시인 가운데 가장 다재다능하며, 문인예술가적 기질이 농후한 자라고 할 수 있다. 왕마힐(王摩詰, 즉 왕유)은 이백과 같은 해에 지금의 산서성 기현(祁縣)에서 삼대동안 사마(司馬) 벼슬을 한 유가 관료가정에서 태어났다. 그러나 그의 모친 박릉최씨(博陵崔氏)는 절실한 불교신자였으니, 그가 이후 불교를 신봉하며 피세적 사상을 갖는데 영향을 끼치지 않았나 생각된다. 그는 어릴 적부터 재주가 비상하여 9세 때 이미 시문을 지었으며("九歲知屬詞", 《新唐書》 本傳), 과거운도 순탄하여 19세 때 이미 해원(解元)으로 뽑혔으며, 21세 때에는 정식으로 진사과에 합격하여 평소 음악에 대한 깊은 조예로 대악승(大樂丞)이라는 벼슬을 맡게 된다. 그후 개원 24년 그의 나이 36세 되던 해, 장구령(張九齡)이 실세하고 이임보가 득세하게 되자 어두운 정치현실에 대한 실망으로 사실상 모든 관심을 끊고, 은거생활에 주력하게 되는데, 그로부터 61세 그가 세상을 하직하기까지 그는 수많은 뛰어난 산수전원시를 남기게 된다.

왕유는 사실 성당 시단에서 이백, 두보와 거의 어깨를 겨누는 일대시종(一代詩宗)으로서, 후세에 끼친 영향도 아주 크다. 그의 시가 예술적 성취는 물론 그의 산수전원시에 있다. 백여 수에 이르는 그의 자연시는 대개 농촌의 아름다운 풍경이라든지 은거생활의 낙을 읊었는데, 이러한 그의 시에는 일찍이 소동파가 지적한 바와 같이 "시 가운데 그림의 운치가 서려 있고, 그의 그림에는 시의가 들어 있다(詩中有畵, 畵中有詩)."라고 하여 그 형상성이 매우 뛰어나 청대 신운파(神韻派) 시인들은 그를 비조로 추종하였다.

중국의 자연파 시인은 동진의 도연명이 그 시초다. 그러나 그의 전원시는 대개 전원에서의 은거생활의 정취를 적었지 산수전원의 경치를 묘사한 부분은 극히 적다. 그 후 남조 송대의 사령운은 산수시의 창시자로서, 그는 시를 통해 산수의 아름다운 자태를 수없이 묘사했지만, 농촌이나 전원생활을 노래하지는 않았다. 그러든 것이 성당의 맹호연(孟浩然)과 왕유(王維)에 이르러서는 두 시인이 산수시와 전원시를 모두 묘사하게 됨으로써, 중국의 산수시와 전원시는 비로소 합쳐지게 된 것인데, 그중에서도 특히 왕유 시의 예술적 가치는 탁월하다. 그의 산수전원시에는 선명한 색채미와 입체감이 있어, 마치 수채화나 수묵화를 대하는 듯하며, 무엇보다도 중요한 점은 그의 산수시에는 문인의 격조와 의경(意境)이 있다는 것일 것이다. 그것은 그가 시뿐 아니라 음악, 문학, 회화 등 예술전반에 걸친 높은 이해력과 문인예술가적 높은 수양의 소치가 아닌가 싶다. 그의 시에는 이러한 시정(詩情), 화의(畵意), 음악미 외에도 선의(禪意)가 깃든 것도 특징이다. 그 대표작을 몇 수 살펴보자.

석양빛이 촌락을 비추니, 마을 깊은 곳에서는 소와 양들이 이제 막 돌아온다. 한 늙은이가 목동을 기다리며 지팡이 짚고 사립문 밖에서 기다리고 있네. 들판의 닭들이 짖어대니 바야흐로 보리가 피어나고, 누에는 잠을 자니 뽕잎은 이제 드문드문하다. 농부들은 괭이를 매고 서 있고, 서로 정다이 대화를 나누고 있다. 눈앞의 이런 한가한 정경 부러워하나니, 문득 슬퍼하며 전원으로 돌아갈 것을 생각하네.
(斜光照墟落, 窮巷牛羊歸. 野老念牧童, 倚杖候荊扉. 雉雊麥苗秀, 蠶眠桑葉稀. 田夫荷鋤立, 相見語依依. 卽此羨閒逸, 悵然吟式微.) <渭川田家>

위성(지금의 陝西省 西安 西北)에 내린 아침 비가 길가의 먼지를 촉촉히 적셔주니, 객사의 초목은 푸르고, 버들 빛은 더욱 새롭다. 그대여, 다시 한잔 비우시구려. 서쪽으로 양관을 넘어가면 내겐 다시 친구가 없다네.
(渭城朝雨浥輕塵, 客舍靑靑柳色新. 勸君更盡一杯酒, 西出陽關無故人.) <送元二使安西>

홀로 한적한 대나무 숲에 앉아, 현금을 타며 또 고인을 따라 소리도 내어보네. 깊은 산속에 사는 사람 누가 알리마는, 밝은 달만이 찾아와서 나를 비춰주구나.
(獨坐幽篁裏, 彈琴復長嘯. 深林人不知, 明月來相照.) <竹裏館>

이 시대 산수전원시인의 거장으로 왕유와 더불어 세인들로부터 왕·맹으로 칭해지는 시인으로서 또 맹호연(孟浩然)이 있다. 그는 호북성 양양(襄陽)에서 왕유와 이백보다도 12년 일찍 태어났는데, 그는 당대에서 제일 처음으로 산수시 창작에 몰두한 사람으로 그 의의를 찾을 수 있을 것이다. 또한 그는 당대 유명시인 가운데 한평생 벼슬을 구하지 못해 은거로 세상을 마친 불운의 시인이다. 그러나 그는 비록 관직을 얻지는 못했으나, 장구령, 왕유, 이백, 왕창령(王昌齡) 등 당시의 저명한 시인들은 물론, 유명한 도사나 법사 등과도 많은 왕래를 맺은, 결코 쓸쓸하다고는 할 수 없는 은거생활을 하다간 사람이다. 특히 그는 이백의 존경을 받아 <증맹호연(贈孟浩然)>이라는 이백의 시("나는 맹선생을 좋아하나니, 그 풍류스러움은 세상에 모르는 자가 없네. … 그대의 높은 인격 누가 감히 비길 수 있으리오! 나는 그저 선생의 고결한 인품을 본받을 뿐이오(吾愛孟夫子, 風流天下聞. … 高山安可仰, 徒此挹淸芬")에서 알 수 있듯, 그는 사실 대단한 인품과 멋을 지닌 위인으로 추측된다. 그의 작품 가운데 세상에 널리 알려진 것으로는 <春曉>라는 시가 있다.

> 달고 단 봄잠을 깨니, 어느 듯 날이 밝아, 곳곳에서 들려오는 새 울음 소리. 간밤에 내린
> 비바람 소리에, 꽃들이 또 얼마나 떨어졌을까?
> **(春眠不覺曉, 處處聞啼鳥. 夜來風雨聲, 花落知多少?)**

그 외 성당의 시인으로 이른바 변새파(邊塞派)를 언급하지 않을 수 없다. 그들의 작품은 산수자연파 왕·맹의 풍격과 완전 상반되는데, 주로 변방의 황량한 풍경과 비참한 전쟁 그리고 남아의 진취적 기상 등 호방하고 웅기(雄奇)한 풍격의 사회적인 시를 주로 다루었다. 그러므로 그들의 정신은 활발하고 통쾌하며 양강하기에 소극적이고 음유적인 산수자연파와 좋은 대조를 이룬다. 이 파의 시인으로는 잠삼(岑參), 고적(高適), 최호(崔顥), 왕창령(王昌齡), 왕지환(王之渙) 등을 꼽을 수 있으며, 성당의 활달하고 웅방한 기상을 잘 반영해주는 시파라고 할 수 있다. 그중 변새시의 풍격을 가장 잘 드러낸 대표적 시인은 잠삼과 고적인데, 변새시의 성취도를 두고 본다면 잠삼이 우세하고, 官의 高下를 비교하면 고적이 높다. 잠삼은 강릉(江陵, 지금의 湖北省 江陵縣)인으로 어려서부터 부친을 여윈 나머지 일찍 큰 포부를 품어 "대장부 서른에 부귀를 얻지 못하고, 어찌 종일토록 붓과 벼루만 잡고 있겠는가(丈夫三十未富貴, 安能終日守筆硯)." (<銀山磧西館>)라고 한 바를 보면 그 위인과 시작의 굳건한 기상과 포부를 가히 짐작

할 수 있다. 그 대표작들을 보자.

〈그림 45〉 황학루 정경

머나먼 동쪽 고향동산 바라보면, 흐르는 눈물 두 소매로 닦아도 마르질 않는다. 말위에서 서로 만나 지필묵 없으니, 그대여, 말로나마 가족에게 안부소식 전해주오.
(故園東望路漫漫, 雙袖龍鍾淚不乾. 馬上相逢無紙筆, 憑君傳語報平安.) <逢入京使>- 岑參

아! 그대여, 이번에 떠난 후 마음속이 어떠했소? 잠시 말을 멈춰 술 마시며, 좌천된 곳 이야기 들어봄세. 무협을 지나칠 때 원숭이 울음소리에 눈물을 몇 줄 흘렸고, 형양의 기러기가 돌아올 때는 몇 통의 편지를 가져오지 않았소? 가을날 청풍 포구의 돛단배는 점점 멀어져가고, 백제성의 고목은 가지와 잎이 쓸쓸하였겠지요. 그러나 지금은 태평성대, 잠시의 이별이니 슬퍼하여 주저하지 마시오.
(嗟君此別意何如, 駐馬銜杯問謫居. 巫峽啼猿數行淚, 衡陽歸雁幾封書. 靑楓江上秋帆遠, 白帝城邊古木疏. 聖代卽今多雨露, 暫時分手莫躊躇.) <送李少府貶峽中王少府貶長沙>-高適

그러나 변색파의 시인 중 그 작품이 사람들에게 가장 널리 알려진 자는 왕창령이다. 특히 왕창령은 고적 그리고 왕지환과 더불어 청루에서 즐겨 술을 마시며, 그들이 지은 시가 가희들에 의해 불러지는 것을 보며 즐겼다고 한다. 강녕(江寧, 지금의 南京)인인 그는 이 시대 근체시의 총아라고 할 수 있는 절구에 능해 당대 제일의 칠언절구(七言絶句) 작가로 정평이 나 있으며, 변새시인으로서 규원시(閨怨詩)에도 능했다. 그 대표작을 보자.

규중의 젊은 아낙 시름을 몰라, 봄날에 단장하고 누각에 올라, 홀연히 길가의 푸른 버들 바라보고, 떠나보낸 낭군을 안타까워하도다.
(閨中少婦不知愁, 春日凝妝上翠樓. 忽見陌頭楊柳色, 悔敎夫婿覓封侯.) <閨怨>-王昌齡

당대에 최호라는 이름의 유명한 시인이 둘이 있었는데, 그들은 성당 때의 최호(崔顥)와 중당 때의 최호(崔護)이다. 최호(崔顥)는 변주(汴州, 河南省 開封)인으로 젊은 시절 호탕한 성격에 술을 무척 좋아했으며, 매우 낭만적인 인물이었다. 젊은 시절의 그의 작품은 주로 부녀자들의 생활을 묘사한 것이 많아서 부염(浮艶)하고 경박하다고 평해지기도 했으나, 만년에 이르러 크게 변해 풍골(風骨)이 넘치는 좋은 시를 지었다고 한다 (≪河嶽英靈集≫). 그의 대표작은 ≪창랑시화・시평(詩評)≫에 의해 당대 제일의 칠언율시(七言律詩)로 추종되었고, 또 이백에 의해서도 크게 칭찬받은 적도 있는 <황학루(黃鶴樓)>라는 시다.

옛날의 한 선인이 누른 학 타고 떠난 뒤, 지금 이 자리 황학루만 남았구나. 황학이 한번 간 후 다시는 오지 않았고, 흰 구름만 유유히 천년을 기다리네. 맑은 강 청명하여 한양 (漢陽)의 수목 푸르르고, 앵무주(鸚鵡洲)의 방초들은 더욱더 무성하다. 해질 녘 고향땅은 그 어디에나 있으리오? 강 위에 낀 안개 사람 수심 부추긴다.
(昔人已乘黃鶴去, 此地空餘黃鶴樓. 黃鶴一去不復返, 白雲千載空悠悠. 晴川歷歷漢陽樹, 芳草萋萋鸚鵡洲. 日暮鄉關何處是, 煙波江上使人愁.) <黃鶴樓>-崔顥

전하는 말에 의하면 이백이 황학루에 올라 이 시를 보곤 "눈앞의 아름다운 경치를 대하고도 시를 짓지 못함은 최호의 황학루 시가 걸려있기 때문(眼前有景道不得, 崔顥題詩在上頭)"이라고 하며 매우 감탄한 나머지 붓을 던져버렸다고 한다.

중당의 최호(崔護)는 당대 유명한 호족의 하나인 박릉(博陵, 현재의 河北省 定縣) 최씨로서, 그의 대표작은 '인면도화(人面桃花)'라는 이름으로 천고에 회자하는 <제도성남장(題都城南莊)>이라는 시다.

〈그림 46〉 人面桃花

지난 해 오늘의 이 문 안에는, 그 사람 얼굴과 도화꽃 서로 어우러져 붉었는데, 사람의 얼굴은 어디간지 알 수 없고, 도화꽃만 의구히 봄바람에 웃고 있네.
(去年今日此門中, 人面桃花相映紅. 人面不知何處去, 桃花依舊笑春風.) <題都城南莊>-崔護

이 시는 그 이면(裏面)에 고사를 담고 있는데, 그 내용은 이러하다. 작자 최호는 남과 잘 어울리지 못하는 괴벽한 성격이었다고 하는데, 어느 청명절 날 교외에서 홀로 산보를 하다가 도화 꽃이 만발한 어느 집을 발견하고 마실 물을 얻기 위해 그 집의 문을 두드렸는데, 마침 아름다운 처녀가 문을 열어주었다. 여자는 최호에게 호감을 보이며 그를 집 안으로 초대했고, 두 사람은 즐겁게 담소를 나누다 헤어졌다. 그 후 이듬 해 청명절에 그가 다시 그곳을 찾았을 때, 그 집의 도화는 다시 만개했으나 사람은 간 곳이 없더라는 이야기이다. 이 이야기는 또 나중에 사람들에 의해 와전되어 그 여자가 최호를 사모한 나머지 상사병으로 자리에 누워 지내다가 마침내 최호를 만나게 되어 죽을병이 나아 서로 부부가 되었다고 전해지기도 한다. 어쨌든 풍류재자 최호의 낭만적인 고사임엔 틀림없다.

마지막으로 변새파 시인 왕지환도 그 성격이 대단히 호방하여 술을 좋아했고, 또 검술을 즐겼다한다. 세상에 전하는 그의 시는 오직 6수뿐이지만, 모두가 세인의 입에 오르내리는 명작이다. 그 가운데 한 편을 보자.

태양은 산을 끼고 막 사라지고, 황하는 바다를 향해 유유히 흘러간다. 더욱 먼 경치 보려하면, 다시 한 층 더 올라야 한다.
(白日依山盡, 黃河入海流. 欲窮千里目, 更上一層樓.) <登鸛雀樓>-王之渙

이 시 역시 너무나 유명한 작품으로 특히 마지막 구절 "갱상일층루(更上一層樓)"는 인구에 회자하는 문구이다.

4) 원(元)·백(白)과 한(韓)·유(柳)의 중당시

성당 시기는 안사의 난을 겪은 후 서기 762년이 되면 당 대종(代宗) 이예(李預)가 즉위하여 연호를 대력(大曆)으로 고치면서 정원(貞元), 원화(元和), 장경(長慶)을 거치는 전후 80년가량의 중당시의 분기점을 맞이하게 된다. 이 시기의 당시는 성당과 같은 화려함과 웅장함은 없었으나, 그래도 많은 시인들이 등장하여 성당의 전통을 이으려고 했다. 그리하여 이 시기의 당시는 크게 두 파로 나누어지는데, 하나는 두보의 사회주의를 계승하여 시의 사회성과 통속성을 중시한 원·백의 시와, 또 하나는 시의 예술성과 까탈스런 기교를 중시한 한유, 맹교(孟郊), 가도(賈島), 이하 등의 이른바 괴탄파(怪誕派)의 시이다. 그러나 중당 시단의 주류는 역시 원·백을 위주로 한, 시의 사회화와 통속화를 주장하는 현실주의 시일 것인데, 그들은 건안칠자들의 한위풍골의 정신을 이어받은 사회파 사실주의의 시인들이다. 일찍이 천보 연간부터 시성 두보에 의해 현실주의적 사회시가 제창되었지만, 그 후 대력 연간에 이르면 당나라는 전란의 피해로 인한 사회경제의 황폐와 민생의 도탄으로 국운은 매우 쇠퇴하게 되었는데, 이러한 시점에서 백거이와 원진의 사회시는 당시 매우 호소력을 지니게 된 것이다. 그리고 이 시대를 대표하는 유명문인으로서 유종원(柳宗元)은 한유와 아주 가까운 친구였을 뿐 아니라 그와 함께 고문운동(古文運動)을 주도한 문인이기에 이들을 병칭하여 한·유라고 부르는데, 그들의 문학적 성취는 원·백과 함께 중당을 대표한다고 볼 수 있다.

소위 원·백이라 함은 원진(元稹)과 백거이(白居易)를 말한다. 그들의 창작정신은 모두 시의 사회성과 통속성을 무엇보다도 중시하였음은 전술한 바이다. 그리고 그들은 정치적으로나 문예관적으로나 심지어 생활취미에 이르기까지 서로 뜻을 같이했으며, 또한 두 사람은 이·두의 우정을 능가하는 매우 친한 친구였기에 세상에서는 그들을 원·백이라고 칭했던 것이다. 원진은 백거이보다 7살이나 연하였지만, 승상까지 지낸 그의 높은 관직이라든지 그가 지은 악부시가 비록 백거이에 비해 질과 내용에서 다소 뒤떨어지지만, 그가 악부시를 짓기 시작한 것이 백거이보다도 더 빨랐을 뿐 아니라 백거이와 달리 산문이나 전기 소설로도 이름을 널리 날렸던 바, 사람들은 그들을 백·원이라고 하지 않고 원·백이라 불렀다. 그리고 또 세인들은 원·백의 문학적 경향이 너무 사회성과 통속성을 강조한 나머지 예술성이 무시되었다 하여 그들을 비꼬아 ‘元輕白俗’(원진은 경박하고, 백거이는 속되다)으로 부르기도 하였지만, 그들의 시는 당시 “원화체(元和體)”라고 하여 세상에서 크게 유행했었다.

원진은 자가 미지(微之)이며, 조적(祖籍)이 하남성 낙양(洛陽)이지만 6세조 때부터 섬서성 장안에 이주하여 살았는데, 중국의 원씨(元氏)는 원래 선비족(鮮卑族)의 후예로서, 북위(北魏)때는 황족이었다. 그는 고대중국문인 가운데 개성이 매우 뚜렷한 자라고 할 수 있다. 그는 백거이와 동시에 사회현실을 풍자 비판한 다량의 악부시를 지었지만, 그것은 그의 정치적인 입장을 표명한 것으로 보여지며, 그의 진정한 개성을 드러낸 작품은 그의 애정시와 그가 지은 소설 <앵앵전(鶯鶯傳)>이다. 사람들은 그가 지은 자서전적인 소설 <앵앵전>에서 자신의 무정함을 변호하고 도리어 앵앵을 비판한 점으로 미루어 그를 박정하고 의리가 없는 문인으로 간주하며, 또 그가 상처한 지 2년도 되지 않아 납첩(納妾)과 새 부인을 맞이했다 하여 그를 경박하고 박정한 문인으로 간주하고 있다. 그러나 그가 다른 사람들의 질책을 의식하지 않고, 자신의 과거를 들추어내 공개하여 <앵앵전>을 지었으며, 당대 문인으로서는 유일하게 자신의 애정 생활과 부부 간의 정을 솔직하게 묘사한 점은 우리가 찬양할 만하다. 그의 애정시는 <앵앵전>의 여주인공인 젊은 시절의 연인 최앵앵에 대한 아름다운 추억을 적은 시가 많다. 예를 들면 <춘효(春曉)>, <잡사(雜思)>, <잡억(雜憶)>, <회진시삼십운(會眞詩三十韻)> 등이 그것인데, 비록 자신의 출세를 위해 앵앵이 아닌 당시 고관의 딸 위총(韋叢)과 결혼했지만, 그의 내심 깊은 곳에서는 항시 첫사랑인 앵앵을 못 잊었던 것으로 보인다. 이러한 그의 다정함은 그의 부인 위씨가 이십칠 세를 일기로 세상을 떠났을 때, 그는 많은 도망시(悼亡詩)를 적어 죽은 아내에 대한 깊은 정을 표현하였는데, 그의 도망시는 반악과 소식의 도망시를 이어주는 교량적인 명작이다. 그중에서 가장 훌륭한 시는 <견비회(遣悲懷)>라는 3수의 도망시이다. 그중 가장 감동적인 한 수를 보자.

> 옛날 웃으며 죽는 얘기 했었는데, 오늘 바로 눈앞에 나타났네. 남은 옷 모두 다 사람들께 나눠주고, 바느질 함 남았어도 차마 열지 못하네. 그대 깊은 마음으로 노복들을 대해주고, 어젯밤 당신 꿈꿔 재물들도 나눠줬네. 아내 잃은 이 내 마음 사람마다 어찌 다를까만, 가난한 시절 우리 부부 만사가 다 슬펐도다.
> (昔日戲言身後意, 今朝都到眼前來. 衣裳已施行看盡, 針線猶存未忍開. 尙想舊情憐婢僕, 也曾因夢送錢財. 誠知此恨人人有, 貧賤夫妻百事哀.) (其二)

생전 부부가 장난으로 누가 먼저 죽으면 어찌 어찌 해달라고 했을 때, 아내는 자신이 먼저 죽으면 평소의 옷들을 남들에게 나눠주라는 말을 했는데, 원진은 부인의 말에 따라 옷들을 모두 나눠주었다. 또 평소 그녀의 착한 마음을 본받아 하인들에게도 각별히 잘해주었으며, 그녀의 꿈을 꾸고 나서는 재물들도 남들에게 나눠주었다. 죽은 처의 착한 품성을 노래한 점은 ≪시경≫ 가운데의 <녹의>를 연상시키기도 하는데, 지금은 비록 부귀를 누리고 있으나 옛날 고생하던 시절 그녀와 함께 지낸 세월을 생각하며 슬퍼하는 내용의 이 도망시는 과장 없는 직설적인 표현으로 상처의 아픔을 진지하게 읊은 훌륭한 작품이다.

원진이 친구에게 보인 깊은 정도 우리가 주목할 만하다. 그가 사귄 많은 친구 가운데 백거이와 그의 우정은 중국문학사에서 보기 드문 문인 간의 감동적인 상지상련(相知相憐)의 정이다.

쇠잔한 등 불빛 없이 가물거리는데, 이 저녁 그대가 구강으로 좌천되었단 말 들고, 죽음을 드리운 병상에서 놀라 일어나니, 칙칙한 바람에 찬비만 창을 적시네.
(殘燈無焰影幢幢, 此夕聞君謫九江. 垂死病中驚坐起, 闇風吹雨入寒窓.) <聞樂天授江州司馬>

백거이의 <여원미지서(與元微之書)>에 나타난 이 시는 지우(摯友) 백거이가 직언으로 간언하다 결국 좌천되었다는 소식을 듣고 병상에서 적은 시인데, 잔등(殘燈)과 한창(寒窓), 풍우(風雨) 등으로 이 시의 분위기는 더욱 처량하고 침통하다. 그러므로 당여순(唐汝詢)은 말하길, "원진과 백거이가 마음으로 서로 맺은 지우가 아니면 이러한 작품이 나오지 않았을 것이다(非元·白心知, 不能作此)."(≪唐詩解≫)라고 했던 것이다.

〈그림 47〉 백거이

백거이는 자가 낙천(樂天) 혹은 향산거사(香山居士)이며, 조적은 산서성 태원이지만, 증조부 때 지금의 섬서성 위남현(渭南縣) 부근으로 이주했는데, 그는 또 하남성의 정주 부근에서 출생했다. 그는 당대 시인 가운데 백성들을 걱정하고 사회정의를 위해 수많은 사실주의 시를 남긴 대시인이다. 전하는 말에 의하면 그는 시를 짓고 나서 그것을 바로 탈고하지 않고 먼저 늙은 할머니들을 찾아가 그 할머니들에게 읽어드린 다음 그것을 듣고 이해하면 비로소 탈고를 했다고 하며, 만약 읽어 그 할머니가 알아듣지 못하면 다시 몇 번이고 수정을 했다고 한다. 그러므로 그의 시에 대해 세인들은 "늙은 아낙네들도 모두 이해한다(老嫗都解 혹은 老嫗能解)."라는 말을 하였다.

그가 지은 다량의 신악부는 두보의 '인사입제'(因事立題, 즉 사건에 따라 새로운 제목을 지음)와 '즉사명편'(卽事名篇, 즉 사건에 따라 바로 편명을 붙임)이라는 악부시의 사실주의 전통을 계승하였는데, 기존의 고악부와는 달리 음악과는 무관하며 제목이나 내용도 완전히 새로운 것이었다. 주지하는 바와 같이 악부시는 한대 유행한 사실주의적 민가를 말하는데, 육조시대 때에 많은 문인들이 제목과 내용 모두를 옛날 악부시를 모방하여 지었으며, 조조는 그중 악부시의 옛날 제목만을 빌려 자신이 읊고자 하는 새로운 내용을 실었었다. 그러든 것이 당대에 이르러 두보가 완전히 새로운 형식과 내용의 악부시를 짓게 되었으며, 이러한 전통은 중당에 이르러 백거이와 원진에 의해 대대적으로 계승발전된 것이었다.

그의 문학관은 <여원구서(與元九書)>에서 자술한 바대로 "문장은 모두가 시대적 상황을 위해서 지어야 하고, 시가는 모두 시대적 사건을 위해 지어야 함(文章合爲時而著, 歌詩合爲事而作)."이라고 하여 문학창작의 종지(宗旨)가 시대적 사건과 생활을 기록하는 데 있다는 것이었다. 그것은 바로 그가 32살 교서랑(校書郎)이 되고, 그 뒤 좌습유, 한림학사 등의 벼슬을 거치면서 사회와 백성을 위해 고심하고 노력한 후 정치사상과 함께 얻게 된 그의 문학사상인 것이다. 그러므로 그는 강경하고 곧은 간언과 시를 통한 노골적인 풍자로 인해 황제뿐 아니라 수많은 관료들의 미움을 사게 되어, 좌천의 신세를 면치 못했지만 그의 시는 항시 수많은 백성들의 애호를 받아왔다. 그의 시는 평이하고 알기 쉬워 당시 크게 유행을 하였으며, 그 시대 사람들은 그의 시를 암송하는 것을 큰 영광으로 여겼다고 한다. 전하는 말에 의하면 심지어 신라(新羅)의 재상들도 금을 주고 당에서 온 상인들로부터 백거이의 시를 사서 보았다고 하니, 그의 시의 유명세를 가히 짐작할 만하다.

그가 지은 <비파행(琵琶行)>이라는 장시(長詩)는 <장한가(長恨歌)>와 함께 당시 가장 인구에 오르내렸으며, 그것은 바로 그가 강주(江州, 江西省 潯陽, 지금의 九江)의 사마(司馬)로 6년간 좌천되었을 때 지은 고사시(故事詩, 즉 이야기가 있는 시)로 정신적, 물질적으로 고통스러운 가운데 그의 문학적 분투는 더욱 빛을 발한 셈이었다. 시의 내용은 원화 11년 어느 가을밤 그가 심양강 머리에서 친구를 보낼 때, 배위에서 처량한 비파소리를 듣고 사람을 보내어 그 소리의 주인공인 한 가녀(歌女)를 만나는데, 그녀의 처량하고 아름다운 비파소리와 서로 대화를 통해 알게 된 그 여자의 기구한 운명 그리고 자신의 귀양살이에서 느낀 불행한 신세 등 두 사람간의 동병상련의 정을 매우 진지한 감정으로 노래한 것이기에 매우 감동적이다. 긴 원문의 주요부분을 보면 다음과 같다.

〈그림 48〉 비파행 정경

심양강 둑에서 친구를 보낼 때, 단풍과 억새풀만 쓸쓸한 가을밤의 정경을 더없이 잘 말해준다. 주인은 말에서 내리고 객은 이미 선상에 있는데, 음악 없이 마신 술로 뒤숭숭한 마음에다 장차 서로 이별을 눈앞에 두고 있음에랴! 달빛이 넓은 강물 위에 잠겨져 있을 때, 홀연 물위에서 들려오는 비파의 소리. 주인은 돌아갈 생각을 잊었으며, 객 또한 떠날 줄 몰랐네. 소리 찾아 그 켜는 이 알아보니, 비파소리 끊기고 묻는 말 대답 없네. 배 대어 가까이 가 한번 보길 요청하여, 술을 장만하고 등을 다시 켜 새로 연회를 열은 후, 천 번 만번 부른 뒤에 비로소 비파로 얼굴을 가린 채 나타났네. 처음 비파 줄을 조은 후에 몇 마디 소리를 시험하는데, 곡조를 켜기 전에 이미 그 정감 가슴에 와 닿았네. 그 낮은 음 소리는 가슴 속의 생각을 말하는데, 마치 평생의 기구함을 말하는 듯하고, 고개 숙여 능란하게 줄을 튕길 때는 마음 속 무한한 슬픔 모두 말하는 듯하네. 비파를 켜는 그녀의 현란한 지법은 처음에는 예상우의곡(霓裳羽衣曲)을 켜다가 나중에는 육요(六麼)를 연주하네. 그 찰찰거리는 큰 줄 소리는 소나기가 내리는 듯하고, 체체하고 울리는 작은 줄 소리는 마치 속삭이는 듯한데, '찰찰체체' 서로 어우러져 소리 날 때는 크고 작은 구슬이 옥쟁반에 떨어지는 것 같고, 그 유려한 소리는 흡사 꾀꼬리 울음소리가 백화 속에서 미끄러져 내리는 듯하며, 또한 흐느끼는 샘물이 모래 물가를 흘러내리는 듯도 하도다. … 그녀는 잠시 침묵 후 비파 탄발기를 현 속에 끼우고는 옷매무새를 가다듬으며 일어나 엄숙한 표정을 짓고 말하는데, 본시 경성의 계집으로 집은 하마릉(蝦蟆陵) 아래에 살았으며, 십삼 세에 비파를 능숙히 익혀, 이름은 교방의 으뜸이었노라고. 매번 곡이 끝날 때면 악사들은 탄복을 금치 못했고, 예쁘게 단장하면 뭇 가기들은 시샘하지 않는 이 없었다고. 오릉(五陵)의 젊은 한량들 서로 다퉈 선물 마쳤고, 한 곡조 끝날 때마다 받은 보수 이루 헤아릴 수 없었노라고. 머리장식과 은비녀는 노래장단 맞추느라 여러 차례 깨어졌고, 붉은 빛 비단치마 술잔 엎어 더럽혔으며, 웃음과 환락 속에 해가 가고 또 바뀌어 젊은 날 좋은 시절 구름처럼 흘러갔네. 수자리 떠난 남동생은 아직까지 소식 없고, 하나뿐인 이모는 이 세상을 떠났으며, 저녁이 가고 아침이 오니 내 얼굴도 늙었구려. 문전의 객은 뜸해졌고, 수레와 말들도 보이지 않으니, 늙은 이 내 몸 상인에게 시집갔네. 이곳 밝은 장사치는 별리의 정 등한시하여, 지난 달 부량(浮梁) 땅에 차(茶)를 사러 또 떠났으니, 나루터를 배회하며 빈 배를 지킬 때면 뱃전에 부서지는 달빛으로 강물은 차가왔소. 한밤중 홀연히 젊은 시절 생각타가 꿈에서 깨노라면 연지에 흐른 눈물 난간을 붉게 했네. 내 비파소리에 이미 탄식 금치 못했는데, 또 그대의 이 탄식 들으니, 우리 모두 천애(天涯)에 윤락(淪落)한 사람, 서로 우리 만났으니 그대 마음 내 어찌 모르리오! 내 작년 서울 떠나 귀양 와서 병들은 몸으로 심양성에 살고 있소. 심양 시골 땅 음악이란 전혀 없고, 한 해 동안 현금과 피리소리 들은 적 없었으며, 분강(湓江) 근처 숙소에는 습기가 많았으며, 누른 갈대풀과 대나무는 집가를 매웠소. … 사양 말고 다시 앉아 한 곡조 더 타주오, 그대 위해 비파행 지을지니. 이 내 말에 감격하여 오랫동안 서 있더니 다시 앉아 줄을 조여 그 소리 더더욱 급박하고, 곡조소리 처량함은 앞보다 더해지니, 자리에 앉은 사람 다시금 소리 듣고 모두들 얼굴가려 흐느끼기 시작하네. 그중에 흐르는 눈물 누가 가장 많으리오, 강주사마(江州司馬) 푸른 옷깃 눈물로 적시었네.

(潯陽江頭夜送客, 楓葉荻花秋瑟瑟. 主人下馬客在船, 擧酒欲飮無管絃. 醉不成歡慘將別, 別時茫茫江浸月. 忽聞水上琵琶聲, 主人忘歸客不發. 尋聲暗問彈者誰, 琵琶聲停欲語遲. 移船相近邀相見, 添酒回燈重開宴. 千呼萬喚始出來, 猶抱琵琶半遮面. 轉軸撥絃三兩聲, 未成曲調先有情. 絃絃掩抑聲聲思, 似訴平生不得志. 低眉信手續續彈, 說盡心中無限事. 輕攏慢撚抹復挑, 初爲霓裳後六么. 大絃嘈嘈如急雨, 小絃切切如私語. 嘈嘈切切錯雜彈, 大珠小珠落玉盤. 間關鶯語花底滑, 幽咽泉流水下灘. … 沈吟放撥揷絃中, 整頓衣裳起斂容. 自言本是京城女, 家在蝦蟆陵下住. 十三學得琵琶成, 名屬敎坊第一部. 曲罷曾敎善才服, 妝成每被秋娘妒. 五陵年少爭纏頭, 一曲紅綃不知數. 鈿頭銀篦擊節碎, 血色羅裙翻酒汙. 今年歡笑復明年, 秋月春風等閑度. 弟走從軍阿姨死, 暮去朝來顔色故. 門前冷落車馬稀, 老大嫁作商人婦. 商人重利輕別離, 前月浮梁買茶去, 去來江口守空船, 繞船月明江水寒. 夜深忽夢少年事, 夢啼妝淚紅欄幹. 我聞琵琶已歎息, 又聞此語重唧唧. 同是天涯淪落人, 相逢何必曾相識. 我從去年辭帝京, 謫居臥病潯陽城. 潯陽地僻無音樂, 終歲不聞絲竹聲. 住近湓江地低濕, 黃蘆苦竹繞宅生. … 莫辭更坐彈一曲, 爲君翻作琵琶行. 感我此言良久立, 卻坐促絃絃轉急. 淒淒不似向前聲, 滿座重聞皆掩泣. 座中泣下誰最多, 江州司馬靑衫濕.)

〈그림 49〉 백거이의 소첩 앵도와 소만

　이 시는 백거이의 나이 45세 때인 원화 11년(기원 816년) 가을에 지은 것으로, 그때 그는 구강으로 좌천된 지 이미 일여 년이 지난 때였다. 이 시는 백거이가 자신의 회재 불우의 고민과 불우한 처지를 나이가 들어 버림받은 비파녀의 기구한 운명에 비유하여 지은 것으로 해석할 수가 있다. 그런데 이 시의 내면에는 불행한 처지의 약자에 대한 시인의 동정과 여성에 대한 '연향석옥지정(憐香惜玉之情, 즉 여성에 대한 동정과 연민의 감정)'은 물론이거니와 재자(才子)와 재녀(才女)간의 상호 아낌과 존중의 정신이 잘 드러나고 있다. 즉 이 시는 음악에 뛰어난 한 재녀와 탁월한 문학가 시인의 자연스러운 만남에서 서로 교감 감동하여 상호 애석히 여기는 두 예술가 간의 아름다운 만남을 노래하였는데, 중국문인의 다정함과 예민한 감수성, 그리고 중국문인과 예기(藝妓) 간의 순수하고 격조 높은 교감 등은 우리가 주목해서 보아야 할 중국문학의 풍류세계의 일면이다.

　한유는 자가 퇴지(退之)이고 하남성 남양(南陽, 지금의 孟縣)인인데, 그의 선조가 일찍이 창려(昌黎, 지금의 河北省 徐水縣)에 산 적이 있기에 스스로 '한창려(韓昌黎)'라고 일컬었다. 그의 초운은 매우 기구하여 세 살 때에 부모가 세상을 떠나고 형수 정씨(鄭

氏)의 슬하에서 성장하였다. 이런 궁핍한 환경에서 성장한 탓인지 그는 어릴 적부터 매우 발분하여 25세 때 진사에 급제하고, 그는 유종원과 더불어 고문운동을 주장하여 세상에서는 그들을 "한·유"라고 병칭했다. 당대 저명한 문학가이자 사상가이기도 한 그의 문학사상의 성공은 시보다도 산문에 있다고 보는 것이 일반적인 관점이다. 당대 고문운동을 제창하여 '문이재도(文以載道)'란 구호 아래 문장의 도(道, 즉 유가적 內容과 思想性)을 역설하고, 반면 문장의 형식과 예술성(즉 文)을 수단과 공구로 여긴 한유는 당송팔대가(唐宋八大家) 산문 대가 중의 가장 이름난 위인으로서 당대는 물론 중국역대의 문장가로서 이름을 날렸지만, 그의 시는 산문에 나타난 통순유창(通順流暢)한 것이 아닌 매우 험괴(險怪)하고 난삽(艱澁)하기 짝이 없다. 대량의 기자(奇字)와 괴자(怪句) 그리고 시어가 아닌 산문 자구를 사용한 그의 시는 아마도 그가 고문에서 시도한 일률적인 평이순창(平易順暢)한 노선을 보완하여 시작의 예술성을 극력으로 추구한 노력으로 보여지지만, 다소 극단적이고 자연스럽지 못한 점은 시의 생명을 위협하기에 이른 것도 사실이다. 그러나 험기(險奇)하고 까탈스러운 그의 시는 송대에 이르러 황산곡(黃山谷) 등의 강서시파(江西詩派)의 시인들이 추종하여 시종(詩宗)으로 중시하기도 했으니, 그의 시를 쉽게 부정할 수는 없다. 그는 사실상 시에 있어서도 이백과 두보의 경지를 흠모하고, 특히 이백의 낭만적이며 구속에서 벗어나려고 하는 대담성을 계승한 시인으로, 재화가 양일하고, 호방불기의 감정과 웅장한 기백을 가진 시인이다. 대체로 그의 시는 웅장하고 굉위기궤(宏偉奇詭, 웅장하고 기괴함)한 예술적 풍격을 지니고 있다는 평이다. 중국 시단에서는 한유의 시를 당시대의 유명시인으로 그의 시풍과 흡사한 맹교(孟郊, 字는 東野)와 병행하여 "한맹(韓孟)"으로 부르기도 하는데, 산문대가의 필력하에 지어진 그의 시는 남다른 힘과 개성이 있음은 인정하지 않을 수가 없다. <산석(山石)>, <낙치(落齒)>, <증유사복(贈劉師服)>, <송이고(送李翺)>, <기원협률(寄元協律)>, <이화증장십일서(李花贈張十一署)> 등 그가 지은 수많은 시들 가운데 하나인 <산석>을 감상해보자.

산돌맹이 울퉁불퉁, 험준한 길 좁다란데, 황혼 무렵 야사(野寺)에 이르니 머리 위엔 박쥐가 난다. 절 안에 들어가 돌계단에 앉으니, 새로 내린 흡족한 비로 파초 잎은 커다랗고, 치자 꽃은 무성하다. 스님의 말에 고벽(古壁)의 불화(佛畵)가 훌륭타여 불을 비춰 살펴본즉 과연 새롭다. 길손을 위해 자리를 깔고 먼지를 닦아주며 국과 밥을 내놓는데, 거친 음식이나 주린 배엔 꿀맛 같다. 늦은 밤 한가히 누우니 뭇 벌레들은 사라지고, 맑은 달빛 언덕 넘어 창문을 파고든다. 날 밝아 홀로 길 나서니 떠날 길 보이지 않고, 짙은 안개만

위아래를 가득 메운다. 산화(山花)는 불꽃같고 시냇물은 푸르러 정신이 아득한데, 널려 있는 소나무들 모두 다 열 아름은 될 성싶다. 시냇가에 걸터앉아 맨발로 물 담그니, 냇물소리 급하고 바람은 스쳐간다. 인생은 이와 같이 스스로 즐거운 것, 하필이면 구속되어 남의 눈치 보며 살까? 아! 친구들아, 어찌토록 늙어감에 은거할 줄 모르는가?

(山石犖确行徑微, 黃昏到寺蝙蝠飛. 升堂坐階新雨足, 芭蕉葉大梔子肥. 僧言古壁佛畵好, 以火來照所見稀. 鋪牀拂席置羹飯, 疎糲亦足飽我飢. 夜深靜臥百蟲絶, 淸月出嶺光入扉. 天明獨去無道路, 出入高下窮煙霏. 山紅澗碧紛爛漫, 時見松櫪皆十圍. 當流赤足蹋澗石, 水聲激激風吹衣. 人生如此自可樂, 豈必局束爲人鞿? 嗟哉吾黨二三子, 安得至老不更歸?)

이 시에서는 그의 시의 결점으로 비평되는 험괴함이나 난삽함은 거의 보이지 않는 대신, 조탁을 가하지 않은 평이청신(平易淸新)하고 자연스러운 맛이 있다. 비록 그의 시가 구어적이고 산문화적 요소가 있으며, 다소 설리성을 띠고 있기도 하나 이 또한 "진언무거(陳言務去, 진부한 문사를 제거한다)"를 주장하며 시의 인습을 탈피하여 새로운 경지를 개척하려는 그의 예술적 의지로 보아야 할 것이다.

유종원은 자가 자후(子厚)이며, 하동인(河東人, 지금의 山西 運城縣)이나, 누대에 걸쳐 장안에 거주했다. 그는 한유와 더불어 고문운동의 주요 창도자로서, 걸출한 사상가이자 산수유기(山水遊記)와 우언소품(寓言小品)을 잘 지은 탁월한 산문가로서 유명하다. 또 그는 한유와 같이 시에 있어서도 탁월하여, 중당시대 원·백, 한·맹과 더불어 일가를 이루었다고 할 수 있다. 그의 시는 좌천되어 영주(永州, 지금의 湖南省 零陵縣)와 유주(柳州, 지금의 廣西省 柳州市) 등지의 자사로 있을 때 유배생활을 하면서 그 곳의 산수자연을 읊으며 자신의 불평을 기탁한 내용과 우언(寓言)적인 형식으로 위정자의 부패를 견책하거나 백성들의 아픔을 동정하는 내용으로 크게 양분된다. 특히 그의 산수자연을 노래한 산수시는 위진남북조 시대의 도연명과 사령운의 풍격을 방불하게 하는데, 산수자연의 담백한 맛을 노래한 점은 전자에 가깝고, 정밀한 자구(字句)의 선택으로 산수의 참신한 경지를 묘사해낸 점은 후자에 가깝다. 그의 시 가운데 대단히 유명한 두 편을 보자.

산이란 산에는 새 한 마리 날지 않고, 온갖 길에는 사람의 발길 끊겼는데. 외로운 배에는 삿갓 쓴 늙은이, 홀로 낚시 드리우고 차가운 강에는 눈이 내리네.

(千山鳥飛絶, 萬徑人蹤滅. 孤舟蓑笠翁, 獨釣寒江雪.) <江雪>

한 어옹이 밤에는 서산(西山) 암자 옆에서 자더니, 새벽녘에 맑은 상수(湘水)의 물을 긷고, 초 땅의 대나무로 물을 끓이네. 안개 걷히고 해가 뜨니 사람은 보이지 않는데, 아! 하는 탄성과 함께 산수가 새파란 모습을 드러낸다. 돌아보니 노인의 배는 하늘 끝에서 강

중앙으로 나오는 듯하고, 암자 위의 무심한 구름은 어옹의 배를 감돌고 있네.
(漁翁夜傍西巖宿, 曉汲淸湘燃楚竹. 煙銷日出不見人, 欸乃一聲山水綠. 回看天際下中流, 巖
上無心雲相逐.) <漁翁>

위 작품들은 그가 영주에 머무를 당시 지은 것으로 시의 내용과 풍격으로 보아 서로
유시한 작품이라고 할 수 있다. <강설>에서 보이는 사립옹과 <어옹>에서의 어부 노인
의 외롭고 고독하나 불굴의 의지로 자연과 더불어 자신의 유유한 삶을 살아가는 모습
은 바로 작가 자신의 정치개혁 실패 후 꿋꿋하게 살아가는 정신적 면모를 보여주는 것
이라고 볼 수 있다. 두 작품에 나타난 기취(奇趣, 즉 奇異한 맛)는 바로 이들 작품들의
특징이다. 특히 <강설>의 마지막 두 구는 정(情)과 경(景), 정(靜)과 동(動)이 잘 융합되
어 중국 산수화에서 흔히 볼 수 있는 의경(意境)을 잘 표현하였다.

5) 풍화설월(風花雪月)의 다정시인(多情詩人), 두목(杜牧), 이상은(李商隱), 온정균(溫庭筠) – 만당의 풍류재자

중당을 지나 만당에 이르면 중당의 시단을 풍미하던 사회시들이 쇠퇴하고 유미주의
시들이 부활하면서 만당의 유미문학을 장식하게 된다. 이 시기에 나타난 많은 풍류재
자들은 국가대사와 민생은 뒷전으로 하고 주로 남녀 간의 애정이나 색정 등의 낭만적
이고 향염적인 풍화설월의 내용을 주로 다루게 된다. 그중 대표적 시인은 바로 두목과
이상은인데, 그들은 합하여 "소리소두(小李小杜)"라고 불러지며, 성당시대의 이백, 두보
와 함께 "대소이두(大小李杜)"라고 병칭되기도 한다.

두목은 자가 목지(牧之)인데, 경조(京兆) 만년(萬年, 지금의 陝西省 西安)인으로 세인
들은 그를 소두(小杜)라고 불러 두보와 구별 지었다. 그는 중국역사상 명대의 당인(唐
寅, 즉 唐伯虎)과 더불어 아마도 가장 전형적인 중국고대 풍류재자 중의 한 사람이 아
닐까 한다. 그는 다재다능하기로 유명하여 당대에 찾기 힘든, 시문은 물론 서화에도 매
우 뛰어난 문인 중의 한 사람이었다. 세상에 전하는 그의 풍류운사(風流韻事) 등을 생
각해볼 때, 그에게 붙여진 '풍류재자'란 이름은 그 누구보다도 잘 어울린다고 할 수 있
다. 조부가 두우(杜佑)였던 당대의 명문망족 출신인 그는 우수한 가학의 영향하에 어릴
적부터 재기를 발하며 26세의 젊은 나이에 이미 진사에 급제하게 된다. 그는 당시 회
남(淮南)절도사로 재임 중인 정치적으로 이름 높은 우승유(牛僧孺)의 막부에서 일하게
되면서 그와 함께 양주(揚州)에서 생활하게 된다. 당대의 양주는 당시 중국에서 가장

번화한 곳으로 각종 유락시설이 즐비했는데, 젊고 잘생기고 호방한 그는 이러한 분위기 아래 성색견마(聲色犬馬)의 방탕한 생활을 보낸 바 있는데, 훗날 스스로 그것을 후회하며 <견회(遣懷)>라는 시를 지었다.

일찍이 강남에서 멋모르고 술 마시며 즐겼었네. 남방 미인의 허리는 가늘어 손바닥 위에서 놀았지. 십년 만에 양주의 꿈에서 깨어나니 화류계에 박정하다는 소문만 얻었노라. (落魄江南載酒行, 楚腰纖細掌中輕. 十年一覺揚州夢, 贏得靑樓薄倖名.)

〈그림 50〉秦淮 夜景

위의 시는 전통적으로 미인이 많기로 유명한 소항(蘇杭, 즉 소주와 항주), 양주 일대의 남방미인과 함께 풍류를 즐기며 방탕한 생활을 해온 젊은 시절의 자신을 참회하는 내용인데, 그의 생애에 지은 시 중에는 이와 같은 풍류운사의 내용을 담고 있는 것들이 많이 있다. 다음에 소개할 <탄화(歎花)>란 시도 그중의 하나인데, 그 고사를 얘기하면 다음과 같다. 그가 안휘성 선성(宣城)의 막중에서 재임할 때 일찍이 호주(湖州, 지금의 浙江省 吳興)가 경치와 미인으로 유명하다는 소문을 듣고 그곳에 놀러갔다가 너무도 아름다운 한 어린 소녀를 발견하게 되었는데, 그는 당시 같이 있던 그녀의 어머니에게 십 년 후 다시 찾아와 아내로 맞이하겠다는 약속을 굳게 했다. 그 후 그는 항시 호주에 두고온 자신의 처가 될 그 어린 여인을 생각하며 남방으로 파견되기만을 고대하였지만, 장안의 바쁜 공무로 인해 그 기회를 쉽게 얻지 못했다. 그는 재상에게 3번이나 호주로 파견되기를 청원하여 마침내 그 기회를 얻게 되었지만 그때는 이미 14년이라는 세월이 흘러 그 소녀는 3년 전에 이미 결혼하여 아이를 셋이나 둔 엄마가 되어 있었다고 한다. 크게 실망한 두목이 그 어머니를 책망하자 그 부인은 당초 약속하길 10년 만에 온다고 했는데, 때가 지나도 오지 않아 딸을 3년 전에 다른 곳으로 시집보냈다고 했다. 모든 것이 자신의 잘못임을 인식한 그는 괴로운 심정을 하소연할 길이 없어 <탄화> 시를 지었다고 한다. (≪唐闕史≫, ≪唐撫言≫)

> 스스로 봄을 찾아 나섬이 늦은 것을, 슬퍼하며 봄꽃 빨리 핌을 한탄한들 무엇 하리. 광풍에 붉고 아름다운 꽃잎 떨어지고, 푸른 잎은 그림자를 지우며 과실만이 가지에 가득하네.
> (自是尋春去校遲, 不須惆悵怨芳時. 狂風落盡深紅色, 綠葉成陰子滿枝.) <歎花>

이 시는 앞에서 감상한, "미인은 간 곳 없고, 도화만이 봄바람에 휘날리더라."고 탄식한 최호의 '인면도화' 시를 떠오르게 한다. 가인이 다른 사람과 결혼하여 자식까지 둔 상황을 꽃이 지고 푸른 잎과 열매가 그것을 대신한다는 자연 현상에 비유하여 시인의 서글프고 애처로운 마음을 나타내었다.

그 외에 두목이 지은 시로는 <산행(山行)>, <박진회(泊秦淮)>, <청명(淸明)> 등이 인구에 회자되는데, 그 가운데 <박진회>는 최고 대표작이라 할 수 있다.

> 차가운 강물 위에는 안개가 자욱하고, 달빛은 모래 해안을 비추는데, 야밤에 진회의 주촌에 정박하니, 술 파는 여인네들 나라 잃은 설움 몰라, 강 건너 들려오는 후정화(後庭花) 노래 소리.
> (煙籠寒水月籠沙, 夜泊秦淮近酒家. 商女不知亡國恨, 隔江猶唱後庭花.)

진회는 강소성 율수현(溧水縣) 동북에서 시작하여 서북쪽으로 금릉(金陵, 즉 南京市)를 지나 장강으로 흘러가는 강의 이름이다. 그리고 '후정화(後庭花)'는 '옥수후정화(玉樹後庭花)'의 속칭으로 남조 진(陳)의 마지막 황제인 진숙보(陳叔寶, 즉 陳後主)가 지은 악곡 이름이다. 그는 성색(聲色)에 탐닉하여 정사는 돌보지 않고 늘 음주가무에 열중하다가 결국 망국을 맞게 되는데, 세인들은 그가 지은 미미지음(靡靡之音)인 <후정화>를 '망국지음(亡國之音)'이라 했다. 위의 시에서 보듯 어지러운 만당의 사회정국에는 관계없이 음주가무에만 빠져 있는 당시의 관리와 백성들을 질책하는 부분은 두목이 풍화설월(風花雪月)에만 빠진 방탕한 풍류재자가 아니라 우국우민의 정신도 없지 않았음을 말해주고 있다.

이상은은 자가 의산(義山)이고, 호는 옥계성(玉谿生) 혹은 번남생(樊南生)이며, 하남성 사람이다. 그는 두목과 더불어 만당 유미주의의 대표시인으로, 그들 모두 50살을 전후하여 작고하였다. 그의 시의 세계는 아름다우면서도 신비롭고 함축적이어서 난해한 맛을 띠고 있는 것이 특색이다. 그의 일생을 보면, 그는 정치적으로 매우 불운한 삶을 살았을 뿐 아니라 애정상으로도 매우 순탄하지 않은 길을 걸었다. 그가 사랑한 사람들은 모두 여도사(女道士)나 궁녀 등으로 그의 사랑을 받아들일 수 없는 특수한 신분의 여성들이었다. 그러므로 그가 지은 많은 애정시들은 말 못할 사연을 간직한 채 혹은 은유적인 표현을 쓰거나 혹은 어려운 전고(典故)를 사용하여 진실을 감추는 등의 신비함을 지니고 있는 것이 대다수이다. 그의 많은 작품 중에는 심지어 작품의 제목도 드러내지 않고 감추어 <무제(無題)> 시란 이름으로 대신하기도 하였다. 후세의 많은 시인들이 그를 모방하여 애정시를 지어 <무제시>라는 이름으로 발표하게 된 것도 그의 시에서 비롯된 것이다. 그가 지은 <무제시>인 애정시는 아름답고 함축적이어서 특히 젊은 이들에게 널리 애호를 받았으며, 그 후 송대 시인들은 그를 종사(宗師)로 받들어 서곤시파(西崑詩派)를 결성하게 된 것도 그의 시가 지닌 비범함을 잘 말해주고 있다. 그의 대표적인 <無題詩> 몇 작품을 살펴보자.

우리가 처음 만난 것도 쉽지 않았거늘 또 이렇게 서로 헤어짐에랴! (헤어짐은 더욱 우리의 마음을 어렵게 한다) 더구나 봄바람에 온갖 꽃들이 무력하게 떨어지는 이 계절에! (누에가 죽음을 맞아야 비로소 실을 토해내지 않듯) 내 그대 향한 상념은 누에가 토해내는 실같이 죽을 때까지 끝이 없고, (촛불이 재가 되면 비로소 눈물이 마르듯) 내 끝없는 사념은 촛불의 눈물과 같이 다 타서 재가 되면 비로소 마르리. 아침에 일어나 거울을 보며 그 구름 같은 머리 결이 쉬어질까 안타깝고, 저녁에 나를 생각하며 시를 읊조리느라 차가운 달빛을 맞겠지. 그녀가 있는 봉래산은 여기서 그리 멀지 않으니, 청조는 우리들을 위해 부지런히 소식 전해주오.
(相見時難別亦難, 東風無力百花殘. 春蠶到死絲方盡, 蠟炬成灰淚始乾. 曉鏡但愁雲鬢改, 夜吟應覺月光寒. 蓬萊此去無多路, 靑鳥殷勤爲探看.)

위 무제시 또한 은회(隱晦)한 내용을 품고 있으나 우리가 보기엔 별리의 정과 상사의 아픔을 노래한 것으로 보아 의심할 여지가 없다. 중국 청춘남녀들의 연애시에도 곧 잘 인용되는 이 시의 매력은 역시 "누에가 죽음을 맞아야 비로소 실을 토해내지 않고, 촛불이 재가 되면 비로소 눈물이 마른다(春蠶到死絲方盡, 蠟炬成灰淚始乾)."라는 부분이다. 천고의 명구로 손꼽히는 이 구절은, 영원히 변하지 않는 지극히 애절하고 순수한 사랑의 표현으로 이보다 더 아름답고 감동적인 문구는 없을 것이다. 특히 이 구절은 참신한 형상언어를 아주 잘 사용했을 뿐 아니라 쌍관어(雙關語, "絲"는 "思"를 지칭하기도 함)를 교묘하게 사용한 묘미도 있다. 유명하기로 이와 버금가는 또 하나의 무제시를 살펴보기로 하자.

어제 밤, 별이 빛나는 바람 부는 저녁 밤, 채색 어린 누각 서쪽 계수나무 집 동녘. 비록 내 몸 채색 봉황의 두 날개 없어도, 이심전심 두 마음은 서로 통했네. 마주 앉아 송구(送鉤)하며 즐길 때 봄 술은 더웠고, 편 갈라 사복(射覆)하며 놀 때 촛불은 붉었지. 아, 밤의 북소리는 관부로 떠날 길 재촉하지만, 말을 타고 난대(蘭臺) 앞에서 갈 곳 잃고 망설이는 자신.
(昨夜星辰昨夜風, 畵樓西畔桂堂東. 身無綵鳳雙飛翼, 心有靈犀一點通. 隔座送鉤春酒暖, 分曹射覆蠟燈紅. 嗟余聽鼓應官去, 走馬蘭臺類斷蓬.)

〈그림 51〉 온정균

외로운 시인은 어느 아름다운 밤에 사람의 마음을 녹이는 멋진 연회에 참석했고, 거기서 그는 자신의 마음을 사로잡는 한 여인을 만나게 된다. 두 사람은 서로 눈과 마음이 통했지만, 공무로 인해 서로 서둘러 헤어져야만 하는 안타까운 상황에서, 북소리에 말에 올라 길을 재촉하지만 시인의 마음은 마치 홀로 방황하는 부평초와 같다는 이 무제시 역시 이상은의 대표작이다. 내용 가운데 "비록 내 몸 채색 봉황의 두 날개 없어도, 이심전심 두 마음은 서로 통했네(身無綵鳳雙飛翼, 心有靈犀一點通)."라는 구절은 천고에 유전하는 명구로 유명하다.

다음으로 온정균은 자가 비경(飛卿)으로 산서성 사람이다. 그는 만당시인의 시인이자 사인으로 당 초기의 재상 온언박(溫彦博)의 후예지만 몰락한 귀족의 가정에서 태어났다. 그는 시와 사 외에도 음악적 재질은 물론이

거니와 소설가와 학자로도 재능을 발휘하였다. ≪신당서(新唐書)·예문지(藝文志)≫에 의하면 온정균은 소설로 ≪건손자(乾巽子)≫ 3권, ≪채차록(采茶錄)≫ 1권을 남겼으며, 또 자료집인 유서(類書) ≪학해(學海)≫ 10권도 남겼다고 하지만 지금 모두 유실되어 볼 수가 없다. 문학에서의 그의 재능은 특히 사로서 더욱 유명하지만, 시에 있어서도 이상은과 어깨를 겨루는 자로 당시 "온리(溫李)"로 불려졌다. 그 대표적인 시작품을 하나 감상하자.

> 새벽에 일어나 말방울을 움직이니, 나그네 길에 고향 생각 슬퍼지네. 닭 울음소리 촌 객사에 잔월은 걸렸고, 서리 내린 나무다리에는 인적이 서려 있네. 도토리나무 마른 잎은 산길에 떨어져 있고, 탱자나무 흰 꽃은 객사의 담을 환하게 하네. 울적한 기분에 고향 땅 그리워지는데, 오리와 기러기는 벌써 못가를 가득히 메웠네.
> (晨起動征鐸, 客行悲故鄉。 雞聲茅店月, 人跡板橋霜。 槲葉落山路, 枳花明驛牆。 因思杜陵夢, 鳧雁滿回塘。) ≪商山早行≫

특히 위 ≪상산조행≫ 시에서 "닭 울음소리 촌 객사에 잔월은 걸렸고, 서리 내린 나무다리에는 인적이 서려 있네(雞聲茅店月, 人跡板橋霜)." 구절은 천고의 절창으로 평가되고 있다. 손광헌(孫光憲)의 ≪북몽쇄언(北夢瑣言)≫에 의하면 온정균은 여덟 번 손깍지를 낄 동안에 여덟 운을 지어냈다고 하여 "온팔차(溫八叉)"로 칭해졌다고 하는데, 위진시대의 조식이 일곱 걸음을 짓는 동안 시 한 수를 지어낸 것보다 더 드문 경우라고 할 수 있다. 그러나 온정균은 뛰어난 재기를 지녔지만 타고난 자유분방한 천성에 아부를 싫어하고 바른 말을 잘했던 까닭에 권력자들에게 밉보여 결국 누누이 과거에 낙방하였다. 그는 국자감 조교가 되어 시험을 주관했던 관직 외에는 이렇다 할 직책을 맡지 못해 일생을 뜻을 펴지 못하고 쓸쓸히 생을 마감한 기구한 운명의 문인이라고 할 수 있다. 그러나 그가 중국문학 속의 시와 사에 남긴 걸출한 업적은 길이 기억될 것이다.

6. 흥미진진한 당대 문언소설 – 전기(傳奇)의 재미

중국의 문언소설은 위진남북조 시대에 발생하여 당대에 이르면 어느 정도 성숙기에 접어든다. 당대의 소설은 전기(傳奇)라고 부르는데(명대의 戲曲도 중국에서는 傳奇라고 칭하기도 함), 당시(唐詩)와 함께 이 시대 문학을 대표하는 양대 장르이다.

당 전기는 중국 소설의 원조인 신화와 전설 그리고 선진 양한시대 ≪좌전≫, ≪사기≫ 등의 사전(史傳) 문학과 전대의 지괴와 지인류 등의 기초 아래 당시 정치경제, 문화예술의 보편적 발달과 특히 당시 과거풍습 중의 '온권(溫卷)'이라는 제도에 의해 크게 발전하였다. 온권이란 쉽게 말해 선비들이 과거를 지르기 전에 자신의 문재(文才)를 드러내기 위해 짓던 문장을 말한다. 당 전기는 그 전의 소설에 비해 소설적인 요소를 많이 갖추었는데, 위진의 지괴나 지인 소설들이 작자의 소설 창작 의식에 의해 지어진 것이 아닌 도교나 불교를 선양하거나, 혹은 문인들의 일화나 그들이 남긴 문장을 모아 정리한 것이 주였던 반면 전기는 작자의 예술적 상상력이 동원된 허구적 창작에 의해 선명한 주제를 내포한 것이었으니, 더욱 현실생활에 밀접한 내용을 다루었으며 또 소설적 기교면에서도 앞의 것들에 비해 월등 진보한 것이었다.

이러한 당 전기소설의 발전과정을 대략 언급하면, 초당, 성당, 중당, 만당으로 구분하는 당시의 발전과는 달리 초, 성당을 전기의 초기단계로 보며, 중당을 전기소설의 황금시기로 삼고, 만당에 이르면 또 다른 변화를 겪게 된다. 그것은 당대의 사회가 개원·천보를 지나 특히 안사지란을 겪고 난 후 비로소 각종 사회문제들이 야기됨과 동시에 과거제도와 고문운동의 성행으로 전기 발전에 필요한 큰 계기를 제공한 것이며, 이 가운데 특히 대종(代宗), 대력(大歷)에서 선종(宣宗) 대중(大中)까지인 서기 766부터 859까지의 근 100년이 가장 황금시기였다.

전기소설의 내용은 복잡하고 다양하여 그 내용에 따라 흔히들 호협류, 애정류, 신괴류, 역사류 등으로 4분 하기도 하지만, 사실 한 작품 속에 두 가지 이상의 요소를 동시에 갖추고 있는 것이 많아 어느 한 작품을 한 종류로 구속시킴엔 상당한 무리가 있다. 하지만 편의상 그 종류에 따라 유명한 작품들을 구분하자면, 호협류의 작품에는 <규염객전(虯髥客傳)>, <섭은낭전(聶隱娘傳)>, <곤륜노전(崑崙奴傳)>, <사소아전(謝小娥傳)> 등의 작품이 유명하고, 애정류의 작품에는 <앵앵전(鶯鶯傳)>, <유씨전(柳氏傳)>, <임씨전(任氏傳)>, <곽소옥전(霍小玉傳)>, <이장무전(李章武傳)>, <이왜전(李娃傳)>, <이혼기(離魂記)>, <유선굴(遊仙窟)> 등의 명작들이 있으며, 신괴류에는 <고경기(古鏡記)>, <침중기(枕中記)>, <남가태수전(南柯太守傳)>, <유의전(柳毅傳)> 등이 있고, 마지막 역사류에는 <동성노부전(東城老父傳)>과 <장한가전(長恨歌傳)>이란 작품이 비교적 유명하다. 그 가운데 당 전기 중 문학적으로 비교적 중시되고 있는 작품들은 주로 애정류와 호협류에 많은데, <앵앵전>이나 <이왜전> 그리고 <규염객전> 등은 당대 전기 작품 중에서도 너무나 유명한 작품들이다. 이제 종류별로 하나하나 살펴보기로 하자.

호협류의 작품은 중국에서 《사기》의 자객열전이나 유협열전들의 전통을 계승한 것으로 볼 수 있으며, 호방한 기풍을 숭상한 당대의 기상을 가장 잘 반영하고 있는 작품이다. 그리고 또 호협소설의 등장은 안사지란 이후 더욱더 심각해져 가던 번진의 할거와 중앙 통치역량의 약화에서 오는 부패와 부정 그에 의한 백성들의 도탄과 빠진 생활과 절망에 빠진 마음을 시원하게 풀어줄 영웅호걸의 출현에 대한 기대 등의 동기를 품고 있다.

〈그림 52〉 규염객전

<규염객전>의 이야기는 그 주인공인 호방강개한 규염객(수염이 난 구레나룻의 모습이 마치 용의 형상과 같다고 붙여진 이름임)이 나중에 부여(扶餘)란 나라를 세워 그곳의 임금이 되었다는 이야기가 있는데, 바로 우리와도 관계있는 이야기라 더욱 흥미로운 작품이다. 비록 그 내용은 사실(史實)과 다소 어긋난 부분이 있지만, 소설가의 관점에서 본다면 규염객의 모습이나 그 이야기의 대강을 두고 볼 때 그를 고려를 세운 왕건이나 고구려의 연개소문의 이야기를 틀로 하였다고 볼 수도 있을 것이다. 물론 이 작품의 핵심은 그가 홍불(紅拂)이라는 총명한 소녀와 이정(李靖)이라는 실제 인물인 위인을 도와 영웅 이세민(李世民)과 더불어 새 나라를 건립하는 것을 돕고 자신은 물러나 바다 건너 동쪽의 작은 나라를 일구었다는 이야기이며, 결코 그가 세운 부여국을 중점으로 이야기

를 전개한 것은 아니다. 그러나 이 작품의 매력은 거칠지만 호쾌한 개성과 뛰어난 담력과 정의감 등을 지닌 규염객을 주선(主線)으로 하고 있음은 확실하며 거기다 홍불이라는 예쁘고 지혜로운 소녀의 형상을 잘 묘사한 데에 있다. 그 한 부분을 보기로 하자.

영석이란 곳에 이르러서는 여관을 잡아 짐을 풀고는 불을 피워 고기를 삶는데, 다 익어가는 참이었다. 장씨는 머리가 길어 땅에 닿았고, 침상 앞에 서서 머리를 빗고 있었으며, 이정은 마침 문 밖에서 말을 닦아주고 있었다. 그때 마침 한 사람이 나타났는데, 중키에 붉은 빛의 구레나룻에다 다리를 저는 당나귀를 타고 이쪽으로 오고 있었다(그 또한 이곳에서 묵고 갈 예정이었다). 그는 가죽 배낭을 난로 앞쪽으로 던지고는 베개를 쥐고 옆으로 누워 장씨가 머리 빗는 모습을 보고 있었다. 이정은 그때 매우 화가 났지만, 아직 어찌할 바를 몰라 여전히 말을 쓸어주고 있었다. 장씨는 이 낯선 나그네를 유심히 본 다음 한 손으로는 머리를 쥐고, 또 한 손은 몸 뒤쪽으로 멀리 있는 이정에게 화를 내지 말라는 신호를 보냈다. 그리고는 얼른 빗질을 마치고, 옷깃을 여민 다음 앞으로가 그의 존성을 물었다. 누워 있던 그 나그네는 답하길, "장씨요."라고 했고, 그녀도 답하길, "첩 또한 장씨이니 응당 여동생 뻘이겠네요."라고 하며 급히 절을 올렸다. 그리고 또 항렬을 물으니 말하길, "셋째요."라고 했으며, 동생은 몇째요라고 물었고, 그녀는 "장녀예요."라고 답했다. 그는 곧 기뻐하며 말하길, "오늘 참 재수가 좋소이다, 이렇게 여동생을 만나니."라고 했으며, 장씨도 멀리 있는 이랑(李郞)을 부르는데, "이랑, 어서 와서 셋째 오빠에게 인사드려요!"라고 했고, 이정은 급히 와서 절을 했다. 그리하여 세 사람이 둘러앉았는데, 그 나그네는 묻길, "삶고 있는 것이 무슨 고기요?" 하니, 정은 말하길, "양고긴데, 아마 거의 익었을 거요."라고 했다. 나그네는, "몹시 배가 고프오."라고 한다. 이정은 또 나가서 호병(胡餠)을 좀 사가지고 왔다. 객은 차고 있던 비수를 뽑아 고기를 썰어 세 사람이 함께 먹었다. 먹은 후 그는 남은 고기를 잘게 썰어 당나귀에게 다가가 그것을 먹이는데, 눈 깜짝할 새에 먹어치운다. 객은 말하길, "이랑의 모습을 보아하니 가난한 선비인데, 어찌 이 같은 선녀를 얻었소?"라고 물었다. 이정은 말하길, "정은 비록 지금은 곤궁하지만 그래도 큰 뜻을 품고 있는 사람이오. 다른 사람이 이렇게 물으면 나는 대답을 해주지 않소만, 노형이 물어보니 내 숨기지 않고 말하리다."라며 자초지종을 얘기했다. 객은 또 "그런데 어디를 가시오?"라고 묻자, 정은 "장차 태원으로 피신을 할 생각이오."라고 대답하자 그 나그네는 말하길, "그렇다면 나는 응당 당신이 피신해 의탁할 사람은 아니리다."라고 말했다. 그리고는 "술 있소?"라고 물었다. 정은 "여관 주인이 있는 서쪽에 바로 주점이 있소."라고 말하며 나가 술을 한 말 사가지고 돌아왔다. 술이 한 번 돌자, 나그네는 "나 여기 안주꺼리가 좀 있는데, 이랑은 나와 함께 하시겠소?"라고 물었다. 이랑은 "아무렴요." 하고 예의 있게 답했다. 그리하여 가죽 배낭을 열고는 사람의 머리와 간을 끄집어낸다. 그런데 머리는 도로 배낭에 넣고 비수로 간을 썰어서 함께 나누어 먹었다. 그는 말하길, "이 자는 천하에 양심이 없는 놈인데, 내 10년간 벼르고 있다가 오늘에야 비로소 해치웠다오. 나의 원한을 갚은 셈이오."라고 말했다.

(行次靈石旅舍, 旣設牀, 爐中烹肉且熟. 張氏以髮長委地, 立梳牀前. 靖方刷馬. 忽有一人, 中形, 赤髥而虯, 乘蹇驢而來. 投革囊於爐前, 取枕欹臥, 看張梳頭. 靖怒甚, 未決, 猶刷馬.

張熟觀其面, 一手握髮, 一手映身搖示, 令勿怒. 急急梳頭畢, 斂袵前問其姓. 臥客答曰 …
"姓張." 對曰 … "妾亦姓張, 合是妹." 遽拜之. 問第幾. 曰 … "第三." 因問妹第幾. 曰 …
"最長." 遂喜曰 … "今日多幸, 遇一妹." 張氏遙呼 … "李郎且來拜三兄!" 靖驟拜. 遂環坐,
曰 … "煮者何肉?" 曰 … "羊肉, 計已熟矣." 客曰 … "饑甚." 靖出市買胡餅, 客抽匕首, 切
肉共食. 食竟, 餘肉亂切送驢前食之, 甚速. 客曰 … "觀李郎之行, 貧士也, 何以致斯異人?"
曰 … "靖雖貧, 亦有心者焉. 他人見問, 固不言. 兄之問, 則無隱矣." 具言其由. 曰 … "然則
何之?" 曰 … "將避地太原耳." 客曰 … "然吾故謂非君所能致也." 曰 … "有酒乎?" 靖曰 …
"主人西則酒肆也." 靖取酒一斗. 酒旣巡, 客曰 … "吾有少下酒物, 李郎能同之乎?" 曰 …
"不敢." 於是開革囊, 取出一人頭并心肝. 卻收頭囊中, 以匕首切心肝共食之. 曰 … "此人乃
天下負心者心也, 銜之十年, 今始獲. 吾憾釋矣.")

규염객은 겉으로는 거칠고 예의가 없는 듯하지만 사실 정의감에 불타는 협객인 그의
모습은 "진인(眞人)은 자신의 상(相)을 겉으로 드러내지 않는다(眞人不露相)."는 중국의
속담을 말해주는 듯하다. 그가 무례하게 여자를 빤히 노골적으로 쳐다보는 행위는 사
실 색마나 치한의 속셈과는 전혀 다른 것이다. 그가 장씨의 묻는 말에 번듯이 누워서
대답하는 행동이나 객인 처지에 고기와 술을 사양 없이 요구하는 모습 그리고 훌륭한
말을 타지 않고 절름발이 당나귀를 타고 다니는 것 등을 볼 때 그는 사실 어딘가 범상
치 않은 진인의 거지(擧止)를 띠고 있다. 총명한 홍불은 이를 즉각 알아차리고 비록 그
가 무례한 행동을 하더라도 예의로써 대한 것 또한 "눈이 있어도 태산을 알아보지 못
함(有眼不識泰山)"과는 정반대인 "지혜로운 눈에는 바로 영웅을 알아봄(慧眼識英雄)"이
라는 중국의 속담을 연상시킨다. 이 작품을 읽는 도중은 물론 읽고 난 후에도 규염객이
라는 인물의 이미지가 눈앞에 선한 것은 이 소설이 당대 전기소설 가운데 인물의 외형
에서부터 그 행동, 그 대화에까지 주인공들의 인물묘사를 대단히 훌륭하게 잘 표현해
냈기 때문이라고 할 수 있다.

<섭은낭전>은 섭은낭이라는 한 대장군의 어린 딸이 어느 날 어느 여승(女僧)에게 납
치된 후 오 년 동안 그녀 곁에서 도술 등을 배워와 협객이 되는 이야기를 적은 것인데,
그 후 그녀는 악한 무리를 제거하는 '체천행도(替天行道, 하늘을 대신해 도를 행함)'의
협객 본분을 다하기도 하지만, 결국 번진들 간의 이해관계에 연루되어 그들을 위해 사
람을 죽이는 해결사 노릇도 하게 된다는 내용이다.

이에 비해 <곤륜노전>의 내용은 더욱 의의가 깊다. 이 소설은 곤륜 지역에서온 노복
의 이야기인데, 곤륜노란 지금의 인도나 말레이 반도 부근에서 온 검은 피부에 곱슬머
리를 한 종족의 노예로, 당대에는 이 지역 사람들을 노예로 부리기도 하였다. 그 내용

은 '마륵(磨勒)'이라고 하는 충성과 지모를 겸비한 노복이 주인인 최씨(崔氏) 선비를 도와 온갖 어려움을 무릅쓰고 그가 사랑하는 대관의 가기(家妓)인 '홍초(紅綃)'라는 시비(侍婢)와 부부의 인연을 맺도록 도와주는 이야기이다. 그 자세한 내용은 다음과 같다. 대력 연간 최생이라는 젊은 선비가 있었는데, 부친의 심부름으로 당대 제일의 정승 일품대관을 찾아뵙게 되고, 그때 그 대관의 집에 있던 아름다운 가기 홍초를 만나게 된다. 홍초는 젊고 잘생긴 최생에게 한눈에 반해 그에게 손짓으로 무슨 사연을 전한다. 집에 돌아온 그는 그 뜻을 풀어내지 못해 고민하고 있을 때, 집의 노복 곤륜노가 그 뜻을 풀어주고 십오일 보름날 달이 밝은 밤에 주인을 등에 업고 그 높은 담을 뛰어넘어 주인이 홍초와 만나도록 해준다. 홍초는 원래 노비의 신분이 아닌 부잣집의 딸이었지만, 그 지방의 절도사로 있던 자의 요구로 부득이 할 수 없이 그의 가기가 된 경우였다. 마륵은 홍초의 불행한 처지를 동정하고 그녀를 구출하기로 마음먹었으며, 또한 최생과 더불어 부부의 인연을 맺도록 도와주었다. 그 후 그 일이 알려지고, 일품대관은 사람을 풀어 마륵을 잡아오도록 하였다. 마륵이 비수를 차고 열 길이나 되는 담을 뛰어넘을 때, 화살이 비 오듯 하지만 그는 조금도 다치지 않았고, 눈 깜짝할 사이에 그는 자취를 감추었다. 그 후 마륵을 본 사람은 없었고, 십수 년이 지나 최생의 집에 있던 사람 가운데 하나가 멀리 낙양에서 약을 팔고 있는 마륵을 본 적이 있다고 하는데, 그의 모습은 예나 하나도 다르지 않았다고 한다. 남의 종살이를 하는 하잘것없는 노예를 주인공으로 하여 강자의 횡포로 유린된 불행한 처지에 있는 약자를 도와주고 또 자신의 주인이 사랑하는 사람과 맺어지도록 도와주어 '사랑하는 사람들이 결국 서로 맺어지는(有情人終成眷屬)' 좋은 일까지 행한 곤륜노의 이야기는 매우 의의가 크다. 외국에서 온 노예에 의해 본국의 치부(恥部, 즉 한 나라의 최고 정승인 자가 모범을 보이기는커녕 사치와 탐욕에 빠져 民女를 강탈하는 치부)가 드러나고 결국 그의 노력에 의해 이러한 부조리가 해결되고, 그 도움으로 본국인들이 행복을 얻게 된다는 이 이야기는 당시 많은 문제점을 안고 있던 당 중기 사회를 잘 풍자하고 있다.

<사소아전>은 부친과 남편을 죽이고 자신을 불구로 만든 원수를 갚는 강인한 의지와 담량, 그리고 정의감을 갖춘 어느 한 여인의 이야기를 다룬 내용이다. 그 이야기를 보면 다음과 같다.

상인의 딸 사소아는 여덟 살 때 모친을 잃고, 역양(歷陽) 땅의 어느 협사에게 시집을 갔다. 그런데 소아가 열네 살이 되던 어느 날, 그녀는 부친과 남편 그리고 많은 일행들

과 함께 배를 타고 장삿길을 떠났
는데, 그때 마침 도적을 만나게 되
고 부친과 남편 그리고 일행 모두
는 죽음을 당했고, 소아도 가슴에
상처를 입었으며 또 한쪽 다리도
잃었다. 그러나 그녀는 다행히도 물
위에 떠다니다 다른 배의 선원에게
구조되었고, 하루가 지난 뒤 깨어나
게 된다. 그 후 그녀는 유랑걸식을

〈그림 53〉 사소아전

하며 지내다 나중에 묘과사(妙果寺)란 절에 기거하게 되었다. 하루는 꿈에 부친이 나타
나 그녀에게 말하길 자신을 죽인 자는 '차중후(車中猴, 수레 안의 원숭이), 문동초(門東
草, 문 동쪽의 풀)'라고 했으며, 또 며칠 후에는 남편이 꿈에 나타나 자신을 죽인 사람
은 '화중주(禾中走, 벼 가운데 걷는), 일일부(一日夫, 하루 동안의 지아비)'라고 하였다.
소아는 그 뜻을 풀기 위해 여러 지혜로운 자들을 찾아다니지만 결국 그 의미를 알아내
지 못하다가, 어느 날 이 일인칭 소설의 화자인 '나'를 '와관사(瓦官寺)'라는 절에서 만
나게 되고, 결국 그 수수께끼의 비밀이 "신란(申蘭)"과 "신춘(申春)"이라는 것을 알게
된다. 그녀는 울면서 절을 하며, 기어이 그 두 사람을 찾아 죽여 부친과 남편의 원수를
갚으리라 결심을 한다. 그 후 그녀는 남장으로 갈아입고 강호를 떠다니며 남의 머슴으
로 일하는데, 일 년쯤 지나 심양(潯陽)을 지나다 일꾼을 구한다는 어느 집 대문에 써
붙인 방을 보고 그 집에 들어갔는데, 알고 보니 그 집 주인이 다름 아닌 신란이었던 것
이다. 소아는 격앙된 마음을 억누르고 겉으로는 매우 공손한 척하며 그의 집에서 2년
넘게 생활하면서 신란의 신임을 톡톡히 얻게 된다. 소아는 매번 신란의 집에서 원래 자
신의 집에 있던 물건이었지만 그들에 의해 빼앗겨 간 옛 물건들을 볼 때마다 눈물을
흘리며 복수의 칼날을 갈았다. 원래 신란과 신춘은 종형제 간으로 신춘 역시 그리 멀지
않는 곳에 살았으며, 둘은 자주 왕래하였다. 그들이 함께 일을 나가면 몇 달이 걸려 많
은 노획품들을 가지고 돌아오기도 하였으며, 그들이 소아에게 준 물품들도 적지 않았
다. 그러던 어느 날, 두 도적이 여러 부하들을 데리고 술 마시고 취해 떨어져 있던 밤
에 소아는 먼저 신춘이 자고 있던 방을 열쇠로 잠근 다음, 차고 있던 칼을 뽑아 신란의
목을 베었다. 나머지 잔당들은 이웃에 있는 많은 사람들의 도움을 얻어 관가에 붙잡혀

갔으며, 소아는 비록 살인죄를 지었으나 그 정상과 공을 생각하여 결국 면죄된다. 그 후 작자(즉 '나'라는 이 소설의 주인공)는 장안의 어느 절에서 소아를 우연히 만났는데, 그때 그녀는 비구니가 되어 있었으며, 작자를 알아보고 절을 하며 그 은혜에 감사했다고 한다. 그 후 사소아는 불도에 귀의한 이래로 항시 스스로 고행하며 법률을 고수하며 살았다고 한다.

　이 소설은 엄청난 불행과 재난을 겪은 후에 남장을 하고 고행을 하며 원수를 갚기 위해 살아가는 한 여협(女俠)의 이야기를 그린 것인데, 그 후 중국 소설 속에 종종 등장하는 여협객의 탄생에 큰 영향을 미친 것으로 보인다. 원래 중국에는 전통적으로 이런 여장부들이 있었으니 그 대표적인 경우가 바로 앞에서 다룬, 부친을 대신해 종군하는(代父從軍)의 북방 민가 속의 화목란(花木蘭)일 것이다. 그들이 남장을 하고 능숙한 무술로 악한 자들을 처치하는 장면은 영화 속에서도 흔히 보아온 바다. ≪요재지이≫ 속의 <협녀>란 작품은 억울하게 죽은 부친의 원수를 갚기 위해 늙은 어머니와 함께 곤궁하게 살아가는 한 여성의 이야기이다. 이 처녀는 가슴 속에 비수를 품고 살아가다가 모친이 병사한 후에 바로 원수를 찾아가 복수를 한다. 그리고 그녀와 모친에게 물질적으로 도움을 준 이웃집 청년을 위해 아이를 하나 낳아주고 자신은 홀로 유유히 떠나는 것으로 결말을 맺는데, 이 작품 속의 강인하고 외로운 협녀의 이미지는 사소아와 흡사하다. 그러나 <사소아전>의 한계라고 하면 소아가 신란을 찾게 되는 부분에서 고대소설에서 흔히 범하는 지나친 우연성을 들 수가 있다. 또 사소아가 원수를 갚기 위해 2년 넘게 그들의 거처에서 신분을 속인 채 그들의 부하로 순종하며 일한 점도 복수심에 불타는 자로서 행하기 힘든 다소 정리에 어긋난 부분이 아닐까 한다. 또 사소아의 부친과 남편이 꿈에 나타나 수수께끼로 원수의 이름을 알려주는 부분은 작품의 재미를 더해주는 면도 있지만 이 소설의 화자가 자신의 재기를 과시하기 위한 것으로 생각되어 부자연스러운 감이 없지 않다.

　애정류의 전기 소설은 주로 당시 봉건 문벌제도나 사족(士族) 간의 혼인제도 아래 무참히 희생당하는 약한 여성들의 연애와 혼인의 이야기를 주로 다루고 있는 것이 특색인데, 당 전기 가운데 문학성과 흥미도가 가장 높은 작품이다. <앵앵전>의 고사는 아마도 그중 가장 유명한 것이 아닐까 한다. 그 내용은 당 덕종(德宗) 정원(貞元) 연간에 아름다운 외모에 성품이 온화한 장생(張生)이란 젊은 선비가 있었는데, 그가 포주(蒲州)를 여행할 때 잠시 보구사(普救寺)란 절에 묵게 된다. 마침 그때 과부 최씨(崔氏)

부인이 장안으로 가는 도중 그 절에 묵게 되었고, 서로 얘기를 나눈 후에 최씨 부인은 자신의 고종이모 정씨(鄭氏)인 것을 알게 된다. 당시 포주에는 병란이 발생하였는데, 장생은 다행히 그곳에 주둔하고 있던 친구의 도움을 얻어 최씨 부인의 가솔들을 보호하게 되고, 그리하여 최씨 일가족의 생명과 재산은 안전하게 된다.

〈그림 54〉 앵앵전

정씨는 장생의 은혜에 매우 감사하며 가연을 베풀어 그를 초청하고 또 자신의 아들 환랑(歡郎)과 딸 최앵앵(崔鶯鶯)[119]을 불러 인사를 시키며 사의를 표했다. 그때 앵앵을 본 장생은 그녀의 미모에 반해 연정시 두 수를 지어 앵앵의 계집종인 홍낭(紅娘)에게 부탁하여 전달하게 한다. 앵앵 또한 화답시 <명월삼오야(明月三五夜)>를 지어 홍낭을 시켜 보냈고, 그것은 보름날 밤 서로 만나자는 내용을 담은 시였다. 장생은 설레는 마음을 안고 약속장소로 나갔지만, 얻은 것이라곤 앵앵의 쌀쌀한 충고뿐이었으며, 장생은 크게 실망한다. 그러나 며칠이 지난 후 어느 날 밤, 생각지도 않게 앵앵이 홍낭을 앞세우고 그의 침소로 주동적으로 찾아온 것이다. 그로부터 둘은 밤에 몰래 밀애하고 아침

---

119) 전인각(陳寅恪)의 고증에 의하면 최앵앵도 당대 애정류 전기 속의 여주인공 이와나 곽소옥 등과 같은 기녀 출신이라 보기도 한다. 이에 대해서는 劉鈞瀚, ≪靑樓≫, 上海: 百家出版社, 2003, 35쪽 참고.

이면 몰래 빠져나가는 식으로 근 한 달을 같이 지냈다. 이윽고 어느 날 장생은 과거를 보러 장안으로 갈 것을 제시했고, 앵앵은 크게 슬퍼한다. 그 후 장생은 과거에서 순조롭지 못해 여전히 서울에 머무르게 되는데, 그동안 그는 앵앵에게 편지를 쓴 적이 있으며, 또 서로 기념될 정표도 보내 주고받았다. 그러나 시간이 흐른 후 장생은 결국 변심을 하게 되었고, 또한 친구들에게 앵앵의 이야기를 하며 그녀는 남자를 해치는 요물이기에 결국 그녀와 헤어지게 되었다는 소문을 퍼뜨렸다. 일 년 후 앵앵은 결국 다른 남자에게 시집을 가게 되고, 장생 또한 다른 여자와 결혼했다. 어느 날, 장생은 앵앵의 거처를 지날 때 이종남매의 신분으로 서로 한 번 만나보길 원했지만, 앵앵의 냉정한 사절을 당하게 된다.

일명 <회진기(會眞記)>란 이름으로도 불리는 이 작품은 후인의 고증에 의하면 작품 속의 주인공 장생은 바로 이 소설의 작가 원진(元稹)의 화신이라고도 하는데, 당 전기 중 명문으로 이름 높은 이 작품의 주요 부분을 감상해보자.

장생은 답해 말하길 "나는 어릴 때부터 본성이 남에게 쉽게 접근하는 그런 성격이 아니었어요. 간혹 틈이 있을 때 아름다운 옷을 입고 있는 아가씨들을 만날 기회가 있었어도 그들을 잘 쳐다보지도 못했어요. 그런데 (이상하게도) 예전에는 엄두도 못내는 일(즉 앵앵과 적극적으로 만나려고 한 일)에 지금 미혹되어버렸어요. 어제 그 연회자리에서 저는 거의 정신을 잃어버려 주체할 수 없었습니다. 요 며칠간 저는 길을 걸어도 넋이 빠져 멈출 줄을 모르고, 식사를 해도 배부른 줄을 모르니, 이러다간 하루도 넘기지 못하고 그만 죽을 것 같아요. 만약 정식으로 매파를 청해 구혼을 하면 납채(納采)다 문명(問名)이다하여 석 달은 걸릴 텐데, 그렇다면 저는 이미 저세상에나 가 있을 겁니다. 아가씨 생각엔 제가 어찌하면 좋죠?" 시비(侍婢)는 말하길 "최씨 아씨의 성격은 정조가 굳고 조심스러우니 비록 존친 어른이라 할지라도 그녀에겐 부당한 말을 함부로 하지 못하는데, 다른 사람들의 말은 더욱 먹혀들지 않을 겁니다. 그러나 그녀는 시와 문장을 잘 지어 언제나 문구들을 낮게 읊조리며 오랫동안 그 속에 빠져 혼자 생각하며 애태우기도 합니다. 그러니 도련님이 시험 삼아 자신의 애정을 표시하는 시를 지어 아씨의 마음을 흔들어보도록 하세요. 그러지 않고는 다른 방도가 없을 겁니다." 장생은 그 말에 크게 기뻐하며, 당장 두 수의 연정시를 적어 그녀에게 주었다. 그날 저녁 홍낭은 다시 찾아왔는데, 채색 어린 편지를 가지고 장생에게 건네주면서 말하길 "아씨가 저더러 갖다드리라 했어요."라고 한다. 그 시의 제목을 보니, <明月三五夜>라고 되어 있는데, 그 내용은 "달 밝은 서상 아래서 그대를 기다리는데, 바람을 받아 문은 반쯤 열렸네. 담을 스치는 꽃그림자의 움직임에 아마도 그님이 오시는지." 장생은 그 시의 뜻을 대략 알아차렸는데, 그날 저녁이 바로 이월 십사일이었다. 최씨 집의 동쪽 담 쪽에는 살구나무가 한 그루 있었는데, 그것을 타고 올라가 담을 넘을 수 있었다. 십오일 저녁, 장생은 그 나무를 사다리로 하여 넘어가서 서상에 도달하였는데, 그때 문은 반쯤 열려있었다. 홍낭은 침상에 누워 자고 있다가 장생의 소리에 깨어 놀라 말하길 "도련님께서 어찌 오셨어요?" 했다. 장생은 속여 말하길 "최씨 아가씨가 편지에서 나를 부른 것이니, 가서 말해주시오."라고 했다. 잠시 후 홍낭은 돌아와 연거푸 말하길 "와요! 와요!"라고 했다. 장생은 기뻐하면서도 또 한편 놀라기도 했는데, 마음속으로는 이젠 성공이구나 하고 생각하고 있었다. 이윽고 최씨가 이르자 그녀는 단정한 의복에 엄숙한 표정을 짓고 있었고, 장생을 크게 나무라며 말하길 "오라버니의 은혜는 우리 집을 살렸으니 무척 크다 하겠습니다. 그러므로 모친께서도 어린 아들과 딸을 당신께 부탁하셨습니다. 그런데 어찌하여 이 불초한 계집종을 통해 음탕한 시를 보내오게 하셨는지요? 처음에 남을 난(亂)에서부터 보호해줌은 의로운 일이었습니다만 나중에 난을 일으켜 우리를 괴롭히니, 이는 바로 난으로 난을 바꾸는 것과 얼마나 다르다고 말할 수 있겠습니까? 원래는 당신이 보내온 그 글을 덮어두고 대꾸하지 않으려고도 했습니다만 그러면 바로 남의 간악함을 덮어주는 것이기에 의로운 행동이 아니며, 만약 그것을 모친에게 고해바치면 그것도 남의 은혜를 저버리는 것이 되기에 그 또한 좋지 못하며, 또 제 뜻을 시녀에게 전해 알리려고도 했으나, 그 역시 제 마음의 본뜻을 잘 전하지 못할까 두려워 끝내 짧은 시를 지어 스스로 자신의 뜻을 드러내려고 한 것입니다. 그리고 여전히 오라버니가 오지 못할까 두려워 일부러 비속한 시를 지었으니, 그 뜻은 바로 당신이 꼭 오도록 하기 위한 것입니다. 예의에 맞지 않는 행동을 하면 어찌 마음이 부끄럽지 않겠어요? 아무쪼록 바라오니 예로써 자신을 잘 지켜 어긋난 행동을 하지 마시기 바랍니다." 하고는 말이 끝나자 바로 몸을 돌려 가버렸다. 장생은 망연자실하여 혼자 오랫동안 우두커니 서 있다가 다시 담을 넘어 나갔으며, 그로부터 절망에 빠져버렸다. 며칠이 지난 어느 저녁, 장생이 창문에 기대어 홀로 자는데, 갑자기 사람소리에 잠이 깼다. 놀라서 일어나보니 다름 아닌 홍낭이 이불과 베개를 갖고 와서는 장생을 흔들며 "왔어요! 왔어요! 왜 아직 자고 있어요!" 한다. 그리고는 베개를 나란히 펴고 금침을 장생의 요 위에다 깔고는 나갔다. 장생은 눈을 닦고 오랫동안 단정히 앉아 있었다. 그리고는 마음속으로 지금 꿈을 꾸고 있지는 않는가 하고 의심했다. 그러면서도 계속 조심스럽게 그녀를 기다리고 있었다. 잠시 지난 후 과연 홍낭이 아씨를 부축하고 들어왔다. 오고 있는 그녀의 모습은 교태를 띠면서도 수줍어하고, 귀여우면서도 요염했는데, 그 유약한 모습은 자신의 몸조차 지탱하기 어려운 듯했으며, 지난날의 단정하고 엄숙한 모습과는 너무도 달랐다. 이날 저녁, 보름하고도 삼일이 지났는데, 비스듬한 달빛은 수정같이 맑았으며, 그윽한 월광은 침상 반쯤을 비춰주고 있었다. 장생은 마치 하늘을 나는 듯한 기분이었고, 그녀가 신선이나 선녀의 무리가 아닌가 의심하였으며 결코 인간세상에서 온 사람은 아니라고 생각했다. 약간의 시간이 지난 후, 절의 종소리가 울리고, 하늘이 장차 밝아오는데, 홍낭은 집으로 돌아갈 것을 재촉했다. 최씨는 조용히 눈물을 흘리며 홍낭에 의해 부축되어 나갔으며, 지난밤엔 한 마디의 말도 하지 않았던 것이다. 장생은 한 가닥 서광에 몸을 일으키며, 여전히 의심하길 "이게 꿈이 아닐까?" 이윽고 하늘이 밝았을 때, 자신의 팔을 보니 화장이 묻어 있었으며, 옷에는 향내가 배어 있었고, 점점이 빛나는 눈물 방울이 아직도 담요 위에 남아 있었다. 그 후 십여 일간이나 서로 소식이 없었는데, 장생은 <회진시(會眞詩)> 30운을 지었고, 그것을 다 짓기도 전에 홍낭이 찾아와서 그것을 그녀에게 주며 최씨 아씨께 전하도록 했다. 이로부터 다시 그녀와 만날 수 있었으니, 아침에 몰래 나오고, 저녁에 몰래 들어가 그 전의 서상이란 곳에서 거의 한 달간을 같이 무사히 지냈다.

(張曰 "余始自孩提, 性不苟合. 或時紈綺閑居, 曾莫流盼. 不爲當年, 終有所蔽. 昨日一席間, 幾不自持. 數日來, 行忘止, 食忘飽, 恐不能逾旦暮, 若因媒氏而娶, 納采問名, 則三數月間, 索我於枯魚之肆矣. 爾其謂我何?" 婢曰 "崔之貞愼自保, 雖所尊不可以非語犯之. 下人之謀, 固難入矣. 然而善屬文, 往往沈吟章句, 怨慕者久之. 君試爲喩情詩以亂之, 不然, 則無由也." 張大喜, 立綴春詞二首以授之. 是夕, 紅娘復至, 持彩箋以授張, 曰 "崔所命也." 題其篇曰 <明月三五夜>. 其詞曰 "待月西廂下, 迎風戶半開. 拂墻花影動, 疑是玉人來." 張亦微喩其旨. 是夕, 歲二月旬有四日矣. 崔之東有杏花一株, 攀援可踰. 既望之夕, 張因梯其樹而踰焉. 達於西廂, 則戶半開矣. 紅娘寢於床上, 因驚之. 紅娘駭曰 "郎何以至?" 張因紿之曰 "崔氏之箋召我也. 爾爲我告之." 無幾, 紅娘復來, 連曰 "至矣! 至矣!" 張生且喜且駭, 必謂獲濟. 及崔至, 則端服嚴容, 大數張曰 "兄之恩, 活我之家, 厚矣. 是以慈母以弱子幼女見託. 奈何因不令之婢, 致淫逸之詞? 始以護人之亂爲義, 而終掠亂以求之, 是以亂易亂, 其去幾何? 誠欲寢其詞, 則保人之奸, 不義, 明之於母, 則背人之惠, 不祥, 將寄於婢僕, 又懼不得發其眞誠. 是用託短章, 願自陳啓. 猶懼兄之見難, 是用鄙靡之詞, 以求其必至. 非禮之動, 能不愧心? 特願以禮自持, 毋及於亂!" 言畢, 翻然而逝. 張自失者久之. 復踰而出, 於是絶望. 數夕, 張生臨軒獨寢, 忽有人覺之. 驚駭而起, 則紅娘斂衾攜枕而至, 撫張曰 "至矣! 至矣! 睡何爲哉!" 並枕重衾而去. 張生拭目危坐久之, 猶疑夢寐, 然而修謹以俟. 俄而紅娘捧崔氏而至. 至, 則嬌羞融冶, 力不能運支體, 曩時端莊, 不復同矣. 是夕, 旬有八日也. 斜月晶瑩, 幽輝半床. 張生飄飄然, 且疑神仙之徒, 不謂從人間至矣. 有頃, 寺鐘鳴, 天將曉. 紅娘促去. 崔氏嬌啼宛轉, 紅娘又捧之而去, 終夕無一言. 張生辨色而興, 自疑曰 "豈其夢邪?" 及明, 睹妝在臂, 香在衣, 淚光熒熒然, 猶瑩於茵席而已. 是後又十餘日, 杳不復知. 張生賦會眞詩三十韻, 未畢, 而紅娘適至, 因授之, 以貽崔氏. 自是復容之. 朝隱而出, 暮隱而入, 同安於曩所謂西廂者, 幾一月矣.)

위에서 인용한 부분은 이 소설의 핵심 부분이자 절정이라고 할 수 있는 장생과 앵앵의 극적인 만남과 그들의 사랑이 실현되는 과정까지를 묘사한 대목이다. 그리고 그들의 짧은 사랑과 이별, 특히 꿈 같은 정사장면을 그린 성애묘사는 특히 아름다운 데 그 부분을 보자.

희롱할 때 처음엔 다소 거절했지만 그윽한 정은 이미 서로 통했다네. 머리 숙일 때 매미 날개 같은 올림머리 미미하게 흔들렸고, 돌아올 때 발에 먼지를 묻혔었네. 얼굴을 돌릴 때 꽃같이 아름답고 눈처럼 희었으며, 침대 위에는 비단이불을 펼쳤네. 원앙과 같이 서로 목을 감고 춤췄고, 농속의 비취새처럼 서로 즐겼네. 검은 눈썹은 부끄러워 찡그렸고, 따뜻한 온기에 입술의 연지는 녹았네. 난초꽃같이 향기로운 숨결에 옥 같은 피부는 부드럽고 풍만했네. 두 팔은 힘없이 쳐져 있었고, 교태를 부리며 몸을 웅크리고 있었네. 흐른 땀방울 알알이 진주와 같고, 흐트러진 검은 머리 치렁치렁했다네. 천년의 기회로 만난 인연에 막 서로 즐거워하는데, 홀연 오경의 종이 울렸네. 유한한 시간에 서로 아쉬워하며, 애절한 정은 서로 떨어지길 싫어했네. 나태한 얼굴엔 수심을 띠고, 아름다운 말로 속

마음을 맹서했네. 옥고리를 정표로 재회의 뜻을 드러내며, 매듭걸이 남기며 한마음을 표시했네. 밤에 흘린 눈물로 맑은 거울엔 분자국이 흐르고, 잔등엔 멀리 벌레 소리 들려오네. … 아침엔 구름으로 변해버리는 무산(巫山)의 여신처럼 정처 없이 사라지니 혼자 소사(蕭史)가 되어 멍하니 남아 있네.
(戲調初微拒, 柔情已暗通。 低鬟蟬影動, 回步玉塵蒙。 轉面流花雪, 登床抱綺叢。 鴛鴦交頸舞, 翡翠合歡籠。 眉黛羞頻聚, 唇朱暖更融。 氣淸蘭蕊馥, 膚潤玉肌豐。 無力慵移腕, 多嬌愛斂躬。 汗光珠點點, 發亂綠松松。 方喜千年會, 俄聞五夜窮。 留連時有限, 繾綣意難終。 慢臉含愁態, 芳詞誓素衷。 贈環明遇合, 留結表心同。 啼粉流淸鏡, 殘燈繞暗蟲. … 行雲無處所, 蕭史在樓中。)

　　<앵앵전> 애정묘사의 특징은 시와 같은 아름다운 언어로 남녀 간의 정사를 격조 있게 묘사하였다는 점이다. 비록 남녀 간의 육체적인 성애를 묘사하였지만 매우 아름답게 그려내고 있다. 여기에는 성행위에 대한 구체적인 묘사나 표현을 직접적으로 사용하지 않고 중국고전소설의 특징이라고 할 수 있는 격조 높은 표현을 사용하고 있다. 가장 직접적인 언급이라곤 기껏해야 "옥 같은 피부는 부드럽고 풍만하였네." 정도일 뿐이다. 그러나 "원앙과 같이 서로 목을 감고 춤췄고, 농속의 비취 새처럼 서로 즐겼네. 검은 눈썹은 부끄러워 찡그렸고, 따뜻한 온기에 입술의 연지는 녹았네. 난초꽃같이 향기로운 숨결에 옥 같은 피부는 부드럽고 풍만했다네. 두 팔은 힘없이 쳐져 있었고, 교태를 부리며 몸을 웅크리고 있었네. 흐른 땀방울 알알이 진주와 같고, 흐트러진 검은 머리 치렁치렁했다네."라는 정사의 장면을 묘사한 부분에 나타난 앵앵의 모습에서 중국고대여성의 우아한 아름다움과 매력적이고 육감적인 선정적 자태도 읽을 수가 있다. 이처럼 「앵앵전」의 성애묘사는 직접적이고 구체적으로 성행위 장면을 노골적으로 묘사한 것이 아니라 매우 절제적으로 은근히 표현하고 있으며, 시적인 비유와 함축적이고 간결한 표현을 사용하지만 읽는 자로 하여금 무한한 상상력과 미적인 아름다움을 느끼게 하여 오랫동안 여운을 남겨주고 있다. 이것이 바로 명청시대 통속애정소설과 다른, 당 전기 소설에 나타난 애정묘사의 격조라고 할 수 있을 것이다.

　　그러나 청춘남녀의 이러한 자연스러운 연애는 장생이 서울로 과거를 보러 떠나면서 깨어지고 만다. 사실 앵앵은 그가 서울로 과거 길을 떠나려고 할 때부터 그것을 직감하여 매우 슬퍼하면서도 어차피 헤어져야 하는 이루어질 수 없는 사랑임을 깨닫고 체념을 하고 있었다. 봉건 문벌관념이 극성한 당시 사회에서 한쪽의 가문이 조금이라도 기울면 결혼은 불가능한 사실을 앵앵 또한 너무도 잘 알고 있었던 것이다. 과거에 실패한 장생은 자신의 출세를 위해 대가문의 다른 규수와 결혼을 했고, 앵앵도 시집을 가면서

그들의 애정은 비극으로 막을 내린다.

봉건제도의 붕괴와 함께 계급제도와 문벌의식 그리고 남존여비 등의 사상이 거의 완전히 사라진 오늘날 우리들의 관점에서 볼 때 장생이 앵앵에게 쉽게 접근하여 그녀의 사랑을 획득한 후 나중에 자신의 출세와 결혼을 위해 몰락한 가문의 딸인 앵앵을 헌신짝처럼 버리고(이런 경박한 행위를 '始亂終棄'라고 함) 다른 여자와 결혼한 행각 그리고 그것을 미안하게 생각하기는커녕 오히려 당연하게 생각하면서 자신을 보호하기 위한 수단으로 심지어 앵앵을 비방하는 태도, 또 나중에 결혼한 후에도 다시 앵앵을 만나려고 하는 마음 등은 매우 후안무치하고 비겁하게 느껴진다. 더군다나 이 글의 작자 원진은 소설 맨 마지막 부분에서 그러한 장생의 태도에 대해 당시 사람들의 의견을 빌려 "화(禍)를 잘 처리한 자(善補過者)"라며 간접적으로 자신의 입장을 표시하였는데, 작자의 용속(庸俗)한 견해를 단적으로 드러낸 부분이라고 할 수 있다. 당대가 아무리 개방적이고 국제적인 사회였다고 할지라도 사대부 남성들의 이런 남성중심주의적 이기적인 생각은 어쩔 수 없는 당시 봉건사회 최전성기에 속했던 시대적 한계라고 할 수 있다. 반면 이 소설의 여주인공 최앵앵의 이미지는 꽤 참신하고 진보적이다. 비록 처음에는 귀족가 규수의 체통과 여자로서의 자존심을 위해 장생을 꾸짖고 냉담하게 대했지만, 며칠이 지난 후 자신이 진정 좋아하는 상대인 장생을 주동적으로 찾아가는 행위는 실로 대담하고 적극적이다. 더구나 앵앵이 기녀나 가기(家妓)가 아닌 학덕과 자색을 겸비한 양반집의 재녀였다는 점에서 그녀의 형상은 더욱 의미 있는 것이다.

9세기 초 원진(元稹, 779-831)이 지은 <앵앵전>은 청춘남녀가 담장을 넘어 몰래 행하는 사랑인 이른바 '월장밀애(越墻密愛)'류 소설의 시초라고 할 수 있다.[120] 이 작품은 그 후 몇 세기가 지나 13세기 원대에 이르러서는 왕실보(1234-1294)에 의해 ≪서상기≫라는 희곡 작품으로 변형되어 다시 유행하기도 하였으며, 17세기 명말에는 통속문학가 풍몽룡(1574-1646)에 의해 <숙향정장호우앵앵(宿香亭張浩遇鶯鶯)>(≪경세통언≫, 제29권)이라는 백화소설작품으로 재탄생까지 한 것을 보면 그 영향력을 가히 짐작할수가 있다. 그리고 <앵앵전>으로 본격화된 이런 '월장밀애'류 작품들은 비단 중국에서만 유행한 것이 아니라 우리나라에도 큰 영향을 미쳐 조선시대에도 유사한 작품들이많이 등장하였으니, 이른바 <이생규장전(李生窺墻傳)>,[121] <주생전(周生傳)>, <위경천

---

120) 중국에서는 남녀 간의 자유연애를 다룬 이런 '월장류' 작품들이 대거 출현하였는데, 이를테면 지괴류 소설속의 <자옥(紫玉)>이나 ≪세설신어·혹닉(惑溺)≫와 ≪진서(晉書)≫에 보이는 가오(賈午)와 한수(韓壽)의 "한수투향(韓壽偸香)"의 애정 고사들이 있으며, 더 거슬러 올라가면 선진문학인 ≪시경≫에서도 많이 보인다.

전(韋敬天傳)>, <운영전(雲英傳)>, <심생전(沈生傳)>[122] 등이 바로 그 대표적인 작품이다.[123] 이는 한·중 양국에서 남녀 간의 애정을 다룬 소설 가운데 이런 월장밀애류 소설의 인기를 말해주고 있는데, 그것은 무엇보다도 이런 작품들이 당시의 봉건적 울타리를 뛰어넘어 예법에 정면으로 도전하고자 하는 젊은이들의 용기와 자유연애의 사상을 고취시키는 적극적이고 신선한 의미를 지니고 있었기 때문일 것이다. 특히 이런 월장밀애류 소설은 17, 18세기 중국의 인성해방운동의 확산과 함께 계몽주의 사상의 보급으로 당시 사회적 모순을 풍자하거나 진보적 사상을 주장하는 소설이나 희곡 등의 통속문학에 적지 않은 영향을 끼쳤는데, 17, 18세기 한·중 양국의 월장밀애류 작품인 <숙향정장호우앵앵>이나 <심생전> 등의 등장은 바로 이 점을 잘 반영하고 있다.[124]

<이왜전> 또한 그 문학성과 사상성이 비교적 높이 평가받는 애정류의 전기이다. 그 이야기는 다음과 같다. 상주자사(常州刺史) 영양공(滎陽公)의 아들이 과거보러 서울에 갔다가 장안의 명기인 이왜에게 빠져 일여 년 동안 지내며 가지고 온 학비를 탕진하고 만다. 이왜는 무일푼의 정생을 보모가 시키는 대로 차버렸고, 그는 길거리를 헤매다가 상여꾼의 신세가 되어 겨우 연명을 해나간다. 그 후 이 사실을 부친이 알게 되고, 부친은 그와 부자의 인연을 끊고 또 그를 죽도록 매질하고 내쫓았다. 그 후 정생은 길거리를 휘젓고 다니는 거지신세가 되었다. 어느 눈보라가 휘날리는 추운 겨울 날, 그는 골목을 돌며 구걸을 하고 있었는데, 배고픔과 추위를 견디지 못해 부르짖는 그의 구걸소

---

121) <이생규장전>은 조선 초기의 문인 김시습(1435-1493)이 지은 한문소설인 ≪금오신화≫에 실려 있는 작품이다. 주지하는 바와 같이 ≪금오신화≫는 傳奇體의 소설로 우리나라 최초의 한문소설로 알려져 있으며, 또 명대 瞿佑의 ≪剪燈新話≫를 단순히 모방한 작품이 아니라 그 형식을 수용하면서도 우리나라 것으로 풍토화하고 재창작한 것으로 평가되고 있다. 이에 대해서는 전용오, ≪고소설의 모색≫, 제이앤씨, 2009, 39 참고.

122) <심생전>은 조선 후기인 정조 시기의 문인 李鈺(1760-1815)이 지은 傳의 형식을 지닌 소설로 그의 절친한 친구였던 金鑢가 편찬한 ≪潭庭叢書≫권11 <梅花外史>에 실려 있다. 이옥은 당시 자신의 자유로운 문체를 사용하는 바람에 벼슬길에 오르지 못한 사람이었으며, 이 작품은 조선 후기 신분제의 동요라는 사회상을 반영하고 있기도 하다. 또 이 작품은 <이생규장전>과 <춘향전>을 연결시켜주는 문학사적 의의를 갖는다는 평도 있다.

123) <이생규장전>과 <심생전>은 각각 조선 전기와 조선 후기를 대표하는 애정소설로 볼 수 있는데, <이생규장전>이 기이한 내용으로 "순수한 사랑의 지속"을 이상적으로 노래했다면 <심생전>은 "고독의 탈각과 현실성 강화"를 사실적으로 서술한 작품으로 이해될 수가 있다. - 임정지, <한국 고전소설의 애정유형과 변화양상 연구 : 애정소설을 중심으로>, 한국학중앙연구원 한국학대학원, 2008년 박사학위논문 참고.

124) 17-18세기 중국에서는 인성해방운동의 여파로 문학 속에서 인간의 욕정을 긍정하는 분위기가 크게 대두되었으며, 17세기 조선 사회에서는 당시 임진왜란과 병자호란이라는 큰 치욕을 겪으면서 기존의 성리학적 세계관이 동요되어 신분제가 몰락하였으며, 대의명분만을 강조하는 성리학을 대체한 실용학문인 실학이 등장하게 된 점도 이에 영향을 끼쳤다고 볼 수가 있다. 이에 대해서는 최병규, <한·중월장밀애형 고전소설 양성관계 서사구조의 특성에 관한 고찰- ≪鶯鶯傳≫, ≪聯芳樓記≫, ≪宿香亭張浩遇鶯鶯≫, ≪李生窺墻傳≫, ≪韋敬天傳≫, ≪沈生傳≫ 등을 중심으로>, ≪인문학연구≫28, 2017, 참고.

리에 마침내 이왜는 그의 목소리를 알아채고, 그를 불러들인다. 추위와 기아 그리고 병의 상처로 만신창이가 된 그를 보고 그녀는 자신을 크게 후회하며, 보모에게서 종량(從良, 양민으로 돌아감)을 허가받고 나와 그와 함께 집을 구해 동거하면서 적극적으로 그를 간호하고 보살핀다. 그녀의 극진한 정성으로 정생의 병은 완쾌되고, 또 그녀의 권고로 그는 열심히 공부하며 과거준비를 한다. 이윽고 학문이 성취되어 그는 과거에도 합격했으며, 막 부임길에 오르던 전날 밤, 이왜는 그에게 명망 있는 가문의 규수와 혼인하도록 권유하면서 자신은 남은 세월을 다시 그녀의 보모와 함께 기방에서 보낼 것을 얘기한다. 정생은 적극 반대하면서도 결국 이왜에게 못 이겨 그녀의 뜻에 승복하고 만다. 그리하여 이왜는 생과 작별하는데, 그때 생은 우연히 그곳을 지나던 부친을 만나게 되었고, 부친는 그를 알아보고는 통곡하면서 다시 부자의 인연을 회복시키고, 그동안의 일을 물어본다. 그는 자초지종 얘기하였고, 부친은 이왜의 공을 크게 여겨 그녀를 찾아 그와 결혼을 시킨다는 얘기다.

이 작품은 당시 사족 간의 혼인제도에 도전하는 의의 있는 내용으로 봉건문벌관념의 잔혹성을 드러낸 작품이다. 당시 상상조차 할 수 없었던 기녀와 선비의 결혼을 조성하였고, 부친이 가문의 명예를 더럽힌 아들을 죽도록 때리고 그와 부자지연을 끊는 잔인함도 바로 봉건문벌제도의 소치라고 할 수 있다. 그뿐만 아니라 아들의 잘못된 행동에 대해 부자의 연을 끊을 정도로 냉혹하게 대했다가 아들이 성공을 하자 다시 그와의 관계를 회복하여 그를 아들로 다시 받아들이는 모습은 봉건시대 부성(父性)의 잔혹함 내지는 봉건문벌제도의 비인간적인 면을 느낄 수 있다. 그러나 이 소설은 여기에서 끝나지 않고 그런 극도의 문벌주의를 옹호하는 형양공이 아들도 결국 해내지 못한 이왜와의 결혼을 적극 주선하였는데, 이는 바로 이 작품이 독자들에게 통쾌감을 느끼게 하는 매력일 것이다. 엄격히 말해 진정 이왜의 도움을 받아 그녀에게 감사를 해야 할 사람은 아들이지만, 그가 당시 문벌 간의 혼인제도의 현실을 인식하여 이왜의 은혜에 감사하면서도 끝내 그녀와의 혼인에 대해서는 과감한 결정을 내리지 못했을 때, 그 부친은 그녀의 은혜에 감동한 나머지 아들과의 혼인을 극력으로 주선한 것이다. 완고한 봉건제도의 옹호자가 인도주의자로 변하는 과정에서 독자들의 마음도 눈 녹듯 풀리게 된다.

<유씨전>은 당현종 천보 연간의 저명한 시인 한익(韓翊)의 실재 고사를 근거로 한 소설이다. 한익이 그의 친구 이생(李生)의 집에 초대되어 그와 술을 함께 술을 마시며 놀 때, 이생의 애첩인 미인 유씨는 한익의 기품에 반해버린다. 이생은 평소 한익을 매우 존

경하여, 그를 위해서라면 뭐든지 아끼지 않았던바, 나중에 유씨의 뜻을 알아차리고 술자리를 마련한 후 그녀를 정식으로 그에게 선사하였으며, 유씨는 이생에게 감사의 절을 올린다. 한익은 유씨의 미모를 사랑하였고, 유씨는 한익의 재주를 흠모하여 둘은 서로 기뻐 어쩔 줄을 모른다. 그러던 중 한익은 이듬 해 유씨의 권고에 응해 벼슬길을 떠나게 되고, 그런 가운데 안록산의 난이 터져 유씨는 자신의 몸을 지키기 위해 머리를 깎고 용모를 흩뜨린 후에 법령사란 절에 기거한다. 그동안 한익은 사람을 보내 유씨의 소식도 물어보았고, 또 두 사람은 서로 정시(情詩)를 지어 화답도 하였다. 그러나 오래지 않아 사타리(沙吒利)라고 하는 번장이 유씨의 미색을 소문 듣고 사람을 시켜 그녀를 탈취해 버린다. 그 사실을 알게 된 한익은 혼자 슬퍼 고민하고 있는데, 그때 마침 허준(許俊)이라는 협사를 우연히 만나게 되고, 한익은 협사의 추궁에 자신의 고충을 이야기하게 되었고, 협사는 당장 말을 타고 사타리의 저택으로 달려가 숨어 있다가 그가 집 앞 1리쯤 나와 있었을 때, 그 집 안으로 달려 들어가 "장군이 갑자기 병이 나, 부인을 데리고 오도록 하였다."라고 노복들을 속인 후 유씨를 말에 태우고 번개같이 달려 나와 한익에게 갔다. 한익과 유씨는 서로 상봉하여 눈물을 흘리며 기뻐한다. 한익과 허준은 당시 황제의 신임을 받고 있던 사타리의 보복이 두려워한 대관을 찾아가 사실을 이야기했고, 그 진상을 안 그는 황제에게 상소를 올려 유씨는 한익의 첩임을 간언한다. 황제는 그에 따라 유씨를 정식으로 한익의 소유임을 선언하고, 사타리에게는 위로금 이백만 냥을 주었다.

이 이야기는 당시 물건처럼 주고받던 여성의 비참한 운명과 전공이 있는 번장의 횡포에 황제조차도 그의 눈치를 보는 당시 암울한 사회현실을 잘 보여주고 있다. 중국고대 시사와 희곡에서 종종 등장하는 "장대류(章臺柳)"라는 말은 바로 이 작품에서 연유된 것이다. 그 의미는 장안을 지칭하는 장대(章臺, 漢代 長安의 거리이름)의 버드나무를 말하는데, 이는 또 쌍관어로 장안에 있는 유씨를 가리키기도 한다.

> 장안 거리에 있는 버드나무여! 장안 거리의 버드나무여! 너의 그 푸르른 모습 아직 여전하더냐? 설령 그 긴 가지 옛날처럼 늘어져 있다 한들 벌써 다른 사람의 손에 꺾이었겠지?
> (章臺柳, 章臺柳! 昔日靑靑今在否? 縱使長條似舊垂, 亦應攀折他人手.)

> 버들가지 꽃다운 시절, 다만 해마다 꺾어 이별을 나누는 시절. 바람에 날리는 버들잎에 홀연히 가을은 다가오고, 비록 그대가 온다 한들 꺾을 수가 있을는지요?
> (楊柳枝, 芳菲節, 所恨年年贈離別. 一葉隨風忽報秋, 縱使君來豈堪折!)

위의 시들은 이 소설 중반에 있는 한익과 유씨가 서로 주고받은 시인데, 멀리서나마 서로 상사(相思)의 정을 나누는 애절한 한이 서려 있다. 이 작품의 중심적 사상은 중국 문학이 전통적으로 추구하는 재자와 미인의 이상적인 결합이다. 더구나 당시 노리개처럼 주고받던 첩 출신의 유씨에게 한익이 보인 진지하고 깊은 정은 <앵앵전> 속 앵앵에 대한 장생의 박정한 태도와 매우 대조적이다.

<곽소옥전>은 명기와 진사 간의 애정을 다룬 작품으로 우리가 앞서 감상한 <이왜전>과는 달리 비극적인 종말을 가진 작품이다. 이 이야기는 청루의 여자인 곽소옥과 당시의 명사 이익(李益)이라고 하는 실재인물 간의 연애 비극을 다룬 것인데, 이 역시 거의 실재 발생한 사실을 근거로 하고 있다. 그 구체적인 내용은 다음과 같다. 곽소옥은 원래 당종실 곽왕(霍王)의 시비가 낳은 딸로서, 그녀의 신분이 천민이었기에 곽왕이 죽은 다음에 그 어머니와 함께 왕부(王府)에서 쫓겨나고, 정씨(鄭氏)로 개명한 후에 기녀로 윤락해버린다. 진사 이익은 곽소옥의 미모에 끌려 그녀에게 열광적으로 접근하였고, 순진한 곽소옥은 이익의 시재(詩才)에 반해 소녀의 순결한 애정을 그에게 모두 바치게 된다. 그들 모녀는 이익의 돈과 재물보다는 단지 소옥이 한 평생을 의탁할 사람을 만나는 것만 바랄 뿐이었다. 이익도 그녀의 미색에 빠져 늙어 죽을 때까지 소옥과 함께 지낼 것을 그녀 앞에서 굳게 맹세했다. 그러나 이익은 소옥을 떠나 정현(鄭縣)의 관리로 부임하면서 마음이 변해 그의 어머니의 뜻에 따라 당시의 거족 노씨(盧氏) 처녀와 약혼을 하고, 속임수를 써서 소옥을 따돌려버린다. 순진한 소옥은 그에 대한 애정이 변치 않은 채 그를 찾느라 아끼던 장식품까지 팔며 슬픔과 한이 맺혀 결국 분사(憤死)하고 만다. 한편 소옥이 임종할 때 협사 황삼객(黃衫客, 누른 적삼을 입은 협객)이 이익을 끌고 소옥의 집에 나타났는데, 이때 소옥은 배신한 이익을 크게 꾸짖고 죽어 원귀가 되어 복수할 것임을 알린다. 과연 이익은 노씨와 결혼한 후에 의처증 증세를 보여 늘 그녀를 의심하였고, 집안은 가정불화로 조용할 날이 없었으며, 심지어 아내를 관가에 고소하기도 하다 끝내 노씨를 차버린다. 그 후 그는 여러 번 다시 결혼하지만 의처증은 없어지지 않아 불행한 결혼생활을 했다는 이야기다. 이 소설작품에서의 이익은 마치 <앵앵전>의 장생을 연상시키며, 그들은 모두 '시란종기(始亂終棄)'의 사랑의 배신자들이다. 따라서 이 소설들의 주제는 모두 '순진하여 사랑에 빠진 여자와 배신한 남자(癡心女子負心漢)'라고 하는 중국고전소설에서 흔히 보이는 주제이다. 그러나 '용감하게 사랑했다가 결연히 헤어지기도 하는 식(敢恨敢愛式)'의 총명하고 진보적인 신여성 앵앵

과는 달리 곽소옥의 마음은 너무나 여리고 순진한 점이 다르다 하겠다. 그것은 무엇보다도 두 여성의 신분의 차이에서 비롯된 것이다. 부귀한 가문에서 자란 대갓집 규수 최앵앵과는 달리 곽소옥은 그 모친이 원래 하녀였다. 그리고 그녀의 모친은 주인에 의해 몸이 더럽혀지고, 주인이 죽자 천대를 받아 그 집에서 쫓겨 모녀가 먹고 살기 위해 기녀로 전락해버린 경우였다. 소옥은 세상의 냉혹함을 몸소 뼈저리게 체험하였기에 그녀가 귀족 남성에게 당한 배신감은, 평소 그녀 마음속의 응어리는 물론 그 어머니의 한의 몫까지 동시에 폭발하게 된 것이라 하겠다.

애정류의 전기 가운데 귀신이나 요괴와 사람 사이의 사랑을 묘사한 작품들이 많은데, 이는 위진남북조 시대 소설의 주류인 지괴의 전통을 이어받은 것이다. 이러한 작품들은 후대의 중국소설 특히 단편소설에 큰 영향을 끼치게 되며, 신비스럽고 흥미진진한 중국고전소설의 영원한 주제라고 할 수 있다. 이들 작품에는 <이혼기(離魂記)>, <이장무전(李章武傳)>, <임씨전(任氏傳)> 등의 아름다운 이야기가 있다.

<이혼기>는 젊은 처녀가 부모에 의한 강제결혼을 반대하고, 자유연애를 추구하는 강렬한 사랑의 열정을 묘사한 작품이다. 그 내용은 이러하다. 장일(張鎰)의 딸 천낭(倩娘)과 그 사촌오빠 왕주(王宙)는 서로 사랑하는 사이로 둘은 항상 꿈에서도 서로 그리워하였다. 장일이 천낭을 다른 사람에게 시집보내자 왕주는 가슴에 한을 품고, 서울로 떠나게 된다. 그런데 한밤중 그가 탄 배에 뜻밖에 천낭이 찾아오고, 그들은 서로 너무나 기뻐하며 함께 촉 땅으로 도피한다. 오년 후 천낭은 아이를 둘이나 낳았으며, 부모가 그리워진 그녀는 어느 날 남편과 함께 형주(衡州)에 있는 친정으로 찾아간다. 그녀의 부친 장일은 그들이 온다는 말을 듣고 크게 놀란다. 왜냐하면 왕주가 떠난 후로 천낭은 병을 얻어 자리에 눕게 되었고, 지금까지 수년간을 병상에 누워 있었기 때문이다. 그때 누워 있던 천낭은 갑자기 또 다른 천낭이 온다는 말을 듣고 스스로 부스스 일어나 그들을 마중하러 나가는데, 뜻밖에도 두 천낭의 몸이 합쳐지더니 하나가 되었다. 알고 보니 왕주가 서울로 떠날 때 한밤중 배에 나타난 것은 다름 아닌 천낭의 영혼이었던 것이다. 육신은 병이 들어 자리에 누워 움직일 수 없어도 영혼은 자유롭게 사랑하는 사람을 찾아가고, 사랑하는 사람은 그녀를 살아 있는 사람으로 여기면서 두 사람은 정상적인 부부생활도 하여 자식까지 두고 살았다는 이 이야기는 고대인들의 시공을 초월한 진실한 사랑을 묘사한 아름다운 작품이 아닐 수 없다.

<이장무전>의 이야기도 인귀상련의 감명 깊은 내용이다. 이장무는 문장에 뛰어나고

품행이 바르며 또한 성정이 매우 온화한 젊은이였다. 그는 청하(淸河) 지방의 최신(崔信)이라는 자와 아주 친했는데, 그 또한 고상한 인품의 소유자였다. 하루는 그들이 화주(華州)의 거리를 걷다가 이장무는 거리에서 매우 아름다운 여인을 만난다. 그는 최신에게 친구를 만나러 성 밖으로 가야겠다고 속여 그와 작별하고, 그녀를 뒤쫓아 마침내 그 여인이 살고 있는 집에 방을 세 들어 산다. 알고 보니 그 집의 주인은 왕씨(王氏)였고, 그 여인은 왕씨의 부인이었다. 이장무와 왕씨 부인은 서로 만나자마자 마음이 통했고, 마침내 둘은 사통을 하게 된다. 한달 여 만에 그는 삼만 냥이 넘는 돈을 썼고, 그 부인이 쓴 돈은 그것보다 더욱 많았다. 그들의 사랑이 나날이 깊어지는 가운데 오래지 않아 이장무는 일 관계로 장안으로 돌아가야만 했고, 두 사람은 매우 슬퍼하며 서로 시와 정표를 주고받았다. 이장무가 그녀에게 준 정표는 한 쌍의 원앙이 서로 목을 감고 있는 문양의 비단이었고, 그 뜻은 두 사람이 나누었던 그 뜨거운 사랑을 언제나 기억하자는 것이었으며, 그 부인이 장무에게 선사한 것은 흰 옥가락지였는데 그 의미는 영원히 서로 그리워함을 뜻했다. 그리고 이장무에게는 양과(楊果)라고 하는 노복이 있었는데, 그 부인은 그에게 노고의 대가로 천 냥을 주었다. 두 사람이 헤어진 후 어느 덧 팔구 년의 세월이 흘렀고, 이장무는 장안에 거주하였기에 그동안 그들은 서로 연락을 취할 수가 없었다. 그러든 어느 해 장무는 장안을 떠나 하규현(下邽縣)에 볼일이 있어 갔다가 홀연 화주에 있는 옛 애인을 생각하게 되었고, 그는 곧 행선지를 돌려 위수(渭水)를 건너 화주로 갔다. 날이 어두워 그는 그곳에 도착했고, 오늘 밤을 그녀의 집에서 묵고 갈 생각이었다. 그런데 그 집의 대문 앞까지 도착했지만 인기척도 없고 사람의 그림자라곤 없었으며, 문 앞에는 단지 의자 하나만 놓여 있었다. 그는 잠시 그 의자에 앉아 있다가 막 일어나려 할 때, 마침 이웃집 부인이 있는 것을 보았다. 그는 부인에게 그녀의 상황을 물어보려고 하였다. 그런데 그 이웃 부인의 말에 의하면 왕씨 집은 이미 이곳을 떠나 다른 곳에 장사를 하러 갔으며, 왕씨 부인도 2년 전에 죽었다고 한다. 그리고 그 부인은 이장무의 성을 물어보았고, 장무는 과거 그 왕씨 부인과의 일들을 얘기하였다. 그러자 그 이웃 여인은 이장무에게 혹시 옛날에 양과라고 하는 종이 있지 않았느냐고 물었고, 장무가 그렇다고 하자 그녀는 응응 울면서 말을 하는데, 자신은 여기에 시집온 지 이미 오 년이 되었고, 왕씨 부인과는 아주 친했다 한다. 그리고 그녀는 왕씨가 그동안 보아온 수많은 남자 가운데 유독 이장무만을 사랑하였고, 그가 떠난 후 왕씨는 상사의 괴로움으로 침식을 잊고 지내다가 죽기 전에 자신을 불러 이장무가 만일 이곳에 오게 되면 자신이 그를 그리워했다는 이야기를 해주고, 또 그를 이곳에 잠시 머무르게 하여 꿈속에서라도 서로 상봉할 수 있도록 그녀에게 재삼 부탁하였던 사실들을 모두 이야기했다. 그날 이장무가 행낭과 잠자리를 준비하고 있었을 때 홀연히 옆집의 부인도 모르는 한 여인이 나타나 빗자루를 들고 방을 청소하고 나갔는데, 그가 여자의 신분을 묻자 그녀는 왕씨가 평소 이장무를 못 잊어 오늘 밤 나타나 정회를 나누고자 하지만 그가 놀랠 것을 염려하여 먼저 그녀를 보내 안심시키려 한 것이라고 한다. 그날 밤 이장무는 음식을 차려 제사를 지내고, 자신도 배불리 먹은 후 일찍 잠자리에 들었다. 이경 무렵 방 동남쪽 모서리의 등불이 갑자기 여러 번 어두워졌다 밝아졌다 하면서 방 북쪽 모서리에서 이상한 소리가 들리며 누군가가 천천히 걸어오는 듯했다. 이장무는 침상에서 내려와 예전과 변함없는 왕씨 부인을 붙잡고 두 사람은 옛날과 같이 운우를 마음껏 즐겼다. 이윽고 오경이 되자 그녀는 하늘을 보며 흐느껴 울다가 그에게 옥으로 된 물건을 선물하며 자신을 절대 잊지 말라는 말을 남긴 채 몇 보 걷다 돌아보고 눈물지으며 서북쪽으로 가다가 홀연 사라졌고, 빈 방에는 쇠잔한 등불만 남아 있었다. 그 후 이장무는 급히 행낭을 수습해 장안으로 돌아갔으며 친구와 술을 마시다가 또 왕씨를 생각하여 "흐르는 물 갈 길 잊고, 달 또한 잠시 둥그런데, 옛 성터에서 홀로 슬퍼하네. 쓸쓸히 내일 아침이면 서로 갈라지는데, 인간세상에서 다시 만날 날 그 어느 해일런고(水不西歸月暫圓, 令人惆悵古城邊. 蕭條明早分歧路, 知更相逢何歲年)."라는 시를 짓고는 그녀와 작별하였다. 그가 길을 걸으며 그 시를 읊조리자 하늘에서 갑자기 처량한 탄식소리가 들리며 왕씨가 나타나 "이승과 저승 서로 유별하니, 오늘 여기서 작별하면 어찌 다시 만날 날 있으리오? 낭군이 첩을 생각하는 마음 너무나 감격하여 저승의 법규 어겨 멀리 당신을 전송하오니 부디 몸 건강하세요!(冥中各有地分. 今於此別, 無日交會. 知郎思眷, 故冒陰司之責, 遠來奉送. 千萬自愛!)"라는 말을 남기며 사라졌다고 한다.

품행과 학식이 모두 뛰어난 이장무가 거리에서 아름다운 여인을 보고 친구에게는 거짓말을 해 그를 따돌리고 그 미인을 미행하는 행동이나, 그녀의 거처를 안 다음 아예 그 집에 세를 들어 묵으며 그녀에게 접근하는 행위라든지, 왕씨가 이미 남의 아내임에도 불구하고 이장무를 열렬히 사랑하여 불륜의 사통까지 이른 행동들을 보면 당시 대단히 개방적인 남녀관계의 단면을 엿볼 수가 있다. 이 작품은 역대 수많은 인귀상련 소설의 전범이라고 할 정도로 그 사랑이 뜨겁고 애절하며, 왕씨의 순수하고 열정적인 사랑은 독자들의 심금을 울린다.

<임씨전>은 여우 요정의 이야기를 그린 처량하고 아름다운 작품이다. 이 작품은 호선 (狐仙)의 화신인 예쁜 여자와 인간세상의 남자 간의 순수한 사랑을 묘사한 당전기중의 걸작으로 여우요정의 이야기가 대종을 이루는 청대 포송령의 단편소설집 ≪요재지이≫ 에 큰 영향을 끼친 작품이다. 그 내용은 이러하다. 가난한 선비 정육(鄭六)이 먼 친척이 자 좋은 친구인 위음(韋崟)과 어느 여름 날 장안에서 술을 마신 후 헤어져 혼자 당나귀 를 타고 가고 있는데, 그때 우연히 세 명의 아가씨가 길을 걷고 있는 것을 발견하였다. 그중 흰옷을 입고 있는 여인은 그 모습이 너무나 아름다웠다. 그는 그녀에게 첫눈에 반 한 나머지 나귀를 타고 그녀 앞에서 왔다 갔다 했는데, 그녀도 그런 그의 행동을 보고 추파를 보내는 듯 힐끔힐끔 쳐다보았다. 그는 용기를 내어 그녀에게 말을 걸었고, 그들 은 곧 말동무가 되어 함께 걸었다. 날이 어두워지자 그 여자들은 그를 데리고 큰 저택으 로 초대하였다. 그곳은 다름 아닌 그 흰옷의 미녀가 사는 집이었고, 그는 그녀가 임씨인 것을 알았다. 그들은 술과 음식을 먹으며 밤새워 즐겁게 놀았다. 그런데 이튿날 아침 그 집을 나온 정육은 그곳이 사람이 살지 않는 황폐한 집터이며, 어제 만난 여자들은 여우 화신이었다는 사실을 부근 호병을 파는 사람에게서 들었다. 열흘이 지난 어느 날, 그가 서시(西市)의 옷가게를 지나다 우연히 그녀와 그 일행들을 또 목격하게 되었다. 장육이 그녀를 부르자 그녀는 그를 피해 군중 속으로 달아난다. 정육은 사람들 틈을 힘으로 헤 집고 끝내 그녀 몸 가까이 접근했는데, 여자는 뒤를 돌아보지 않고 부채로 얼굴을 가린 채 말하였다. "이미 알고 있으면서 왜 저를 또 만나려 하죠?" 정육은 그녀에게 자신은 그 사실에 개의치 않으며 다시 그녀와 즐거운 시간을 갖게 되길 간곡히 부탁했다. 그의 진정한 마음에 감동한 그 여자는 그의 아내가 되어 평생 그를 모실 것을 약속했고, 그는 그녀의 말에 따라 어느 한적한 집을 구해 동거를 시작한다.

한편 정육의 친구 위음은 그가 요즘 아름다운 미인을 얻었다는 것을 알고, 노복을 시켜 그녀의 미모를 파악하게 했고, 그 결과 그녀는 여러 명 그가 알고 있는 미인들보 다 더욱 아름답다는 사실을 알고는 어느 날 정육이 집을 비웠을 때 그곳을 찾아갔다. 그가 온 것을 알아차린 그녀는 문 뒤에 숨었지만 빨간 치마 끝이 노출되어 결국 위음 에게 발각된다. 눈부시게 아름다운 그녀의 모습을 본 그는 겁탈을 감행하지만 끝내 그 녀의 기지에 의해 성공하지 못하고 다시는 넘보지 않겠다는 다짐을 한 채 물러선다. 그 후 위음은 그녀를 무척 존중하며, 두 사람은 친한 친구 사이로 변한다. 사실 위음은 당 시 정육과 그녀의 살림비용을 전담하는 처지였는데, 그녀는 그에게 감사의 뜻으로 비

록 자신을 제공하진 못해도 지모를 사용해 다른 여자들을 여러 명 구해 위음에게 소개해주었다. 그뿐만 아니라 그녀는 뛰어난 지략으로 정육에게 큰돈도 벌게 해주었다. 일여 년의 세월 동안 정육은 가정을 가지고 있으면서도 낮에는 항상 그녀와 같이 지냈는데, 얼마 후 그가 금성현(金城縣)으로 새로 부임을 가게 되었다. 그는 그녀에게 같이 가기를 요구하지만 그녀는 무당의 말을 하며 자신은 서쪽으로 가면 큰 화를 당할 것이란 얘기를 했다. 그러나 결국 정육과 위음의 끈질긴 요구에 거절하지 못하고 끝내 정육을 따라 나섰다. 위음과 송별을 하고 이틀이 지난 후 두 시녀를 거느린 임씨와 정육은 말을 타고 계속 길을 가고 있는데, 그때 마침 그곳에서 훈련받고 있던 사냥개를 만나게된다. 그런데 그 사냥개들은 갑자기 풀밭에서 뛰쳐나왔고, 임씨는 그 자리에서 바로 말에서 떨어지더니 원래의 여우 모습을 드러내고는 쏜살같이 달아난다. 정육은 그녀를 쫓는 사냥개 무리를 보며 고함을 치며 달려가 말리려 했지만 결국 그녀는 그 사냥개들에게 물려 죽고 말았다. 눈물을 흘리며 죽은 임씨의 시체를 거두어 땅에다 묻어주고 나무토막을 세워 표시를 하고 돌아보니 그녀가 타고 온 말은 길가에서 여전히 풀을 뜯고 있었으며, 그 의복은 말 안장 위에 놓여 있었고, 신발장화 또한 말 등에 걸려 있어 마치 매미의 허물을 보는 듯했다. 단지 그녀가 차던 머리 장식만 땅에 흩어져 있었으며 그 외에는 아무것도 보이지 않았고, 그 계집종 역시 온데간데없었다.

<임씨전>은 ≪요재지이≫ 속의 <영녕> 등과 같은 작품의 탄생에 영향을 끼친 작품이다. 다정하며 순수하고 아름다운 인간의 모습을 한 여우 요정 임씨에 대한 묘사는 작품을 읽고 난 연후에도 그 모습이 눈에 선할 정도로 생동감이 넘친다. 이 작품이 계시하는 바는 크게 두 가지이다. 하나는 임씨가 비록 개에게까지 공격을 당해 죽는 미물인 여우지만, 사람에게 해를 끼치기는커녕 순진무구한 마음으로 사람을 도와주고 은혜에 보답할 줄도 앎을 보여줌으로써 미물일지라도 사람보다 더 깊은 정과 의리를 지녔음을 말해주고 있음이다. 또 하나는 중국의 학자 하만자(何滿子)도 지적하였듯이 이 소설이 중국고전소설 속의 양성관계의 묘사에 있어 최초로 육욕을 초월한 정신적 차원의 남녀 간의 교류를 제시한 것이라는 점이다. 위음이 처음엔 임씨를 욕정의 대상으로 보고 겁탈하려고 했다가 나중에는 그녀와 성을 초월한 친한 친구 사이로 발전하게 된 점이 그러하다. 정과 욕을 구분하지 않고 하나로 보는 중국고전소설에서는 통상적으로 남녀가 만나 의기투합하면 의례히 몸을 섞는 부부나 연인의 관계로 이어지지만, 남녀가 의기투합하더라도 욕정을 초월한 정신적 차원의 양성관계를 유지함을 거론한 작품은 명말

이후 '삼언'이나 ≪홍루몽≫ 등의 소설에서야 비로소 선을 보였던 것이 사실이다. 따라서 <임씨전>은 중국고전소설의 양성관계의 측면으로 볼 땐 매우 획기적인 작품이라고 할 수 있을 것이다.

또 일부 학자들은 임씨가 그런 아름다운 품성을 갖고서도 위음의 은혜에 보답한다는 뜻에서 여자들을 기편하여 그에게 소개하여 부녀자들을 유린당하게 한 점은 그녀 본래의 착한 성격과 불일치한다고 보기도 한다. 따라서 이는 이 소설 인물묘사예술의 실패이자 이 소설작가가 사상적으로 불건전함을 말해주고 있다고 보기도 한다. 그러나 여우의 화신인 임씨를 묘사함에 있어 순진무구하여 한 점의 오점도 없는 것보다 착하고 선량하지만 여우 본래의 다소 간교한 면을 가지고 있는 그 모습이 사실 더욱 진실스럽다고 하겠다. 이 소설 작자는 그 점을 인식하여 임씨를 묘사함에 있어 착한 여인의 화신으로 표현하기보다는 곳곳에 여우 본래의 간특한 특성을 묘사해내었으니, 이 역시이 작품 인물묘사의 훌륭한 부분이라고 볼 수도 있을 것이다.

〈그림 55〉 유선굴

마지막으로 소개할 <유선굴>은 개원 천보 이후에 지어진 일반 전기 작품들이 대체로 고문 위주로 지어진 것에 비해 이 작품은 육조 시대의 유풍이라고 할 수 있는 다량의 병문을 사용해 지어진 당대 초기의 전기 작품이다. <유선굴>은 당 전기 가운데 작가 자신이 직접 기녀와 경험한 '연애담'을 기술한 최초의 애정 소설 작품이라고 할 수 있다. 작가 장작(張鷟)은 당 고종 때에 진사에 급제한 하북성(河北省) 출신의 재기가 출중한 문인으로 당시 그의 과거 시험지를 채점한 문인 건미도(騫味道)는 그를 '천하무쌍'이라고 절찬한 바가 있다. 그러나 장작은 예법을 무시하는 자유분방한 성격의 당대의 전형적인 풍류재자였기에 당시 도학자 사대부들로부터는 품행이 경박하다는 이유로 배척당하기도 하였다. 그리하여 그의 대표작인 <유선굴>도 송원명청대를 거치면서 중국에서 철저히 사라지는 운명을 맞이하였다. 그러나 ≪당서(唐書)·장천전(張薦[125]傳)≫의 기록에 의하면 신라와 일본의 사신들이 금은보화를 내놓으며 장작의 작품을 다투어 사갔다고 하니 당시 그는 국제적으로 이름을 떨친 문인이었다.

　　<유선굴>이 일찍이 당대에 일본으로 건너가 중국인들에겐 잘 알려지진 않았지만 일본에서 더욱 유명했던 것은 그 내용이 남녀의 성묘사에 있어 다소 노골적인 면이 많은 점과 관계가 있다. 줄거리는 당대 전기소설 가운데 가장 긴 편폭을 가진 점과는 달리 매우 간단하다. 소설의 내용은 일인칭 주인공인 작자가 사절로 하원(河源)으로 가는 도중에 발생한 기이한 일을 적은 것인데, 그것은 다름 아닌 최십낭(崔十娘)이라는 아름다운 여자의 집에서 그녀와 올케 오수(五嫂)와 함께 세 사람이 하룻밤 술 마시고 시를 짓는 등 밤새도록 즐긴 사실이다. 이 작품은 비록 성애묘사가 많아 문장이 너무 색정적인 점이 있으나 애정을 주제로 한 당대 최초의 작품일 뿐 아니라 남녀 간의 욕정묘사에 있어서도 획기적인 면을 지니고 있어 그 의의가 깊다. 대개 전기 작품들이 주로 줄거리 사건의 발전과정을 서술한 것에 반해 이 작품은 하룻밤 사이에 한곳에서 발생한 남녀의 행락과 심리상황 그리고 대화들을 세밀하게 묘사한 것에 그 특성이 있다. 또 당전기가 대개 산문 일변도의 형식으로 지어진 것에 비해 이 소설은 산문과 병문 그리고 오언시 심지어 민간의 속담까지 사용했으니, 그 형식이 자못 당 이후 성행한 변문(變文) 즉 강창(講唱, 민간의 技藝人들이 민중을 모아 놓고 이야기(講)과 노래(唱)을 동시에 들려주던 문학형식으로 이후 백화소설의 발생에 큰 영향을 끼침)과 유사한 것도 이 작품의 큰 장점이라고 할 수 있다. 그리고 이 소설은 중국고전소설에 나타난 양성관계의 정

---

125) 장천(張薦)은 장작의 손자이다.

욕묘사에 있어서도 이정표적인 작품인데, 작품 가운데 성행위를 비유한 시구와 남녀 간의 욕정의 발전과정을 드러낸 부분을 살펴보자.

십낭이 그 말에 따라 시를 짓길: "꽥꽥 물수리 황하의 모래섬에. 요조숙녀는 군자의 좋은 짝이로다." 이에 화답해 제가 읊조리길: "남쪽에 늘어진 나무가 있지만 그 아래에서 쉴 수가 없네. 한수에는 선녀가 있지만 내가 얻지를 못하네."
(十娘即遵命曰: "關關雎鳩, 在河之洲。窈窕淑女, 君子好仇。" 次, 下官曰: "南有樛木, 不可休息。漢有遊女, 不可求思。")

십낭이 말하길: "배를 자르게 도련님의 칼을 좀 빌려주세요."
제가 칼을 읊조리길: "서로 정이 깊은 것을 스스로 슬퍼하나니 상사의 정이 무궁하네. 가련하도다, 뾰족한 물건이 종일토록 가죽 안에만 있네."
십낭이 칼집을 읊어 말하길: "여러 번 누르니 가죽은 응당 느슨해지고, 자주 마찰하니 즐거움도 많아지네. 그것을 지금 빼버리면, 텅 빈 가죽집은 어쩌란 말인가요!"
오수가 말하길: "점점 정도가 깊어지네."
(十娘曰: "暫借少府刀子割梨。" 下官詠刀子曰: "自憐膠漆重, 相思意不窮。可惜尖頭物, 終日在皮中。" 十娘詠鞘曰: "數捺皮應緩, 頻磨快轉多。渠今拔出後, 空鞘欲如何!" 五嫂曰: "向來漸漸入深也。")

그때 연상 위에 벼루가 있어 제가 붓과 벼루를 읊었습니다. "털을 손상시키며 마음껏 휘두르고, 색을 좋아하니 모름지기 찧어야 하네. 문지름이 끝나기 어려움은 실로 물이 너무 많은 까닭이로다."
(於時硯在床頭, 下官因詠筆硯曰: 摧毛任便點, 愛色轉須磨. 所以研難竟, 良由水太多.)-(붓, 벼루)

제가 술 국자를 읊조리길: 꼬리가 움직이니 마음이 급해지고, 머리가 내려가니 불만이 생기네. 그대가 잔을 잡고 합치니, 깊고 얕음은 그대의 마음이로다.
(下官詠酒杓子曰: 尾動惟須急, 頭低則不平. 渠令合把爵, 深淺任君情.)-(국자)

내가 읊길, "당신을 보면 볼수록 내 정은 깊어만 가는데, 당신의 그 옥 같은 손을 잡을 수 있다면 당장 목이 달아난다 해도 후회하지 않으리."
(仆乃咏曰: "千看千意密, 一見一怜深。但当把手子, 寸斬亦甘心.")

십낭은 웃으며 나의 품으로 들어왔는데, 마음이 흥분되어 가슴이 몹시 두근거렸다. 내가 또 읊었다. "당신의 허리를 안으면 제 마음이 더욱 두근거리고, 만약에 당신과 입맞춤을 한번 한다면 제 마음은 더욱 즐겁겠습니다." 십낭이 화를 내며 읊었다. "손은 이미 당신이 잡았고, 허리도 당신이 감았는데, 아직도 무슨 욕심이 있어 갈수록 더 바라시나요."
(十娘失聲成笑, 婉轉入懷中。當時腹裏顚狂, 心中沸亂。又詠曰: "腰支一遇勒, 心中百處傷,

但若得口子, 餘事不承望。" 十娘瞋詠曰: "手子從君把, 腰支亦任廻. 人家不中物, 漸漸逼
他來。")

당시 밤은 깊었는데, 두 사람 간의 정은 한창 무르익었네. 등잔불은 사방으로 비추고, 촛
불도 양쪽으로 타고 있었네. 십낭은 계집종 계심과 작약을 불러 현위의 장화를 벗기고,
겉옷을 벗기며, 두건을 받아두고, 허리띠도 걸어 두게 했네. 그리고 그들은 십낭의 겉 드
레스를 벗겨주고 비단치마와 붉은 적삼. 그리고 녹색 양말도 벗겨주었다. 꽃 같은 모습
에 얼굴은 도톰하고 몸에서 나는 향기가 코를 진동하네. 마음이 떠나가니 아무도 막을
수가 없고, 정이 생겨나니 스스로 금할 길이 없네. 붉은 바지에 손을 넣고 비취 담요에
다리를 서로 감았네. 두 입술이 서로 마주하고 한 팔은 베개가 되었네. 유방을 보듬어 애
무하고 허벅지를 쓰다듬으며, 입으로 깨무니 한쪽은 쾌감을 느끼고, 두 손으로 끌어당기
니 한쪽은 통증을 느끼네. 코 안이 시큰하여 감각이 없고, 가슴은 마구 쿵덕거린다. 잠시
후엔 눈이 어질어질하고 귀는 뜨거우며, 맥박은 팽창하고 근골은 이완되네. 어렵게 만나
얼마 지나지도 않았지만 귀하고 소중한 상대가 되었고, 짧은 시간에 몇 번이나 서로 교
접을 했네. 가증스러운 까치는 한밤중에 사람을 놀라게 하고, 심술쟁이 미친 닭은 삼경
을 고하네. 이윽고 옷을 걸치고 마주하며 눈물 흘리는 눈으로 서로 바라보네.
(於時夜久更深, 情急意密. 魚燈四面照, 蠟燭兩邊明. 十娘即喚桂心, 並呼芍藥, 與少府脫靴
履, 疊袍衣, 閣襆頭, 掛腰帶. 然後自與十娘施綾被, 解羅裙, 脫紅衫, 去綠襪. 花容滿面, 香
風裂鼻. 心去無人制, 情來不自禁. 插手紅褌, 交腳翠被. 兩唇對口, 一臂支頭. 拍搦奶房
間, 摩挲髀子上. 一齧一快意, 一勒一傷心, 鼻裏酸庳, 心中結繚. 少時眼華耳熱, 脈脹筋
舒. 始知難逢難見, 可貴可重. 俄頃中間, 數回相接. 誰知可憎病鵲, 夜半驚人；薄媚狂雞,
三更唱曉. 遂則被衣對坐, 泣涙相看。)

위의 인용 부분은 <유선굴> 속에서 비속하다고 할 수 있는 문장의 한 부분이다. 이
처럼 <유선굴>은 성행위를 암시하는 비속한 언어를 사용하였다고 노신의 지적을 받기
도 하였지만[126] 다량의 쌍관어와 은어를 사용하여 아름다운 시와 병문을 통해 남녀 간
의 욕정의 단계적인 발전과정을 교묘히 은유적이고 함축적으로 표현하고 있어 당대의
다른 색정문학작품이라고 할 수 있는 고문대가(古文大家) 유종원의 <하간부전(河間婦
傳)>[127]이나 백행간(白行簡)[128]의 <천지음양교환대악부(天地陰陽交歡大樂賦)>[129] 등의

---

126) "文近骈麗而時雜鄙語"-魯迅, ≪中國小說史略≫.

127) <하간부전>은 하간이라는 여성이 외간 남자에게 납치되어 강제로 겁탈되는데 처음에는 반항하다가 이미 항
거할 수 없는 상황에 접어들자 이를 받아들이면서 동시에 성적으로 매우 희열감을 느끼게 되는 내용을 적고
있다. 작가 유종원은 이 작품에서 "성기가 가장 큰 사내를 골라 하간을 대하게 하였다."라는 노골적이고 직
선적인 표현을 사용하고 있다. 이 작품은 하간이 그 일을 겪은 이후로 오히려 육체적 쾌락을 잊지 못해 남편
을 고의로 죽음에 빠뜨리게 하고, 주동적으로 남자들을 받아들이며 음탕한 창녀와 같은 생활을 하다가 결국
죽게 된다는 내용을 얘기하면서, 당시 세태를 풍자한 寓言성이 짙은 작품으로 해석할 수 있다.

128) 백행간은 백거이의 동생으로 당전기 소설 <이왜전>의 작가로 유명하다.

129) <천지음양교환대악부>는 아주 특이하게도 賦라는 문학적 형식을 빌려 房中術과 야합에 대해 서술한 성문학

노골적인 성애묘사와는 수준이 다르다. <유선굴>은 아름다운 시화(詩化)적 언어로 남녀 간의 성애와 욕망을 예술적으로 표현한 것은 이 작품의 걸출한 점이라 할 수 있을 것이다. <유선굴>은 '회자정리(會者定離)'라는 인생의 필연적 숙명 앞에서 어찌할 수 없는 인간의 무력함을 슬퍼하고 한탄하는, 생명 자체에 대한 비극의식을 담고 있다. 대단원이 아닌 이런 인간의 숙명적 이별이라는 비극적 색채를 연애소설에 접목시킴으로 인해 <유선굴>의 성애묘사는 비록 외설적인 면이 있어도 진한 정감이 느껴지고, 남녀 간의 경박한 욕정이 난무해도 아름다운 미감을 안겨준다.

이, 삼리를 걷다 돌아보니 그들이 아직 서 있었다. 내가 점점 멀어지자 그녀들의 소리와 모습이 사라지고, 돌아봐도 보이지 않아 슬퍼하며 떠났다. 산 입구로 나와 배를 타고 떠났다. 밤엔 가슴이 답답해 잠을 못 잤고, 마음이 외로워 방황하였다. 원숭이 울음소리에 슬퍼하고, 이별하는 따오기는 가슴을 처량케 하지만 마음을 자제하려 애썼다. 하늘과 삶의 이치는 이별에는 언제나 슬퍼하고, 슬퍼하면 가슴이 벅차다. 지난날은 어찌 이리도 짧고, 다가오는 밤은 또 어찌 이다지도 긴가! 비목어가 혼자되고, 원앙이 짝을 잃었다. 매일 몸은 야위어가고 요대는 느슨해진다. 입술은 트고 가슴은 답답하고, 눈물은 흐르고 애간장은 끊어진다. 거문고를 타니 피눈물이 옷깃을 적신다. 천만가지 상념이 떠오르고, 만감이 교차한다. 홀로 눈썹을 찡그리며 공연히 무릎을 안고 길게 읊조려본다. 신선을 만나려 해도 만날 수 없으니, 천지신명은 이 내 마음 아시는가! 신선을 그리워해도 얻을 수 없고, 십낭을 찾으려 해도 소식이 끊겨 알 수가 없네. 소식을 들으려 해도 마음은 어지럽고, 다시 보려고 해도 가슴이 심란하네.(可行至二三里, 回頭看數人, 猶在舊處立. 余時漸漸去遠, 聲沉影滅, 顧瞻不見, 惻愴而去. 行至山口, 浮舟而過. 夜耿耿而不寐, 心營營而靡托. 既恨恨於啼猿, 又淒傷於別鵠. 飮氣吞聲；天道人情, 有別必怨, 有怨必盈. 去日一何短, 來宵一何長！比目絶對, 雙鳧失伴, 日日衣寬, 朝朝帶緩. 口上唇裂, 胸間氣滿, 淚臉千行, 愁

<hr/>

작품이다. 이 작품은 자연주의적 수법으로 全篇을 통해 남녀 간의 성애묘사를 중국고전문학에서는 보기 힘들 정도로 외설적일 만큼 노골적으로 묘사한 점으로 유명하다. 그 일부분을 소개하면 다음과 같다.
"밤이 깊어지길 기다려 몰래 여인의 창가에서 엿보다가 개도 닭도 알지 못하게 살금살금 다가가지만 행여 발각될까 두려워하네. 어떤 여자는 사전에 약속하여 옷을 벗고 누워 기다리면 남자가 몰래 방에 들어가 서로 즐기기도 한다네. … 미혼인 여자를 만나면 여자가 놀라 크게 울며 소리칠 것이고, 만약 기혼인 여자라면 어떤 여자는 일부러 깊이 잠든 체하며 마음껏 유린하도록 두기도 하네. 비록 가식적으로 꾸짖는 듯해도 속으론 혼외의 정사를 즐기기도 한다네. 허나 어떤 여자들은 완강히 거절하며 설령 때리면서 힘으로 제압하고자 해도 허락하지 않기도 한다네. 어떤 때는 이런 몰래 탐하는 정사로 인해 죽음을 맞이하기도 하네. 이는 색을 탐해 재앙을 불러일으킨 것이며, 도덕에 어긋나는 것이라네. 어떤 남녀들은 야합하기도 하는데, 침상이 없고 다른 사람에게 들킬까 두려워 담 뒤나 풀밭, 그리고 수풀이 우거진 곳에서 얼른 치르기도 하네. 그들은 간혹 밑에 치마나 풀을 깔기도 하고, 혹은 허리를 구부려 등 뒤에서 하거나 혹은 기둥에 기대어 하기도 하네. 비록 두려움과 불편함이 있지만 이런 종류의 교합들은 침상 위에서 백번 하는 것보다 낫다네(候其深夜天長, 閑庭月滿, 潛來偸竊, 焉知畏憚? 實此夜之危危, 重當時之怛怛. 狗也不吠, 乃深隱而無聲；女也不驚, 或仰眠而露. 於時入戶兢兢, 臨床款款. … 未嫁者失聲如驚起, 已嫁者佯睡而不妨, 有婿者詐嗔而受敵, 不同者違拒而改常. 或有得便而不絶, 或有凶此而受殃. 斯皆花色之間難, 豈人事之可量. 或有因事而遇, 不施床鋪；或牆畔草邊, 亂花深處. 只恐人知, 烏論禮度！或鋪裙而藉草, 或伏地而倚柱. 心膽驚飛, 精神恐懼. 當勿遽之一回, 勝安床上百度)."

腸寸斷. 端坐橫琴, 涕血流襟, 千思競起, 百慮交侵. 獨顰眉而永結, 空抱膝而長吟. 望神仙兮
不可見, 普天地兮知余心；思神仙兮不可得, 覓十娘兮斷知聞；欲聞此兮腸亦亂, 更見此兮惱
余心).

이처럼 <유선굴>에서는 남녀 주인공들의 정사(情事)의 기쁨에 대한 묘사는 짧은 반면 이별의 슬픔에 대한 묘사가 긴 점도 바로 이런 비극적 정감을 드러낸 것이다. 어찌 보면 하룻밤의 외도로 만난 여인일 뿐이며 심지어는 기녀일 따름인 여인에게 이토록 깊은 정을 보이는 것도 주목할 점이다. 장작이 당시 예법을 중시하던 기존의 원로 사대부들에게 경박스럽고 그의 문장 역시 부염(浮艶)하고 의리에서 벗어난다[130]고 혹평을 받은 점은 그가 지닌 문인으로서의 개성과 순수예술성을 도외시한 비평이라고 할 수 있다. 실제로 장작의 인품도 <신당서(新唐書)>, <구당서(舊唐書)>에서 말한 것처럼 편협된 성격이 아니라 정의감이 충만하고 자연의 이법(理法)을 따르며 자주적 인성관을 지닌 자였음은 그가 지은 <조야첨재(朝野僉載)>의 기록을 통해서도 밝혀졌다.[131] 따라서 장작의 <유선굴>은 하만자(何滿子)도 지적하였듯이 당시 세속의 예법을 벗어나고자 하는 정신적 해방의 발로이자 서양의 미학에서 말하는 일종의 디오니소스(Dionysos) 정신의 표현이라고 할 수 있다.[132] 따라서 이 소설에 나타난 남주인공 사대부의 혼외 정사와 외설적인 표현들도 명문망족들의 고리타분한 예법을 도외시한 인성해방적 각성의 표현으로 해석될 수가 있다.[133]

신괴류의 소설은 말 그대로 기이하고 신령스런 이야기를 적은 내용인데, 전 시대인 위진남북조 시대의 지괴 소설과 유사한 듯하지만, 허환적(虛幻的)인 면을 지니면서도 보다 강한 현실적인 풍자성을 띠고 있는 점이 다르다. <고경기(古鏡記)>는 위진남북조 지괴류가 당전기로 변하는 과정의 작품으로 당 전기 초기작품 중의 하나다. 그 내용은 작자가 보경(寶鏡, 보배로운 거울)을 하나 얻었다가 나중에 그것을 잃어버리는데, 그 보경을 소유하고 있을 당시 그것이 재앙을 쫓고 요괴들을 물리쳤던 사실들을 회고하는 형식으로 기록한 도교적 미신색채가 강한 작품이다. <침중기>와 <남가태수전>은 이 부류

---

130) "駑屬文下筆輒成, 浮艶少理致, 其論著率詆訶蕉猥, 然大行一時, 晚進莫不傳記."- 《新唐書》, 161卷.

131) 内山知也, 《隋唐小說研究》, 復旦大學出版社, 2010, p.140. 小島憲之, 竹田復氏 등을 비롯한 일본의 <유선굴> 연구학자들은 《朝野僉載》을 비롯한 장작이 지은 여러 편의 작품을 토대로 장작과 <유선굴>을 전방위적으로 연구하였다.

132) 何滿子, 《中國愛情與兩性關係》, 香港: 商務印書館, 1994, p.58.

133) 이에 대해서는 최병규, <당대 색정문학 속의 유선굴 성애묘사의 미학>, 《순천향 인문과학논총》, 제30집, 2011년 참고.

소설을 대표하는 작품들로서, 그 내용은 두 작품이 모두 작품 속의 주인공이 그 어떤 꿈 같은 허환적인 과정을 통해 극히 짧은 시간에 인간세상의 모든 부귀영화와 우여곡절을 겪은 다음 깨어나 속세의 모든 일이 모두 허황된 '공(空)'이었다는 것을 알게 된다는 내용으로 현실풍자의 의미가 강하다. <침중기>는 당시 젊은이의 전형이라고 할 수 있는 부귀영화를 꿈꾸는 노생(盧生)이라는 가난한 선비가 어느 도사가 주는 베개를 베고 누웠다가 꿈을 꾸게 되고, 그 꿈속에서 그는 사족의 딸과 결혼하여 진사에도 합격을 하고 그야말로 세상의 모든 영달과 경험을 겪은 후 갑자기 깨어보니 일장춘몽이었다는 내용인데, 당시 부귀공명에 혈안이 되어 있던 세인들을 일깨워주는 의미를 지니고 있다. <남가태수전>의 이야기도 그와 매우 유사하다. 유협인 순우분(淳於棼)이 어느 날 술에 취해 집 앞의 큰 나무에서 잠이 들었는데, 꿈속에서 그는 어느 가상의 나라 국왕의 사위가 되어 남가군(南柯郡)이라는 곳의 태수로 부임을 받으며 이십 년의 세월을 통해 혁혁한 공을 세우다가 나중에는 또 왕의 시기를 사 인간세상으로 다시 되돌아온다.

<유의전>의 이야기는 사람과 여신의 사랑을 묘사한 작품으로 풍부하고 아름다운 상상력과 그 짙은 낭만성으로 호평받는 신화 애정소설이다. 이 이야기는 과거에 낙방한 유의가 집으로 돌아가는 길의 황량한 들판에서 양을 치고 있는 허름한 옷의 한 여인을 만나면서 시작된다. 그 여인은 유의에게 하소연하며 말하길, 자신은 원래 동정용왕(洞庭龍王)의 딸로서 경천용왕(涇川龍王)의 아들에게 시집갔다가 남편과 시집사람들의 구박을 받고 쫓겨나 그 지경이 되었다고 한다. 그러면서 그에게 자신의 고충을 적은 편지 한 통을 동정호에 있는 그녀의 부모님들에게 전해달라고 청하는데, 용녀의 불행한 처지를 듣고 그를 동정하여 크게 격분한 유의가 사람과 신의 세계의 한계를 넘어 그 부탁에 흔쾌히 승낙한 후 그 편지를 동정군(洞庭君)에게 전해준다. 용왕 가족들은 유의의 은혜에 크게 감격하고 이어 동정군의 아우 전당군(錢塘君)은 바로 달려가 용녀를 학대하는 그 사위를 죽어버리고 그녀를 친정으로 데려온다. 그리고 불같이 급한 성격의 거만한 전당군은 유의에게 강제로 그녀와 결혼하도록 명한다. 유의는 용녀에게 마음이 없는 것은 아니나 전당군의 무례함과 거친 태도에 발끈해 그의 명에 응하지 않고, 도리어 그를 한바탕 꾸짖는다. 유의의 정의로운 태도에 전당군도 결국 사죄를 한다. 그러나 나중에 유의는 상처를 하게 되고 다시 아내를 맞이하는데, 그가 바로 용녀의 화신이었다는 것이다. 네 사람의 인물의 개성이 선명하게 묘사된 이 작품은 그 신화적 낭만성과 상상력이 매우 돋보이는 전기 작품이다.

역사류의 소설 <동성노부전>은 이 소설의 주인공 동성노부(東城老父) 가창(賈昌)이 역사의 증인의 입장에서 자신이 몸소 보고 겪은 당대 개원·천보 연간 당현종 이하 귀족들의 사치스럽고 퇴폐적인 생활을 자세히 서술한 것으로 이 소설의 작자가 가창을 직접 방문하여 취재하는 형식으로 지어진 당대 전기 작품이다. 그리고 <장한가전>은 백거이가 지은 시 <장한가>가 나라를 혼란하게 만든 주요 장본인이 양귀비에게 있음을 얘기하고 또 마지막에는 그들의 비극적인 사랑을 동정하는 내용을 담은 것에 반해 이 전기는 사가(史家)의 입장에서 역사적 진상에 충실하여 당현종과 양귀비의 죄악을 구체적으로 서술하면서 당현종의 죄를 낱낱이 묘사한 것이 특징인 풍자소설이다. 여하튼 같은 작가에 의해 쓰인 위 두 작품은 혼군(昏君)인 당현종의 비리와 부패한 사회상을 고발하는 내용의 풍자적 역사류 전기작품이다.

5장

⋮

송대문학사

1. 송대문학의 풍류정신 – 풍류정신의 억압과 반발기

중국문학의 풍류정신은 위진남북조시기에 개화기를 맞이하여, 당대에 이르면 절정에 달한다. 그런데 송대에 와서는 고문운동과 정치 사회적 분위기의 영향으로 자유롭던 순문학의 정신이 한풀 꺾이게 되고, 특히 여러 도학자들의 문이재도(文以載道)적 주장에 의해 중국 송대 문학의 풍류세계는 크게 억압을 받지 않을 수 없었다. 그러나 중국 문학 천년 이상의 오랜 풍류정신의 전통은 여기서 결코 꺾이지 않고, 그 억압에 반발하면서 또 다른 양상의 풍류세계를 구축하게 된다.

당대 문학의 풍류 세계는 만당을 지나면서 두목 그리고 이상은 등의 유미주의적 문인에 의해 계속 크게 발전되다가 당이 멸망한 후 오대십국(五代十國)의 혼란시기를 맞아서도 그 짧은 기간의 소강(小康) 시기를 틈타 위장(韋莊), 온정균(溫庭筠), 이욱(李煜) 등을 중심으로 한 '화간파(花間派)' 문인들에 의해 그 기세를 유지하였다. 새로운 나라 송이 들어서서도 그 초기에는 당말의 풍류재자 이상은을 종사로 삼는 '서곤체(西崑體)' 문인들에 의해 중국문학의 풍류정신의 명맥은 끊어지지 않았다. 그러나 북송 초기 '송대의 한유'라고 할 수 있는 구양수(歐陽修)가 출현하면서 그 양상은 달라진다. 그는 당 중기 한·유에 의해 제창되었다가 만당을 지나면서 완전히 그 자취를 감춰버린 고문운동을 적극 재개하였고, 당시 당의 한유보다도 더 높은 정치적 지위를 가지고 있던 그는 증공(曾鞏), 왕안석(王安石), 소식부자(蘇氏父子) 등 기라성 같은 그의 문하생들을 배양하며 고문운동을 적극적으로 펴나가게 했다. 그리하여 문장의 도와 실용성을 중시한 그들에 의해 중국문학의 풍류정신은 억압받지 않을 수 없었다. 그뿐만 아니라 이학을 비롯한 학술사상이 크게 성행한 이 시대에는 문이재도를 주장하는 도학자(周敦頤, 朱熹

등과 같은 理學家)들 때문에도 자유로운 중국문학의 풍류정신은 주춤하여 실로 그 발을 들여놓기가 힘들 지경이었다. 이러한 억압적인 사회분위기는 여성들의 복식에 있어서도 그 점이 드러났다. 당대 여성의 의복이 비교적 노출이 많고 넓으며 표일한 멋을 지닌 개방적이고 자연스러운 데 반해, 이학의 시대인 송대의 사녀(仕女) 복식은 좁고 꼭 동여맨 의복이 봉쇄적이고 함축적인 그 시대상을 말해준다 하겠다.

그러나 대통일의 시대인 송대가 당의 멸망을 거울삼아 정치적으로 중앙집권을 강화하는 등 새로운 전제주의 국가의 건립에 치력을 쏟는가 하면 또 문화적으로도 정부가 부염(浮艶)한 병문을 금지하는 법령을 내리기도 했으나, 이 시대는 보편적으로 백성들의 상업경제가 발달하고 오대십국 난세 후의 태평성대를 맞이한 까닭에 문인 사대부들은 물론 사회 전체적 분위기는 사실상 당대 못지않은 태평성대에다 음주가무에 탐닉한 향락적 분위기였다. 그러므로 구양수 등의 엄숙한 고문대가들이 도를 실은 문장들을 짓는 가운데에도 청루에서 기생과 더불어 정을 나누는 것을 주제로 한 수많은 농염한 사(詞)를 지었던 것이다. 이러한 이중성은 그들이 처한 사회적 분위기를 직접 반영한 것으로, 어찌 보면 고문창작으로 억압되었던 자신의 성령(性靈)과 낭만, 끼를 마음껏 발산하려고 하는 그들의 억압에 대한 반발로 해석할 수 있다. 그리고 또 한 가지 우리가 인식하여야 할 점은 바로 중국문학에는 그 특유의 풍류정신이 어느 시대를 막론하고 끈끈하게 살아서 움직이고 있다는 사실일 것이다.

요컨대 중국문학의 풍류정신을 살펴봄에 있어 송대는 다소 특별나다. 그것은 이학의 시대라고 할 수 있는 송대 사대부 문인들의 특이한 심리상태에서 기인한 것이다. 즉 고문운동과 이학의 굴레에서 생활한 그들은 이성적으로 억압하는 윤리 도덕적 사상과 그에 맞서는 감정과 욕망의 발산이라는 양극화된 양상으로 표현된 것이 이 시대 문학의 특징이라고 할 수 있다. 따라서 송대 문학에서 나타난 중국문학의 풍류세계의 주류는 송사(宋詞)를 통해 표현된 그들의 순수하고 솔직하며 낭만적인 정서를 드러낸 자유와 열정의 정신과, 그에 상반된 시를 통해 드러난 그들의 아정하고 엄숙하며 담담한 본분의 모습, 그리고 풍류가 소식(蘇軾)을 중점으로 한 당송팔대가 산문에서 나타난 그들의 유유하고 담박하며 낙천적인 풍류의 세계를 들 수가 있다. 다시 말하자면 송대 문학의 풍류 세계는 크게 그 시대 문학의 꽃이라고 할 수 있는 사에서 반영된 자유와 낭만의 정신과 시와 산문에서 표현된 그들의 설리적이고 지성적이면서 유유하고 낙천적인 경지로 양분되는 특징을 지니고 있으니, 이 모두가 송대문학의 풍류정신을 대표하는 것이다.

2. 송대 고문운동과 산문의 풍류

고문운동이란 원래 당나라의 한유에 의해 본격적으로 전개된 산문혁신(散文革新) 운동으로, 선진양한(先秦兩漢)의 문장과는 달리 위진남북조시대 이후부터 성행한 내용이 부염할 뿐 아니라 형식을 지나치게 중시한 병체문(騈體文)의 발전을 차단하고, 선진시대과 한대와 같이 문장의 내용과 도를 실은 자연스러운 산문체의 문장을 지어야 한다는 것을 골자로 하는 문장개혁운동이다. 그런데 당대 한·유를 비롯한 그들이 주장한 이 운동은 중당을 지나 만당에 들어서면서 이상은과 단성식(段成式) 등을 비롯한 4·6병문을 즐겨 쓰는 유미주의적인 문인들에 의해 침식되어 버렸고, 이러한 상황은 송대 초기까지 계속되었다. 그러나 북송 초 중기를 지나면서 여러 고문대가들의 등장에 의해 그간 수백 년을 거쳐 인기를 누려오던 병문의 기세는 한풀 꺾이게 되었고, 송대의 고문운동은 오히려 당대보다 더 큰 실효를 거두며 계속 승승장구를 하게 된 것이었다.

송대 고문운동의 부흥에 그 노력을 전개한 자들은 여러 명이 있지만, 그 가운데 가장 중요한 인물은 바로 구양수다. 강서성 여릉(廬陵, 지금의 吉安市)인인 그는 자는 영숙(永叔), 호가 취옹(醉翁) 또는 육일거사(六一居士)로 불렸고, 홀어머니 정씨(鄭氏)의 부단한 가르침 아래 열심히 학문을 닦아 젊은 나이에 문명을 떨치며, 정치적으로도 큰 영향력을 발휘한 당시 고문운동의 영도자이자 송대 제일의 대문호 가운데 한 사람이다. 중국 문학사에서의 그의 성취는 뭐니 해도 바로 그의 고문운동에 있다. 한유가 제창하여 중당을 지나면서 식어버린 고문운동을 그가 다시 일으키지 않았다면 당대 한유의 고문운동은 다시는 그 명맥을 이어가지 못했을 것이다. 그러나 사운이 좋아 벼슬이 참지정사(參知政事) 겸 추밀부사(樞密副使, 지금의 내각 부총리 겸 국방부 부부장)까지 오른 그는 상술한 여러 명의 당시 고문대가들을 대거 등용함으로써 고문운동의 기세를 공고히 할 수 있었던 것이다. 그리하여 고문은 그동안 판을 치던 겉만 화려하고 내용이 공허한 병문의 위세를 완전히 꺾고 그 후로도 계속 발전하여 청대까지 이어지게 된 것이니, 그의 공이 지대하다고 하겠다. 그가 지은 고문들은 그 성격상 딱딱하고 엄숙한 것들이 많지만 문장이 대체로 평이하고 소박하여 친근감을 준다. 이제 그가 지은 많은 산문작품 중에서 가장 유명한 것 중의 하나인 <취옹정기(醉翁亭記)>란 작품을 직접 감상해보자.

> 저주 성 밖을 감고 모두 산이 이어져 있는데, 그 서남방의 산봉우리들에 있는 깊은 숲과
> 한적한 계곡은 특히나 아름답다. 그 그윽한 산림을 바라다보면 초목이 아주 빽빽이 들어

서 있는 산이 보이는데, 그것이 바로 낭야산이다. 그 산에서 육칠 리를 걸어 오르다보면 점점 귀에 와 닿는 졸졸거리는 물소리를 들을 수가 있는데, 그 두 산봉우리 사이에서 급히 쏟아지는 것이 바로 양천이라는 샘물이다. 산봉우리를 돌아 길을 돌아 나오면 새가 그 날개를 편 것 같은 정자가 그 샘 위에 펼쳐져 있으니 이가 바로 취옹정이다. 정자를 지은 사람은 누구인가? 바로 낭야산의 스님 지선이다. 그리고 그것의 이름을 지은 자는 누구인가? 그것은 바로 그곳의 태수 자신이다. 태수는 빈객들을 데리고 여기 와서 술을 마시고, 많이 마시지는 않아도 언제나 늘 취했으니, 아마도 그 나이가 가장 많은 까닭이며, 그래서 스스로 '취옹'이라는 호를 정했다. '취옹'의 뜻은 술에 있는 것이 아니라 산수에 있는 것이다. 산수를 즐기는 마음이 가슴에 차 그것을 술에 의탁한 것이다. 태양이 나올 때면 숲 속의 안개는 걷히고, (저녁이 찾아와) 구름이 돌아갈 때면 산속의 암자는 어두워진다. 이러한 어둡고 밝아지는 변화는 바로 산속의 아침과 저녁이다. 들꽃이 만발하면 그윽한 향내가 퍼지고, 아름다운 나무들이 밀집해지면 짙은 그늘이 쳐지며; 맑고 깨끗한 풍상이 내리고, 물이 흐르며 돌이 드러나는 것은 바로 산속의 사계절을 말해주는 것이다. 아침에 집을 나와 저녁이면 돌아오고, 사계의 경치가 제각기 다르니, 그 즐거움 또한 무궁무진하다. 또한 짐을 진 사람들이 길을 가며 노래를 부르고, 나그네가 나무아래서 쉬며, 앞사람이 소리치면 뒤에 있는 사람이 답을 하고, 남녀노소의 발걸음이 끊이지 않는 것은 바로 저주의 백성들이 산행을 즐기는 것이다. 혹은 계곡에서 물고기를 잡는데 그 물이 깊어 고기들은 살이 찌고, 혹은 양천의 물로써 술을 담그는데 그 샘이 맛있어 술 또한 진하도다. 온갖 산나물과 들풀을 비롯한 음식이 상에 펼쳐지는 것은 태수가 연회를 베푸는 것이로세. 연회를 즐김에도 피리와 현악기를 연주함이 아니라 투호(投壺, 화살을 쏘아 항아리 안에 집어넣는 유희)를 맞추고, 바둑으로 승부를 가리며, 술잔과 놀이 기구들이 어지럽게 늘리고, 일어섰다 앉았다 시끄럽기 짝이 없음은 바로 많은 손님들이 즐기는 것이로다. 그중 푸르스럼한 얼굴에 백발을 한 노인이 수많은 사람의 틈에서 취해 쓰러져 있는 모양은 바로 태수의 취한 모습이다. 잠시 후 석양이 산에 걸리면 사람의 그림자는 흩어지고, 태수는 성부(城府)로 돌아가며 손님들 역시 따라 나선다. 그리하여 숲은 어둑어둑하며, 새 울음소리 위아래로 울려 퍼지니, 사람들이 떠난 후에 날짐승들이 즐기는 것이다. 그러나 날짐승들은 산속의 즐거움을 알아도 사람들의 즐거움은 알지 못하고, 사람들은 태수를 따라 산수 유람하는 즐거움은 알아도 태수 자신의 즐거움은 알지를 못하도다. 취했을 때 사람들과 같이 즐기다가, 깨어나면 그 흥을 문장으로 짓는 것은 바로 태수가 하는 일인데, 그 태수는 누구인가? 바로 여릉의 구양수라네.

(環滁皆山也. 其西南諸峯, 林壑尤美., 望之蔚然而深秀者, 瑯琊也. 山行六七裏, 漸聞水聲潺潺, 而瀉出於兩峯之間者, 釀泉也. 峯回路轉, 有亭翼然臨於泉上者, 醉翁亭也. 作亭者誰? 山之僧智仙也. 名之者誰? 太守自謂也. 太守與客來飲於此, 飲少輒醉, 而年又最高, 故自號曰醉翁也. 醉翁之意不在酒, 在乎山水之間也. 山水之樂, 得之心而寓之酒也. 若夫日出而林霏開, 雲歸而巖穴暝, 晦明變化者, 山間之朝暮也. 野芳發而幽香, 佳木秀而繁陰, 風霜高潔, 水落而石出者, 山間之四時也. 朝而往, 暮而歸, 四時之景不同, 而樂亦無窮也. 至於負者歌於塗, 行者休於樹, 前者呼, 後者應, 傴僂提攜, 往來而不絶者, 滁人遊也. 臨溪而魚, 溪深而魚肥., 釀泉爲酒, 泉香而酒洌., 山肴野蔌, 雜然而前陳者, 太守宴也. 宴酣之樂, 非絲非竹. 射者中, 弈者勝, 觥籌交錯, 坐起而諠譁者, 衆賓懽也. 蒼顔白髮, 頹乎其中者, 太守醉也. 已而夕陽在山, 人影散亂. 太守歸而賓客從也. 樹林陰翳, 鳴聲上下, 遊人去而禽鳥樂也. 然而禽鳥知山林之樂, 而不知人之樂., 人知從太守遊而樂, 而不知太守之樂其樂也. 醉能同其樂, 醒能述以文者, 太守也. 太守謂誰? 廬陵歐陽修也.)

    중국인들이 흔히 사용하는 "취옹의 뜻은 술에 있지 않다(醉翁之意不在酒)."(즉 원래의 의도는 다른 곳에 있음을 비유하는 말)라는 말을 만들어내어 더욱 유명해진 이 작품은 바로 구양수가 지금의 안휘성 저현(滁縣)의 태수로 좌천된 이후 적은 걸작이다. 아주 짧은 분량의 이 산문은 평이한 어휘와 명쾌한 용어로 그 지역 산수와 사람들에 관한 내용을 자연스럽고 그침 없이 써내려 갔는데, 그 문장은 병문과 달리 대구(對句)나 전고(典故), 압운(押韻), 평측(平仄) 등에 신경 쓰지 않고, "이(而)", "자(者)", "야(也)" 등의 고대 산문에서 흔히 쓰이는 딱딱한 허사(虛辭)들을 대거 사용하였건만 그 친근하고 문학적인 분위기를 표현하는 데 전혀 장애가 되지 않는다. 바로 산문이 가지고 있는 매력이 아닐 수 없다. 이 작품에서 작자는 태수라는 높은 지위에 있으면서도 자신의 신분을 낮춰 쉽게 백성들과 어울리는 여민동락(與民同樂)의 친근한 인품과 산수에 대한 정, 그리고 비록 백성들과 어울려 함께 즐길지언정 자신의 문인 학자적 기풍과 품성을 간직하며 사는 그의 풍류정신을 잘 드러내었다고 할 수 있다.

    북송의 산문대가로 구양수보다 좀 이른 시기의 북송문인 가운데 범중엄(范仲淹)을 들 수가 있다. 문무를 겸비한 범중엄은 북송 초기의 유명한 정치가이자 군사가일 뿐 아니라 탁월한 문학가이자 교육가로서도 유명하다. 그가 남긴 "천하의 근심에 앞서 먼저 근심하고, 천하의 즐거움 후에 나중에 즐긴다(先天下之憂而憂, 後天下之樂而樂)."라는 '인인지사(仁人志士)'의 정신은 유가사상의 '인익기익(人溺己溺)'의 희생적인 숭고한 정신을 잘 반영하고 있다. 그가 남긴 시, 사, 산문 등 다양한 문학 장르 가운데 산문 작품의 걸작으로 알려진 <악양루기(岳陽樓記)>를 감상해보자.

    경력 4년 봄, 등자경(滕子京)은 악주(岳州)로 좌천되어 태수를 맡게 되었다. 그 이듬해엔 정무가 순조롭고 백성들이 화락하였으며, 각종 황폐했던 일들이 다시 활기를 띠게 되어 악양루도 중건되었다. 악양루는 원래의 규모를 확충하여 당나라 성현들과 당대 명사들의 시부를 새겨 넣었다. 나에게는 문장을 한 편 부탁하여 이를 기술하게 하였다. 내 보니 파릉군(巴陵郡)의 아름다운 경치는 모두 동정호에 있으니, 동정호는 멀리 있는 산맥을 포함하고 장강의 물을 토해내는데, 그 넓음은 끝이 보이지 않고, 아침의 햇빛과 저녁의 어두운 광경은 그 기상의 변화가 무궁무진하다. 이것이 바로 악양루의 장관이니 이에 대한 선인들의 기술도 상세하였다. 그러한즉 여기는 북으로는 무협(巫峽)에 통하고 남으로는 소수(瀟水)와 상강(湘江)에까지 이르니 좌천당한 인사나 문인묵객들이 대부분 여기에 모여 이곳의 자연경관을 감상하며 감개에 젖는데 어찌 모두 같은 마음이겠는가!

부슬부슬 내리는 비는 달이 지나도록 개지 않으며, 음습한 바람은 쌩쌩 불어와 혼탁한 파도는 하늘을 찌른다. 일월성신이 빛을 감추면 산악은 그 모습을 숨기며, 상인과 여행객들은 통행을 멈추고, 돛대와 노도 거두어들인다. 저녁이 되어 날이 어두워지면 범이 포효하고 원숭이가 슬피 운다. 이때 이 누각에 오르면 좌천되어 경성을 떠난 향수가 생겨나고, 남들의 비방과 꾸지람을 염려하게 되지만 다시 눈을 들어 쓸쓸한 정경을 바라보면 감개가 무량하여 무척이나 슬퍼지게 된다.

그러나 화창한 봄날에 햇볕이 내리비칠 때면 호수의 물결은 고요하고 하늘빛과 물빛이 서로 이어져 온통 푸른빛이 무한하게 펼쳐진다. 물 섬 위의 백로는 날았다가 내려앉았기도 하고 아름다운 물고기들은 물 위로 자태를 드러내기도 한다. 하안(河岸)의 작은 풀들과 물 섬의 난초들은 향내가 진하고 색깔도 푸르다. 간혹 호수면의 물안개가 완전히 걷어지면 반짝이는 달빛이 천리를 훤히 비추고, 간혹 호수면의 작은 물결이 출렁이면 움직이는 월광이 금빛을 발산한다. 또 어떤 때는 호수면의 파도가 잠잠해 고요한 달그림자가 마치 물속에 잠긴 옥벽과도 같다. 어부들은 서로 노래를 주고받는데 이러한 즐거움은 정말 무궁무진하다. 이때 이 누각을 오르면 가슴이 활짝 펴지고 정신도 유쾌해지면서 모든 영욕(榮辱)이 한꺼번에 잊어지는데, 바람을 맞으며 술잔을 기울이면 그 즐거움은 정말 극에 달한다. 아! 나는 일찍이 옛날 성인들의 마음을 배우고자 하였는데, 그들은 위에서 말한 두 부류의 마음이 있었으니, 이는 무슨 까닭인가? 그것은 옛 성현들은 외물의 좋고 나쁨과 자신의 얻고 잃음에 기뻐하거나 슬퍼하지 않았으니, 높은 자리에 있을 때는 백성을 걱정하고, 멀리 좌천되었을 때에는 임금을 걱정하였다. 이렇게 그들은 조정에 있을 때도 걱정하고, 강호에 은거할 때도 걱정하였다. 그러한즉, 그들은 언제서야 비로소 즐거워할 수 있었을까? 그들은 반드시 "천하의 사람들이 걱정하기 전에 먼저 걱정하고, 천하의 사람들이 즐거워한 연후에 비로소 즐거워한 것이리라!" 아, 이런 사람들이 아니고서는 내가 그 누구를 따르겠는가! - 경력 6년 9월 15일에 쓰다.

(慶曆四年春, 滕子京謫守巴陵郡。越明年, 政通人和, 百廢具興。乃重修岳陽樓, 增其舊制, 刻唐賢今人詩賦於其上。屬予作文以記之。予觀夫巴陵勝狀, 在洞庭一湖。銜遠山, 呑長江, 浩浩湯湯, 橫無際涯；朝暉夕陰, 氣象萬千。此則岳陽樓之大觀也, 前人之述備矣。然則北通巫峽, 南極瀟湘, 遷客騷人, 多會於此, 覽物之情, 得無異乎? 若夫霪雨霏霏, 連月不開, 陰風怒號, 濁浪排空；日星隱曜, 山嶽潛形；商旅不行, 檣傾楫摧；薄暮冥冥, 虎嘯猿啼。登斯樓也, 則有去國懷鄉, 憂讒畏譏, 滿目蕭然, 感極而悲者矣。至若春和景明, 波瀾不驚, 上下天光, 一碧萬頃；沙鷗翔集, 錦鱗遊泳；岸芷汀蘭, 鬱鬱青青。而或長煙一空, 皓月千里, 浮光躍金, 靜影沉璧, 漁歌互答, 此樂何極! 登斯樓也, 則有心曠神怡, 寵辱偕忘, 把酒臨風, 其喜洋洋者矣。嗟夫! 予嘗求古仁人之心, 或異二者之爲, 何哉? 不以物喜, 不以己悲；居廟堂之高則憂其民；處江湖之遠則憂其君。是進亦憂, 退亦憂。然則何時而樂耶? 其必曰: "先天下之憂而憂, 後天下之樂而樂"乎。噫! 微斯人, 吾誰與歸? 時六年九月十五日。)

범중엄은 공사에 있어 사심이 없었으며 강직한 성품으로 황제들에게까지 직언으로 누차 상소를 올리기도 하여 여러 번 좌천되기도 하였는데, 이런 그의 충성심과 절개가 위 산문에서도 잘 드러나고 있다. 특히 정치에 대한 그의 개혁정신은 훗날 왕안석의 신법으로 이어졌다고 볼 수도 있다.

이러한 순수한 산문 외에 구양수가 독창적으로 만들어낸 문부(文賦) 역시 부 원래의 까다로운 형식을 벗어나 고문(고문을 산문이라고도 부름)에 가까운 형식으로 지은 산문(여기서의 산문은 앞에서 말한 의미가 아닌 운문과 상대적인 개념이다)이 있는데, 이 역시 송대 고문운동의 산물이라 생각되며, 송대 산문의 풍류에서 경시할 수 없는 부분이다. 이러한 작품으로 우리에게 널리 알려진 대표적인 것에는 구양수의 <추성부(秋聲賦)>라든지 소식의 전후(前後) 두 편의 <적벽부(赤壁賦)>가 있다. 그 가운데 소동파의 <전적벽부(前赤壁賦)> 한 작품을 보도록 하자.

임술년 가을 7월 16일에 소선생과 객이 배를 타고 적벽 아래를 노니는데, 맑은 바람은 서서히 불어오고, 강물에는 파도 한 점 없다. 잔 들어 손님들에게 권하며 "명월"의 시구를 낭송하고, "요조"의 편장을 노래하는데, 어느 덧 달이 동산 위에 떠올라 두성(斗星)과 우성(牛星)의 사이를 배회한다. 흰 이슬은 강물을 덮고, 월광에 젖은 물빛은 하늘과 접했다. 작은 배가 가는 데로 몸을 맡겨 만경대하의 망망함 속을 건너가는데, 그 호연함이 마치 허공을 타고 바람을 몰고 가는 듯하여 그 가는 곳을 알 수 없고; 표일함이 마치 세상을 버리고 홀로 우뚝 서 있는 듯하여 날개 돋아 신선이 되어 하늘로 올라가는 듯하도다. 그리하여 술 마시며 즐거움이 극에 달하자 또 뱃전을 두드리며 노래를 불렀다. 노래 왈: "계수나무 노와 목란으로 만든 상앗대로 물속에 비친 달을 치며 흐르는 빛을 따라 올라가네. 내 회포는 아득히 저 하늘 모서리에 있는 그 님을 찾아가도다." 일행 중 퉁소를 부는 자가 있어 노래에 맞추어 화답을 하니, 그 '우' 하는 소리는 원망하며 사모하는 듯하고 동시에 흐느끼며 하소연하는 듯하네. 여음이 가늘게 이어져 실같이 끊어지지 않으니, 깊은 골짜기의 교룡이 춤을 추고, 외로운 배를 탄 과부가 눈물짓는 듯도 하도다. 소선생은 감동하여 얼굴빛이 변해 옷고름을 바로잡고 단정히 앉아 객에게 물었다: "왜 이리도 내 마음이 울적하오?" 객은 말하길: "달 밝은 밤, 별은 드문드문한데, 까막까치는 남으로 날아가네." 이 시는 조맹덕의 시구가 아니리오? 서쪽을 바라보니 하구(夏口)요, 동쪽을 바라보면 무창(武昌)이니, 산수가 이어졌고 수목이 울창한즉 이는 바로 그가 주유에게 포위된 곳이 아니더뇨? 그가 형주를 치고 강릉으로 내려가면서 강을 타고 동쪽으로 들어갈 때, 그 배꼬리와 배 머리는 천리에 달했고, 군기는 하늘을 덮었으리라. 큰 강을 대하며 술을 마시고, 창을 가로놓고 시를 지었던 그는 과연 일세의 영웅이로세. 허나 지금은 어디 갔소? 하물며 나와 그대는 강가에서 어부와 초부 노릇을 하며 고기나 새우를 짝지고 사슴들과 벗하며 일엽편주에 몸을 담아 바가지 술잔을 서로 권하며 하루살이같이 천지간에 기탁하고 있으니, 바로 그 묘소함이 창해의 일속이라. 실로 우리 삶이 잠깐임을 슬퍼하고, 장강의 무궁함을 부러워하도다. 날 수 있는 신선과 같이 마음껏 날고 싶고, 명월을 안고 오랫동안 영원히 살고 싶으나, 그것은 갑자기 될 수 있는 일이 아님을 아니, 하는 수 없이 이 비량한 마음을 퉁소에나 부쳐보네. 소 선생이 말했다. 그대는 물과 달을 아시오? 물은 이렇게 끊임없이 흘러가나 일찍이 간 적이 없으며, 찼다가 지는 저 달은 끝내 소멸하는 것도 더 크게 자라는 것도 아니요. 그 변화하는 면으로 보면 천지는 한순간도 되지 않으며, 변화하지 않는 시각으로 볼 테면 만물과 나의 수명은 무궁무진한 것인데, 무엇을 부러워하리오! 또한 천지간의 그 어떤 사물도 그 주인이 있거늘, 만약 그것이 내 소유가 아니면 한 터럭이라도 취해서는 안 되지만, 오직 강 위의 맑은 바람과 산 사이의 명월은 귀로 들어 그 소리를 얻고, 눈으로 보아 그 색을 느낄 수 있으며, 아무리 그것을 향유하여도 간섭하는 자 없고, 아무리 그것을 사용하여도 고갈되지 않소. 바로 대자연의 무진장 보물인즉 나와 그대가 함께 즐길 수가 있는 것이오. 객은 이 말을 듣고 기뻐 웃으며, 술잔을 씻어 다시 대작하니, 어육과 과실 안주가 다하고, 술잔과 접시들이 어지럽게 늘려질 때까지 마시고는 서로를 베개 삼아 배위에서 자는데, 동방이 이미 훤하게 밝아오는 것도 알지 못했노라.

(壬戌之秋, 七月旣望, 蘇子與客泛舟, 遊於赤壁之下. 淸風徐來, 水波不興. 擧酒屬客, 誦明月之詩, 歌窈窕之章. 少焉, 月出於東山之上, 徘徊於斗牛之間. 白露橫江, 水光接天. 縱一葦之所如, 凌萬頃之茫然. 浩浩乎如馮虛禦風, 而不知其所止, 飄飄乎如遺世獨立, 羽化而登仙. 於是飮酒樂甚, 扣舷而歌之. 歌曰: 桂櫂兮蘭槳, 擊空明兮, 泝流光. 渺渺兮予懷, 望美人兮天一方. 客有吹洞簫者, 倚歌而和之. 其聲嗚嗚然, 如怨如慕, 如泣如訴. 餘音嫋嫋, 不絶如縷, 舞幽壑之潛蛟, 泣孤舟之嫠婦. 蘇子愀然, 正襟危坐而問客曰: 何爲其然也. 客曰: 月明星稀, 烏鵲南飛, 此非曹孟德之詩乎? 西望夏口, 東望武昌, 山川相繆, 鬱乎蒼蒼. 此非曹孟德之困於周朗者乎? 方其破荊州, 下江陵, 順流而東也, 舳艫千裏, 旌旗蔽空. 釃酒臨江, 橫槊賦詩, 固一世之雄也, 而今安在哉? 況吾與子, 漁樵於江渚之上, 侶魚鰕而友麋鹿. 駕一葉之扁舟, 擧匏樽以相屬, 寄蜉蝣於天地, 渺滄海之一粟. 哀吾生之須臾, 羨長江之無窮. 挾飛仙以遨遊, 抱明月而長終, 知不可乎驟得, 託遺響於悲風. 蘇子曰: 客亦知夫水與月乎? 逝者如斯, 而未嘗往也; 盈虛者如彼, 而卒莫消長也. 蓋將自其變者而觀之, 則天地曾不能以一瞬; 自其不變者而觀之, 則物與我皆無盡也. 而又何羨乎? 且夫天地之間, 物各有主, 苟非吾之所有, 雖一毫而莫取. 惟江上之淸風, 與山間之明月, 耳得之而爲聲, 目遇之而成色. 取之無禁, 用之不竭, 是造物者之無盡藏也. 而吾與子之所共樂. 客喜而笑, 洗盞更酌. 肴核旣盡, 盃盤狼藉. 相與枕藉乎舟中, 不知東方之旣白.)

〈그림 56〉 소동파의 글씨–적벽부

이 글의 작자 소동파는 송대 제일의 문장가라고 소개해도 과언이 아닌데, 그는 자가 자첨(子瞻)이고, 호는 동파거사(東坡居士)이다. 동파란 호는 그가 일찍이 구양수에게 재능을 인정받아 관직생활을 하다가 44세 되던 해 신법(新法)에 반대하여 호북성의 황주(黃州, 지금의 黃岡縣)란 곳으로 좌천되었을 때, 그곳 동쪽 언덕(즉 東坡)에 작은 집을 짓고 술과 시로써 소일하던 것에서 붙여진 이름인데, 이로부터 그의 이 호는 이름보다 더욱 유명해지게 된 것이다.

사천성 미산현(眉山縣)에서 태어난 그는 실로 한대 사마상여를 잇는 사천성이 자랑하는 중국의 대문호라고 말할 수 있다. 그의 시문의 특색은 비록 그가 남방인에 속하지만 호방하고 거침이 없는 도량을 띠고 있는 것이 특색이라고 할 수 있다. 비록 거기에는 노장(老莊)의 철리를 띤 인생무상이나 감상적인 면들도 있지만, 그 기본적인 바탕은 굼실굼실 흘러서 동으로 가는 장강의 기세를 방불케 한다. 그것은 바로 그의 뛰어난 재기와 편벽되지 않고 활달한 그의 기질에서 연유된 것일 것이다. 특히 송대 사단(詞壇)에서는 그의 출현으로 인하여 종래 일률적인 완약(婉約)한 사의 풍격을 벗어나 호방하고 웅기한 내용을 적은 호방파가 생기게 되기도 하였다. 위의 작품에서도 인생의 묘소함과 무상함을 슬퍼하다가도 나중에는 그것에서 벗어나 대자연을 벗하며 살아가는 낙천적이고 대범한 면을 보여주었다. 주지하다시피 적벽은 중국 삼국시대 적벽대전이 있었던 고전장(古戰場)으로 조조의 백만 대군을 제갈량이 결성한 촉·오 동맹군이 대파한 곳이다. 그의 작품에서 보듯 그는 역사 속의 큰 인물(千古風流人物)들을 노래한 적이 많은데, 그것은 바로 자신의 호방한 마음의 표현이자 그 영웅들의 웅방한 기개를 본받고자하는 자신의 기상의 반영이기도 하다. 이 작품에서도 그가 촉인의 후예임에도 불구하고 촉의 적인 조조를 큰 영웅으로 간주하여 노래함은 바로 그의 편협되지 않은 활달한 성격을 암시하고 있다 하겠다. 이 점은 그가 지은 적벽회고(赤壁懷古)란 부제(副題)가 붙은 <염노교(念奴嬌)>라는 사패명(詞牌名)의 작품에서 그가 ≪삼국연의≫를 통해 세인들에게 잘 알려진 편협한 성격의 소인배 동오의 주유(周瑜)를 '천고풍류인물'로 간주하며 칭송한 것을 보아도 알 수 있다. 이는 그의 남다른 식견과 안목의 반영이자 자신에게는 엄할지언정 남에게는 너그러운 그의 성품의 단면을 보여준다.

이상에서 언급한 당송팔대가 위주의 북송의 산문에 비해 남송에 이르면 성리학의 발전과 함께 도통문학(道統文學)을 수립하여 지나치게 도와 경학(經學)을 중시하게 되고, 중국산문의 서정적이고 호방하며 자연스러운 문학예술성은 점차 사라지면서 중국산문의 풍류정신은 그 빛을 잃어가게 된다. 문이재도를 주장한 많은 도학자들 가운데 북송의 주돈이(周敦頤)가 지은 <애련설(愛蓮說)>은 그래도 비교적 서정성이 있는 명문이다.

> 수륙의 초목 꽃들 가운데 사랑스러운 것이 매우 많다. 진의 도연명은 유독 국화를 사랑했고, 이당(李唐)부터 세인들은 줄곧 목단을 무척이나 사랑했다. 나는 유독 연꽃이 진흙에서 피어나서도 그에 오염되지 않음을 좋아하나니, 맑은 잔물결에 씻기면서도 농염하지 않으며; 속은 통하고 바깥은 곧아 가지와 넝쿨이 엉켜져 있지 않으며; 그 향기는 멀리서도 더욱 맑고, 우뚝하게 깨끗이 서 있는 모습은 가히 멀리서 볼 수는 있을지라도 함부로 가지고 놀 수는 없다. 나는 이르길: 국화는 꽃 중의 은일한 자요; 모란은 꽃 중의 부귀한 자이다. 아! 국화를 좋아하는 일은 도연명 이후로 거의 듣지를 못했으며, 연꽃을 사랑함은 나와 같은 자가 그 누구이겠는가? 목단을 사랑하는 사람이 많은 것은 당연하리라.
> (水陸草木之花, 可愛者甚蕃. 晉陶淵明獨愛菊; 自李唐來, 世人甚愛牡丹. 予獨愛蓮之出淤泥而不染, 濯清漣而不妖; 中通外直, 不蔓不枝; 香遠益清, 亭亭淨植, 可遠觀而不可褻翫焉. 予謂: 菊, 花之隱逸者也; 牡丹, 花之富貴也. 噫! 菊之愛, 陶後鮮有聞; 蓮之愛, 同予者何人? 牡丹之愛, 宜乎衆矣!)

위 산문은 도학자가 지은 산문답게 연꽃이 지닌 주변 환경에 오염되지 않는 고결함과 깨끗하지만 농염하지 않는 그 꽃의 우아함, 그리고 사람들이 멀리서 바라다볼 수는 있어도 함부로 접근할 수 없는 그 고고함과 우아함 등의 품성을 주로 찬양했다. 그 문장 또한 비록 자수에 있어 정제(整齊)함을 추구하기 위해 다소 신경을 쓰긴 했어도 대체로 수식과 기교가 없는 질박하고 자연스러운 산문 중의 걸작이라고 할 수 있다.

3. 송사의 풍류 세계와 사인의 낭만

송대 문학의 핵심은 사(詞)라는 문학장르에 있다. 사라는 문학형식은 당대에 이미 싹 트기 시작하여 오대(五代)에 성장하였으며 송대에 이르러서는 크게 발전하여 드디어 당시와 함께 한 조대 문학의 주류를 이루게 되는 중국문학의 주요장르다. 체제를 보면 우선 그 구형(句形)이 시와는 달리 일정한 자수로 된 것이 아닌(그렇지만 물론 나름대로의 꽤 까다로운 字數規律이 있음) 비교적 자유로운 장단구(長短句)로 이루어져 있으며, 그 내용풍격도 시와는 달리 거의가 여성적인 완약하고 섬세한 연정을 아주 쉬운 백화식(白話式)으로 노래한 것이 특색이라고 할 수 있다. 중국문학의 풍류정신이 당시에서 그 극에 달했다가 이학의 시대인 송대를 맞이하여 그 맥이 끊기나 했다가 이 사라는 문학장르의 번성으로 그 정신을 다시 계승한 것이다. 그뿐만 아니라 송대에 발전한 사는 그 풍류세계에 있어 자유롭고 솔직한 정서를 표현하여 당시와 비견되는 중국문학 풍류정신의 또 다른 장을 열었다고 볼 수 있다.

1) 당·오대 사에 대한 추소(追溯) – 화간파 사인의 작품에 나타난 삶의 낭만과 비애

송사의 발전과정과 그 특성을 논하기 전에 앞 시대인 당오대의 사에 대해 언급하지 않을 수 없다. 당 중기 유우석(劉禹錫), 백거이(白居易) 등의 시인들에 의해 선을 보인 사는 난세인 오대를 맞이하여 그동안 문단을 지배해온 시의 지위를 대신하여 맹주의 자리를 차지한다. 그리하여 많은 사인들에 의한 무수한 작품들이 출현하게 되었고, 후촉(後蜀)의 조숭조라는 문인은 당시 저명했던 18명의 작가와 그 작품을 수록한 ≪화간집(花間集)≫이라는 중국문학사상 최초의 사집을 발간하게 된다. 그런데 이들의 작품은 거의가 여성적인 완약한 풍격을 공통적으로 지니고 있어 그들을 통틀어 "화간파(花間派)"라고 불렀다. 그중 대표적인 인물을 몇 명 꼽는다면 온정균(溫庭筠), 위장(韋莊), 풍연사(馮延巳), 이욱(李煜)이다.

온정균은 위장과 함께 그중의 대표라고도 볼 수 있으며, 후인들은 왕왕 그 둘을 "온위"라고 병칭하기도 했다. 전술한 바와 같이 온정균의 자는 비경(飛卿)으로, 전하는 말에 의하면 그는 용모가 매우 추해 일부 짓궂은 사람들은 그를 '온종규(溫鍾馗)'라고 불렀다고 한다. 종규(鍾馗)는 중국 민간전설 속의 악귀를 쫓아내는 무서운 얼굴을 한 신이다. 그렇지만 그의 재기와 문필은 특출하여 당시 그는 '온팔차(溫八叉)'라는 별명을 갖기도 했다. 그 뜻은 그가 과거를 볼 때마다 문사(文思)가 너무나 민첩하여 여덟 번 손깍지를 낄 동안 답안을 모두 작성하여 시험지를 제출한 데서 얻어진 이름이다. 게다가 그는 왕왕 자신의 시험지를 제출한 이후 남은 시간을 이용하여 재사(才思)가 우둔한 시험생들을 위해 답안을 작성해주길 즐겨했다고 한다. 그런데 한 번은 그가 자신의 시험지를 제출한 이후 남은 시간에 8명의 수험생의 답안지를 작성해주었고, 그의 도움을 받은 8명은 모두 과거에 합격했으나 그만 낙방했다는 이야기도 있다. 사실 온정균은 만당의 유명한 시인으로, 이상은과 함께 '온·이'로 불러지기도 했던 대단한 문인이다. 그러나 난세의 지식인인 그는 술과 도박, 기원 등을 전전한 방탕한 생활습관과 권력자들에게 잘 보이지 못하는 곧은 성격 때문에 한평생을 쓸쓸히 흘려보낸 아까운 기재라고 할 수 있다. 그의 사에서는 만당 향염체(香艷體)의 시가 가지고 있던 완약하고 섬세하며 부드러운 풍격이 그대로 반영되었음을 볼 수 있다. "별후(別後)"라는 제목의 다음의 사는 어느 여인의 유약하고 애처로운 석별의 정회와 상사의 정을 매우 애절하게 잘 묘사한 작품이다.

> 옥같이 아름다운 누각의 밝은 달밤의 추억 영원히 기억하리, 이별의 버드가지 봄바람에 무력히 나부끼는데. 가시는 길 문 밖에는 풀이 무성하고, 님을 보내는 말 울음소리. 꽃비단을 수놓은 한 쌍의 금빛 비취 새를 보노라면, 향촉불은 사그라져 눈물이 되누나. 꽃은 떨어지고 두견새는 울부짖는데, 녹색 창가에서 잔몽에 설레는 마음.
> (玉樓明月長相憶, 柳絲裊娜春無力. 門外草萋萋, 送君聞馬嘶. 畵羅金翡翠, 香燭銷成淚. 花落子規啼, 綠窓殘夢迷.) <菩薩蠻>

위장은 온정균보다 십여 년 늦게 태어났지만 사단에서의 명성은 대등했다. 그의 자는 단기(端己)였고, 두릉(杜陵, 지금의 섬서성 長安 부근) 사람이다. 그의 일생을 살펴보면, 그는 온정균과 거의 유사한 삶을 살다간 듯하다. 그것은 아마도 만당 난세의 혼란한 정국에서 고민하고 방황하던 젊은 문인들의 공통적인 생활태도였던 것으로 생각된다. 그들의 작품 속에는 당시 풍경이 아름답고 생활도 풍요로운 강남(江南)을 평생 잊지 못하고 그리워하는 작품들이 많다. 북방인인 그들의 눈에 비친 강남의 모든 경물은 그들이 죽을 때까지 영원히 잊지 못할 추억이었던 것이다. 그가 지은 <보살만(菩薩蠻)>을 한번 보자.

> 사람마다 강남이 좋다고들 하는데, 나그네는 한평생을 강남에서 늙어가네. 봄이 되면 강물은 하늘보다 푸르고, 그림 같은 배에서 빗소리 들으며 잠을 자네. 주점의 여인은 달처럼 어여뻐, 팔뚝은 희어서 서리 눈이 얼은 듯. 늙기 전에 고향에 돌아가지 말지어늘, 고향에 돌아가면 반드시 후회하리.
> (人人盡說江南好, 遊人只合江南老. 春水碧於天, 畵船聽雨眠. 鑪邊人似月, 皓腕凝霜雪. 未老莫還鄉, 還鄉須斷腸.) (其一)

> 지금도 여전히 강남의 즐거움 잊을 수 없네. 그때는 젊어서 봄옷은 얇았고, 말 타고 다리에 기대고 있노라면, 누각 위 수많은 미인들은 손을 흔들었지. 비취 병풍에다 금으로 된 문고리, 취하여 꽃들 속에서 밤을 지냈네. 다시 해가 지나 흰머리 되어도 다시는 돌아가지 않으리.
> (如今卻憶江南樂, 當時年少春衫薄. 騎馬倚斜橋, 滿樓紅袖招. 翠屛金屈曲, 醉入花叢宿. 此

度見花枝, 白頭誓不歸.) (其二)

　'수미지향(水米之鄉)'으로 불리는 중국의 강남은 위진남북조시대를 지나면서 경제 문화면에서 급속도로 발전했고, 특히 아름다운 자연경관과 온화한 날씨 그리고 다정하고 상냥한 남방의 미인들이 많아 중국문인들의 동경의 대상이 되어온 곳이다. 위에 인용한 위장의 작품에서도 그러하듯 강남의 봄날의 강물 빛은 하늘보다도 푸르고, 비가 오는 강에서 배를 타며 잠을 청하는 낭만은 중국의 북방에서는 꿈도 꾸지 못할 남방만의 정경이다. 거기다 남방에 비해 비교적 남성스러운 북방의 남성과 북방 여성에 비해 비교적 여리고 다정한 남방의 미인은 대단히 이상적인 결합이라고 할 수 있는데, 위 작품에서도 그러하듯 다정다감하고 여성스러운 고운 피부의 남방 미인은 거칠고 황량한 북방 출신의 풍류재자 남성들의 마음을 사로잡았던 것이다. 위 작품에서 "말 타고 다리에 기대고 있노라면, 누각 위 수많은 미인들은 손을 흔들었지(騎馬倚斜橋, 滿樓紅袖招)." 구절은 백묘적(白描的) 필법으로 당시 젊은 날의 화려했던 풍류행각을 잘 표현한 부분이다. 이와 같이 위장의 사는 온정균의 작품이 향염적이고 화려하며 부드럽고 섬세한 면이 강한 데 비해 다소 청준(淸雋)하고 수아(秀雅)하며 백묘적인 표현을 즐겨 사용한 이취(異趣)를 담고 있다.

　그 외 화간파의 사인으로는 풍연사와 이욱 등이 유명하다. 특히 이욱은 천재 사인인 남당(南唐)의 군주 이경(李璟)의 아들로 세상에서는 그를 이후주(李後主)라고 불렀는데, 불행한 처지 속에서 지어진 그의 사작 중에는 수많은 중국인들이 애송하는 명작이 많다. 42살에 송태종(宋太宗)에 의해 독살당하기까지 그는 15년간 남당의 군주로 군림했으며, 송에 의해 나라가 망해 그의 신하로 전락되는 쓰라린 경험도 체험한 바가 있다. 그래서인지 그의 작품은 대단히 진솔하고 처량하다. 그의 작품은 전기의 작품이 궁중의 화려했던 생활을 노래한 것이라면, 후기의 작품은 망국의 아픔을 진지한 감정으로 노래하여 읽는 자로 하여금 무한한 감동을 준다. 그중 가장 감명 깊은 몇 작품을 보기로 하자.

　　수풀 속의 꽃들 봄날의 그 붉은 모습 다 져버리니, 너무도 빨라라! 아침에 불어온 차가운 비와 저녁바람에는 어쩔 수 없도다. 곱게 연지 바른 얼굴에 흐르는 눈물, 차마 헤어지지 못하는 이 마음, 언제 눈물은 또다시 흘러내릴지! 아! 인생의 끝없는 시름이란 원래 저 동으로 가는 강물과도 같은 것! (<오야제>)
　　(林花謝了春紅, 太怱怱! 無奈朝來寒雨晚來風. 臙脂淚, 留人醉, 幾時重? 自是人生長恨水長

東.) <烏夜啼>

말없이 홀로 서쪽 누각에 오르니, 달은 새로 나온 초승달. 오동나무는 적적하고, 깊은 정원의 썰렁한 가을은 닫혀만 있다. 끊어도 끊을 수가 없고, 정리를 해도 어수선한 것이 바로 이별의 근심일까? 마음에 와 닿는 별리의 정한! (<상견환>)
(無言獨上西樓, 月如鉤. 寂寞梧桐深院鎖清秋. 剪不斷, 理還亂, 是離愁, 別是一般滋味在心頭.) <相見歡>

봄날의 꽃과 가을의 달, 쉼 없는 세월의 반복 그 언제나 그칠런고? 지난 일들 잊을 수가 없네. 작은 누각에는 어젯밤에도 동풍이 불었고, 돌아볼 수 없는 고국강산 달밤에 처량하구나. (고국의) 수놓아진 난간과 궁전들은 응당 여전하련만, 꽃다운 나의 얼굴 변하여 초췌해졌네. 스스로 묻나니 그 얼마나 되는 근심이 있나? 마치 봄날의 강물이 동으로 흘러가듯 하도다. (<우미인>)
(春花秋月何時了? 往事知多少. 小樓昨夜又東風, 故國不堪回首月明中! 雕欄玉砌應猶在, 只是朱顏改. 問君能有幾多愁? 恰似一江春水向東流.) <虞美人>

위에 인용한 세 수는 모두 이욱의 후반기 작품이다. 그중 마지막 수 <우미인>은 그가 지은 작품 중에서 아마도 가장 훌륭한 것이며, 또한 그가 죽기 바로 직전에 적은 절필의 명작이다. 그가 당시의 굴욕적인 비통한 삶을 어느 궁인에게 토로하며 적은 편지에 의하면 그는 "매일 눈물로써 세수를 하고 지냄(此中日夕, 只以淚洗面)."(≪樂府紀聞≫)이라고 하였으니, 그 삶의 쓰라린 비애가 어느 정도였는지를 가히 짐작할 수가 있다. 후반기 그의 사는 실로 화간파 사풍의 성격을 탈피하여 자신의 진실한 심정과 몸소 경험한 아픈 현실을 솔직하게 표현한 것이기에, 일반 문인들이 지은 작품들에 비해 더욱 신선하고 감동적이다. 이것이 바로 그의 사가 오래도록 애송되는 이유이자, 그가 오대의 가장 대표적인 사인으로 추대받는 까닭일 것이다.

2) 북송 사의 발전 – 완약파의 유영과 호방파의 소식 그리고 악부파의 주방언

화간파 사인을 중심으로 한 당오대의 사단을 지나면 북송의 사로 접어드는데, 북송 초기의 사단은 당오대의 답습기로 볼 수 있어 이렇다 할 대사인은 등장하지 않았다. 이시기 다소 유명한 작가라면 앞에서 소개한 산문대가 구양수가 엄격한 고문운동을 주도한 한편 또 완려(婉麗)한 염사(艷詞)를 지어 세인을 놀라게 하였고, 안수(晏殊)와 그의 아들 안기도(晏幾道) 등을 꼽을 수 있다. 그러나 북송초기를 다소 지나면 그 전반기에 장선(張先), 유영(柳永) 등을 비롯하여 북송의 후반기에는 소식을 비롯한 황정견(黃庭

堅), 진관(秦觀), 하주(賀鑄), 주방언(周邦彦) 등 여러 명의 대가들이 속출하게 된다.

그 많은 사인 가운데 우리가 특히 주의를 기울일 필요가 있는 작가는 바로 유영과 소식이다. 두 사람은 북송사의 발전에 있어 유영이 사의 형식을 개척한 자라고 하면 소식은 사의 내용을 혁신한 자라고 할 수 있다. 동시에 두 사람은 사의 풍격에 있어서도 서로 상반되는 두 성격을 지녔는데, 유영은 완약파의 대표인 반면에 소식은 호방파의 거장이다.

북송 초기의 사는 형식면에 있어 길이가 짧은 소사(小詞)가 성행했는데, 장선과 유영이 등장하면서부터 편폭이 다소 길어진 이른바 만사(慢詞)가 유행하게 된다. 소위 말하는 사의 형식의 개척이란 바로 이 점을 얘기한다. 특히 유영은 사실 긴 분량의 사를 잘 지어 사의 형식을 개척하였을 뿐 아니라 사의 내용면에서도 그 전까지 주로 다루어오던 궁정의 풍물, 귀족들의 꿈과 같은 애수와 낭만 등의 협소한 범위에서 벗어나 신흥 상업사회 속의 도시의 정취 그리고 평민의 생활 등을 주로 묘사하였으니, 가히 사의 제재와 시야를 넓히는 데도 한몫을 한 뛰어난 사인이었다. 유영은 초기에는 삼변(三變)이라고 불렸는데, 자는 기경(耆卿)으로 그동안 우리가 살펴본 중국문인 가운데 처음으로 등장하는 복건성 숭안(崇安) 사람이다. 그는 여러 번의 과거에서 모두 낙방하자 아예 전적으로 사를 지으며 일생을 기방에서 기녀들과 더불어 생활하며 그들의 사랑을 한 몸에 받았던 사람이다. 상업경제가 발달한 북송시대에 매번 새로운 악보가 나오면 악공들은 다투어 선물을 준비해 그를 찾아 가사를 청하였으며, 그가 지은 노래가사는 당시 일반 백성들이 살던 곳에서는 어디서나 매우 유행했다고 한다. 그리고 그가 주위에 친지도 없이 쓸쓸히 죽었을 때에도 평소 그와 친했던 기녀들이 십시일반 돈을 각출하여 그의 장례를 치러 주었다고 하는 흐뭇한 이야기도 전한다. 비록 관운은 박복했고 세인의 존중은 받지 못했을지언정 수많은 홍안지기(紅顔知己)의 눈물로 장사를 치른 그는 한편으론 누구보다도 행복한 문인이었다고 생각할 수도 있다. 그의 작품 가운데 <학충천(鶴沖天)>이란 작품은 그 자신의 생활모습을 잘 반영해주고 있는 작품이다.

금방(金榜) 과거 합격자의 방에는 장원의 자리 놓쳤어도, 원래 현명한 군주가 있는 시대는 잠시 어진 신하를 놓치는 것이니, 어찌하랴? 시운의 기회를 얻지 못했으니, 어찌 마음껏 놀며 방탕하지 않을쏘냐? 득과 실을 논해 뭐 하겠는가, 재자 사인은 본시 벼슬하지 않은 포의의 정승이라네.
(黃金榜上, 偶失龍頭望. 明代暫遺賢, 如何向? 未遂風雲便, 爭不恣遊狂蕩? 何須論得喪, 才子詞人, 自是白衣卿相.)

기녀의 거리, 울긋불긋 아름다운 병풍. 마침 마음속 그리워하는 사람이 있어 찾아갈 수 있도다. 이렇게 기생들을 벗하여 풍류를 즐기며 노니 바로 이것이 한평생의 낙이로세. 청춘은 그렇게 빨리 지나가 버리는데, 공명의 뜬 허명 기꺼이 술 마시고 노는 것과 바꿨도다.
(煙花巷陌, 依約丹青屏障. 幸有意中人, 堪尋訪. 且恁偎紅倚翠, 風流事, 平生暢. 靑春都一餉, 忍把浮名, 換了淺斟低唱.)

〈그림 57〉 풍류재자 유영

이 사는 누차 과거시험에 합격하지 못한 자신을 위로하는 내용의 자서전적인 작품이다. 유영은 스스로 풍류재자라고 자부하며 회재불우의 처량한 신세를 백의경상(白衣卿相)으로 비유하며 긍지를 가졌었지만, 그 속에는 사실 말할 수 없는 억울함과 불만이 서려 있다고 하겠다. 사실 그는 한때 과거에 합격하여 그 발표만 기다리고 있었지만, 발표 방을 내리려던 시기에 당시 군주인 송인종(宋仁宗)이 유생의 본분을 다하지 않고 행실이 경박한 그를 혐오하여 과거에 낙방시켰다고 한다. 송인종은 진사 유삼변이 평소 기생들과 잘 어울리고 또 그가 지은 <학충천>이라는 사에서 말하길 "공명의 뜬 이름을 기꺼이 술 마시고 노는 것과 바꿨네(忍把浮名, 換了淺斟低唱)."라고 한 대목을 생각하여 "이 자는 꽃과 달을 보며 술 마시며 노래하길 좋아하는 자인데, 헛된 공명은 왜 얻으려고 하는가! 한평생 사나 짓도록 하라."라며 특별히 그의 합격을 취소시켰다고 한다(吳曾, ≪能改齋漫錄≫). 그리하여 유영은 스스로를 "임금의 명을 받들어 사를 짓는 유삼변(奉旨塡詞柳三變)"이라 자칭했다 하는데, 사인으로서 천고에 이름을 날릴 그의 운명이 아닐 수 없다.

〈그림 58〉 우림령

<학충천> 외에 유영이 지은 가장 유명한 사는 뭐니 해도 "송금십대곡(宋金十大曲)" 중의 하나에 속하는 그의 대표작 <우림령(雨霖鈴)>이 아닐까 한다. 도시남녀의 별리의 정을 노래한 이 작품은 사도(仕途)에 실패하여 서울을 떠나 멀리 남방으로 정처 없는 길을 떠나는 자신의 처량한 신세를 적은 것으로 볼 수 있는데, 그래서인지 그 내용은 말할 수 없이 애처롭기만 하다.

가을날의 매미소리 처량한데, 장정에서 저녁을 맞으니, 소낙비는 막 그쳤다. 성문 밖에서 마신 이별주로 공허한 마음 바야흐로 떠나는 아쉬움 생기려는데, 떠나는 저 배는 사람을 재촉한다. 서로 손을 굳게 쥐고 눈물 어린 눈을 마주 보나, 결코 한마디 하지 못한 채 목이 멘다. 가야 할 머나먼 천리 길 안개파도 생각하니, 저녁노을 침침한데 남쪽의 초 땅은 아득하기만 하다. 자고로 다정한 이들 이별을 슬퍼했다지만, 더더욱 어찌 견딜 수 있으리, 이 싸늘한 가을날의 이별을! 오늘 밤은 또 어디에서 약주를 드시고 깨시려나, (아마도) 버드나무 언덕 쇠잔한 달 아래서 새벽바람 맞으며 있겠지. 이렇게 떠난 후 해가 가고 또 꽃피는 시절 그 아름다운 경치를 맞이해도 (저에게는) 그 무슨 소용이 있으며, 천만가

지 아름다운 멋과 낭만에 대하여 얘기하고자 한들 이젠 그 누구와 더불어 얘기하리오! (寒蟬淒切, 對長亭晚, 驟雨初歇. 都門帳飲無緖, 方留戀處, 蘭舟催發., 執手相看淚眼, 竟無語凝噎., 念去去千里煙波, 暮靄沈沈楚天闊. 多情自古傷離別, 更那堪冷落淸秋節! 今宵酒醒何處? 楊柳岸, 曉風殘月. 此去經年, 應是良辰好景虛設. 便縱有千種風情, 更與何人說!)

이 작품은 싸늘하고 허전한 가을날을 배경으로 하고 있어 사랑하는 사람과의 이별을 더욱 처량하게 느끼게 한다. 특히 이 작품에서 "오늘 밤은 또 어디에서 약주를 드시고 깨시려나, (아마도) 버드나무 언덕 쇠잔한 달 아래서 새벽바람 맞으며 있겠지(今宵酒醒何處, 楊柳岸, 曉風殘月)."라는 부분은 압권이다. 작자가 그의 애인의 입장에 서서, 슬픈 마음에 밤새도록 술을 마시고 잠들었다가 쓸쓸한 이역 땅에서 새벽에 홀로 깨어, 두고 온 애인을 그리워할 가련한 작자를 연상하며 적은 것이다. 이 사의 후반부는 전반부와 같이 작가의 관점에서 일관되게 쓰인 것이라고 볼 수 있지만, 이 사의 절실함은 작가의 입장에서 쓴 것이 아니라 상대방 여성의 관점으로 돌아가 그녀가 떠나는 작자를 생각하며 슬퍼하는 마음을 묘사한 것이라고 볼 수가 있다. 그런 까닭에 이 작품은 더더욱 그 애절함의 강도를 더하고 있다고 할 수 있다.

〈그림 59〉 적벽회고

유영보다 조금 후에 활동한 소식의 사는 유영의 업적을 기반으로 사의 풍격 즉 내용에 있어서도 한층 발전을 가져왔다. 즉 소식은 그동안 여성적인 연정만을 주로 읊던 성격에 치우쳐있던 사의 풍격을 확장시켜 남성적인 호방한 면을 가미시켰으니, 그에 이르러 사는 다양한 제재를 포함하여 일종의 혁신을 가져온 셈이다. 이 또한 소식의 다재다능한 재기와 그의 호방하고 풍류스러운 성격에서 비롯된 것이라고 생각할 수 있다. 이제 그의 작품 가운데 천하의 풍류인물과 같은 그의 면모를 느낄 수 있는 한 작품을 보기로 하자.

> 굼실굼실 흘러 동으로 가는 큰 강물, 파도 물거품에 천고의 풍류인물 다 가버렸네. 옛 진영 서편에는 사람들의 입에 회자하는 주랑(周郞)의 적벽(赤壁). 울퉁불퉁한 석벽은 구름 위로 솟아 있고, 거대한 파도는 해안을 앗아가버릴 듯, 천 무더기나 되는 백설을 감아올린다. 강산은 그림 같은데, 한때 그 얼마나 많은 영웅호걸들이 살다갔는가! 아득히 멀리 공근(周瑜의 字)의 그때를 생각하나니, 미인 소교도 막 그에게 시집을 왔고, 그 영웅의 자태 젊고 늠름했도다. 깃 부채에 청사 두건을 맨 그 유유한 모습, 웃으며 담소하는 가운데 적의 강한 군대 연기와 재가 되어 날아가 버렸네. 고국을 정신적으로 회상하며 노니느라, 다정다감하여 일찍 흰머리가 된 나를 세상 사람들은 비웃겠지. 인간세상은 꿈과 같은 것, 한잔 술을 부어 강물의 달을 보며 마시네.
> (大江東去, 浪淘盡千古風流人物. 故壘西邊, 人道是三國周郞赤壁. 亂石崩雲, 驚濤裂岸, 捲起千堆雪. 江山如畵, 一時多少豪傑! 遙想公瑾當年, 小喬初嫁了, 雄姿英發. 羽扇綸巾, 談笑間强虜灰飛煙滅. 故國神遊, 多情應笑我, 早生華髮. 人間如夢, 一尊還酹江月.) <念奴嬌>

<적벽회고(赤壁懷古)>라는 제목을 가진 이 작품은 앞에서 본 유영의 "버드나무 언덕, 새벽바람과 잔월(楊柳岸曉風殘月)" 식의 사와는 분위기가 전혀 다르다. 이 사는 초반부터 "굼실굼실 흘러 동으로 가는 큰 강물, 파도 물거품에 천고의 풍류인물 다 가버렸네(大江東去, 浪淘盡千古風流人物)."로 시작하여 마치 이백의 <장진주>에서 "그대는 보지 못했는가, 황하의 물이 하늘에서 내려와 바다로 치달려 흘러가면 다시는 돌아오지 않는 것을(君不見, 黃河之水天上來, 奔流到海不復回)"를 대하듯 그 호방한 기백이 넘쳐흐른다. 삼국시대 절세의 미인인 소교(小橋)를 아내로 맞이한 지모와 용기를 겸비한 젊은 도독 주유(周瑜)의 이야기는 중국인들의 입에 자주 오르내리는 영웅미인의 풍류세계를 반영하는 것이기도 하다. 그리고 사를 통해 작자가 이러한 영웅의 고사를 활용한 것은 소식의 사에서 처음으로 나타난 현상이라고 볼 수 있다. 작품을 통해 소식은 호방한 기풍으로 '건공입업(建功立業)'적 적극적인 사상을 드러낸 반면 또 결미부분에서는 "인간세상은 꿈과 같은 것(人間如夢)"으로 이어져 소식 작품 속에 나타난 뿌리 깊은 인생무상의 소극적 관념도 발견할 수가 있다. 그러나 이처럼 호방한 사를 지어 호방

파로 칭해지는 그의 사에도 물론 애절한 상사의 정을 담은 작품도 있다. 동파가 그의
망처(亡妻) 왕씨(王氏)를 위해 지은 다음의 사는 그 대표작 중의 하나다.

십 년 동안 서로가 생과 사의 단절된 두 세상에서 아무것도 모른 채 지내나니, 생각을
하지 않으려 해도 자연히 잊기 어렵도다. 천리에 멀리 떨어져 있는 외로운 무덤을 생각
하나니, 말을 하려 해도 할 수 없으니 처량하기만 하다. 설령 서로 만나본다 한들 또 어
찌 알아볼 수가 있으리, 얼굴에는 삶의 때가 끼고, 머리카락에는 서리가 덮었으니.
(十年生死兩茫茫, 不思量, 自難忘. 千里孤墳, 無處話淒涼. 縱使相逢應不識, 塵滿面, 鬢如霜.)
밤의 꿈속에 문득 고향을 찾게 됐는데, (당신은) 작은 창가에서 마침 화장을 하고 있었
네. 서로 물끄러미 말없이 바라보면서 눈물만 줄줄 흘릴 뿐. 생각건대 해마다 가슴을 아
프게 하는 것은 (저 무덤이 있는) 밝은 달밤 작은 소나무들이 있는 그 언덕.
(夜來幽夢忽還鄉. 小軒窗, 正梳妝. 相顧無言, 惟有淚千行. 料得年年腸斷處. 明月夜, 短松
岡.) (<江城子>)

〈그림 60〉 明月幾時有

죽은 지 십 년이 된 자신의 처와 멀리 외로이 떨어져 있을 무덤을 생각하면서 지은
이 도망소사(悼亡小詞)는 우리들로 하여금 소식이 비록 기라향염(綺羅香艷)의 염정체
(艶情體) 작품을 잘 짓지는 않았을지라도 그 진실하고 깊은 정은 결코 그들이 쫓아올
바가 아님을 알게 해주는 작품이다. 이처럼 소식의 사는 호방한 가운데 진지한 정이 있

으며 그 제재의 범위라든지 풍격의 다양함에 있어 이전의 사와는 전혀 다르다고 할 수 있다. 다음의 사도 그의 대표작 중의 하나인데, 달을 보며 쓸쓸히 혼자 보내는 중추절 이건만 자신의 외로운 마음을 읊기보다는 하늘나라의 신비를 생각하며 스스로 위안과 즐거움을 찾는 그의 낙관적인 정신을 볼 수 있는 작품이다.

저기 있는 저 밝은 달은 언제부터 생겨났는지, 나는 술잔을 들어 하늘에 물어보노라. 하늘에 있다는 궁궐은 알 수가 없으며, 오늘 저녁은 또 어느 해인가? 아, 바람을 타고 하늘나라로 올라가고 싶어라, 다만 천상의 신선동굴이 너무 높아 그 추위를 이겨내지 못할까 두렵네. 그리하여 나는 달 아래의 그림자와 더불어 너울너울 춤을 추나니, 인간세상의 그 어느 경지와 비할 수 있으리![134]
(明月幾時有? 把酒問靑天. 不知天上宮闕, 今夕是何年. 我欲乘風歸去, 又恐瓊樓玉宇, 高處不勝寒. 起舞弄淸影, 何似在人間!)

이윽고 달은 돌아서 붉은 누각을 비추고, 나지막이 꽃무늬 아로새긴 문창을 비추는데, 그 달빛에 나는 잠을 이루지 못하네. 이제 더 이상 시름을 말아야지, 그런데 왜 하필이면 달은 사람이 이별을 할 때만 이렇게도 둥글고 밝게 비춰주는 것일까? 사람은 슬프고 즐겁고 헤어지고 만남이 있고, 달은 흐리고 맑고 둥글고 이지러짐이 있나니, 그것은 예로부터 우리를 모두 만족시켜주지 못하는 불변의 진리. 오로지 우리의 생명이 길어 비록 서로 천리나 떨어져 있어도 저 아름다운 달을 함께 볼 수 있게 되기만을 바랄 뿐이네.
(轉朱閣, 低綺戶, 照無眠. 不應有恨, 何事長向別時圓? 人有悲歡離合, 月有陰晴圓缺, 此事古難全. 但願人長久, 千里共嬋娟.) <水調歌頭>

이 작품은 아마도 중국문학사에서 가장 유명한 사 가운데 하나로 손꼽히는 작품으로 환상적이고 고묘(高渺)한 유선(遊仙)의 분위기를 띠고 있는 것이 특색이다. 중국역대 중추절을 노래한 사 가운데 가장 훌륭하다는 평을 받고 있는 이 작품은 작자가 중추절 날에 그의 동생 소철(蘇轍, 字는 子由)을 생각하며 지은 것이라고 전해지고 있다. 당시 소식은 정치적으로 불운한 처지를 맞이하였고, 가족들과도 수년간 서로 떨어져 만나지 못하는 상황이어서 정신적으로 매우 우울한 국면에 처해 있었다. 그러나 이 작품에서 보는 바와 같이 그는 그로 인해 소극적인 비관에 빠지지 않고, 달을 보며 선궁(仙宮)에 올라가는 상상의 날개를 마음껏 펴면서 잠시나마 인간 세상의 비애를 잊고 슬픔을 스스로 위로하며 승화시키는 정신자세를 보였으니, 그것은 바로 이 작품의 매력이자 소

---

134) 혹은 이 부분을 "高處不勝寒" 부분과 연관을 시켜 "어찌 인간세상만 하겠는가?"라고 풀이하는 사람도 있다. 전하는 말에 의하면 宋神宗이 이 부분을 읽고는 "소식은 역시 나를 사랑하는군(蘇軾終是愛君)."이라고 말했다고 한다.

식다운 호방함과 중국문인들의 달관과 풍류의 세계를 보여주는 것이라 하겠다. 그리고
이 작품 속에 나타난 "너무 높아 그 추위를 이겨내지 못할까 두렵네(高處不勝寒)."이나
"사람은 슬프고 즐겁고 헤어지고 만남이 있고, 달은 흐리고 맑고 둥글고 이지러짐이 있
나니(人有悲歡離合, 月有陰晴圓缺)."라든지, 그리고 "오로지 사랑하는 사람이 무사히 영
원하길 바라네(但願人長久)." 등의 구절은 그 후 중국인들이 널리 사용하는 성어가 되
어버린 점도 주목할 만하다. 이상으로 소식의 사 몇 작품만을 살펴보았지만 그의 사는
그 풍격과 내함에 있어 마치 시와 같아 그 어떤 내용도 포함하였으니, 소식은 그야말로
사의 발전에 있어 크게 한몫을 한 사인이었다고 할 수 있다.

북송사의 발전에 있어 유영과 소식 외에 또 한 사람의 공신을 들자면 바로 주방언
(周邦彦)이다. 주방언은 중국의 송사를 집대성하여 이를 완성시켰다고 말할 수 있을 것
이다. 음악에 정통한 그의 사는 특히 사 본래의 가장 중요한 기능인 악보에 맞춰 노래
부르는 기능에 있어 타의 추종을 불허하였다. 그러므로 그의 사는 그 내용은 물론이거
니와 격률 형식에 있어 너무도 완벽하여 송사의 전범(典範)이라고 칭해지며, 그는 역대
의 사가들에 의해 '사단의 정종(正宗)'으로 추종되었다. 말하자면 소식의 사가 비록 그
내용과 풍격에 있어 시의 경지를 개척하여 문학적 성과를 크게 거두었다 할지라도 사
가 갖추어야 할 격률과 형식에 있어서는 정교하지가 못해, 그 악보(즉 詞牌)에 맞추어
가창(歌唱)하기에는 그다지 적합한 것이 아니었다. 이에 반해 주방언의 사는 그 운과
평측(平仄), 자구(字句), 장법(章法) 등 어려운 사의 형식 전반에 걸쳐 자유자재로 구사
하여 역대의 많은 사 비평가들에 의해 크게 추대되었으니, 이를테면 그는 시에 있어서
의 두보와 같은 존재라고 말할 수 있을 것이다.

송인종(宋仁宗) 연간에 태어나 송휘종(宋徽宗) 때를 거쳐 간 그의 字는 미성(美成)이
고, 호는 청진거사(淸眞居士)라고 했는데, 절강성 전당(錢塘) 사람이었다. 아름다운 항
주 부근에서 성장해서인지 그는 풍류적이고 낭만적인 성격의 문인이었다. 그가 지은
사들의 내용도 주로 남녀의 연정을 노래하여 자못 유영을 방불케 한다. 그가 당시의 명
기인 이사사(李師師)와 서로 정분이 있었던 일은 중국문학사의 미담이다.135) 그러나 재
미있는 사실은 공교롭게도 이사사는 당시의 '풍류 황제' 송휘종도 그녀를 매우 좋아하
였고, 주방언과 휘종은 한때 서로 정적(情敵)의 처지였다는 사실이다. 하루는 미성과
이사사가 그녀의 집에 있을 때, 마침 휘종 황제가 찾아와 들어 닥쳐 급한 나머지 그는

---

135) 송대 일명(佚名)의 ≪이사사외전(李師師外傳)≫, ≪귀이집(貴耳集)≫, ≪선화유사(宣和遺事)≫ 등의 기록에
    의하면 송휘종이 평민복으로 갈아입고 궁을 빠져 나와 당대의 명기 이사사와 내왕하는 내용이 있다.

침대 아래에 숨었던 해프닝이 있었는데, 후에 그는 그때의 일을 회상하며 <소년유(少年遊)>라는 작품을 지은 적이 있다. 그런데 그 사를 이사사는 휘종에게 들려주었고, 그 배경을 사사에게 캐물어 안 휘종은 대노하여 그를 서울에서 내쫓았다는 이야기가 있다 (張端義, ≪貴耳集≫). 그 사실의 진위에 대해 왕국유(王國維)를 비롯한 여러 학자들이 부정적인 반응을 보이지만(≪淸眞先生遺事≫) 여하튼 그 고사는 중국문학사의 미담꺼리가 될 뿐만 아니라 중국민간에서 매우 유명한 이야기다. 다음에 소개할 그의 대표작품 가운데 하나는 그가 당시 서울을 쫓겨날 때 이사사와 고별하며 지은 것이라고 하는 <난릉왕(蘭陵王)>이라는 사이다.

한낮의 버드나무 그림자 길게 늘어진 곳에서, 뿌연 안개 속의 그 춤추는 푸른 가지 어루만지네. 수나라 때 세운 제방 위에서 몇 번이나 보았던가? 그대를 보낼 때 물을 지나 부는 바람에 살랑이는 그 버들 빛을! 높이 올라 서울(혹은 고향)을 바라보나니, 그 누가 도시생활에 염증 느낀 이 나그네를 알겠는가? 이별의 장정(長亭) 길에서 매년 오고 가며 꺾었던 가는 가지 천척(千尺)도 넘으리.
(柳陰直, 煙裏絲絲弄碧. 隋堤上曾見幾番, 拂水飄綿送行色. 登臨望故國, 誰識京華倦客? 長亭路, 年去年來, 應折柔條過千尺.)

한가한 틈에는 옛날의 발자취를 살펴보고, 또 연회석에서 슬픈 곡조도 들으니, 휘황찬란한 등불 아래서 자리를 뜨도다. 배꽃과 느릅나무 불은 한식절(寒食節)이 다가옴을 말해주는데, 안타깝게도 바람은 화살과 같이 급해 따스한 물결을 보내고, 눈 깜빡할 사이에 몇 개의 나루터를 지나, 내 그리워하는 사람 이미 북쪽으로 멀어졌네.
(閒尋舊蹤跡, 又酒趁哀絃, 燈照離席. 梨花楡火催寒食. 愁一箭風快, 半篙波暖, 回頭迢遞便數驛, 望人在天北.)

슬퍼라, 맺힌 한이여! 물가에서 배회하며 부두에는 정적이 깔렸는데, 지는 해는 흐릿하나 봄은 다하지 않았도다. 생각건대 달 아래서 그 사람의 손을 잡고 노교(露橋)라는 다리 위에서 함께 피리를 들었었지. 옛일을 조용히 생각하면 마치 꿈과 같아 눈물이 몰래 흘러내리네.
(悽惻, 恨堆積! 漸別浦縈廻, 津堠岑寂, 斜陽冉冉春無極. 念月榭攜手, 露橋聞笛. 沈思前事, 似夢裏, 淚暗滴.)

전하는 기록에는 위 작품은 고별을 하며 지은 것이라고 하지만 그 내용을 음미해보면 매우 슬프고 비통한 송별의 작품이다. 주제(周濟)는 ≪송사가사선(宋四家詞選)≫에서 이 사를 "객중송객(客中送客, 나그네가 나그네를 보내는 것)"이라고 풀이했는데, 그 내용은 다름 아닌 석별의 정과 경성에 오래도록 머무는 권태감을 읊었다고 볼 수 있다.

이 작품을 읽고 감동한 송휘종은 주방언의 재주를 아껴 다시 그를 음악과 사를 관장하는 대성악정(大晟樂正)이란 요직을 맡게 하였다고 한다.

예로부터 버드나무는 여성을 비유할 뿐 아니라 별리의 정을 상징하는 것인데, 우리가 앞서 본 유영의 사에서도 버드나무 언덕이 등장했음("楊柳岸曉風殘月")을 볼 수 있었다. 이처럼 주방언의 사는 그 내용상에서 유영의 분위기를 물씬 풍기는데, 그것은 바로 완약하고 곡절한 남녀상련의 내용이 사의 보편적인 정서이자 사의 정격이었기 때문이라고 볼 수 있다.

3) 여류사인의 풍모와 남송 사의 발전 - 이청조의 재정과 애국문인 신기질과 육유

북송 사회는 송휘종 이후로 내우외환의 어려운 고비를 겪으며 붕괴의 위기를 맞이하게 되는데, 휘종과 흠종(欽宗) 두 북송의 황제가 금(金)의 포로로 잡히는 수모를 당하면서 바야흐로 남송의 시대를 맞이하게 된다. 이러한 남북송 교체의 사회적 격동기 속에 혜성같이 나타난 여류 대사인이 있었으니, 그는 바로 이청조(李淸照)다. 그녀는 산동성 제남(濟南) 사람으로 스스로 지은 호는 이안거사(易安居士)다. 이청조는 명망 있는 가문의 문학적 분위기 속에서 성장한 재정과 미모를 겸비한 문인으로, 21세 때 당시의 명사 조명성(趙明誠)과 결혼하여 행복한 생활을 하게 되는데, 기록에 의하면 그들 부부는 평소 서로 시문을 주고받으며 마음을 표현하기도 했을 뿐 아니라 고서고화(古書古畵) 등의 진기한 골동품들을 같이 수집하고 옛 금석조각(金石雕刻)들을 함께 연구하기도 하였다고 하니 두 사람은 매우 낭만적인 결혼생활을 한 듯하다. 당시 조명성이 외지에 부임하여 부부가 서로 떨어져 있을 때 그녀가 마당의 국화를 보며 지어 부군에게 보낸 <취화음(醉花陰)>이란 사는 그녀의 행복했던 전반기 생애에 나타난 어두운 그림자를 보는 듯한 대표작 중의 하나다.

> 안개 낀 우울한 날씨 수심에 젖은 낮, 용뇌향의 연기는 놋쇠향로에 모락모락 피어나는데,
> 시절은 또 중양절을 맞아하니, 베개와 휘장에는 밤이 되면 차가움이 스며든다.
> (薄霧濃雲愁永晝, 瑞腦消金獸. 佳節又重陽, 玉枕紗廚, 半夜凉初透.)

> 황혼의 저녁이면 동녘의 대울타리 아래서 술을 음미하고, 국화를 꺾어 소매 속에 넣으니,
> 맑은 향은 은은히 전해오는데, 이 어찌 즐거운 일이 아니리! (그러나) 발을 걷으니 서풍
> 은 불어오는데, 초췌한 자신의 모습 국화보다 더 야위었네.
> (東籬把酒黃昏後, 有暗香盈袖. 莫道不消魂, 簾捲西風, 人比黃花瘦.)

천고에 전송(傳誦)되는 이안거사의 이 사는 그 형식은 아주 짧지만 정감내용은 매우 풍부하다. 특히 "사람이 국화보다 더 야위었네(人比黃花瘦)."라는 구절은 남편에게 애교를 부리는 젊은 날의 그녀의 생활모습을 보는 듯한 구절로서, 그 용어는 무척 쉬운 말이지만 부녀자의 정태를 잘 나타낸 명구이다. 전하는 말에 의하면 그녀가 이 사를 지어 남편에게 보내자 조명성은 그 사에 감탄하여 그보다 더 멋진 사를 지어 그녀에게 보내려고 사흘 낮밤을 두문불출은 물론 식음을 전폐하다시피 하여 50수를 지었다고 한다. 거기다 그는 그녀의 작품까지 섞어서 모두 자신이 지은 것처럼 하여 시우인 육덕부(陸德夫)란 친구에게 보였는데, 그 친구는 그 사들을 몇 번이고 음송한 후 유독 "이 어찌 즐거운 일이 아니리! 발을 걷으니 서풍은 불어오는데, 초췌한 자신의 모습 국화보다 더 야위었네(莫道不消魂, 簾捲西風, 人比黃花瘦)." 세 구절만 훌륭하다고 하였다는 얘기가 있다(伊士珍, 《瑯嬛記》).

이청조는 다복했던 젊은 시절을 지나 42세 되던 해에 금나라는 남침을 하게 되어 북송은 난국에 직면하게 되는데, 그때 그도 남편과 함께 강남으로 피난을 가게 된다. 이로부터 남송의 역사가 펼쳐진 것이다. 당시 북새통에 평소 그렇게 아끼던 소장품들도 거의 잃었으며, 더욱 슬픈 일은 얼마 되지 않아 그의 남편도 병으로 죽었다. 그 후 그는 절강의 금화(金華)란 곳으로 옮겨가게 되고 거기서 작고할 때까지 쓸쓸히 60평생을 보내게 되는데, 이 시기부터 그녀가 지은 작품의 풍격내용은 너무도 처량하여 전반기와 구별된다. 그것은 사실 비단 그녀 일생의 변화에서 나타난 풍격의 차이였을 뿐 아니라 북송과 남송 두 시대 사단의 변화이기도 한 것이었다. 말하자면 송사는 북송의 호방하고 밝은 분위기에서 남송을 맞아 어둡고 처량한 분위기로 전환된 것이다. 이 시대 그녀의 대표작을 한 편 보기로 하자.

> 내 무언가를 찾으려고 하나 주위는 차갑고 쓸쓸하여, 내 마음 처량하고 참담하기만 하다.
> 홀연 따뜻했다 갑자기 추워지는 이 계절에, 마음은 더욱 편안치가 못하다. 두세 잔의 맑
> 은 술 저녁의 찬바람 막아주지 못하고, 기러기는 날아가는데, 가장 마음을 아프게 하는
> 것은 예전에 우리는 친한 친구였었는데.
> (尋尋覓覓, 冷冷淸淸, 凄凄慘慘戚戚. 乍暖還寒, 時候最難將息. 三杯兩盞淡酒, 怎敵他晚來
> 風急. 雁過也, 最傷心, 卻是舊時相識.)

〈그림 61〉 이청조의 聲聲慢

국화는 온 땅에 늘려 있고, 그 초췌함이 이 같으니 누가 그걸 따리? 창가를 지키며 홀로 날이 어두워지길 어떻게 기다릴까? 오동잎에 가는 비 내리니 황혼녘까지 떨어지는 빗소리. 이 같은 심정 어찌 '근심'이란 말 한마디로 표현할 수 있으리!

(滿地黃花堆積, 憔悴損如今有誰堪摘. 守著窓兒, 獨自怎生得黑? 梧桐更兼細雨, 到黃昏點點滴滴. 這次第, 怎一個愁字了得.) <聲聲慢>

위의 작품은 이청조가 남도(南渡)한 이후 지은 만년의 명작이다. 외롭고 쓸쓸한 마음을 달래기 위해 무언가를 찾으려고 하나 주위의 물상들은 더욱 마음을 아프게 한다. 예전 그녀의 남편이 살아 있을 때 서로의 편지를 전달하던 서로 친한 사이였던 기러기가 이제는 그 편지를 전할 사람이 없어 홀로 날아가는 모습이었기에 그녀의 마음을 가장 아프게 하였다는 것이다. 또한 이 사에서 보인 다량의 첩자(疊字)는 그동안 누구도 시도한 적이 없는 그녀의 독창적인 표현으로, 역대 사화가(詞話家)들이 모두 칭송하는 부

분이다.[136)]

　이청조는 비록 여성의 신분이었으나 그는 사단에 있어 그 누구에게도 뒤지지 않는 재능을 가진 사람이었다. 그녀는 일찍이 ≪사단(詞論)≫이라는 책을 지어 오대 이후 역대 사가들을 비평한 적이 있다. 그 책에서 이청조는 주방언을 제외한 남당의 이주(二主)와 풍연사를 비롯한 북송의 대가 유영과 소식조차도 신랄하게 비판하였는데, 그 재기와 담력을 가히 짐작할 수가 있다. 또 그녀가 지은 <항우(項羽)>라는 시에서도 "살아서는 세인의 우두머리였다가, 죽어서도 역시 귀신 중의 영웅이 되었네. 지금까지도 항우를 추모하나니, 차라리 한 목숨 바칠지언정 강동을 건너지 않았도다(生當爲人傑, 死亦作鬼雄. 至今思項羽, 不肯過江東)."라고 읊어 교활한 영웅 한고조 유방보다 실패한 영웅 항우의 높은 기개와 군은 절개를 더욱 찬양하였으니, 비록 여성일망정 그 높은 기상과 당찬 면을 충분히 느낄 수가 있다.

　이청조가 북송과 남송의 전환시기의 사단을 대표하는 걸출한 사인이라고 하면, 남송의 사단을 대표하는 위대한 사인은 뭐니 해도 바로 신기질(辛棄疾)이다. 그는 이청조보다 약 60년 후에 이청조와 같은 고향지역인 산동성 제남에서 태어났는데, 공교롭게도 그의 자 또한 이청조의 호인 이안(易安)과 비슷한 유안(幼安)이다. 그러므로 세인들은 그들을 "제남이안(濟南二安)"으로 칭하기도 했으니, 사의 제왕으로서의 운명을 그 둘은 타고난 듯하다. 신기질은 만년에 강서성에서 가헌(稼軒)이라는 별장을 짓고 은거를 했었는데, 그러므로 그의 호를 가헌으로 부르기도 했다. 그는 중국문학사에서 애국사인으로 손꼽히는 특출한 인물이다. 젊은 시절의 그는 당시 금나라에게 침략당해 잃었던 강산을 탈환하기 위해 충의군(忠義軍)에 가담하여 전장에서 몸소 싸우기도 하였으며, 약관의 나이에 혁혁한 전공을 세우기도 하였으니, 중국역사에서 그야말로 문약한 서생이 아닌 문무를 겸비하고 정치가의 풍도와 군사가의 기질도 모두 갖춘 호방한 문인이었다. 그러면서도 그의 사에 있어서의 성취도 남송 제일로 손꼽히고 있다. 그는 소식 이래의 호방한 내용의 사를 더욱 발전시켜 본격적인 호방파의 종파를 형성하였는데, 그의 사는 일개 문인의 무병신음 혹은 감상적인 공동한 성질의 것이 아니라 자신의 열정적인 애국심과 풍부한 사회경험을 토대로 한 넓은 사회적 내용을 지니고 있기에 사단에서 높은 평가를 받았다. 그리고 그의 사는 소식의 사의 정신을 계승하여 형식적인 사의 격

---

136) 徐釚는 ≪詞苑叢談≫에서 말하길, "실로 크고 작은 구슬이 옥쟁반에 떨어지는 듯하다(眞似大珠小珠落玉盤)."는 말을 하였는데, 원래 "大珠小珠落玉盤"은 白居易의 <琵琶行>의 한 구절이다.

률을 중시하기보다는 그 내용에 해당하는 사의 풍격과 사상적인 면을 더 중시하여 경(經), 사(史), 자(子) 등의 내용도 자유로이 그 속에 담았다. 그리하여 사람들은 소식을 '이시위사(以詩爲詞, 시로써 사를 지음)'라고 하는 반면 그를 '이문위사(以文爲詞, 산문으로 사를 지음)'라고 평하였다. 그가 65세의 만년에 지은 대표작 하나를 보자.

천고의 강토(疆土)를 대하건만, 다시는 손권(孫權)의 영웅 사적을 찾을 수 없네. 옛적 가무와 풍류를 즐기던 곳도 이젠 비바람에 흩어져 버렸도다. 고목(古木)에 해는 지고 길가엔 인가가 보이는데, 누군가가 말하길 여기가 옛날 기노(寄奴, 南朝 宋武帝 劉裕의 小字)가 살던 곳이라네. 생각건대 당시 창을 비껴들고 말달리며 마치 범과 같은 기세 만 리를 덮었으리.
(千古江山, 英雄無覓孫仲謀處. 舞榭歌臺, 風流總被雨打風吹去. 斜陽草樹, 尋常巷陌, 人道寄奴曾住. 想當年, 金戈鐵馬, 氣呑萬裏如虎.)

원가(元嘉, 남송의 文帝를 지칭)는 혼용(昏庸)하여 마음대로 낭거서(狼居胥)에게 벼슬을 주어, 후에 북벌 시에 크게 패해 돌아왔네. 내 남으로 피난한지 어언 43년, 양주 땅 그 번화한 정경 여전히 기억하도다. 또 어찌 불리사(佛狸祠) 아래를 돌아볼 수 있으리, 완전히 신전(神殿)의 까마귀와 북소리로 북적되는 것을.[137] 그 누구를 찾아 물어보리? 염파[138]는 늙었어도 식사량은 여전히 엄청나지 않았던가?
(元嘉草草, 封狼居胥, 嬴得倉皇北顧. 四十三年, 望中猶記烽火揚州路. 可堪回首佛狸祠下, 一片神鴉社鼓. 憑誰問.. 廉頗老矣, 尚能飯否?) <永遇樂>

"경구북고정회고(京口北固亭懷古)"라는 부제가 붙은 이 사는 작자가 강소성의 진강(鎭江) 지부(知府)로 재임할 시에 지은 것으로, 경구는 지금의 강소성 진강시에 해당하는데, 그 원명은 단도(丹徒)였지만 손권이 일찍 이곳에 도읍을 정했기에 이 같은 이름이 지어졌다. 북고정은 북고산에 있는 정(亭)으로 북고정(北顧亭)이라고도 했다. 이 작품은 역사적인 사실(史實)과 인물들을 열거하며 당시를 회고하는 한편 함락당한 국토에 대한 분개와 비록 늙었을지언정 애국에 대한 열정은 식지 않은 자신의 심정을 읊은 것으로, 신기질의 기질을 가장 잘 반영한 작품이라고 볼 수 있다.

---

137) 적군에 함락된 지역의 사당에 찾는 이가 많음을 뜻하는데, 결국 그 곳의 백성이 이미 금에 투항했음을 의미한다.

138) ≪史記·廉頗藺相如列傳≫에 의하면 그는 戰國시대 趙나라의 名將으로 趙王이 그를 다시 등용할 생각으로 사람을 보내 그의 건강여부를 알아보게 했을 때, 그는 그 나이에도 한 끼에 한 말의 밥에 열 근의 고기를 먹으며 갑옷을 걸치고 말을 타는 노익장을 과시했다고 한다.

〈그림 62〉 육유의 釵頭鳳

　　남송의 사단을 대표하는 문인에는 신기질 외에도 또 한 명의 애국문인이 있었으니, 그가 곧 육유다. 그는 사실 사인이라기보다 시인이라고 할 수 있는데, 그가 지은 시의 양은 거의 일만 수에 달해 중국문학사에서 아마 가장 많은 시를 지은 작가에 해당할 것이다. 하지만 그의 뛰어난 재주는 사에 있어서도 높은 성취를 발휘하여 그는 바로 신기질과 함께 남송을 대표하는 사인이기도 하다. 그는 만년에 스스로를 방옹(放翁)이라 불러 세상에서는 그를 육방옹(陸放翁)으로 칭했으며, 산음(山陰, 즉 지금의 浙江省 紹興) 사람이다. 전하는 말에 의하면 그의 부친도 열렬한 애국지사였다고 하니, 그는 어릴 때부터 그런 환경의 영향을 받고 성장한 듯하다. 중국문학사에서의 그의 명성은 애국충절 외에도 그가 당완(唐琬)이라는 여자와 맺은 애틋한 사연으로 더욱 유명하다. 주밀(周密)의 ≪제동야어(齊東野語)≫와 진고(陳鵠)의 ≪기구속문(耆舊續聞)≫ 등의 책에 기록된 그 고사는 대략 다음과 같다.

　　육유는 스무 살이 되던 해에 당완이라는 문재를 지닌 처녀와 결혼을 하게 되는데, 그녀는 바로 그의 모친의 조카이니 그리 멀지 않은 친척 사이였다. 그 둘은 서로 매우 행복한 결혼생활을 영위해나갔지만 그 후 무슨 연유로 인해 고부간에 문제가 발생하게 되었고, 마침내 시어머니는 육유에게 그녀와 이혼하도록 강요를 한다. 육유는 모친의 명을 거역할 수가 없어 겉으로는 그에 굴복하여 당완을 내쫓았으나, 사실은 그녀를 몰래 다른 곳에 피신시키고 늘 그녀와 밀회를 가졌다. 그러나 머지않아 그것이 발각되었고, 대노한 모친은 그들을 영원히 떨어지게 하였다. 그 후 당완은 같은 군에 사는 조사성(趙士程)이라는 문인에게 개가를 하였고, 육유도 왕씨(王氏)녀와 재혼하였다. 세월은 물같이 흘러 십 년이 지난 어느 봄날, 육유는 고향인 소흥 우적사(禹跡寺) 남쪽에 있는 '심원(沈園)' 즉 '심가화원(沈家花園)'이라는 곳을 거닐고 있을 때, 마침 그곳에 놀러와 남편과 연회를 즐기고 있던 당완을 만나게 된다. 당완은 육유를 보고 옛정을 생각하여 사람을 시켜 술과 안주를 보내 그에 대한 정분을 표시하였는데, 육유는 가슴 속의 서글픈 심정을 주체할 수 없어 그 화원의 벽에다 다음과 같은 사를 적었으니, 바로 그 유명한 <차두봉(釵頭鳳)>이라는 작품이다.

> 불그스름한 부드러운 손에 누른 황등주. 성 가득히 만연한 봄날 궁벽의 버드나무. 짓궂은 동풍에 즐거움도 잠깐. 한 번 수심에 젖은 후 어언 몇 해나 서로 떨어졌던가? 아, 잘못이어라, 잘못이어라, 잘못이어라!
> (紅酥手, 黃藤酒, 滿城春色宮牆柳. 東風惡, 歡情薄, 一懷愁緒, 幾年離索. 錯, 錯, 錯!)

> 봄은 예와 의구하건만 사람만 홀로 야위어, 연지 바른 얼굴에 흐른 붉은 눈물 손수건을 적시네. 도화 꽃은 떨어지고, 못가의 누각은 한가로운데, 굳은 맹세 있다 한들 금서(錦書, 즉 서신)는 전하기 어렵도다. 아, 끝이로다, 끝이로다, 끝이로다!
> (春如舊, 人空瘦, 淚痕紅浥鮫綃透. 桃花落, 閑池閣, 山盟雖在, 錦書難託. 莫, 莫, 莫!)

≪제동야어≫에 의하면 이 사를 지었을 때의 육유의 나이는 31세였다고 한다. 전처에 대한 잊으래야 잊을 수 없는 깊은 정과 모진 부모의 명에 의해 부부가 갈라져야만 했던 짓궂고도 뼈아픈 비운을 읊은 이 작품은 부모에 의해 자식의 일생의 행복이 처참히 깨어지는 봉건제도의 잔혹성을 여지없이 드러냈는데, 중국문학사에서 제2의 <공작동남비> 작품을 보는 듯하다. 그리고 육유의 사를 본 당완도 슬픈 심정 가눌 길 없어 또 다음과 같은 화답사를 지었다.

> 박정한 세상, 메마른 인정, 황혼에 비를 맞으니 꽃은 쉽게 떨어지네. 마른 새벽바람에 눈물 자욱 남아 있다. 마음속의 일들 글로 적고자 홀로 비스듬히 난간을 기대건만, 어려워라, 어려워라, 어려워라!
> (世情薄, 人情惡, 雨送黃昏花易落. 曉風乾, 淚痕殘, 欲箋心事, 獨倚斜蘭. 難, 難, 難!)

사람은 제각기 가정을 이루어, 지금은 예와 다르네. 오랫동안 병들은 영혼 천추토록 적
적하다. 모서리에 부는 바람 차갑고, 밤에 난간에 홀로 서 있으니, 남이 그 사연을 물어
볼까 두려워, 눈물 삼키며 일부러 웃음 짓네. 숨겨야지, 숨겨야지, 숨겨야지!
(人成各, 今非昨, 病魂長似千秋索. 角聲寒, 夜闌珊, 怕人尋問, 咽淚裝歡. 瞞, 瞞, 瞞!)

육유의 작품과 더불어 천고에 걸쳐 인구에 오르내리는 이 사 또한 사람의 마음을 매
우 아프게 하는 작품인데, 당완은 이 사를 남긴 후 우울과 슬픔으로 오래지 않아 바로
세상을 떠났다고도 한다. 그 후 육유는 죽을 때까지 그녀를 잊지 못했는데, 그들이 심
원에서 우연히 만난 날로부터 40년이 지난 그의 만년에 지은 <심원(沈園)> 시 2수를
보면 그가 얼마나 당완을 못 잊어 했는가를 알 수가 있는데, 이에 대해서는 다음 장에
서 다시 논의하기로 한다.

4. 송사에 나타난 치정(癡情)과 호색(好色)의 경지[139]

송대는 '존천리(存天理), 멸인욕(滅人欲)'의 이학의 시대인 까닭에 문학에 있어서도
도덕성을 중시한 고문이 발달하였지만, 사실 송대 문인들의 진정한 감성은 사에서 잘
드러나고 있다. 사는 중국고전문학 가운데 가장 정이 잘 드러난 문학 장르라고 할 수
있다. 왜냐하면 시교(詩敎)를 중시한 중국의 시가 전통적으로 비교적 엄숙하고 단정한
것에 비해 사는 호운익(胡雲翼)의 말대로 원래부터 남녀 간의 연정을 토로하는 것이 본
래의 임무였기 때문이다.[140] 따라서 송사는 일찍이 시에서는 표현되지 못했던 중국문
인들의 세속적이고 공리적인 가치관을 초월하여 심미적인 삶의 태도가 잘 반영된 문학
장르라고 할 수 있다. 다시 말해 송사는 중국의 시가전통에서 중시되던 절제된 감정과
함축의 아름다움을 추구하면서도 한편으론 단정함을 요구하는 시에서는 표현될 수 없
었던 치정과 호색의 욕망이 잘 드러난 것이 특징이다.
중국고전문학에서 말하는 치정이란 바보스러울 만큼 순수하고 지극한 정의 한 경지
를 말한다. 이는 우리가 일반적으로 사용하는 남녀 간의 비정상적인 빗나간 정이 아니

---

139) 본 장의 내용은 "최병규, <송사에 나타난 정과 욕>, ≪중국학연구≫제66집, 2013"의 내용을 기초로 요약,
수정, 편집한 것임.
140) 胡雲翼은 그의 ≪中國詞學史≫에서도 지적하였듯이 송사는 처음부터 남녀의 염정을 전적으로 노래한 것이
었으며, 소식이나 신기질과 같은 호방한 사는 당시 별난 유파로 간주하여 그리 인정받지 못했음을 지적하였
다. - 胡雲翼, ≪宋詞研究≫, 巴蜀書社, 1989, 28쪽.

라 비공리적이고 비현실적이며 심미적인 삶의 태도를 드러낸 정의 한 경지이다. 앞서 인용한 당·오대 시기의 사를 대표할 만한 위장의 <보살만>에서 미인과 아름다운 경치에 취해 죽어도 고향에 돌아가지 않겠다는 사인의 심정이 바로 그런 치정의 경지인 것이다. 송사의 이런 치정의식은 북송의 사인들에게도 잘 드러나는데, 그것은 사가 원래 이런 남녀 간의 사랑을 기본으로 한 치정을 그 바탕으로 하기 때문이다.

제방 위 거니는 사람들 강가의 배를 따라 거닐고, 호수의 물은 제방에 부딪히니 물과 하늘이 하나가 되었네. 푸른 버들 곁 누각 아래에는 사람들이 그네를 타고 노네. 내 비록 백발의 머리에다 꽃을 달았지만, 그대여 비웃지 말게! 음악소리 자지러지니 술잔 역시 바쁘게 움직인다. 인생 그 언제가 술을 대하는 이 순간만큼 의미가 있겠는가!
(堤上遊人逐畫船, 拍堤春水四垂天. 綠楊樓外出鞦韆. 白髮戴花君莫笑, 六麼催拍盞頻傳. 人生何處似樽前!) 歐陽脩, 「浣溪沙」

지난 해 원소절의 밤, 꽃 시장의 등은 낮처럼 밝았고, 달이 버드나무 가지에 걸렸을 때, 그 사람과 저녁에 만났었지. 올해 원소절의 밤, 달과 등은 예전과 같은데, 작년의 그 사람은 보이질 않고, 눈물만 봄 옷소매를 가득 적시네.
(去年元夜時, 花市燈如晝. 月上柳梢頭, 人約黃昏後. 今年元夜時, 月與燈依舊. 不見去年人, 淚滿春衫袖.) 歐陽脩, 「生查子」

깊은 정원은 얼마나 깊은지. 보일 듯 말듯 버드나무들이 안개노을 속에 있는데 몇 겹의 휘장이 겹겹이 쳐진 듯. 멋진 말을 타고 여기저기 거닐지만 누각이 너무 높아 옛날 화려했던 그녀의 홍루는 보이질 않네. 비바람이 몰아치는 삼월의 저녁. 문을 닫고 황혼을 막아보나 무정한 봄날은 가네. 슬픈 마음 눈물을 흘리며 꽃들에게 물어도 꽃은 대답이 없고, 흩날리는 꽃잎들만 그네 다리를 넘어 날아가네.
(庭院深深深幾許? 楊柳堆煙, 簾幕無重數. 玉勒雕鞍遊冶處, 樓高不見章台路. 雨橫風狂三月暮, 門掩黃昏, 無計留春住. 淚眼問花花不語, 亂紅飛過鞦韆去.) 歐陽脩, 「蝶戀花」

술잔 앞에서 떠날 날을 말하려다 입을 열기도 전에 봄같이 환한 얼굴 갑자기 참담해져 목 메어진다. 인간은 원래 치정을 타고 태어난 것이니 이런 이별의 정한은 풍화설월(즉 남녀 간의 연정)의 일과는 무관하네. 노래가 끝나면 새로운 다른 노래로 바꾸지 말지어다. 한 곡조만 들어도 애간장이 끊어지는데. 낙양성의 꽃들을 모두 다 구경하고 봄날과 편하게 이별하게나.
(樽前擬把歸期說, 欲語春容先慘咽. 人生自是有情癡, 此恨不關風與月. 離歌且莫翻新闋, 一曲能教腸寸結. 直須看盡洛城花, 始共春風容易別.) 歐陽修, 「玉樓春」

누각에 올라 먼 곳을 바라보며 멀리 하늘가에 있는 임을 그리워하네. 끝없는 이 그리운 정은 언제나 끝날런가? 이 세상에 사모하는 정보다 더 깊은 정이 있을까? 이별의 아픈 근심은 저 흔들리는 버드가지와 같은데, 더구나 동쪽 길가에 안개처럼 흩날리는 버들 솜은 사람의 마음 더욱 뒤흔드네.

(傷高懷遠幾時窮? 無物似情濃. 離愁正引千絲亂, 更東陌, 飛絮蒙蒙.) 張先,「一叢花」中

봄은 와도 푸른 잎과 붉은 꽃들이 모두 근심에 쌓인 듯. 내 마음은 아무 흥이 없네. 해가 나뭇가지 위에 오르고 꾀꼬리가 버드나무 가지에서 지저귀건만 금침 안에서 옷을 입은 채 일어나질 않네. 얼굴의 화장기는 지워져 메말라가고, 비단 같은 머릿결은 축 처져 아무 볼품이 없네. 종일토록 마음은 힘없이 늘어져 거울을 대하고 단장하기도 싫어진다. 어쩌면 좋을까, 박정한 그 사람은 한 번 떠난 지 편지 한 통 없으니. 이럴 줄 알았다면 애초에 그 사람의 말(馬)을 단단히 묶어둘 것을. 그리곤 (그 사람을 집에 머물게 하여) 창문을 대하고 종이와 붓으로 나에게 시를 짓는 일이나 가르쳐달라고 하며, 잠시라도 나를 떠나지 말게 할 것을. 나도 그 사람 곁에 온종일 꼭 붙어서 바느질이나 하며 소일할걸. 그이와 함께라면 이 내 청춘 헛되이 보내지 않으며, 이렇게 힘들게 기다리는 일도 없으련만.

(自春來, 慘綠愁紅, 芳心是事可可. 日上花梢, 鶯穿柳帶, 猶壓香衾臥. 暖酥消, 膩雲嚲, 終日厭厭倦梳裹. 無那. 恨薄情一去, 音書無個. 早知恁麼, 悔當初, 不把雕鞍鎖. 向雞窗, 只與蠻箋象管, 拘束教吟課. 鎮相隨, 莫抛躲, 針線閑拈伴伊坐. 和我, 免使年少光陰虛過.) 柳永,「定風波」

적막한 밤, 딱딱한 이부자리에 오경이 울리네. 향은 끊기고 등불도 어둑어둑한데 시구는 머리에 떠오르지 않아, 처량하기만 하다. 밖에는 오직 서리 맞은 꽃들이 달을 대하고 있네.(一) 무척이나 차가운 밤, 고통스런 매화도 잠을 이루지 못하네. 나는 매화를 걱정하고 매화는 나를 걱정하였으니 마음이 징하네. 옷을 걸치고 나가 옥병 속을 살펴보니 화병 속의 물이 모두 얼어버렸구나.(二)

(萬籟寂無聲, 衾鐵稜稜近五更. 香斷燈昏吟未穩, 淒清. 只有霜華伴月明.(一) 應是夜寒凝, 惱得梅花睡不成. 我念梅花花念我, 關情. 起看清冰滿玉瓶.(二)) 黃升,「南鄉子」

구양수는 앞에서 소개한 <취옹정기>란 산문 작품을 통해서도 이미 '여민동락'하는 위정자의 덕과 풍취를 잘 표현하였지만, 그의 사 작품들에 나타난 경지에도 유유자적하고 낙천적인 면이 잘 드러나고 있다. 여기서 그가 술잔을 대하며 풍악을 즐기는 순간이 인생 그 어느 것보다도 더욱 값진 것이라고 읊은 것은 유가적 재도 의식이 충만한 고문대가 구양수도 이 작품을 짓던 순간에는 모든 공리의식에서 벗어나 비공리적인 삶의 태도에서 자신의 정을 마음껏 펼치고 있음을 알 수가 있다. 이런 비공리적 치정의 세계는 중국 사인을 대표할 수 있는 유영에 이르면 극대화된다. 앞에서 언급한 바가 있는 그의 인생관을 반영한 사 <학충천>을 통해서도 잘 드러났듯이 그는 부귀공명과 같은 현실적인 공리의식을 도외시한 채 음주가무의 풍류와 낭만적이고 방탕한 삶을 선택하였음이 그의 사에 고스란히 표현되어 있다. 따라서 위 인용된 사 작품들을 보면 사인들의 다정함의 정도가 우리가 지금까지 보아온 전통적인 시들에 비해 한층 심화된 것임을 느낄 수가 있다. 이를테면 "슬픈 마음 눈물을 흘리며 꽃들에게 물어도 꽃은 대답이 없고"라며 자신의 슬픈 감정을 봄날의 꽃들에게 이입하며 마치 꽃들을 사람 대하듯하였고, 그 다음의 사에서도 "서리 맞은 꽃들이 달을 대하고 있네."나 "나는 매화를 걱정하고 매화는 나를 걱정하였으니"라며 차가운 겨울을 나는 매화에 대해 깊은 정도 드러내고 있다. 이처럼 비단 사람이 아니라 자연물을 비롯해 온갖 세상의 만물들에게까지 깊은 정을 드러낸 지극한 정의 경지가 바로 치정의 경지라고 할 수가 있다.

송사는 중국고전문학의 세계에서 명청 소설이 등장하기 전까지 그동안 줄곧 기피되었던 '호색'과 '음(淫)', 그리고 '정욕(情欲)'의 세계를 직시하며 그것을 노골적으로 아름답게 미화하여 표현한 문학 장르라고 할 수 있다. 따라서 송사는 중국고전문학 속의 성애와 양성관계의 관점에서 볼 때 대단히 참신한 의미를 지닌다. 전술한 바와 같이 송대는 이학이 성행한 까닭에 성이 금기시되고 억압된 시대라고 할 수 있겠지만, 송의 송원효(孟元老)가 지은 ≪동경몽화록(東京夢華錄)≫을 보면 당시 북송의 수도 변경(汴京, 지금의 河南省 開封)은 기녀들이 넘쳐나는 술집이 대단히 성황을 누렸음을 알 수가 있다.

> 경성 안의 주점은 문 앞에 모두 채색 비단으로 엮은 천막이 있었으며, 문 역시 오색으로 장식하였다. 주점 안으로 들어가 마당 뒤의 본체에 이르기까지 대략 100여 걸음을 가야하고, 남북의 천정(天井: 주로 남방의 가옥에서 많이 나타나는 형태로 동서남북 사방으로 둘러싼 집들의 중앙에 하늘이 보이는 형태)이 있는 두 회랑은 모두 작은 방들이 있었다. 저녁이 되면 등롱과 촛불이 휘황찬란하였고, 위아래의 집들에 모두 불이 빛났다. 수백명의 짙은 화장을 한 기녀들이 회랑채의 창문 앞에서 주객이 불러주길 기다리고 있었는데, 멀리서 바라보면 마치 하늘의 선녀들과 같았다.
> (凡京師酒店, 門首皆縛綵樓歡門, 唯任店入其門, 一直主廊約百餘步, 南北天井兩廊皆小閣子, 向晚燈燭熒煌, 上下相照, 濃妝妓女數百, 聚於主廊上, 以待酒客呼喚, 望之宛若神仙.[141])

이런 유사한 내용의 기록들은 여러 서적들에서도 보인다. 이를테면 오자목(吳自牧)의 ≪몽량록(夢粱錄)≫에서도 "경정(景定, 즉 宋 理宗의 연호) 이래로 여러 술 공방에서 술을 팔았으며, 관기와 사기 여러 명이 안에 있었다. 그중의 빼어난 자는 아름답고 멋진 몸매에 복사꽃 얼굴에다 앵두 입술이었다. 또 섬섬옥수에다 추파를 굴리며 멋들어지게 노래하는데, 그 구성진 노랫소리는 싫증이 나지 않았다."[142]라고 하였으며, 또 주

141) 嚴文儒注譯, ≪新譯 東京夢華錄≫, 臺灣, 三民書局, 2004, 65쪽.
142) "自景定以來, 諸酒庫設法賣酒, 官妓及私名妓女數內, 揀擇上中甲者, 委有娉婷秀媚, 桃臉櫻唇, 玉指纖纖, 秋波

밀(周密)의 ≪무림구사(武林舊事)≫에서는 "남송 항주성에는 화락루를 비롯한 11곳 관영 주루가 있어 관기들이 손님을 맞이하였다. 주루마다 관기 수십 명이 있었다. … 주객이 누각에 들어서면 명패를 주어 호명하며 술을 권했는데, 그 명패를 "점화패"라고 불렀다. … 그러나 유명한 명기들은 깊이 들어가 있어 불러내기 어려웠다. 그리고 희춘루 등 18곳이나 되는 저자 누각의 가장 멋진 곳에서는 사기들이 술을 권했으며, 곳곳마다 사기들이 몇 십 명이 있었고, 모두 멋진 화려한 복장에 서로 교태를 지으며 손님을 맞이하였다. 여름엔 말리화(茉莉花)를 머리에 꽂았으며, 봄엔 번화한 길가 난간에 기대어 손님들을 맞이하였는데, 이를 매객(賣客)이라고 불렀다."[143]라고 기록하고 있다. 또 마르코 폴로의 ≪동방견문록≫에서도 이와 유사한 내용들이 보인다. 따라서 송대의 청루문화는 당대를 이어 대단히 발전한 것으로 사료되며, 게다가 송대는 무를 경시하고 문을 중시하던 정책으로 인해 음주가무와 미인을 좋아하던 송 태조가 '술잔을 들어 무신들의 병권을 풀었다.'는 말도 문관에 대한 대우가 매우 좋았음을 단적으로 잘 말해주고 있다. 이런 사회적 분위기에 편승하여 원래 민간에서 발생한 오락적이고 향염적인 색채가 농후한 사가 이 시기에 크게 발전한 것도 우연이 아니었다.

따라서 이런 향락적인 사회적 구조 속에서 송대의 문인들은 자연히 기생들과 가까이 접하며 사를 통해 자연스럽게 호색적 취향을 드러내게 되었는데, 송대의 풍류재자 유영은 말할 것도 없고 유가의 도를 주장하던 근엄한 고문 대가였던 구양수를 비롯해 소동파, 진관, 안기도, 주방언, 강기(姜夔) 등 수많은 송사 대가들도 거의가 수 명의 청루기생들과 깊은 정을 주고받았으니, 지금 우리가 보아도 대단히 호색적으로 보임이 사실이다. 송사에 나타난 수많은 남녀상열지사들은 몇몇 작품(이를테면 소동파와 賀鑄의 悼亡詞 작품[144]이나 여류사인 李淸照의 애정사 등)을 제외하면 거의 모두가 그들의 부인이 아닌, 자신이 연모하는 첩이나 기생들에 대한 사랑과 추억의 정을 노래하고 있음도 그러하다. 이런 송대 사인들의 양성관계의 행태를 보면 다분히 호색적일 뿐 아니라 심지어 매우 문란하게 보이지만, 사실 그들의 작품들을 자세히 들여다보면 단순히 호색적이라고 볼 수만도 없다. 왜냐하면 그들은 비록 호색적일지언정 남녀 간의 욕정의

滴溜, 歌喉婉轉, 道得字真韻正, 令人側耳聽之不厭."-吳自牧, ≪夢粱錄≫, 卷二十.

143) "南宋杭州城, 和樂樓等十一座官營酒樓用官妓陪客, 每庫設官妓數十人 … 飲客登樓, 則以名牌點喚侑樽, 謂之 "點花牌". … 然名娼皆深藏邃閣, 未易招呼. 而熙春樓等十八家市樓之表表者則用私妓侑酒, 每處各有私名妓數十輩, 皆時妝玄服, 巧笑爭姸. 夏月茉莉盈頭, 春滿綺陌, 憑檻招邀, 謂之賣客."-周密, ≪武林舊事≫, 卷六.

144) 蘇軾의 <江城子.乙卯正月二十日夜記夢>(十年生死兩茫茫)과 賀鑄의 <鷓鴣天>(重過閶門萬事非)이 그 대표적인 작품이다.

표현에 있어 단순히 저급한 애욕만을 표현한 것이 아니라 그것을 매우 절제적이고 승화된 아름다운 감정으로 표출하고 있는 경우가 더 많기 때문이다. 따라서 이는 송사에 나타난 '절제된 호색의 정'이라고 말할 수가 있다. 그 대표적인 몇 작품을 살펴보기로 하자. 우선 안기도의 작품을 보자.

> 취한 후 누각에 올라 누웠다가 술에서 깨니 주렴 발이 아래로 쳐져 있네. 과거의 일들은 또 쉽게 사람을 슬프게 하는데, 나 홀로 꽃들이 휘날리며 떨어지는 가운데 서 있고, 부슬비에 제비는 쌍쌍이 나네.
> (夢後樓台高鎖, 酒醒簾幕低垂. 去年春恨卻來時. 落花人獨立, 微雨燕雙飛.(一)
>
> 소빈과 처음 만날 때를 생각하니, 그녀는 마음 심자 모양의 겹 옷깃으로 된 아름다운 옷을 입고 있었지. 그녀가 타는 비파소리에는 (나에 대한)마음 속 깊은 상사의 정을 담았었네. 당시 밝은 달이 그녀가 가는 길을 비추고 있었는데, 그녀는 채색구름과 같이 흩어져 버렸네.
> (記得小蘋初見, 兩重心字羅衣. 琵琶弦上說相思. 當時明月在, 曾照彩雲歸.)(二) 晏幾道, <臨江仙>

이 작품은 작자가 1년 전에 만난 가기 소빈(小蘋)을 그리워하여 같은 장소에서 홀로 외로이 술을 마시고 깊은 밤에 술에서 깨어나 다시 떠나 버린 여인을 회상하며 아파하는 마음을 그린 작품이다. 여기서 소빈은 가녀(歌女)의 이름으로 <소산사(小山詞)·자발(自跋)>에서 작자가 스스로 공개한 "연(蓮)·홍(鴻)·빈(蘋)·운(雲)" 중의 한 여인이다.[145] 안기도는 세속적인 구속에 얽매이기를 싫어하는 성격[146] 때문인지 작품 속에서 부인이 아닌 자신의 여인들의 이름을 기탄없이 표시하였는데, 소빈도 그중 하나인 천진난만하고 외모가 수려했던 기녀로 짐작된다. 여기서 그는 사랑했지만 헤어져야만 했던 한 기녀를 오랫동안 잊지 못해 그리워하는 심정을 노래하였다. 그러나 그 내용을 보면 화류계 여성을 희롱하는 한 귀족 사대부 남성의 탐욕적인 모습이 아니라 처음부터 헤어질 때까지 절제된 모습과 완곡하고 함축적인 표현으로 진지한 정을 드러내었다. 소빈은 작자에 대한 호감을 비파를 통해 완곡하나 애절하게 나타내었고, 두 사람은 이미 이심전심 마음이 통했지만, 그 어떤 사랑의 기쁨에 대한 묘사도 없이 여인은 떠나야

---

145) "처음 심십이염숙과 진십군총의 집에 갔을 때, 련, 홍, 빈, 운 등의 가기들이 있었는데, 품성이 맑아 손님들을 즐겁게 해주었다(始時沈十二廉叔, 陳十君寵家, 有蓮, 鴻, 蘋, 雲, 品淸謳娛名)."-晏幾道, <小山詞自序>, ≪彊村叢書≫, 上海古籍出版社, 1989, 653쪽.
146) "호탕하여 구속되지를 않았고, 의리를 중시하며 떳떳하였다(縱弛不羈, 尚氣磊落)."- <直齋書錄解題>.

했고, 작자는 처량하게 떠나는 여자의 뒷모습만 가슴 아프게 바라보는 순정파였다. 이는 사랑의 환희와 열정을 직접적으로 노래한 것이 아니라 남녀 간의 상사의 정을 간접적으로 표현한 것이다. 또 이별의 한을 표현한 것도 자신의 슬픈 감정을 직선적으로 표현하기보다는 떠나는 여인의 처량한 모습을 묘사함으로써, 남녀 간의 내면적인 사랑과 이별의 감정을 매우 담담하고도 절제된 아름다운 감정으로 승화시키고 있다. 이런 작자의 태도는 황정견(黃庭堅)도 지적하였듯이 세속적인 사람에게서는 찾아보기 어려운 순수한 마음, 즉 '치정'을 지닌 안기도의 모습이라고 볼 수 있다.[147] 여기서 심자 모양의 겹 옷깃은 바로 두 사람의 이심전심 통하는 마음을 암시해주었고, 채색 구름(즉 彩雲)은 원래 아름답고 박명한 여인이나 기녀를 가리키는 뜻으로 잘 사용되는 말[148]이라 소빈의 이미지와 신분을 잘 말해주고 있다.

수많은 송대의 풍류재자 사인 가운데서도 작품을 통해 기녀와의 연애와 호색의 정을 가장 많이 표현한 자들 가운데 유영을 뺄 수가 없을 것이다. 그는 자신의 진정을 예속에 구애받지 않고 진솔하게 표현하는 성품 때문에 그의 작품은 종종 통속적이다 못해 비속하여 일부 근엄하고 고지식한 사대부 문인들의 멸시를 받기도 했지만, 남녀 간의 성애와 호색의 정을 숨김없이 대단히 진솔하게 표현하고 있는 것이 특징이다. 그중 대표작들을 보자.

> 한 웅큼의 날씬한 허리는 가늘고, 나이는 이제 막 15세 성년이 되어 비녀를 꽂았네. 이제 막 남녀 간 풍류의 정에 내맡겨, 늘어진 두 갈래 쌍상투를 합쳐 올려 비녀를 꽂았네. 처음으로 배운 짙은 화장에 몸매는 마치 그린 듯 예쁘고, 운우의 일에 부끄럽고 두려워하네. 몸짓 하나하나 예쁘기만 하다.
> (滿搦宮腰纖細, 年紀方當笄歲. 剛被風流沾惹, 與合垂楊雙髻. 初學嚴妝, 如描似削身材, 怯

---

147) 黃庭堅은 <小山詞序>에서 안기도의 '치(癡)'에 대해 다음과 같이 말했다. "나는 다음과 같이 말한 적이 있다: '숙원(안기도의 자)은 실로 인걸인데, 그의 '치'도 각별했다. 그를 아끼던 사람들이 모두 화를 내며 그의 이런 면을 물은 적이 있다: '벼슬살이가 어려워도 권세가들을 찾지 않았으니 이는 그의 치를 말하고, 문장이 일가를 이뤘지만 과거를 본단 말도 하지 않았으니 이도 그의 치이고, 수많은 돈을 쏟아 부어 가족이 추위와 주림을 당해도 얼굴에 천진한 빛을 잃지 않았으니 이도 그의 치를 말하며, 사람들이 모두 그를 배신해도 원망하지 않고 그들을 믿으며 끝까지 의심치 않았으니 이 또한 그의 치를 말해준다.' 이 말들은 모두 진실이다"(余嘗論: 叔原固人英也; 其癡處亦自絶. 人愛叔原者, 皆慍而問其旨: '仕宦連蹇, 而不能一傍貴人之門, 是一癡也. 論文自有體, 不肯作一新進語, 此又一癡也. 費資千百萬, 家人寒饑, 而面有孺子之色, 此又一癡也. 人皆負之而不恨, 己信之終不疑其欺己, 此又一癡也.'乃共以爲然)."(金啓華 等, ≪唐宋詞集序跋滙編≫, 南京: 江蘇教育出版社, 1990, 25쪽). 안기도가 지닌 이런 네 가지 '癡'의 모습은 그가 바로 일반 세속인들과 달리 동심을 지니고 진지한 '癡情'을 지닌 사람이었음을 알게 해준다.

148) 李白 <宮中行樂詞>: "只愁歌舞散, 化作彩雲飛." 또 白居易 <簡簡吟>: "大都好物不堅牢, 彩雲易散琉璃脆." 여기서 彩雲은 아름답고 박명한 여인을 뜻하고, 또 <高唐賦>에서의 "旦爲朝雲"이라는 표현에서 "朝雲", "雲"은 바로 기녀를 상징하는 뜻이다.

雨羞雲情意. 舉措多嬌媚.)(一)

내 성급한 마음 견디기 힘들었지만 그녀는 주동적으로 다가오지 않았네. 언제나 깊은 밤
이면 원앙이불 속으로 들어오려고 하지 않았네. 그녀의 비단 옷을 벗겨주면 수줍어 돌아
서서 등잔불을 향하며, 당신 먼저 자라고 말하였지.
(爭耐心性, 未會先憐佳婿. 長是夜深, 不肯便入鴛被. 與解羅裳, 盈盈背立銀釭, 卻道你但先
睡.)(二) 柳永, <鬥百花>

위 작품 <투백화(鬥百花)>는 당시로는 이제 막 성인이 된 15～6살가량의 어린 여성
의 풋풋하면서도 요염하고 육감적인 면을 노래하고 있다. 그러나 작품 속 여성은 아직
어려 남녀 간 육체적 결합에 대해 잘 알지 못한다. 그러나 작가는 이런 어린 여성의 순
진하고 풋풋한 면이 오히려 남성들에게는 더없이 강렬한 욕정과 매력을 자아내는 것으
로 묘사하고 있다. 작가 유영은 화류계의 경험이 풍부하였기에 이런 작품을 지을 수 있
었을 것이다. 다음에 소개하는 작품 <주야락(畫夜樂)>은 수향(秀香)이라는 기녀를 실제
로 찾아 육체적 관계를 나눈 후 지은 '회고록'이라고 볼 수 있는데, 정사의 장면을 대
단히 사실적으로 묘사하고 있다.

수향이의 집은 복사꽃 길에 있었는데, 생각하면 신선과 같이 아름답고 재주도 그와 걸맞
았네. 맑은 눈동자엔 추파가 넘쳐흐르고, 백옥 같은 피부에 동그란 목은 아름다웠지. 목
소리는 맑아 연회석에서 재주를 뽐내었고, 노래를 부르면 소리는 하늘 끝까지 이어져 구
름도 멈추었지. 목소리는 마치 꾀꼬리와도 같이 아름다워 마디마디 듣기 좋았네.
(秀香家住桃花徑. 算神仙, 才堪並. 層波細翦明眸, 膩玉圓搓素頸. 愛把歌喉當筵逞. 遏天邊,
亂雲愁凝. 言語似嬌鶯, 一聲聲堪聽.)(一)

술자리를 파한 후 우리는 손을 잡고 침상을 찾아 금침 위에서 마음껏 즐기었지. 화로에
는 사향 향내 진동하며 푸른 연기 피어오르고, 휘장의 붉은 촛불 그림자는 이리저리 흔
들렸네. 술기운으로 미친 듯 사랑하며, 그 즐거움과 환희가 점점 무르익는데, 어찌 하리,
이웃집 닭 울음소리는 가을밤이 덧없음을 알려주네.
(洞房飮散簾帷靜. 擁香衾, 歡心稱. 金爐麝嫋靑煙, 鳳帳燭搖紅影. 無限狂心乘酒興. 這歡娛,
漸入佳境. 猶自怨鄰雞, 道秋宵不永.)(二) 柳永, <畫夜樂>

다음 작품은 <주야락> 2수 중의 첫 번째 작품으로 화류계의 총아였던 풍류남아 유
영의 자화상과도 같은 모습이 잘 드러나고 있다. 그리고 멋진 외모의 풍류가 넘치는 다
정다감한 남자와 육체적 관계를 맺고 이별한 후의 공허한 여성의 심경도 잘 묘사되어

있다.

서로 만나 처음 합방할 때를 기억하면, 오직 서로 영원히 함께하길 바랐었지. 하지만 우리들의 밀애가 이별로 변해버렸고, 하물며 나는 난간에 기대어 지는 봄을 바라보고 서 있네. 눈앞에선 꽃들이 어지러이 날리는데, 이 좋은 풍광도 그대와 함께 모두 떠나가 버렸도다.
(洞房記得初相遇. 便只合, 長相聚. 何期小會幽歡, 變作離情別緒, 況值闌珊春色暮. 對滿目, 亂花狂絮. 直恐好風光, 盡隨伊歸去.)(一)

나의 이런 공허함은 누구에게나 하소연하리오! 옛날의 맹서를 생각하니 모두가 헛되이 날아가 버렸네. 이렇게 괴로울 줄 알았다면 당초 그대를 잡지 않았을 것. 그대는 풍류가 넘치는 단정한 외모 외에도 내 마음을 옭아버리는 뭔가 있었지. 하루라도 그대를 생각하지 않으면 내 눈썹의 주름은 천 번도 더 찡그릴 테지.
(一場寂寞憑誰訴! 算前言, 總輕負. 早知恁地難拚, 悔不當時留住. 其奈風流端正外, 更別有, 系人處, 一日不思量, 也攢眉千度.)(二) 柳永, <晝夜樂>

그런데 다음의 작품들을 보면 유영이 비록 화류계의 노련한 풍류객이자 표객(嫖客, 오입쟁이)이었지만 동시에 여성에 대한 진지한 깊은 정을 지닌 자임도 유감없이 말해주고 있다.

높은 누각에 서 있으니 미풍은 살며시 불어오는데, 끊임없는 봄날의 근심은 암암히 저 먼 하늘가에서 피어나네. 풀빛과 안개는 지는 해 속에 있는데, 말없이 난간에 기대어 있는 이 마음을 그 누가 알아주리오! 객기를 부리며 한번 취하고자 하여 술을 대하고 노래하지만 억지로 얻는 즐거움은 아무 의미가 없네. 허리띠가 점점 느슨해져도 후회하지 않나니 오직 당신 때문에 내가 초췌해진들 그 어떠하리오!
(佇倚危樓風細細, 望極春愁, 黯黯生天際. 草色煙光殘照裏, 無言誰會憑欄意. 擬把疏狂圖一醉, 對酒當歌, 強樂還無味. 衣帶漸寬終不悔, 爲伊消得人憔悴.) 柳永, 「蝶戀花」

꿈에서 깨어나니 한줄기 차가운 바람이 창으로 들어와 등잔불을 꺼버렸다. 술이 깬 후 텅 빈 섬돌계단에 떨어지는 빗소리를 듣는 건 정말 견디기 힘들다. 아, 내가 소침하여 오랫동안 천하를 유랑하며 그녀의 기대와 약속을 져버렸으니, 어찌 차마 즐거움이 가득 찬 옛날 그녀의 모습을 홀연 근심 어린 얼굴로 변하게 하겠는가!
(夢覺. 透窗風一線, 寒燈吹息. 那堪酒醒, 又聞空階. 夜雨頻滴, 嗟因循, 久作天涯客, 負佳人, 幾許盟言, 便忍把, 從前歡會, 陡頓翻成憂戚.) 柳永, 「浪淘沙」(一)

정말 슬프도다! 나는 여러 번 추억을 더듬는다. 당시 우리는 아늑한 방 깊은 곳에서 몇 번이나 거나하게 술을 마시고 들어와 따뜻한 원앙금침 속으로 들어갔던가! 잠시 동안의

헤어짐도 그녀는 절대 원하지 않았지. 운우에 탐닉하며 우리의 정은 서로 깊어졌고 서로
아끼고 서로 사랑하였네.
(愁極. 再三追思, 洞房深處, 幾度飮散歌闌, 香暖鴛鴦被, 豈暫時疏散, 費伊心力. 殢雲尤雨,
有萬般千種, 相憐相惜.)(二)

지금은 길고 긴 밤에 어찌하여 나는 그녀를 떠났을까! 아, 언제쯤에나 다시 술을 마시며
즐길 날이 찾아와 오직 휘장 안으로 들어가 베개를 마주하여 그녀에게 나직이 말하길,
강호를 떠다니며 밤마다 그녀를 그리워했다고 호소할 수 있을까!
(恰到如今, 天長漏永, 無端自家疏隔. 知何時, 卻擁秦雲態, 願低幃昵枕, 輕輕細說與, 江鄕
夜夜, 數寒更思憶.)(三)

근래 놀랍게도 몸이 많이 수척하네. 모두 그녀와 이별한 후 상사의 정이 깊은 까닭이네.
아마도 나는 전생에 당신에게 근심걱정의 빚을 진 것인지. 아무리 이렇게 괴로워도 당신
을 향한 상사의 번뇌를 떨칠 수가 없네.
(近來憔悴人驚怪. 爲別後, 相思煞. 我前生, 負你愁煩債. 便苦恁難開解.) 柳永, 「迎春樂」
(一)

긴긴 밤 상사의 정은 그 어떻게도 풀 수가 없네. 비단 이불 속에는 당신의 향이 아직 남
아 있는데, 어떻게 하면 옛날처럼 등불 아래서 당신의 아름다운 몸을 마음껏 사랑할 수
있을까!
(良夜永, 牽情無計奈. 錦被裏, 餘香猶在. 怎得依前燈下, 恣意憐嬌態.)(二)

　　위의 첫 번째 작품 <접련화>는 님을 잃고 괴로워하는 심정을 노래한 작품인데, 사랑
하는 사람을 위해서라면 그 어떤 육체적 고통도 감수하겠다는 여인에 대한 깊은 정을
노래하고 있다. 두 번째와 세 번째 작품은 정신적인 사랑과 육체적인 욕정을 동시에 잘
드러낸 작품이다. 특히 두 번째 작품 속 "운우에 탐닉하며 우리의 정은 서로 깊어졌고,
서로 아끼고 서로 사랑하였네(殢雲尤雨, 有萬般千種, 相憐相惜)." 부분은 남녀 간의 성
애를 묘사한 대목인데, 육체적인 결합으로 인해 정신적인 유대가 더욱 깊어짐을 얘기
하고 있다. 즉 이는 단순한 성애의 표현이 아니라 원만한 성애('欲')에 기반하여 사랑하
는 애정('情')이 더욱 깊어졌음을 묘사한 것이다. 다시 말해 영과 육이 결합된 이상적인
사랑의 형태라고 할 수 있다. 그다음의 작품인 「영춘락(迎春樂)」에서도 마찬가지다. 정
신적인 사랑인 그리움이 육체에 대한 욕망의 정으로 이어져 정과 욕이 서로 뒤엉켜 있
다. 유영의 사에 나타난 남녀 간의 성애에 대한 이런 솔직한 묘사[149]는 단순히 호색적

---

149) 유영이 지은 남녀 간의 성애에 대한 노골적인 표현은 다음과 같은 작품들에서도 잘 드러난다. - "오랫동안
　　떨어져 있어, 밤에 꿈속에서 서로 만나 운우의 정을 나누니 분명 옛날로 돌아간 듯하네. 막 서로 즐거워하는

이라고 표현할 수가 없다. 이는 양성관계의 진실한 모습을 진솔하고 대담하게 표현하였을 따름이며, 오히려 남녀 간의 정상적인 정욕을 아무 거리낌 없이 표현한 유영의 비가식적인 '진정'의 발로이자 진보적 성애관의 반영이라고도 볼 수가 있다. 유영은 이런 진정을 기반으로 여성, 즉 기녀들을 하나의 인격체 혹은 친구로 생각하며 그들에 대한 진지하고도 깊은 정을 표현하였는데, 특히 그의 작품에 나타난 자유와 평등심에서 비롯된 여성에 대한 동정, 존중, 연민, 애정, 관심의 마음[150]은 비록 그가 화류계의 노련한 풍류객이라고 치더라도 그를 단순한 호색가로 볼 수 없게 만든다. 그것은 그가 많은 작품들을 통해 기녀들의 용모, 노래 소리, 춤추는 자태, 문재 등과 같은 아름다운 외모와 고귀한 기질 등을 노래함으로써 그들에 대한 흠상과 애모의 정을 표현하였을 뿐 아니라 그와 동시에 그들의 고통과 갈망과 같은 내면적인 아픔에 대해서도 아주 섬세하게 묘사하였던 점에서도 잘 나타나고 있다.

요컨대 시문과 더불어 중국고전문학의 정수이자 중국고전시가문학의 총아라고 할 수 있는 송사는 시가문학의 '서정(抒情)' 전통과 명청시대 소설을 통해 본격적으로 드러난 중국고전문학 속의 '호색(好色)'의 정을 모두 동시에 잘 드러낸 문학이다. 즉 송사는 명청시대 소설이 등장하기 이전까지 중국고전문학의 세계에서 부정되고 회피되었던 '호색'과 '음', 그리고 '정욕'의 세계를 정면으로 토로하며 그것들을 공개적으로 표현한 것이다. 특히 송사 가운데의 유영의 사는 중국문학에서 추구하는, 솔직하고 진실한 마음인 '진정'의 발로이자 아름다운 것에 대한 감수성인 '호색', 그리고 '영'과 '육'의 일치를 추구하는 양성관계의 이상적인 조화를 반영하고 있다고 할 수가 있다.

중국고전문학의 세계에서는 색과 음, 그리고 정과 욕의 문제에 대해 적지 않게 거론하면서도 그것들에 대한 확실한 개념이 정립되지 않았고, 정면적인 언급을 기피하였다. 송옥의 <등도자호색부>에서 비롯된 호색에 대한 논쟁이 원진의 자전체 소설인 <앵앵

데, 이웃집 닭 울음소리에 일어나보니, 한바탕 적막함에 새벽까지 잠 못 이루고, 부질없이 창가의 새벽달을 대하네(久離缺, 夜來夢魂裏, 尤花殢雪. 分明似舊家時節. 正歡悅, 被鄰雞喚起, 一場寂寥, 無眠向曉, 空有半窗殘月)."(<小鎭西>), "좋은 꿈 미친 듯 부는 꽃바람과 함께 사라지고, 적막한 근심은 아교보다 진하다. 서로 운우의 회포도 풀지 못하고 또 세월이 흘러가네(好夢狂隨飛絮, 閑愁濃勝香膠. 不成雨暮與雲朝. 又是韶光過了)."(<西江月>)

150) "柳永의 詞에서 歌妓는 기쁨의 대상과 슬픔의 대상이었다. 세부적으로 분류를 해보면 찬미의 대상, 환락의 대상, 그리움의 대상, 술회의 대상이었다. 이는 柳永이 기쁠 때나 슬플 때나 모두 歌妓를 통하여 자신의 감정을 드러냈음을 알 수 있다. 특히 술회의 대상으로서의 歌妓 형상을 통해 柳永과 歌妓의 관계가 단순히 성적 욕망의 대상이나 환락의 대상이 아닌, 서로의 속마음을 털어놓고 서로의 입장을 가장 잘 이해해주고 대변해주는 知音의 관계였음을 짐작해볼 수 있다." - 김현주, 박민정, <柳永 歌妓詞 속의 歌妓 형상 고찰>, ≪중국학연구≫ 제52집, 159쪽.

전>에 이르면 호색에 대한 관점이 더욱 발전하여 색과 음을 구별하며 단순한 '육욕'과 아름다운 것에 대한 감수성인 '호색의 정'을 구분하기도 하였다.[151] 호색을 긍정하는 원진의 이런 진보적인 생각은 이후 중국문학의 세계에서 보편적인 건전한 발전을 얻지 못하다가 인성해방운동의 시기인 명청시기에 이르러서야 비로소 희곡과 소설 등을 통해 본격적으로 발현되기 시작하였다. 그렇다면 송사는 이 두 시기를 연결하는 가교로서의 역할을 담당했다고 볼 수도 있을 것이다.

5. 송대 시인의 개인 풍격

중국문학사에서의 송대는 사의 시대다. 중국의 시는 당대에 그 절정에 달했다가 송대에 이르면 차차 그 빛을 잃게 된다. 이 시대의 시가 그 찬란한 시의 황금시기를 맞이했던 당대의 시에 비해 손색이 있음은 누구나 인정하는 사실일 것이다. 당시에서 보인 시인의 다양함과 열정 그리고 순수함이 송시에서는 그렇게 드러나지 않았던 것이다. 우리가 앞 장에서 보아온 당대 낭만파 시인 이백이나 고적, 잠삼 등 변색파 시인들의 격앙됨과 호방함이 송대에는 보이지 않았고, 또 당대 두보와 백거이를 중심으로 한 우국우민의 사회파 시인들의 비장한 정신도 송대에는 나타나지 않았다. 그렇다고 송시에는 당시에서 흔히 보이던 규원(閨怨)이나 염정의 색채도 띄지 않았을 뿐 아니라 애절한 정감을 노래한 연애시도 많지 않다. 다만 송시에서는 ≪삼백편(三百篇)≫ 이후로 중시해온 유가적인 '온유돈후'의 시교만을 중시하여 감정을 되도록 절제하여 아정한 문학이 되도록 최선을 다한 듯하다. 그것은 이 시대의 문인들이 시라는 장르 외에도 사라는

---

151) "한 번은 친구와 함께 연회에 놀러갔는데, 그 난잡한 곳에서 사람들이 모두 떠들며 흥이 무르익어 떠날 생각을 하지 못했지만 장생은 오직 겉으로만 즐거운 척하며 결코 체통을 잃지 않았다. 이미 23세가 되었지만 아직도 여색을 가까이한 적이 없었다. 가까이 있는 친구가 이 점에 대해 그에게 묻자 그는 겸손하게 답했다. '등도자는 호색을 한 것이 아니라 좋지 않은 행동을 한 것이오. 나는 정말 호색을 하는 자이지만 아직 미인을 만나지를 못하였소. 왜 이런 말을 하느냐 하면, 출중한 미인들을 보면 나도 마음속으로 그들을 잊지를 못하였소. 이를 보면 나도 정이 없는 사람은 아님을 알 수가 있소(或朋從遊宴, 擾雜其間, 他人皆洶洶拳拳, 若將不及; 張生容順而已, 終不能亂. 以是年二十三, 未嘗近女色. 知者詰之, 謝而言曰: "登徒子非好色者, 是有凶行. 餘眞好色者, 而適不我値. 何以言之? 大凡物之尤者, 未嘗不留連於心, 是知其非忘情者也.").''-葉楚傖, <鶯鶯傳>, ≪傳奇小說選≫, 臺灣, 正中書局, 2008, 78쪽. 여기서 원진은 자신이 진정한 호색가라고 하면서 자신의 '好色의 情'과 다른 사람들의 '好淫', 즉 '육욕'을 엄격히 구분하였다. 원진은 또 <敍詩寄樂天書>에서 艶情詩 100여 首를 지은 것으로도 유명하다. 여기서 원진이 한 말은 마치 중국현대문학가 郭沫若이 친구들에게 옛 사람들의 '호색불란(好色不亂: 호색을 해도 난잡해선 안 된다)'을 예로 들며 자신은 '호색'을 하지만 '호색지도(好色之徒: 호색을 본업으로 삼는 무리란 의미로 폄하의 뜻이 있음)'는 아니라고 한 것(丁國旗, ≪中國十大情聖≫, 鄭州: 鄭州大學出版社, 2005, 43쪽)과도 같은 맥락으로 이해할 수가 있다.

새로운 신흥 장르를 통해 자신들의 정감이나 열정 그리고 낭만과 풍류를 충분히 발휘할 수 있는 기회가 있었던 것과, 흔히 말하는 '이학의 시대'라고 할 수 있는 송대의 사회적 분위기와 학술환경과도 관계가 깊다. 또 송대의 대시인들은 거의 모두가 태평성대를 맞이하여 부귀공명와 수복강녕을 누린 편안한 삶을 살다간 문인들이었음을 상기하지 않을 수 없을 것이다. 구양수가 "시는 곤궁한 생활을 겪은 연후에라야 비로소 성공적으로 쓰여진다(詩窮而後工)."라고 말했듯이 그들은 당대 시인들이 겪은 시의 양분이라고 할 수 있는 인생의 좌절과 고통 그리고 사회적 고난을 비교적 적게 경험하였던 것이다.

그러나 그럼에도 불구하고 분명한 사실은 송대의 시는 사실 당대보다도 더 많이 생산되었고, 송대 시인의 수도 당대에 비해 훨씬 많았다는 점이다. 그렇다면 송대의 시인들은 시를 등한시하고 소홀히 여긴 것이 아니라 당대의 시인들과는 다른 자세와 마음가짐으로 시를 지었음을 짐작할 수가 있다. 송대의 문인들은 당시 인기를 누리던 사라는 문학장르에서 자유롭게 마음껏 자신들의 끼와 풍류를 발산하면서도 시라는 전통적인 문학형식 앞에서는 본연의 자세로 돌아와 엄숙하고 근정(謹正)한 자세로 창작에 임했던 것이다. 그리하여 중국문학사에서 시를 언급할 때, 당시와 더불어 꼭 송시도 거론하게 되는데, 그것은 송시가 당시와 같이 나름대로의 멋과 품격을 갖추어 함께 중국 시단의 '대아지당(大雅之堂, 주류적 위치)'에 올랐기 때문이다. 특히 중국시단의 영향을 절대적으로 받게 된 우리나라 고전 한문학(漢文學)에서 보면 송시의 영향이 대단히 크다. 우리나라 한문학의 맹아기에는 최치원(崔致遠)의 만당시풍(晚唐詩風)의 영향을 크게 받았다고 하지만 이후 우리 한문학의 발전시기인 고려시대에는 직접적으로 송대 소(蘇)・황(黃)을 근간으로 한 송시의 영향을 대단히 많이 받았다는 점에서도 송시의 중요성을 인정하지 않을 수 없다. 따라서 당시와 송시는 제각기 그 풍격과 특성을 지니고 있는바 그 우열을 쉽게 단언할 수가 없는 것이다.

그러나 송대 문인들의 시에 대한 이런 극단적 '존엄'의 태도는 사실상 그리 바람직하지 못하며, 도리어 정상적인 시문학의 발전에 저해를 가져왔다고 볼 수도 있다. 그러나 여하튼 송인들의 시에 대한 이런 '중시'는 시에 대한 본격적인 평을 펼친 많은 '시화(詩話)'들을 탄생시켰으며, 또 송시로 하여금 수많은 파별과 종파를 갖도록 만들어 그 시체와 시파의 종류는 너무도 복잡하여 우리들의 머리를 어지럽게 만든다. 본서에서는 방잡한 송시의 문파를 일일이 소개하기보다는 수많은 시인 가운데 북송과 남송을 통하여 비교적 중요한 문인들만을 골라 하나하나 살펴보며 그 개인적인 풍격을 알아보도록 한다.

1) 북송의 사대시인 - 구양수, 왕안석, 소식, 황정견

북송의 문단에서 고문운동의 영도자로서 많은 문인들을 발탁하며 문단에서 가장 영향력을 행사한 자는 앞에서 살펴본 바가 있는 취옹 구양수이다. 그는 만당의 유풍으로 여전히 북송 초기의 문단을 지배하고 있던 이상은을 종조로 삼던 부염한 서곤체(西崑體) 문학풍토를 완전히 일소하고 한유를 추대하면서 문학의 혁신을 시도하였기에 북송 제1호 대문인이자 시인으로 추대 받고 있는 인물이다. 그는 문인으로서는 오늘날 내각 부총리에 해당하는 높은 관직에까지 오른 중국의 전통적인 사대부이다. 엄숙한 고문가로 유명한 그의 진면목은 사실 그의 문학작품에서 우리가 직접 보는 바대로 백성과 나라를 사랑한 선한 정치가이자 또 매우 부드럽고 다정스러운 문인이었다. 이 점은 앞서 우리가 본 그의 산문 <취옹정기>라든가 그의 완약하고 낭만적인 사에서도 쉽게 엿볼 수가 있다. 그는 <자서(自敍)>라는 시에서도 스스로 "나는 낭만적인 자로서, 관직생활에 있어서도 느슨하고 여유가 있었다(余本浪漫者, 玆亦漫爲官)."라고 밝힌 바대로 딱딱하고 엄정한 것을 싫어한 다정다감한 문인 기질의 소유자였던 것 같다. 이제 그가 지은 대표적인 시를 몇 수 보기로 하자.

> 붉은 나무 푸른 산에 태양은 지려는데, 긴 들녘의 풀빛에는 녹색이 끝이 없다. 봄을 맞아 노는 이들 봄 가는 줄 모르고, 정자 마당 드나들며 떨어진 꽃 발로 밟네.
> (紅樹靑山日欲斜, 長郊草色綠無涯. 遊人不管春將老, 來往庭前踏落花.) <豐樂亭遊春>

> 봄바람은 아직도 세상에 불지 않아, 이월의 산성에는 꽃소식 전혀 없다. 잔설은 가지 눌러 그래도 귤이 달려 났고, 차가운 비 천둥에 놀란 죽순 새싹 돋으려 하네. 밤에 들린 기러기 우는 소리 고향생각 부추기이고, 병든 몸 새해를 맞아 일마다 감회롭다. 한때는 낙양의 꽃 속에서 놀던 한량, 들꽃 소식 늦다 한들 한탄하지 말지어다.
> (春風疑不到天涯, 二月山城未見花. 殘雪壓枝猶有橘, 凍雷驚筍欲抽芽. 夜聞歸雁生鄕思, 病入新年感物華. 曾是洛陽花下客, 野芳雖晩不須嗟.) <戱答元珍>

첫 수는 그가 풍년의 기쁨을 기념하기 위하여 지은 '풍락정'의 아름다운 경치와 거기서 노는 백성들의 즐거움을 노래한 것인데, 우리들에게 '여민동락'의 어진 지도자 상을 느끼게 해주는 작품이다. 둘째 시는 그가 호북성의 협주(峽州) 이릉현(夷陵縣)에 좌천되었을 때 그곳 협주의 판관(判官)이던 장보신(丁寶臣, 元珍)에게 화답하는 내용의 작품이다. 구양수는 과거 낙양에서 벼슬을 한 적이 있었는데, "한때는 낙양의 꽃 속에서 놀던 한량(曾是洛陽花下客)"이라는 구절에서 우리는 그가 옛날 낙양에서 누렸던 풍류생활을 상상해볼 수 있다. 북송시대 낙양의 화원은 중국에서 가장 저명하였는데, 그 중 모란이 가장 유명했다고 한다. 그가 지은 <낙양모란기(洛陽牧丹記)>와 <낙양모란도시(洛陽牧丹圖詩)>도 그 시절의 멋과 낭만을 적은 것이다.

북송의 두 번 째 문인은 바로 왕안석(王安石)인데, 그는 송대 여러 문인 중에서 유독 매우 강한 개성을 지닌 기인이었다고 할 수 있다. 그는 탁월한 수완을 가진 강인한 의지의 정치가였을 뿐 아니라 고문운동을 지지하여 당송팔대가의 한 사람으로 특히 시에 뛰어났던 위대한 문학가이기도 했다. 그의 재기를 두고 얘기하자면 사실 그는 북송의 사대시인 가운데 가장 특출했다고 할 수 있으며, 그 영민함과 식견은 구양수와 소식도 미치지 못했다고 한다. 그는 소식보다도 15년 빨리 강서성의 임천(臨川)에서 태어났으며, 자는 개보(介甫)라고 했다. 중년에 그는 신종(神宗)의 두터운 신임을 얻어 국가 수상의 중책을 맡아 변법(變法)을 주장하고 신법(新法)을 제창한 특출한 정치가로서 활약하였다. 그러나 아쉽게도 그의 국가재정과 민생문제에 대한 개혁은 자신들의 권익을 침해당한 조야의 보수파 세력[152]의 반대로 결국은 실패로 돌아가고 말았고, 그 후 그는 정단에서 물러나 시인으로서 한평생을 보냈다. 그러므로 그의 시는 초기의 작품과 만년의 작품이 판이한 풍격을 가지게 되는데, 초기의 시가 주로 자신의 정치적 포부와 의론, 그리고 철학적 사상 등을 비교적 직설적으로 토로하여 다소 방종할지언정 깊이와 은근함이 부족하였으나, 말년에 가서는 그의 풍부한 인생경험으로 시가 더욱 함축적이고 한담(閑澹)해져 그 예술성이 더욱 정묘해지게 되었다는 것이 ≪석림시화(石林詩話)≫와 ≪후산시화(後山詩話)≫ 등 역대 시화 작가들의 일반적인 평이다. 비록 세인들은 그의 시가 지나치게 의론, 설리적이고 고인들의 시구를 다소 고쳐 자신의 작품으로 만드는 '악습'에 대해 다소 부정적인 시각으로 보긴 하였지만 이 또한 그의 재기와 학식의 반영으로 생각할 수가 있다. 여하튼 그는 당시 당송팔대가인 증공(曾鞏)과 소철(蘇轍) 등이 단지 문장(즉 散文)으로만 명성을 날렸고, 소식과 구양수는 시의 예술성이 사에 미치지 못했다고 말하는데(≪藝苑卮言≫) 반해 그는 유독 시로써 그 이름을 날렸으니 그의 시를 높이 평가하지 않을 수 없다. 그의 대표작 절구 몇 작품을 감상하기로 하자.

---

152) 當時 보수당인 舊黨은 司馬光이 중심이 되었다.

요란한 폭죽소리 한해가 지나가고, 봄바람은 그 포근함 도소주(屠蘇酒)153)에 넣었도다. 타오르는 태양은 집집마다 비춰주고, 가가호호 문신(門神)154)을 새 것으로 바꾸도다.
(爆竹聲中一歲除, 春風送暖入屠蘇. 千門萬戶曈曈日, 總把新桃換舊符.) <元日>

나는 듯한 산 위에 우뚝 선 천 장의 높은 탑, 사람들이 말하길 닭이 울면 붉은 태양 (탑에) 떠오른다 하네. 뜬 구름 멀리 시야 가리는 것 걱정 말게, 바로 몸이 하늘 최고봉에 있기 때문이리.
(飛來山上千尋塔, 聞說鷄鳴見日升. 不畏浮雲遮望眼, 自緣身在最高層.) <登飛來峯>

못가의 봄물에 꽃들은 무성하고, 아름다운 꽃 그림자 제각기 봄빛을 뽐내네. 봄바람에 휘날려 눈보라가 될지언정, 길가에 밟히는 흙이 될진고.
(一陂春水遶花身, 花影妖嬈各占春. 縱被春風吹作雪, 絶勝南陌碾成塵.) <北陂杏花>

첫째 수는 그가 40대 후반에 신종(神宗)의 지지를 얻어 신법을 시행할 당시 자신에 찬 호기(豪氣)와 기상을 읊은 시이고, 둘째 시와 셋째 시는 그의 만년의 작품이지만 각각 고난과 어려움에 두려워하지 않는 불굴의 기상과, '차라리 옥으로 산산조각이 날지언정 흙 기와로 온전하게 보전하기는 싫다(寧爲玉碎, 不爲瓦全).'는 그의 비장한 의지가 엿보이는 작품이다.

북송의 세 번째 문인은 너무도 유명한 소식이다. 왕안석이 뛰어난 재주를 지니고서도 그를 추종하는 친구나 후학을 별로 두지 못하여 그의 시가 후세에 끼친 영향이 그리 크지 않았음에 비해 소식은 이른바 '소문학사(蘇門學士)'라고 하는 뛰어난 인재들로 구성된, 그를 추종하고 아끼는 후학과 벗들이 많아 그의 권위를 굳건히 할 수 있었다. 그로 인해 소식은 당대는 물론 후세의 문단에 끼친 영향도 대단했다. 우리는 흔히 말하길, 북송의 시단에서 소동파와 그의 문하인 황정견이 출현하면서부터 드디어 송인들이 당시와 다른 풍격으로 자신들의 시를 지었다고 하는데, 소식은 바로 북송시대 문학의 새로운 장을 연 실질적인 개산조(開山祖)가 되는 셈이다. 그리고 소동파는 사실상 송대는 물론 중국고대의 문인 가운데 가장 풍류를 즐긴 광세(曠世)의 풍류객이었다고 말할 수 있다. 그가 항주(杭州) 태수로 재직 시에 봄날에 틈만 나면 손님을 서호(西湖)로 청해 풍경이 아름다운 곳에서 조찬을 먹은 후에 배를 여러 척 불러 손님들과 기녀들을

---

153) 중국 고대 풍속에 의하면 매년 집집마다 섣달그믐에 屠蘇草로 술을 담아 우물가에 걸어두었다가 음력 초하루가 되면 그것을 가져다가 온 집안 식구가 동쪽을 향해 앉아 그 술을 마셨다고 한다.

154) 중국 고대 민속에 新年을 맞이하면 집집마다 두 짝의 桃花木 판자에다 두 神像을 그려 대문 위에 걸어 두었는데, 악귀를 쫓아준다고 믿었다.

태워 마음껏 놀며 유람하였기에 '풍류태수'라는 별명이 있었다고도 한다.

그는 탁월한 재기에다 매우 호탕하고 낭만적인 성격이어서 음주를 즐기고, 많은 첩과 계집종 그리고 기녀들을 소유한 문인이었다. 비록 그가 스스로 "나는 백향산(즉 백거이)과 비슷하나, 번소와 소만이 없다(吾似白香山, 但無素與蠻)."[155]라고 말했지만 그에게는 조운(朝雲)과 모운(暮雲)이라는 소첩이 있었음은 천하가 다 아는 사실이며, 적어도 세 명 이상이 있었다고들 하는데, 그 외에도 마음에 드는 기녀나 남의 첩에게도 추파를 던지기도 했다고 한다. 여하튼 그의 낭만적이고 풍류를 아는 성격과 다정다감한 기질은 그의 문학 창작에 긍정적인 영향을 미쳤음은 확실하다. 그는 뛰어난 재정과 호방한 기백으로 송대의 이백으로 간주될 수 있는 인물이다. 비록 북방인 중에서도 이족의 피가 흐르는 이백과는 달리 그는 남방에 속하는 사천인이었기에 그들의 기질을 동일시함은 문제가 있지만 그 기상이 넘치고 단숨에 써내려가는 문장의 기세와 때론 유가적 예교를 등한시하며 천하의 명산을 유람하는 그 풍류스러운 성품과 문학작품의 호방한 풍도는 두 사람이 대단히 흡사한 점이 많다. 시에 있어서 그는 행운유수(行雲流水)와 같은 넘치는 재기로 인해 특히 긴 장편가행(長篇歌行)의 시를 많이 지은 것도 특색이다. 대표적인 그의 칠언고시(七言古詩) 가운데 <유금산사(遊金山寺)>라는 시를 보자.

우리 고향집이 발원지인 장강 상류에서, 벼슬길 따라 바다로 접어드는 진강(鎭江)으로 내려왔네. 들건대 파도머리는 한 장(丈)이나 높으며, 날씨가 추워지면 모래흔적도 보인다네. 중냉천(中冷泉)의 남쪽 못가에는 암석들이 우뚝 들어서 있는데, 예로부터 파도가 밀려오고 나감에 따라 그 돌들은 출몰을 했다네. 산의 꼭대기에 올라 고향을 바라보니, 강남 강북의 푸른 산 많기도 하다. 나그네의 향수에 날 저무는 두려움으로 배로 돌아가려니, 산의 스님은 석양을 본 후에나 떠나라며 완곡히 만류한다. 미풍이 불어와 만경창파에는 잔잔한 물결이 일고, 저무는 노을은 허공에 걸렸는데 물고기의 꼬리같이 붉다. 이때 강물에는 달이 처음으로 빛을 발하고, 이경(二更)에 달이 지니 하늘은 깊고 깜깜하다. 강의 중심은 마치 불꽃처럼 밝은데, 나는 화염이 금산(金山)을 비추니 까마귀는 놀래 난다. 의혹한 심정 돌아와 누우나 마음은 (그 물체에 대해) 알 길 없고, 귀신도 사람도 아닌 것이 도대체 무엇일꼬? 강산은 이같이 아름다운데 고향으로 돌아가지 않으니, 강의 신령 노하여 나의 우둔함을 깨우치려는 것인가?[156] 내 강신(江神)에게 부득이한 때문이라 말하나니, 경작할 밭이 있는데도 돌아가지 않는다면 저 강물을 두고 맹세하리! (我家江水初發源, 宦遊直送江入海. 聞道潮頭一丈高, 天寒尚有沙痕在. 中冷南畔石盤陀, 古

---

155) 樊素와 小蠻은 당나라의 대시인 白居易가 소유하고 있던 小妾으로 전하는 말에 "櫻桃樊素口, 楊柳小蠻腰(앵도번소구, 양류소만요)", 즉 "앵도 같은 번소의 입과, 버드나무 같은 소만의 허리"라는 말이 있다.

156) 시인은 그 괴이한 물체는 아마도 강의 신이 자신을 일깨우기 위해 부린 조화라고 여긴 것으로 보인다.

來出沒隨濤波. 試登絶頂望鄕國, 江南江北靑山多. 羈愁畏晚尋歸楫, 山僧苦留看落日. 微風
萬頃靴文細, 斷霞半空魚尾赤. 是時江月初生魄, 二更月落天深黑. 江心似有炬火明, 飛焰照
山棲烏驚. 悵然歸臥心莫識, 非鬼非人竟何物? 江山如此不歸山, 江神見怪驚我頑. 我謝江神
豈得已, 有田不歸如江水.)

금산사는 지금의 강소성 진강(鎭江)에 있는 고찰인데, 이 시는 그가 왕안석과의 정치
적 불화로 인해 서울을 떠나 지방인 항주로 부임되어 가는 길에 이곳에 들러 지은 것
이다. 이 시에는 우리가 보듯 경치의 묘사(즉 寫景)와 자신의 정감의 표현(즉 抒情)을
자유자재로 써내려갔으며, 끝부분에 가서는 기경(奇景)을 묘사하고 강신(江神)을 언급
하는 등 소식 특유의 풍부한 상상력과 방자(放恣)한 필력(筆力)을 과시한 작품이다. 다
음은 그의 유명한 작품 가운데 아주 젊은 시절인 26세에 지은 <화자유승지회구(和子由
澠池懷舊)>라는 한 편의 시를 감상해보자.

인생 여정의 발걸음 그 무엇과 같으리? 바로 나는 새 쌓인 눈을 밟은 것과 같다 하리. 눈
흙 위에 우연히 발자국 남기지만, 그 새 동으로 간지 서로 간지 어찌 알 수 있으리! (옛
날에 만난) 노승은 이미 죽어 새로운 사리탑은 들어서고, 허물어진 벽에는 옛 시의 자취
볼 수 없도다. 지난 날 험난했던 여정 아직 기억하는가? 긴 노정에 사람은 지치고 절름
발이 당나귀는 울어대네.
(人生到處知何似, 應似飛鴻踏雪泥. 泥上偶然留指爪, 鴻飛那復計東西. 老僧已死成新塔, 壞
壁無由見舊題. 往日崎嶇還記否, 路長人困蹇驢嘶.)

이 시는 소식이 약관을 겨우 넘긴 나이에 지은 작품이지만 그 풍격은 그에 걸맞지
않게 매우 창로(蒼老)한 시로 소식이 그의 아우 소철(蘇轍, 子由)에게 화답한 시이다.
당시 이 시는 매우 유명하여 그 중의 "설니홍조(雪泥鴻爪)"라는 말은 사람들이 많이 사
용하는 성어가 되어버렸다. 이 시는 소식의 작품에서 흔히 나타나는 인생의 허무를 느
끼게도 하지만, 동시에 적극적인 태도로 인생을 대하는 분투정신이 또한 돋보이는 작
품이라 하겠다.

북송의 마지막 대시인은 바로 황정견인데, 그는 '소문사학사(蘇門四學士)'[157] 중의
주요인물일 뿐 아니라 강서시파(江西詩派)의 영도자로 유명하다. 그의 자는 노직(魯直)
이고, 호는 산곡노인(山谷老人)으로 불렸으며, 강서성 분녕(分寧, 지금의 修水縣) 사람
이었다. 그는 문명(文名)이 널리 알려져 그의 스승으로 일컬어지는 소식과 더불어 "소

---

157) 黃庭堅, 秦觀, 晁補之, 張耒 4인을 當時에는 "소문사학사"라고 불렀다.

황(蘇黃)"으로 병칭되던 인물이다. 그는 소식에 의해 재능과 신임을 인정받은 그의 문하생이지만, 둘은 불과 9살밖에 나이 차가 나지 않아 서로 농담도 즐기면서 문장에 대해 신랄한 비평도 주고받던 격이 없는 친구 같은 사이를 유지했다. 그 후 그의 명성이 나날이 상승하면서 강서시파의 종주로서 군림하게 되어 북송의 시단을 풍미하게 되었다. 그의 시는 사실상 그의 스승 소식과는 연원 관계가 거의 없었고, 그 또한 소식의 시를 별로 높이 평가하지도 않았다.158) 그는 시의 창작에 있어 왕안석과 같이 고인의 시구를 잘 인용하는 습관이 있었는데, 이른바 '고인의 정신을 본받아 새로운 시를 창작하고, 철을 연마하여 금으로 만들다'는 뜻의 '탈퇴환골(奪胎換骨), 점철성금(點鐵成金)'이란 말을 탄생시키게 된 것도 바로 그다. 그 말의 함의는 결국 고인이 사용한 시 구절들을 절묘하게 이용하여 더욱 훌륭한 또 다른 묘미를 얻어내는 것을 말한다. 그러나 어떤 때는 고인의 기존 작품에서 겨우 몇 자만 바꿔 자신의 작품인 냥 취급했으니 표절의 시비를 얻을 오해가 있었다. 청대의 시인 왕세정(王世貞)은 그것을 비평하여 '점철성금(點鐵成金)'이 아닌 '점금성철(點金成鐵)'(즉 금을 연마해서 철로 만듦)이라며 신랄히 혹평하기도 했다. 그러나 어쨌든 황산곡의 시는 그 뛰어난 시재(詩才)로 탁구(琢句)나 시의 단련에서 정밀함의 극에 달해 당시는 물론 후세에 미친 영향도 지대했다고 할 수 있다. 혹자는 그를 두보를 계승한 유일한 시인으로 추대하기도 했는데, 그 시 예술의 정묘함을 인정하지 않을 수 없다. 무엇보다도 중요한 점은 그가 스스로 수많은 시를 창작하여 그것을 통해 이론적이고 체계적인 자신의 시가창작예술의 방법과 기술을 제시하였으며, 그리하여 그의 시를 따르는 수많은 후진들을 양성할 수 있었다는 것이다. 이제 그가 지은 헤아릴 수 없는 많은 작품 중 대표적인 작품을 몇 수 맛보기로 하자.

봄바람 부는 여수(汝水) 물가에서 우연히 만나, 우리는 함께 수레를 세우고 얘기를 했고, 저녁에는 객사에 투숙하여, 승녀의 담요를 깐 침상에서 마주보고 누워 담소도 했지. 무양 땅 엽현에서 겨우 백리 떨어졌건만, 그때 그대와 나는 모두가 소년이었지. (그러나 지금은) 백발은 함께 자라 마치 심은 듯하고, 청산에 살고 싶건만 벌어놓은 돈도 없네. 멀리 강남 고향 녘 안개 낀 강변 수려한 대나무 숲을 생각하니, 애석해라! 오직 물새들만이 한가로이 잠을 즐기겠구나.

(交蓋春風汝水邊, 客床相對臥僧氈. 舞陽去葉才百裏, 賤子與公俱少年. 白髮齊生如有種, 靑山好去坐無錢. 煙沙篁竹江南岸, 輪與鸂鶒取次眠.) <次韻裴仲謀同年>

---

158) 황산곡은 일찍이 "世有文章名一世, 而詩不逮古人者, 殆蘇之謂也."(≪麓堂詩話≫) 라고 말한 적이 있는데, 그 둘은 개성과 취향이 그다지 같지 않은 연유로 서로의 문학풍격이 달랐던 것이다.

붓(즉 管城子)을 가지고 노는 나는 관직의 운이 없고, 돈(즉 孔方兄)은 내게 절교장을 보냈네. 문장의 공용(功用)이 경세치국(經世治國)의 능력이 없다면, 거미줄에 이슬방울을 장식한 것과 무엇이 다르리? 저 교서랑(校書郎)이다 저작랑(著作郎)이다 하는 벼슬들은 쉽게 얻어진 것, 멋진 수레를 타고는 사람들과 인사 나누는 것에 불과한 것. 홀연 그대와 함께 절에서 거친 음식을 먹던 일 생각나, 꿈에서도 가을 기러기와 더불어 고향땅 동호(東湖)로 날아가네.

(管城子無食肉相, 孔方兄有絶交書. 文章功用不經世, 何異絲巢綴露珠. 校書著作頻詔除, 猶能上中問何如. 忽憶僧床同野飯, 夢隨秋雁到東湖.) <戲呈孔毅父>

위에 인용한 두 수의 시는 모두 황산곡의 풍격을 잘 대변해주는 작품이다. 먼저 그 내용을 보면 두 작품이 모두 명리에 담박(淡泊)하고 세사에 급급해 하지 않으면서 나름대로 유유하게 살아가는 그의 정신세계를 나타낸 것이라 하겠다. 다음으로 형식상에서 보면 그의 시들을 보면 시구의 구성에서 당시에서 흔히 보이던 매우 규칙적이고 공정한 대우(對偶) 형식에서 벗어난 것을 알 수 있다. 그는 두보나 한유 등이 사용하던 수법을 계승 발전하여 일종의 산문적인 법도를 시에 적용하거나 아주 불규칙적인 시구의 배열(즉 拗句)로써 시를 지었다. 흔히 송시가 산문화의 경향이 있다는 것이 바로 그것이다. 다시 말하자면 정상적인 주어와 술어, 객어 등의 순서를 뒤바꾸거나 혹은 그 어느 것을 없애기도 하였고, 또 때로는 두 가지 의미의 내용을 한 구 속에 농축시키기도 하였다. 그 결과로 시구는 더욱 변화곡절(變化曲折)의 묘미를 드러내고, 읽는 자로 하여금 더욱 깊은 인상을 느끼게 하는 것이다. 이런 측면에서 황산곡의 시는 연자(鍊字)와 탁구(琢句)에 무척 노력을 기울이지 않을 수 없었던 것이며, 그리하여 그의 시들은 청신기요(淸新奇拗)의 풍격을 지니게 된 것이다.

2) 남송의 삼대시인 - 육유, 범성대, 양만리

육유(陸遊)와 범성대(范成大), 양만리(楊萬里) 세 사람은 아마도 남송을 대표하는 가장 특색 있는 시인들에 해당할 것이다. 그중 육유는 애국시인이면서도 그 멋과 정열을 지닌 자로 앞서 소개한 바가 있다. 그리고 범성대는 전원시인에 속하고, 양만리는 백화(白話)시인이라고 칭할 수 있다.

우선 육유를 보면 그는 남송의 시단에서 가장 위대한 시인으로 추종받고 있는데, 그의 위대함은 자신의 내심 깊은 곳에서 우러나온 애국정열로써 수많은 시를 남긴 것에 있다. 사실 그는 다재다능한 자로서 시 외에도 사라든지 산문에서도 탁월한 성취를 보였던 문인인데, 특히 시인으로서의 명성이 가장 높다. 그는 여든을 넘긴 오랜 생애 동안 한결같은 비장한 애국정신을 가진 작가였지만 또 한편 그에 어울리지 않게도 매우 자유분방하고 풍류스러우며, 산수유람도 즐겼던 인물이기도 하다. 그가 지은 애국시는 그 웅장하고 비장한 기백으로 읽는 자의 가슴을 울린다. 또 앞서 언급한 그가 젊은 시절 비운의 아내였던 당완이라는 여자를 잊지 못해 40년이 지난 그의 만년에도 늘 고향 땅 '심원'을 찾아 당완을 그리워하며 지은 시들은 매우 감동적이 아닐 수 없다. 그가 지은 애국시는 씩씩하고 웅혼한 기상으로 읽는 이들의 마음을 울리지만, 그의 풍부한 감성과 풍류정신으로 읊조린 시들 또한 다른 방면으로 독자들을 감동하게 만든다. 이제 그 시들을 차례로 보기로 하자.

가을밤 외로운 등불 아래, 나는 이 한적한 깊은 산에서 병서를 읽노라. 내 평생 만 리 밖에 나가 전공을 올리며, 창칼을 쥐고 국왕의 선봉장으로 돌격하는 것이 포부. 전사하는 것, 이 또한 병사의 본분. 다만 집에서 처자를 지키며 살아가는 것이 부끄럽다. 성공여부는 원래 하늘의 뜻, 그 결과를 생각하는 것은 어리석은 일. 백성들은 저 못가에서 주림에 울부짖는 새와 같은데, 세월은 이 가난한 선비를 기만하기만 한다. 거울 속의 자신의 얼굴 탄식하나니, 어찌토록 이다지 오랫동안 윤기가 나는가!
(孤燈耿霜夕, 窮山讀兵書. 平生萬里心, 執戈王前驅. 戰死士所有, 恥復守妻孥. 成功亦邂逅, 逆料政自疏. 陂澤號飢鴻, 歲月欺貧儒. 歎息鏡中面, 安得長膚腴.) <夜讀兵書>

해질녘의 성 위에는 호각소리 구슬픈데, 심원은 이젠 옛 못과 누각 모두 없어졌네. 다리 아래 녹색의 푸른 봄물 사람의 가슴 아프게 하나니, 당시 아리따운 그녀는 그 물위에 그림자를 비췄었지.
(城上斜陽畵角哀, 沈園非復舊池臺. 傷心橋下春波綠, 曾是驚鴻照影來.) <沈園其一>

그녀가 떠난 지 어언 사십년이 지나, 심원의 버들 늙어 다시는 그 꽃솜 날리지 않네. 이 몸 바야흐로 회계산의 한 줌 흙으로 돌아갈 나이건만, 지난날의 이 정경 바라보니 눈물이 앞을 가리도다.
(夢斷香消四十年, 沈園柳老不吹綿. 此身行作稽山土, 猶弔遺蹤一泫然.) <沈園其二>

범성대는 자가 치능(致能)이고, 호는 석호거사(石湖居士)로 지금의 강소성 소주(蘇州) 사람이다. 남송의 시인들이 대개 그러하듯 그 또한 애국충절이 강한 문인인데, 그의 시의 특색을 꼽자면 전원시를 많이 남긴 점이라 하겠다. 그의 전원시는 도연명에서 시작하여 당대의 왕유와 저광희(儲光羲)를 이어 송대 유일한 전원시의 작가로 손꼽는다. 그의 전원시는 도연명의 전원시에 비해 전원의 객관적인 아름다운 경치를 잘 표현한 것이 특징이라고 하겠다. 그 가운데 그가 지은 <사시전원잡흥(四時田園雜興)> 60수는 특히 유명한데, 그중 봄·여름·가을·겨울에 해당하는 네 수를 감상해보자.

축축한 땅은 꿈틀거리고 비는 자주 내리는데, 천만가지 풀과 꽃들이 단숨에 피어나네. 집 뒤의 황무지에는 초록이 푸른데, 이웃 집 죽순 뿌리는 담을 넘어 우리 집에 자라났네.(봄)
(土膏欲動雨頻催, 萬草千花一餉開. 舍後荒畦猶綠秀, 鄰家鞭筍過牆來.)(春)

매실은 황금빛, 살구는 커졌는데, 보리꽃 눈같이 희고, 유채꽃은 성기도다. 해는 길어 울타리에 떨어졌는데 지나는 사람 없어, 오로지 잠자리와 나비만 날아들도다.(여름)
(梅子金黃杏子肥, 麥花雪白菜花稀. 日長籬落無人過, 唯有蜻蜓蛺蝶飛.)(夏)

새로 지은 벼 타작장소 거울같이 평평한데, 집집마다 벼 타작 서리 후의 맑은 날을 골라 하네. 서로 웃고 노래하는 소리에 연가(連枷) 뇌성(雷聲) 울려나니, 밤늦은 그 소리는 새벽까지 이어지네.(가을)
(新築場泥鏡面平, 家家打稻趁霜晴. 笑歌聲裏輕雷動, 一夜連枷響到明.)(秋)

소나무 마디 송진으로 촛불을 삼으니, 먹 같은 짙은 연기 방의 벽은 더욱 어둡다. 저녁에 남쪽의 봉창을 닦으니, 비껴나는 석양빛 더욱더 불그레하네.(겨울)
(松節然膏當燭籠, 凝煙如墨暗房櫳. 晚來拭淨南窓紙, 便覺斜陽一倍紅.)(冬)

마지막으로 논할 양만리는 육유, 범성대와 더불어 시우(詩友)였다. 그는 육유와 같이 매우 많은 양의 시를 남긴 문인에 해당하는데, 그의 자는 연수(廷秀), 호는 성재(誠齋)였으며, 지금의 강서성 길수(吉水) 사람이다. 남송의 시인 가운데 둘만 꼽는다면 바로 이 양만리와 육유를 들 수 있을 정도로 그는 유명하다. 그의 시의 특색을 얘기한다면 초기의 강서시파 시풍에서 탈피하여 평이하고 명백한 백화 같은 시로써 '성재체(誠齋體)'라는 스스로의 시체를 이루었다는 것일 것이다. 그러므로 그는 백거이를 매우 추종했던 시인이었다. 그의 시를 몇 수 살펴보자.

병이 나 무료히 보내다가 애써 청소를 하고, 명절 중 술을 못 마시니 더욱 나를 슬프게 한다. 그러다 우연히 백거이의 ≪향산집≫을 보니, 근심도 사라지고 병 또한 나았네.
(病裏無聊費掃除, 節中不飮更愁予. 偶然一讀 ≪香山集≫, 不但無愁病亦無.) (<端午病中止酒>)

옛 동산에는 오늘 해당화가 피었으려니, 꿈에서도 강서성 고향의 꽃 숲으로 돌아가네.

만물은 모두 봄을 맞이하건만 사람만 홀로 늙어, 일 년 중의 춘사(春社, 봄에 土地神에게 풍년을 비는 행사)를 끝내니 제비는 바야흐로 돌아오도다. 푸르스름한 흰 하늘은 짙고 담담해, 떨어지려다 나는 꽃가루는 분분하네. 애석하게도 이 아름다운 경치는 먹을 수 없으니, 시를 지어 옥잔에 부어 마시리. 대나무 가의 누각과 물가의 정자, 함께할 사람 싫어 단지 홀로 걷도다. 금방 따뜻해진 버드가지는 무기력하고, 맑고 담백한 꽃 그림자는 불분명하다. 한 번 비가 지나간 후의 오솔길 걸으니, 무수한 새로운 새들 즐거운 노래를 부른다. 단지 비취비단 붉게 비치는 해당화만 없으니, 두해의 한식날 나의 마음 울적하네.
(故園今日海棠開, 夢入江西錦繡堆. 萬物皆春人獨老, 一年過社燕方回. 似靑如白天濃淡, 欲墮還飛絮往來. 無那風光餐不得, 遣詩招入翠瓊杯. 竹邊臺榭水邊亭, 不要人隨只獨行. 乍暖柳條無氣力, 淡晴花影不分明. 一番過雨來幽徑, 無數新禽有喜聲. 只欠翠紗紅映肉, 兩年寒食負先生.) <春晴懷故園海棠>

위에서 인용한 시 가운데 첫 수 <단오병중지주>는 백화적 요소가 너무 강해 지나치게 천근하고 평이한 인상을 준다. 그러나 그의 작품은 둘째 시에서도 느낄 수 있듯이 평이한 형식을 통해 자신의 자연스럽고 진실한 심정을 진솔하게 표현하였다. 이 점은 바로 그의 시가 하나의 시체를 형성하여 시단에 영향을 남긴 주요 원인이며, 바로 그의 독특한 시작(詩作)의 정신을 말해준다 하겠다.

6장

⋮

원대문학사

1. 원대문학의 풍류정신- 중국문학의 전통적 풍류정신의 침체와 통속문학 '잡극'의 발전

중국의 학술사상사에 있어 원대(元代) 근 100년간의 세월은 문학의 암흑 시기였다. 침략자 원인(元人)의 야만적 통치 수단은 중국 이민족의 통치역사에서 유래를 찾기 힘들 정도로 고압정책을 사용한 것으로 유명하다. 그들은 당시의 민족을 몽고인(蒙古人)·색목인((色目人)·한인(漢人)·남인(南人)으로 4분하여 그중 한족인 한인과 남방의 한족인 남인을 사회의 최하층으로 대접하였을 뿐 아니라 그들의 저항정신을 막기 위해 등급을 매겨 서로 이간질하게 하였다. 몽고족이 한인에게 끼친 가장 큰 정신문화적 피해 중의 하나는 과거제도의 폐지일 것이다. 그동안 중국에서 전통적으로 행해지던 경국지도(經國之道)의 원천이었던 인재등용의 문인 과거제도를 수행하지 않음으로써 수많은 선비들은 생로(生路)를 잃고 방황하게 되었으며, 그들의 사회적 지위는 지금까지 그 선례를 찾아볼 수 없을 정도의 비참한 지경으로 떨어졌다. 따라서 지금까지 중국문학의 풍류정신의 전통을 이어오던 문학 장르였던 시·사·부·문(騈文, 散文) 등의 정통문학은 급격히 몰락하여 그 맥을 잃고 말았다. 그리하여 중국문학의 풍류의 맥이 완전히 끊길 위치에 처했지만, 지금까지의 전통적인 문학 장르와는 또 다른 새로운 문학 양식이 등장하여 이 암흑시대의 풍류정신을 계승하였으니 그것이 바로 '잡극(雜劇)'이라는 장르다.

잡극이란 명대의 전기(傳奇)와 청대의 난탄(亂彈, 즉 花部戱),[159] 그리고 근대의 지방희(地方戱)[160]와 같은 원대의 희곡을 지칭한다.[161] 이 시대에 특히 연극이 성행한 것은

---

159) 청 건륭 연간 나날이 쇠퇴하던 崑腔 이외의 지방에서 유행한 희곡으로 가사는 곤강에 비해 매우 통속적이다.

당나라 이후부터 발전하기 시작하여 송을 거치면서 급속히 성장하여 원대에 더욱 크게 발전한 도시상업경제에 따른 대도시의 귀족과 상공업자들의 오락의 욕구와 당시 과거제의 폐지에 따른 많은 유능한 문인인력들이 대거 연극의 창작에 정열을 쏟은 것이 그 주요 원인이 된다. 또한 앞서 언급했듯이 이 시대에는 전통문학에서 중시해 오던 유가적 재도정신이 그 열의를 상실함에 따라 전통의 속박에서 벗어나 자유롭고 통속적인 성격을 지닌 대중문학인 희곡이 싹틀 수 있는 기회가 주어진 것이었고, 몰락하고 실의에 찬 문인들은 대중들과 같이 호흡하며 잡극의 창작에 그 혼신의 힘을 다하였던 것이다. 거기다 이 희극(戱劇)이라는 장르는 시·소설이나 그 밖의 문학 장르들에 비해 더욱 쉽고도 간편하며 또 직접적이었기에 당시 대중의 구미에 쉽게 영합할 수가 있어 학술사상사적 불모지대인 원대의 토양에도 적합할 수 있었다.

원대에 발달한 희극문화는 중국 기존의 전통문학의 풍류정신의 세계를 탈피하여 민중이 그 주체를 이룬 대중문학의 또 다른 풍류세계를 연출한 데 그 의의가 있다. 물론 중국의 희극은 원대에 생겨나 원대에 끝난 것이 아니다. 그것은 아주 오랜 세월을 지나오면서 그 기초를 닦아 오다가 원대에 이르러 그것이 성장할 수 있는 가장 적합한 환경조건을 맞이하여 크게 꽃을 피웠다가 그 후 명청시대를 거쳐 계승발전하면서 마침내 전통적 풍류와는 다른 중국문화와 문학에 있어서의 또 하나의 풍류세계를 장식한 것이다. 지금까지 우리가 살펴본 중국문학의 풍류세계는 시가나 고문이 주가 된 중국의 전통적인 문학 장르였다. 그러나 원대에 오면 그 전통적인 문학 체재가 크게 쇠퇴를 하고, 소시민들과 더불어 같이 고난을 겪으며 넉넉하지 못한 생활을 하던 문인들에 의해 하층민의 생활과 사회현상들을 다룬 연극이라는 새로운 장르의 붐이 본격적으로 시작됐던 것이다. 그것은 단순히 원대에 나타난 통속문학의 풍류세계를 시사하는 것이 아니라 앞으로의 중국문학의 풍류세계의 주영역이 기존의 정통문학의 범주로부터 벗어나 새로운 형태로 변화됨을 보여주는 것이다. 즉 이제부터의 중국문학의 세계는 더욱더 사회와 현실을 직시하며, 당대의 백화적인 언어로 인물과 사건을 중심으로 이야기를 전개하는 새로운 문학형식인 희곡이나 소설로 그 방향이 전향함을 시사하고 있다. 그리하여 원대 다음의 명청대에 이르면 중국문학의 풍류세계의 대종은 그간 전통적으로 우위를 차지하던 시가로부터 산문 내지는 소설로 그 중심을 이동하게 된 것이다.

---

160) 지방에서 발생한 희곡으로, 그 지역의 방언으로 불러지던 희곡을 말한다.
161) 물론 宋代와 金代에도 잡극이 있었으나, 일반적으로 잡극은 원잡극을 지칭한다.

2. 중국 희곡의 이해

　중국의 고전 희극(戲劇)이라고 하면 우리는 흔히 얼굴에 짙은 색으로 분장을 하고 머리에는 화려한 모자로 장식을 한 배우들이 무대에서 큰 칼과 창을 들고 노래와 대사는 물론 때로는 민첩한 몸놀림으로 관객을 사로잡는 연극을 머리에 떠올리게 된다. 또 짙은 화장에 구슬과 금속으로 화려하게 치장한 머리장식을 쓴 여인이 완곡한 손동작과 함께 노래를 아주 길고 구성지게 하는 인상적인 장면도 연상하게 되는데, 그것은 바로 우리들이 비교적 쉽게 접하는 경극(京劇)이나 곤곡(崑曲)으로 중국희곡 중에서 청대에 유행한 화부희(花部戲)와 명대에 크게 발전한 전기(傳奇) 중의 한 부류에 속하는 것들이다. 앞서 언급한 것과 같이 중국희곡의 역사는 아주 길고, 그 희곡의 종류 또한 매우 다양하여 희곡에 대해 살펴보는 일도 단지 원대의 잡극에 대한 일고(一考)로는 부족하다. 허금방(許金榜)의 《중국희곡문학사》(北京: 中國文學出版社, 1994)에 의하면 선진에서 남북조까지가 중국희곡의 잉육(孕育)시기이고, 수당과 송대는 그 형성시기이며, 원대는 성숙시기이고, 명대는 아화(雅化)시기, 그리고 청대는 속화(俗化)시기라고 하였다. 따라서 원대에 성숙 발전한 중국희곡은 사실상 선진시대부터 송대까지의 끊임없는 발전의 토대에서 이루어진 것이며, 또 명청대를 거치면서도 그것은 중국인의 환호와 열광 속에 더욱 생활화하고 토착화되는 가운데 계속 발전해나간 것이다.

　중국희곡의 역사를 대략적으로 간추려보면, 희곡은 선진시대 종교의식의 색채가 짙은 가무(歌舞)에서부터 시작하여 한대의 백희(百戲), 남북조시대부터 본격적으로 성행한 가무희(歌舞戲) 그리고 당대에 가무극(歌舞劇)·참군희(參軍戲)·괴뢰희(傀儡戲) 등이 등장하면서 '희(戲)'나 '극(劇)' 등의 말이 문헌 속에 본격적으로 보이게 되었으며, 송대에 이르면 '송잡극(宋雜劇)'과 '남희(南戲)'가 출현하여 원잡극(元雜劇)과 명청의 전기 발전에 그 토대를 구축하게 된다. 특히 송대는 도시상업경제의 번영과 민간예술의 성행으로 말미암아 북송의 수도 변량(汴梁, 지금의 河南省 開封)과 남송의 수도 임안(臨安, 지금의 浙江省 抗州)에는 대규모의 군중오락장소인 '와자(瓦子)'라는 각종 민간기예(民間技藝)를 공연하던 곳이 있었고, 그 속에 잡극과 곡예(曲藝), 잡기(雜技) 등을 공연하는 '구란(勾欄)'이라는 곳이 생겨나 향후 중국희곡예술의 발전에 크게 영향을 끼쳤다고 볼 수 있다. 그리고 원대에 이르러서는 그동안의 기초 위에 본격적으로 성숙하게 되는데, 이 시기에는 전시대의 희극(戲劇)이 주로 춤과 동작을 통한 관중과 배우

간의 교류에 치중한 데에 반해 이 시기에는 배우의 노래를 위주로 하였으니, 주인공의 노래기술이 연극효과에 절대적인 영향을 끼치게 된다. 명대에 와서는 송원시대에 북방을 중심으로 발달한 원잡극과 함께 절강성 온주(溫州) 지역을 중심으로 한 남방의 잡극인 희문(戲文, 혹은 南戲)의 기초 위에 발달한 전기가 성행하여 청대까지 호황을 누리게 된다. 전기는 원잡극의 형식에 비해 그 체제가 장편이었고, 남쪽의 음악인 남곡을 연주했으며, 원잡극이 주인공만 노래 부르는 단조로운 결점을 보완하여 누구든지 노래하는 형식으로 바뀐 형태다. 명대 희곡의 주류였던 이 전기는 특히 명 가정(嘉靖) 연간의 강소성 곤산(崑山, 지금의 蘇州 부근) 사람 위량보(魏良輔)가 개량한 음악 '곤곡(崑曲)'의 유행과 함께 큰 발전과 성황을 누렸다. 청대의 희곡을 보면 역시 전기가 그 주류를 이루었다 할 수 있겠으나, 곤곡의 지나친 아화(雅化, 우아함)에 신물을 느끼기 시작하여 지방의 여러 곡조를 채택한 화부희가 성행하기에 이르렀다. 이러한 각 지역의 토착곡을 사용한 화부희는 희곡의 통속화를 초래하게 하였으며, 여러 지방의 음악을 사용한 화부 중에서 가장 성행한 것은 그 가운데 호북성에서 시작하여 안휘성을 거쳐 각 지역의 장점을 흡수하며 북경에서 유행한 '경극(京劇)'이라는 것인데, 현재 가장 대표적인 희극(戲劇)이다.

이상에서 본 바대로 중국의 희극은 비록 원잡극이라 하여 원대문학의 대명사처럼 되었지만, 결코 원대에 발생하여 원대에 가장 성행한 문학장르만은 아니었음을 알 수 있다. 중국희극의 역사는 매우 유구하며, 그것은 문학과 무도 그리고 음악과 미술 등의 각종 예술수단을 종합적으로 이용한 이른바 고도의 종합예술이다. 예술가들은 그것을 시·음악·회화·조각·건축·무도 다음을 잇는 '제7예술'이라고도 하는데, 희곡은 사실상 앞의 여섯 예술의 요소를 모두 구비하고 있기도 한 것이다. 이제 중국희극의 역사에 대한 간단한 고찰 다음으로 중국희극의 일반적인 특색을 대략 살펴보기로 하자. 중국희곡은 우선 구성에 있어 "장(場)"을 기본단위로 하고 있는 연장희(連場戲)인데, 한 장이 끝나면 또 한 장이 연결되다 결국 극이 끝나는 구조다. 그러므로 긴밀하게 장을 활용하여 각 장마다 주어진 효과와 임무를 십분 발휘하여 순서가 정연하고 맥락이 분명한 가운데 기복의 변화와 수미(首尾)의 긴밀한 조직구조를 꾀하여야만 훌륭한 작품을 만들 수 있는 것이다.

잡극은 거의가 4절(折)로 된 짧은 편폭을 갖고 있기에 주로 일인일사(一人一事)의 간단한 내용을 연극하기에 적합하고, 희문(戲文)은 그 편폭이 길어 복잡다단한 생활내용을 싣기에 알맞다. 그러나 그 결점으로는 잡극이 비교적 일목요연하고 압축적으로 어떤 주제나 내용을 전달할 수 있음에 비해 희문은 다소 복잡하고 느슨하여 주제의 통일을 정확히 전하기 어려운 단점도 있다. 그다음으로 인물에 있어 중국희극은 각행(各行)각색(脚色)에 의해 극중의 인물을 연출해내는 점이 그 특색이다. 그러므로 희극의 대본을 작성할 때는 반드시 인물의 성별과 연령 그리고 신분 등을 나타내어 여러 인물의 유형을 묘사하는 각색의 안배를 매우 중시해야 한다. 그리고 그 언어에 있어서 중국의 희극은 정확하고 명백함을 매우 중시한다. 그리하여 어느 인물의 개성을 감안한 어느 인물만의 언어를 매우 강조했으며(이른바 "說一人, 肖一人"), 배운 자나 배우지 않은 자나 남녀노소를 막론하고 모두 알아들을 수 있는 쉬운 언어를 사용하려고 한 것이 특징이다. 그 외에도 희극의 언어는 음악성을 중시하였으니, 노래가사인 창사(唱詞)는 물론이고, 배우들의 대사인 빈백(賓白)에 있어서도 그 박자감을 중시했다(이른바 "雖不是曲, 亦應美聽"). 마지막으로 중국희극의 특색으로 그 대본에서 없어서는 안 될 삼요소인 창(唱)·운(云)·과(科)가 있다. 창이란 바로 노래로서, 그 가창(歌唱) 방식에는 독창(獨唱)·대창(對唱)·분창(分唱)·합창(合唱)이 있으며 그 주요효과는 인물의 내면적 감정을 호소하는 데 있다. 그리고 운이란 바로 빈백(賓白) 또는 백(白)이라고 하는 것으로, 배우들의 대사다. 여기에는 물론 독백(獨白)·대백(對白)·분백(分白)·동백(同白)·중백(重白)·대백(帶白)·삽백(揷白)·방백(旁白) 등이 있다. 끝으로 과란 과개(科介)라고도 하며 배우들의 모든 연출동작을 말한다.

3. 원곡(元曲)에 나타난 현실주의 정신과 낭만주의 사상

위에서 우리는 중국희곡의 역사와 그 일반적인 특성에 대한 개괄적으로 살펴보았다. 이젠 원대의 희곡인 원곡 작품에 대한 개별적으로 알아보기로 하자. 원대문학을 대표하는 유일한 문학형식으로서 이민족의 지배 아래에 있던 원대 중국인들의 사상과 감정 그리고 그들의 꿈과 낭만, 비애를 표출한 원곡에는 그들의 암담한 현실에 대한 불만과 반항은 물론 그것에 대한 초월과 환상을 꿈꾸는 낭만도 서려 있어, 나름대로 이 시대 문학의 풍류세계를 연출하여 중국문학 풍류정신의 맥을 이었다고 할 수 있다. 이러한 원곡에서 드러난 작품세계를 살펴보기 전에 우선 원곡의 체재와 내용부터 알아보기로 하자.

1) 원곡의 체재와 내용

원곡(元曲)이란 원대의 희곡을 지칭하는데, 원곡이라는 말에는 원대의 희극인 원 잡극과 산곡(散曲)이라는 두 가지 서로 다른 체재의 문학형식을 포함하고 있다. 잡극이란 앞에서도 설명했듯이 원대에 크게 성행한 가극(歌劇)이며, 산곡이라는 생소한 단어는 다름 아닌 원대에 특별히 유행한 일종의 신시(新詩)를 말한다. 중국의 시가발전사에서 송사가 당시에서 발전한, 형식이 더욱 자유로워진 시가 형태라고 하면 산곡은 송사를 계승한 원명대(元明代)의 새로운 시가형식이라고 말할 수 있다. 원명시대에 산곡이 발달하게 된 배경을 보면, 송대의 사는 남송 후기에 이르러 지나친 자구와 운율의 조탁에만 치우쳐 사 원래의 자유롭고 발랄한 생기를 잃게 되었던 것이 하나의 원인이었고, 거기다 북방의 민족이 중원을 차지하면서 그들의 음악이 전래됨으로 인해 새로운 시가형식이 필요하게 된 것이 또 하나의 주요한 원인일 것이다. 그리하여 산곡은 용운(用韻)과 자구는 물론 용어에 있어서도 기존의 사보다도 훨씬 자유로워 더욱 생동감을 띠게 된다.

산곡의 체재를 보면 산곡은 외관상으로도 사보다도 자구의 장단에 있어 훨씬 자유롭다는 것을 알 수가 있다. 산곡은 가장 짧은 형식의 소령(小令)과 그것이 좀 길어진 형태인 대과곡(帶過曲, 合調 혹은 雙調라고도 함), 그리고 그것이 모여진 투곡(套曲)으로 나누어진다. 산곡의 내용을 보면, 원대의 산곡은 시와 같이 그 제재가 매우 다양하다. 그중에서 송사의 풍격을 이어받아 남녀의 연정을 노래한 것과, 은일사상을 읊은 것이 대종을 이루는데, 특히 이민족의 통치 아래서 신음하며 공명과 예교를 멸시하거나 한 걸음 더 나아가 현실을 도피하여 신선사상을 갈망하는 내용들이 돋보인다. 원곡사대가(元曲四大家)를 중심으로 대표적인 산곡 작품들을 감상해보자.

> 그대 떠난 후부터 마음은 떨어질 수 없어. 한 점의 상사, 언제나 끊어질까. 난간에 기대니 눈같이 흩날리는 버들 솜, 소매로 휘젓는다. 냇물을 구비 돌아서, 산은 또 가로 막아, 그대는 가버렸네.
> (自送別. 心難捨. 一點相思幾時絶. 憑闌袖拂楊花雪. 溪又斜. 山又遮. 人去也.) 關漢卿, <四塊玉>- 別情

> 누른 갈대 해안 흰 마름 나루터. 푸른 버들 방죽 둑, 붉은 수료풀 해변가. 비록 생사를 같이하는 친구 없어도, 시비(是非)와 명리(名利) 떠난 편안한 벗은 있어, 가을의 강을 하얗게 물들인 백로. 극도로 오만한 만석의 고관대작 그리고 글을 모르는 강가의 어부.
> (黃蘆岸白蘋渡口. 綠楊隄紅蓼灘頭. 雖無刎頸交, 卻有忘機友. 點秋江白鷺沙鷗. 傲殺人間萬戶侯. 不識字煙波釣叟.) 白樸, <沈醉東風>- 漁父

위의 두 작품은 산곡의 체재에서 볼 때 소령(小令)에 해당하는 작품이다. 관한경의 <별정>은 그의 작품 성향을 대표하는 것으로 산뜻하면서 맑고 아름다운 풍격을 지닌 이별의 정을 표현한 작품이다. 백박의 <어부> 역시 소령의 작품으로 산곡의 내용 가운데 가장 주종을 이루는 은거 사상을 노래한 작품이다. 오만하고 가식적인 관리보다는 차라리 자연을 벗하며 살아가는 어부를 찬미한 이 작품에서는 부패한 당시 사회에 대한 염세주의적 색채가 짙다. 다음에는 산곡의 형식상 투수 혹은 투곡에 해당하는 마치원의 <야행선>을 살펴보자.

백세의 광음 바로 일장 나비 꿈이라. 지난 일을 다시 돌아보면 한숨만 나온다. 오늘 봄이 오는가 싶으면, 내일 아침 꽃이 지네. 어서 벌주를 빨리 마시게나, 밤이 다하면 등불도 꺼진다네. (교목사)
(百歲光陰一夢蝶. 重回首往事堪嗟. 今日春來, 明朝花謝. 急罰盞, 夜闌燈滅.) (喬木查)

생각건대 진한(秦漢)의 궁궐들 모두가 소와 양들이 풀을 뜯는 폐허가 되었나니, 그렇지 않으면 어부와 초부한이 무슨 이야기를 하겠는가? 허물어진 무덤과 잘라져 가로놓인 비석들에는 그 글자모양 알아볼 수 없도다. (경선화)
(想秦宮漢闕. 都作了, 衰草牛羊野. 不恁麼漁樵沒話說. 縱荒墳橫斷碑, 不辨龍蛇.) (慶宣和)

그 무덤들 여우와 토끼굴이 되기까지 얼마나 많은 호걸들이 살다 갔는가? 삼국의 솥발 같은 정립(鼎立) 견고하다고 하나 눈 깜짝할 사이에 무너졌으니, 위나라인가? 진나라인가? (낙매풍)
(投至狐蹤與兎穴. 多少豪傑. 鼎足雖堅半腰裏折. 魏耶. 晉耶.) (落梅風)

하늘이 그대에게 부(富)를 내렸다 해도 너무 사치하지 말지니. 좋은 시절 오래지 않네. 부자는 인색하다고들 하는데, 아름다운 시절 어찌 즐기지 않을 수 있겠는가? (풍입송)
(天敎你富, 莫太奢. 沒多時好天良夜. 富家兒更作到你心似鐵. 爭辜負了錦堂風月.) (風入松)

눈앞의 붉은 태양 또 석양으로 되었네. 빠른 세월 언덕 아래로 내닫는 수레와 같아. 단지 거울 속에 백발만 더하고, 침상에 올라 신발을 벗고 자는 것도 이별이라네.162) 뻐꾸기같이 남의 둥지에서 사는 나의 보잘것없는 재주 비웃지 말게나. 얼마 남지 않은 인생 어리석게 바보 같은 척 하며 살아가리. (발부단)
(眼前紅日又西斜. 疾似下坡車. 不爭鏡裏添白雪. 上牀與鞋履相別. 休笑巢鳩計拙. 葫蘆提一向裝呆.) (撥不斷)

명리와 시비 다 끊고, 홍진의 티끌 문 앞에 어른거리지 않네. 푸른 나무 기울어져 집 모

---

162) 왜냐하면 죽음이 언제든지 찾아오니 내일 그 신을 신게 될지 아닐는지 알 수 없기 때문이다.

서리를 가리고, 청산은 마침 이지러진 담장을 메워 주도다. 더욱이 대나무 울타리에 띠 풀로 된 집. (이정연살)

(利名竭. 是非絶. 紅塵不向門前惹. 綠樹偏宜屋角遮. 青山正補牆頭缺. 更那堪竹裏茅舍.) (離亭宴煞)

귀뚜라미 울음 그치자 비로소 편안히 한숨 자도다. 닭이 우는 새벽이면 세사로 고생이 시작되네. 어느 해에나 비로소 끝이 날까? 빽빽이 들어서 열병식 하는 개미와 같고, 어지럽게 법석을 떠는 것은 꿀 만드는 벌과 같도다. 눈코 뜰 새 없이 바쁜 파리가 다투어 피를 찾는 듯하네. 배공[163]의 녹야당과 팽택령(彭澤令) 도잠(陶潛)의 백련사(白蓮社).[164] 사랑하는 가을이 찾아오면 다음(多飮)을 하였지. 이슬 맞으며 누른 국화를 따고, 서리를 맞으며 푸른 게를 먹으며, 술을 데우며 붉은 낙엽을 태웠네. 생각하면 인생은 빈 술잔인데, 중양절마다 술을 마신들 그 얼마나 마시겠는가![165] 사람들이 내게 묻거든, 애야! 기억하거라. 북해태수(北海太守) 공융(孔融)[166]이 나를 찾아온다 하여도 내 취해 떨어졌다 이르거라! (추사)

(蛩吟罷, 一覺才寧貼. 鷄鳴時, 萬事無休歇. 何年是徹. 看密匝匝蟻排兵, 亂紛紛蜂釀蜜. 急攘攘蠅爭血. 裵公綠野堂, 陶令白蓮社. 愛秋來時那些. 和露摘黃花, 帶霜分紫蟹. 煮酒燒紅葉. 想人生有限杯, 渾幾個重陽節. 人問我頑童記者. 便北海探吾來, 道東籬醉了也.) (秋思) - 馬致遠, <夜行船>

위의 작품 역시 은거와 초일(超逸) 정신을 드러낸 작품이지만 앞의 작품들과는 사뭇 다른 호방한 풍격이 전체에 흐른다. 마치 조조의 단가행이나 이백의 장진주 등을 대하는 듯 소극적인 절망감에서 나온 암울한 분위기와는 달리 그것을 달관하여 오히려 현실을 즐기는 호방함과 대범함이 깔려 있다. 이면에는 물론 작자의 낙천적이고 호방한 기질과 술이라는 매개체가 작용한 것이다.

그대 저 먼 산 아득히 사라지고, 더구나 저 강물도 출렁이는데. 버드나무 날리는 솜 물결 치는 것 보고, 도화꽃 대하며 그나하게 취하도다. 안방에는 꽃향기 은은하고, 닫힌 중문에는 저녁 비가 분분하네. 황혼을 두려워하는데, 문득 또 황혼이 오도다. 슬퍼하지 않으래야 어찌 슬퍼하지 않으리. 새로 흘린 눈물 자욱 앞의 눈물 흔적 덮으니, 상사의 아픔

---

163) 唐代의 풍류가 裵度를 말함. 晉國公으로 30년을 조정에 몸담다가 후에 환관들이 정치를 희롱하자 東都(즉 洛陽)에 綠野草堂을 짓고, 名士들과 더불어 술과 시로써 소일하며 다시는 世事에 대한 관심을 끊었다고 한다.

164) 도연명은 當時의 高僧인 慧遠과 더불어 廬山 東林寺에서 名士들을 모아 백연사라는 모임을 결성하여 詩酒로써 세상을 등지며 살았다.

165) 음력 九月 九日 중양절은 예로부터 중국인들이 산에 올라(登高) 산수유(山茱萸)를 몸에 차며 국화주를 마시는 전통적인 습관이 있었다.

166) 漢末의 공융은 본성이 손님접대를 매우 좋아해 늘 말하길 "자리에는 손님이 늘 차고, 준동에는 술이 비어 있지 않으면 나는 아무 걱정 없도다(座上客常滿, 樽中酒不空, 吾無憂矣)."라고 했다고 한다.

사람의 애간장 끊는다. 금년 봄. 고운 살결 그 얼마나 야위었나? 비단 허리띠 세 촌이나 느슨하네.
(自別後遙山隱隱. 更那堪遠水粼粼. 見楊柳飛綿滾滾. 對桃花醉臉醺醺. 透內閣香風陣陣. 掩重門暮雨紛紛. 怕黃昏忽地又黃昏. 不銷魂怎地不銷魂. 新啼痕壓舊啼痕. 斷腸人憶斷腸人. 今春. 香肌瘦幾分. 縷帶寬三寸.) (王實甫, <十二月過堯民歌>- 別情)

장원을 뽑는 용두선(龍頭選)에는 이름 없고, 명현전(名賢傳)에도 들어가지 못하도. 술로는 언제나 주성(酒聖)의 영예 안고, 시로는 곳곳마다 시선(詩禪)의 칭호 얻네. 산수를 유람하는 데는 장원, 강호에서는 취한 신선. 고금에 대해 담소함은 조정의 국사 편찬관이라오. 방랑. 음풍농월 유랑함은 이미 40년이라네.
(不占龍頭選. 不入名賢傳. 時時酒聖, 處處詩禪. 煙霞壯元, 江湖醉仙. 笑談便是編修院. 留連. 批風抹月四十年.) (喬吉, <綠麼遍>-自述)

천고의 흥망 그 변화함은 한낱 꿈이라. 시인의 눈으로 천하의 일들을 둘러본다. 공립의 교목, 오나라 궁의 우거운 풀, 초나라 사당에 나는 차가운 까마귀. 몇 칸의 띠집에서 만권의 장서를 지니고, 죽을 때까지 촌가에 산다. 산중의 일들, 송화로 술을 담고, 봄물로 차를 끓인다.
(興亡千古繁華夢, 詩眼倦天涯. 孔林喬木, 吳宮蔓草, 楚廟寒鴉. 數間茅舍, 藏書萬券, 投老村家. 山中何事, 松花釀酒, 春水煎茶.) (張可久, <人月圓>-山中書事)

위의 왕실보 작품은 소령도 투수도 아닌 대과곡이다. 내용과 사상은 앞서 소개한 작품들과 거의 동일하나 풍격으로 볼 때 호방한 마치원보다는 청아하고 아름다워 관한경과 흡사하지만 수사가 세련미를 더하였다. 교길과 장가구의 작품들은 소령으로 참신한 필체로 산수에 묻혀 사는 은일사상을 주로 노래하였다. 이처럼 산곡작품들의 주요 기조(基調)는 현실을 떠나 산수자연에 묻혀 지내는 멋과 낭만, 그리고 세인들이 하나같이 추구하는 부귀공명의 길을 조소하며 차라리 어리석고 무지한 어부와 초부한으로 한평생 천수를 누리며 지내는 것을 찬미하는 내용들로 낭만주의적 사상이 나타나 있다.

현실 도피적 신선 은일 사상이 산곡의 대종을 이루었다면, 원곡의 또 하나 주요한 체재인 잡극은 주로 현실을 반영하고 풍자한 내용의 현실주의적 작품이 주류를 이루었다. 관한경·백박·마치원·왕실보 이른바 원곡사대가의 작품에는 주로 사실주의적인 사상이 잘 나타나 있다. 작품의 내용에 대해 살펴보기 전에 우선 잡극의 체재와 그 형식에 대해 대략 알아보자.

앞서 잠깐 언급했듯이 잡극이란 원대의 희극으로서 북잡극이라고도 칭하는데, 대개 4절과 하나의 설자(楔子)로 구성된다. 절(折)이란 장(場)에 해당하며, 설자란 바로 작품의 서두나 중간에서 도입의 성격을 띠거나 극의 내용을 보충 설명하는 구실을 하는 부분이다. 각색(脚色)은 정말(正末)과 정단(正旦)을 위주로 하며, 한 사람(一人)만 노래하는(主唱) 형태다. 여기서 정말이란 남자 주인공을, 정단이란 여자주인공을 지칭하며, 소위 일인주창(一人主唱)이란 말은 사실 하나의 각색이 시종일관 혼자서만 노래한다는 것이다. 따라서 정말만 노래하는 말본(末本)과 정단만 노래하는 단본(旦本)으로 구분된다. 그리고 북곡(北曲)을 연주하는 잡극은 매절이 반드시 동일 궁조(宮調)의 한 투곡(套曲)을 갖고 있어야 하며, 그 투곡들은 처음부터 끝까지 하나의 운(韻)으로 이루어져야만 한다. 그 외 창(唱)·과(科)·백(白)이란 중국희곡의 삼요소가 있고, 말(末)·단(旦)·정(淨)·축(丑)의 사대각색(四大脚色), 그리고 제목(題目)·정명(正名)이라고 하는 잡극의 정식 제목이 맨 마지막에 실린다. 잡극의 체재를 이해하기 위해 직접 관한경의 한 작품의 원전을 예로 들어 직접 살펴보도록 하자.

포대제삼감호접몽 / 설 자

(발로(孛老)가 단(旦)과 함께 삼말(三末)을 데리고 등장)[167] 달은 보름이 지나면 빛을 잃어버리고, 사람은 중년이 되면 만사가 끝장이라네. 이 늙은이는 왕씨인데, 이 개봉부 중모현의 사람이라오. 정실의 처와 함께 모두 다섯 식구요. 여기가 제 마누라인데, 세 아들을 낳았소만 모두가 농사일은 하지 않으려하고 오로지 책 읽고 글만 쓰고 있소. 얘야, 언제쯤이면 성공하여 이름을 날리는 시절이 오겠니? (왕대 운(云)… ※ 王大는 왕씨 노인의 제일 큰 아들임. 그 외 王二는 둘째고, 王三은 셋째임) 부친, 모친 아뢰오… 농사일을 하는 것이 그 무슨 소용이 있습니까? 당신 아들이 10년을 열심히 공부하면 한 자리를 얻게 되어 집안에 경사가 날겁니다. (발노가 단과 함께 말하길…) 기특한 자식, 기특한 자식! (왕이 운(云)…) 아버님, 어머님. 당신 아들이 10년을 묵묵히 학문에 전념하면 하루아침에 그 이름을 얻어 천하에 알려질 것입니다. (발노와 단이 말하길…) 기특한 놈, 기특한 놈! (왕삼 운(云)…) 아버님은 위이시고, 어머님은 아래요! (발노 운…) 무슨 소리야! 어머니가 아래라니? (왕삼 운(云)…) 제가 어릴 적에 아버님은 위에 있고, 어머님은 아래에서 함께 침상에서 주무시는 것을 보았습니다. (발노 운(云)…) 그

---

167) 여기서 "孛老"란 노인에 해당하는 脚色을 지칭하는 말이고, "旦"이란 여자를 일컫는 脚色名이며, "三末"이란 남자주인공인 "正末" 다음의 중요성을 지닌 助演級의 脚色을 일컫는다.

것을 보다니! (왕삼 운(云)…) 아버님, 어머님. 문장을 익히면 가히 입신양명할 수 있다고 말하고 싶습니다. (발노 운…) 기특한 자식, 기특한 자식! (단 운…) 영감, 그렇다 하더라도 당신이 자식들을 위해 무슨 長久한 입신양명책을 찾으시지요. <상화시(賞花時)>168) "문장이 입신양명 시켜준다"는 말 하지 말지라, 가산이 날로 궁핍해가는 걸 어찌하겠는가! 헛되이 공부하느라 고생하고는 지금 거리의 소시민이 되었나니, 그 말은 실로 진실이 아닐지라. <요편(麼篇)>169) 世人들은 사람의 의복을 보고 존경을 해도 그 사람의 인품은 보지 않나니, 내 말은 언제나 바른 말이라네. 내년 봄에 세 아들이 꼭 과거에 합격하리라 장담할 수 있으리? 어떻게 모두 과거에 급제하겠는가?

- 제 일 절

(발로가 등장) 이 늙은이 큰 거리에 나와 자식들을 위해 지필(紙筆)을 사려고 하오. 걷기에 지쳐 막 쉬고 있소. (정(淨)이 등장)170) 왕후장상 원래 정해진 것 아니니, 남아로 태어나선 스스로 분발해야 되오. 저는 갈표(葛彪)라고 합니다. 나는 권세 있는 가문의 사람으로, 사람을 때려 죽여도 목숨을 내놓지 않아도 되며, 감옥에 드나드는 것은 아주 쉬운 일이지요. 오늘 내 특별한 일이 없어 시내에 놀러 가는 길이오. (발로와 부딪히는 동작을 하고는, 정 운(雲)…) 이 영감이 누구야? 감히 내 말을 박다니? 이 영감탱이 한 번 맞아 보거라! (때리는 동작을 짓고, 발로는 죽는 동작을 하며, 쓰러진다.) (정 운…) 이 영감이 일부러 죽어 나를 모함하네. 말이 울고, 발굽소리 들리며 (퇴장한다.) (부말이 등장하여 말하길…)171) 왕대, 왕이, 왕삼 집에 있는가? (세 사람이 등장하여 말하길…) 왜 그래요? (부말 운…) 나는 이장(里長)인데, 무슨 영문인지 거리에서 누군가가 너의 부친을 때려죽였다네? (세 사람이 말하길…) 정말이에요? 어머님, 화(禍)를 당했어요! (여러 사람이 우는 동작을 함.) (왕삼 운…) 아이고! 우리 아버지를 때려죽이다니. 어머니, 이리 와 보세요. (단 운…) 애야, 무슨 일로 그리 소란이냐? (왕삼

---

168) 원잡극에서 "端正好"와 함께 설자에서 관례적으로 가장 많이 사용되던 樂曲名이다.

169) 요편은 악곡명이 아니고, 북곡 즉 잡극 중에서 앞의 곡패 즉 곡조와 동일한 곡조를 계속 사용할 시에 앞의 그 곡조명을 사용하지 않고 간단히 "요편" 혹은 "요"라고 기록함. 이러한 현상은 남곡에서도 있어 "前腔"이라고 한다.

170) 淨이란 희곡의 四大脚色 중의 하나로 남녀 모두 그 역을 맡을 수 있으며, 일반적으로 조연급의 비교적 중요한 역할을 담당하는데, 여기에도 그 역할에 따라 外淨·副淨·二淨 등이 더 있다.

171) 副末은 남자주인공인 正末보다 덜 중요한 남자 조연급에 해당하는 각색인데, 이와 유사한 성격의 각색으로 外末·沖末·二末·小末 등이 있다.

운…) 누가 우리 아버지를 때려 죽였대요. (단 운…) 뭐! 그게 어찌 된 일이냐? <선여점강순> 여러 차례 꼼꼼히 생각하여야 되리, 이 해괴한 일. 내 목소리 쉬어지고, 두 겨드랑이에 날개 없는 게 한이로다. <혼강용> 우리 남편이 하늘에 무슨 죄를 지었기에? 내 그 살인범을 잡아 그 죄를 들추어내야지. 그 사람은 평소에 외부 사람들과 접촉도 없었고, 더구나 무슨 관제 구설수에 오른 적도 없는데. 만약 우리 어리석은 남편에게 무슨 변고가 생겼다면, 권세를 믿고 으스대는 그 놈을 잡아 고소해야지. 내 흐르는 눈물을 훔치며 조급히 거리를 내달리네. (단이 시체를 보는 동작을 지음.) <유호로> 이 상처 난 푸르스름한 곳 좀 보소, 아마 죽어 내버려진 지 꽤 된 모양이오. 당신 항상 집안 살림 걱정하더니, 어제 아침 어찌 오늘 아침에 죽을지 알았겠소, 참으로 내일 일 오늘 몰라라. 온몸 피투성이 되어, 힘없는 사지는 차갑고, 말라붙은 얼굴은 금빛이 되었네. 내 하루 종일 울부짖도다. … (중략)

─ 제 사 절

(왕삼이 조완려의 시체를 업고 등장했다가 한곳에 숨는다.) (왕대와 왕이가 등장하며 말하길…) 우리 어머니와 함께 막내의 시체를 찾아 갔다 오자. 어머니, 움직입시다. (단이 등장하여 말하길…) 듣건대 석화는 사형을 당했다는데, 그 두 형들은 시체를 가지러 갔다오. 나는 종이돈을 좀 사와서 장작불로 태우고 그 애를 묻어야겠소. <쌍조신수령> 내 날이 밝기도 전에 조용히 성 밖을 나왔으니, 남들은 내가 호들갑을 떤다고 하겠지요. 나는 한 다발의 종이돈을 어지럽게 태우고, 몇 개의 굵은 장작을 주워왔도다. 내 아들 곱게 키웠는데, 이 같은 일이 생길 줄 누가 알았으리오! (슬픈 표정동작을 지음.) <주마청> 얘야! 너의 그 갸륵한 복수심은 저 횡사한 너의 아버지와 함께 저승에서 서로 만나리라. 만약 서로 만나게 되면, 두 사람이 부디 대책을 내어 그 살인자 놈을 절벽 아래로 밀어버리시오. 어두컴컴한 하늘은 흡사 날이 밝아오는 듯하고, 고요한 황야 들판에는 으슴푸레 누군가가 오는 듯한데, 그를 살펴보니 나를 더욱 놀라게 한다. (왕대와 왕이는 시체를 업고 등장하여 말하길…) 어머니 어디 계시지요? 이게 셋째의 시체가 아니니? (단이 그것을 보며 슬퍼하는 몸짓을 지음.) <야행선> 내 황급히 얼굴빛을 보니, 피투성이로 범벅이 된 시체로다. 급히 너의 새끼줄을 풀어주고, 또 너의 허리띠를 늘려주니, 너는 급히 내 앞에서 쓰러지네. <과옥구> 너는 머리통을 잡고 아래턱을 누르거라, 나는 그의 혼백을 부르리. 석화야! 황급한 나머지 아이의 신이 벗겨졌지만

불러도 대꾸하지 않도다. 마음은 더욱 답답하고, 근심은 하릴없어 내 울먹이며 애원하기만 하네. 석화야! <고미주> 내 이 늙은이의 정신 혼미해도 어린 자식 이름을 부르는 힘은 있다네… 효성이 지극한 석화야 너는 지금 어디에 있니? 너의 어머니 남겨두고 훌쩍 떠나니, 나는 도리 없어 땅만 치고 있도다. <태평령> 나로 하여금 땅을 치고 통곡을 하게하며, 아무리 불러도 돌아오지 않네. 내 마음은 더욱 늪 속에 빠지고, 타는 가슴 평정을 얻지 못하도다. 석화야! (왕삼이 등장하여 응답하며 말하길…) 저 여기 있어요. (단이 노래함…) 아무리 생각해봐도 어디서 응하는 소리인지 알 수 없어라, 혹 산중의 정령과 물속의 요괴는 아닐까? (왕삼이 등장하여 말하길…) 어머니, 제가 왔어요. (단이 놀래는 동작을 함.) 귀신이다! 귀신이야! (왕삼 운…) 어머니 놀라지 말아요, 석화예요. (단이 노래함…) <풍입송> 내가 가면 그는 뒤에서 쫓아오니, 놀란 나는 어쩔 줄 모르네. 내 얼른 너를 위해 칠수재[172] 지내주리. (왕삼운…) 어머니, 저는 사람이에요! (단이 노래함…) 귀신이 아니면 얼른 말을 분명히 해 보렴, 어떻게 돌아올 수 있었느냐? (왕삼이 말하길…) 관가의 나리가 말 도둑 조완려를 처형한 후 그 시신으로써 나를 충당케 하여, 당신의 아들을 살려주었던 겁니다. (단이 노래함…) <천발도> 이번의 재앙으로 일순간에 운명이 쇠하였는데, 또 이렇게 빨리 근심이 가시고 기쁜 웃음이 얼굴에 차게 되었구나. 나는 돌멩이가 큰 바다에 빠진 줄로만 여겼구나![173] 큰형, 작은 형, 나를 원망 말아요! 두 사람이 뭘 하고 있어요? 책망하는 말 말거라. 형 둘은 꼼꼼하지 못하게 이 시체는 왜 들고 왔어요? <소부해아> 너희도 눈을 크게 뜨고 한 번 보거라, 누구의 시체를 메고 왔는가? 물고기를 메고 즐겁게 버드나무를 지나는 것도 아니고, 또한 저승의 사자도 아닌데. 네 이름이 좋아서 그런가, 왜 화를 당하지 않았지? (왕삼 운…) 저는 애초부터 무사할 줄 알았어요. (단이 노래함…) 속담에 "착한 자는 언제나 무사하다."라고 하였지. 그 잘못 메고 온 시신은 우리 같이 흙으로 묻자꾸나. (고(孤)[174]가 달려와서는 말하길…) 너 왜 또 사람을 죽였지? (단과 여러 사람들이 놀라는 동작을 함.) (고 운…) 놀래지 마시오! 그 사람은 말을 훔친 조완려인데, 당신을 대신하여 갈표의

---

172) 七修齋는 불교에서 부활을 기도하는 뜻에서 죽은 지 일주일 이내에 행하던 종교의식이다. 불교에서는 사람이 죽은 후 일주일이 지나기 전을 '假死'라고 하며, 이 기간 동안에 修齋를 치러 追福을 하면 부활할 가능성이 있다고 여긴다. 그런데 만약 한 번에 부활하지 않을 시는 다시 칠일을 연기할 수 있으며, 이렇게 일곱 번 (49일)을 계속할 수 있다.

173) 여기서 돌멩이가 물에 빠졌다는 의미인 "石沈人海"란 말은 두 가지의 의미를 품고 있는 이른바 "雙關語"인데, 돌멩이가 물속에 빠졌으니 이제 희망이 없다는 뜻과, 石和란 이름의 石을 빌어 그가 이제 죽어 영영 돌아올 수 없다는 의미를 동시에 내포하고 있다.

174) 孤는 원잡극에서 사용되는 官員의 속칭이다. 여기에도 外扮孤, 淨扮孤 등이 있다.

목숨을 보상한 것이오. 당신 일가족 모두 황제의 영을 들으시오… 당신들은 본시 황제가 아끼는 백성이지만, 나라에 충성으로 보답한 현명한 신하들이라고 할 수 있소. 큰 아들은 조정에 들어가 일을 보고, 둘째 아들은 관을 쓰고 몸을 영화롭게 하며, 석화는 중모현의 현령으로, 그리고 그 모친은 현덕부인으로 명하노라. 나라에서는 절개 있는 남자와 정절 있는 여자를 중시하며 더욱 그 효자들을 기특하게 여기노라. 어진 군주께서 벼슬과 상을 내리시니, 일제히 궁궐을 향해 은혜에 감사하는 절을 올리시오. (여러 사람이 말하길…) 만세, 만세, 만만세! (단이 노래함…) <수선자> 황제께서 사면서를 내리시어 너희 세 사람을 구제했네. 모두 함께 궁궐을 향하여 세 번 절하거라. 현명하신 우리 군주 천만세를 누리고, 그 은덕은 고목에 꽃이 피게 한 것보다 더하도다. 피고문을 당하고, 감옥의 갖은 고초 겪은 다음 오늘에야 고진감래되었네. <미살> 비로소 하찮은 일들 다 보내고, 어둡고 칙칙한 기분 벗어났네. 원컨대, 포대제 어른 벼슬길 무궁하소서. 어머니 현덕부인 하사받고, 아들은 중모현감 되었도다. 우리 모자 이제부터 애로사항 없고, 크고 작은 재난도 없게 됐네. 용(龍) 의자 위의 우리 군왕 만세!

정제   갈황친협세행흥횡   조완려투마잔생송
정명   왕파파현덕무전아   포대제삼감호접몽

包待制三勘蝴蝶夢 / 楔 子

(孛老同旦引三末上) 月過十五光明少, 人到中年萬事休. 老漢姓王, 是這開封府中牟縣人氏. 嫡親的五口兒家屬. 這是我的婆婆, 生下這三個孩兒, 不肯作農莊生活, 只是讀書寫字. 孩兒也, 幾時是那崢嶸發跡的時節也呵? (王大云…) 父親 母親在上… 作農莊有甚好處? 您孩兒受十年苦苦孜孜, 博一任歡歡喜喜. (孛老同旦云…) 好兒, 好兒! (王二云…) 父親 母親… 您孩兒十年窓下無人問, 一擧成名天下知. (孛老同旦云…) 好兒, 好兒! (王三云…) 父親在上, 母親在下! (孛老云…) 胡說! 怎麽母親在下? (王三云…) 我小時看見俺爺在上頭, 俺娘在底下, 一同牀上睡覺來. (孛老云…) 你看這廝! (王三云…) 父親 母親… 我道是文章可立身. (孛老云…) 好兒, 好兒! (旦云…) 老子, 雖然如此, 你還替孩兒尋一個長久立身之計.

<賞花時>且休說 "文章可立身", 爭奈家私時下窘. 枉了寒窓下受辛勤, 如今街市上小民, 宜假不宜眞. <麽篇>子敬衣衫不敬人, 我言語從來無向順. 若三個兒到開春, 有甚麽實誠定

准? 怎生便都能夠跳龍門?

一 第 一 折

(孛老上) 老漢來到這長街市上, 替孩兒買些紙筆., 走的乏了, 且歇一歇咱. (淨上) 將相本無種, 男兒當自強. 自家葛彪是也. 我是個權豪勢要之家, 我打死人不償命, 如常的則是坐牢. 今日無甚事, 長街市上閒耍去咱. (作撞孛老科, 淨云…) 這老子是甚麼人? 敢衝著我馬頭? 好打這老驢! (作打科, 孛老死科, 下) (淨云…) 這老子詐死賴我. 馬咬, 馬咬! 馬踢, 馬踢! (下) (副末上云…) 王大 王二 王三在家麽? (三人上云…) 叫怎的? (副末云…) 我是地方. 不知甚麽人打死你父親在長街上哩! (三人云…) 是眞實? 母親, 禍事了也! (衆哭科) (王三云…) 我那兒也! 打死俺老子. 母親, 你來. (旦云…) 孩兒, 爲甚麽大驚小怪的? (王三云…) 不知是誰打死了俺父親也. (旦云…) 嗨! 可是怎地來?

<仙呂點絳脣>子細尋思, 兩回三次, 這場蹊蹺事. 走的我氣咽聲絲, 恨不的兩肋生雙翅. <混江龍>俺男兒負天何事? 拿住那殺人賊我乞個罪名兒. 他又不曾時連外境, 又無甚過犯公私. 若是俺軟弱男兒有些死活, 索共那倚勢的喬才打會官司. 我這裏過六街穿三市, 行行裏撓腮撧耳, 抹淚揉眵. (旦作行見屍科) <油葫蘆>你覷那著傷處一埚兒青間紫, 可早停著死屍. 你可便從來憂念俺家私, 昨朝怎曉今朝死, 今日不知來日事. 血模糊汚了一身, 軟答剌冷了四肢, 黃甘甘面色如金紙. 乾叫了一炊時! … (中略)

一 第 四 折

(王三背趙頑驢屍上, 伏定) (王大, 王二上云…) 咱同母親尋三哥屍首去來. 母親, 行動些. (旦上云…) 聽的說石和孩兒盆弔死了, 他兩個哥哥擡屍首去了. 我叫化了些紙錢, 將著柴火燒埋孩兒去.

<雙調新水令>我從未拔白悄悄出城來, 恐怕外人知大驚小怪. 我叫化的亂烘烘一陌紙, 拾得粗坌坌幾根柴. 俺孩兒落不得席卷椽擡, 誰想有這一解. (打悲科) <駐馬聽>孩兒呵! 你那報怨心懷, 和那橫死爺相逢在分界牌. 若相見時呵, 您兩個施呈手策, 把那殺人賊推下望鄉臺. 黑洞洞天色恰拔白, 靜巉巉迥野荒郊外, 隱隱似有人來, 覷絶時教我添驚駭. (王大, 王二背屍上雲…) 母親哪裏? 這不是三哥屍首! (旦作認悲科) <夜行船>慌急列教咱觀了面色, 血模糊汚盡屍骸. 我與你荒解下麻繩, 急鬆開衣帶, 您疾忙向前來扶策. <掛玉鉤>你與我揪住

頭心招下頦, 我與你高阜處招魂魄. 石和, 哎! 貪荒處孩兒落了鞋, 喚著越不瞅睬. 悶轉加, 愁無奈, 空教我哭哭啼啼怨怨哀哀. 石和孩兒呵! <沽美酒>我將這老精神強打拍, 小名兒叫的明白… 你個孝順的石和安在哉? 則被他抛殺您奶奶, 教我空沒亂把地皮刲. <太平令>空教我哭啼啼自敦自摔, 百般的喚不回來. 越教我自生殘害, 急煎煎不寧不耐. 石和孩兒呵! (王三上, 應云…) 我在這裏. (旦唱…) 教我左猜右猜, 不知是哪裏應來, 莫不是山精水怪? (王三上云…) 母親, 孩兒來了. (旦慌科) 有鬼! 有鬼! (王三云…) 母親休怕, 是石和孩兒. (旦唱…) <風入松>我前行他隨後趕將來, 諕的我撅耳撾腮. 教我戰篤速忙把孩兒拜, 我與你收拾疊七修齋. (王三云…) 母親, 我是人! (旦唱) 不是鬼疾言個皂白, 怎地得卻回來? (王三云…) 大人把偷馬賊趙頑驢盆弔死, 著我拖出來, 饒了你孩兒也. (旦唱…) <川撥棹>這場災, 一時間命運衰. 早則解放愁懷, 喜笑盈腮. 我則道石沈大海! 大哥, 二哥, 休怨我! 您兩個管甚麼? 這言語休見責. 您兩個不子細, 撾這屍首來作甚? <小婦孩兒>你也合把眼睜開, 卻把誰家屍首背將來? 也不是提魚穿柳歡心大, 也不是鬼使神差. 你小名兒上把命該, 爲甚你無妨礙? (王三云…) 孩兒知道沒事. (旦唱…) 常言道 "老實的終須在". 把錯撾的屍首, 你與我土內藏埋. (孤衝上, 云…) 你怎生又打死人? (旦衆慌科) (孤云…) 你休慌莫怕! 他是偷馬的趙頑驢, 替你償葛彪之命. 你一家聽聖人的命… 你本是龍袖嬌民, 堪可爲報國賢臣. 大兒去隨朝勾當, 第二的冠帶榮身, 石和作中牟縣令, 母親作賢德夫人. 國家重義夫節婦, 更愛那孝子順孫. 聖明主加官賜賞, 一齊的望闕謝恩. (衆云…) 萬歲, 萬歲, 萬萬歲! (旦唱…) <水仙子>九重天飛下紙赦書來, 您三下裏休將招狀賽. 一齊的望闕疾參拜, 願的聖明君千萬載, 更勝如枯樹花開. 捱了些膿血債, 受徹了牢獄災, 今日個苦盡甘來. <尾煞>不甫能還了悽惶債, 黑漫漫打出迷魂寨. 願待制位列三公, 日轉千階. 唱道娘加作賢德夫人, 兒加作中牟縣宰. 赦得俺子母每今後無妨礙, 大小無災, 則願得龍椅上君王萬萬載!

正題　　葛皇親挾勢行兇橫　　趙頑驢偸馬殘生送
正名　　王婆婆賢德撫前兒　　包待制三勘蝴蝶夢

　위에서 우리가 감상한 작품은 관한경의 <호접몽>이란 원잡극인데, 1절 중의 일부분과 2, 3절을 제외하고는 전문(全文)을 모두 수록하였다. 이와 같이 원잡극은 그 후의 명 전기(傳奇)에 비해 비교적 짧은 분량으로 되어있으며, 관례적으로 맨 서두에 설자가 있고, 맨 마지막에는 제목이 따른다. 그 분량의 대부분은 위에서 보다시피 매절마다 하나의 운으로 압운한 투곡 형식의 노래가 차지하며, 그 노래는 물론 주인공만이 혼자서 시종일관 부르게 된다. (위에서 선보인 작품은 여주인공 단이 혼자서 노래하는 단본에 해당함) 그리고 노래 중간 중간에는 등장인물들의 대사(白)나 동작(科)들이 다소 삽입되어 있는 형식이다. 그 내용을 읽어보면 민간의 통속문학인 만큼 그 언어가 매우 질박하여, 사용한 것 모두가 민간구어인 당대의 백화에 해당한다. 작품의 내용을 다시 한번 간략하게 설명하면 다음과 같다.

　개봉부 중모현의 농민 왕씨 노인은 농사일에는 관심 없이 오로지 글 읽기를 좋아하는 세 아들과 늙은 부인을 두고 있었는데, 하루는 그 아들들을 위하여 거리로 붓과 종이를 사러 나갔다가 때마침 거리로 나온 황친인 갈표란 자에게 좀 부딪쳤다는 이유로 맞아 죽게 된다. 분개한 세 아들이 그를 찾아가 따지게 되고, 마침내 그 부랑아를 때려 죽이게 된다. 그리하여 그들은 살인죄로 관가에 끌려가 심문을 받을 준비를 하는데, 그 때 그 사건을 맡은 포증(包拯, 包待制 즉 包靑天)은 그 앞의 사건인 말 도둑 조완려의 심문을 끝낸 후에 책상에 엎드려 꾸벅 졸다가 꿈을 꾸게 된다. 꿈속에서 그는 큰 나비 하나가 그물에 갇힌 두 마리의 나비를 구해주며, 나머지 작은 한 마리는 구하지 않는 이상한 꿈을 꾸게 된다. 꿈이 깬 후 그는 갈표의 사건을 접하는데, 그 세 명의 형제와 그 모친은 서로가 자신이 죄인임을 주장하며 목숨을 바칠 것을 고집한다. 포대제가 큰 아들인 왕대에게 사형을 내리니 그 모친은 극구 반대했고, 그리하여 둘째에게 그 죄를 내리니 그 모친은 역시 강력히 반대한다. 그러나 포대인이 마지막 셋째에게 그 죄를 내렸을 때, 그 부인은 동의를 했다. 당시 포대인은 생각하길, 첫째와 둘째는 그 부인의 친자식이고, 막내는 남이 낳은 자식일 것이라고 여긴다. 그러나 뜻밖에도 심문결과 그와는 정반대로 앞의 두 아들은 전처가 낳은 자식이고, 막내는 자신의 친자식이었으며, 포대인은 꿈속의 일이 현실로 재현되었음을 느끼게 된다. 한편 세 형제는 사뢰(死牢)에 갇히고, 왕씨 부인이 감옥에 면회 간 이후 두 형제는 석방이 되었지만, 막내만 남아서 사형을 기다리게 된다. 이윽고 왕씨 부인이 두 아들을 데리고 막내의 시체를 수거하러 가는데, 생각지도 않게 포대인은 마도적 조완려를 그 대신 처형하여 사건을 대충 마무리 지었으며, 막내는 살아 돌아와 어머니와 상봉한다. 뿐 아니라 황제의 어명으로 세 형제들은 관직까지 얻게 되고, 모친도 현덕부인으로 책봉되었다는 이야기다.

　이 작품은 당시 엄격한 신분제도 하의 사회에서 무참하게 짓밟히던 소시민들의 억울한 사정을 하소연하면서 연극을 통해서나마 그 울분을 다소 펴보려고 하던 당시인들의 심정을 느낄 수 있게 해준다. 그리고 이 작품은 산곡이 비교적 소극적인 내용의 낭만주의적 성향을 띤 것에 비해 매우 적극적이고 현실주의적인 성격을 지니고 있는 잡극의 면모를 잘 보여주고 있다 하겠다.

2) 원곡사대가와 그들의 작품에 반영된 사상

원곡사대가라고 하면 앞에서도 잠시 소개되었던바, 바로 원잡극의 주요작가인 관한경·왕실보·백박·마치원 네 사람[175]을 지칭한다. 관한경의 작품은 매우 많이 있지만 그중 <두아원(竇娥冤)>·<구풍진(救風塵)>·<사천향(謝天香)>·<망강정(望江亭)>·<단도회(單刀會)>·<호접몽(胡蝶夢)>·<배월정(拜月亭)> 등이 비교적 유명하고, 왕실보는 <서상기(西廂記)>, 그리고 백박과 마치원은 각각 <오동우(梧桐雨)>와 <한궁추(漢宮秋)>로 그 명성을 유지하고 있다. 이제 이들 주요작가와 그들의 작품에 나타난 사상들을 하나씩 살펴보기로 하자.

관한경은 이 시대 가장 유명한 희곡 작가로서, 그의 호는 이재수(已齋叟)이고 대도(大都, 지금의 北京) 사람이다. 그는 여진족의 전신이라고 할 수 있는 금나라의 유민이라고도 하는데(邾經, ≪靑樓集≫ 序), 당시 대다수의 지식인들이 그러하듯 그는 정치적으로 출로를 얻지 못한 나머지 자신의 한평생을 하층사회의 민중과 더불어 군중예술인 희곡에 전력을 쏟은 사람이다. 산곡에 나타난 그의 작품경향이 주로 청려(淸麗)한 필치로 남녀의 이별과 애정을 참신한 소령 형식으로 표현한 것과는 달리 그의 잡극 작품은 주로 어두운 사회현실을 반영하고, 인민의 고난과 반항정신을 표현한 것이 특징이다. 희곡작가로서의 그의 위대한 점은 그가 인민의 입장에서 인민을 대표하는 인민의 예술가로서 희곡창작은 물론, 때로는 몸소 무대에 등장하는 배우 노릇까지도 한 점이었다. 이러한 실재 생활경험과 실천을 바탕으로 하였기에 그는 자신의 작품을 내용적으로 더욱 알차고 풍부하게 할 수 있었던 것이다.

그의 대표작 <두아원>은 그중에서도 가장 유명한 작품으로 중국고전 현실주의 희곡의 표본이라고 할 수 있는 작품이다. 그 내용은 다음과 같다. 두아가 7살 되던 해, 그의 부친은 고리대금을 갚지 못한 데다가 서울에 과거를 보러가기 위한 노자 돈 마련 때문에 두아를 채씨(蔡氏) 집에 팔아서 동양식(童養媳)[176]으로 삼게 했다. 그러나 불행

---

175) 때로는 왕실보를 빼고 그 대신 鄭光祖를 넣기도 한다.

176) '童養媳'은 남의 어린 여자애를 자기 집에서 키웠다가 나중에 성숙하면 자기 집의 며느리로 삼는 제도이다.

히도 두아의 남편은 일찍 죽어 그녀는 새파란 나이에 과부가 된다. 시어머니를 섬기며 근면하고 착한 며느리로 생활하던 두아에게 불행은 연거푸 찾아오는데, 어느 날 그의 시어머니가 빚을 청구하기 위해 외출했다가 엉터리 의원을 우연히 만나 그에게 재물과 목숨을 위협받게 된다. 그때 마침 장려아(張驢兒)와 그의 부친이 지나가다 보고는 채씨 노파를 구해주는데, 장씨 부자는 그 대가로 그 시어머니와 며느리가 자신들에게로 시집오기를 강요한다. 장려아는 두아가 순순히 승낙하지 않는 것을 보고 그녀의 시어머니를 죽여서라도 두아의 마음을 승복시키고자 그녀를 위협하는데, 뜻밖에 그 독약을 탄 양내장탕을 그의 부친이 모르고 먹어버리고 말았다. 이때 장려아는 그 부친을 죽인 범인은 바로 두아라고 그녀에게 죄를 뒤집어씌운다. 어리석은 관가의 판관은 그 사건을 자세히 물어보지도 않고 바로 두아에게 모진 체형을 가한다. 두아는 그 악독한 고문에도 굴복하지 않았지만, 결국은 사형으로 처형되고 만다. 이렇게 억울하게 죽은 두아는 원귀가 되어 복수를 하리라 맹세를 하였고, 아니나 다를까 결국은 그의 부친 두천장(竇天章)의 힘으로 그 억울한 판정을 다시 뒤집게 되었으며, 그 죄인도 처벌했다는 이야기이다.

원대는 그야말로 중국문화의 암흑시기였다. 이 희곡 작품에서 표현된 각박하고 무시무시한 사회상은 바로 그 시대 현실의 사실적 반영이라고 볼 수 있다. 사회의 진화과정으로 볼 때 이제 막 노예사회제도를 마친 미개한 몽고족이 중원을 차지한 이후, 이미 봉건사회체제를 완성한 중국을 지배하였으니, 그 사회는 이른바 '역전기(逆轉期)'의 대혼란을 초래하게 된 것이다. 유목민족인 몽고인에 의해 중국의 전통적인 농업경제는 파탄되고, 그리하여 무수한 유민들이 정착을 못해 유랑하고 있었으며, 곳곳마다 노예를 사고파는 일들이 만연했다. 이러한 혼란한 사회를 틈타 깡패와 부랑자들은 대거 설쳤으니, 사람을 죽이고 부녀자를 강간 점령하는 일들도 비일비재했으며, 거기다가 몽고인들과 함께 중원에 들어와 지방관리 노릇을 하던 색목인들의 부패하고 파렴치한 행위도 실로 가증스러웠다. <두아원>이란 작품에 나타난 엉터리의원의 강도짓이나 장려아의 파렴치한 행위 그리고 관가 판관의 무지하고 부패한 모습들은 바로 그 시대의 초상화라고 할 수 있다. 그리고 문학을 통해 이러한 사회현실을 진실하고 정확하게 그려낼 수 있었던 것은 바로 하층민들과 함께 고난을 몸소 체험하여 백성들의 생활사를 속속들이 자세하게 알고 있던 관한경이라는 민중 작가가 그 사회에 있었던 까닭이다. 현실주의 작품의 전범이라고 할 수 있는 이 작품의 후반부에는 낭만주의적 색채도 흐른다. 억울하게 죽은 두아는 비록 그 육체는 생명을 잃었다 하더라도 영혼은 죽지 않아 그 혼령이 출현하여 기필코 원한을 갚고 말겠다는 결심을 보이며, 악한 무리들을 모조리 제거하고 백성들을 편안하게 보호하리라는 굳은 다짐을 하는 부분이 바로 그것이다. 이와 같이 <두아원>은 현실주의의 기초 위에 짙은 낭만주의적 색채를 가미시켜 가련한 여인 두아의 선량하면서도 불의에 꿋꿋하게 반항하는 형상을 생생히 묘사하여 중국인들의 가슴에 영원히 기억될 불멸의 작품으로 탄생할 수 있었다.

〈그림 63〉 서상기 희곡

<두아원>에 못지않게 왕실보의 <서상기>도 중국 고전 희곡 중에서 가장 유명한 걸작에 해당하는 작품이다. <서상기>는 바로 당대(唐代)의 전기 소설인 <앵앵전>의 내용을 다소 수정 보완하여 만든 작품인데, 그 줄거리는 다음과 같다.

당 덕종 때, 서울에 과거를 보러가는 장군서(張君瑞)라는 선비가 있었는데, 포관(蒲關)이란 곳을 경유할 때, 그곳의 보구사라는 절을 거닐다가 우연히 그곳에 묵고 있던 최앵앵과 그 시비 홍낭을 만나게 된다. 그 둘은 보자마자 서로 연정을 품게 되었고, 장생은 독서를 빙자하여 아예 그 절의 서상(西廂)에 기거한다. 최앵앵은 바로 최상국(崔相國)의 딸로서, 모친을 따라 그의 부친의 영구를 고향땅으로 운송하던 차에 잠시 그 절에 머문 것이었다. 장생은 그 절로 거처를 옮긴 연후에 앵앵을 만나기 위해 애를 쓰

는데, 그때 마침 손비호(孫飛虎)라고 하는 자가 그 절을 포위하고는 강압적으로 최앵앵을 자신의 아내로 삼겠다고 하니, 항거할 수 없는 처지에 놓인 최씨 부인은 할 수 없이 적장을 격퇴시키는 자에게 자신의 딸을 주겠다는 약속을 선포한다. 그때 장생이 나서서 자신이 그 일을 수행하겠다고 하며, 친구인 두확(杜確) 장군에게 편지를 써서 사람을 시켜 전달하게 하니, 두확은 곧 군사를 보내 손비호를 격퇴시켰다. 그러나 최씨 부인은 그 약속을 저버려 앵앵은 이미 그의 조카인 정항(鄭恒)이라는 자와 혼약이 되어 있다고 했다. 이미 애정이 싹 트고 있었던 앵앵과 장생 두 사람은 큰 충격을 받았고, 더욱이나 그 여파로 장생은 병을 얻어 자리에 눕고 만다. 그때 홍낭은 정의감과 인도적인 차원에서 두 사람 간의 일을 적극 추진하였고, 두 사람은 홍낭의 주선으로 인해 사사로 결합을 하였으나, 머지않아 최씨 부인에게 발각되고 만다. 이때 홍낭은 그 사건의 주모자란 이유로 모진 매를 맞으면서도 용감하게 최씨 부인의 잘못을 지적하며 그 둘의 결혼을 승낙하도록 극력 주장한다. 이미 엎지르진 물임을 안 부인은 가문의 명예도 생각한 나머지 그 둘의 결합을 승낙하고 말지만, 그 조건으로 장생이 과거에 반드시 합격하여야만 딸을 주겠다고 하였다. 그리하여 두 사람은 긴 이별을 하게 되었으나, 결국 장원급제하고 돌아온 장생은 떳떳하게 앵앵을 신부로 맞이하였다는 대단원의 이야기다.

<앵앵전>의 이야기가 당나라 당시의 냉정한 신분사회에 의한 문벌결혼이 야기한 풍류재자 장생과 절세가인 최앵앵이라는 청춘남녀의 애정비극을 묘사한 작품이라면, <서상기>는 그 비극적인 내용을 희극(喜劇)적으로 바꾸어 그들이 갖은 고초를 겪은 후에 결국 결혼을 쟁취하게 되는 것을 묘사한 내용이다. 내용상의 이런 작은 수정은 사실 원래 작품이 가지고 있던 주제사상을 대전환시켜 작품의 면모를 일신시켰다고 할 수 있다. 즉 당대소설 <앵앵전>이 불투명한 주제의식과 왜곡된 사상[177]으로 그 작품의 매력을 다소 감소시켰다고 하면, <서상기>는 그 점을 전적으로 보완하여 당시 사람들의 가려운 곳을 시원하게 긁어주었다고 볼 수 있다. 말하자면 <서상기>는 당시 야만민족의 억압에 의해 유린당하여 어두운 현실 속에서 신음하고 있던 그 시대 백성들에게 연애의 자유와 남녀의 평등 그리고 심지어 인성의 존중 등의 문제까지를 고취시켜 줌으로써 그들로 하여금 낙관적이고 진취적인 자세에서 모든 부조리와 불평등에 반항하는 정

---

177) 이 소설에서 작자는 남자주인공인 장생이 변심을 하여 앵앵을 차버린 것을 정당화시켜 장생이 오히려 그녀를 욕하는 것을 옹호하는 듯한 입장을 표시하였고, 문벌 간의 혼인제도의 부조리에 대한 적극적인 비판의식도 보이지 않았으며, 앵앵의 적극적이고 대담하며 다정한 행위에 대한 뚜렷한 칭송이나 폄하의식도 발견되지 않았다.

신을 일깨워주었던 것이다. 이런 점에서 <서상기>라는 희곡 작품은 단순히 당대 소설 <앵앵전>의 복제판이 아닌, 그 이상의 심각한 의미와 주제의식을 지니고 있는 것이며, 이 작품이 지닌 이러한 강렬한 현실적인 의의 때문에 그것은 사람들에게 가장 환영받는 희곡작품으로서 군림하게 된 것이다. 중국고전소설의 최대걸작이라고 할 수 있는 ≪홍루몽≫에서 여주인공 임대옥이 그렇게도 <서상기>를 읽기를 좋아한 것도 이 작품의 지닌 이러한 매력이 작용하고 있었던 까닭이다. 그런데 이 작품의 작자에 대해서는 왕실보냐 아니면 관한경이냐에 대해 의론이 분분하나, 전통적으로 왕실보라고 추론하는 것이 일반적이다. 왕실보에 대한 기록은 너무나 적어 원 종사성(鍾嗣成)의 ≪녹귀보(錄鬼簿)≫에 기재되어 있는 내용을 보면, 그는 관한경과 같은 대도(大都) 사람으로 이름은 덕신(德信)이었다고 하는 사항만 적혀 있어 그에 대한 자세한 내용은 너무도 미비한 편이다. 주제사상 외에 이 작품이 지닌 예술적 성공은 홍낭과 장생, 앵앵, 노부인으로 이어지는 네 사람의 선명한 인물성격묘사를 들 수가 있다. 또 작품의 구성에 있어서도 원 잡극의 통례인 일본사절(一本四折)과 일인독창(一人獨唱)의 구속된 형식을 벗어나 5본(本)이나 되고, 매본(每本)에서도 한 사람만 독창하지 않는 대담하고 창조적인 정신을 발휘한 것도 장점이다.

백박의 <오동우>는 당대 백거이의 시 <장한가>를 인습한 희곡작품으로, <장한가>의 한 구절 "가을비 오동나무 잎사귀에 떨어지는데(秋雨梧桐葉落時)"의 시의(詩意)를 살려서 한 편의 비극적인 희곡으로 만든 작품이다. 그 내용은 물론 당명황(唐明皇)과 양귀비(楊貴妃) 간의 애정스토리를 묘사한 것이다. 이 작품은 당명황의 황음무도(荒淫無度)한 생활을 비판하는 정신도 다소 깃들어 있지만, 그러한 현실주의적인 사상이나 주제의식보다도 두 사람 간의 애정을 낭만적이고 아름다운 감각으로 묘사한 것이 돋보이는 작품이라 할 수 있다. 그리하여 작자는 이 작품에서 주로 당명황의 처지와 심정을 이해하고, 그 가련한 사랑을 동정하는 어조로 잘 묘사하였다. 특히 제4절에서 당현종(唐玄宗)이 서울로 돌아온 이후 밤에 양귀비의 꿈을 꾼 후, 소슬한 가을밤에 비바람은 처량하게 불어오는데 적막한 궁중에서 죽은 양귀비를 생각하며 눈물 흘리는 마지막 장면묘사는 그 처참한 아름다움의 비극적 묘사로 일품이다. 그중의 가장 마지막 한 부분의 곡사(曲詞)를 보기로 하자.

<황종살> 서풍이 불어오니 낮게 드리워진 비단 창은 소리 내며 울고, 찬 기운이 들어와 수놓아진 문을 두드린다. 이는 하늘이 일부러 사람을 수심에 휩싸이게 하는 것이 아니고

무엇이겠는가! 방울소리는 길가에서 들려오는데, 마치 화노의 <갈고조>인가 아니면 백아의 <수선조>인가? (가을비는) 누런 국화를 씻으며, 울타리를 적시며 떨어지고, 푸른 이끼, 담장모서리, 호수의 산, 수석, 마른 연꽃잎, 연못들을 적시는데, 힘없는 나비 몸의 분은 점차 씻겨 없어지고, 반딧불의 불도 켜지지 않는다. 푸른 창 앞의 귀뚜라미는 울어대는데, 그 소리 가까워질수록 기러기 그림자는 멀어진다. 인근에서는 곳곳마다 다듬이 소리 울려나니, 가을날의 싸늘함 그 어찌 이리도 빠른가. 끊이지 않는 이 밤의 비에 사람도 잠을 잊고, 동 항아리에 부딪히는 빗방울 소리. 비가 오면 올수록, 흐르는 눈물 더욱 늘어나기만 한다. 비는 차가운 나뭇가지를 적시고 눈물은 용포자락을 물들이니, 둘은 서로 양보하지 않고, 오동나무 바라보니 떨어지는 빗물은 새벽까지 그치지를 않는다.
(<黃鍾煞>順西風低把紗窓哨, 送寒氣頻將綉戶敲, 莫不是天故將人愁悶攪! 度鈴聲響棧道, 似花奴羯鼓調, 如伯牙水仙操., 洗黃花, 潤籬落, 漬蒼苔, 倒墻角, 渲湖山, 漱石竅, 浸枯荷, 溢池沼., 沾殘蝶粉漸消, 灑流螢焰不著, 綠窓前捉織叫, 聲相近鴈影高, 催鄰砧處處擣, 助新涼分外早. 斟量來這一宵雨和人緊廝熬, 伴銅壺點點敲., 雨更多, 淚不少. 雨濕寒梢, 淚染龍袍, 不肯相饒, 共隔著一樹梧桐直滴到曉.)

　　마치 폐부를 찌르는 듯한 한 수의 비장한 서정시를 연상케 하는 <오동우>는 대부분의 원잡극이 처음에는 갖은 고초를 겪은 후 결국은 대단원으로 종결되는 것과는 달리 철저한 비극이다. 거기다가 이 작품의 결구에 있어서도 여러 배우가 등장하여 우여곡절의 복잡함이나 모순충돌의 갈등을 빚어냄도 없이 고력사를 제외하면 오직 주인공인 당현종 혼자 등장하는 희곡으로, 모두가 당현종의 심리세계를 묘사 표현한 것이다. 작자 백박은 자가 인보(仁甫)이고, 오주(隩州, 지금의 산서성 河曲 부근) 사람인데, 그도 관한경과 같이 금(金)에서 원(元)으로 유입한 작가로서, 희곡에 있어서의 그의 성취는 연극성보다는 주로 아름다운 사곡(詞曲)을 잘 지어 그 명성을 얻었다고 할 수 있다.

　　마지막으로 마치원의 명작 <한궁추>는 한원제(漢元帝)와 궁녀 왕소군(王昭君, 즉 王嬙)의 고사를 묘사한 비극작품이다. 그러나 이 작품의 작자는 역사적 사실에만 충실한 것이 아니라 사실(史實)의 기초 위에 적지 않은 변화를 주어 창조적인 구성을 재시도한 셈이다. 그 내용의 줄거리는 다음과 같다. 왕소군이라는 아름답고 애국심이 투철한 한 시골소녀가 궁녀로 입궁할 시에 모연수(毛延壽)라는 사신에게 뇌물을 주지 않아 그녀는 궁중화가에 의해 아주 못생긴 모습으로 그려졌고, 결국 황제의 그림자도 보지 못한 채 쓸쓸한 궁궐생활을 하게 된다. 그러던 중 우연한 기회에 한원제에 의해 그 예쁜 모습이 발견되고, 결국 명비(明妃)로 봉해진다. 그리고 모연수는 임금을 기만한 기군지죄(欺君之罪)로 중벌이 내려졌는데, 그것을 안 그는 적국으로 도망을 가버렸고, 또 그는 그 적국의 왕을 설득하여 한(漢) 나라를 침략하도록 한다. 그리하여 한나라는 위태로운 정국에 처하게 되는데, 그때 적국의 왕은 화친(和親)을 원하면 명비를 그들에게 바칠 것을 요구한다. 당시 그녀는 궁중생활에 대한 추호의 미련도 없이 자신을 희생하여 적의 도발로부터 나라와 백성들을 보호하려고 그 일을 자원한다. 작별을 고할 때 왕소군은 고국에 대한 깊은 미련을 떨쳐버릴 수가 없어 적의 국경까지 도달했을 때, 그녀는 남쪽을 향해 술잔을 들어 엄숙한 절을 올린 후에 바로 강물에 투신자살을 한다는 내용이다.

앞에서 본 <오동우>가 당명황과 양귀비의 비극적인 사랑을 묘사한 것이라면, 이 작품도 한원제와 왕소군의 비극적인 러브스토리를 제재로 삼았다는 점에서 두 작품은 매우 유사한 면을 지니고 있다고 볼 수도 있다. 그러나 그 근본적인 주제사상은 매우 판이하다. <오동우>가 낭만적인 어조로 두 사람의 비극적인 처미(凄美)한 사랑을 미적으로 승화하여 칭송한 것이라면, <한궁추>는 현실적 의의에 입각하여 두 사람의 별리의 비극적 사랑 자체를 노래했다기보다는 그것을 통해 이민족으로부터 압박받고 있는 고국의 비애와 왕소군이라는 한 여인의 애국주의 사상을 가송한 것이라고 할 수 있다. 그리하여 이 작품은 중국이라는 큰 나라가 한 명의 약한 여성조차도 지키지 못한다는 사실을 제시함으로써 그 부패와 무능을 강조한 것이다. 그리고 또 우리가 주목할 점은 이 희곡작품은 당시 삼엄한 문금(文禁) 때문에 그 주제사상인 '애국심 고취'를 여주인공이 직접 노래하면서 직접적으로 표시할 수 없었기에 남자주인공인 한원제가 노래하는 말본(末本)의 형식으로 간접적으로 그녀의 애국충절을 노래했다는 사실이다. 끝으로 작자 마치원은 호가 동리(東籬)이고, 역시 대도(大都) 사람이었으며, 그 생애에 대한 기록 또한 매우 부족하다.

7장

:

명청문학사

1. 명청문학의 풍류정신 – 중국문학의 풍류정신 그 부흥시기

90여 년간 무력통치를 해온 원 제국은 그 말기에 이르러 농민반란 등 전국적인 동난이 발생하였고, 결국은 한족 평민 출신인 명태조 주원장(朱元璋)에 의해 중원에서 쫓겨나고 말았으니, 이로부터 중국은 한족에 의해 건립된 마지막 왕조인 명이 들어서게 되면서 그 자존심을 다시 회복하게 된다. 그리하여 원대의 암흑시기를 거쳐 명대와 청대에 이르면 중국문학 본래의 풍류정신은 거의 회복이 되어 중국문학 풍류정신의 화려한 부흥시기를 맞이하게 된다.

중국고대 봉건시대의 말기인 명청시기의 문학은 우선 그 사상성에서 그 전 시기의 문학과는 매우 다른 양상을 띠며 발전하게 되는데, 그것은 바로 자유인성론적인 계몽주의 의식이 문학을 통해 크게 드러나게 되었다는 점이다. 그리하여 중국문학에서 항시 강조되었던 유가적 예교관의 구속에서도 많이 벗어나게 되어 많은 작가들이 작품을 통해 그동안 사람을 질식시켜온 봉건적 낡은 사상과 폐단들을 풍자 비판하면서 개인적 성령과 자유를 적극적으로 표현하게 되었다.

그리고 문학 형식상의 변화를 본다면 이 시기에 이르러 중국문학은 시·사·부·고문 등의 과거 전통적인 문학 장르의 속박에서 벗어나 자유로이 희곡이나 소설 등과 같은 통속적인 문학 장르에 큰 관심을 보이게 되었으며, 그와 동시에 그들은 과거 전통적으로 사대부 문인들의 삶과 사상을 이야기하던 차원에서 한걸음 물러나 도시의 소시민과 민중의 애환을 다룬 작품들을 즐겨 창작하기에 이르렀다.

이 시기 문학에서 보편적으로 나타난 인도주의적 주정의식(主情意識)은 반전통적이고 반봉건적인 차원을 넘어, 중국문학과 중국문화의 특성과도 연결된 고귀한 정신이다.

다시 말해 명청시기에 나타난 인문주의 사상에서 비롯된 개성존중과 인성해방의 주정주의 정신은 실로 중국 위진남북조시대에 출현한 계몽주의 정신과 유사한 의의를 지니고 있다고 하겠다. 그것은 명대 중엽 이후 경제적으로 자본주의가 싹트고, 도시에서는 새로 일어난 시민계층이 나날이 비대해짐에 따라 그들의 인격을 중시하고 동시에 그들을 대상으로 한 문학(즉 소설이나 희곡)이 생겨나지 않을 수 없었던 시대적 상황에서 비롯된 것이다. 그뿐만 아니라 이 시기에 나타난 왕양명(王陽明)이나 이지(李贄) 등과 같은 위대한 철학자나 문학사상가들에 의하여서도 이러한 사상은 더욱 고취되었다. 사실 이 시대에 전개될 중국문학에 나타난 사상적 변화와 그에 따른 문학형식의 전환은 원대에 이미 그 출현을 예고하였다고 할 수 있다. 이를테면 원대에 흥기한 통속문학인 희곡의 대두는 바로 명청대 중국문학의 풍류세계의 중심도 전통문학에서 소설이나 희곡과 같은 민간문학으로 전향 발전될 것임을 예시하였다고 하겠다. 그 가운데 명청문학의 핵심이라고 할 수 있는 명청소설은 실로 이 시대 문학의 영혼이자 백미이며, 중국 고전문학에서의 풍류정신의 마지막 장을 장식한 아름다운 꽃이었다고 말할 수 있다. ≪요재지이≫나 ≪홍루몽≫ 등과 같은 문학작품에 반영된 생명에 대한 존중의식이나 우주 모든 생명체에 대한 동정과 연민의 정은 바로 중국의 유가나 도가를 비롯한 중국 전통 철학사상과도 긴밀히 연결된 중국문학과 중국문화의 정화이자 이 시대 중국문학의 풍류정신이자 시대정신의 본질이라고 할 수 있다.

2. 명청문학개론

500여 년의 긴 명청시대의 문학을 한마디로 요약하여 말하기는 실로 쉽지 않다. 더군다나 이 시대에는 청이라는 여진족들이 세운 나라가 중원을 통치하는 새로운 조대도 끼어 있기 때문이다. 그럼에도 불구하고 우리는 흔히 '명청문학'이라고 이 두 시대를 통틀어서 잘 말하는 경향이 있다. 그것은 아마도 이 두 조대가 중국고전문학사에서 모두 중국봉건사회의 마지막 단계에 처해 급격한 사회적 동란과 변화를 겪으며 근대 사회를 바라보는 시점에 있었기에 그 문학적 토양과 환경에 있어 서로 공통점이 많았던 때문일 것이다. 그리하여 중국문학사가들은 대체적으로 중국 명청시대 문학의 핵심과 주류는 소설과 희곡 등과 같은 민간의 통속문학에 있다고 보는 것도, 이런 공통된 문학

환경에서 비롯된 것이다.

명청대 중국전통문학의 특성을 논할 때 학자들이 대체로 모두 지적하는 점은 이 시대가 지닌 복고적 경향이다. 명대나 청대를 불구하고 이 시기의 문인들은 대체적으로 중국문인들의 전통적 통병이라고 할 수 있는 이른바 '현재는 옛날보다 못하다(今不如古)'는 생각에 집착되어 다투어 과거 어느 특정 시대의 문학을 추종 모방하는 형식주의적인 문장을 지으며 그들의 정력을 낭비하였다. 명대의 시문에 나타난 소위 '당송파(唐宋派)'나 '진한파(秦漢派)', 그리고 '전칠자(前七子)'와 '후칠자(後七子)' 등과 같은 유파들이 바로 그러하였는데, 그들의 문장은 이미 생기를 상실한 것이었다.

영명한 만주족 황제들의 제창에 의해 문화와 학술이 크게 발전했던 청대의 전통문학은 그 뛰어난 문인의 숫자나 작품의 양에 있어서는 괄목할 만했으나, 그 문학의 내용과 정신에 있어서는 이미 예전을 모방하는 단계를 크게 벗어나지 못한 것이 사실이었다. 명청시대의 전통문학을 말할 때 우리는 일반적으로 명대가 보잘것없는 '쇠약의 시기'라고 한다면, 청대는 '부흥의 시기'라고 말한다(胡雲翼, ≪中國文學史≫). 사실상 청대에는 병문과 산문(즉 古文), 그리고 시사와 같은 전통문학 장르에 있어서도 계승과 발전의 노력을 아끼지 않아, 전겸익(錢謙益), 오위업(吳偉業), 주이존(朱彝尊), 납란성덕(納蘭性德) 등은 물론 고염무(顧炎武)·왕부지(王夫之)·황종희(黃宗羲)·왕사정(王士禎) 등과 같은 수많은 우수한 문인들이 배출되었으나, 이 시대 문학의 주류가 이미 소설이나 희곡과 같은 민간문학 쪽으로 그 방향을 전환한 것은 어찌할 수 없었던 시대적 대세의 흐름이었다.

명청대에 이르러 중국의 고전소설이 번영과 절정에 달한 것은 결코 우연한 일이 아니다. 우리가 앞에서도 언급하였듯이 중국의 고전소설은 위진남북조 시대의 지괴소설에서 그 모양새를 갖추고, 당대 전기소설을 통해 성숙해가다가 송원대에 이르러 시민계층의 급속한 성장과 함께 설창(說唱)문학이나 희곡 등의 발전과 아울러 출현한 화본(話本)이라는 형식을 바탕으로 한 지금까지와 다른 백화체의 장편소설들도 등장하였으니, 이 모두가 명청시대 화려한 소설의 출범을 위한 준비와 도약의 단계였던 것이다. 그뿐만 아니라 중국고대에 그리 흔하지는 않았던 신화와 전설, 그리고 선진과 양한시대의 산문에 나타난 우언고사나 사전(史傳) 문장 등 중국소설의 기원에까지 거슬러 올라간다면 중국소설은 실로 엄청난 기간 동안의 세월을 거치며 준비를 해온 것이었다. 그 밖에도 명대 후반기 양명학의 영향으로 일어난 인성해방운동과 문학에서의 혁신적 사상을 부르짖은 위대한 문인 이지, 탕현조(湯顯祖), 공안파(公安派)와 여러 만명의 문인들, 그리고 그들의 정신을 이어받은 원매(袁枚)나 김성탄(金聖歎) 등의 청대 몇몇 문인들에게까지 이어졌던 반전통 신진사상도 명청대 소설이 그 중요한 자리매김을 하는 데 큰 영향을 끼쳐 봉건시대 말기 명청시대 문학의 풍류세계를 이룩하는 데 큰 공을 세웠다고 할 수 있다. 그리고 이 시대의 희곡은 원대의 성숙기를 이어 더욱 발전과 호황을 누려 소설과 함께 중국문학 풍류정신의 맥을 이었다고 볼 수 있다. 명대에는 원대 잡극의 결점을 보완한 전기라는 형식의 희곡이 발전하면서 중국의 희곡문화는 더욱 세련 발전하였으며, 청대에 와서는 중국의 희곡이 더욱 대중화되고 보편화하면서 중국문화의 중요한 한 자리로 정착하게 된다.

3. 명청문학과 문예이론에 나타난 인성해방사상 – 개성과 자유, 그리고 정의 추구

명청시대의 사회는 한마디로 중국봉건사회 말기의 각종 사회적인 모순과 갈등 그리고 충돌이 심각하게 야기되던 혼란의 시대였다. 잔혹한 토지겸병과 무거운 부역과세 등 통치자들의 잔혹한 봉건 전제 통치로 인해 명은 결국 이자성(李自成)의 난과 함께 멸망하였고, 그에 따라 더욱 큰 혼란이 닥쳐왔으니, 바로 만주족인 여진족이 중원을 차지하여 한족을 200여 년간 지배하게 되는 비극도 발생한다. 일찍이 명대의 통치자들은 그들의 봉건 전제 제도를 공고히 하기 위하여 한편으로는 그들을 회유하면서도 한편으로는 고압적인 문자옥(文字獄)을 감행하여 문인들의 사상과 언론을 강력히 통제하였다. 그리하여 명 성조(成祖) 때는 ≪사서(四書)≫와 ≪오경(五經)≫ 그리고 ≪성리대전(性理大全)≫을 국자감(國子監)과 천하 부주현(府州縣) 선비들의 필독서로 지정하였고, 팔고문(八股文)으로 선비를 등용하는 방식의 과거제도를 제정하여 지식인들의 자유로운 사상과 문사(文思)의 발휘를 억제시켰다. 왜냐하면 팔고문에 의한 취사제도(取士制度)는 바로 주희의 ≪사서≫ 주(注)와 송유(宋儒)가 주해한 ≪오경≫에 준하여 일정한 틀과 형식에 따라 문장을 지어야만 하는 엄격한 격식을 요구하였기 때문이다. 더욱이 만주족이 중국에 입주(入主)한 이후에는 당시 각지에서 우후죽순처럼 일어나던 반만항청(反滿抗淸) 운동을 억제키 위하여 강희·옹정·건륭 황제 시에는 무시무시한 문자옥의 시행으로 무수한 선비와 서적들이 희생된 것도 사실이었으니, 명청시대 문인지식인들의 고난은 중국역사상 그 어느 시대 못지않은 참혹한 상황이었다.

그러나 위정자들의 이러한 사상적 구속과 억압에서도 15세기 말 16세기 초에 양명(陽明)선생이라고 불리는 왕수인(王守仁)이 등장하여 기존의 정주이학(程朱理學)을 반대하는 '치양지(致良知)'의 학설을 주장하였다. 말하자면 그는 정주이학이 윤리강령을 사람의 마음 밖에 있는 도덕적 구속으로 여긴 점을 반대하고, 사람이 도덕실천의 능동적 주체가 되어야 함을 강조한 것이다. 그러나 왕양명의 이러한 반발정신은 유가의 전통과 도학의 정신을 바탕으로 한 발휘이지 결코 공맹(孔孟)을 부정하거나 정주이학을 비박하는 이단적인 행동은 아니었다. 하지만 왕수인의 정통학설에서 파생되어 나온 이른바 좌파왕학(左派王學)인 태주학파(泰州學派)[178]는 무척 과격하여 공맹의 도와 정주의 이학을 직접 부정하는 새로운 사상을 주장하게 된다. 말하자면 이 학파는 왕학의 극좌파로서, 그들은 왕학의 자유해방의 정신과 광자정신(狂者精神)을 가장 잘 드러내고 있다고 하겠다.

그중 정주이학에 대해 치명상을 입힌 자는 바로 이지(李贄, 즉 李卓吾)였는데, 그는 명말청초의 인성해방주의 문학의 발전에 크게 공헌하였다. 이지는 비록 좌파왕학의 정식 일원에 속하지는 않았지만 그의 사상과 행동은 좌파왕학의 정신을 가장 잘 보여주고 있다. 그가 주장한 문예사상의 핵심인 동심설(童心說)은 근본적으로는 왕수인의 양지설(良知說)에 그 근원을 두고 있다. 그는 동심설의 주장을 통해 의리와 예교를 부정하고 동심의 중요성을 강조한 사람이었다.

〈그림 64〉 이지

그의 저서 ≪분서(焚書)≫에 의하면 동심이란 진심이니, 그 동심을 잃게 되면 진심을 잃게 되고, 그 진심을 잃게 되면 진짜 사람이 아니라고 하였다. 그뿐만 아니라 그는 천하의 명문은 동심에서 나오지 않는 것이 없으니, 동심이 있는 문학작품만이 참다운 문학작품이라고 했으며, 당시 봉건문인학사들이 독서를 통해 의리(義理)와 예교를 얻게 될지언정 동심을 잃게 되어 자연히 진심도 잃게 되면서 결국은 거짓 문장만 짓게 되었다고 역설하였

---

178) 태주학파는 王艮이 개창한 사상학파로서, 16세기에 매우 성황을 누렸으며, 이 학파에는 王艮·顔鈞·羅汝芳·何心隱·李贄·焦竑 등과 같은 유명한 사상가들이 속출하였다. 그들은 "百姓日用之學"과 "安身立本"의 格物論을 제창하며, "人人君子"의 사회이상을 꿈꾸었지만, 짙은 반역색채를 띠어 결국은 대개가 죽음을 당한다. 그중 하심은이 유명한데, 이지는 그를 영웅시하며 추종하였다.

다.[179] 이와 동시에 그는 당시 가식적인 도학자들이 성(性)을 중시하는 것에 반하여 정(情)을 부르짖었을 뿐 아니라 정욕(情欲)과 사심(私心)까지도 직시하며 기존의 가치관에 대한 철저한 부정과 해방을 주장하였다. 그는 심지어 '사심'이야말로 사람의 본질임을 강조하기도 하였다.

> 대저 사사로움이란 사람의 마음이다. 사람은 반드시 사사로움이 있는 연후에 그 마음이 비로소 드러나는 것이다. 만약 사사로움이 없다면 사람의 마음도 없을 것이다. 예를 들어 밭을 가꾸는 자는 가을에 수확하고자 하는 사사로운 마음이 있는 연후라야 밭을 가꿈에 온 힘을 다할 것이며, 집을 차지한 자는 창고에 얻은 물건을 쌓으려는 사사로운 마음이 있는 연후라야 집을 다스림에 온 힘을 다할 것이며, 학문을 하는 자는 진취적으로 얻으려는 마음을 사사로이 품은 연후라야 과거에 응시하는 일에 온 힘을 다할 것이다.
> (夫私者, 人之心也, 人必有私而後其心乃見, 若無私則無心矣. 如服田者, 私有秋之獲而後治田必力, 居家者, 私積倉之獲而後治家必力, 爲學者, 私進取之獲而後擧業之治也必力).[180]

그 뿐만이 아니라 그는 사심에 기반하여 인욕(人欲)을 긍정하였다.

> 이를테면 재화를 좋아하고, 색을 좋아하며, 학문에 힘쓰며, 무슨 일을 이루기 위해 진취적이며, 금은보화를 많이 모으며, 자손들을 위해 전택을 많이 사들이며, 풍수가 좋은 곳을 찾아 자손들에게 복을 내리게 하며, 무릇 세상의 모든 생산업 등에 종사함은 모두가 그들이 좋아하여 하는 바이며, 모두 알고 모두 말하는 이것이 바로 진정한 민간의 뜻이자 사람들이 바라는 것이라고 하겠다.
> (如好貨, 如好色, 如勤學, 如進取, 如多積金寶, 如多買田宅爲子孫謀, 博求風水爲兒孫福蔭, 凡世間一切治生産業等事, 皆其所共好而共習, 共知而共言者, 是眞邇言也).[181]

이처럼 이지는 사람들이 재물을 좋아하고 여색을 좋아하는 등의 '인욕'을 사람들의 습성으로 보며 그것을 긍정하였다. 이탁오의 이러한 사상은 결국 정주이학의 성리(性理)·시비선악지심(是非善惡之心)에서 벗어나 동심(진심)과 정을 강조하며, 사람들이 원래 갖고 있는 각자의 성정과 개성 그리고 자유를 중시하는 점으로 이어져, 명말 인성해방운동의 선봉이 되었다고 할 수 있다.

---

179) 그가 지은 ≪焚書≫란 책에서는 "대저 동심이란 진심이다. … 만약 동심을 잃으면 진심을 잃는 것이고, 진심을 잃으면 거짓 사람이 되는 것이다(夫童心者眞心也 … 若失卻童心, 便失卻眞心. 失卻眞心, 便失卻眞人)."라고 주장하였으며, 또 "천하의 명문은 동심에서 나오지 않은 것이 없다(天下之至文, 未有不出於童心焉者也)." 라고도 말하였다.

180) 李贄, ≪藏書≫, 北京: 中華書局, 1974, 544쪽. 또 鄢烈山, 朱健國, ≪李贄傳≫, 北京: 時事出版社, 2000, 270쪽.

181) 李贄, ≪焚書≫, 長沙: 嶽麓書社, 1990, 39쪽.

이런 이지의 주장에 대해 당시 전통보수파들은 그를 이단(異端)과 사설(邪說)로 간주하여 그를 나라 밖으로 쫓아내려고 하였지만 그는 공공연히 자신의 저술을 유학과 도학에 반기를 든 저술로 선포하면서 자신을 죽일 수는 있지만 없앨 수는 없으며, 자신의 목은 자를 수는 있지만 몸은 욕되게 하지 못한다고 주장하며 조금도 위축되지 않았다.[182] 명사(明史) 전(傳)[183]에 의하면 만력(萬曆) 30년(1602년)에 예부급사중(禮部給事中) 장문달(張問達)에 의해 이지의 탄핵안이 상소되어 신종의 비준으로 그는 투옥되고 나중에 옥중에서 그는 자결하게 된다. 당시 이지에게 주어진 죄명은 "문란한 도를 주장하여 세상과 백성들을 혼란에 빠트렸다(敢倡亂道, 惑世誣民)."는 것이었다.[184] 그리고

---

182) 삼원(三袁) 중의 막내 원중도가 지은 <이온릉전(李溫陵傳, 이지의 별호가 溫陵居士임)>에는 이지의 성품에 대해 다음과 같이 말하고 있다. - "그는 사람됨이 속은 뜨거웠지만 겉은 차가웠으며, 정직하고 강했다. 성정이 조급하여 면전에서 남의 잘못을 잘 지적하였다. 자신과 뜻이 맞지 않거나 하는 사람들과는 말을 섞지 않았다. 정력이 왕성하고 자기 멋대로였으며, 자신이 하기 싫어하는 일은 절대 억지로 하지 않았다. 그가 태수로 있을 때엔 법령을 간소화시키고 요구도 적었으나 지역은 태평하였다. 해가 거듭되자 그는 관직생활의 구속에 염증을 느끼고 계족산으로 들어가 불경을 공부하며 은거하여 밖으로 나오지 않았다. 어사 유위는 그의 인품에 감복하여 조정에 상소해 그가 퇴직해 고향으로 돌아가 쉴 수 있도록 해주었다(公爲人中燠外冷, 豐骨棱棱. 性甚卞急, 好面折人過, 士非參其神契者不與言. 強力任性, 不強其意之所不欲. 爲守, 法令清簡, 不言而治. 俸祿之外, 了無長物. 久之, 厭丰組, 遂入雞足山閣《龍藏》不出. 禦史劉維奇其節, 疏令致仕以歸)." 또 처음 그는 호북 황안의 경자용과 관계가 좋아 태수 직을 사임한 후에 천주의 고향으로 돌아가지 않았다. 그는 말했다. "나는 이제 늙어 몇 명의 지기가 있으면 그들과 매일 만나 얘기하며 소일할 수만 있다면 가장 즐거운 일인데 고향으로 돌아갈 필요가 있겠소" 그리하여 그는 처자식을 데리고 황안으로 왔다. 그는 중년에 몇 명의 아들을 두었는데 모두 요절했다. 그는 매우 말랐으며, 가무와 미녀를 좋아하지 않았다. 또 결벽증이 있어 여자들에게 가까이 가는 것을 싫어했다. 그러기에 그는 아들이 없었지만 첩을 얻지 않았다. 나중에 처와 딸들이 고향으로 돌아가고 싶어 하자 그는 즉시 그들을 보내주었다. 그는 자칭 "외지의 나그네"라고 하며, 가정의 구속도 없고 속인들과 내왕도 하지 않으며 불법과 철리를 추구하였다. 그의 두뇌는 매우 명석하여 종종 정곡을 찌르는 의견들을 내놓으며, 논리가 심오해 이해하기가 쉽지 않았다. 그의 관점은 언제나 세속과 대립각을 세웠으며, 그 관점의 오묘함을 이해하는 사람들은 매우 적었다(初與楚黃安耿子庸善, 罷郡遂不歸. 曰: "我老矣, 得一二勝友, 終日晤言以遣餘日, 即爲至快, 何必故鄉也?" 遂攜妻女客黃安. 中年得數男, 皆不育. 體素羸, 澹於聲色, 又癖潔, 惡近婦人, 故雖無子, 不置妾婢. 後妻女欲歸, 趣歸之. 自稱 "流寓客子". 既無家累, 又斷俗緣, 參求乘理, 極其超悟, 剔膚見骨, 迥絕理路. 出爲議論, 少有酬其機者). 또 "이선생의 기개는 높고 컸으며 행동은 기이하고 특이하였다. 관계의 인물들은 종종 그의 재능에 감탄하였으며, 그의 문필의 예리함을 두려워하였다. 처음에 누군가가 있지도 않은 죄명으로 그를 고발하여 마성의 지방장관이 그를 추방하였다(公氣既激昂, 行復詭異, 欽其才, 畏其筆, 始有以幺麼間當事, 當事逐之)." 以上 <이온릉전>의 내용을 보면, 장문달이 그를 탄핵할 때에 조정에 상소한 내용 가운데 "그는 음탕하여 여자들과 혼숙하며 음탕하고 요사스러운 사람"이라고 무고한 것과 매우 다르다. 사실 그는 결벽증에다 성색(聲色: 음악과 미녀)을 멀리하는 그야말로 진정한 도학자적인 인물이었음을 알 수 있다. 이지는 만명 명사들 가운데서도 찾아보기 힘든 고결한 인품의 소유자였다고 할 수 있을 것이다.

183) ≪명사(明史)≫에는 따로 그의 전이 없고, 경정향(耿定向)이란 인물의 전(傳) 마지막에 그의 전이 조금 기록되어 있을 뿐이다. 경정향은 그의 동생 경정리(耿定理)와 함께 처음엔 이지의 친한 친구였는데, 이들은 모두 왕양명 심학 계열의 태주학파에 속했다. 그러나 두 사람의 견해는 많은 차이가 있었으며, 결국 두 사람은 사상적 충돌로 인해 전에서의 기록처럼 서로 비판하며 불화와 반목을 초래하게 된다. 당시 이지는 경정향의 문객으로 지내며 그의 아들의 글공부를 가르쳤다. 그러나 그의 이단적인 학설과 이론으로 인해 경정향 가문의 사람들은 두 파로 나뉘어져 서로 격렬한 몸싸움까지 벌였다고 한다. 더구나 그의 저서 ≪분서(焚書)≫가 발표된 후 그는 경정향을 가식적인 도학자라고 비판하였고, 경정향의 일파들도 그를 협공하며 그를 음탕하고 고약한 승도라고 비난하기에 이르렀다.

184) 당시 장문달이 이지를 탄핵한 내용은 이러하다. "장년에 관리가 되고 만년에는 머리를 삭발하였으며, 최근에는 ≪탁오대덕≫ 등의 서적을 지었는데 국내에서 크게 유행하여 민심을 혼란에 빠트렸다. … 탁문군을 좋은

그의 저술들은 모두 불태워졌다.

이런 이지의 사상은 명말 계몽사상의 흥기와 함께 문학에서도 이른바 반전통주의적 인성해방을 부르짖는 사상이 고조되었는데, 그 첫 번째 작가는 문예작품을 통해 인성해방의 기치를 높이 부르짖던 명말의 유명한 희곡 작가 탕현조(湯顯祖)였다. 그는 태주학파의 창시자인 왕간(王艮)의 제자 나여방(羅汝芳)의 사상을 이은 진보적 사상가로 이지를 매우 존경한 사람이었다. 그가 지은 대표적 희곡작품인 임천사몽(臨川四夢)[185] 가운데 ≪모란정(牡丹亭)≫은 그의 문학관을 가장 잘 반영해주는 명작이다. 그는 ≪모란정≫을 통해 정을 부르짖어 당시 수많은 청춘남녀들로 하여금 예교의 속박에서 벗어나 개성과 자유를 추구하는 용기를 불러일으켰다고 할 수 있다. 이 작품 서문에 해당하는 제사(題詞)는 그의 정관을 잘 보여준다.[186] 여기서 탕현조가 말하는 지극한 정이란 바로 치정(癡情)을 가리킨다. 그는 깊은 정은 능히 생사를 초월하고 시공을 넘나드는 위대한 힘을 지니고 있다고 역설하면서 정의 가치를 고양하였지만 그가 ≪모란정≫에서 말하는 정은 사실 욕을 포함하고 있었다. 즉 엄격히 말해 유몽매에 대한 두려낭의 정은 순수한(정신적인) 사랑이라기보다는 청춘의 욕정이라고 볼 수도 있다.[187] 여하튼 이지와 탕현조의 이러한 정에 대한 제창은 수많은 만명문학가들에게 매우 깊은 영향을 끼치게 된다. 그리하여 그들은 개성과 자유를 추구하는 많은 작품들을 남기며 유가의 공리적인 가치관에서 벗어나 순수한 개인적 성령문학을 지향하였다.[188]

이를테면 이지와 탕현조의 사상은 만명 문학가들의 주정주의적 문학관으로 직접 이어졌는데, 만명소품(小品)의 작가 장대(張岱)의 <자위묘지명(自爲墓誌銘)>에 나타난 젊은 시절 그의 열광적이고 낭만적인 풍류생활에 대한 회고의 문장[189]은 그 시대의 문인

배필이라 여기고, 상홍양이 무제를 기만했다는 사마광의 논리를 가소롭게 여겼으며; 진시황을 천고의 명군으로 여기고, 공자의 시비지심을 증거부족으로 여겼다. 그 방자하고 도리에 어긋남을 이루 열거할 수가 없으며, 대부분이 황당하고 근거가 없으니, 그를 처단하지 않을 수가 없다(壯歲爲官, 晩年削髮, 近又刻『卓吾大德』等書, 流行海內, 惑亂人心。 … 以卓文君爲善擇佳偶, 以司馬光論桑弘羊欺武帝爲可笑, 以秦始皇爲千古一帝, 以孔子之是非爲不足據。 狂誕悖戾, 未易枚擧, 大都刺謬不經, 不可不毁)。”

185) ≪牡丹亭≫, ≪紫釵記≫, ≪南柯記≫, ≪邯鄲記≫를 말한다.

186) “천하의 여자들 정이 있다지만 어찌 두려낭만한 여자가 있겠는가! 유몽매를 꿈에서 보고는 병이 생기고, 병이 위독한 가운데에도 자신의 초상을 그려 세상에 남긴 후 죽었네. … 정은 어디에서 비롯되는지 한번 찾아오면 그 깊이를 헤아릴 수가 없다. 살아있는 자는 그 때문에 죽기도 하고, 죽은 사람은 살아나기도 한다. 살아 있을 때 함께 죽을 수 없고, 죽어서는 다시 살아날 수 없다면 이 모두는 지극한 정이라고 할 수 없다(天下女子有情, 寧有如杜麗娘者乎! 夢其人卽病, 病卽彌連, 至手畵形容, 傳於世而後死, … 情不知所起, 一往而深. 生者可以死, 死可以生. 生而不可與死, 死而不可復生者, 皆非情之至也)。”

187) 吳存存, ≪明淸社會性愛風氣≫, 北京: 人民文學出版社, 2000. 11쪽.

188) 이런 만명 문인들이 문학관을 가장 잘 반영한 것이 만명 소품문이라고 할 수 있다. 그들은 소품문을 통해 전적으로 자신의 취향 즉 性靈에 의거한 작품들을 지었다.

들이 바로 '정'으로 '리(理)'를 반대하며, 얼마나 정주이학의 울타리에서 벗어나 개인의 개성과 자유를 갈망하였는지 잘 보여주고 있다. 그 외에도 "마음속의 영감을 펴며, 정해진 격식에 구속되지 않음(抒發性靈, 不拘格套)"를 종지로 삼던 명말의 공안파 삼원형제(三袁兄弟, 즉 袁宗道・袁宏道・袁中道)들의 주장도 앞의 이지와 탕현조 등의 사상과 일맥상통하다. 삼형제 가운데 가장 특출하여 그들을 대표할 수 있는 차남 원굉도는 문학의 진화성을 역설하면서 옛것을 모방하는 당시 문단의 폐단을 지적하고, 오직 작자의 독창적인 성령에 의한 창작태도를 주장했다. 그 밖에도 그는 중국에서 그동안 전통적으로 푸대접을 받아오던 소설이나 희곡과 같은 민간통속문학의 가치를 높이 평가하여 그것들을 유가의 경전이나 《사기》 등의 작품들과 동등하게 취급했으니, 그 혁신적인 식견을 가히 짐작할 수 있다. 공안파들이 주장한 이른바 '독서성령(獨抒性靈, 즉 오직 성령만을 펼침)'의 의미는 바로 자신의 마음 깊은 곳에서 우러나온 정이나 개성의 자유로운 발휘를 중시한 것이며, 결코 학문이나 그 어떤 리(理)를 강조한 것이 아니었다. 원굉도는 사람이 한평생을 살아가면서 응당 자신의 삶의 바람을 마음껏 향유하며 자신의 개성을 자유롭게 발휘하면서 생활해야 함을 역설하였다. 그가 공유학(龔惟學)에게 보낸 서신 가운데 인생의 몇 가지 진정한 즐거움에 대해 거론한 부분이 있는데, 그는 거기에서 말하길, "눈으로는 세상의 모든 색(色)을 다 보아야 하고, 귀는 세상의 모든 소리를 다 들어야 하며, 몸은 세상의 모든 희한한 일들을 모두 겪어보아야 하며, 입은 세상의 그 어떤 말도 다 해보아야 한다."190)고 했다. 이러한 인생관은 두말할 것도 없이 바로 개성과 자유, 그리고 성정을 추구하는 태도다.

명말의 이런 자유와 개성을 추구하는 인문주의 사상이 작품을 통해 표현되었다고 한다면, 그 대표적인 희곡작품으로 앞서 언급한 《모란정》이 있고, 소설작품으로는 '삼언'을 꼽을 수가 있다. '삼언'을 편찬한 풍몽룡(馮夢龍)은 명말의 민간문학가로, 특히 그는 三言(《諭世明言》・《警世通言》・《醒世恒言》)이란 단편소설집의 작가로서 유명하다. 그는 명말의 계몽주의적 사회 분위기를 통속소설을 통해 잘 보여준 걸출한

---

189) 張岱는 이 문장에서 말하길 "少爲紈袴子弟, 極愛繁華. 好精舍, 好美婢, 好孌童, 好鮮衣, 好美食, 好駿馬, 好華燈, 好煙火, 好梨園, 好鼓吹, 好古董, 好花鳥. 兼以茶淫橘虐, 書蠹詩魔, 勞碌半生, 皆成夢幻了."(《瑯嬛文集》, 卷五)라고 했는데, 즉 젊은 시절의 그는 놀기 좋아하는 한량으로 번화함을 매우 좋아하였다. 멋진 집, 예쁜 계집종, 예쁘장한 남자아이, 멋진 의복, 맛있는 음식, 멋진 말, 화려한 등, 불꽃놀이, 멋진 정원, 음악, 골동품, 花鳥 등에다가 차를 마시며 한담하면서 책을 쓰고 시를 짓는 것에 빠져 반평생을 요란하게 살았지만, 모두가 이젠 꿈이 되어버렸다고 회고했다.

190) 目極世間之色, 耳極世間之聲, 身極世間之鮮, 口極世間之譚. - 《袁中郎全集》卷二十, <與龔惟學先生人牘>.

작가라고 할 수 있다. 그는 통속문학가였기에 아속공상(雅俗共賞)의 의식하에서 시민들의 구미에 맞게끔 애정이나 진정은 물론 특히 남녀의 정욕(情慾)과 성애(性愛)도 대담하게 묘사하였는데, 그는 그것을 통해 인간의 정과 욕망의 자연스러움과 정당성을 주장하였다. 그가 지은 삼언 속의 대표작인 <장흥가중회진주삼(蔣興哥重會珍珠衫)>·<매유랑독점화괴(賣油郎獨占花魁)>·<두십낭노심백보상(杜十娘怒沈百寶箱)> 등의 작품들을 보면 봉건적 예법관념을 벗어나 남녀 간의 자연스러운 정과 욕정을 찬미하는 내용이 주를 이룬다. 그리하여 자유롭고 대담한 성애도 비교적 노골적으로 묘사한 부분이 있어 다소 색정적이고 황음(荒淫)한 묘사도 종종 등장하지만, 작품들에서 풍기는 진보적이고 자유스러운 신선한 시대의식을 느낄 수 있다. 예를 들어, 삼언 중 ≪유세명언≫에 있는 <장흥가중회진주삼>이란 작품에서 작자는 주인공이 간통한 아내에 대해 기존의 소설들처럼 봉건예교의 정조관념에 의거하여 탈선한 부인의 부정(不貞) 행위를 일방적으로 문책하기보다는 여성의 입장에 서서 그 고충을 이해하고 남편의 책임도 되돌아보는 것으로 묘사하였는데, 그것은 바로 남녀평등이나 인간의 욕정 특히 여성의 욕정에 대한 이해와 같은 이 시대 사회의 계몽적이고 진보적인 사회적 분위기를 반영하고 있다고 볼 수가 있다.

봉건 예교관념을 벗어난 만명 문인들의 이런 주정주의적 문학관과 계몽의식은 청초 실사구시를 추구하는 학풍의 영향에도 불구하고 결코 소실되지 않았다. 청대 건륭 연간에는 '건륭삼대가' 중의 한 사람인 저명한 시인 원매(袁枚)가 등장하여 '성령설(性靈說)'[191]을 주장하였는데, 그가 말하는 성령도 바로 진실한 정감과 개성을 의미한다. 원매가 청대 주정(主情) 문학전통의 대표라고 한다면, 대진(戴震)은 바로 청대 주정 철학전통의 대표라고 말할 수 있다. 그는 자연과학사상을 기초로 하여 정주이학이 주장하는 '존천리, 멸인욕'의 사상을 강력히 반대하였다. 그는 ≪맹자자의소증(孟子字義疏證)≫이라는 책에서 주장하길, 이학가(理學家)들이 주장하는 '존천리, 멸인욕'의 사상은 사람의 춥고 배고픔, 근심과 원한, 먹고 마시며 교접하고자 하는 등의 정상적인 사람의 욕망들을 모조리 제거해야 할 대상인 '인욕(人欲)'이라고 여긴 것이니, 그것은 바로 사람이 나고 번성하는 본능의 도를 무시하는 처사라고 하였다. 그리고 그는 인성은 선한

---

191) ≪清史稿≫ 本傳에서 말하길 袁枚는 "천재적으로 남다른 영리함이 있었으며, 시를 논함에 있어 性靈을 표방함을 주장했다(天才穎異, 論詩主抒寫性靈)."라고 했으며, 그가 지은 ≪隨園詩話·詩經≫에서도 말하길 "삼백편에서부터 지금까지 명작으로 전해지는 詩들은 그 모두가 성령으로 충만된 작품들이다(自三百篇至今日, 凡詩之傳者, 都是性靈, 不關堆垛)."라고 하였다.

것이고 인욕이란 인성에서 나온 것이니, 그것은 합리적이며 선한 것인 동시에 인류가 생존 번식하는 터전이 되는 본성이라고 여겼다. 따라서 정당한 인욕은 바로 천리이고, 천리도 인욕 속에 있는 것임을 강조하였다. 사람의 정과 욕을 중시하는 대진의 이런 진보적인 인성론은 앞에서 언급한 명대 사상가들의 영향을 받은 것이며, 그의 사상은 청대의 문학가나 문예이론가들은 물론 그들의 작품에까지도 큰 영향을 파급시키게 된다.

청초의 뛰어난 문학평론가 김성탄도 이러한 사상의 영향을 받아 소설과 희곡 등 통속문학의 가치를 높이 인정한 당시의 소설미학가였다. 그는 ≪수호전≫과 ≪서상기≫를 <이소>와 ≪장자≫·≪사기≫·≪두시≫와 동등하게 평가하여, 그것들을 이른바 '육재자서(六才子書)'라고 하였으니, 그것은 바로 여섯 사람의 재기가 넘치는 걸출한 자들에 의해 지어진 명작이라는 말이다. 그 후 사람들이 ≪수호전≫을 '제5재자서'라고 하고, ≪서상기≫를 '제6재자서'라고 한 것은 바로 여기서 비롯된 것이다. 그가 ≪수호전≫에 대해 작품 군데군데 짤막한 주와 평을 기록한 ≪수호전≫ 평점(評點)은, 비록 그동안 많은 사람들에 의해 경시되었으나 사실 그것은 모종강(毛宗崗)의 ≪삼국연의≫ 평점, 장죽파(張竹坡)의 ≪금병매≫ 평점, 그리고 지연재(脂硯齋)의 ≪홍루몽≫ 평점과 함께 중국소설미학의 중요한 자료가 되기도 하였다. 명청대의 이러한 인문주의 사상이 청대에 와서 작품을 통해 실재로 가장 잘 구현된 결정체는 중국소설의 백미라고 할 수 있는 ≪홍루몽≫이다. 비록 ≪홍루몽≫은 세기말적인 감상주의와 숙명론적 기조에서 완전히 벗어나진 못하였지만, 단순히 청춘남녀의 사랑과 한 가정의 몰락을 비극적으로 묘사한 것이 아니라 인성의 자유와 개성의 추구를 바탕으로 정의 가치를 부르짖은 '지정주의(至情主義)' 작품이다. ≪홍루몽≫의 인문 사상과 박애 정신은 중국고전문학에서 그 선례를 찾아보기 힘든 중국고전소설의 기이한 걸작이라고 할 수 있다.

4. 명청 문인의 풍류정신 – 풍류재자의 부활

'풍류재자'라는 말은 매우 전통적인 중국의 문화현상이라고 할 수 있다. '풍류재자'의 사전적인 의미는 풍도(風度)가 있는 소탈한 성품에 재기와 학문(才學)이 깊은 사람이라고 대체적으로 풀이하고 있으며, 그 출처는, 당대(唐代) 원진(元稹)의 ≪앵앵전(鶯鶯傳)≫에 나오는 양거원(楊巨源)의 <최낭시(崔娘詩)> 중의 한 구절 "풍류재자 상사의 그리움이 크니, 그 여자 한 통의 편지에 애간장 끊어지네(風流才子多春思, 腸斷蕭孃一紙書)."[192]를 인용하고 있고, 또 ≪경세통언(警世通言)≫ <옥당춘락난봉부(玉堂春落難逢夫)> 중의 "생긴 것이 눈매와 눈썹이 맑고 풍채도 준수하고 우아하며, 독서는 한눈에 열 줄을 읽어내고, 붓을 들면 바로 문장을 지으니 바로 풍류재자라 할 것이다(生得眉目清新, 丰姿俊雅, 讀書一目十行, 擧筆即便成文, 原是個風流才子)."라는 내용도 인용되어 있다. 이상을 통해 우리는 '풍류재자'란 문장이 뛰어나고 재정이 넘칠 뿐 아니라 소탈한 성품을 지닌 이상적인 남자의 모습이며, 최초의 출전은 당나라 때임을 알 수가 있다. 사실 '풍류재자'란 그 이름에서도 알 수 있듯, 풍류가 넘치는 재자(才子)란 뜻이며, '풍류'라는 말은 고아한 멋과 낭만적인 정취를 표현하는 용어로 우리나라에서도 예로부터 널리 사용하였던 말이다. 그리고 '재자'란 말이 처음 등장한 것은 ≪좌전(左傳)≫에서다.

> 옛날 고양씨에게는 능력이 있는 아들이 여덟 있었는데, 각각 창서、퇴개、도인、대림、방항、정견、중용、숙달이었으며, 그들은 모두 성정이 올곧고 깊이가 있었으며, 총민하고도 성실하여 천하의 백성들이 모두 그들을 팔개라고 불렀다. … 고신씨에게는 능력이 있는 아들이 여덟 있었는데… 모두 성정이 충성스럽고 엄숙하며 인자하고도 평화스러워 천하의 백성들이 모두 그들을 팔원이라고 불렀다.
> (昔高陽氏有才子八人, 蒼舒、隤凱、檮戭、大臨、尨降、庭堅、仲容、叔達、齊聖廣淵、明允篤誠、天下之民, 謂之八愷. … 高辛氏有才子八人… 忠肅共懿、宣慈惠和, 天下之民, 謂之八元.) ≪左傳·文公十八年≫

이상의 인용문에서 알 수 있듯 '재자'란 말은 원래 덕행과 재주를 모두 겸비한 사람을 말하였으며, 그 가운데에서도 특히 덕행에 비중을 많이 두었음을 알 수 있다. 그러나 세월이 흘러 '재자'의 함의에도 변화가 생겨 재기 특히 문재(文才)가 출중한 자를 지칭하는 말로 전변하였으며, 그 함의는 '재사(才士)'나 '재인(才人)'과 같은 의미였다. 예를 들면, 현존하는 중국의 가장 오래 된 남조 시기의 시론 저서인 종영(鍾嶸)의 ≪시품(詩品)≫은 덕행의 우열이나 지위의 고하, 그리고 시대의 원근이나 성별의 차이를 불문하고 오직 시재가 뛰어난 자들을 '재자'라고 지칭하면서 그들의 작품을 상중하로 나눠 비평하였는데, 시품의 말을 빌면 "무릇 여기에 수록한 백스무 명의 종파에 속한 자들은 모두 재자라고 칭함(凡百二十人, 豫此宗流者, 便稱才子)."[193]이라고 하였다. 따라

---

192) 汪辟疆, ≪唐人傳奇小說≫(臺灣 文史哲出版社, 1993), 제138쪽.

서 ≪시품≫은 중국에서 처음으로 본격적으로 '재자'를 논한 저서라고 할 수 있다.[194] 그리고 그 후에도 '재자'란 말은 줄곧 문재가 출중한 문인의 의미로 널리 사용되었는데, 예를 들어 원대(元代) 신문방(辛文房)이 편찬한 ≪당재자전(唐才子傳)≫은 당대 저명한 시인 397명에 대한 간략한 전기를 소개하며 그들을 모두 '재자'라고 칭하였으니 그 대표적인 실례라고 할 수 있다.[195] 서역(西域) 출신의 이방인 신문방이 이 책을 편찬할 때에도 가문이나 관직상의 업적에 치중하여 시인들을 소개하기보다는 한미한 가문의 문인일지라도 문학상의 탁월한 성취가 있으면 칭찬한 점[196]으로 미루어 보더라도 그의 재자관(才子觀)은 대체로 문재가 출중한 문인의 개념의 의미를 계승한 것으로 볼 수 있다.

그 후 명대에 이르면 퇴폐적이고 방종한 사회적 분위기[197]의 영향에서인지 '재자'란 말이 빈번하게 사용되기 시작하였다. 특히 명 중엽 이후로 당시 시대적 특색을 잘 반영하고 있던 '재자'들이 대거 출현하면서 그들의 오만하고 방탕한 "재사오탄(才士傲誕)"[198]의 특성은 그 후 '재자'의 함의를 규정짓게 만드는 단서를 제공하였다고도 볼 수 있다. 이를테면 왕세정(王世貞)의 ≪예원파언(藝苑卮言)≫권6의 기록에 의하면 상열(桑悅)은 스스로 "강남재인(江南才人)"으로 자부하며 세인들로부터는 '대광사(大狂士)'로 여겨졌고, 당인(唐寅)은 자칭 '강남제일풍류재자(江南第一風流才子)'로 통했으며, 축윤명(祝允明)、문징명(文徵明)、서정경(徐禎卿)과 더불어 '오중사재자(吳中四才子)'로 불러지기도 하였다. 그뿐만 아니라 조금 뒤인 가정(嘉靖) 연간에는 이개선(李開先)、왕신중(王愼中)、당순지(唐順之)、진속(陳束)、조시춘(趙時春)、웅과(熊過)、임한(任翰)、여고(呂高) 등을 아울러 '가정팔재자(嘉靖八才子)'라고 부르기도 하였다. 그들은 비록 개성이나 사상이 모두 같진 않았지만 공통적인 면이 있었으니, 모두가 뛰어난 재기에다 세상을 깔보는 오만한

---

193) 汪中 選注, ≪詩品注≫(臺灣 正中書局, 1985), 제27쪽.

194) 白嵐玲, ≪才子文心≫(北京 北京廣播學院出版社, 2003), 제8쪽.

195) 백남령, 같은 책, 같은 쪽.

196) 周本淳 교정, ≪唐才子傳校正≫(臺灣 文津出版社, 1988), 제1, 2쪽.

197) "명말에는 금욕과 종욕이 병행하여 한편으로는 정주이학의 영향 하에 금욕의 분위기가 팽배하였지만 또 다른 한편으로는 종욕적인 분위기가 만연하여 각종 색정소설과 춘궁화는 물론 창녀나 연동(變童)들이 범람하고 각종 신기한 성적 자극들이 추구되던 시대였다. 따라서 이런 까닭으로 만명청초의 문학작품에서는 금욕과 종욕(縱欲)의 이중성으로 인해 한편으로는 절제와 도덕교화를 얘기하면서도 다른 한편으로는 인간의 정욕과 성애를 중시하는 경향을 띠고 있다. 예를 들어 만명의 작가 풍몽룡의 삼언을 보면 작가는 언제나 권선징악이나 도덕교화를 염두에 두면서도 인간의 자연스러운 성욕이나 욕정에 대해서는 언제나 관대하게 처리하고 있다." - 최병규, <요재지이 속의 성>, ≪중어중문학≫제43집, 2008, 312쪽.

198) 淸代 趙翼의 ≪二十史札記≫ 卷34에는 "明中葉才士傲誕之習"이라는 조목이 있으며, ≪明史·文苑傳≫의 기록에도 唐寅·文徵明·桑悅 등과 같은 당시 才士들의 재주를 믿고 행한 방자한 행동들에 대해 언급하고 있다.

자태가 있어 세속의 도덕적 준칙을 무시하면서 자유분방하고 광방한 인생을 살았다. 그런 까닭에 청대 가경(嘉慶) 연간의 학자 왕종염(王宗炎)도 "삼간초당본서(三間草堂本序)"에서 '재자'에 대해 다음과 같이 논하였다.

> 옛날의 재자들은 모두 성정이 올곧고 깊이가 있으며 총민하고도 성실한 덕이 있었으며, 모두 충성스럽고 엄숙하며 인자하고도 평화스러운 행실을 보여 그들이 정치에 나아가서도 넓은 도량으로 능히 백성들을 교화하고 국가를 다스리는 데에도 그 권위를 잃지 않으며, 충성과 믿음, 그리고 예의와 의리로써 백성들을 더욱 올곧게 나아갈 수 있도록 할 수 있다면 그를 가히 천하의 '재자'라고 부를 수 있다. ... 그 후 도덕이 실추되어 단지 기술과 재능으로써 '재자'를 삼고, 기술과 재능이 보잘 것 없으면 문장과 기예로서 '재자'를 삼았다. 당대(唐代)에 이르러 경술(經術)이 쇠락하여 '재자'를 삼는데 오직 시(詩)뿐이었다. 대체로 당태종(唐太宗) 이후 모든 황제들이 시에 능하였으니, 윗사람들이 이를 좋아하니 아래 사람들도 당연히 이에 몰입하게 되었으며, 진사의 과거에도 시부(詞賦)로 시험을 보며 벼슬의 길로 선비들을 유혹하였다. ... 그리하여 그들의 시는 비록 시재(詩才)가 있다고 해도 한위(漢魏)의 시문이나 ≪문선(文選)≫, <이소(離騷)>를 답습하는 정도였고, 그 외의 하찮은 시들은 기미음란(綺靡淫亂)하고 비속할 따름이었으니, 당시 행동과 말이 일치하여 실속이 있어 본받을 만한 자라고는 한유(韓愈)밖에 없었다. 이를테면 시인중의 우상인 이백과 두보도 그들의 시는 시가(詩家)의 지극한 모범일지라도 개인적인 입신(立身)과 수양에 있어서는 이렇다고 할 만한 것이 없었다. 게다가 원진은 행실이 경박했으며, 유종원, 유우석 등은 붕당(朋黨)질을 일삼았고, 나은과 두순학은 진실함이 결여되고 아첨을 잘했어도 모두 번듯이 재자라는 이름을 달고 있었던 것이다(古之才子, 必有齊聖廣淵明允篤誠之德, 忠肅共懿宣慈惠和之行, 其見於用, 則能寬惠柔民, 治國家不失其柄, 結忠信, 制禮義, 使百姓加勇. 若是者, 謂之天下才. ... 道德之失, 而後以技能爲才, 技能之薄, 而後以文藝爲才. 至於唐世, 經術衰熄, 而才專屬於詩矣. 蓋自太宗以下, 諸帝皆工於詩, 上有好者, 下必甚焉. 進士之擧, 試以詞賦, 利祿之途誘之. ... 故其爲詩, 上者不過沿溯漢魏, 根柢選騷., 下者涉於淫哇綺靡, 增悲導俗. 求其行能踐言, 華足副實者, 韓愈氏而止耳. 李白, 杜甫, 詩家之極軌, 而立身行己未能有所表現. 若元積之輕薄, 柳宗元, 劉禹錫之朋黨, 羅隱杜荀鶴之嘲諧阿諛, 皆儼然被才子之名而不辭).[199]

청대 왕종염의 지적도 '재자'라는 말이 덕행을 더욱 중요시하던 선진시대의 함의에서 덕행보다는 주로 문재에 비중을 두게 된 전변의 과정을 잘 설명하고 있다. 그리고 그 전변의 계기를 당대의 과거제도에 의한 시부의 중시에 따른 사회적 분위기에 있음도 지적하였다. 당시 과거에 대한 사회적 분위기에 대해서는 <침중기>를 비롯한 당 전기 작품에 나타난 당대(唐代) 남성들의 과거에 대한 과열된 집착에서도 잘 알 수가 있

---

199) 周本淳 교정, ≪唐才子傳校正≫(臺灣 文津出版社, 1988), 제336, 337쪽.

다. 여하튼 왕종염의 지적대로 당대의 적지 않은 문인들이 문재를 내세우며 경박하거나 광망(狂妄)하여 인품과 도덕성에 있어서는 지탄받을 만한 행동을 일삼기도 하였음이 사실이다. 특히 만당(晚唐)의 문인들 가운데 두목이나 온정균 등을 비롯한 많은 문인들은 화류계에서 주색에 빠진 퇴폐적인 삶을 살아왔음을 스스로 시인하기도 하였다. 당대문인을 대표하는 당시 시인들의 삶을 통해 우리는 그들이 술과 시, 그리고 기녀에 푹 빠져 있었음을 알 수 있었다. 이 점은 당시 ≪전당시(全唐詩)≫에 수록된 5만 수에 달하는 시 가운데 기녀(妓女)에 관한 것이 2천 수에 달한다는 사실에서도 단적으로 알수 있다.200) 그리고 오대(五代) 왕정보(王定保)가 지은 ≪당척언(唐摭言)≫에는 당시 과거에 급제한 문인들을 경축하기 위해 황제가 친림한 가운데 주연을 베풀던 '곡강연(曲江宴)' 연회에 대해 소개하고 있는데,201) 당시 그 성대하고 축제적인 분위기는 장적(張籍)의 시 "화원에 들어가 쓰러져 자지 않는 사람이 없었고, 곳곳마다 술잔을 들고 다니네(無人不借花園宿, 到處皆攜酒器行)."라는 시구에서도 잘 알 수 있듯 당대는 조정에서 이런 놀이와 축제를 권장한 듯하다. 따라서 중국의 '풍류재자'는 당대에 본격적으로 생겨났다고 볼 수 있다.

당대에 본격화된 중국의 '풍류재자'는 송대를 거쳐 원대에 주춤하였다가 명대에 이르면 전술한 대로 가장 전형적인 모습으로 다시 부활하게 된다. 앞에서 열거한 대로 당인 등을 비롯한 일련의 '풍류재자'들은 당대의 '풍류재자'들을 계승하여 전통적인 유가적 가치관을 탈피하여 자유분방한 삶을 영위하였으며, 동시에 예술창작과 개인적 취향에다 심혈과 재기를 쏟았다.

명청시대(특히 명말청초시기)에는 자유분방한 산문인 만명소품(晚明小品)이 성행하였고, 재자가인 소설도 우후죽순처럼 등장한 시대였다. 그리하여 이 시기 문인들 중에는 풍류재자들이 특히 많이 출현하였는데, 그것은 아마도 이 시대 인문주의 사상의 영향 아래 사람의 자유와 개성을 마음껏 추구하는 시대적 분위기의 소산일 것이다. 먼저 명대문인들의 풍류를 얘기할 때 우리가 제일 먼저 생각하게 되는 인물은 전술한 당인(唐寅, 자는 伯虎)이 아닌가 한다. 명대 '풍류재자'들의 대표라고 할 수 있으며 동시에 중국 '풍류재자'의 대명사라고도 할 수 있는 당인의 삶을 보면 풍류재자들의 전형적 특질을 알 수 있다. 그는 20대 후반에 향시에 1등으로 뽑혔지만 나중에 서울에서 보는 과

---

200) 앞의 당대 문학 주 참고. 孔慶東, ≪靑樓文化≫(北京 中國經濟出版社, 1995), 제20쪽.
201) 姜漢椿 주, ≪唐摭言≫(臺灣 三民書局, 2005), 제69~73쪽.

거시험 답안문제 유출사건에 억울하게 연루되어 하옥되는 불운을 겪게 되었고, 당인은 이로부터 관장(官場)을 혐오하고 공명(功名)을 멀리하였으며, 형해(形骸)를 떠난 방탕한 생활을 하며 명산대천을 찾아 노닐다가 만년에는 '도화오(桃花塢)'에 은거하면서 문인 묵객들과 더불어 시주(詩酒)와 서화(書畵)로 소일하였다.

당인이 중국 민간에 널리 알려진 정도는 중국역사상 그 어느 유명한 인물과도 비할 수 없을 정도이다. 그는 스스로도 강남 최고의 풍류재자라고 인정했듯 그에게 가장 어울리는 말은 이 '풍류재자'란 단어일 것이다. 당인는 명 중기인 서기 1470년에 중국 강남의 유서 깊은 고장 소주에서 태어나 54세의 나이에 폐결핵으로 세상을 떠났다. 중국의 풍류재자들이 거의 모두 그러하듯 그의 일생도 주색과 방탕함, 그리고 말기에는 빈곤과 외로움으로 점철된 불행한 삶이었다. 그는 16세 때 수재로 발탁이 되었지만 동심이 가시지 않아 부(府) 학당의 못에서 동학들과 더불어 벌거벗고 물놀이를 즐기기도 하였다. 그는 한때 절친인 축기산(祝枝山, 즉 祝允明)과 같이 유양(維揚)으로 놀러갔다가 주색환락(酒色歡樂)에 가진 돈을 모두 탕진하고는 '현묘관(玄妙觀)'의 도사 행세를 하면서 염운사(鹽運使)와 장주(長州), 오현(吳縣)의 지현들로부터 '사찰 증축금'이란 명목으로 200냥의 은자를 모금해서 그 돈을 몽땅 기생집에 탕진하기도 했다. 민간에 널리 전해지는 이야기로 그가 '추향(秋香)'이라는 남의 계집종에게 첫눈에 반한 나머지 그녀와 사귀기 위해 자신의 신분을 낮춰 그 집의 사내종으로 들어간 이야기도 있다. 결국 그는 자신의 재주로 그 미녀를 첩으로 맞게 되는 이른바 '당백호점추향(唐伯虎點秋香, 당백호가 추향을 점찍다)'이라는 민간고사는 이러한 그의 기상천외의 장난기와 해학성을 잘 드러내주는 풍류담일 것이다. 이처럼 그는 예교와 도덕을 무시하며 무절제하게 일생을 살다 갔지만, 시문·서화 등 문예창작에 있어서의 그의 재기는 가히 천재적이라고 할 수 있다. 그의 그림은 중국화의 남북파[202]의 장점을 융합하여 자신의 풍격을 이룩하였으며, 서예 또한 비록 왕희지와 같은 높은 경지에 이르지는 못했다 할지라도 자신의 개성을 지녀 사람마다 그의 글씨를 좋아했다. 그가 지은 <도화암가(桃花庵歌)> 시는 이러한 그의 인생관을 잘 반영하고 있는 작품이다.

---

202) 明의 董其昌·陳繼儒 등은 唐代 이후의 화풍을 남과 북의 두 종파로 나누었는데, 남종파의 시조인 王維와 북종파의 시조인 李思訓을 두고 볼 때, 남파는 주로 수묵화적인 意境을 중시하였고, 북파는 화려한 풍격의 工筆畵를 중시하였다.

도화꽃 마을에 도화암자 있고, 도화암자에는 도화신선이 사네. 도화신선은 도화나무를 심고, 도화나무 그려서 술값을 버네. 술이 깨어 있을 때는 꽃 앞에 앉아 있다가, 술 취하면 또 도화나무 아래서 자네. 꽃 앞과 뒤에서 하루하루를 보내며, 술이 취했다 깼다 하며 한 해 한 해가 가도다. 거마 앞에 서서 허리 굽히기 싫고, 오직 꽃과 술을 벗하며 늙어 죽고 싶네. 요란한 수레와 멋진 말이 귀인의 낙이라면, 꽃나무 가지 그려 술 받아 마시는 것 빈자의 인연이로세. 부귀와 빈천을 서로 비교한다면, 하나는 땅에 있고, 하나는 하늘에 있는 것. 만약 빈천을 거마에 비한다면, 그들은 언제나 천리를 달리고, 나는 늘 한가하다네. 세인들은 내가 미쳤다고 비웃지만, 나는 오히려 그들이 뭔가 보지 못한다고 여기네. 오릉의 호걸 무덤 기억하는가? 꽃도 술도 없이 호미로 김을 매는 밭이 되었네. (桃花塢裏桃花庵, 桃花庵裏桃花仙. 桃花仙人種桃樹, 又折花枝當酒錢. 酒醒只在花前坐, 酒醉還須花下眠. 花前花後日復日, 酒醉酒醒年復年. 不願鞠躬車馬前, 但願老死花酒間. 車塵馬足貴者趣, 酒盡花枝貧者緣. 若將富貴比貧賤, 一在平地一在天. 若將貧賤比車馬, 他得驅馳我得閒. 世人笑我忒風顚, 我笑世人看不穿. 記得五陵豪傑墓, 無酒無花鋤作田.)

〈그림 65〉 당인의 선면화

　마지막 구절 "세인들은 내가 너무도 미치고 정신이 나간 사람이라고 비웃지만 나는 그들이 사실을 꿰뚫어 보지 못한다고 비웃는다. 오릉에 있는 호걸의 무덤들을 보지 못했던가! 꽃도 술도 없이 그 무덤조차도 남들의 밭으로 변해 경작되고 있지 않던가?(世人笑我太瘋癲, 我笑他人看不穿. 不見五陵豪傑墓, 無花無酒鋤作田)."203)라는 문장을 보면 그의 광태(狂態)와 풍류는 그가 인생의 덧없음을 통철하게 깨달은 후에 얻게 된 달관의 경지로 이해된다. 세상에 널리 전해지는 그의 '완세불공(玩世不恭)'의 낙인과 '당백호점추향'의 민간고사도 세사에 대한 달관으로부터 얻어진 인생에 대한 그만의 가치관을 잘 얘기해주고

203) 冉雲飛 역주, ≪唐伯虎全集≫(成都 巴蜀書社, 1995), 제48쪽.

있다. 그가 한낱 '추향'이라는 미모의 계집종을 얻기 위해 선비로서의 권위와 지위를 다 내팽개치면서까지 남의 집의 일개 노복으로 들어간 점은 그의 뇌리에 공맹(孔孟)의 공리적(功利的) 생각이나 명성은 이미 물 건너간 것임을 말해준다. 오직 미인의 웃음을 얻기 위해 문인으로서의 자존과 기득권을 기꺼이 버리는 비공리적인 자유와 유희의 인생관이 바로 '풍류재자'의 가치관의 특질인 것이다. 송대의 '풍류재자' 사인(詞人) 유영이 <학충천>에서 읊었듯이 "부귀공명의 뜬 허명을 기꺼이 술 마시고 노는 것과 바꿨도다(忍把浮名, 換了淺斟低唱)."라는 구절도 바로 이러한 풍류재자의 특성을 잘 말해준다.

당인은 노년에 그의 시문과 그림을 팔아서 생활했는데, 그의 세 번째 아내 심구랑(沈九娘)의 절약으로 그는 그림을 판 돈으로 조그마한 별장을 짓고는 도화나무를 많이 심었으니, 바로 이 시에 나타난 '도화암'이 바로 그 정자다. 이 작품은 뜬 구름과 같은 부귀공명에 집착하지 않고, 급시행락과 현재에 만족하면서 살아가는 그의 유유자적한 삶의 풍류가 돋보이는 것이 특징이다. 그리고 백거이의 백화적인 평이한 시풍을 추종한 그의 이 시는 생전에 그가 석공을 시켜 돌에다 새겨놓았는데, 소주의 '준제암(準提庵)'에는 아직도 그것이 남아 전한다.

명청시대 문인들의 풍류정신을 살펴봄에 있어 가장 주목할 부분이 바로 만명문인들의 풍류세계일 것이다. 그리고 만명문인들의 풍류정신을 가장 잘 반영하고 있는 것은 바로 그들의 수필인 만명소품문(小品文)이다. 중국문학사에서 명대는 전통적으로 소설과 희곡의 시대라고 할 수 있으나, 근래에 학자들이 매우 중시하는 것이 바로 이 소품문이다. 소품문이란 쉽게 말해서 '문이재도'나 수제치평(修齊治平, 즉 수신제가치국평천하)과는 거리가 먼 자유분방한 내용의 사대부들의 한가한 정취를 짧은 형식으로 적은 산문이다. 그것은 물론 중국 한위 이래의 짧은 형식의 산문전통을 계승 발전시킨 것이지만, 그 직접적인 발전 계기는 바로 만명시대 개인의 개성과 자유를 추구하는 분위기의 산물로 볼 수 있다. 그러므로 이 만명소품문의 내용을 보면 개인의 성령을 중시해서인지 기존의 산문에서 보였던 전통적인 사상과 형식을 떠나 무척 자유분방하고 참신한 풍취가 느껴진다. 공안파의 대표자로 유명한 원굉도의 한 편의 소품문을 감상해보자.

서호가 가장 아름다울 때는 봄날 달을 볼 때이다. 하루 중 가장 아름다운 것은 아침의 안개와 저녁의 기운이다. 금년 봄에는 눈이 많이 내려 매화가 추위를 타 살구꽃, 복숭아 꽃과 같이 늦게 피었는데, 더욱 가관이다. 석궤(石簣)는 누차 내게 말하길, "나의 부금원(傅金園)의 매화는 원래 장공보(張功甫) 옥조당(玉照堂)의 것이니, 어서 가서 구경해 보라."고 했다. 당시 나는 도화 꽃에 빠져있어 그 호수를 떠날 수가 없었다. 떨어져나간 다리에서부터 소제(蘇堤)까지의 일대는 연기처럼 자욱한 녹색의 잎과 안개 같은 붉은 꽃이 이십여 리나 걸쳐 있었고, 바람처럼 들려오는 노래와 피리소리, 비같이 스며드는 여인들의 분 향기. 비단 옷자락의 성대함은 제방에 자라 있는 들풀보다도 많았는데, 그 요염함은 극에 달하였다. 하지만 항주사람들의 호수유람은 대개 오시와 미시, 신시에만 국한되었다. 사실상 호수 빛의 현란한 아름다움과 산기운의 절묘함은 모두 아침 해가 막 뜰 때와 저녁 무렵 사람들이 자기 전이 화려함의 극치다. 달밤의 경치는 더욱이 말로 형용할 수가 없을 정도다. 그때의 꽃의 자태와 버드나무의 정취, 산의 색조와 물의 다정함이란 또 다른 묘미를 띠고 있는 것이다. 이러한 즐거움은 단지 산승(山僧)이나 나그네들과 함께 즐길지언정 어찌 속인(俗人)들과 더불어 얘기하겠는가?

(西湖最盛, 爲春爲月. 一日之盛, 爲朝煙, 爲夕嵐. 今歲春雪甚盛, 梅花爲寒所勒, 與杏桃相次開發, 尤爲奇觀. 石簣數爲余言, 傅金吾園中梅, 張功甫玉照堂故物也, 急往觀之. 余時爲桃花所戀, 竟不忍去湖上. 由斷橋至蘇堤一帶, 綠煙紅霧, 彌漫二十餘里. 歌吹爲風, 粉汗爲雨, 羅紈之盛, 多於堤畔之草, 艶冶極矣. 然杭人遊湖, 止午未申三時., 其實湖光染翠之工, 山嵐設色之妙, 皆在朝日始出, 夕春未下, 始極其濃媚. 月景尤不可言, 花態柳情, 山容水意, 別是一種趣味. 此樂留與山僧遊客受用, 安可爲俗士道哉!) ≪西湖雜記≫ 中 <晚遊六橋待月記>

절강성 항주(抗州)의 명승일 뿐 아니라 중국의 절경인 서호(西湖)의 아름다운 풍경을 서술한 이 작품은 어려운 전고(典故)나 설리(說理)를 사용하지 않고, 그의 문학적 주장대로 영감에서 우러나온 정경교융(情景交融)의 천진하고 자연스러운 청신한 문장을 사용하여 오직 개인적인 취향과 성령을 표현하였다고 할 수 있다. 그리하여 지나치게 '개인적 성령'만을 강조하여 현실생활의 반영을 무시하였다는 비평도 받고 있지만, 만명소품문의 성향이 바로 이러한 것이며, 이 또한 만명문인들의 대표적 풍류정신이 아닐 수 없다. 앞에서도 언급했듯이 그는 개인의 자유와 개성을 마음껏 발휘하며 자신의 욕구를 만족시키며 살아가는 것을 추구했던 인생관 때문에 단지 일 년간의 현령 생활을 마친 후 스스로 사직하였다.

만명문인의 소품문 가운데 미인에 대한 담론을 뺄 수가 없다. 중국문인들의 미인예찬은 그 역사와 전통이 유구하다. 일찍이 선진시대 굴원의 초사에서부터 미인과 향초를 거론하며 고결하고 표일한 그 어떤 정신적 세계를 비유적으로 노래한 바가 있다. 명청 사이에도 문인들의 미인예찬론이 활발히 이어졌는데, 그 선구는 바로 위영(衛泳)이라는 작가였다. 따라서 위영의 ≪열용편(悅容編)≫ 속에 수록된 미인에 대한 일련의 문장들은 위 원굉도의 작품보다 더욱 자유롭고 개인적이어서 만명소품의 특질을 잘 보여주고 있다.

〈그림 66〉 談美人

미인에게는 아름다운 자태가 있고 개성이 있고 특유의 정취가 있으며, 또 인정(人情)이 있고 자신의 의지가 있다. 볼그레한 입술이 붉은 태양과 같고, 아리따운 몸매가 바람을 맞이할 때는 기쁜 모습이다. 별처럼 반짝이는 눈매에 약간 성을 내며, 버들과 같은 눈썹이 모여지면 화난 모습이고, 배꽃에 빗방울 맺히고, 이슬 맞은 매미가 싸늘한 가지에 앉아 있는 것은 흐느껴 우는 자태다. 구름 같은 머리가 마구 헝클어지고, 눈 같은 가슴이 드러날 때는 자는 모습이요, 금바늘을 거꾸로 쥐고, 비단 요 자리에 비스듬히 기대있는 것은 게으름 피우는 모습이다. 또 긴 눈썹을 찡그리고 머리장식을 하지 않았을 때는 병난 모습을 말해준다. 꽃을 아끼고, 달을 사랑하는 것은 꽃다운 정취요, 난간에 서 있거나 산보를 하는 것은 한가한 정취며, 작은 창에서 유유히 앉아 있는 것은 그윽한 정경이요, 교태를 띠며 작은 목소리로 얘기함은 부드러운 정서다. 그리고 밤낮을 가리지 않고, 웃었다 울었다하는 것은 뭔가에 빠져 있는 순진한 마음을 얘기하는 것이다.

(美人有態, 有神, 有趣, 有情, 有心. 脣檀烘日, 媚體迎風, 喜之態. 星眼微瞋, 柳眉重暈, 怒之態. 梨花帶雨, 蟬露秋枝, 泣之態. 鬢雲亂灑, 胸雪橫舒, 睡之態. 金針倒拈, 繡褟斜倚, 懶之態. 長顰減翠, 瘦臉綃紅, 病之態. 惜花愛月爲芳情, 停闌踏徑爲閒情, 小窓閒坐爲幽情, 含嬌細語爲柔情. 無明無夜, 乍笑乍啼爲癡情.)

거울 속에 얼굴을 드러내고, 달 아래 그림자를 드리우며, 주렴을 사이에 두고 서 있는 모습은 공령(空靈)의 멋이고; 등불 앞의 눈동자와 이불 속의 발, 그리고 휘장 속의 목소리는 표일한 멋이며; 술이 약간 취해 화장을 반쯤 지우고, 잠자려고 막 들어가는 것은 별스런 정취며; 정사(情事)의 땀 흘리며, 상사(相思)의 눈물 보이고, 운우(雲雨) 꿈을 꿈은 특이한 정취다.

(鏡裏容, 月下影, 隔簾形, 空趣也. 燈前目, 被底足, 帳中音, 逸趣也. 酒微醺, 粧半卸, 睡初回, 別趣也. 風流汗, 相思淚, 雲雨夢, 奇趣也.)

정신이 아름다울 때는 꽃과 같이 요염하고, 정신이 상쾌할 때는 가을 달과 같으며, 정신이 맑을 때는 옥주전자의 물과 같고, 정신이 피곤할 때는 부드러운 옥과 같다. 또 그 정신이 표탕하고 가벼울 때는 마치 차의 향기와도 같고, 실같이 피어나는 연기와도 같아, 방금 흩어졌다가도 방금 모아지는 것이다. 이러한 것들은 모두가 미인의 진경(眞境)인데, 그 가운데 그 정신(神)에 대해 말함이 가장 높은 경지요, 그다음이 그 멋(趣)을 얘기하는 것이요, 그다음은 모습(態)과 정(情)일 것인데, 미인의 마음(心)에 대해서는 말하기가 참으로 어렵다.

(神麗如花艶, 神爽如秋月, 神淸如玉壺水, 神困頓如軟玉. 神飄蕩輕揚如茶香如煙縷, 乍散乍收. 數者, 皆美人眞境., 然得神爲上, 得趣次之, 得態得情又次之, 至於得心難言也.)

서로 늘 붙어서 즐기며 함께 지내다가 하루아침에 멀리 떨어지면 만 리 밖에서도 마음은 서로 떨어질 수 없는 것이며, 온갖 사랑의 표시와 수만 가지의 정성을 쏟으며 마음을 쏟다가도 한 번 원한을 품고 헤어지면 그 상사의 회한(悔恨)은 천고토록 남는다. 어떤 이는 괴로이 연연해하지 않아도 무심코 쉽게 얻지만, 어떤 이는 살아생전에 그것을 얻지 못해도 죽은 후에 얻는다. 그러므로 아홉 번을 죽는 것은 쉬워도 한 촌의 마음을 얻기란 어렵다고들 하는 것이다.
(廝守追歡渾閒事, 而一朝隔別, 萬里繫心. 千般愛護, 萬種慇懃, 了不動念, 而一番怨別, 相思千古. 或苦戀不得, 無心得之. 或生前不得, 死後得之, 故曰九死易, 寸心難.) <神態情趣>

미인은 어릴 적부터 시작하여 늙음에 이르기까지 매일 매년 행락(行樂)을 누리지 않을 때가 없다. 열다섯 물찬 어린 시절과 예쁘장한 이팔청춘 때에는 금싸라기와 버드나무같이 함초롬하고, 그 꽃다움은 난초의 꽃잎과 같으며, 이른 봄날에 딴 차와 같고, 몸에는 진향(眞香)이 배어 있으며, 얼굴에는 진색(眞色)이 넘쳐흐른다. 장년에 이르면 하늘 중간의 해와 같고, 바퀴같이 가득 찬 달과도 같으며; 봄날의 도화 꽃이요, 한낮에 활짝 핀 모란과도 같아, 그 모습에 자신 없는 곳이 없고, 정묘하지 않은 데가 없으며, 못하는 일도 없게 된다. 중년에 이르면 때는 황혼에 이르러 자태는 다소 풍만해지고 색은 점점 담아해지나, 그 마음은 더욱 깊어진다. 몸치장은 간소해지고, 우아한 운치가 늘어나는데, 스스로를 자애하여 편안한 마음을 갖게 된다. 마치 오래된 술과 같고, 서리 후의 귤과 같으며, 노장이 병기를 든 것처럼 능수능란하니, 이는 늘그막의 즐거울 때다.
(美人自少到㦶, 窮年竟日, 無非行樂之時, 少時盈盈十五, 娟娟二八, 爲含金柳, 爲芳蘭蕊, 爲雨前茶, 體有眞香, 面有眞色. 及其壯也, 如日中天, 如月滿輪, 如春半桃花, 如午時盛開牧丹, 無不呈之容, 無不工之致, 亦無不勝之任. 至於半老, 則時及暮, 而姿或豐, 色漸淡, 而意更遠. 約略梳粧, 偏多雅韻. 調適珍重, 自覺穩心. 如久窖酒, 如霜後橘, 如㦶將提兵, 調度自別, 此終身快意時也.)

봄날의 따스한 태양에서는 얇은 비단이 몸에 붙으며, 화원의 갖은 꽃들이 몸치장을 도와준다. 서로 함께 봄날의 산보에 나가면 그 아름다움이 눈을 어지럽힌다. 여름에 들어가 좋은 바람 남에서 불어오면, 향기 나는 살결을 반쯤 드러내고, 비단 부채 가벼이 부치며, 목욕을 마치고 좋은 돗자리에 함께 누울 때면 그 그윽한 운치 사람의 마음 어지럽힌다. 가을이 찾아와 이부자리가 다소 차가워지면 점점 규방의 시간은 줄어드는데, 높은 누각의 밝은 달이 창을 스며들면 황홀한 기분 달을 안고 앉기도 하며, 때론 함께 가을호수에서 노를 저으며 연꽃이 있는 곳을 지나기도 한다. 엄동에 눈꽃이 하늘에 가득하면 홀로 미인을 대하며 화로에 같이 앉아 무릎을 붙이면 또 다른 봄이 오는 듯, 이는 바로 한 해 동안의 즐거운 때라.
(春日艷陽, 薄羅適體, 名花助粧. 相攜踏靑, 芳菲極目. 入夏好風南來, 香肌半裸, 輕揮紈扇, 浴罷相簀共眠, 幽韻撩人. 秋來涼生枕席, 漸覺款洽, 高樓爽月窺窗, 恍擁嬋娟而坐, 或共汎秋水, 芙蓉蔭帶. 隆冬雪花滿空, 獨對紅粧, 擁爐接膝, 別有春生, 此一歲快意時也.)

아침 일찍 일어나 화장을 할 때쯤에 생긋 웃으며 간밤의 꽃 이야기하고, 한낮에는 피곤해 낮잠을 자는데, 휘장을 걷어 몰래 보면 그 교태로움. 황혼녘에 실내화를 거꾸로 신고 자는데, 그것을 벗기며 얇은 비단 짧은 저고리도 벗겨주네. 밤늦게 베갯머리에서 속삭이다가 아침에 침상 가득히 서광이 비춰도 억지로 다시 같이 자자고 하나니, 이 모두가 또 하루의 즐거운 시간이라. 시절아, 시절아, 다시는 돌아오지 않나니, 오로지 이러한 시절은 그런 것이리라.
(曉起臨粧, 笑問夜來花事. 闌珊午夢, 揭幃偸覻半嬌, 黃昏著倒眠鞋, 解至羅襦, 夜深枕畔細語, 滿牀曙色, 強要同眠, 此又一日快意時也. 時乎時乎不再來, 惟此時爲然.) <及時行樂>

기뻐할 때는 마음껏 놀아주고, 분노할 때는 그것을 풀어주며; 괴로워할 때는 위로해주고, 병났을 때는 따뜻하게 보살펴준다. 그 외 일상생활에서는 정성껏 도와주며, 이별하고 만날 때는, 연락을 주고 부드럽게 얘기해주어야 하는데, 이러한 것들은 특히 주의를 해야 한다. 아마 한 평생에 자신의 처지를 잊어버리고 동고동락하며 끝까지 함께 있을 사람은 여자 외에는 그다지 없을 것이리라.
(喜悅則暢導之, 忿怒則舒解之, 愁怨則寬慰之, 疾病則憐惜之. 他如寒暑起居, 殷勤調護., 別離會晤, 偵訊款談, 種種尤當加意. 蓋生平忘形骸, 共甘苦, 徹始終者, 自女子之外, 未可多得也.) <鍾情>

전적으로 미인에 대해서만 얘기한 이 소품문은 전통적인 문이재도(文以載道)의 관념 아래 지어진 고문에서는 찾아보기 힘든 자유스럽고 활발한 내용의 산문이다. 여기서 작자는 미인의 아름다운 자태만을 찬미한 것이 아니라 미인이 지닌 신운(神韻)과 기품, 정취와 아름다운 심령의 미를 더욱 강조하였다. 세속인들의 취향이 아름답고 젊은 여인만을 좋아하는 것과는 달리 나이의 고하(高下)에 따른 여인의 매력을 찾아내어 단계별로 심미적인 분석을 하였음이 무척 새롭다고 할 수 있다. 그리고 마지막 문장인 <종정(鍾情, 깊은 정)>에서는 작자가 단지 여인을 자신의 욕정과 이기적인 쾌락의 대상으로 삼는 것이 아니라 항시 그들을 아끼고 돌봐주는 중국문인 특유의 연향석옥지정(憐香惜玉之情, 여성을 연민해하고 아끼는 情)이 있음을 얘기하였다. 그 외 ≪열용편≫ 속의 다른 문장 <招隱>, <達觀> 등에서도 작자는 미색(美色)이 사람으로 하여금 명리(名利)에 초연하게 하여 은거하게 해준다는 일종의 '호색무악론(好色無惡論)'을 펼쳤는데, 작자의 개성이 특히 돋보이는 풍류가 넘치는 재미있는 소품문이다.

이처럼 중국문학사에서 미인에 대해 심미적이고 체계적으로 기술한 것은 명말청초에 이르러 본격화되었다고 할 수 있다. 작자 위영(생몰연도 미상, 활동시기: 1643~1654)은 명말의 소주 사람으로 생졸사략이 매우 불명하며, 그의 작품으로는 위에서 소개한 ≪열용편≫ 외에 ≪빙설휴(冰雪攜)≫가 유명하다. 그는 ≪열용편≫을 통해 그야말로 미인에 대한 전방위적인 '전론(專論)'을 펼쳤다고 할 수 있다. 여기서 그는 대장부가 공명과 절개로 세상에 나아가지 못한다면 부득이 미인에 정을 쏟아 울분을 기탁할 따름이라고 하였다.204) 이런 위영의 미인론은 그 후 이어(李漁, 1611~1680)의 ≪한정우기(閑情偶記)≫란 책 속의 <성용부(聲容部)> 편에 나타난 미인에 대한 담론, 그리고 청대 초기의 인물 장조(張潮, 1650~?, 활약시기: 1676~1700)가 지은 ≪유몽영(幽夢影)≫ 속의 미인에 대한 찬미로 이어졌다고 볼 수 있다. 이어가 <성용부>에서 주로 미인의 외형적인 아름다움에 대해 논했다면205) 위영은 여성의 자태와 기질, 그리고 남녀 간의 교감을 중심으로 한 정신적 특질에 대해 논의하였다고 할 수 있다. 그리고 장조는 산실된 위영의 저술들 가운데 ≪열용편≫을 모아 자신이 편찬한 ≪소대총서(昭代叢書)≫란 책 안에 수록하였는데, 장조의 ≪소대총서≫가 아니었다면 ≪열용편≫과 같은 저술은 이미 유실되었을 것이다. 따라서 위영의 ≪열용편≫은 이 방면의 선도적 역할을 한 초기 대표작에 속한다고 할 수 있다.206) 특히 장조는 ≪유몽영≫에서 미인의 개념에 대해 외형적인 자질 외에 정신적 특질에 대해 다음과 같이 정의하고 있다.

> 이른바 미인이란 꽃과 같은 외모, 새와 같은 목소리, 달과 같은 정신, 버들과 같은 몸매, 옥과 같은 기골, 눈과 같은 피부, 가을 강물과 같은 자질, 시와 같은 심령과 정감을 지녀야 한다. 그 외에는 다른 흠을 잡을 데가 없다(所謂美人者: 以花爲貌, 以鳥爲聲, 以月爲神, 以柳爲態, 以玉爲骨, 以冰雪爲膚, 以秋水爲姿, 以詩詞爲心. 吾無間然矣).

즉 미인이란 외형적으로는 "꽃과 같은 외모", "새와 같은 목소리", "버들과 같은 몸매", "옥과 같은 기골", "눈과 같은 피부" 등을 지녀야 하며, 정신적인 기질로는 "달과 같은 정신", "가을 강물과 같은 자질", "시와 같은 심령과 정감"을 지녀야 함을 제시하였다. 여기서 특히 "시와 같은 심령과 정감"이란 평은 미인을 논함에 있어 시사(詩詞)

---

204) "丈夫不遇知己, 滿腔貞情, 欲付之名簡事功而無所用, 不得不鍾情於尤物, 以寄其牢騷憤懣之懷."-衛泳: ≪悅容編≫, ≪香豔叢書≫ 卷一, 上海書店影印本, 1991, 77쪽.

205) 이어는 ≪한정우기≫ <성용부>에서 여성의 選姿(외모), 修容(미용), 治服(옷 입기), 習技(문화적 소양) 네 부분에 대해 논하였으며, 또 여성의 외모에 있어서는 肌膚(피부)、眉眼(눈)、手足(수족)、態度(태도-기질)의 네 분야로 나눠 서술하였다(李漁, ≪閑情偶寄≫, 北京: 作家出版社, 1996, 118~165쪽). ≪한정우기≫에서 이어는 미인의 조건으로 그 무엇보다도 문화적 소양과 기질의 미를 가장 중시하였다고 말하지만, 이 저서를 통해 그는 미인의 외형적 조건에 대한 구체적 언급에 중점을 두었다고 할 수 있다.

206) 위영의 생애에 대해서는 이어와는 달리 알려진 바가 매우 적은데, 단지 그가 長洲(지금의 蘇州) 사람이며, ≪古今文集≫이란 책을 편찬한 것만 전해지고 있다. 위영의 생애와 저작에 관한 자료는 金榮, ≪四庫全書總目≫, 北京: 中華書局, 1965, 1129쪽과 張慧劍, ≪明淸江蘇文人年表≫, 上海: 上海古籍出版社, 1986, 571~661쪽 참조.

의 마음을 지녀야 함을 얘기한 것인데, 이는 청대 초기의 저명한 문학비평가 장죽파(張竹坡, 1670~1698)가 지적한 바와 같이 일찍이 그 누구도 제시하지 못한 점이다. 명청시대 문인들의 미인에 대한 정묘한 담론과 예찬은 이후 재자가인류 소설이나 ≪홍루몽≫과 같은 소설 속 여성들의 기질 묘사에도 영향을 미쳤을 것으로 생각된다. 이어 장조는 미인의 의의와 가치에 대해 다음과 같이 말하고 있다.

> 정이라는 것은 세상을 지탱하는 요인이고; 재라는 것은 세상을 아름답게 해주는 요인이다(情之一字, 所以維持世界; 才之一字, 所以粉飾乾坤).

> 만약 시와 술이 없다면 산수는 무늬만 있는 헛된 것이고; 만약 아름다운 미인이 없다면 꽃과 달도 모두 헛된 것이 되고 만다(若無詩酒, 則山水爲具文; 若無佳麗, 則花月皆虛設).

장조는 ≪유몽영≫에서 미인을 꽃과 달에 비유하며 사랑하고 예찬하였는데, 이는 정과 욕망을 중시하던 만명시대 문인들의 주정주의 사상의 계승이다. 장조는 정의 가치에 대해 그것이 세상을 지탱하는 요인으로 해석하였는데, 이는 분명 풍몽룡이 ≪정사≫ 서문에서 말한 세상에 정이 없다면 모든 사물들이 태어나지 못했을 것이라고 하는 논조[207]와 거의 일맥상통한다. ≪유몽영≫의 미인에 대한 사랑은 아름다운 것에 마음이 끌리는 정의 자연스러운 발로라고 할 수 있다. 위 인용문에서 정이 세상을 지탱하게 하는 요인이라면 재(才)는 바로 세상을 아름답게 해주는 요인이라고 하였는데, 이는 바로 재기를 지닌 재자는 세상을 아름답게 하는 요인이란 뜻이고, 재자가인을 하나로 보는 ≪유몽영≫의 논조로 볼 때 가인 역시 세상을 아름답게 해주는 요인으로 풀이될 수가 있다. 이런 논리는 위 두 번째의 인용문에서 이어지고 있다. 즉 ≪유몽영≫은 세상에 시와 술이 없다면 그 아름다운 산수도 헛된 것이 되고, 세상에 아름다운 미인이 없다고 한다면 그 아름다운 꽃과 달도 모두 헛된 것이 되고 만다고 하였다. 이것은 바로 만약에 미인이 없다면 우리들에게 아름다운 정취를 주는 꽃과 달과 같은 아름다운 자연도 아무런 의의가 없다는 말로 해석되는데, 이는 바로 미인의 의의와 가치를 절대적으로 강조하고 있는 말이다.

요컨대 ≪유몽영≫은 미인이야말로 세상을 아름답게 하고, 삶에 미와 정취를 더해주는 의의와 가치를 지닌 것으로 보았으며, 미인과 더불어 인생을 즐기는 낙은 부귀공명

---

207) "天地若無情, 不生一切物. 一切物無情, 不能環相生. 生生而不滅, 由情不滅故. … 萬物如散錢, 一情爲線索. 散錢就索穿, 天涯成眷屬." - 馮夢龍, ≪情史≫.

과 같은 세속적인 탐욕에서 벗어나야만 비로소 만끽할 수 있는 것임도 다음 인용문을 통해 역설하고 있다.

> 산림에 은거할 수 있는 낙이 있어도 그것을 알지 못하는 자는 어부, 나무꾼, 농부, 승도들이며; 원림, 정자, 아름다운 처첩들을 소유하는 낙이 있어도 그것을 누릴 수가 없고 또 잘 누리지도 못하는 자는 부유한 상인들과 높은 벼슬의 관리들이다(有山林隱逸之樂而不知享者, 漁樵也, 農圃也, 緇黃也; 有園亭姬妾之樂, 而不能享、不善享者,富商也、大僚也).

위 인용문은 아름다운 산수와 늘 같이 하지만 그것을 즐기는 여유와 식견, 그리고 정취가 없으면 산림에 은거하는 낙을 누리지도 못하듯, 아름다운 미녀 처첩들이 많아도 돈을 많이 버는데 혈안이 되어 있거나 높은 벼슬자리에 앉아 골치 아프게 정치에 깊이 관여한다면 이런 낙을 즐기지도 못함을 말하고 있다. 따라서 이는 부귀공명을 버리고 미인과 더불어 담백한 삶을 누리는 것이 곧 인생의 낙이자 고아한 삶의 방식임을 얘기하고 있는 것이다.

만명소품 작가의 대표적 인물은 뭐니 해도 ≪도암몽억(陶庵夢憶)≫의 저자 장대(張岱)다. 그의 자는 종자(宗子) 혹은 석공(石公)이라 했고, 호는 도암(陶庵)이었는데, 절강성 산음(山陰) 사람이었다. 명이 망한 후 그는 머리를 풀고 산에 들어가 안빈낙도하며 저서 창작에만 몰두하였으니, 애국심이 강했던 명대의 유민이었다. 앞서 잠시 언급했듯이 그는 개인의 개성과 자유를 극히 중시했던 문인이었는데, 그의 시문은 처음 서위(徐渭)와 원굉도 등의 문장을 배웠지만 몇 년간의 각고의 노력 후에 자신의 문장 중에서 서위나 원굉도와 유사한 작품들을 모두 불태워버렸으며, 그 어떤 작가나 종파의 영향에서 벗어나 자유로이 자아를 표현하기를 결심했다고 한다. 그래서인지 그의 작품은 그 어느 틀에도 구속됨이 없는 청려하면서도 발랄한 가운데 풍취가 넘치는 자신의 독자적 풍격을 이룩하였다. 전해지고 있는 그의 저작 ≪서호몽심(西湖夢尋)≫·≪도암몽억≫·≪낭현문집(嫏嬛文集)≫ 가운데 ≪도암몽억≫ 중의 짧은 소문문을 하나 보기로 하자.

> 숭정 5년 십이월에 나는 서호에 기거하고 있었다. 연거푸 사흘간 큰 눈이 내렸는데, 호숫가에는 사람과 새들의 소리 모두 끊어졌다. 이날 초경 무렵 나는 한 척의 작은 배를 이끌고 털옷과 작은 난로를 지니고 혼자 그 설경을 보기 위해 호수 중간에 있는 호심정으로 나갔다. 차가운 안개가 하얗게 뒤덮여 있는데, 하늘빛과 구름의 색깔, 그리고 산색과 물빛이 온통 위아래로 흰빛이었다. 호수 위의 그림자라곤 긴 제방의 흔적과 호심정 작은 점(點), 그리고 나와 더불어 하나의 초개(草芥)와 같은 배, 그리고 또 다른 배와 그

위에 있는 좁쌀 알갱이 같은 두세 명의 사람이 모두였다. 정자에 이르니 이미 두 사람이 와 있었는데, 그들은 담요를 깔고 마주 앉아 있었으며, 한 동자가 불을 지펴 술을 데우고 있었다. 화로 위의 물은 막 끓고 있었는데, 내가 온 것을 보고는 매우 기뻐하며 말하길, "호수 가운데에 이런 분이 다 오시다니!" 한다. 그리고는 나를 붙잡고 같이 술을 마시자고 하는데, 나는 거절할 수 없어 큰 잔으로 세 잔을 마시고는 일어났다. 그들의 성씨를 물으니 그들은 금릉 사람으로 여기에 놀러왔다는 것을 알았다. 배에서 내릴 쯤에 사공은 중얼거리는데, "선생님이 바보같이 순진하다고 하지만 선생님같이 순진한 분이 또 있었네요!" 했다.

(崇禎五年十二月, 余住西湖. 大雪三日, 湖中人鳥聲俱絶. 是日更定矣, 余挐一小舟, 擁毳衣爐火, 獨往湖心亭看雪. 霧淞沆碭, 天與雲與山與水, 上下一白. 湖上影子, 惟長隄一痕, 湖心亭一點, 與余舟一芥, 舟中人兩三粒而已. 到亭上, 有兩人鋪氈對坐, 一童子燒酒, 爐正沸, 見余大喜曰.. 湖中焉得更有此人? 拉余同飲. 余强飮三大白而別. 問其姓氏, 是金陵人, 客此. 及下船, 舟子喃喃曰.. 莫說相公癡, 更有癡似相公者.) <湖心亭看雪>

〈그림 67〉 '湖心亭' 看雪

눈 오는 날 밤에 배를 저어 호수로 나가 설경의 분위기를 감상하던 기억을 적은 장대의 이 문장은 그 문사가 청일탈속(淸逸脫俗)하면서도 재미가 느껴지는 작품이다. 특히 맨 마지막 구절에서 자신의 바보 같은 순수한 마음인 '치(癡)'를 강조하였는데, 전술한 바와 같이 '치'는 위진시대 개성존중의 사상 아래 ≪세설신어≫에서부터 부각되어진 중국문인들의 순수하고 깊은 정의 경지를 일컫는 말이다. 개성과 순수한 정을 중시한 만명문인들도 세속의 사람들이 이해하지 못하는 특이한 정의 경지인 '치'와 '치정'의 세계를 중시하였던 것이다. 장대의 작품은 '국파가망(國破家亡)' 이후 지난 날 누리던 즐거움과 정취들을 다시 회고하는 내용이 주종을 이루는데, 소년시절의 환락과 고국강토에 대한 향수는 비록 소극적이지만 당시 정권에 대한 항거와 고국에 대한 애국사상 등이 숨 쉬고 있다고 볼 수 있다.

만명 소품문에서 주로 나타나는 산수와 자연에 대한 애착은 세속 사회의 속박에서 벗어나려고 하는 자유사상의 반영으로 볼 수 있다. 만명문인들의 소품문에 나타난 이러한 자유와 개성중시의 전통은 청대에 이르러서는 그 전통이 많이 끊겼으나 청대의 몇몇 문인들에 의해 그 맥이 계승되기도 하였었는데, 그중의 대표적인 자가 소설미학가 김성탄, 그리고 원매(袁枚)와 양주팔괴(揚州八怪) 중의 한 사람인 정섭(鄭燮) 등이다. 명말 강소성 장주현(長州縣)에서 태어난 김성탄의 본명은 채(采)였고, 입청 후 그는 인서(人瑞)란 이름으로 개명하였다. 빈한했던 가정에서 태어나 백성들과 접하면서 그들의 질고를 이해했던 그는 또 솔직한 성정과 구속되지 않는 소탈한 성품을 지녀 벼슬길을 버리고 문학비평의 사업에만 전력을 쏟았다. 그는 ≪수호전≫과 ≪서상기≫의 평점을 완성한 것 외에도 그는 ≪두시≫·≪천하재자서필독(天下才子書必讀)≫·≪좌전≫·≪국어≫·≪국책≫·≪사기≫ 등에 이르는 몇 백 편의 문장을 자신의 관점에서 새롭게 비평하였다. 그의 사상은 한마디로 당시 양명좌파인 태주학파의 영향을 크게 받아, 성인과 우인(愚人)을 동등시하는 습성평등(習性平等)의 주장은 곧 자유평등정신이자, 개성해방정신이라고 할 수 있다. 그리고 이러한 철학사상의 영향으로 그의 문학비평은 당시 획기적인 것이었는데, 특히 그가 소설비평(즉 ≪수호전≫ 평점)에서 보인 인물형상과 성격묘사의 중시는 바로 이러한 그의 개성중시사상과 일치하는 것이다.

18세기의 청대 성령파시인 원매는 절강성 전당(錢塘, 지금의 杭州)인으로, 호방하고 구속되기 싫어한 본성 때문에 청년시절에 이미 스스로 관직을 사직하고는 동산을 짓고 기거하면서 문장과 책을 지으며 82세까지 산 위인이다. 그가 살던 거처의 이름이 '수원(隨園)'이었기에 호도 '수원노인(隨園老人)'이라고 불렸고, 전하는 그의 문집 ≪수원시화(隨園詩話)≫와 ≪수원수필(隨園隨筆)≫도 여기서 비롯한 것이다. 그는 산수와 원림(園林)을 사랑하고 또 풍류를 즐겨 38세의 나이에 벼슬을 마다하고 천하의 명사와 명기들과 더불어 왕래하며 자유롭고 낭만적인 삶을 보냈는데, 그 사람됨이 정을 중시하여 일찍이 죽은 친구의 묘지를 30년간을 하루같이 찾았다고 한다. 그의 이러한 깊은 정은 <제매문(祭妹文)>이라는 죽은 누이를 슬퍼하여 지은 문장에서도 유감없이 드러나고 있다.

아, 너는 절강에서 태어났건만 우리 고향을 700리나 떠난 여기서 묻히는구나! 생시에는 네가 여기에 묻히리라곤 꿈에도 생각 못했네. 정절(貞節)이라는 생각 때문에 너는 미흡한 남편과 이혼한 후 이렇게 고독하고 쓸쓸하게 되어버렸도다. 비록 하늘이 지시한 운명이라고 하지만, 네가 이러한 지경으로 빠진 것, 나의 잘못이 아닐 수 없구나. 내 어릴 적에 선생님을 모시고 공부를 할 때에 너와 나는 어깨를 같이하여 앉아 옛사람들의 정절과 충의의 이야기를 즐겨 들었으니, 너는 어른이 되어 자신도 그렇게 정절을 지켰구나. 아, 만약 네가 ≪시≫·≪서≫를 읽지 않았더라면 생각건대 아마 그렇게 죽도록 정절을 고수하지 않았으련만. 내가 귀뚜라미를 잡으러 가면 너도 팔을 걷어붙이며 따라 나왔고, 겨울이 되어 그것들이 죽게 되면 우리는 함께 구멍을 파 묻어주었지. 오늘 내가 너를 염하고, 너를 묻으니, 그때 그날들의 추억이 내 눈앞에 다시 선하도다. 내 아홉 살 때 글방에 있으면, 너는 머리를 둘로 묶고는 얇은 비단 홑옷을 걸치고 들어왔고, 우리는 ≪시경≫의 <치의(緇衣)>편을 읽었는데, 마침 선생님께서 문을 열고 들어와 두 아이가 낭랑한 소리로 글을 읽고 있는 것을 보고는 미소를 지으며 연방 칭찬하셨지. 이는 7월 15일의 일이었고, 넌 비록 무덤 속에 있지만 이 일을 분명히 기억할거야. 내 스무 몇 살에 광서로 갈 때 너는 차마 이별할 수 없어 내 옷을 잡으며 울었고, 삼 년이 지나 내가 진사에 합격해 집에 왔을 때 넌 동쪽 안방에 있다가 작은 책상을 든 채 뛰어나왔으며, 가족들은 모두 하하 웃으며 나를 쳐다보았지. 그때 나는 무슨 말부터 하였는지 잘 기억이 나지 않지만, 아마도 서울에서 진사에 합격했지만 편지를 써서 축하하는 것이 너무 이르다는 이야기를 하였었지. 이런 저런 사소한 일들 비록 이미 지난 일이 되어버렸지만 내 죽지 않는 한 하루라도 잊지 못할 것이다. 옛날의 일들 가슴에 가득 차 회상할 때는 괴로워 목이 메고, 그것은 마치 그림자와도 같아 자세히 볼 순 있어도 가까이서 그것을 잡으려고 하면 사라져버리고 말구나. 지금 생각하면 내 어릴 때의 일들 자세히 기록하지 않았던 것 후회되네. 그러나 너는 이미 인간 세상에 없으니 설령 세월이 역으로 흘러 어린 시절 다시 온다 할지라도 내게 그것을 증명해 줄 사람이 없음에랴! …

(嗚呼! 汝生於浙而葬於斯, 離吾鄕七百裏矣. 當是時, 雖觭夢幻想, 寧知此爲歸骨所耶? 汝以一念之貞, 遇人仳離, 致孤危拓落, 雖命之所存, 天實爲之. 然而累汝至此者, 未嘗非予之過也. 予幼從先生授經, 汝差肩而坐, 愛聽古人節義事, 一旦長成, 遽躬蹈之. 嗚呼! 使汝不識詩書, 或未必艱貞若是. 餘捉蟋蟀, 汝奮臂出其間, 歲寒蟲僵, 同臨此穴. 今予殮汝葬汝, 而當日之情形, 憬然赴目. 予九歲, 憩書齋, 汝梳雙髻, 披單縑來, 溫緇衣一章, 適先生奢戶入, 聞兩童子音琅然, 不覺莞爾, 連呼則則. 此七月望日事也, 汝在九原, 當分明記之. 予弱冠奧行, 汝掎裳悲慟. 逾三年, 予披宮錦還家, 汝從東廂扶案出, 一家瞠視而笑, 不記語從何起, 大槪說長安登科, 函使報信遲早雲爾. 凡此瑣瑣, 雖爲陳跡, 然我一日不死, 則一日不能忘. 舊事塡膺, 思之淒梗, 如影歷歷, 逼取便逝, 悔當時不將嫛婗情狀, 羅縷紀存. 然而汝已不在人間, 則雖年光倒流, 兒時可再, 而亦無與爲證印者矣! …)

이 작품은 후세 사람들에 의해 한유의 <제십이랑문(祭十二郞文)>과 구양수의 <농강천표(瀧岡阡表)>와 함께 애제문(哀祭文)의 삼절로 칭해지는 글인데, 그의 문학적인 주장과 함께 '진정'을 자연스럽게 표현한 서정문이다. 이 글에서 보듯 작자는 누이의 죽음이 자신에게 책임이 있고, 그것은 바로 시서(詩書)와 같은 전통적 유가 서적들을 읽도록 한 자신의 잘못이었다고 말하였다. 여기서 우리는 원매의 머릿속에 이미 전통적인 도덕과 예절에 대한 회의적 생각이 자리하고 있음도 직감할 수 있다.

원매와 같이 청대 성령파의 한 사람으로 간주되는 정섭(鄭燮)도 개인의 자유스러운 정감과 개성을 강조했던 문인이다. 그는 시인으로서보다도 사실 서화가로 유명했으며, 중국에서 시·서·화의 삼절로 알려진 청대의 화가 정섭은 자가 극유(克柔), 호는 판교(板橋)였으며, 강소성 흥화(興化)인이었다. 사람됨이 소탈하고 자유로워 그는 생전에 많은 재미난 일화를 남긴 문인이기도 한데, 원매가 주로 사대부의 한가한 정취나 표일한 멋을 추구하며 현실 문제를 등한시한 것과는 달리, 그는 비교적 현실을 직시하며 백성들의 고통을 동정한 것으로 알려지고 있으니, 두 사람의 취향이 다소 달랐다. 그러나 정섭의 개성적인 예술정신은 그의 시문에서보다는 그의 서화 예술을 통해 더욱 직접적으로 표현되었다고 할 수 있다. 그는 이른바 '양주팔괴' 중의 일인인데, 양주팔괴란 청 건륭 연간 정판교와 같은 시기에 활동한 이선(李鱓)·금농(金農)·고상(高翔)·왕사진(汪士愼)·황신(黃愼)·이방응(李方膺)·나빙(羅聘)의 여덟 명의 화가들을 일컫는다. 양주는 당시 경제와 문화의 중심이어서 수많은 문인과 묵객들이 모이던 장소였다. 그러므로 당시 중국에서는 "허리에 십만 냥을 차고, 학을 타고 양주로 가다(腰纏十萬貫, 騎鶴上揚州)."란 말도 있었으니, 그 도시의 번화함을 가히 짐작할 수 있다. 그리고 여기서 '괴(怪)'라고 부르는 것은 그들의 화풍(畵風)이 정통파와는 달리 모두가 표일한 맛을 지니면서 형사(形似, 즉 形態的인 模寫)와 공정(工整, 즉 그 형태의 정교함과 반듯함)함을 도외시하고, 오직 개인적인 성령(性靈, 즉 情感과 心靈)과 신운(神韻, 즉 內的인 정신)만을 강조한 데서 얻어진 이름이다. 정판교도 그중의 한 사람으로 그의 서예작품을 보면 예서체를 행서와 해서체에 가미시켜 그 독특한 서풍(書風)을 개척하였는데, 그는 이를 '육분반서(六分半書)'라고 불렀다. 그의 그림은 주로 난초와 대나무를 그렸는데, 그가 일찍이 어느 그림의 제화문(題畵文)에서 언급한 회화에 대한 다음의 이론은 매우 의미심장한 예술미학이라고 볼 수 있다.

강가의 여관에서 가을날을 맞아 아침에 일어나 대나무를 보니, 안개와 해의 광선, 이슬의 기운 모두가 그 듬성한 가지와 촘촘한 잎들 사이로 스며들고 있었다. 그때 가슴속에서 흥이 일어 그림을 그리고픈 마음이 생겼지만, 사실상 가슴 속의 대나무는 눈으로 보는 대나무가 아니었다. 그리하여 먹을 갈고, 종이를 펴서는 붓을 놀리니 홀연히 그 모습이 바뀌어 내 손으로 그려진 대나무는 또 내 가슴 속의 대나무가 아니었다. 말하자면, 붓보다도 마음(즉 가슴)이 먼저인 것은 정칙(定則)이고, 그 의취(意趣)는 법칙 외에 있음은 바로 변화의 조화인 것이니, (이러한 법칙은) 어찌 그림에만 적용되겠는가?
(江館清秋, 晨起看竹, 煙光, 日影, 露氣皆浮動於疏枝密葉之間. 胸中勃勃, 遂有畵意. 其實胸中之竹, 並不是眼中之竹也. 因而磨墨, 展紙, 落筆, 儵作變相, 手中之竹, 又不是胸中之竹也. 總之, 意在筆先者, 定則也., 趣在法外者, 化機也, 獨畵云乎哉?)

정섭의 이러한 관념은 한마디로 정해진 법칙보다도 그때의 성령을 중시하는 그의 예술관을 말해주는 것이라 하겠다. 예술가적인 수양 외에도 그는 관리로서 선정을 베푼 것으로도 유명한데, 그의 넓고 대범한 마음을 잘 말해주는 <난득호도(難得糊塗)>라는 사는 매우 유명하다.

총명한 것은 어렵지만, 어리석은 것도 어려우며, 총명함에서 어리석음으로 돌아오는 것은 더욱 어렵다. 한 번 포기하고 한 번 양보하면, 곧 마음이 편안해지나니, 그것은 나중에 보답을 얻기 위해서가 아니다.
(聰明難, 糊塗難, 由聰明而轉入糊塗更難, 放一著, 退一步, 當下心安, 非圖後來福報也.)

이 사는 그의 서예작품으로도 매우 알려져 있는 문구로, 그의 '어리석음도 쉬운 것이 아니다(難得糊塗).'라는 사상은 '손해를 보는 것이 복이다(吃虧是福).'라는 그의 관념과 함께 정섭의 인생관은 물론 중국인들의 도가적 철학을 잘 말해주는 것이라 할 수 있다.
명청대의 소품문 가운데 청대 가경(嘉慶) 연간의 문인 심복(沈復, 1763-1825)의 ≪부생육기(浮生六記)≫는 도를 실어야 한다는 전통적인 '문이재도(文以載道)'의 관념에서 한걸음 물러나 문장을 통해 오직 자신의 개성과 '성령'만을 펼친다는 '독서성령(獨抒性靈)'의 관념에서 지어진 자전체(自傳體) 산문 작품이다. 작자 심복은 18세기에서 19세기에 걸쳐 산 인물인데, 자는 삼백(三百)이고, 강소성 소주 사람이었다. 그는 막우(幕友)라는 벼슬살이를 하였지만 벼슬에는 별 관심이 없이 사해(四海)를 유력(遊歷)하며 상인과 화가로서 일생을 마친 사람이다. 그가 요절한 부인과의 과거를 회상하며 지은 ≪부생육기≫는 삶에 대한 그의 초연하고 담백한 태도와 부부 간의 진지하고 훈훈한 사랑과 애환의 정이 잘 녹아 있는 것으로 정평이 나 있다.

무엇보다도 이 작품 속에는 정감이 풍부한 보헤미안적 특성을 지닌 심복이라는 한 문인예술가의 주정주의적 삶의 경지와 인간세상의 사랑과 고통, 그리고 해탈에 대한 그의 일련의 '정'이 많이 묻어 있다. 심복은 체질적으로 자질구레한 예법을 혐오한 진솔하고 소탈한 정을 지닌 인물이었으며, 그런 까닭에 젊은 시절부터 기녀들과 더불어 마음껏 풍류를 즐기거나 관직에 미련을 두지 않고 세상을 떠돌아다니며 산수유람에다 정을 기탁하기도 하였다. 그리고 부인을 비롯한 사랑하던 사람들과의 사별을 겪으면서는

〈그림 68〉 심복

그 마음속의 고통과 상실감으로 인해 한편으론 집필, 여행, 서화화훼 등의 영역에다 정을 쏟았으며 또 한편으론 자신의 지난 과거의 치정적인 삶을 반성하고 그런 정의 세계로부터 해탈하고자 '양생과 소요'를 통한 '무정(無情)'의 경지를 추구하기도 하였다.208) 따라서 ≪부생육기≫는 심복이란 인물의 '정사(情史)'라고 해도 과언이 아닐 것이다.209) 즉 심복은 부인과 부친이 죽은 다음 그 슬픔의 역경을 겪는 과정에서 번뇌와 고통을 이겨내기 위해 '양생과 소요'를 추구하게 된다. 따라서 권6의 '양생과 소요(養生記道)'에서는 그가 지난날 열정적인 치정의 삶으로부터 벗어나 해탈의 경지로 나아가길 추구하는 모습을 잘 보여주고 있다.

> 운랑이 떠나가 버린 뒤로 나는 즐거움을 모르고 슬픔에만 잠겼다. 봄날 아침에나 가을날 저녁, 또는 산에 오르거나 물에 나서도 눈에 띄는 모든 것은 나를 상심케 하는 것-슬픔이 아니면 한스러움이었다. 제3장 '슬픈 운명'을 읽어보면 내가 당한 역경을 알 수 있을 것이다. 나는 해탈하는 방법을 조용히 생각하면서 장차 집을 하직하고 속세를 멀리 떠나 적

---

208) 1877년 楊, 引傳이 최초로 발견한 ≪부생육기≫의 手稿本에는 앞 4장만 실려 있었으나 1935년 상해 世界書局에서 이 책을 발간하면서 기존의 4장에다 새로이 두 장을 더해 ≪부생육기≫를 출판하면서 뒷부분이 진위 논란에 휩싸이게 되었다. 당시 趙苕狂은 ≪浮生六記考≫에서 제5, 6장이 심복이 저술한 진본이라 주장하였고, 朱劍芒 또한 ≪浮生六記校讀後附記≫에서 몇 가지 의문점을 제시하긴 하였으나 대체적으로 진본이라는 입장을 견지하였다. 그러나 그 후 林語堂을 비롯한 여러 학자들이 위작임을 끊임없이 제기하면서 현재에는 위작이라는 견해가 더 지배적이지만 본 논문은 이에 따르지 않고 앞 조초광과 주검망의 견해에 따라 위작이 아니라고 간주하여 이 뒷부분도 연구대상에서 제외시키지 않았음을 밝힌다. 이에 대해서는 김경아, <사랑의 추억, 그리고 자기 치유-심복의 부생육기를 중심으로>, ≪중국소설논총≫, 2012. 02 참조.

209) 최병규, <부생육기 속의 情에 관한 고찰>, ≪중국어문논역총간≫ 제36집, 2015, 74쪽.

송자의 도를 닦으려 했지만 담안과 읍산 두 형제의 권을 따라 마침내 근처 암자에 몸을 의탁하고 오직 남화경으로 소일했다. 장주는 아내가 죽었을 때 동이를 두드리며 노래했다지만 정이야 어찌 참으로 잊었겠는가! 어쩔 수 없는 일이기에 도리어 달관한 것이었다. (自芸娘之逝, 戚戚無歡。春朝秋夕, 登山臨水, 極目傷心, 非悲則恨。讀 ≪坎坷記愁≫, 而余所遭之拂逆可知也。靜念解脫之法, 行將辭家遠出, 求赤松子於世外。嗣以淡安、揖山兩昆季之勸, 遂乃棲身苦庵, 惟以 ≪南華經≫自遣。乃知蒙莊鼓盆而歌, 豈真忘情哉? 無可奈何, 而翻作達耳。)210)

나는 그 책을 읽으면서 점점 깨달음이 생겼다. <양생주>를 읽고 달관한 선비는 살아서는 그 시운에 안존하지 아니함이 없고 죽어서는 그 변화에 순응하지 아니함이 없다는 것을 깨달았다. 깊이 천지, 자연의 원리와 일치되어 있으니 무엇이 얻음이고 무엇이 잃음이며, 어느 것이 죽음이고 어느 것이 삶이라 할 것인가? 그러므로 마음대로 받아들여도 슬픔과 즐거움이 그 사이에 뒤섞이지 않는 것이다. 또 <소요유>를 읽고 양생의 요체는 오직 거리낌이 없이 조용하게 자유스럽게 여기는 것과 불평 없이 즐겁게 만족스럽게 여기는 것에 있음을 깨달았다. 나는 비로소 앞서 한때의 어리석은 정은 자승자박이 아니었던가 하고 뉘우쳤다. 이것이 '양생과 소요'를 쓰게 된 까닭이다. 또한 간혹 옛날 현철들의 말씀을 가려서 스스로 원한을 풀고 갖가지 번뇌를 쓸어버리겠다. 오직 몸과 마음에 유익한 것만으로써 주장삼을 뿐이다. 이는 곧 장주의 뜻이니, 아마 "생명을 안전하게 지킬 수 있고 수명을 온전하게 마칠 수 있다."는 것에 가까이 될 것이다.
(余讀其書, 漸有所悟。讀 <養生主>而悟達觀之士, 無時而不安, 無順而不處, 冥然與造化爲一。將何得而何失, 孰死而孰生耶? 故任其所受, 而哀樂無所措其間矣。又讀 <逍遙遊>, 而悟養生之要, 惟在閑放不拘, 怡適自得而已。始悔前此之一段癡情, 得勿作繭自縛矣乎! 此 <養生記道>之所以爲作也。亦或采前賢之說以自廣, 掃除種種煩惱, 惟以有益身心爲主, 即蒙莊之旨也。庶幾可以全生, 可以盡年。)211)

이처럼 심복은 ≪장자≫의 <소요유>와 <양생주>의 사상으로 자신의 번뇌와 근심은 물론 지난날 정에 빠져 살아오던 치정의 날들을 회고하며 반성하고 있다. 그리하여 제6권에서는 선비들의 공통된 병폐라고 할 수 있는 근심을 잊는 방법이나 신체를 단련하는 구체적인 방법들에 대해 이야기하고 있다. 앞에서 언급한 미인에 대한 정이나 사랑에 대한 욕망을 끊고 대신 서화화훼 등과 같은 예술에 대해 정을 붙일 것을 강조한 것도 같은 이와 같은 맥락이다. 그뿐만이 아니라 육유, 도연명, 백거이, 소옹, 소식 등과 같은 옛 문인들을 거론하며 그들을 통해 양생의 방도를 배울 것도 얘기하고 있는데, 그 가운데 도연명에 대한 언급은 바로 그가 추구하는 정의 경지를 잘 말해주고 있는 의미

---

210) 지영재, ≪부생육기≫, 을유문화사, 1999, 223쪽.
211) 지영재, ≪부생육기≫, 을유문화사, 1999, 224쪽.

심장한 부분이다.

> 나는 도연명의 <한정부>를 읽고 그 정을 쏟는 것에 탄복했으며, 귀거래사를 읽고 그 정을 잊는 것에 탄복했으며, <오류선생전>을 읽고 그 정이 있는 것도 아니고 없는 것도 아닌 것에 탄복했다. 그것은 정을 쏟으면서 정을 잊는 묘한 것이었다. 나의 친구 담안은 도연명을 몹시 사모했다. 그는 말하길, 도연명은 글을 애써 이해하려 하지 않아도 능히 이해하였고, 술은 애써 취하려 하지 않아도 언제나 취하였다고 하였다.
> (余讀柴桑翁 <閑情賦>, 而歎其鍾情；讀 <歸去來辭>, 而歎其忘情；讀 <五柳先生傳>, 而歎其非有情、非無情、鍾之忘之, 而妙焉者也。余友淡公, 最慕柴桑翁, 書不求解而能解, 酒不期醉而能醉。)212)

전술하였듯이 도연명의 <한정부>는 도연명의 치정의 극단을 보여주는 그의 화제작이다. 많은 사람들은 생각하길 한정부가 도연명의 고결한 인품에 걸맞지 않는 사사로운 연정을 노래한 작품이라고 부정적으로 여기기도 하지만 심복은 도연명이 쏟은 정에 탄복하였다고 함은 그의 탁월한 식견을 잘 보여주는 말이다.213)

≪부생육기≫ 전반부의 내용은 주로 작자가 그의 처인 진운(陳芸)과 함께 생활했던 23년간의 부부생활을 회상하며 지은 것인데, 평범한 생활의 이야기이지만 그 문장에서 느껴지는 청신한 미감은 물론 부부간의 깊은 정을 느끼게 해주는 작품이다. 심복의 아내 진운은 원래 심복의 사촌 누나인데 두 사람은 18세 때 결혼을 하게 된다. 진운은 한미한 가문의 딸이었기에 평소 매우 검소한 생활습관이 몸에 밴 여자였으며, 또 성품이 착하고 단정한 여자였다. 이 책의 저자인 심복의 묘사를 빌면 그녀는 "깎아 내려간 어깨와 긴 목, 마른 편이나 뼈가 드러나지는 않았으며, 눈썹은 길게 곡선을 이루고 눈은 맑아 돌아볼 때면 초롱초롱했으나, 다만 위아래 치아가 약간 튀어나온 것이 그리 보기 좋은 것은 아니었지만, 여자다운 애절한 맛이 느껴져 보기 싫지는 않았다(削肩長項, 瘦不露骨, 眉彎目秀, 顧盼神飛, 唯兩齒微露, 似非佳相, 一種纏綿之態, 令人之意也消)."라고 하였다.

그녀는 심복과 같이 모두 당시의 예법이나 도덕에 구애되어 살아가기 보다는 소탈하고 자유분방하게 자신의 성령과 개성을 진솔하게 드러내며 살아가는 삶을 지향했다고 볼 수 있다. 그런 까닭에 두 사람은 부부이기 전에 가장 친한 지기가 될 수 있었던 것

---

212) 지영재, ≪부생육기≫, 을유문화사, 1999, 250쪽.
213) 최병규, <부생육기 속의 情에 관한 고찰>, 94~96쪽 참고.

이다. 이제 작품 속의 한 부분 <규방기락(閨房記樂)> 속의 몇 단락을 감상해보자.

芸作新婦，初甚緘默，終日无怒容，与之言
'微笑而已。事上以敬，處下以和，……每
見朗曦上窗，即披衣急起，如有人呼促者然
……余雖恋其卧而德其正，因亦隨之早起。
自此耳鬢相磨，親同形影，愛恋之情有不可
以言語形容者。

〈그림 69〉 규방기락

나의 성격은 시원스럽고 호방하여 구속되는 것을 싫어하지만, 운은 가식적인 선비와도 같이 사소한 예절을 중시하였다. 간혹 내가 옷을 걸쳐주거나 소매를 바로잡아 줄 때면 언제나 연거푸 "죄송합니다!"라고 말했으며, 혹은 내가 수건이나 부채를 건네주어도 반드시 일어서서 받았다. 나는 처음에 그것이 싫어서 말하길 "당신은 예(禮)로써 나를 구속하려 드시오? 속담에도 '예가 지나치면 반드시 속임이 있다.'고 했소." 운은 두 볼이 붉어지면서 말하길 "공경을 하기에 예를 갖춘 것인데, 어이하여 도리어 사기라고 하십니까?" 했다. 나는 말하길 "공경하는 것은 마음속에 있는 것이지, 허식적인 예의에 있지 않소." 하니, 운 왈 "부모와 같이 서로 거리낌 없는 사이가 아닌데, 어찌 속으로 공경한다고 겉으로 건방지게 굴 수 있겠습니까?" 그때 나는 "금방 한 말은 농담일 뿐이오."라고 말했고, 그녀는 "세상 사람들이 서로 반목하는 것도 거의가 장난기에서 시작되는 것입니다. 다음부터는 첩을 그렇게 억울하게 하지 마세요!"라고 했다. 나는 그녀를 끌어안고 위로해주었는데, 그때서야 비로소 얼굴이 풀어지며 미소를 지었다. 그때부터 "외람되오나"나 "죄송합니다"란 말이 결국 어조사가 되어버렸다.

(余性爽直落拓不羈, 芸若腐儒迂拘多禮, 偶爲披衣整袖, 必連聲道得罪! 或遞巾授扇, 必起身來接. 余始厭之, 曰 卿欲以禮縛我耶? 語曰 禮多必詐. 芸兩頰發赤, 曰 恭而有禮, 何反言詐? 余曰 恭敬在心, 不在虛文. 芸曰 親莫如父母, 可內敬在心而外肆狂放耶? 余曰 前言戲之耳. 芸曰 世間反目多由戲起, 後勿冤妾, 令人鬱死! 余乃挽之入懷, 撫慰之始解顏爲笑. 自此豈敢 得罪 竟成語助詞矣.)

운은 화장을 지우고 아직 자리에 눕지는 않았고, 은촉불은 붉게 타는데 그녀는 얼굴을 낮게 숙이고 있는데, 무슨 책을 보기에 그렇게 정신을 잃고 있는지 알 수 없었다. 나는 그 어깨를 만지며 말하길 "누나, 매일 고생을 하는데, 어찌 아직 피곤하지 않나요?" 하니, 운은 급히 돌아보며 일어나 말하길 "금방 바로 자려고 했는데, 책장을 열어 이 책을 꺼낸 후 보다가 자신도 모르게 피곤함도 잊어버렸어요. ≪서상기≫란 이름은 익혀 들어왔지만 오늘 처음으로 보니 정말 '재자서(才子書)'란 이름이 부끄럽지 않아요. 하지만 표현이 너무 노골적이에요."라고 했다. 나는 웃으며 말하길 "그 책이 재자서이기에 문체가 더욱 노골적인 것이요."라고 하였다. 늙은 하인 할머니가 옆에서 자야 할 시간이라며 재촉했다. 우선 그 할머니에게 문을 잠그고 먼저 나가라고 하고는 어깨를 붙이고 서로 장난을 쳤는데, 마치 감춰둔 친구와 다시 만난 기분이었다. 나는 그녀의 가슴에 손을 대니 몹시 뛰고 있었기에, 그 귀에다 대고 말하길 "누나, 왜 이렇게도 가슴이 뛰어요?" 하니, 그녀는 돌아보며 미소를 지었다. 순간 나는 한가닥의 감정이 내 정신을 아찔하게 하였음을 느끼고, 운을 안고는 침대휘장 속으로 들어갔는데, 동방이 훤하게 밝은 것도 몰랐다.
(芸卸粧尙未臥, 高燒銀燭, 低垂粉頸, 不知觀何書而出神若此. 因撫其肩曰.. 姉連日辛苦, 何 猶孜孜不倦耶? 芸忙回首起立曰 頃正欲臥, 開櫥得此書, 不覺閱之忘倦. 西廂之名聞之熟矣, 今始得見, 眞不愧才子之名, 但未免形容尖薄耳. 餘笑曰 唯其才子, 筆墨方能尖薄. 伴嫗在旁 促臥, 令其閉門先去. 遂與比肩調笑, 恍同密友重逢., 戲探其懷, 亦怦怦作跳, 因俯其耳曰 姉 何春心乃爾耶? 芸回眸微笑, 便覺一縷情絲搖人魂魄., 擁之入帳, 不知東方之旣白.)

울타리 가에는 옆집의 노인에게 부탁하여 국화를 사오도록 하여 쭉 돌려 심었다. 구월이 되니 꽃이 피었는데, 또 운과 같이 열흘을 보냈다. 나의 어머니도 기뻐하며 와서 구경했는데, 게를 먹으며 국화를 감상하면서 하루를 보냈다. 운은 웃으며 말하길 "이 다음에 당신과 함께 이곳을 일구어 집도 짓고 채소밭도 열 무(畝)쯤 가꾸며, 노복들에게 호박이나 채소를 짓도록 가르쳐주면 그 수입을 얻을 수 있어요. 그리고 당신은 그림을 그리고 저는 수를 놓으면 우리가 시를 짓고 술을 마시는 생활의 비용을 마련할 수 있고, 베옷과 거친 음식이지만 평생을 즐겁게 살 수가 있어요. 다시는 멀리 여행을 떠날 계획을 하지 말아요."라고 하였다. 나는 깊이 그 말에 동의를 표했다. 지금은 이미 그 땅을 얻었지만, 나의 지기는 이미 죽었으니, 어찌 큰 한숨이 나오지 않겠는가!
(籬邊倩鄰老購菊, 遍植之. 九月花開, 又與芸居十日, 吾母亦欣然來觀, 持螯對菊, 賞玩竟日. 芸喜曰 他年當與君葡築於此, 買繞屋菜園十畝, 課僕嫗植瓜蔬, 以供薪水, 君畵我繡, 以爲詩 酒之需, 布衣菜飯, 可樂終身, 不必作遠遊計也. 余深然之. 今卽得有境地, 而知己淪亡, 可勝 浩嘆!)

이처럼 ≪부생육기≫의 문장은 저속하지 않고 자연스러운 필치로 부부간의 은밀한 규방지사(閨房之事)를 서슴없이 표현한 것 외에는 그 결구나 문체가 지극히 평범한 문장이지만 읽는 이로 하여금 그 어떤 풋풋한 맛을 느끼게 하는 작품이다. 심복과 진운은 '원생생세세위부부(願生生世世爲夫婦(원컨대 영원토록 부부가 되길 바라노라)'는 글을 새긴 도장을 두 개 만들어, 심복은 양각을, 진운은 음각을 지니면서 서로 편지를 주고받을 때 사용하였다고 하니, 부부간의 사랑이 실로 두터웠던 모양이다. 중국의 근대문학가 임어당(林語堂)은 이 작품을 영어로 번역하여 서방세계에 알렸는데, 그는 진운이라는 여성은 중국문학사에 있어 가장 사랑스러운 여인이라고 말하기도 하였다.

자유분방하고 소탈한 심복의 정은 그의 부인 운(芸)에게도 잘 나타나는데, ≪부생육기≫ 속 부부간의 다음의 대화를 보자.

> 내가 말했다. "당대는 시가로써 인재들을 뽑았는데, 당시의 거장은 응당 이백과 두보일 것이요. 그 가운데 당신은 누구를 존경하오?" 진운은 "두보의 시는 노련하고 정교하며, 이백의 시는 소탈하고 자유분방하지요. 두보의 삼엄함을 배우는 것보단 이백의 활달함을 배우는 것이 나아요."라고 했다. 나는 "두보는 시가를 집대성한 사람이라 시를 배우는 자들은 대부분 그를 숭상하오. 유독 당신은 이백을 추종하니 그 이유는 뭐요?"라며 물었다. 그 말에 그녀는 "격률이 근엄하고 사의(詞意)가 깊이 있고 정교함은 확실히 두보의 훌륭함이에요. 하지만 이백은 <소요유(逍遙遊)> 가운데의 고사(姑射) 선녀와 같아 낙화가 물에 흘러가는 정취가 느껴져 사랑스러워요. 제 뜻은 두보가 이백보다 못하다는 말이 아니라 다만 제 마음 속에서 두보를 숭상하는 마음은 얕고, 이백을 사랑하는 마음이 더욱 깊다는 뜻이에요."라며 말했다.
> (余曰: "唐以詩取士, 而詩之宗匠必推李、杜, 卿愛宗何人?" 芸發議曰: "杜詩錘煉精純, 李詩激灑落拓. 與其學杜之森嚴, 不如學李之活潑." 余曰: "工部爲詩家之大成, 學者多宗之, 卿獨取李, 何也?" 芸曰: "格律謹嚴, 詞旨老當, 誠杜所獨擅. 但李詩宛如姑射仙子, 有一種落花流水之趣, 令人可愛. 非杜亞於李, 不過妾之私心宗杜心淺, 愛李心深.")[214]

여기서 진운이 두보보다 이백을 더 사랑한다고 한 것은 그녀의 남편 심복과도 같이 소탈하고 자유분방한 것을 좋아하는 그녀의 천성을 단적으로 잘 말해주고 있다. 그리고 진운은 마치 만명시대 진보적인 문인들과도 같이 차라리 진소인(眞小人)이 될지언정 가군자(假君子)를 혐오하였는데 이는 다음의 예문에서 잘 나타난다.

그의 살쩍에 꽂힌 말리화의 짙은 향기가 내 코에 물씬 풍겨왔다. 나는 그녀의 등을 토닥

---

214) 沈復, ≪浮生六記≫, 蘭州: 蘭州大學出版社, 2004, 11쪽.

이며 말을 돌렸다. "아마 옛사람들은 말리화의 형색을 구슬 같다고 생각한 모양이지? 그렇기에 살짝을 이것으로써 치장을 한 게요. 그런데 이 꽃은 부인네의 머릿기름과 분 냄새에 젖었을 때, 더욱 좋은 것 같소. 차려놓은 불수감은 저리 나앉으라 하오." 운이는 웃음을 멈추고 말했다. "불수감은 향기 가운데의 군자라서 향기가 나는 듯 마는 듯 하지요. 말리화는 향기 가운데의 소인인지라 반드시 남의 힘을 비는 것이고 또 그 향기도 아첨하는 것 같아요." "그대는 어찌하여 군자를 멀리하고 소인을 가까이 하오?" "저는 군자를 비웃고 소인을 사랑할 뿐이에요."

(覺其鬢邊茉莉濃香撲鼻, 因拍其背, 以他詞解之曰:「想古人以茉莉形色如珠, 故供助妝壓鬢, 不知此花必沾油頭粉面之氣, 其香更可愛, 所供佛手當退三舍矣。」芸乃止笑曰:「佛手乃香中君子, 只在有意無意間; 茉莉是香中小人, 故須借人之勢, 其香也如脅肩諂笑。」余曰:「卿何遠君子而近小人?」芸曰:「我笑君子愛小人耳。」)[215]

여기서 진운이 "저는 군자를 비웃고 오히려 소인을 좋아해요(我笑君子愛小人耳)."라고 한 말은 앞에서 그녀가 이백을 숭상한다고 하였듯이 그녀가 가식적인 것을 혐오하고 자유분방하고 소탈한 '진정'을 숭상하는 것을 잘 보여주는 대목이다. 이는 명청시대 규방에서 엄격한 법도하에서 살아가던 부녀자의 말이라고 믿기 힘들 만큼 대담하고도 기지가 번득이는 발언이 아닐 수가 없다. 이런 점은 그녀가 임어당에 의해 '중국문학사상 가장 사랑스러운 여인'[216]으로 추종되는 이유 중의 하나일 것이다.[217]

5. 명청시대 재자가인 풍류문학

명청시대는 수많은 풍류재자들에 의한 재자가인 문학이 매우 성행한 시대다. 중국의 재자가인 이야기의 역사는 매우 유구하지만, 문학작품을 통해 비교적 집중적으로 출현하여 중국문학사의 한 비중을 차지한 시기는 바로 명말청초였다. 그리고 중국문학사에서 명청시대는 단연 소설이 성행한 시대였기에 재자가인의 이야기는 주로 소설작품의

---

215) 상동서, 18쪽.

216) 중국의 유명한 현대문학작가 林語堂은 청대의 沈復이 지은 자전체 산문(혹은 소설)인 ≪浮生六記≫ 4편을 1936년 英文으로 번역하여 ≪天下≫라고 하는 월간지에다 연재하였다. 그리고 나중에는 이 ≪浮生六記≫를 漢英 대조본으로 된 단행본으로 내며 긴 서문을 실었는데, 그는 그 서문에서 말하길, "운(즉 심복의 요절한 부인 진운을 말한다)은 내가 생각하기엔 중국문학사상 가장 사랑스러운 여인일 것이다(芸, 我想, 是中國文學上一個最可愛的女人)."라는 의미심장한 말을 하였다.-俞昭旭(1986), ≪浮生六記≫, 臺灣: 金楓出版社, 155쪽. 西風社漢英對照本林語堂序. 또 이에 대해 임어당의 ≪생활의 발견≫에서도 언급하고 있다.-지영재(1999), ≪부생육기≫, 을유문화사, 3쪽 참조.

217) 최병규, <부생육기 속의 情에 관한 고찰>, 78~79쪽 참고.

형식을 빌려 표현되었다. 재자가인 소설이란 대개 문재(文才)를 지닌 남자주인공과 인정(人情)과 의리(義理)를 지닌 미모의 여주인공이 만나 시문(詩文)을 매개로 하여 서로 연정을 품었다가, 약간의 우여곡절을 겪은 후에 결국은 서로 결합하는 내용이다. 일찍이 우리는 당대의 <이왜전>이나 <앵앵전>과 같은 전기 소설을 통해 재자가인 소설의 예를 보아 왔다. 그러나 그 시대의 재자가인 소설은 편폭은 물론 후대에 끼친 영향력에 있어서도 그다지 크지를 못했지만, 명청시대에 이르러서는 장편 장회식(章回式)의 이러한 소설들이 우후죽순처럼 많이 출현하여 중국문학사에 있어서 재자가인 소설의 한 장을 형성했다.

재자가인 소설에서 남주인공은 일반적으로 재기를 지녔을 뿐 아니라 풍류를 아는 성품이어서 그가 여주인공 가인과 맺는 사랑의 이야기는 그 멋과 낭만 그리고 풍류로 인해 수많은 독자들을 감동시키며 오랜 세월 동안 사람들의 입에 오르내리는 미담이 되어왔다. 그리고 여기서 우리가 알아야 할 점은 이러한 재자가인 소설의 작자는 모두가 재기가 넘치는 재자였다는 사실이다. 그러나 중국 고대사회에서 이러한 재자들은 사실 사회적으로 그렇게 높은 지위와 존중을 받던 사람들은 아니었다. 송원대에는 희곡과 소설의 작가들을 재인(才人)이라고 하였는데, 그들은 당시 '서회(書會)'라고 불리던 그들의 집단에서 서로 교류를 하고 지냈으며, 그러므로 이들을 지칭해 '서회재인(書會才人)'이라고 했다. 그들은 대부분 배우나 창기들과 함께 어울려 생활하였는데, 당연히 문인학사들과는 그 성질이 다른 부류였다고 볼 수 있다. 우리가 알고 있는 소설이나 희곡 등과 같은 민간의 통속문학작품 가운데 그 작자가 미상인 것도 사회적으로 존경을 받지 않던 작자들이었기에 그들의 이름을 생략하였으며, 또 간혹 어떤 문인들이 그러한 작품을 적었다 하더라도 이러한 사회적 편견 때문에 그들의 실재이름을 사용하지 않았다. 명대 사대기서 중의 하나인 ≪금병매≫도 작자의 이름을 알 수 없어 '난릉(蘭陵)'의 '소소생(笑笑生)'으로만 우리가 기억하고 있는 것도 바로 이런 현상이다.

명말청초에 출현한 소설의 대부분을 차지하는 이 재자가인 소설 가운데 가장 대표적인 작품은 바로 ≪평산냉연(平山冷燕)≫과 ≪옥교리(玉嬌梨)≫, 그리고 ≪호구전(好逑傳)≫일 것이다. 먼저 ≪평산냉연≫의 이야기는 다음과 같다.

대학사(大學士) 산현인(山顯仁)은 재기가 넘치는 그의 딸 산대(山黛)가 지은 <백연시(白燕詩)>를 황제께 바치니 황제는 크게 기뻐하여 그녀를 불러 치하를 하였다. 산현인은 그 딸을 위해 옥처루(玉尺樓)를 짓고 또 양주(揚州)의 재녀 냉강설(冷絳雪)을 불러들여 그녀의 동무로 삼았다. 그런데 강설은 산동(山東)에 있는 미자사(閔子祠)의 사당을 지날 때 그 벽에다 시를 지어 적었는데, 평여형(平如衡)이라는 재자가 그것을 읽고는 화답을 하게 되면서 둘은 서로 연정을 품게 된다. 한편 송강부(松江府)의 재자 연백함(燕白頷)이 재자를 찾고 있었는데, 마침 평여형과 만나 서로 막역지우가 된다. 그 후 천자가 조서를 내려 산대와 강설을 위해 어진 자를 골라 그들의 배필로 삼으려 할 때, 이부상서의 아들 장인(張寅)이라는 자가 산대를 얻기 위해 연백함과 평여형의 문장을 표절하는데 결국 발각이 되고 만다. 그리고 연백함과 평여형은 나중에 황제로부터 그 재주를 인정받아 각각 장원과 탐화(探花)를 하사받게 되고, 결국 하나는 산대를 얻고, 하나는 강설을 얻어 두 부부가 함께 천자 앞에서 <백연시>를 지으며 끝이 난다.

《옥교리》의 이야기는 대략 다음과 같다. 금릉(金陵)의 태상경(太常卿) 백태현(白太玄)의 딸 홍옥(紅玉)은 얼굴이 아름다웠을 뿐 아니라 시재(詩才)가 있었는데, 어사(禦史) 양정조(楊廷詔)가 그를 신부로 맞이하려다 백태현에게 거절당한다. 그로 인해 백태현은 멀리 출장을 가게 되는데, 그때 그는 화를 피하기 위해 홍옥을 처남인 오규(吳珪)의 집에 피신케 하고 그녀의 이름도 무교(無嬌)라고 바꿨다. 한편 오규는 길에서 우연히 소우백(蘇友白)이란 수재(秀才)를 만나게 되고, 그가 벽 위에 적은 시를 보고는 그의 재기에 반해 홍옥의 배필로 삼을 생각을 한다. 이윽고 백태현은 출장으로부터 돌아오고, 홍옥도 집으로 돌아오게 된다. 한편 소우백은 장궤여(張軌如)로부터 홍옥의 <신류시(新柳詩)>를 얻어 읽고는 그녀를 매우 흠모하게 되는데, 장궤여는 소우백의 시작품을 훔쳐 자신의 것처럼 해서 스스로 추천하여 백태현의 사위 후보에까지 들어갔으나, 다행히 홍옥과 그 계집종 언소(嫣笑)에게 탄로가 나고 만다. 또 당시 소우백은 산동에서 남장을 한 노몽리(盧夢梨)를 우연히 만나 누이 오빠로서 서로 좋아하게 된다. 한편 소우백은 과거에 합격을 하는데, 양정조는 또 그를 사위로 삼으려 하였으나, 소우백에 의해 거절당했고, 소우백은 그 화를 두려워하여 벼슬을 버리고 떠나면서 이름도 유생(柳生)으로 고친다. 그때 회계에서 황보원외(皇甫員外)라는 가명을 한 백태현과 만나는데, 노몽리는 태현의 조카딸이라 난리통에 잠시 백씨 집에 묵고 있었다. 결국 유생은 이 두여자를 모두 얻게 되면서 이야기는 끝이 난다.

그 외 《호구전》의 이야기도 협객의 기질을 가진 철중옥(鐵中玉)과 재기와 지혜를 겸비한 수빙심(水冰心) 간의 사랑을 적은 것인데, 위의 작품과 거의 유사하여 자세한 내용 설명은 생략한다.

≪옥교리≫와 ≪평산냉연≫의 저자는 '천화장주인(天花藏主人)'으로 칭해지는 명말청초 재자가인소설의 가장 주목받는 작가이다. 그가 지은 작품만도 당시 재자가인 소설들의 반수를 헤아린다. 그는 '소정당주인(素政堂主人)' 혹은 '이적산인(荑荻散人)'으로도 칭했는데, 그의 실재 이름은 알 수가 없다. 다만 그는 명말에서 청초에 걸쳐 문재를 지니고도 쓸쓸하게 살다간 재자인 것만 알 수 있을 뿐이다. 재자가인 소설을 읽어보면 사실 그 작품성은 그리 뛰어나지가 않다. 대개 평범한 일상생활 속의 이야기와 일들, 그리고 천편일률적인 구성과 인물들을 등장시켜 대단원의 막을 내리며 끝난다. 그러므로 ≪홍루몽≫에서도 이러한 재자가인 소설의 주제사상과 그 구성의 천변일률적 공식화에 대해 비난을 한 부분이 있다.218) 그러나 이 재자가인소설은 명말청초 다량 출현하여 중국소설사의 한자리를 차지했을 뿐 아니라, 중국의 인정소설(人情小說)의 한 유파로서 ≪금병매≫와 ≪홍루몽≫을 이어주는 교량 역할을 했다고 볼 수 있기에 그 중요성을 인정하지 않을 수 없다. 여러 재자가인소설들은 그 소설의 제목부터 ≪금병매≫식의 주인공의 이름을 본 따 서명을 붙이는 방식을 채택했고, 거의가 연애와 가정생활을 그 제재로 삼아 인정세태(人情世態)를 반영하였을 뿐 아니라 여성을 그 주요 주인공으로 삼았으니, 중국의 인정소설 ≪금병매≫의 영향 아래서 나온 소설로 볼 수 있다.

재자가인소설에서 우리가 찾을 수 있는 긍정적인 의의와 진보적인 사상은 그 외에도 여러 가지다. 우선 여성의 가치에 대한 중시인데 특히 여성의 재능을 칭송했다는 것이다. ≪평산냉연≫ 가운데 연백함이 한탄을 하며 말한 "천지는 이미 산천의 수려한 기운을 모두 미인에게 바쳤는데, 우리 같은 남자가 태어나서는 그 무슨 소용이 있겠소!(天地旣以山川秀氣盡付美人, 卻又生我輩男子何用?)"라든지 "이러한 규수는 바로 산천의 신령스러운 기운이 모여서 이루어진 것이야(如此閨秀, 自是山川靈氣所鍾)." 등의 말들은, 바로 여성의 존중과 해방의 의미를 띤 진보적인 사상이다. 이는 ≪홍루몽≫에서 가보옥이 말한 "여자애는 물로 만든 골육이고, 남자는 진흙으로 만든 골육이야. 나는 여자애들을 보면 기분이 좋고, 남자를 보기만 하면 구린내가 진동하는 것 같아(女兒是水作的骨肉, 男人是泥作的骨肉. 我見了女兒, 我便淸爽., 見了男子, 便覺濁臭逼人)."라는 말

218) ≪紅樓夢≫은 이 소설 처음부터 석두가 공공도인에게 ≪석두기≫의 내용을 얘기하면서 재자가인 소설의 문제점을 지적한 부분이 있다("至若佳人才子等書, 則又千部共出一套, … 大不近情理之說."-第1回). 그러나 사실 ≪홍루몽≫도 크게 보면 재자가인 소설의 형태와 굴레를 크게 벗어나지 않았다고 할 수 있다. ≪홍루몽≫ 작자가 재자가인 소설에 대해 질타를 한 것은 어찌 보면 조설근의 마음 속 깊은 곳에서 강력한 선배 작가들의 작품인 재자가인 소설들의 영향력과 싸우면서 그 속에서 자신의 독창성을 실현하고자 하는 초조감이 작용한 것으로 볼 수가 있다. 이에 대해서는 柯慶明, 蕭馳 等, ≪中國抒情傳統的再發見(下)≫, 臺灣: 臺大出版中心, 2011, <從才子佳人到紅樓夢. 文人小說與抒情傳統的一段情結>, 639~676쪽 참고.

과도 같은 맥락이다.

그 다음으로 재자가인소설에서 발견할 수 있는 긍정적 의의는 바로 '재정(才情)'의 중시일 것이다. ≪옥교리≫에서 소우백은 말하길 "재기가 있으나 예쁘지 않으면, 가인이 될 수 없고; 미모는 있어도 재기가 없어도, 가인이 될 수 없다; 비록 재기와 미색을 갖추어도 나 소우백과 더불어 애틋한 정을 나누지 않으면 그 역시 나 소우백의 가인이 될 수 없다(有才無色, 算不得佳人; 有色無才, 算不得佳人; 即有才有色, 而與我蘇友白無一段脈脈相關之情, 亦算不得我蘇友白的佳人)."는 멋진 말을 하는데, 이는 색(色, 미모)·재(才, 재능)·정(情, 정과 의리) 삼위일체의 애정관(혹은 미인관)으로 매우 진보적이라고 할 수 있다.[219]

이러한 '정'의 중시는 당시 이지, 탕현조 등 명말의 여러 '언정대사(言情大師)'들의 사상적 영향을 받은 것이다. 그리고 재자가인 소설의 정에 대한 중시는 청대의 소설 ≪홍루몽≫에 이르러서는 마침내 '정종(情種)' 혹은 '정성(情聖)'이라고 부를 수 있는 중국문학사에 있어서의 '정의 화신(化身)'인 가보옥을 등장시키며 결정(結晶)을 보게 된다.

그 외 재자가인 소설은 ≪금병매≫ 등의 소설들이 중국의 북방지역을 무대로 한 것과는 달리 남방을 배경으로 하였기에 중국남방 특유의 우아함과 부드러움을 지닌 남방문학이라는 점이다. 낭만적이고 자유분방한 성격을 지닌 남방 재자들의 풍류스러운 개성과 수줍어하면서도 부드럽고 다정한 남방 미인들의 기질은 그야말로 서로 잘 어울리는 한 쌍의 재자가인 풍류의 멋이 아닐 수 없다. 여하튼 재자가인소설은 만명 인문주의적 계몽사조의 시대적 영향 아래 작자의 혼인 및 연애관·재정관(才情觀)·부녀관(婦女觀) 등을 나타낸 몰락한 문인작가들의 강력한 자아표현으로 볼 수 있다. 이런 소설들에서 표방한 정의 추구라든지 여성에 대한 존중 사상 등을 토대로 한 젊은 남녀들의 혼인과 연애에 관한 이야기는 이 시대 문학의 풍류세계를 장식한 부분이라고 할 수 있다.

---

219) "미모 외에 才情, 즉 재기와 정을 중시하는 소우백이 제시한 미인에 대한 자신의 관점은 명청시대 당시 가장 이상적인 여인에 대한 기준이라고도 볼 수가 있다. 이런 관점은 天花藏主人의 ≪平山冷燕≫에서도 그대로 나타나고 있다. 이를테면, "(여성은) 재기가 없는 것이 가장 걱정스러운 일이다. 재기가 있다면 비록 누추한 외모라고 할지라도 반드시 그 어떤 풍류가 있어 결코 바보같이 어리석은 모습으로 보이질 않을 것이다(人只患無才耳, 若果有才, 任是醜陋, 定有一種風流, 斷斷不是一村愚面目)."라고 한 점에서 알 수 있다. 이는 여인의 미가 외모의 아름다움에만 있는 것이 아니라 비록 외모가 다소 손색이 있어도 재정으로 인한 내면의 아름다움이 얼굴과 몸 전체를 통해 우러나오는 것임을 역설하고 있다. 명청소설에서 추구하는 여성의 才情에 대한 중시는 '여성은 재기가 없는 것이 바로 덕(女人無才便是德)'이라고 하는 전통적인 관념이나 남자는 재주를 요구하지만 여자는 오직 미모만을 강조하던 기존의 관념에 비해 크게 진보한 것이라고 할 수 있다."-최병규 <진운과 임대옥을 중심으로 본 명청소설 속 여성형상의 외형묘사와 기질에 관한 연구>, ≪중어중문학≫ 제47집, 2010, 195쪽 참고.

6. 명청문학의 풍류세계

1) 명청소설의 풍류

중국의 고전소설은 명청시대에 들어오면 번영과 성숙의 단계를 맞이하게 되어, 이시대 문학의 주류를 이루면서 풍류세계의 주류를 형성하게 된다. 명청시대에 이르러 소설이 크게 발달하게 된 원인은 앞에서도 언급했듯이 문학 본래의 진화 외에 경제와 정치, 사상 등과 같은 사회적 배경을 무시할 수 없다. 봉건사회 말기인 명청시대에는 전반적인 대변화와 함께 사회적 모순이 격화되었고, 중국문학의 체재에 있어서도 그동안의 전통문학 외에 산곡(散曲)이나 전기(傳奇), 강창(講唱) 등의 새로운 장르가 발전하여 문학형식의 다양성이 이루어졌다. 이 시대의 작가들은 그만큼 시야나 문학적 수양이 넓어졌으며, 그것은 이 시대 소설의 주제나 제재, 예술적 표현 등에 더욱 깊이를 더하게 하였다.

중국고전소설의 발전을 살펴보면 크게 두 갈래의 방향이 있다. 하나는 문언필기(文言筆記) 소설이고, 하나는 통속백화(通俗白話) 소설이다. 문언필기소설은 사대부 문인들에 의해 문언체 즉 고문에 의해 필기체로 쓰여진 소설을 얘기하고, 통속백화소설이란 사대부가 아닌 민간 문인들에 의해 백화로 쓰여진 소설을 말한다. 문언필기소설은 위진남북조의 지괴로부터 시작하여 당대의 전기소설로 이어지면서 송원명청을 거치면서도 계속 그 명맥을 이어가며 발전하였으며, 통속백화소설은 송대 '화본(話本)'의 출현과 함께 발전하여 명청대 장회(章回)소설로 이어진다. 그러나 중국소설의 발전단계로 볼 때, 초기단계는 지괴나 전기류 소설이 발달한 문언 필기류 소설의 단계였고, 그다음은 송대의 화본소설의 발달과 함께 시작하여 명청대를 지나며 크게 성행한 통속백화소설의 단계였다. 그러므로 중국소설은 형태에서는 필기체에서 백화체로, 작가는 문인 사대부에서 민간 문인으로 변화·발전하게 된다. 또한 편폭에서도 간단한 단편에서 복잡한 장편으로 전환되며, 풍격과 내용도 '아(雅)'적인 분위기에서 '속(俗)'적인 분위기로 옮겨간다.

명청소설의 모태라고 할 수 있는 송대의 '화본'이란 당시 민간 기예의 하나로, 민중에게 이야기를 하는 설화인(說話人), 즉 이야기꾼이 기록한 대본을 말한다. 중국에는 당대(唐代)부터 '변문(變文)'이라는 설화인의 예술형식이 있었는데, 그것은 주로 불경에 관한 고사를 이야기(講)와 노래(唱)를 섞어가며 사람들에게 들려주던 일종의 민간 기예였다. 그러던 것이 송대에 이르러서는 도시 시민 계층의 발달과 함께 설화(說話)도 발달하였다. 당시의 설화인들은 '서회(書會)'라는 단체를 조직하면서 더욱 직업화되고 전문화되었다. 당시의 '설화'는 이야기의 내용에 따라 몇 가지로 구분되는데, 그중 단편적인 이야기를 주로 다룬 '소설(小說)'과 장편의 역사적인 이야기를 주로 다룬 '강사(講史)'가 비교적 유명하였다. 이 '소설'과 '강사'는 명청 시대의 소설에 직접적인 큰 영향을 끼치게 된다. 송대 '소설'의 화본은 그 대부분이 유실되어 현재 남아 있는 것으로는 ≪경본통속소설(京本通俗小說)≫과 ≪청평산당화본(淸平山堂話本)≫이 있고, 송대 '강사(講史)'의 화본으로는 ≪신편오대사평화(新編五代史平話)≫(송대 '講史'의 화본을 '平話'라고도 하였다)와 ≪대송선화유사(大宋宣和遺事)≫가 전해오고 있으며, 원대의 것으로는 ≪삼국지평화(三國志平話)≫ 등이 전해올 뿐이다.

　명청소설의 발전 단계와 그 역사적 배경을 한번 짚어보면, 처음의 단계는 명초에서 명 중엽까지의 문화적 전제 시대로서 문화와 사상이 매우 보수적인 시대였는데, 이 시기의 대표적인 작품은 ≪삼국지통속연의(三國志通俗演義)≫와 ≪수호전(水滸傳)≫, ≪서유기(西遊記)≫ 등과 같은 통속 장회백화소설과 문언체의 ≪전등신화(剪燈新話)≫와 ≪전등여화(剪燈餘話)≫ 등이 있다. 두 번째의 단계는 명 중엽에서 만명까지의 시기로, 이때에는 명대의 자본주의가 싹트고, 정주(程朱)의 관방이학(官方理學)에 도전하는 이지・원굉도・탕현조(湯顯祖)・풍몽룡(馮夢龍) 등의 주정주의(主情主義) 자유 인성론이 대두한 계몽주의의 시대이다. 이 시기의 대표적인 작품은 ≪금병매≫와 ≪삼언≫, ≪이박(二拍)≫ 등이 있었다. 세 번째 단계는 재자가인소설이 판을 치던 명말 청초의 과도기적 시기이며, 그다음은 청초에서 청 중엽에 해당하는 중국고전소설의 발전 및 성숙기로서, 대표적 작품은 ≪요재지이(聊齋志異)≫・≪紅樓夢≫・≪儒林外史≫ 등이 있다. 맨 마지막 단계는 만청에서 '오사운동(五四運動)'까지의 시기로 이른바 정치와 현실을 풍자하는 수많은 견책(譴責)소설들이 등장한 시대이다.[220]

　이상으로 명청소설의 풍류세계를 이야기함에 앞서 중국소설의 발전과 명청소설의 시기적 발전단계를 짚어보았다. 이제 이와 같은 역사적 단계와 변화 끝에 중국소설의 진수로서 완성된 명청소설의 개별적 멋과 풍류를 하나하나 살펴보기로 하자.

---

220) 이러한 시대 분류는 黃淸泉 등이 지은 ≪明淸小說的藝術世界≫(華中師範大學出版社, 1992)의 분류를 참고로 한 것이다.

(1) 굼실굼실 흘러가 버린 장강(長江)의 영웅담 - ≪삼국연의(三國演義)≫

≪삼국연의(三國演義)≫의 본명은 원래 ≪삼국지통속연(三國志通俗演義)≫인데, ≪삼국지연의≫라고도 부른다. 이 소설은 앞서 얘기한 송 화본의 기초 아래 계속 발전해오다 나관중(羅貫中)이라는 통속소설가에 의해 완성된 소설이다. 이 작품은 동한 영제(靈帝) 때의 황건적(黃巾賊)의 난에서부터 시작하여 동한의 멸망과 함께 위·촉·오 삼국의 정립과 마지막 서진(西晉)에 의한 통일까지의 근 백년간의 역사를 소설화한 것으로, 정치가들의 권모술수나 전쟁묘사 등을 주로 묘사한 삼국간의 정치적 투쟁을 매우 진지하고 흥미진진하게 그려내어 대외적으로 잘 알려져 마치 중국고전소설의 대표작인 듯 되어버린 소설이다. 이 소설의 분위기와 주제, 그리고 그 풍류의 세계는 사실 작품 맨 처음에 등장하는 한 편의 사에서 모두 드러나고 있다.

굼실굼실 흘러 동으로 가는 긴 강물, 파도 물거품 옛적의 영웅 다 씻어 가버렸네. 옳고 그름, 성공과 실패, 머리 돌리는 사이 공(空)으로 돌아갔네. 푸른 산은 예나 다름없건만 그 몇 번이나 석양빛이 붉었다 또 졌을까? 다만 백발의 어부들만 강가에서 언제나 그러 듯 가을 달과 봄바람을 대하며, 한 주전자의 탁주로써 기쁘게 서로 만나, 고금의 수많은 이야기 소담(笑談) 속에 부쳐보네.
(滾滾長江東逝水, 浪花淘盡英雄. 是非成敗轉頭空, 靑山依舊在, 幾度夕陽紅. 白髮漁翁江渚上, 慣看秋月春風. 一壺濁酒喜相逢, 古今多少事, 都付笑談中.)

사실 ≪삼국연의≫는 명군(明君)을 칭송하고 폭정을 반대하며, 유(劉)·관(關)·장(張)의 신의나 제갈량(諸葛亮)의 충정(忠貞) 등의 주제와 사상성 보다는 역사적인 사실을 토대로 한 작자의 뛰어난 상상력이라든지 인물묘사예술과 같은 소설기교에 있어서의 성공이 더욱 두드러진 작품이라고 할 수 있다. 비록 인물묘사예술에 있어 지나치게 과장되고 인물성격의 변화 발전을 무시하였다는 결점이 지적되지만, 이 소설은 구체적인 세절(細節)묘사·심리묘사·주변 상황묘사 등을 통해 인물을 부각시키는 '홍탁(烘托)'기법 등을 통해 인물의 특성을 생동감 있게 표현한 점은 독자들에게 깊은 인상을 심어준다.

≪삼국연의≫의 멋과 풍류는 역시 영웅들의 군상(群像)에서 느껴지는 인물들의 비범한 모습과 그 풍도, 그리고 이러한 작자의 인물묘사예술이 독자들에게 전하는 흥미진진한 재미에 있다. 이 작품을 통해 잘 알려진 무장 영웅 관운장(關雲長)의 초인적인 기백과 비범함을 묘사한 '온주참화웅(溫酒斬華雄)'의 대목을 보자.

계단 아래에서 한 사람이 나오며 크게 소리치길 "소장(小將)이 가서 화웅의 목을 베어 바치겠소!"라고 한다. 사람들이 쳐다보니, 그 사람의 키는 9척 5촌, 수염은 1척 8촌이나 되었다. 꼬리가 올라간 가는 눈에 눈썹은 누에가 누워 있는 듯하였고, 얼굴은 잘 익은 대추 빛인데, 목소리는 큰 종소리와도 같은 사람이 막사 앞에 우뚝 섰다. 원소가 묻길 "누군가?" 공손찬이 대답하길 "그는 유현덕의 아우 관모(某)라는 잡니다." 원소가 물었다. "지금 무슨 직을 맡고 있소?" 공손찬이 말하길, "현덕을 따라다니며 마궁수 노릇을 하고 있소." 막사 안에 있던 원술이 크게 고함치며 말하길 "우리 제후들에게 대장군이 없다고 희롱하는 건가? 알량한 일개 궁수가 감히 날뛰다니, 마구 매질하여 쫓아버려라!" 조조가 급히 그를 말리며 말하길 "공노는 화를 거두시오. 저 자가 큰소리를 친걸 보면 필히 무슨 계책이 있나 보오. 시험 삼아 내보내 만약 이기지 못하면 죽여도 늦지 않소." 원소는 말하길 "그렇지 않소. 일개 궁수를 출전시키면 필히 화웅의 웃음꺼리가 될 텐데, 우리들의 체면이 말이 아니오." 조조가 말했다. "이 사람의 겉모습이 속되지 않는데, 화웅이 어찌 그를 궁수로 알아보겠소?" 그때 관우는 말하길 "이기지 못하면 내 목을 베시오."라고 한다.

(階下一人大呼出曰 小將願往, 斬華雄頭獻於帳下! 衆視之, 見其人身長九尺五寸, 髯長一尺八寸, 丹鳳眼, 臥蠶眉, 面如重棗, 聲似巨鐘, 立於帳前. 紹問 何人? 公孫瓚曰 此劉玄德之弟關某也. 紹問 見居何職? 瓚曰 跟隨玄德充馬弓手. 帳上袁術大喝曰 汝欺吾衆諸侯無大將耶? 量一弓手, 安敢亂言, 與我亂棒打出! 曹操急止之, 曰 公路息怒. 此人旣出大言, 必有廣學. 試教出馬, 如其不勝, 誅亦未遲. 袁紹曰 不然. 使一弓手出戰, 必被華雄恥笑. 吾等如何見人? 曹操曰 據此人儀表非俗, 華雄安知他是弓手? 關某曰 如不勝, 請斬我頭.) (第五回)

위 묘사는 제후군(諸侯軍) 17개 사단의 몇 십만 병사가 모여 동탁(董卓)을 토벌하는 과정에서, 원소(袁紹)는 맹주가 되고, 손견(孫堅)이 선봉장이 되어 적과 대치하는 상황인데, 아군에 비해 적의 병력이 만만찮았다. 동탁의 부장(部將) 화웅(華雄)과 일대일의 결투에서 손견은 비록 목숨은 건졌으나, 그의 투구와 모자가 벗겨져 적의 전리품이 되었다. 그리하여 제후군의 사기가 다소 떨어졌을 때 유섭(兪涉)이 자원 출전하였으나 삼합(三合)도 넘기지 못하고 그만 화웅의 칼 아래의 귀신이 되어버렸다. 그다음 반봉(潘鳳)이 명을 받고 나가지만 그 역시 바로 화웅에게 목이 달아났다. 그리하여 화웅의 연전연승으로 적의 기세는 하늘을 찌르고, 아군의 진지는 조용할 때, 맹주 원소는 탄식을 하길, "아, 아깝도다! 나의 상장(上將) 안량(顔良)과 문추(文醜)가 아직 도착하지 못한 것이. 그중에 한 사람이라도 있었으면 어찌 화웅이 두렵겠는가?"라고 했다. 그러나 그 말이 채 떨어지기도 전에 계단 아래에서 관우가 소리치며 나온 것인데, 위의 인용문은 바로 그 장면이다.

여기서 이 소설의 작자는 관우의 비범하고 용맹스러운 기세를 독자들에게 말하려고

함에 있어, 결코 관우의 편에 서서 그의 위용(威容)을 정면으로 묘사하지 않았다. 관우가 출전하여 성공적으로 적을 무찌르는 것을 묘사하기 전에, 작자는 앞에서 많은 장수들이 출전했다 힘없이 적에게 당하는 상황과 관우가 원술에 의해 경시당하는 장면이나 조조가 그를 격려하는 부분 등과 같은 많은 필묵을 사용하여 그의 출현을 암시적이고 간접적으로 보여주고 있다. 그것은 모두 관우의 등장을 위해 흥을 돋우는 것이며, 또한 관우의 출전을 부각시키는 수단이다. 그러므로 이 단락을 읽고 있으면 관우가 어서 출전하여 승리하기를 바라는 기대감으로 흥미가 배가된다. 그러나 막상 관우가 출전하여 화웅을 물리치는 장면은 너무도 간략하다.

> 조조는 사람을 시켜 더운 술을 한잔 따라서 관우에게 마시게 한 후 출전토록 하였다. 관우는 말하길 "술을 따라 놓으시오. 내 곧 갔다 오겠소." 한다. 휘장을 나서는 칼을 들더니, 몸을 날려 말을 탔다. 여러 제후들이 듣자니, 막사 밖에는 북소리가 크게 울리고, 함성이 치솟는데, 마치 하늘이 꺼지고 땅이 내려앉으며 산이 흔들리며 무너지는 듯하였다. 주위의 사람들은 모두 놀라 넋을 잃었고, 그 결과를 알려고 하자 바로 방울소리가 울리며 말이 이미 막사 앞에 와 있었다. 관운장이 화웅의 머리를 들고는 그것을 땅위에 던졌는데, 그 술은 아직도 따뜻했다.
> (操敎釃熱酒一杯, 與關某飮了上馬. 關某 曰 酒且酌下, 某去便來. 出帳提刀, 飛身上馬. 衆諸侯聽得寨外鼓聲大震, 喊聲大擧, 如天摧地塌, 嶽撼山崩. 衆皆失驚, 卻欲探聽, 鸞鈴響處, 馬到中軍, 雲長提華雄之頭, 擲於地上. 其酒尙溫.)

작자는 관우가 어떤 식으로 화웅의 목을 베었는가 하는 구체적인 결투 장면에 대하여는 거의 묘사를 하지 않았다. 기껏해야 "칼을 들고 휘장을 나서서, 말 위로 몸을 날렸다(出帳提刀, 飛身上馬)", "주위의 사람들은 모두 놀라 넋을 잃었다(衆皆失驚)" 등 몇 자 안 되는 추상적인 형용뿐이다. 그러나 마지막 "그 술은 아직도 따뜻했다(其酒尙溫)"란 서술과 함께 관우의 용맹과 그 멋은 이미 우리들에게 그 어떤 자세한 형용과 묘사 이상의 효과를 전달한 것이 사실이다.

또 위의 인용문에서 우리가 알 수 있는 것은 바로 작자의 탁월한 인물묘사 기교이다. 원술과 원소가 관우의 비천한 신분을 의식하여 그를 비웃을 때, 조조는 그들을 저지하며 관운장을 예우하는데, 바로 사람을 잘 쓸 줄 아는 일대 영웅의 총명함을 간접적으로 묘사한 부분이라 하겠다. 또 관운장이 보통사람들과 같이 술로써 담력을 키운 다음에 출전하는 것이 아니라, 받아 놓은 술을 바로 마시지 않고 사후에 그것을 마시겠다는 부분도 그의 영웅적인 기개를 묘사하는데 한몫한다. 작자는 화웅의 용맹스러움과 관우의 등장을 부채질하는 일련의 상황들을 자세히 묘사하되 주체가 되는 관우에 대해서는 거의 묘사를 하지 않았지만, 독자의 상상력을 부추김으로써 결과적으로 관우의 용맹성은 더욱 깊은 인상을 심어준다. 이러한 인물묘사 방식은 이 소설을 읽는 사람마다 관우를 좋아하게 하여 그를 거의 신적인 존재로 만들었다.

≪삼국연의≫ 속에는 이와 같은 방법에 의해 인상적으로 부각된 인물들이 그 밖에도 얼마든지 있다. 이를테면 늘 깃털 부채를 흔들며 수십만의 적군을 미소로 날려버리는 제갈공명의 지략과 여유의 풍류, 장비(張飛)·조자룡(趙子龍)·여포(呂布)와 같은 영웅들의 절륜한 무공, 천하를 울리는 절세미인 초선(貂蟬)의 모습 등이 그러하다.

(2) 양산박 108명 호걸들의 고사 - ≪수호전(水滸傳)≫

≪수호전(水滸傳)≫은 북송 휘종 선화(宣和) 연간에 일어난 실재 역사적 사실인, 송강(宋江)을 비롯한 36인의 민간 영웅들의 의거에 기반을 둔 소설이다. 물론 이 소설은 그로부터 민간에서 계속 이야기로 전해오다가 송대에 ≪대송선화유사(大宋宣和遺事)≫라는 제목의 화본이 먼저 출현하고, 명대에 그 화본을 기초로 하여 시내암(施耐庵)이 소설로 완성시킨 것이다.

≪수호전≫과 ≪삼국연의≫는 동 시대의 작품이나, 주제나 사상적인 면을 놓고 볼 때 ≪수호전≫은 ≪삼국연의≫에 비해 훨씬 심각하고 진지한 현실적 의의를 띠고 있다. ≪수호전≫은 중국역사상 제일 처음으로 농민의거를 제재로 한 소설이다. 따라서 역대 통치자들로부터 도적(盜賊)으로 여겨지던 농민 반란 영웅들을 긍정적인 인물로 묘사하며 그들의 인간성을 높이 평가한 점은 이 소설의 진보적인 면이라고 할 수 있다. 그들의 이런 반항정신은 단순한 농민반란의 의거가 아니라, 관(官, 정부)이 백성들을 핍박하여 그들로 하여금 반란을 일으키게 만들었다는 소위 '관핍민반(官逼民反)'의 정당성을 지니고 있다. 이러한 정신은 명 중엽 이후부터 일부 지식분자들에 의해 조성된 정주이학에 대한 반대와 자유 인성론(人性論)적 계몽사상의 대두와도 연관이 있다.

명 중반 이후에는 계몽사상의 영향으로 사람마다 누구나 지닌 인욕(人欲)을 긍정하는 가운데 통속적인 것에 대한 긍정적인 관념이 싹이 텄고, 그로 인해 중국문학에서도 소설이나 희곡과 같은 속(俗)문학이 신속하게 발전하였다. 그리고 앞에서도 잠시 언급했듯이 중국소설의 진화 과정과 추이 성향이 아(雅)에서 속(俗)으로 발전된 점을 생각하면, ≪수호전≫은 ≪삼국연의≫보다 더욱 근대적 성격을 띠고 있다고 볼 수 있다. ≪

삼국연의≫가 간결한 고문체로 쓰인 데 반해 ≪수호전≫은 당시의 백화체로 쓰였다는 점도 그중의 한 이유가 될 수 있다.

≪수호전≫에서 우리가 느낄 수 있는 재미와 맛은 역시 큰 고기를 한 입에 베어 먹고, 큰 그릇에다 술을 부어 마시는 등, 개성이 뚜렷한 여러 호걸들의 시원하고 통쾌한 모습이다. ≪삼국연의≫와 같이 이 소설도 영웅들의 이야기를 묘사한 것이지만, ≪삼국연의≫ 속의 세련되고 점잖은 영웅들과는 달리 ≪수호전≫의 영웅들은 거칠기 짝이 없다. 말하자면 ≪삼국연의≫의 영웅들과는 달리 ≪수호전≫ 속의 그들은 시골의 '초망영웅(草莽英雄)'들이다. 그러므로 ≪삼국연의≫ 속의 무부(武夫) 관우·조운(趙雲)·여포 등은 물론 가장 거친 장비도 ≪수호전≫ 속의 영웅들에 비하면 오히려 그 행동이 점잖게 느껴진다. 그럼 이제 ≪수호전≫ 가운데 인상적인 한 대목을 살펴보기로 하자.

≪수호전≫에서 성미 급하고 거칠기로 유명한 노제할(魯提轄) 즉 노지심(魯智深, 즉 魯達)이 주먹으로 진관서(鎭關西, 즉 鄭屠)를 때려죽이는 대목은 매우 인상적이다. 그 전후 배경은 이러하다. 하루는 노지심이 사진(史進), 이충(李忠) 등과 더불어 주점에서 술을 마시는데, 옆방에서 울음소리가 들린다. 이때 "노달은 초조하여, 접시와 잔들을 모두 밀어 제쳐버리며(魯達焦燥, 便把楪兒盞兒都丟在樓板上)" "분기충천하여(氣憤憤地)" 주점의 사환에게 물어보니, 다름이 아니라 주점에서 노래하며 살아가던 김(金)노인 부녀가 우는 것이라고 한다. 노지심은 얼른 그들을 불러 사연을 물어보니, 그들은 타지에서 흘러들어와 사는 사람으로, 노인의 딸이 진관서(鎭關西) 라고 불리는 푸줏간 주인 정도(鄭屠)에게 강제로 몸을 뺏겨 첩이 되었다가 몇 달이 지나 또 쫓겨났으며, 거기다 정도의 사기 문서로 몸값 삼천 냥까지 갚아야 하는 억울한 지경이었다. 김노(金老) 부녀는 주점에서 노래를 부르며 번 돈을 전부 정도에게 빚이란 명목으로 빼앗기고, 남은 돈으로 겨우 입에 풀칠하며 지내고 있었다. 그날따라 손님은 거의 없고, 번 돈은 적은데, 빚 독촉은 오늘도 여전할 것을 생각하여 탄식해 우는 것이라고 했다. 그 불쌍한 처지를 보고 노심은 옆에 있던 사진의 돈을 빌려 그들에게 주면서 다음 날 어서 그곳을 떠나 고향으로 도망가라고 했다. 그리고 그는 집으로 돌아와 저녁도 먹지 않고 화가 식지 않은 채 자리에 누웠다. 날이 밝자 그는 어제 그 주점으로 들어가 그들 부녀에게 어서 그곳을 떠나라고 했다. 그때 이미 정도와 한통속이었던 주점의 사환은 그들이 돈을 다 갚기 전에는 떠날 수 없다고 저지하자 노심은 그를 한 주먹으로 때려눕힌 후, 그 곳을 바로 떠나지 않고 그 부녀가 떠난 지 몇 시간이 지난 후 떠났다. 그것은 바로

사환이 또 그들의 탈출을 저지할까 두려워서였다. 그 곳을 나온 노지심은 바로 정도를 찾아갔다. 그는 정도에게 비계가 전혀 없는 열 근의 살코기를 잘게 썰어서 싸달라고 주문했다. 정도가 고기를 다 썰자, 다음에는 비계만 열 근을 썰어달라고 주문했다. 정도가 땀을 뻘뻘 흘리며 작업을 마치자, 이번엔 또 뼈만 추려서 열 근을 썰어 달라고 하자, 정도는 그가 자신을 희롱하고 있다고 판단하고는 "나를 놀리고 있는 거요?"라고 하자, 노달은 벌떡 일어나 두 포대기의 고기를 그의 얼굴에다 냅다 발라버렸다. 그때 화가 머리끝까지 오른 정도는 고기 뼈를 추리는 예리한 칼을 들고 그에게 달려드는데, 노달은 그를 거리로 끌어내어 아랫배에다 한 발을 차니, 정도가 쿵하고 땅바닥에 주저앉았다. 노달은 한 발로 그의 가슴을 누르고, 그 큰 주먹을 들어 정도를 보며 그의 잘못을 꾸짖었다. 그리고 코에다 한 주먹을 넣는데 그 묘사를 한 번 보자.

한 주먹이 코 중간을 때리니, 선혈이 낭자하면서 코는 한 쪽으로 비뚤어졌다. 마치 간장 가게를 연 것처럼 짜고, 시고, 매운 것이 한 번에 흘러나왔다. 정도는 일어나지 못하고, 쥐었던 칼은 옆에 버려진 채, 입으로 "잘 때린다!"라고만 부르짖었다. 노달은 욕하며 말하길 "망할 놈, 그래도 대꾸하긴!" 그러면서 주먹을 들어 양미간을 한 번 치니, 눈 가장자리가 찢어지면서 검은 눈알이 튀어나오는데, 이 또한 채색의 비단 점포를 연 것처럼, 불그스레한 것, 검은 것, 그리고 선홍색의 것들이 한 번에 터져 나온다. 양쪽에서 보고 있는 사람들은 노제할을 두려워해 아무도 나서서 말리지 못했다. 정도는 견디지 못해 용서를 빌었다. 노달은 대갈일성 꾸짖어 말하길 "이놈! 깡패 같은 자식! 네 놈이 나와 죽을 때까지 붙는다면 내 너를 용서하겠지만, 지금 내게 사정을 하면 내 기어코 너를 봐주지 않겠다!" 또 한 주먹이 내려가는데, 관자놀이 정중앙에 떨어졌다. 역시 마치 수륙 양면의 도장(道場)을 연 것처럼, 경이다, 발이다, 요다 하는 악기소리가 일제히 울려나온다. 노달이 보아 하니, 정도는 땅바닥에 축 늘어져 입에서 나가는 기(氣)는 있어도 들어오는 기가 없이 꼼짝 않고 누워 있다. 노제할은 일부러 말하길 "네 이놈 일부러 죽은 척하면, 내 다시 한 번 후려칠 거야!" 그러나 정도의 얼굴빛은 점점 변하여 갔다. 노제할은 생각하길 "내 그저 이놈을 한번 크게 혼만 내주려고 했는데, 생각밖에도 세 주먹에 정말로 때려죽였군. 그렇다면 나는 관가에 불려가고, 내게 밥 줄 사람도 없으니, 일찌감치 달아나야지." 하며 얼른 발을 떼는데, 그러면서도 고개를 돌려 정도의 시신을 연신 바라보며 "죽은 체하지 마! 내 다음에 다시 너를 혼내 줄 거야!"라고 욕하면서 큰 걸음으로 유유히 떠났다. (只一拳, 正打在鼻子上, 打得鮮血迸流, 鼻子歪在半邊, 却便似開了個油醬鋪 鹹的, 酸的, 辣的, 一發都滾出來. 鄭屠掙不起來, 那把尖刀也丟在一邊, 口裏只叫 打得好! 魯達罵道 直娘賊, 還敢應口! 提起拳頭來就眼眶際眉梢只一拳, 打得眼稜縫裂, 烏珠迸出, 也似開了個彩帛鋪的 紅的, 黑的, 絳的, 都綻將出來. 兩邊看的人懼怕魯提轄, 誰敢向前來勸? 鄭屠當不過, 討饒. 魯達喝道 咄! 你是個破落戶! 若只和俺硬到底, 洒家倒饒了你! 你如今對俺討饒, 洒家偏不饒你! 又只一拳, 太陽上正著, 却似作了一個全堂水陸的道場 磬兒, 鈸兒, 鐃兒, 一齊響.

魯達看時, 只見鄭屠挺在地上, 口裏只有出的氣, 沒了入的氣, 動撣不得. 魯提轄假意道 你這廝詐死, 灑家再打! 只見面皮漸漸的變了. 魯達尋思道 俺只指望痛打這廝一頓, 不想三拳眞個打死了他. 灑家須吃官司, 又沒人送飯, 不如及早撤開. 拔步便走. 回頭指著鄭屠屍道 你詐死! 灑家和你慢慢理會! 一頭罵, 一頭大踏步去了.)

거칠고 불같은 성미의 노지심의 모습이 잘 나타난 문장이다. 그는 비록 이처럼 무서운 폭력을 행사하는 거친 사람이지만, 그 동기는 자신과는 전혀 이해관계가 없는, 불의를 가만히 보지 못하는 영웅적인 용기에서 비롯된 것이다. 그러므로 그가 사람을 때려잡는 난폭한 행동을 하지만, 독자로 하여금 잔인함보다는 통쾌감을 더 느끼게 해준다. 그리고 여기서 우리가 주목할 점은 작가의 절묘한 인물묘사예술이다. 흔히 우리는 중국소설에서 ≪삼국연의≫가 전형인물들의 창조에 있어 큰 성공을 거둔 것이라고 인정하지만, 그것이 묘사해낸 인물들은 이른바 유형화(類型化)의 인물에 해당한다. '유형화'란 소설 속 전형(典型) 형상의 창조과정에 있어 그 인물 형상의 본질 즉 일반성과 공성(共性)을 매우 중시하였으나, 그 형상이 갖고 있는 특수한 성질과 개성(個性)적인 것들은 중시하지 않는 인물묘사 방법이다. 말하자면 유형화의 전형인물은 비록 인물의 어떤 본질적인 성질을 매우 집중적이고 명확하게 표현해낼 수는 있어도, 결점은 본질과 공성만 강조한 때문에 인물성격의 복잡성과 다양성을 반영하지 못하는 것이어서, 좋은 사람은 영원히 좋은 사람이고 나쁜 사람은 영원히 나쁜 사람으로 남는다. 그러나 실재 사람의 성격은 그렇게 단순히 하나로 획을 그을 수 있는 것이 아니다. 호인에게도 나쁜 면이 있고, 악한 자에게도 좋은 점이 있다. '개체화(個體化)'의 전형인물의 성격은 인물의 진실성을 매우 중시하여 인물형상이 갖고 있는 특수성과 개체성을 돌출시켜 그 인물성격의 풍부함과 다양성을 잘 드러내고 있다. ≪수호전≫은 중국소설 인물묘사의 유형화적 고질을 탈피하여 개체화의 전형인물을 창조해낸 것으로 유명하다. ≪수호전≫ 소설인물묘사의 미학에 대해 김성탄은 일찍이 다음과 같이 말했는데, 그것은 바로 위에서 언급한 인물성격의 공성과 개성에 관한 문제다.

수호전은 사람의 거친 성품을 묘사하는 데도 여러 종류의 묘사법이 있었다. 이를테면 노달의 거친 성격은 성격이 급한 것이고, 사진이 거친 것은 젊은이가 객기를 부리는 것이고, 이규의 거친 성격은 무지막지한 것이며, 무송의 거침은 호걸이 그 무슨 구속도 싫어하는 것이며, 완소칠이 거친 것은 분개하여 발설할 곳이 없는 것이고, 초정의 거침은 그 성질이 못된 까닭이다.
(≪水滸傳≫只是寫人粗鹵處, 便有許多寫法, 如 魯達粗鹵是性急, 史進粗鹵是少年任氣, 李

逵粗鹵是蠻, 武松粗鹵是豪傑不受羈勒, 阮小七粗鹵是悲憤無說處, 焦挺粗鹵是氣質不好.) ≪讀第五才子書法≫

　여기서 언급한 여섯 영웅들의 거친 성격은 그들의 공성에 해당하지만, 수호전 작가의 붓 아래에서의 그들의 거친 방법은 모두 그들 특유의 특성을 갖고 있다. 그것은 바로 이 여섯 명의 동일한 거친 성격을 가진 영웅들이 독자들의 머릿속에서 각기 다른 성격의 인물로 기억되는 주요한 이유인데, 바로 '개성' 혹은 '개체성'을 의미한다. 위에서 인용한 ≪수호전≫에 나타난 노지심의 성격에서 우리는 그가 공성인 거칠고 성미 급한 면 외에도 거친 가운데 세심한 면이 있고, 한없는 급한 성격이면서도 목적을 위해 느긋하게 기다리는 인내도 있으며, 무식하고 난폭한 가운데에도 지혜가 숨어 있음을 찾을 수 있는데, 그것은 바로 노지심이라는 소설인물의 묘사가 유형화의 전형인물이 아닌 고도(高度)의 개체화적인 인물형상임을 말해주는 것이다. 그 이유는, 그가 김씨 부녀를 무사히 탈출시키기 위해 그들을 떠나보낸 후 주점에서 혼자 몇 시간을 보낸 다음에야 비로소 정도를 찾은 것이라든지, 그들이 무사히 멀리 떠날 때까지 정도에게 일부러 고기주문을 하여 시간을 지체시킨 점이라든지, 정도가 숨이 끊어진 것을 알았으면서도 자신의 살인혐의와 도주를 감추기 위해 "일부러 죽은 척 하지마라!"는 거짓말과 함께 그곳을 피하면서도 달려 도망가는 것이 아니라 큰 걸음으로 걸어서 피한 일련의 행동들은 바로 그의 이런 면모를 잘 보여주고 있다.

　≪수호전≫에 보이는 민간 영웅들의 참모습은 정의를 위해 분연히 나서서 약자를 구하고 악을 제거하는 식의 단순한 성격의 인물형상이 결코 아니다. 독자들이 그들에게 친근감과 매력을 느끼게 되는 것은 그들의 고상한 정신세계와 인간성 때문이다. 위에서 소개된 노지심을 두고 얘기하자면, 그는 남의 고충을 자신의 고충인양 여겨서 화가 나 잠까지 설치고 김씨 부녀를 위해 없는 돈을 빌려서까지 도와준다. 자신의 이익과는 관계없는 일로 이렇게 분연히 나서는 것, 바로 그의 고상한 인간애이다. 이와 같이 개인의 이해득실을 생각하지 않는 ≪수호전≫ 영웅들의 그 진실함·솔직함·용기·순박함 등의 인간성은 허식적이고 이기적인 당시 통치자들에 비하면 더욱 순수하고 사랑스럽다. 이 점이 바로 ≪수호전≫이 추구하는 멋이자 풍류정신이다. 그러므로 이 소설은 반봉건·반리학 사상과 함께 수많은 백성들의 사랑은 물론, 이지나 김성탄 등과 같은 계몽의식을 지닌 많은 문인들에게 극찬을 받았다.

(3) 풍자와 낭만의 기상천외한 원숭이 이야기 - ≪서유기(西遊記)≫

≪서유기≫는 명 중엽의 문인 오승은(吳承恩)이 지은 중국의 신화(神話)소설(혹은 神魔小說로도 통함)로서, 이 소설도 ≪삼국연의≫나 ≪수호전≫과 같이 민간에서 오랜 세월 동안 전해 내려온 이야기를 토대로 한 것이다. 초당(初唐)의 고승인 현장(玄奘)이 손오공(孫悟空) 등을 데리고 온갖 고생을 겪은 후 서역(西域)에서 불경을 구해오는 동안의 견문과 경험 등을 제재로 한다. ≪서유기≫는, 현장의 견문을 기록한 '현장견문록'인 ≪대당서역기(大唐西域記)≫와 그의 제자 혜립(慧立)이 지은 ≪대자은삼장법사전(大慈恩三藏法師傳)≫이란 책들의 이야기를 모태로 했으며, 그 밖에 송대의 화본 ≪대당삼장취경시화(大唐三藏取經詩話)≫와 원말의 ≪서유기잡극(西遊記雜劇)≫·≪서유기평화(西遊記平話)≫는 이 소설의 구성과 내용에 결정적인 영향을 준 전신에 해당한다. 말하자면 현장이 이루어낸 역사적 장거(壯擧)인 종교 고사는 오랜 세월 민간의 입에 오르내리면서 점점 전기적(傳奇的) 성격을 더하게 된 신화고사로 변하였다가, 다시 민간기예(民間技藝) 작가들에 의해 각색된 수많은 괴상야릇한 신화 내용도 그 속에 삽입되면서 설화소설 고사로 변한 것이다. 실재 불경을 구해온 주인공은 조연으로 변하면서 역사적 사실인 현장의 취경고사(取經故事)는 다만 이 작품의 형식적인 제재로 전락해버리고, 그 역사적 인물의 자리를 차지한 허구적 인물이 주인공이 되면서 원래의 종교고사는 신화고사로 변했다는 이야기다.

≪서유기≫의 내용은 1회부터 7회까지의 孫悟空의 출현과 그에 얽힌 이야기, 8회부터 12회까지의 현장의 출현과 취경(取經)의 동기, 13회부터 끝까지의 취경의 본문에 해당하는 세 부분으로 크게 나누어진다. 그러나 ≪서유기≫의 이야기는 손오공의 고사가 그 중심을 이루며, 그는 이 소설에 등장하는 당승(唐僧, 玄奘 즉 三藏法師)과 손오공, 그리고 저팔계(豬八戒)와 사승사도(沙僧師徒) 등 네 명의 주요 등장인물 가운데 가장 핵심인물로서 바로 이 소설의 주제와 영혼을 말해주는 가장 중요한 매체이다. 송대의 ≪대당삼장취경시화≫ 속 자칭 "화과산 자운동에 사는 8만 4천 근이나 되는 구리 머리와 철의 이마를 가진 원숭이 대왕(花果山紫雲洞八萬四千銅頭鐵額獼猴王)"이라고 한 원숭이 요정 '후행자(猴行者)'는 손오공의 전신(前身)으로서 백의(白衣)를 입은 얌전한 선비로 둔갑하여 나타나 삼장법사를 도와 불경을 얻도록 도와주지만, 원대 양경현(楊景賢)의 ≪서유기≫ 잡극에 와서 그는 호방하고 활발한 '보표(保鏢)' 노릇을 하면서, 소설 ≪서유기≫ 속의 신화영웅 손오공의 이미지와 거의 접근하게 된다. 그는 세월이 흐름

에 따라 영웅적인 색채를 더해가면서 마치 ≪삼국연의≫ 속의 장비나 ≪수호전≫ 속의 노지심과 유사한, 성미 고약하면서도 용맹과 지략을 겸비한 민간의 신화적 영웅으로 부각된 것이다.

≪서유기≫의 정신은 손오공을 중심으로 하여 벌어지는 기상천외의 신출귀몰한 법술이나 천변만화(千變萬化)의 다양하게 변하는 줄거리 자체에 있는 것이 아니라 손오공의 제반 행동을 통해 표현된 의미심장한 상징성과 혁신적인 사상성에 있다. 노신(魯迅)은 이 소설이 당시의 세태를 상징과 환상, 과장 등의 예술적 방법을 동원하여 은유적으로 묘사하였다고 평하였듯이,221) 이 소설은 낭만주의의 소설이면서도 강한 현실주의 색채를 띠고 있다. 손오공이라는 인물이 지니고 있는 사상 내용의 골자는 천진난만한 자유와 반항정신, 강인한 의지와 불굴의 용기, 투쟁정신 등일 것이다. 7회의 분량을 차지하면서 ≪서유기≫ 소설의 가장 핵심적인 부분이 되는 손오공의 "천궁(天宮)에서 소란을 피우다(大鬧天宮)"는 바로 이러한 그의 형상을 가장 잘 보여준다.

원래 동승(東勝) 신주(神州) 오래국(傲來國) 화과산(花果山) 위의 바위에서 생겨난 그는 폭포 뒤에 있는 동천복지(洞天福地)인 수렴동(水簾洞)을 발견했다는 이유로 뭇 원숭이들에 의해 왕으로 추대되어 '미후왕(美猴王)'이라는 이름을 얻게 된다. 그로부터 그는 "기린의 관할을 받지 않고, 봉황의 관리도 받지 않으며, 또 인간세상의 왕들에게도 구속당함이 없는"222) 자유스러운 생활을 영위한다. 그는 장생불로(長生不老)의 꿈을 실현하기 위해 멀리 스승을 찾아 길을 떠나 마침내 멋진 무공을 익힌 다음 용궁(龍宮)에서 소란을 피우며 거기서 멋진 무기인 '여의금고봉(如意金箍棒)'이라는 무기를 빼앗아오고, 다시 지옥인 명부(冥府)를 찾아가 또 소란을 피우니 "놀란 소머리 귀신은 이리저리 동서로 피해 달아나고, 말의 얼굴을 한 귀신도 남북으로 피해 달아났다."223) 놀란 염라대왕은 그의 요구에 따라 지옥 명부에 올라있는 모든 원숭이의 이름을 제거하기로 한다. 용왕과 염왕(閻王)이 그를 천궁에 있는 옥황상제에게 일러바치자 옥제(玉帝)도 결국 그의 무공을 당하지 못해 회유정책을 쓰려고 하자, 그는 "황제를 돌아가면서 하자, 내년에는 우리 집에서 내가 하겠다. 만약 내게 양보치 않으면 반드시 교란을 피워 영원히 편안한 날이 없도록 하겠다."224)라는 말까지 하게 된다. 여기서의 용왕이나 명

---

221) "取當時世態, 加以鋪張描寫"- ≪中國小說史略≫.

222) "不伏麒麟轄, 不伏鳳凰管, 又不伏人間王位所拘束"- ≪西遊記≫.

223) "諢得那牛頭鬼東躲西藏, 馬面鬼南奔北跑"-같은 책.

224) "皇帝輪流作, 明年到我家, 若還不讓, 定要攪攘, 永不淸平!"-같은 책.

부, 천궁 등의 세계는 사실상 최고의 권력과 힘을 자랑하는 인간세상의 권위를 상징하는 것이며, 손오공의 위와 같은 행위는 어떠한 세상의 강한 권력이나 지위 앞에서도 굴복하지 않고 반항하는 의지와 용기를 나타낸 것이다.

자유와 반항 정신을 바탕으로 한 손오공의 사상은 당시 봉건제도가 지닌 일체의 부조리와 낡은 사상들은 물론, 사람이 갖고 있는 인성의 약점들까지 냉소하며 비판했다. 무능한 왕과 그의 힘을 얻어 그 어떤 악도 행하던 도사들을 혐오하고, 당승이 비록 성실하고 자비로우나 그가 식견이 좁은 것을 비꼬며 동시에 "신선은 나의 후배에 해당한다."[225]고 하는 등 종교와 신학의 허위를 지적하였고, 손오공의 호방함과는 달리 저팔계의 탐욕(즉 식욕·수면욕·財慾·色慾 등)과 이기주의를 비판하며 인성의 결점들을 제시하였으니, 그 비판의 정도와 범위를 가히 짐작할 수 있다.

그러나 명 중엽 이후부터 싹트기 시작한 자유 인성론적 분위기의 산물인 ≪서유기≫가 추구하는 가장 궁극적인 목표는, 아무런 구속 없이 자연인으로 살아가고자 하는 자아의 추구와 영혼의 편안에 대한 갈구에 있다고 하겠다. 손오공은 원래가 "천지의 맑은 정기를 얻어 태어난(天地精華所生)" 천진난만하고 쾌활활발한 동심을 지닌 자연인으로서, 그가 자유롭게 뛰어다니던 수렴동(水濂洞)은 아마도 도연명의 <도화원기> 속의 무릉도원일 것이며, 또한 그가 추구하는 자유정신은 ≪장자≫ 속의 <소요유>의 경지가 아닐까 한다. 이 소설의 제1회를 펼치면 첫머리에 다음과 같은 시가 눈에 띈다.

> 칠흑 같은 혼돈 속에 천지는 어지러운데, 망망하고 아득한 곳에는 사람의 그림자도 보이지 않네. 반고(盤古)[226]가 나타나 자연계의 원기를 여니, 이로부터 개벽은 시작되어 맑음과 탁함이 갈라졌도다. 모든 군생들을 인(仁)으로써 창조하고, 만물을 발명함에 모두가 선함을 얻었네. 모쪼록 그 조화와 깊은 공을 알려고 하면, 반드시 ≪서유석액전(西遊釋厄傳)≫(초기 ≪西遊記≫의 별칭) 을 보시라.
> (混沌未分天地亂, 茫茫渺渺無人見. 自從盤古破鴻濛, 開闢從玆淸濁辨. 覆載羣生仰至仁, 發明萬物皆成善. 欲知造化會玄功, 須看西遊釋厄傳.)

초자연적인 신에 의해 우주와 자연, 인간이 창조되는 것을 말하고 있는 이 대목은 바로 ≪서유기≫의 우주관으로서, 자연과 인간의 가치와 그 존재의 신령함을 말하는 것이다. 이 소설에서는 그다음에도 계속하여 천지지수(天地之數)·발생만물(發生萬物)·반

---

225) "神仙還是我的晩輩"-같은 책.
226) 중국의 신화전설에서 遠古 시대 천지를 개벽시키고, 만물을 창조했다는 神.

고개벽(盤古開闢)·사주획분(四洲劃分) 등 창조의 과정을 소개하고 있다. ≪서유기≫의 주인공인 손오공의 생명 또한 개벽 이래 천지의 진기(眞氣)와 일월(日月)의 정수를 받아 생긴 돌멩이에서 비롯된 것이다. 이 소설 제1회에는 그의 탄생에 대해 다음과 같이 서술하고 있다.

> 하나의 신령스러운 바위가 있었는데, 그 돌은 3장 6척 5촌의 높이에 둘레가 2장 4척이나 되었다. 3장 6척 5촌의 높이는 주대(周代)의 천(天) 365도에 의해서였고, 2장 4척의 둘레는 정확한 역법에 따른 24기(氣)에 근거한 것이었다.
> 또 위에 9개의 틈과 8개의 구멍이 있는 것은 9궁 8괘에 의한 것이다. 사면에는 햇볕을 가리는 수목이 없고, 좌우에는 영지(靈芝)와 난초가 그를 보좌해주었다. 개벽 이래로 언제나 하늘의 진기와 땅의 수려한 기운을 얻고, 태양의 정기와 달의 진수를 얻어, 오랫동안의 감화를 얻은 끝에 비로소 영통(靈通)함을 얻었다.
> 그 속에는 신령스런 생명이 꿈틀거렸는데, 하루는 그것이 갈라져 하나의 돌알이 태어났으니, 흡사 커다란 둥근 공 같은 모양이었다. 그것은 바람을 맞아 하나의 돌 원숭이로 변했는데, 오관이 구비되었고, 사지가 갖추어져 있었다. 그리고는 기어 다니는 것을 배우고 걷는 것도 배웠다.
> (有一塊仙石, 其石有三丈六尺五寸高, 有二丈四尺圍圓. 三丈六尺五寸高, 按周天三百六十五度, 二丈四尺圍圓, 按政書二十四氣. 上有九竅八孔, 按九宮八卦. 四面更無樹木遮陰, 左右倒有芝蘭相襯. 蓋自開闢以來, 每受天眞地秀, 日精月華, 感之旣久, 遂有靈通之意, 内育仙胎. 一日迸裂, 産一石卵, 似圓毬樣大. 因見風, 化作一個石猴, 五官具備, 四肢皆全, 便學爬學走.)

신령스런 화과산 꼭대기의 한 바위에서 비롯된 손오공의 탄생은 바로 "천지는 나와 더불어 태어났고, 만물은 나와 함께 하나이다."[227]라고 하는 ≪장자≫의 <제물론>에 나오는 사상과 맥락을 같이하는 것으로, 그것은 바로 인간 존재의 신령스러움과 그 생존의 절대적 가치를 선언한 것이라고 할 수 있다. 또한 그것은 중국인들의 신화와 전설을 통해 표현된 우주의 천진난만하고 순박한 생명에 대한 찬미와 그 생명의 자유와 행복에 대한 추구까지 암시하고 있다.

(4) 중국의 사실주의 인정소설 - ≪금병매(金甁梅)≫

지금까지 살핀 명대의 사대기서 중 역사연의소설 ≪삼국연의≫와 영웅전기소설 ≪수호전≫, 그리고 신화소설 ≪서유기≫ 등은 성격상 다소 차이가 있지만 모두 민간에 떠

---

227) "天地與我並生, 萬物與我爲一"- ≪莊子≫, <齊物論>.

〈그림 70〉 금병매

도는 영웅들의 뛰어난 활약상을 가송한 것이다. 그러나 지금부터 살펴볼 명대 사대기서의 마지막 소설 ≪금병매(金甁梅)≫는 비교적 성격이 다른 작품이다. 앞의 작품들이 오랜 세월을 거치는 동안 민중들과 민간 기예인들에 의해 짜여지고 각색되어 내려온 것과는 달리 금병매는 한 문인의 손에 의해 창조된 창작성이 매우 돋보이는 작품이다. 이 작품은 당시의 인정과 세태의 추악함과 그 실재를 냉정하게 묘사했다고 하여 이 소설을 인정소설(人情小說, 혹은 世情소설)이라고 한다. 이 작품의 작자는 난릉(蘭陵, 지금의 山東省 지방)의 소소생(笑笑生)이라고 쓰여 있을 뿐, 그 작자의 실재 성명을 알 수 없는 것도 이 작품이 앞의 소설들과 다른 이유들 중의 하나다.

≪금병매≫의 이야기는 ≪수호전≫ 가운데 경양강(景陽崗)에서 호랑이를 한 주먹에 때려잡은 영웅 무송(武松)이 그 형수 반금련(潘金蓮)의 부정함을 알고 그를 살해하는 이야기로부터 파생된 것이다. 반금련은 이들 작품들(특히 ≪금병매≫)을 통해 중국은 물론 동양에서 '음부(淫婦)'의 대명사로 널리 알려진 인물이다. 비록 반금련의 이미지는 이들 작품에서 모두 음탕한 색녀이긴 하지만, ≪수호전≫에서의 그녀 형상과 ≪금병매≫에서의 그녀의 모습은 사뭇 다른데, 여기에 바로 ≪금병매≫의 우수성과 이 소설이 ≪수호전≫의 복사판이 아님을 말해준다고 하겠다. ≪수호전≫은 비록 계몽주의 의식 아래 전통사상에 반대하는 많은 진보적인 관점에서 지어진 작품이지만, 그래도 남성 영웅들의 각도에서 지어진 이야기로서, 남녀평등과 여성 존중의 문제 등에 대해서는 아직 시기적으로 미치지 못하고 있다. ≪수호전≫에서의 반금련은 남편을 독살한 이유로 그의 시동생인 호걸 무송에게 붙잡혀 맞아 죽는데, 이 소설에서의 그녀는 봉건 전통사상의 정조관에 의거하여 그 어떤 동정이나 고려의 여지도 없이 황소 같은 남자의 무력에 의해 살해당한다. 그러나 ≪수호전≫에 비해 명대 후엽의 혼란하고 암울한 사회상과 계몽주의적 진보의식을 잘 반영한 ≪금병매≫에서는 ≪수호전≫에서와 같이

전통적인 정조관념에 입각하여 반금련을 일방적으로 욕하고 비하하지 않았다. ≪금병매≫에서는 '여자는 요물이다'라는 봉건의식과, 여자는 어떤 상황에서도 정조를 지켜야한다 등의 여성의 인권과 정욕(情欲)을 도외시한 전통적 사고와는 매우 다른 개방적인색채가 느껴지는 것이 사실이다. 이 소설 제2회에 처음으로 등장하는 반금련에 대한구체적 외형묘사를 한번 살펴보자.

새까맣고 반지르르한 까마귀 날개 같은 머리칼, 파르스름하며 곡선을 이룬 초승달 같은
눈썹, 맑고 매초롬한 살구 같은 눈, 향내 퍼지는 앵도 같은 입술, 곧고도 오똑 선 옥 같
은 코, 짙은 분을 바른 볼그레한 양볼, 교태가 흐르는 은쟁반 같은 얼굴, 가볍고 날렵한
꽃송이 같은 몸매, 옥가지 같은 섬섬옥수, 한 움큼의 버드나무 허리, 부드럽고 물렁물렁
한 허연 배, 좁고도 조그마하며 끝이 올라간 발, 젓 냄새나는 보송한 가슴, 희멀건 다리.
(但見他黑鬒鬒賽鴉翎的鬢兒, 翠灣灣的新月的眉兒, 淸冷冷杏眼兒, 香噴噴櫻桃口兒, 直隆
隆瓊瑤鼻兒, 粉濃濃紅艷腮兒, 嬌滴滴銀盆臉兒, 輕嬝嬝花朶身兒, 玉纖纖蔥枝手兒, 一撚撚
楊柳腰兒, 軟濃濃白面臍肚兒, 窄多多尖趫脚兒, 肉奶奶胸兒, 白生生腿兒.)

≪수호전≫에서의 음탕하고 추한 모습과는 달리 ≪금병매≫ 속에서의 반금련은 옥과달과 같은 아름다운 모습인데, 이 소설 속에서는 작자에 의해 부정되는 반면(反面) 인물의 모습을 전혀 찾을 수 없다. 이 소설 제9회에서도 오월랑(吳月娘)의 눈을 통해 그녀의 모습을 자세하게 형용한 부분이 있는데, 그것도 한번 살펴보자.

〈그림 71〉 영화 속 반금련

이 부인의 나이는 25~26세 이하로 보였는데, 생긴 것이 너무나 예쁘다. 눈썹은 초봄의
버들잎 같고, 언제나 아련한 우수를 머금고 있었는데, 얼굴은 춘삼월의 복사꽃이고, 속

깊은 곳에서는 한없는 풍류와 낭만을 지닌 듯하다. 가는 허리는 늘씬하여 구속된 나태한 제비나 지루해 몸부림치는 앵무새와도 같이 보였는데, 볼그레한 입은 작고 산뜻하여 수많은 벌과 나비들이 그녀에게 미친 듯이 빨려들 것만 같다.

옥 같은 모습은 날렵하고 상큼하여 언제나 사람의 마음을 기쁘게 해줄 것 같고, 꽃 같은 모습은 얌전하고 참하여 향기가 전해진다. 오월랑이 머리에서부터 발끝까지 훑어보며 내려가니, 그 풍류는 위에서 아래로 흘러나오고; 발끝에서 머리까지 보며 훑어 올라가니, 풍류는 또 아래에서 위로 올라갔다. 풍류를 논하자면, 수정 쟁반 위에 맑은 구슬이 흐르는 것 같고; 그 태도를 말하면, 마치 붉은 살구나무 가지 끝에 걸린 대바구니 밝은 해와 같다. 한 번 쳐다보고 할 말은 잊었지만, 마음속으로는 연신 생각하길, "젊은 남자 종들이 집에 올 때마다 무대의 아내가 어쩌고 해도 내 일찍이 그녀를 본적이 없었는데, 오늘 보니 과연 예쁘게 생겼구나! 어쩐지 내 그 남자가 그렇게도 죽고 못살더라!"

(這婦人年紀不上二十五六, 生的這樣標致. 但見眉似初春柳葉, 常含著雨恨雲愁, 臉如三月桃花, 暗帶著風情月意. 纖腰嬝娜, 拘束的燕懶鶯慵, 檀口輕盈, 勾引得蜂狂蝶亂. 玉貌妖嬈花解語, 芳容窈窕玉生香. 吳月娘從頭看到腳, 風流往下跑; 從腳看到頭, 風流往上流. 論風流, 如水晶盤內走明珠; 語態度, 似紅杏枝頭籠曉日. 看了一回, 口中不言, 心內暗道, 小廝每家來, 只說武大怎樣一個老婆, 不曾看見. 今日果然生的標致! 怪不的俺那強人愛他.)

이처럼 반금련의 모습은 아름다우며 다소의 성적인 매력은 지녔을지언정 결코 음부(淫婦)의 부정적 이미지가 아니다. 더구나 반금련의 모습을 작가는 '풍류(風流)'라는 말로 표현했는데, 이는 분명히 부정의 의미가 아니다. ≪금병매≫ 제1회의 회목(回目) "경양강에서 무송이 호랑이를 때려잡고, 반금련은 남편을 싫어해 끼를 발산하다(景陽崗武松打虎, 潘金蓮嫌夫賣風月)"에서도 보듯, 작자의 관점에서는 반금련의 미모와 풍류, 그리고 그 색정적 이미지는, 호랑이를 때려눕힌 영웅 무송과 나란히 거론할 정도로 나름대로의 멋과 풍류를 지닌 인물로 간주했음을 부인할 수 없다. 미모뿐이 아니라 소설 속에서의 반금련은 "비록 한미한 가정의 출신이지만, 매우 영리하여 탄창228)을 잘했으며, 바느질과 수예, 그리고 각 지방의 노래음악은 물론 바둑과 장기 등에도 능통하지 않은 것이 없었다."229)라고 되어 있으니, 바로 앞서 거론한 미모와 총명함을 한 몸에 지닌 재자가인소설들 속의 가인과 유사하다고 할 수 있다. 이처럼 이 소설 가운데의 반금련의 성격은 결코 작자에 의해 채찍질당하는 전통적인 음부의 모습이 아닌 것만은 사실이다. 그것은 아마도 명 후엽 인간의 정욕을 긍정적인 눈으로 바라보고자 하던 시대적 분위기의 소산이라고 할 수 있다. 특히 이 시기에는 남녀의 정사를 비교적 자연스러운 시각으로 바라보고, 또 여성의 정조를 지나치게 중시하지 않으면서, 그것에 대한 속박을 다소

---

228) 彈唱이란 악기반주와 더불어 노래와 이야기를 하던 당시 유행한 민간 기예이다.

229) "雖然微末出身, 卻倒百伶百俐, 會一手好彈唱, 針指女工, 百家奇曲, 雙陸象棋, 無般不知."(제3회).

완화시킨 시대였다. 이러한 점은 만명 시대의 다른 소설들 특히 풍몽룡(馮夢龍)의 ≪삼언(三言)≫이나 능몽초(凌夢初)의 ≪이박(二拍)≫ 등에서도 그 예를 찾아볼 수 있다.

명 중엽 이후에 오면, 중국의 사회는 급속한 변화가 시작되었다. 도시의 발달과 더불어 시민 상품 경제가 발달했고, 이러한 경제적 번영은 사회사상에서도 서서히 변화를 몰고 와서 봉건제도 사상에 대한 회의의 물결이 범람하게 된다. 이와 같은 변화의 와중에 이 시기에는 도시에서 관과 결탁하여 이익을 착복하고 백성들을 유린하는 부상(富商)들이 대거 성장하는데, 그들은 돈과 권리를 믿고 어떠한 못된 짓도 서슴없이 하였다. ≪금병매≫의 남자 주인공 서문경(西門慶)이 바로 그런 자이다. 이 소설 작품에 나타난 서문경의 음란 행각은 그의 수많은 악행 중의 일부분일 뿐이다. 그리고 이 작품 속에서 반금련의 영혼이 점점 악해져 급기야는 남편을 독살하고 서문경의 또 다른 첩인 이병아(李甁兒)의 자식까지도 죽이는데, 반금련의 이러한 악한 행동은 바로 당시 악한 사회에서 무참히 짓밟혔던 그녀의 가련한 신세에 주된 책임이 있다는 것도 이 소설은 얘기하고 있는 것이다.

여하튼 ≪금병매≫는 기존의 소설과는 판이한 성격을 띤, 가정을 중심으로 일상생활의 사소한 일들을 소재로 하여 장편으로 창작된 중국소설사의 이정표적인 작품이다. 이 소설의 출현으로 말미암아 명말청초에는 수많은 재자가인소설들이 우후죽순처럼 생겨날 수 있었는데, 특히 중국고설의 기적이라 일컬어지는 청대의 인정소설 ≪홍루몽≫도 바로 ≪금병매≫의 영향으로 탄생하게 된 것임을 알아야 할 것이다.

(5) 통속문학가 풍몽룡과 능몽초의 단편소설 − 삼언과 이박

〈그림 72〉 풍몽룡

≪금병매≫와 동일한 시대의 통속문학가 풍몽룡(馮夢龍, 1574?~1646)의 단편소설집 삼언(三言)과 그보다 약간 뒤에 탄생한 능몽초(凌夢初)의 단편소설집 이박(二拍)은, 신선한 진보적 사상으로 우리들에게 큰 감동과 통속문학 특유의 친근감을 주는 작품이다. 그 가운데 비교적 ≪삼언≫이 널리 알려져 있다.

중국 화본소설의 보고이자 중국 통속백화소설의 백미라고 칭해지는 삼언은 그 자체가 소설 이름이 아니라 명말 청초의 작가 풍몽룡이 편찬한 세 부의 단편소설집 ≪유세명언(喩世明言)≫·≪경세통언(警世通言)≫·≪성세항언(醒世恒言)≫에 대한 통칭이다.

삼언의 작가 풍몽룡은 일생을 바쳐 희곡이나 민가, 백화소설 등과 같은 민간통속문학들을 수집 정리하며, 그 창작에도 열의를 기울인 통속 문학가였다. 그는 강소성 장주(長州, 지금의 吳縣) 사람으로 자는 유룡(猶龍) 또는 자유(子猶)이다. 과거운이 없었던 그는 "기생집 등에서 멋지게 소일하며 방탕하게 지냈다(逍遙艶冶場, 遊戲煙花裏)."라는 시구에서 알 수 있듯 청장년 시기에 매우 방탕했던 풍류재자의 삶을 산 인물이다. 그는 사상적으로 왕간(王艮)이나 이지(李贄) 등과 같은 왕양명 좌파의 영향을 크게 받아 민간통속문학을 강력하게 제창하고 문학의 사회적 의의와 교육 작용도 함께 중시한 것으로 유명하다. 그가 ≪삼언≫(≪醒世恒言≫·≪喩世明言≫·≪警世通言≫)을 편찬한 이유는 ≪성세항언(醒世恒言)≫의 서문에서 밝혔듯이 세인들을 권하고, 경계시키고, 각성시키기 위한 것이라고 하며 교육적 의의를 강조하였다. 이러한 교화적 생각 때문에 그의 작품집에는 봉건적인 설교(孝子節婦, 因果應報 등)를 노골적으로 암시한 부분들도 있지만, 몇몇 작품들은 참신한 사상성과 긴축적인 구성으로 수준 높은 예술성을 창조해 내기도 하였다. 그중에서 대표적인 명작을 몇 작품 꼽는다면 아마도 <장흥가중회진주삼(蔣興哥重會珍珠衫)>이나 <매유랑독점화괴(賣油郎獨占花魁)>, <두십낭노침백보상(杜十娘怒沈百寶箱)> 등일 것이다.

그중 <장흥가중회진주삼>은 구성이 복잡하여 우여곡절이 많은 작품이다. 그 줄거리는 다음과 같다.

장흥가는 어려서부터 부친과 함께 장사를 하는 상인이었다. 그런데 부친이 사망 후, 그는 왕삼교(王三巧)를 아내로 맞게 된다. 그들은 매우 행복한 부부생활을 하다가, 얼마 후 그는 사업으로 멀리 광동(廣東)으로 떠나게 되는데, 일 년을 기약하며 부인과 이별하지만 도중에 병을 얻어 그만 그 기한을 어기고 만다. 어느 날 삼교는 남편을 애타게 기다리다 창문 너머 우연히 남편과 매우 닮은 젊은 남성이 지나가는 것을 발견하였는데, 외지에서 온 이 진상(陳商)이라는 이름의 남자로 왕삼교의 미모에 반해 매파를 통해 갖은 수단을 동원해 그녀를 유혹하고, 결국 그녀와 육체적 관계를 맺고 만다. 그 후 그들은 부부와 다름없는 정을 나누며 지내다가 진상이 사업 때문에 고향으로 돌아가야 했다. 그때 삼교는 그에게 자기 집의 가보인 진주삼(眞珠衫) 저고리를 정표로 선물한다. 집으로 돌아가던 진상은 도중에 묵은 여관에서 마침 집으로 돌아가던 흥가를 우연히 만나 두 사람은 친구 사이가 되었다. 그때 지상은 장흥가가 왕삼교의 남편인 것을 꿈에도 생각지 못하고 그에게 자신의 연애담을 진지하게 얘기하고 진주삼을 보이며 눈물까지 흘린다. 무너져 내리는 가슴을 안고 집으로 달려온 장흥가는 비록 부인의 입장을 동정하지 않은 것은 아니지만 그래도 눈물을 머금고 이혼서류를 작성한다. 치욕으로 자살을 시도한 삼교는 부모의 저지로 살아나고 결국 오걸(吳傑)이라는 지현(知縣)의 첩으로 들어간다. 일 년 후, 장흥가는 물건을 팔다가 어느 노인과 시비가 생기고 시비 끝에 노인은 실수로 넘어졌는데 그만 죽어버렸다. 관아에 끌려간 장흥가는 전처 왕삼교의 남편이 그 지역 현령인 것을 알았고, 왕삼교의 도움으로 그는 노인의 장례비만 치르는 조건으로 풀려나게 된다. 오걸의 허락으로 두 사람은 만나 얼싸안고 대성통곡을 한다. 그때 오걸은 두 사람이 오누이 사이가 아니라 부부였던 것을 알고는 장흥가에게 왕삼교를 다시 데려가라는 명을 내린다. 이때 장흥가는 이미 새장가를 갔는데, 그의 후처는 다름 아닌 진상의 아내 평씨(平氏)였다. 원래 진상은 왕삼교를 떠나 고향으로 간 후 병사하였던 것이다. 그리하여 장흥가는 평씨 외에 전처였던 왕삼교를 다시 첩으로 맞이하였으며, 평씨에게서 진주삼도 다시 얻게 된다.

당시 상업에 종사하던 도시 시민들의 정욕 심리를 적나라하게 표현한 이 작품은 지나치게 우연성이 많아 현실성과 진실감이 부족한 점이 있기는 하다. 그러나 장흥가가 왕삼교의 부정을 알았을 때 비록 봉건적 예교관념에서 벗어나지 못해 이혼을 선언했다고는 하더라도 그녀를 단호하게 꾸짖지는 않았고, 다시 만났을 때는 옛정을 못 잊어 그녀를 끌어안고 통곡을 하였다. 그리하여 결국은 왕삼교를 다시 첩으로 맞이하며 사실상 그녀의 부정을 용서했다는 이 내용은 당시 봉건예교사상을 반대하면서도, 그것을 완전히 벗어나지 못하던 과도기적 분위기를 잘 보여준다 하겠다. 여기서 작자는 사람의 행위를 결정적으로 지배하는 것은 그 어떤 봉건예교 관념이 아니라 사람의 정임을 강조하고 있다. 그러므로 장흥가는 아내의 부정을 알았을 때 끓어오르는 분노를 제어하고 그간 부부의 정을 생각하여 차마 그녀를 매몰 차게 대하지 못했으며, 일 년이 지난 후 자신을 도와준 왕삼교를 보게 되자 그 서러움과 회한의 정이 북받쳐 올라 얼싸안고 통곡을 하였는데, 이 부분이 바로 작품의 핵심이 숨 쉬는 부분이 아닐까 한다.

그다음으로 <매유랑독점화괴>를 살펴보자. 이 작품은 천하고 가난한 신분의 기름장수 젊은이가 진정한 정과 존중을 여성에게 보여 결국 미인의 마음을 사로잡게 된다는 이야기인데, 정신적 연애와 이성간의 순수한 정을 강조하여 사상성이 매우 돋보이는 작품이다. 소설 속 남자 주인공 진중(秦重)은 ≪홍루몽≫ 속 가보옥의 친구 진종(秦鐘)과 중국어 발음이 같아 그를 연상시키지만, 이미지는 다정공자(多情公子) 가보옥(賈寶玉)과 더 흡사하다. 그 내용은 다음과 같다.

송대 변량(汴梁)성 밖에서 잡화점을 경영하는 신선(莘善)에게는 귀엽고 총명한 딸 요금(瑤琴)이 있었는데, 오랑캐의 침략으로 피난을 떠날 때 그만 딸을 잃어버린다. 요금은 어린 나이에 나쁜 사람에게 팔려 기생집으로 넘어가고, 거기서 그녀는 완강한 반대에도 불구하고 결국 몸을 유린당한다. 그로부터 그녀는 술과 몸을 파는 기녀 생활을 하게 된다. 한편 그 고을에는 기름가게를 경영하는 주십로(朱十老)라는 홀아비 노인이 있었는데, 그에게는 성실한 조수 진중(秦重)이라는 젊은이가 있었다. 진중이 18세가 되던 해에 주십로는 첩을 하나 얻는데, 그 첩은 가게에 있던 서기와 눈이 맞아 놀아나고, 진중을 의식하여 거짓말을 꾸며 진중이 자신을 겁탈하려 했다고 모함하여 결국 그를 쫓아내게 한다. 이로부터 진중은 지게를 지고 기름행상을 하면서 어렵게 생활을 꾸려 나간다. 그러나 성실한 진중은 사람들의 신임을 얻어 기름장수 장사를 그럭저럭 잘 꾸려갔다. 어느 날, 진중은 우연히 왕미(王美, 요금의 妓名)의 아름다운 모습을 보게 되고, 그로부터 그녀를 사모하게 된다. 왕미가 기생인 것을 안 그는 그때부터 매일 번 돈의 대부분을 저금하며, 그녀를 한 번 찾아보기를 꿈꾼다. 일 년간의 피나는 저축 끝에 그는 16냥을 모아 깨끗하게 옷을 차려입고 미천한 신분을 감춘 후 왕미를 찾게 된다. 그러나 그날 그녀는 낯모르는 어느 손님이 찾아온 것을 탐탁히 여기지 않아 홧김에 과음하고는 혼자 쓰러져 잠이 든다. 한밤중에 왕미는 술기운을 이기지 못해 토하기도 하는데, 진중은 그것을 자신의 소매로 모두 받아내며, 또 진한 차를 끓여 그녀를 먹이며 극진히 간호한다. 이윽고 날이 거의 밝아올 무렵 왕미는 술이 깨어 진중에게 사건의 시말을 물어보니 진중이 간밤의 일과 평소 그녀에 대한 사모의 정을 털어놓는다. 감동한 왕미는 자신의 오만함을 사과하고, 날이 밝아 진중이 떠나려 하자 좀 더 머물다 가라며 그를 만류한다. 그래도 진중은 그녀의 곁에서 함께 보낸 지난밤만 생각해도 가슴이 벅차고 만족스럽다며 사양하여 떠나려 하는데, 왕미는 사과와 감사의 뜻으로 그에게 20냥을 주면서 그를 전송한다. 그로부터 왕미는 진중을 마음 속 깊은 곳에 두게 된다. 그녀는 기원에서 가장 인기 있는 기생으로 많은 귀공자들의 선망의 대상이었지만, 항시 마음속으로 자신은 단지 그들의 노리개 감에 불과하다는 것을 깨달아 앞으로 기생질을 그만두고 양민으로 돌아가 반드시 진중 같은 진실한 사람을 만나 결혼하리라 결심한다.

한편 주노인의 가게에서는 그의 첩과 간통한 서기가 주노인이 아파 누워 있는 틈을 타 그의 첩과 함께 가게의 돈을 몽땅 쓸어 도주해버리는 사건이 발생한다. 그제야 주노인은 비로소 진중을 의심한 자신의 어리석음을 뉘우치고, 그를 다시 찾아 함께 기름 가게를 운영한다. 얼마 지나지 않아 주노인은 병으로 세상을 떠나고, 진중은 가게에 일손이 필요해 한 노부부를 고용하는데, 그 부부는 바로 왕미의 부모였다. 사정을 모르던 진중은 단지 그들이 가련한 처지의 떠돌이라는 것만 알고 동정하며 열심히 함께 잘살아가자며 격려한다.

그 후 또 1년의 세월이 흘렀는데, 바쁜 생활 속에서도 왕미에 대한 진중의 연정은 식지 않았다. 마찬가지로 왕미도 그를 잊은 적이 없었고, 그와 다시 만나게 되기를 기대했지만 그는 다시는 그 기원에 나타나지 않았다. 그러던 어느 날, 왕미가 어느 나쁜 손님에게 걸려 강둑으로 끌려나와 갖은 수모를 당한 후 버려져 울고 있었을 때, 마침 주노인을 성묘하고 돌아오던 진중을 만나게 된다. 놀란 진중은 급히 수레를 불러 그녀를 정성껏 집까지 데려다주었다. 그날 밤, 왕미는 진중을 자신의 거처에서 온갖 정성으로 그를 접대하며 그와 꿈같은 하룻밤을 보낸다. 그리고 다음날 왕미는 그에게 만약 자신의 처지를 꺼리지 않는다면 아내로 맞이해 달라는 말을 하게 되고, 진중은 뛸 듯이 기뻐한다. 그리고 그들은 결혼할 날을 잡게 되는데, 그 이튿날, 신선 부부는 왕미를 보고 크게 놀라 딸을 얼싸안고 눈물을 흘린다. 그리고 진중도 후에 자신의 부친을 찾게 되면서 이 이야기는 대단원의 막을 내린다.

〈그림 73〉 매유랑독점화괴

이 작품에서 가장 감동적인 부분은 아마 진중이 일 년 동안 번 돈을 거의 모두 모아 왕미를 찾아갔을 때 왕미는 그를 푸대접하며 거들떠보지도 않고 혼자 취해 쓰러져 자다가 한밤에는 구토까지 하며 분위기를 망쳤지만, 그는 전혀 내색하지 않고 기꺼이 그 더러운 것을 자신의 소매로 받아내며 극진히 보살펴주던 대목이다. 그러므로 나중에 왕미는 이에 감동하여 풍류재자를 자처하면서도 사실은 환락과 육체적 쾌락만을 쫓던 당시의 가식적인 귀공자들보다는, 멋과 정취를 모르며 하루하루 살아가더라도 진정이 있는 날품팔이꾼이 더욱 '풍류다정(風流多情)'하고 '지정식취(知情識趣(멋과 정을 앎)' 하다고 여긴 것이다. 바로 여기에 작가의 깊은 뜻이 숨어 있다. 이 작품 맨 마지막에 있는 한 편의 시도 그 점을 강조한다. 그 시를 보면 다음과 같다.

봄이 오니 곳곳에 백화가 새롭고, 벌 나비는 분분히 다투어 찾아드네. 우스워라, 귀족집의 많은 자제분들, 떠드는 그 풍류 기름장이만 못하네.
(春來處處百花新, 蜂蝶紛紛競探春. 堪笑豪家多子弟, 風流不及賣油人.)

마지막으로 살펴볼 <두십낭노심백보상>은 앞의 작품들에 비해 비교적 간단한 구성의 이야기지만, 주제의 심각성은 결코 가볍지 않다. 그 내용을 요약하면 이러하다.

경도(京都)의 명기 두십낭(杜十娘)은 모욕적인 기녀 생활을 청산하고 양민으로 돌아가기 위해 알뜰히 저축을 하다가 마침내 이갑(李甲)이라는 착실한 남편감도 고르게 된다. 두 사람은 장래를 약속하였지만, 두십낭의 몸값 300냥을 마련해내기 위해 애를 쓴다. 마침내 그중의 반은 두십낭이 평소 이불 속에 감추어 모아둔 돈으로 충당하고, 나머지 반은 이갑이 친구 유우춘(柳遇春)의 도움으로 150냥을 빌려 몸값을 모두 맞추게 된다. 그리하여 두십낭은 친구들의 전송 아래 기원을 떠나 자유의 몸이 되어 이갑과 함께 배를 타고 여행길에 오른다. 그때 이갑은 인근 배를 탄 손부(孫富)라는 교활한 바람둥이 거성(巨商)을 알게 된다. 원래 손부는 두십낭의 미모에 반해 이갑을 통해 그녀에게 접근하기 위해 그를 사귄 것이었다. 술을 통해 이갑과 다소 친숙하게 된 그는 결국 화제를 두십낭으로 돌리기 시작한다. 그는 이갑과 두십낭의 사연을 캐물어 들은 후에 세치 혀를 놀려 이갑에게 큰돈을 줄 테니 두십낭을 자신에게 넘기고 부친의 뜻에 따라 문벌가문의 여자와 결혼하여 벼슬도 하며 살아가라고 부추긴다. 이갑은 자신의 전도와 부모를 생각한 끝에 손부의 말대로 그녀를 그에게 팔아넘기는 데 동의한다. 이 사실을 안 두십낭은 이갑과 손부를 꾸짖고는 자신이 몰래 모아둔 금은보화 상자를 아무런 미련 없이 물속으로 던진 다음 자신도 물속으로 몸을 던지고 만다.

앞의 두 이야기와는 달리 비극으로 끝맺는 이 작품 또한 중심사상은 바로 '정'이다. 두십낭이 가장 중시한 것은 돈도 명예도 아닌, 두 사람간의 변함없고 진지한 정이었다. 두 사람의 굳은 사랑의 맹세가 재물에 대한 욕심 때문에 하루아침에 무너지자 사람과 세상에 대한 배신감과 환멸감으로 인해 두십낭에게 남은 것이라곤 바로 죽음뿐이었다. 그러므로 그녀는 그 많은 돈과 보석이 든 상자를 헌신짝 버리듯 물속으로 던져버린 것이다. 이 작품은 자신의 전도와 봉건사상의 구속 때문에 환난(患難)으로 맺은 애인을 하루아침에 차버리는, 사랑에 대한 신념과 용기가 결여된 인간 이갑과는 달리, 남녀 간의 진정한 정의 소중함을 자결로써 사람들에게 보여준 두십낭의 정신이 매우 돋보이는 소설이다.

이상으로 풍몽룡의 ≪삼언≫ 속의 대표작들을 살펴보았는데, 주제사상을 한마디로 말한다면 바로 '정의 절규(絕叫)'라고 할 수 있다. <장흥가중회진주삼>에서는 봉건주의의 예교사상이 당시 사람들에게 아무리 큰 고정관념이나 정신적 구속을 주었어도 결국 사람의 행동과 마음을 지배하는 것은 예교관념이 아니라 정이라는 것을 일깨워주었다. 또 <매유랑독점화괴>에서는 마음에서 우러나온 진정한 정의 힘만이 사람의 마음을 감동시킬 수 있다는 진리를 말해주었으며, <두십낭노침백보상>에서도 사람의 진지하고 변함없는 정의 가치를 여주인공의 죽음으로써 강하게 표출하였다.

그 외 삼언 속의 유명한 작품들도 거의가 애정에 관한 작품들이 많다. 학자들의 조사에 의하면 삼언 120편 작품 가운데 연애와 결혼을 다룬 작품은 대략 36편 가량이며, 삼언 속 명대의 작품 44편 가운데 연애와 결혼을 다룬 작품은 반이 넘으며, 또 결혼과 연애에 관한 작품은 모두 합쳐 68편이나 된다.[230]

위에서 살펴본 <장흥가중회진주삼>·<매유랑독점화괴>·<두십낭노침백보상> 세 작품을 제외하고 청춘남녀의 진지한 사랑과 자유연애를 찬미한 작품으로는 <왕교란백년장한(王嬌鸞百年長恨)>·<송금랑단원파전립(宋金郎團圓破氈笠)>·<장순미등소득려여(張舜美燈宵得麗女)>·<오아내임주부약(吳衙內臨舟赴約)>·<한운암완삼상원채(閑雲菴阮三償寃債)>·<옥당춘락난봉부(玉堂春落難逢夫)>·<전사인제시연자루(錢舍人題詩燕子樓)>·<뇨번루다정주승선(鬧樊樓多情周勝仙)>·<당해원일소인연(唐解元一笑姻緣)>·<교태수난점원앙보(喬太守亂點鴛鴦譜)>·<소부인금전증년소(小夫人金錢贈年少)>·<숙향정장호우앵앵(宿香亭張浩遇鶯鶯)> 등을 꼽을 수가 있다. 작품들의 줄거리 내용은 다음과 같다.

<왕교란백년장한>·<송금랑단원파전립>·<장순미등소득려여>등의 이야기는 각각 왕교란(王嬌鸞)·주정장(周廷章), 유의춘(劉宜春)·송금(宋金), 유소향(劉素香)·장순미(張舜美) 간의 진정하고 순수한 정을 바탕으로 한 사랑을 찬미하고 있다. 그들의 애정은 부귀의 차이나 부모의 간섭과 같은 외부 환경이나 압력에도 굴하지 않고 사랑을 위해 목숨도 버리는 진실함을 지니고 있다. 여기서 작자는 청춘남녀의 진실한 사랑과 자유연애를 부르짖고 있으며, 특히 젊은 여성들의 이상적인 사랑에 대한 집착과 추구 등의 용기를 칭송하고 있다.
<오아내임주부약>>의 내용도 위의 이야기들과 대동소이하다. 오아내(吳衙內)와 하수아(賀秀娥)는 배 위에서 서로 첫눈에 반한 나머지 두 사람은 몰래 남녀 관계를 맺고, 하수아의 부모는 결국 딸의 명예를 위해 두 사람의 결혼을 성사시키는 내용이다. 하수아의 적극적인 사랑에 부모의 명이나 봉건적 예교사상도 그들을 저지하지 못함을 이야기하고

230) 徐朔方의 ≪小說考信編≫(上海: 上海古籍出版社, 1997, 314쪽)과 劉哲의 <論三言二拍的婚戀小說>(≪哈爾濱學院學報≫, 2010, 2월 제31권 제2기, 81쪽) 참고.

있다.

<한운암완삼상원채>의 내용은 장군의 딸 진옥란(陳玉蘭)과 상인의 아들 완삼(阮三)과의
연애를 다루고 있다. 진옥란은 부친으로 인해 혼기를 놓쳐버린 여자로 옆집의 총각 완화
를 사랑하게 되는데, 두 사람이 밀애를 벌이던 중 몸이 약한 완삼이 급사하면서 비극을
맞이하게 된다. 여기서 작가는 진옥란과 완삼의 열렬한 사랑을 자연스럽고 낭만적인 것
으로 칭송하기보다는 다소 불륜적인 것으로 묘사하였다. 이는 봉건시대 부모의 명과 고
집이 자식들의 애정에 불행을 야기하는 요인이 됨을 역설함으로써 남녀 간의 신분을 초
월한 자유연애를 구가하고 있다.

<옥당춘락난봉부>는 옥당춘(玉堂春)이라는 현명하고 의로운 기녀(妓女)와 왕경륭(王景
隆)이라는 청년 간의 우여곡절하고 다사다난한 운명 속에서도 변하지 않는 진지한 정과
신의를 노래하고 있다. 결국 두 사람은 신분을 초월해 결혼하는데, 역시 남녀 간의 진실
한 정을 찬미하고 있다.

<전사인제시연자루>의 내용도 이와 유사한데, 서주(徐州)의 명기 관반반(關盼盼)이 예부
상서 장건봉(張建封)과 사랑에 빠지지만 장건봉이 곧 병사하게 되자 자신도 자결하며 뒤
를 따르고자 하지만, 여의치 않게 되자 여승이 되어 십여 년을 그를 위해 염불을 외우며
지내다가 결국 슬픔을 이기지 못해 병사하는 비통한 정을 노래하고 있다.

<뇨한루다정주승선>의 내용도 위에서 소개한 <한운암완삼상원채>, <전사인제시연자루>
등의 이야기와 같이 비극적인 애정을 담고 있다. 비련의 여주인공 주승선은 범이랑을 보
고 첫눈에 반해 자매(自媒, 매파를 통하지 않고 스스로 자신을 소개함)를 통해 그에게 적
극적으로 접근한다. 하지만 결국 아버지의 반대로 그녀는 충격을 받아 기절하게 되고,
그녀가 죽은 줄 안 가족에 의해 땅 속에 묻히지만 우여곡절 끝에 살아나 범이랑을 찾아
가지만 그녀를 귀신으로 안 그에게 공격을 받아 진짜 죽게 된다. 그러나 죽어 귀신이 된
그녀는 조금도 후회하지 않고 자신이 두 번 죽은 것은 모두 범이랑을 위한 것이라는 말
을 하였다. 작가는 주승선의 사랑에 대한 열정을 통해 청춘남녀들의 사랑과 결혼, 그리
고 행복에 대한 강렬한 의지를 찬미하였다.

<당해원일소인연>과 <교태수난점원앙보>의 이야기는 모두 대단원의 희극작품이다. <당
해원일소인연>은 '당백호점추향(唐伯虎點秋香, 당백호가 추향을 점찍다)'이라는 민간전
설에 관한 이야기로 당백호가 무석(無錫)의 화학사(華學士)의 계집종 추향에게 반해 노
복의 신분으로 위장해 그 집에서 지내다 결국 그녀를 얻게 된다는 이야기이다. <교태수
난점원앙보>는 세 쌍의 청춘남녀들의 결혼 해프닝 이야기를 다루고 있다. 두 이야기는
모두 봉건예교와 전통적 도덕관에서 벗어나 남녀 간의 자유로운 정에 입각한 연애를 구
가(謳歌)하고, 자유분방하고 비공리적인 남녀관계를 '명사(名士)의 풍류'로 보며 찬미하
고 있다.

<소부인금전증년소>는 가련한 첩의 운명을 지닌 한 다정한 여자의 짝사랑에 관한 이야
기다. 이 여자는 여러 번 주인을 옮겨가며 남자들에 의해 이리저리 이용되다가 결국 자
살하게 된다. 죽은 후에 그녀는 귀신이 되어 자신이 생전에 짝사랑하던 하인 청년을 찾
아가 재물도 주며 그와 같이 살기를 간절히 원하지만 결국 무심한 청년에 의해 거절당한
다. 여기서 작자는 의외로 여색을 멀리한 청년의 도덕성을 시를 지어 칭송하고 있지만,
사실 독자들은 가련한 여성을 동정하게 하고, 그녀의 다정함과 사랑에 대한 용감한 도전

에 박수를 보내는 반면, 정과 인간미가 결여된 남주인공에 대해서는 혐오감을 느끼게 만든다.

<숙향정장호우앵앵>은 ≪서상기≫의 내용을 발전시킨 작품이다. 여주인공 이앵앵은 이웃집 풍류재자 장호를 평소 흠모하여 직접 그의 화원에 나타나 남녀의 인연을 맺기를 요구하며, 그 후에도 여러 번 서신을 통해 관계가 깊어져 결국 장생과 육체적 관계도 나누게 된다. 두 사람은 결혼할 약속을 굳게 맺었지만, 이앵앵의 부친이 다른 곳으로 부임하는 바람에 잠시 이별을 갖는다. 그 사이 장호의 숙부가 장호를 손씨 여성에게 장가가길 권하자 그는 어쩔 수 없이 따르게 된다. 그런데 부임지에서 돌아온 이앵앵이 그 사실을 알고 부친에게 두 사람의 관계를 폭로해 부친의 결혼 동의를 구하고, 다시 두 사람이 결혼하기로 한 사랑의 맹서를 현감에게 하소연하여 공정한 처단을 내려줄 것을 청원한다. 이에 현감은 이앵앵의 말에 찬동하며 재자가인의 결합을 도와주어 두 사람은 다시 합쳐져 결혼하게 된다는 이야기이다. ≪서상기≫에 비해 진보된 명말의 사회분위기를 잘 말해주는 작품으로 혼인과 연애의 자유, 그리고 남녀평등을 주장함과 함께 예는 정에 따라야 함을 역설하고 있다.

그러나 삼언 속에는 이런 긍정적인 사랑을 찬미한 것 외에도 남녀 간의 성애의 욕망을 다룬 애욕소설(혹은 색정소설)로 볼 수 있는 작품들도 적지 않다. 앞에서 예시한 작품 가운데 <장순미등소득려여>, <오아내림주부약>, <한운암완삼상원채>, <교태수난점원앙보> 등의 작품들도 사실 엄격히 말해 남녀가 상호 깊은 이해에 의한 진정한 사랑이라기보다 양성(兩性)이 상대의 외모에 첫눈에 이끌려 몰래 만나 육체적 욕정을 나누는 애욕소설에 가깝다고 할 수 있다. 이런 류의 작품으로는 <진어사교감금채전(陳御使巧勘金釵鈿)>, <육오한경류합색혜(陸五漢硬留合色鞋)>, <간첩승교편황보처(簡帖僧巧騙皇甫妻)>, <왕대윤화분보련사(汪大尹火焚寶蓮寺)>, <감피화단증이랑신(勘皮靴單證二郎神)>, <금해릉종욕망신(金海陵縱欲亡身)>, <전수재착점봉황주(錢秀才錯占鳳凰儔)>, <신교시한오매춘정(新橋市韓五賣春情)> 등을 꼽을 수가 있다. 이들 작품들의 대체적인 내용은 다음과 같다.

<진어사교감금채전>의 내용은 양상빈이라는 한 탐욕스러운 사내가 속임수를 써 자신의 사촌 동생 노학증의 혼사를 가로채고, 그 예비 신부를 속여 재물을 취하고 간음하는 내용의 작품이다. 사실을 알게 된 신부는 이로 인해 목을 매어 자살하고 노학증은 그 누명을 쓰고 옥에 갇히지만 지혜로운 진어사로 인해 사건의 진상이 밝혀진다는 내용이다.

<육오한경류합색혜>의 내용은 장신이라는 끼가 많은 남자가 반수아라는 처녀와 거리에서 서로 눈이 맞아 육씨 매파에게 만남을 주선해 달라고 간청하며 수아에게서 받은 정표인 가죽신을 그 매파에게 넘겨주었지만, 그 매파의 아들인 부랑아 육오한이 반수아의 정표인 신발을 빼앗아 야밤에 그녀의 방을 찾아가 장신으로 행세하며 그녀와 오랜 기간 간

통을 하다가 나중엔 그녀의 부모를 간부로 오인해 모두 살해하게 된다. 이로 인해 장신은 살인죄로 억울하게 고문을 당하다가 결국 진상이 밝혀져 풀려나지만 다시는 여색을 밝히지 않았고, 반수아는 부모의 죽음이 자신의 부정(不貞)으로 인한 것을 알고 자살하게 된다는 내용이다.

<간첩승교편황보처>의 내용은 탐욕스러운 한 화상이 황보송이라는 관리의 젊은 처 양씨에게 눈독을 들여 그 여자를 차지하기 위한 계교로 편지쪽지에다 그 부인과 마치 평소 서로 정을 주고받은 듯한 내용의 연애편지를 날조하여 보내 그것을 읽게 된 남편 황보송이 그녀의 부정을 의심하여 결국 그녀를 집에서 내쫓게 만들고, 또 계략을 꾸며 쫓겨난 양씨를 마침내 자신의 여자로 만들지만 나중엔 악행이 들통 나 처형을 당하게 되는 이야기이다.

<왕대윤화분보련사>의 내용은 <간첩승교편황보처>의 이야기와 같이 탐욕스러운 승려들에 관한 이야기이다. 섬서성에 있는 보련사란 절에서 부녀자들에게 자식을 쉽게 얻도록 해준다는 명목으로 여인들을 기만하여 절로 들어오게 한 다음, 며칠씩이나 그들을 합숙시키며 부처님에게 기도하게 만들고, 야밤중에는 승려들이 몰래 여인들의 정실(淨室)로 들어가 그들을 차례로 간음하는 내용을 담고 있다. 이런 폐단을 알게 된 왕대윤이 지모를 사용해 그들의 악행을 찾아내고, 그에게 악랄하게 대항하는 승려들을 처단하고 결국은 음탕한 소굴 보련사를 불태워버린다는 내용이다.

<감피화단증이랑신>의 내용은 송 휘종 때의 궁녀 한부인이 임금의 사랑을 얻지 못해 결국 몸에 병이 생겨 누우니, 휘종이 그녀를 태워 양전의 집에 보내 잠시 요양하게 하였는데, 그 궁녀가 사묘에 있는 신(神)인 이랑신에게 자신의 아픔을 토로하며 빌다가 결국 이랑신의 늠름한 모습에 반해 사모하여 날마다 그를 애절히 찾게 되고, 그것을 안 사묘의 묘관 손신통이란 음흉한 자가 이랑신으로 변장하여 나타나 그 궁녀와 간음하다가 결국 발각되어 죽음을 당하는 이야기이다.

<금해릉종욕망신>의 내용은 금나라의 폐제(廢帝) 해릉왕의 악랄하리만큼 탐욕스러운 기상천외한 색욕에 관한 일화를 모아 엮은 이야기이다. 결국 지나친 호색으로 인해 나라도 망하고 패가망신하게 된다는 이야기를 어느 정도 역사적 사실에 근거하여 묘사하고 있다.

<전수재착점봉황주>의 내용은 못생기고 탐욕스러운 안준이 아름답고 정숙한 고찬의 딸 고추방과 결혼하기 위해 중매장이 우진과 작당하여 학식과 인물이 출중한 사촌 동생 전청을 자신으로 사칭해 청혼하는 내용이다. 안준은 전청에게 자신으로 가장해 신부 집을 찾아가 청혼하게 만들고 결혼식과 신방까지 대신 치르게 하였다가, 나중에는 또 질투를 느끼고 스스로 분을 이기지 못해 전청을 욕하고 때리기도 한다. 결국 그 사실을 알게 된 고찬과 고을 현감에 의해 오히려 전청이 그 집의 정식 사위가 되고, 혼사를 주선한 우진은 벌을 받게 된다. 비록 전청은 사촌 형을 대신해 신방을 치렀지만 신부와 동침하지 않았기에 현감은 군자의 마음을 지닌 그를 용서하였고, 안준은 탐욕으로 인해 자신의 돈만 낭비하고 남만 좋은 일을 시킨 결과가 되어 금전적인 손실은 물론 창피하여 고개를 들지 못하게 된다. 미인에 대한 욕심에 눈이 어두워 추행을 일삼는 안준의 호색행각과 욕정을 참으며 의리를 지키는 전청의 태도를 대비시켜 욕정에 대한 추구와 의리를 위해 욕정을 참는 두 사람의 모습을 대조적으로 잘 보여주고 있다.

<신교시한오매춘정>는 신교 시장에 있는 부호의 아들 오산이 창녀 한오의 유혹에 빠져

그녀와 밀회하며 과도한 색욕으로 인해 몸져누워 사경을 헤매다가 결국 자신이 원귀의 혼에 시달리고 있음을 알고 지전(紙錢)을 태우고 제를 올린 후에 색욕의 병이 낫게 되고 지난날 자신의 욕정을 크게 반성하게 되었다는 이야기이다.

위 삼언 속의 애욕소설 작품들은 비록 그 내용이 간음한 자들이 결국 벌을 받게 함으로써 음욕(淫慾)의 화를 경계하고 있긴 하지만, 사악한 자들의 욕정을 묘사한 부분에 있어서도 그 욕정을 지나치게 과장적으로 표현하거나 미화하는 경향이 있어 마치 작자가 황음한 내용을 은근히 즐기는 듯한 인상을 주기도 한다.

> 하나는 젊은 소년으로 처음으로 그 맛을 보았고, 하나는 규방의 각시로 방금 그 단맛을 겪었네. 한 사람이 오늘밤의 화촉으로 나와 당신의 인연이 맺어졌다고 말하니, 한 사람은 오늘 밤의 이부자리가 부부간의 사랑을 시험한 것이라고 말하네. 한 사람은 전생에 인연이 있어 月下老人을 통할 필요가 없다고 말하고, 한 사람은 절대 서로 잊지 말자며 산과 바다와도 같은 굳은 맹서를 하더라. 서로 속을 태우며 누이오빠라는 것이 알게 뭐람. 눈앞의 즐거움만 도모하면 될 것을. 남편 있고 아내 있는 것을 생각할 겨를도 없이 두 마리의 나비는 꽃 사이에서 춤을 추고, 한 쌍의 원앙이 물 위에서 즐기네(一個是靑年男子, 初嘗滋味；一個是黃花女兒, 乍得甜頭。一個說今宵花燭, 到成就了你我姻緣；一個說此夜衾綢, 便試發了夫妻恩愛。一個說, 前生有分, 不須月老冰人, 一個道, 異日休忘, 說盡山盟海誓。各燥自家脾胃, 管甚麼姐姐哥哥；且圖眼下歡娛, 全不想有夫有婦。雙雙蝴蝶花間舞, 兩兩鴛鴦水上遊。). <喬太守亂點鴛鴦譜>

> 두구(荳蔻) 향내 나는 꽃이 마른 등나무에 감겨버리고, 아리따운 해당화 꽃이 난폭한 비에 꺾어져 버렸네. 올빼미가 비단 원앙의 둥지를 차지하고, 봉황이 어찌하여 갈가마귀의 짝이 되었네. 하나는 입에서 '내 사랑'이라고 외치며 정말 멋진 여자라고 말하고, 하나는 정말 사랑을 갈구하여 그 낭군이 아닌 줄도 모르고 있네. 홍낭(紅娘)이 잘못해 장생(張生)이 아닌 정항(鄭恒)과 만날 약속을 하였고,[231] 곽소(郭素)가 왕헌(王軒)을 본 따 서자(西子, 즉 西施)를 미혹하네.[232] 가련하다! 옥같이 아름답고 향기로운 몸이 시정의 백정에게 던져져 버렸네(荳蔻包香, 卻被枯藤胡纏；海棠含蕊, 無端暴雨摧殘。鵂鶹占錦鴛之窠, 鳳凰作凡鴉之偶。一個口裏呼肉肉肝肝, 還認做店中行貨；一個心裏想親親愛愛, 那知非樓下可人。紅娘約張珙, 錯訂鄭恒；郭素學王軒, 偶迷西子。可憐美玉嬌香體, 輕付屠酤市井人。). <陸五漢硬留合色鞋>

---

231) <앵앵전>과 <서상기>에서 계집종 홍낭이 아씨 최앵앵을 위해 장생과 다리를 놓아주었는데, 잘못하여 장생이 아닌 정항이란 자와 다리를 놓아주었다는 뜻이다. 정항은 최앵앵의 모친 정씨의 조카이다.

232) 당나라 사람 왕헌이 춘추시대 월나라(지금의 절강성 부근)의 미인 서시의 비석을 보고 시를 지어 애도하니 서시가 나타나 두 사람은 운우의 정을 나누었는데, 나중에 郭凝素라는 사람이 그것을 배워 시를 읊으며 서시를 애도하였지만 아무런 반응이 없어 홀로 불쾌한 마음으로 돌아왔다는 전고에서 비롯된 이야기이다.

하나는 불문의 제자요 하나는 청루의 가인이라, 불문의 제자는 거짓으로 나한으로 위장하고 청루의 가인은 양가집 아낙으로 변신했네. 하나는 해묵은 돌절구와 같아 그간 얼마나 많이 찧어댔고, 하나는 새로 만든 나무 말뚝과도 같아 비바람 광풍에도 얼마든지 견뎌내네. 하나는 불문의 계율도 아랑곳없이 마음대로 즐기고, 하나는 현감의 부탁을 받들었지만 마음껏 쾌락을 즐기도. 흡사 아난보살(阿難菩薩)이 마녀를 만나고, 옥통화상(玉通和尙)이 홍련(紅蓮)을 희롱하듯 하네(一個是空門釋子, 一個是楚館佳人。空門釋子, 假作羅漢真身；楚館佳人, 錯認良家少婦。一個似積年石臼, 經幾多碎搗零；一個似新打木椿, 盡耐得狂風驟浪。一個不管佛門戒律, 但恣歡娛；一個雖奉縣主叮嚀, 且圖快樂。渾似阿難菩薩逢魔女, 猶如玉通和尙戲紅蓮。). <汪大尹火焚寶蓮寺>

위 <교태수난점원앙보>에서는 선남선녀가 서로 처음 만나 육체적 관계를 맺는 장면으로 그래도 이해의 여지가 있지만, <육오한경류합색혜>에서는 육오한이 장신으로 사칭하여 야밤에 반수아를 찾아가 그녀와 통정하는 사악한 장면에 대해서도 작자는 갖은 미사여구를 동원하고 있다. 마지막 <왕대윤화분보련사>에서도 승려가 절에 수행하러 온 부녀자들을 강간하는 것을 알고 지현이 그들의 죄악을 찾아내기 위해 두 기녀를 절에 몰래 잠입시켜, 그중 한 기녀를 승려들이 간음하는 장면에도 이런 식의 묘사는 이어지고 있다. 혹자는 삼언이 욕정에 대한 생동적인 묘사를 통해 독자들로 하여금 그것을 억제하고 조절하도록 하고 있다고 보기도 하지만, 남녀 간 욕정에 대한 작자의 지나친 과장적 표현과 미화의식으로 인해 마치 작자가 욕정을 무조건적으로 칭송하고, 선정적이고 호색적인 취향을 지닌 것으로 오해되는 소지를 빗기도 하였다. 이는 고리타분한 봉건예교에 맞서 사람의 정욕(情欲)을 긍정적으로 받아들이는 진보적인 측면과 합리적이고 정당한 욕정을 긍정하는 삼언 본래의 주제의식을 다소 혼란스럽게 만들기도 하였다.

그 외, 풍몽룡의 작품 가운데 비교적 잘 알려지지는 않았지만 의의 있는 것으로는 ≪정사(情史)≫가 있다. ≪정천보감(情天寶鑒)≫이라고도 불리는 이 작품은 위로는 문왕(文王)·공자(孔子)로부터 시작하여 아래로는 그가 살던 명대에 이르기까지의 제왕장상(帝王將相)은 물론 재자가인·상인(商人)·신선·도사 등의 정에 대한 특이한 이야기를 모아 엮은 책이다. 이 작품의 서(序)에서 그는 "나는 정의 가르침을 세워 모든 중생들을 가르치고 일깨워주려고 한다(我欲立情敎, 敎誨諸衆生)."라는 이야기를 했는데, 그는 과연 작품의 창작과 편찬을 통해 '정'으로써 당시의 '리(理)'에 반대하던 흐름의 선봉장이었다 볼 수 있다. 명말의 '언정대사(言情大師)' 탕현조가 말한 "정이 있는 자에게는 리가 반드시 없고, 리가 있는 자에겐 정이 결코 있을 수 없다(情有者理必無, 理有者情必無)."는 설법에서 나아가 그는 만물은 정에서 태어나 정에서 죽고, 사람은 만물

중의 하나일 뿐이라고 하였으니, 그 '정'의 가르침은 당시 사람들은 물론 현대인의 메마른 영혼에까지 더욱 절실하게 다가온다.233)

(6) 포송령의 꿈과 낭만의 귀신 이야기 - ≪요재지이(聊齋志異)≫

청대의 소설은 명대의 소설 전통을 계승하여 더욱 발전하였는데, 이 시기에는 장편 장회소설뿐 아니라 단편 문언에서 백화소설까지 그 성과가 혁혁하였다. 그 가운데 단편 문언소설의 가장 대표적인 작품을 꼽는다면 포송령의 ≪요재지이(聊齋志異)≫이다.

중국의 문언소설의 전통은 위진남북조의 지괴(志怪)·지인(志人)·해학(諧謔) 류의

---

233) 풍몽룡의 정관(情觀)이 잘 드러난 ≪정사≫ 서문의 내용은 다음과 같다. - "정사는 나의 기록이다. 나는 어릴 때부터 정치(情癡)여서 친구를 만나면 반드시 진심을 전부 드러내고 만났으며, 길한 일 흉한 일을 함께 하였다. 남의 궁함이나 억울함을 듣게 되면 서로 몰라도 그를 위해 할 일을 찾았고, 힘이 닿지 못하면 며칠을 탄식하며 밤에도 잠을 이루지 못했다. 다정한 이들을 만나면 바로 그들에게 감복해 무릎을 끊었고, 무정한 자에게는 말로 서로 위배되면 완곡하게 정으로써 그들을 개도하였는데, 절대 내 말을 듣지 않을 때까지 그치지 않았다. 나는 장난으로 내가 죽은 후에는 세상 사람들을 잊어버리지 않고 그들을 위해 부처가 되어 세인들을 개도하리라 말하였으며, 그 부처의 이름은 '다정환희여래'로 지었다. 그러면 누군가가 그 이름을 칭송하여 신심으로 봉행하면 무수한 환희여래가 앞뒤에서 그를 보호하여 비록 아무리 깊은 원한을 진 원수를 만난다 하더라도 모두 환희로 변하여, 노하고 미워하고 질투하는 나쁜 사념들이 사라질 것이다. 또 고금의 정담(情談) 가운데 아름다운 것들을 선택해 각각 전(傳)을 지어 사람들에게 정이 영원하다는 것을 알게 해주고 싶었다. 그리하여 무정한 것은 다정하게 하고, 사사로운 정은 공명정대한 정으로 바꾸며, 온 세상 사람들이 모두 화기애애하게 정을 주고받으며 각박한 속세를 바꾸고자 희망하였다. 그러나 스스로가 무능하여 이리저리 떠돌아다니며 글 쓰는 일에 게을러 첨첨외사에게 먼저 서문을 청하게 되었으니, 그 역시 기쁜 일이다. 그리하여 유형별로 나누어 서술하니 매우 황당하고 기이하다. 비록 그 내용은 모두 남녀 간의 애정에 관한 것이라 우아하고 선한 것만은 아니지만 이야기의 끝은 모두 아정함을 추구하였다. 이 책을 잘 읽으면 정을 넓힐 수가 있고, 잘못 읽어도 욕정을 일으키게 하지는 않을 것이다(情史, 余志也。余少負情癡, 遇朋儕必傾赤相與, 吉凶同患。聞人有奇窮奇枉, 雖不相識, 求爲之地, 或力所不及, 則嗟歎累日, 中夜展轉不寐。見一有情人, 輒欲下拜。或無情者, 志言相忤, 必委曲以情導之, 萬萬不從乃已。嘗戲言, 我死後不能忘情世人, 必當作佛度世, 其佛號當云 "多情歡喜如來"。有人稱贊名號, 信心奉持, 即有無數喜神前後擁護, 雖遇仇敵冤家, 悉變歡喜, 無有嗔惡妒嫉種種惡念。又嘗欲擇取古今情事之美者, 各著小傳, 使人知情之可久, 於是乎無情化有, 私情化公, 庶鄕國天下, 藹然以情相與, 於澆俗冀有更焉。而落魄奔走, 硯田盡蕪, 乃爲詹詹外史氏所先, 亦快事也。是編分類著斷, 恢詭非常, 雖事專男女, 未盡雅馴, 而曲終之奏, 要歸於正。善讀者可以廣情, 不善讀者亦不至於導欲)。" 이어 서문의 말미의 '정계(情偈)'는 다음과 같다. - "천하에 정이 없다면 일체의 사물이 생기지 않았다. 모든 사물이 정이 없다면 상생의 고리가 생기지 않았을 것이다. 낳고 낳아 사라지지 않으니, 정이 사라지지 않는 까닭이다. 모든 것이 다 허환(虛幻)한 것이지만 사람의 성정은 허환하고 거짓된 것이 아니다. 정이 있으면 낯선 것이 친하게 되고, 정이 없으면 친한 것도 낯선 것이 되니, 무정과 유정은 그 차이가 한이 없다. 나는 정교(情教: 정의 가르침 혹은 정의 종교)를 세워 중생들을 가르치고자 한다. 아들은 아버지에게 정이 있고, 신하는 임금에게 정이 있으니, 이를 여러 현상에 유추하면 모두가 이렇게 된다. 만물은 흩어진 동전과 같은데, 정 하나가 단서가 되니, 흩어진 동전이 줄로 이어지며 천하가 가족이 된다. 만약 남에게 해를 입히는 자가 있다면 스스로 그 정을 상하게 하는 것이다. 마치 봄꽃이 피어나는 것을 보면 모든 생명이 기뻐하는 것과 같다. 도적들은 반드시 사라질 것이며 악당들도 사라질 것이다. 부처님은 지극히 자비하고 성현들은 지극히 인의(仁義)롭다. 정의 씨를 버리면 천하도 혼돈에 빠진다. 내가 정이 많은 것을 어찌 하며, 사람들이 정이 없음을 또 어찌 하리! 다만 다정한 이들을 얻어 함께 법을 풀어 가리라(天地若無情, 不生一切物。一切物無情, 不能環相生。生生而不滅, 由情不滅故。四大皆幻設, 性情不虛假。有情疏者親, 無情親者疏, 無情與有情, 相去不可量。我欲立情教, 教誨諸衆生: 子有情於父, 臣有情於君, 推之種種相, 俱作如是觀。萬物如散錢, 一情爲線索, 散錢就索穿, 天涯成眷屬。若有賊害等, 則自傷其情。如睹春花發, 齊生歡喜意。盜賊必不作, 奸宄必不起。佛亦何慈悲, 聖亦何仁義。倒却情種子, 天地亦混沌。無奈我情多, 無奈人情少。願得有情人, 一齊來演法)。"

소설에서 비롯된다. 그 후 당(唐) 전기(傳奇)가 출현하면서 문인 사대부들에 의한 문언소설의 창조 열풍이 본격적으로 형성되게 된다. 송대에 와서는 그 내용과 수에 있어 당대에 비해 저조하다가, 명대에는 구우(瞿佑)의 ≪전등신화(剪燈新話)≫, 이창기(李昌祺)의 ≪전등여화(剪燈餘話)≫ 등의 출현으로 다소 활기를 띠게 된다. 청대에는 포송령의 ≪요재지이≫가 등장하면서 문언소설의 최고봉을 맞이하게 되는데, 이 소설은 간결하고 아름다운 고문체에서 풍기는 미감뿐 아니라 진지한 사상성과 흥미진진한 귀신 이야기로 사람들에게 널리 사랑받고 있다.

포송령은 자가 유선(留仙)이고 호는 유천거사(柳泉居士)이며, 산동성 치천현(淄川縣, 지금의 淄博市) 사람이었다. 그는 뛰어난 문재에도 불구하고 과거운이 없어 일생을 사숙의 훈장으로 지내며 곤궁하게 보낸 문인이었다. 그가 지은 ≪요재지이≫에 수록된 <엽생(葉生)>·<가봉치(賈奉雉)>·<사문랑(司文郎)>·<왕자안(王子安)>·<우거악(于去惡)>·<호사낭(胡四娘)>·<육판(陸判)> 등의 많은 작품들이 과거에 급제하지 못한 선비들을 특별히 동정하는 듯한 색채를 띠고 있는 것도 이러한 그의 생애와 관계가 있다고 볼 수 있다.

〈그림 74〉 포송령

또한 포송령은 ≪요재지이≫를 통해 가식적이고 도학자적인 세상의 고리타분한 문인을 질시하고, 예법에 구애받지 않는 호방한 명사풍의 문인을 선망하고 있음을 느낄 수 있다. 이는 포송령이 평소 '광인(狂人)'이나 '치인(癡人)' 등으로 자칭하면서 가식적이고 위선적인 사람을 가장 싫어했다는 점을 상기해보면 알 수 있다.[234] 그러나 또 한편으로는 그의 작품을 보면 포송령이 비록 마음속으로는 명사풍류를 동경하면서도 실제로는 절제와 이성을 중히 여기며 이를 삶의 준칙으로 여기고 있음을 암시하는 듯한 인상도 주고 있다. 즉 그는 한편으로는 주정주의적 입장에서 '방외지인(方外之人, 예법 밖의 사람)'적 삶을 흠모하면서

---

234) 于天池, ≪中國文言小說叢論≫, 銀川 寧夏人民出版社, 1994, 183쪽.

도 또 한편으로는 이성주의적 입장에서 절제나 수양을 중시하고 있음을 말해준다. 그러므로 포송령의 ≪요재지이≫는 종종 진보와 보수 간의 모순된 사상을 드러낸다든지, 한편으로는 봉건예교를 수호하는 입장을 취하다가도 또 다른 한편으로는 봉건예교를 풍자하는 입장도 취하는 매우 복잡한 면을 보이고 있기도 하다.235)

≪요재지이≫는 단순한 문인의 소일을 위한 낭만주의 필기류 소설이 아니라 당시 사회정치의 온갖 부패를 풍자하고 백성들의 고통을 동정하는 내용을 담은 현실주의적 사상도 짙은 작품이다. 이 소설의 매력은 봉건예교사상의 차원을 뛰어넘은 착하고 아름다운 본성을 지닌 사람에 대한 찬미가 아닐까 한다. 이러한 선한 인성의 긍정과 찬미는 바로 이 작품이 독자들에게 주는 미감(美感)이자 우리들의 가슴을 울리는 주된 원인일 것이다. 그리고 독자들에게 감동을 주는 이런 착한 인성의 소유자들 거의가 사람이 아닌 여우나 귀신인 점도 이 소설이 강한 인상과 재미를 주는 원인일 것이다. 이러한 점을 잘 반영한 ≪요재지이≫ 속의 작품들 가운데 대표적인 몇 작품들을 보도록 하자.

첫째로 소개할 작품은 <영녕(嬰寧)>이다. <영녕>이란 작품은 작품 말미의 작가 평(評)에서 "나의 영녕(我嬰寧)"236)이라는 표현을 쓰고 있는데, 이는 포송령의 500편이나 되는 작품들 속에서 유례가 없는 경우이다. 다시 말해 '영녕'이라는 여성은 포송령의 ≪요재지이≫ 속에 등장하는 수많은 여성들 가운데 그가 "나의"라는 '애칭'을 사용한 유일한 여성이다. 따라서 적지 않은 ≪요재지이≫ 평론가들도 지적하였듯이237) "나의"라는 말은 이 작품 속의 인물 영녕에 대한 작가의 특별한 애착과 사랑을 말해주고 있다 하겠다. 사실 수많은 ≪요재지이≫ 애정소설 작품 가운데 청봉(靑鳳), 소매(小梅), 섭소천(聶小倩), 갈건(葛巾), 향옥(香玉), 협녀(俠女) 등 개성 있고 사랑스러운 여성들이 매우 많으나 유독 영녕에 대한 그의 사랑은 매우 특별한데, 그렇다면 영녕에 대한 이해는 포송령의 여성관과 함께 그의 사상을 이해하는 단서가 될 것이다. 영녕의 매력은 과연 어디에 있기에 포송령의 이상적인 여성이 되었을까? 이제 <영녕>의 내용을 자세히 살펴보기로 하자.

---

235) ≪요재지이≫를 통해 나타난 포송령의 복합적이고 모순적인 사상적 경향에 대해 이미 국내외 많은 학자들이 지적한 바가 있어 구체적인 예는 생략한다. 포송령의 반전통적이고 복잡한 의식형태에 대해서는 何天傑, ≪聊齋的幻幻頂眞≫(江蘇古籍出版社, 1995), 3~4쪽과 寧莉莉「聊齋志異中的愛情故事與古代文人心態」(≪蒲松齡研究≫, 2008年 第1期)의 문장 "於是 ≪聊齋志異≫就出現了過人的才華和矛盾的心態之間的奇怪結合。只有理解了這一點, 我們才能對 ≪聊齋志異≫有一個全面、客觀的評價。" 참조.

236) "我嬰寧殆隱於笑者矣." - ≪聊齋志異≫.

237) "蒲松齡在異史氏曰中直呼作品中的主人公爲我嬰寧, 這是唯一的, 可見蒲松齡對這一人物的喜愛." - 于天池, ≪中國文言小說叢論≫(寧夏人民出版社, 1994), 185쪽, 또 盛瑞裕, ≪解讀聊齋志異≫(臺灣 雲龍出版社, 2000), 31쪽에서도 같은 이야기를 하고 있다.

일찍 부친을 여의고 살아가는 총명한 선비 왕자복(王子服)은 정월 보름 원소절(元宵節)에 사촌 오생(吳生)과 함께 화등(花燈)을 구경하러 갔다가, 오생이 급한 집일로 먼저 떠난 뒤 혼자 어느 산 아래를 걷고 있었다. 그때 그는, 환한 웃음을 띤 채 매화꽃 가지를 들고 시녀를 거느린 미인을 발견하고는 그 아름다움에 넋을 잃고 쳐다보고 있었다. 그러자 그녀는 시녀에게 "저 사람이 나를 뚫어지게 쳐다보는 눈빛이 저렇게도 빛나는 것이 꼭 나쁜 사람 같아."라고 말하며, 손에 든 매화가지를 던져버리고는 여전히 웃으면서 떠나 버렸다. 왕자복은 그 꽃을 주워 베갯머리에 간직한 채 그녀를 그리다 병이 든다. 그는 병문안을 온 오생에게 사실을 고백한 뒤 자신을 위해 힘써 줄 것을 울며 부탁하는데, 며칠 후 오생이 와서는 그 처녀를 찾았는데 알고 보니 그녀는 자신의 사촌누이였으며 아직 시집을 가지 않았다는 거짓말을 한다.

며칠 후 왕자복은 병이 나아 그 말라붙은 매화가지를 가지고 오생이 말한 곳을 찾아갔다.

〈그림 75〉 포송령의 이상형 여성 영녕

그곳은 사면이 산으로 둘러싸인 작은 촌락이었는데, 그 마을에 있는 몇 채의 집들은 매우 깨끗하고 품위가 있어 보였다. 왕자복은 그중의 한 집 문 앞에 앉아 쉬고 있는데, 그 집 안에서 "소영(小榮)아!" 하고 부르는 소리가 들렸고, 대문 밖으로 머리에 꽃을 꽂은 한 여자가 걸어 나왔다. 그 여자는 그를 보자 한 번 웃어보이고는 다시 들어갔는데, 자세히 보니 바로 자신이 그리워하는 그 여자였다. 왕자복은 들어가지도 돌아가지도 못하고 주위를 배회하다가 황혼 무렵이 되어 문밖으로 어느 노부인이 지팡이를 쥐고 나와 그에게 "젊은이는 어디서 왔어요? 듣자니, 아침부터 여기 서 있었다던데. 왜 그러시오? 배가 고프오?"라고 했다. 자복은 예를 갖추어 노부인에게 인사하고는 자신은 친척을 뵈러 왔다고 했다. 노부인이 그에게 찾으려는 친척 이름을 물었을 때, 그가 우물쭈물 하자 노인은 "내 보니 젊은이는 공부밖에만 모르는 철없는 사람 같은데, 일단 우리 집에 들어가 거친 음식이라도 좀 먹고 하룻밤을 묵은 다음 내일 다시 얘기하기로 합시다." 하며 그를 데리고 들어갔다.

운치 있는 그 집의 정원을 지나 깨끗한 실내로 들어가 의자에 앉았는데, 누군가 밖에서 안을 훔쳐보고 있었다. 노인은 시녀 소영(小榮)을 불러 음식을 준비하게 하고 그와 담소를 나눴는데, 알고 보니 노인은 그의 이모였고, 자신의 친딸이 아닌 딸이 하나 있다고 했다. 그 딸은 평소 엄격한 교육을 받지 못해 늘 웃고 다니며 슬픔도 모르고 지낸다는 말도 하였다. 한참 기다리니 그 여자가 나타났는데, 문밖에서부터 웃음소리가 들리며 문을 들어서면서도 입을 막으며 계속 웃었다. 자복의 이모가 그녀를 꾸짖자 그녀(영녕)는 꾸지람을 듣고는 억지로 웃음을 참았으나, 이모가 그녀에게 그를 소개하자 다시 크게 소리 내어 웃었다. 이모의 호의로 그는 며칠을 묵었다. 어느 날 그가 화원을 걷고 있는데, 큰 나무 위에 영녕이 올라가 장난을 치고 있었다. 영녕은 왕자복을 보자 또 미친 듯이 웃는데, 이번엔 가슴을 쳐들고 고개를 뒤로 젖히며 넘어갈 듯이 웃다가 결국 나무에서 떨어지고 나서야 웃음을 그친다. 그때 왕자복은 가슴속에 간직하고 있던 매화가지를 그녀에게 보여주니, 그녀는 "말라버렸는데 왜 간직하고 있어요?"라고 말한다. 그는 그것이 원소절에 그녀가 잃어버린 것이며, 그녀를 그리워하기에 간직한 것이라고 하였지만, 영녕은 "그건 아무것도 아니에요. 당신이 돌아간 다음에 사람을 시켜 화원의 꽃 모두를 꺾어 드리지요."라고 말하였다. 왕자복은 탄식하며 자신이 좋아한 것은 꽃이 아닌 사람이라고 말했어도, 그녀는 일부러 "우리는 친척이니, 당신이 날 좋아하는 것은 당연해요."라고 했다. 그는 하는 수 없어, 내가 당신을 좋아한다는 말은 저녁에 침상에서 같이 자는 부부의 사랑을 의미한다고 하니, 그녀는 머리 숙여 한참 생각한 후에 "저는 다른 사람과 같이 자는 게 싫어요."라고 했다.

두 사람이 노부인의 방으로 들어왔을 때, 노부인은 무슨 일로 식사시간도 잊고 다니느냐고 물으니 영녕은 바보같이 "오빠가 나랑 같이 자고 싶대요."라고 대답했다. 왕자복이 낮은 소리로 그녀를 질책하자 영녕은 오히려 "금방 제가 못할 말을 했어요?"라며 반문한 뒤, 그것은 남이 없는 데서나 하는 말이라는 왕자복의 질책에 다시 "남의 배후에서는 말할 수 있어도, 어찌 늙은 어머니의 배후에서 그럴 수가 있어요? 게다가 잠을 자는 것은 예삿일인데, 무슨 거리낌이 있어요?"라고 대답했다. 점심을 먹은 후 왕자복은 혼자 산책을 하다 그를 찾으러 집에서 온 종을 만나 이모의 흔쾌한 승낙을 얻어 영녕을 데리고 집으로 돌아갔다.

왕자복이 아리따운 처녀를 데리고 돌아오니 그의 모친은 매우 기뻐하였지만, 그는 모친으로부터 그의 이모는 이미 죽었다는 이야기를 듣고 어리둥절해 하는데, 어느 날 오생이 찾아와 왕자복의 이모는 진씨(秦氏) 성을 가진 사람과 결혼한 뒤 곧 사망하고 혼자 지내던 진씨는 어느 여우귀신에게 홀려 영녕이라는 딸을 하나 낳았다는 말을 전해준다. 그 여우귀신은 늘 찾아와 영녕을 보살폈는데, 집의 사람들이 문에다 부적을 붙여놓자 영녕을 안고 어디론지 떠나버렸다는 것이다. 이튿날 오생이 왕자복이 간 곳을 찾아보았을 때, 그곳에는 아무 집들도 보이지 않고 왕자복의 이모가 묻힌 무덤도 이미 허물어지고 없었다. 오생으로부터 이 이야기를 들은 왕자복의 모친은 영녕이 귀신일까 두려워 일부러 그녀에게 오생에게 들은 이야기를 해주었지만 그녀는 조금도 놀라는 빛이 없었다. 모친은 이웃집 처녀를 불러 영녕과 함께 자게 하기도 하고, 낮에 몰래 그녀의 그림자를 살펴보았지만 조금도 이상한 점을 발견하지 못했다. 다만 그녀는 즐겨 웃기만 하였는데, 미친 듯이 웃을 때에도 그렇게 아름다울 수가 없어, 사람들은 그렇게 웃는 그녀를 보고는 함께 웃으며 좋아했다. 뿐만 아니라 영녕은 바느질과 수예도 잘했다. 이윽고 왕자복의 모친은 날을 정해 그들을 결혼시키는데, 혼례를 거행하는 날에도 영녕은 허리를 굽히고 배를 쥐며 웃느라 머리를 들지 못했다. 결혼 후에도 시어머니가 우울해하거나 종들이 무슨 잘못을 하여 집안의 분위기가 흐려져도 영녕이 와서 한 번 웃기만 하면 상황이 달라졌다.

그 집의 뒷마당에는 큰 나무가 한 그루 있었는데, 시어머니의 거듭된 훈계에도 불구하고 그녀는 그 위로 올라가 놀기를 좋아했다. 어느 날, 옆집의 젊은 남자가 나무 위에서 놀고 있는 그녀의 아름다운 모습에 반해 희롱하는 눈초리로 그녀를 쳐다보았으나, 그녀는 피하기는커녕 오히려 그를 보며 크게 웃었다. 그는 영녕이 자신에게 호감이 있어 그런 줄 알고 더욱 노골적으로 희롱하였다. 그녀는 그를 골려주기 위해 손가락으로 담장 아래를 가리키니 눈치를 챈 그 남자는 저녁 무렵 그곳을 찾아왔다. 과연 그곳에는 그녀가 기다리고 있었다. 그는 두말 않고 그녀를 끌어안다가 마치 송곳으로 찌르는 듯한 통증을 느끼며 쓰러졌다. 알고 보니 그가 안았던 것은 영녕이 아닌 썩은 고목 뿌리였고, 그는 그 안에 있던 전갈의 독침에 찔렸던 것이다. 그날 밤 그는 목숨을 잃고 만다. 그 일로 그 자의 부친은 왕자복의 처가 자신의 아들을 죽인 요귀라며 관아에 고소하지만 현감은 평소 왕자복의 품행을 알고 있어 무고로 판정을 내린다. 왕자복의 모친은 그녀를 크게 훈계하였고, 그 후로 그녀는 누군가 일부러 웃겨도 결코 웃는 일이 없었다.

어느 날 밤 영녕은 왕자복에게 울면서 마음속에 숨겨둔 사연을 얘기하는데, 자신은 원래 여우의 딸로서 그 엄마여우는 세상을 떠날 때 귀신에게 그녀의 양육을 맡겼다고 한다. 그 귀신이 바로 왕자복의 이모 진씨 부인으로, 일찍이 사람들에게 잊혀져 남편과 합장되지 못했으니, 왕자복이 그 부인을 위해 다시 장례를 치러 달라고 울며 간청했다. 그녀의 말을 좇아 왕자복이 이튿날 바로 그들의 무덤을 찾아 합장을 시킬 때, 영녕은 그 귀모(鬼母)의 유골을 보며 목을 놓아 울었다. 일 년 후 그녀는 남자 아이를 하나 순산하였는데, 그 아기는 얼굴을 가리지 않고 엄마와 같이 사람을 보기만 하면 웃었다고 한다.

영녕은 우선 그 운명부터 매우 애처롭다. 영녕의 부친은 왕자복의 이모부이고, 그녀의 엄마는 여우요정이라 그녀는 사람과 여우가 결합해서 낳은 자식이다. 영녕은 어려서 부친을 여읜 후에 모녀 두 사람은 진씨 집안에서 부른 주술사가 사용한 부적에 의해 집에서 쫓겨나고, 나중에는 그 여우 엄마도 개가를 하면서 영녕은 성 밖의 남산에 매장된 왕자복의 이모인 귀모(鬼母, 귀신 엄마)에 의해 키워졌다. 이처럼 '포송령의 여인' 영녕은 그 운명부터 매우 가련하여 사람의 연민을 자아낸다. 그러나 ≪요재지이≫

속 수많은 귀녀들의 이미지와는 달리 영녕이 지닌 가장 차별적인 특성은 그녀가 남녀관계를 전혀 알지 못하는, 순결하고 천진난만한 숫처녀의 이미지를 지니고 있다는 점일 것이다. 앞의 줄거리 내용에서도 보듯 그녀는 남녀관계에 대해 완전 무지한 숫처녀를 넘어 동심의 세계에 머물러 있는 어린애와 같음을 알 수 있다. 이런 순진무구한 영녕의 모습은 ≪요재지이≫ 속 다른 귀녀들의 이미지와 큰 차이가 있다. 사실 ≪요재지이≫ 속의 이류(異類) 여성들은 <향옥>, <편편(翩翩)>, <상아(嫦娥)>, <청봉> 등의 작품에서도 그러하듯, 선량하고 아름다운 인성을 지니고 인간세상의 여성들과는 달리 반전통적이고 반예교적인 면들을 지니고 있는 반면에 중국의 전통적 '부도(婦道)'의 관점에서 보면 그 개방적인 남녀관계로 인해 중국인이 전통적으로 추구하는 이상적인 여성의 모습은 결코 아니다. 그런 까닭에 그녀들은 사랑하는 남자가 자신을 진정으로 원한다고 생각하면 무정하게 뿌리치지 못하고, 결국 그들의 욕정을 받아주는 경향이 있다.[238] 그리하여 ≪요재지이≫ 속의 생기발랄하고 다정스러운 귀녀들은 이런 남성주의적 의도로 인해 마치 그들의 욕망의 대상으로 비쳐져 자못 헤픈 인상을 주기도 하지만, 이에 비해 영녕은 그 순결한 처녀성으로 인해 다른 여성들과는 확연히 구분된다.

다음으로 영녕의 큰 특징은 착하고 명랑 쾌활하여 언제나 웃는 성격을 지니고 있다는 점이다. 영녕의 웃음은 단순히 명랑하고 쾌활함을 의미하는 것이 아니라 그 웃음 속에는 천진난만한 동심의 세계와 예법에 구속된 어른과는 달리 어린아이와 같은 철들지 않은 순수함과 질박함을 지닌 인성에 대한 작자의 동경과 찬미가 내재되어 있다. 영녕은 천성이 발랄하고 명랑쾌활한 데다 어린아이 같이 잘 웃고 덤벙대는 스타일로서, 법도에 얽매이는 조신한 성격의 전통적인 여인상이 절대 아니다. 포송령은 아마도 영녕을 통해 고향 산동성 북방 특유의 활발함과 호방함을 기반으로 순박하고 천진난만하게 살아가는 한 순수한 처녀상을 그려낸 듯하다. 영녕은 어린애와 같은 순진함과 장난기로, 적과 나를 구별하지 않고 언제나 그들에게 바보 같은 웃음을 지어 보이는 순수한 여성이라고 할 수 있다.

요컨대 작자는 이 선하고 아름다운 인성의 소지자 영녕에 대한 찬미를 통해 봉건예교를 간접적으로 멸시하고 있다고 볼 수가 있다. 영녕이 웃음을 잃어버린 것에서 우리는 당시 봉건예교가 얼마나 잔인하게 사람의 선한 품성을 말살하였는가를 느끼게 된다.

---

238) 물론 여기에는 남성 중심주의적인 문화심리와 작가가 정신적으로나마 외로운 선비들의 욕구를 풀어주고자 하는 동기와 의도가 내재돼 있다.-石育良, ≪怪異世界的建構≫, 文津出版社, 1996, 148쪽.

이런 의미에서 영녕의 웃음은 단순히 실없는 웃음이 아니라, 자유와 생명력을 지닌 솔직하고 참다운 감정과 기분(즉 眞性情)을 말살하고 억제하는 모든 봉건예교의 구속에 반대하는 의미를 지니고 있다.

이와 같이 포송령의 작품에는 순진하고 착한 인성을 지닌 자들에 대한 찬미가 두드러진다. 그리고 이런 착한 인성을 지닌 자들은 모두 하나같이 세인들로부터 조롱당하는 바보처럼 순진한 '치정(癡情)'의 소유자들인데, ≪요재지이≫의 작가 포송령은 '치(癡)'라는 말을 자주 사용하였다.239) ≪요재지이≫ 속에 나타난 수많은 인물형상들 가운데 독자들에게 가장 감동을 주는 인물들은 거의가 치정을 지닌 자들이다. 포송령은 '치'에 대해 높이 평가하면서, 무슨 일이 이루어지려면 꼭 '치'가 있어야 한다고 ≪요재지이≫ <아보(阿寶)>라는 작품의 말미에서 밝힌 적도 있다.240) 따라서 ≪요재지이≫에 나타난 포송령의 사상 가운데 가장 중요한 것 중의 하나가 바로 '치정'이라고 할 수 있다. 이는 명말청초 문학의 분위기를 잘 반영한 것으로,241) 포송령은 ≪요재지이≫를 통해 예법이나 도덕보다도 인간의 진술한 정감과 개성을 더욱 중시하였으며, 선량하고 순수한 영혼을 지닌 주인공들을 등장시켜 세상 사람들이 무시하거나 이해하지 못하는 그들의 순수한 치정의 세계를 높이 평가한 것이다.

그 가운데 가장 대표적인 예를 들자면 <아보>라는 작품일 것이다. 여기에 등장하는 손자초(孫子楚)라는 인물은 별명이 '손치(孫癡)'였는데, 어리석고 어눌하여 언제나 남의 웃음거리가 되곤 하였지만 우직하고 순진한 성품 내면의 순수함과 깨끗함, 그리고 변함없는 진지한 정을 지닌 인물이다. 그는 이웃 마을 아보라는 예쁜 처녀를 짝사랑하여 그녀가 신랑을 구한다는 소문을 듣고 친구들의 권유에 응해 매파를 보내게 되지만, 아보의 부모는 손자초에 대한 소문을 들어 잘 알고 있는 터라 허락하지 않았다. 그 후 그는 아보를 너무 연모한 끝에 결국 혼백이 빠져 몸져눕고, 그의 영혼은 한 마리 앵무새로 변해 아보의 곁으로 날아가 늘 함께 지내게 된다. 이런 손자초의 치정에 아보도 크게 감동하여 결국 두 사람은 결혼하게 된다는 이야기이다. 이 외에도 치정을 다룬 작품

---

239) 통계에 의하면 포송령의 작품 속에서 '치(癡)'라는 용어는 그가 지은 ≪聊齋詩集≫ 속에 17번이나 나오고, ≪詞集≫에는 7번이나 사용되었으며, ≪요재지이≫ 속에서는 더욱 많아 109번이나 사용되었다고 한다.- ≪蒲松齡集・聊齋詩集≫권2 『贈劉孔集』, 上海古籍出版社 1986年 新1版 517쪽.

240) 異史氏曰: "性癡則其志凝, 故書癡者文必工, 藝癡者技必良 ; 世之落拓而無成者, 皆自謂不癡者也. 且如粉花蕩產, 盧雉傾家, 顧癡人事哉!以是知慧黠而過, 乃是真癡, 彼孫子何癡乎!" <阿寶>.

241) "명청문학은 무수한 仁人志士들의 치정의 결정이자 몽환의 반영이다."-郭英德, ≪癡情與夢幻≫, 홍콩: 三聯書局, 1992, 2쪽.

들이 무수한데, 그 가운데 몇 작품을 소개하면 다음과 같다.

먼저 <서운(瑞雲)>이라는 작품에서 남주인공 하생(賀生)의 서운에 대한 변함없는 순수한 치정은 주목할 만하다. 서운은 당시 유명한 명기였는데, 가난한 선비 하생은 그녀를 매우 연모하고 있었다. 하생이 그녀를 찾아가던 날 그녀는 걱정했던 것과는 달리 그를 매우 정성껏 대해주었고, 그러므로 나중에 서운이 추녀로 변하게 되어 아무도 그녀를 찾지 않을 때 하생은 옛정을 잊지 않고 여전히 열렬히 그녀를 사랑한다. 문벌과 금전, 그리고 용모를 초월한 서운에 대한 하생의 변함없는 깊은 치정은 격조 높은 남녀 간의 사랑의 경지를 잘 보여주고 있다. 그리고 <향옥(香玉)>에서의 황생(黃生)은 모란꽃 요정인 향옥을 사랑하는데, 그 모란꽃이 말라죽자 그는 정성으로 그것에 물을 주고 가꾸다가 나중엔 자신도 모란꽃이 되어 향옥과 함께한다는 내용인데, 향옥이 죽었을 때 황생이 보인 지극한 정성은 화신(花神)을 감동시켜 결국 그녀를 부활하게 만든다. 여기서도 포송령은 황생의 지극한 정, 즉 치정이 결국은 천지신명들과 통하게 하였다는 점을 말하고 있다. 그 외에도 <영녕> 속의 왕자복, <아수(阿繡)> 중의 유자고(劉子固), <화고자(花姑子)> 속의 안유여(安幼輿), <청봉(青鳳)> 중의 경거병(耿去病) 등도 모두 치정을 지닌 인물들이다. 이처럼 포송령 붓 아래의 치정은 주로 남녀 간의 사랑에 있어 그 사랑이 너무도 진지하여 보통 사람들의 정도를 넘어선, 마치 취한 듯 미친 듯, 광적이고 열정적인 정의 경지를 의미한다고 할 수 있다. 그러나 치정이 남녀 간의 정에만 국한되는 것은 아니다. ≪요재지이≫ 속에서는 사물에 대해 광적일 정도의 깊은 정에 빠진 사람들의 치정의 세계도 많이 묘사되고 있다. 그들은 자기가 사랑하는 사물에 빠져 생사를 초월한 경지에 이르기도 한다. 이를테면 <갈건(葛巾)>에서 상대용(常大用)은 모란에 대해 치정을 지녔고, <황영(黃英)>에서 마자재(馬子才)는 국화에 광적으로 혼신을 기울였으며, <서치(書癡)>에서의 낭옥주(郎玉柱)는 책을 사랑하는 벽(癖)을 지녔으며, <석청허(石淸虛)>에서 형운비(邢雲飛)는 수석을 목숨처럼 아꼈다. ≪요재지이≫에 나타난 이런 '치'와 '벽', '광(狂)'에 대한 중시는 전술한 바와 같이 예(禮)와 이(理)에 반해 인간의 정(情)과 욕(欲)을 긍정하며 사람의 개성을 존중하던 명말청초의 사회적 분위기를 반영한 것임은 물론이다. 이는 그동안 정주이학 아래 사람마다 지향하던 천편일률적인 도덕군자보다 괴팍할지언정 자신만의 독특한 개성을 지닌 사람을 중시하는 반이학(反理學)적인 사상을 반영한 것이라 할 수 있다. 그 가운데 가장 대표적인 작품이라고 할 수 있는 <아보(阿寶)>의 내용을 좀 더 자세히 살펴보자.

<아보>의 줄거리는 다음과 같다. 손가락이 여섯인 젊은 선비 손자초(孫子楚)는 별명이 '손치(孫癡)'(癡는 어리석을 정도로 순진한 것을 말한다)였는데, 평소 매우 학문을 좋아했으나 언변이 없고 성격이 고지식하여 누가 무슨 말을 하더라도 곧이들었다. 그 근처 마을에는 부상(富商)의 딸 아보(阿寶)라는 아름다운 처녀가 있었는데, 결혼 적령기를 맞고 있었다. 그런데 어느 날 누군가 손자초를 골려주기 위해 아보에게 청혼하라고 꼬드겼다. 그는 그 말을 진실로 알아듣고 바로 매파를 보내었지만, 부자인 아보 집에서 가난하고 어리석기로 유명한 손자초를 사위로 맞이할 리 없었다. 매파는 그 집을 나오다 아보와 마주치게 되어 손자초의 청혼을 이야기하는데, 아보는 우스갯소리로 만약 그가 여섯 손가락 중 하나를 자른다면 청혼을 받아들이겠다고 말한다. 매파로부터 그 말을 들은 손자초는 그녀의 말대로 자신의 손가락을 도끼로 잘라버리지만, 매파는 다시 그의 어리석음을 없애야 한다는 아보의 요구를 전해온다. 이러한 요구들이 계속되자 그는 다소 실망하여 그녀에 대한 열정도 점차 식어간다.

그러다 시간이 흘러 청명절에 친구들과 함께 답청(踏靑)을 나갔다가 아보의 모습을 실제로 보고는 그 아름다운 모습에 넋을 잃고 쓰러져서, 친구들에 의해 집으로 돌아오지만 혼미한 채 자리에서 일어나지 못하였다. 손자초의 영혼은 아보를 보는 즉시 그녀에게로 빨려든 것이었다. 그로부터 자초의 혼백은 아보의 주위를 맴돌며 잠시도 떨어지지 않았고, 아보 또한 답청에서 돌아온 날부터 밤마다 꿈속에서 누군가와 담소를 나누는 것을 느끼게 된다. 그 후 그의 영혼은 무속인의 법술에 의해 집으로 돌아옴으로써 자리에서 일어나게 되고, 아보는 손자초의 깊은 정에 매우 감동을 받는다.

며칠 후, 손자초는 아보를 그리워하며 다시 한 번 보게 될 날을 고대하는데, 사월 초파일 그는 다시 아보를 보게 되어 병이 다시 재발하여 자리에 눕고 만다. 그는 혼미한 정신으로 식음을 전폐한 채 전과 같이 꿈에서도 전과 같이 혼백이 그녀의 곁에 가지 못한 것을 매우 안타까워했다. 그런데 손자초의 집에서 기르던 앵무새 한 마리가 어느 날 갑자기 죽었고, 그는 자신이 그 앵무새처럼 훨훨 날아 아보에게로 가지 못함을 한탄하였다. 그 순간 그의 몸은 파란 앵무새가 되어 아보의 집으로 날아갔다. 아보는 앵무새가 자신이 손자초라고 말하는 것을 듣고, 비록 그의 깊은 정을 가슴깊이 새기고는 있으나 인간과 새의 처지는 서로 달라 결합할 수 없다는 말을 한다. 그러자 그 새는 다만 곁에서 같이 있게만 해주어도 매우 만족한다고 말하여 둘은 늘 같이 있게 된다.

어느 날 아보는 앵무새에게 만약 다시 사람의 모습으로 돌아간다면 한평생 함께하겠다는 말을 하자 그 새는 "속여서는 안 돼요"라며 다짐을 받은 후 아보의 신발 한 짝을 물고 손자초의 집으로 날아가, 그 신을 놓고는 바로 죽어버렸다. 그와 동시에 손자초는 자리에서 일어나 매파를 넣어 그 정표를 보이며 결혼 약속을 상기시킨다. 아보는 반대하는 부모를 설득시켜 두 사람은 행복한 결혼 생활을 하게 되지만, 3년 후 손자초는 소갈증을 얻어 세상을 먼저 하직하고 만다. 상심한 아보는 그로부터 자리에 누워 저세상에서 손자초를 만날 생각으로 그저 죽는 날만 기다렸다. 그러나 손자초는 죽은 지 사흘 만에 되살아나고 아보 역시 죽음 직전에 소생하는데, 염라대왕의 특별한 호의였다. 그 후 그는 과거를 보러 서울에 가게 된다. 시험을 치기 전 그는 또 친구들의 장난에 속아 출제 경향에도 없는 난해한 문제를 집중적으로 공부하였는데, 실제로 문제가 자신이 미리 준비했던 어려운 것들만 출제되어 과거에도 급제한다.

손자초의 우직하면서도 순수하고 진지한 치정(癡情)과 생사를 초월한 뜨거운 열정이 결국은 기적을 초래하였다는 이 이야기는, 세상 사람들에게 조롱당하는 어느 선비의 순수하고 깨끗한 영혼이 결국은 하늘과 땅을 감동시키고 또 사람은 물론 미물까지도 감동시킨다. 제목은 '아보'이지만 손자초를 핵심인물로 하는 이 소설은 사회적으로 경시당하는 우직하고 순진한 인물의 성공을 다룸으로써, 순수하고 깨끗하며 변함없는 진지한 '치정'을 찬미하고 있다. ≪요재지이≫ 속의 주인공들은 거의가 세인들로부터 버림받은 가련한 사람이나 귀신들인데, 작자는 그들 내면의 순수하고 아름다운 정신을 들추어냄으로써, 세속인들의 기성적 고정관념과는 다른 각도에서 인간의 아름다운 인성을 발견하고 그것을 찬양한 것이다. 그리고 작자가 동정한 이런 불쌍한 사람들 대부분이 귀신이나 여우 등과 같은 미물이었기에, 작자의 깊은 정과 인도주의 사상이 더욱 부각되어지는 것이다.

섭소천(聶小倩)이란 이름의 여귀신과 순진한 선비 영채신(甯采臣)의 순수하고 깊은 사랑을 다뤄 우리들의 가슴을 울린 '천녀유혼(倩女幽魂)'이라는 영화242)도, 원래는 ≪요재지이≫ 속의 <섭소천>이란 작품에서 유래된 것이다. 물론 이 작품은 그보다 앞서 당대의 전기소설 <이혼기(離魂記)>와 원대 정광조(鄭光祖)의 잡극 <천녀이혼(倩女離魂)>에 그 연원을 두고 있기는 하다. 그러나 <이혼기>와 <천녀이혼> 속의 주인공은 왕문거(王文擧)와 장천녀(張倩女)로서, 영채신과 섭소천이란 이름의 주인공이 등장한 것은 <섭소천>이었으니 영화 천녀유혼의 직접적인 전신은 바로 ≪요재지이≫라고 할 수 있

---

242) 홍콩의 유명한 감독 서극(徐克)이 제작하고 정소동(程小東)의 감독하에 1987년 세상에 선을 보인 홍콩영화 <천녀유혼>은 그 탁월한 작품성으로 중화권은 물론 한국을 비롯한 이웃 국가들에서도 크게 히트한 중국고전영화 중의 경전이라고 할 수 있는 작품이다. 영화 <천녀유혼>이 성공한 직접적인 요인은 치정을 지닌 영채신이라는 남주인공 인물창조의 성공에 있다고 해도 과언이 아니다. 즉 <천녀유혼> 영화 속의 영채신은 ≪요재지이≫ 속의 영채신과는 달리 단순히 정의감과 선량한 마음을 지닌 인물이 아니라 거기다 어수룩하고 순진한 면 즉 '치정'을 지닌 인물로 그려내었다. 영화 <천녀유혼>은 <섭소천>에서 환골탈태하여, 고리타분하고 다소 위선적인 남자 주인공 영채신을 새롭게 탄생시켜, 섭소천을 능가하는 다정다감한 치정을 지닌 인물로 재창조함으로써 포송령의 '치정의식'을 집중적으로 잘 구현시켰다. <섭소천>의 또 하나의 한계는 결말에 나타난 대단원의 종결부분이다. ≪요재지이≫ 속의 많은 작품들이 그러하듯 섭소천이 영채신과 결혼하여 사내아이까지 낳은 것은 물론이거니와 그 후손들도 과거에 급제하여 명성을 날렸다고 되어 있다. 뿐 아니라 영채신은 그 후에도 또 다른 첩을 맞이하여 두 여성으로부터 각각 사내자식을 또 하나씩 보았다고 하였다. <섭소천>에 나타난 이런 해피엔딩은 영채신의 형상에서 나타난 세속적인 속물근성과 함께 모두 이 작품의 예술성과 사상성을 삭감시키는 요인이 되고 있다. 이에 비해 영화 <천녀유혼>에서는 섭소천에 대한 영채신의 사랑도 보다 진지함과 깊이를 더함은 물론 두 사람이 결혼한다는 단순하고 안이한 희극적 결말을 버리고, 유명을 달리하는 두 연인이 헤어지는 것으로 종결지어 비장한 비극정신도 구현하였다. 그런 가운데에도 남주인공이 마냥 슬퍼만 하지 않고 스스로 절제하며 자애하는 것으로 결말을 지어 중국문화가 추구하는 '애이불상(哀而不傷, 슬퍼도 사람의 마음을 아프게 하지 않는다)'의 절제적 중화(中和)사상도 표현하고자 하였다. 이 또한 영화 <천녀유혼>의 탁월한 점이다. 이에 대해서는 최병규, <홍콩영화 천녀유혼에 나타난 치정의 미학>, ≪현대영화연구≫10호, 2010, 참고.

다. <섭소천>의 이야기는 18세에 병사하여 낡은 절 근처에 아무렇게나 묻힌 소천이 악귀들에게 이용되어 사람들을 해치는 나쁜 귀신 역할을 하며 지내다가, 성실하고 곧은 선비 영채신의 인품에 끌려 차마 그를 해치지 못하고, 그가 그녀의 부탁에 따라 유골을 수습해 자신의 서재 바깥에다 안장해주자 다시 나타나 그 보답으로 그를 극진히 보살피며 결국은 그의 부인까지 된다는 내용이다. 이 작품에서의 섭소천이란 처녀귀신의 청순가련한 이미지는 너무나 귀엽고 측은하여 읽는 이마다 그녀를 동정하게 된다. 영채신이 그녀의 유골을 묻어주고 두 사람이 가까워지는 부분을 살펴보자.

영채신의 서실은 넓은 들을 바라보고 있었기에, 자신의 서실 앞에 무덤을 만들어 그녀의 유골을 묻어주었다. 그는 제문을 지어 읊길 "당신의 외로운 혼을 가엽게 여겨 나의 근방에 묻었소. 이제부터 당신이 울고 웃는 모든 소리를 나는 들을 수가 있소. 당신도 이젠 악귀들로부터 시달림을 받지 않을 것이오. 약소한 한 잔의 술이건만 개의치 마시기 바랍니다."

그가 제사를 마치고 돌아오는데, 누가 뒤에서 부르는 소리가 들렸다. "좀 천천히 저와 함께 가요!" 그가 돌아보니 바로 소천이었다. 그녀는 매우 기뻐하며 말하길 "당신의 신의는 비록 열 번 죽는다고 해도 갚을 길이 없을 겁니다. 당장 당신을 따라가 시부모님들을 뵙고, 평생 당신을 섬겨도 저는 여한이 없을 겁니다."

영채신이 자세히 살펴보니 그녀의 피부는 볼그레하여 윤기가 났으며, 발은 작고 끝이 뾰족하였다. 대낮에 보는 그녀의 모습은 더욱 예뻤다. 그는 그녀를 자신의 서재로 데리고 가 잠시 기다리게 하고는 곧 어머니께 말씀드렸다. 모친은 그 말을 듣고 크게 놀랐다. 때마침 채신의 부인은 오랜 병으로 자리에 누워 있었는데, 모친은 이 사실을 얘기하지 말도록 권하였다.

그때 소천은 이미 들어와서는 모친에게 절을 올렸다. 채신은 "이 사람이 바로 소천입니다."라고 하였다. 그 모친은 겁나 얼굴을 감히 쳐다보지 못했다. 소천은 말하길 "소녀는 부모형제를 멀리 떠나 혼자 있는 외톨이입니다. 도련님의 두터운 사랑과 은혜 잊을 수가 없어 모시기를 자원하여 보답할까 합니다."

모친이 그녀의 모습을 보니 자그마한 체격에 귀여운 얼굴이라 비로소 그녀에게 말하길 "낭자가 이렇게 내 아들을 위해주니 나도 매우 기쁘다오. 그러나 내 슬하에 오직 이 아들 하나뿐인데 귀신을 며느리로 삼아 어떻게 손자를 볼 수 있겠소?" 그러자 소천은 "저는 다른 꿍꿍이가 있는 게 아닙니다. 귀신 며느리를 맞는 것이 어머님의 마음을 불안하게 만든다면 남매의 정리로써 도련님을 모실까 합니다. 그러면서 아침저녁으로 어머님께 문안을 드리며 지내고 싶은데, 어떠하신지요?"라고 말한다. 모친은 그녀의 성의에 감동하여 허락하였다. 소천은 채신의 부인도 만나 인사를 드리려고 하였지만 그 모친은 병을 빙자하여 그녀를 말렸다.

소천은 바로 주방으로 들어가 모친을 대신해 밥을 짓는데, 드나드는 모습이 마치 그 집에 오래 산 듯하였다. 밤이 되자 어머니는 두려움으로 소천에게 자신의 이부자리를 깔아줄 필요가 없다고 하며 돌아가 자라고 말하였다. 그녀도 그 뜻을 짐작하고는 모친의 방에서 나왔다. 그리고 영채신의 서재 앞으로 왔는데 들어오려고 하면서도 들어오지 못하고 문 밖에서 배회하였다. 무슨 두려움이 있는 듯했다. 채신이 부르자 그녀는 "방안에 칼 기운이 있어 무서워요. 저번에 길에서 당신에게 가까이 가지 못한 것도 바로 그 때문이에요." 한다. 영채신은 그 칼 주머니 때문인 것을 짐작하고 그것을 다른 방에다 걸어 두었다. 그래서야 여자는 들어와서는 촛불 아래에 앉았다. 시간이 지나도 한마디도 하지 않는다. 한참 후에야 그녀는 "밤에 글을 읽어요? 저도 어릴 때 능엄경을 읽었지만 지금은 모두 잊어 버렸어요. 제게 한 권만 빌려주세요. 그리고 밤에 한가하면 저에게 좀 가르쳐주세요."라고 했다. 영채신은 승낙했다. 말없는 가운데 이경이 흘렀다. 그래도 그녀는 갈 생각을 않는다. 영채신이 재촉하자 그녀는 슬퍼하며 "저는 타지에서 온 외로운 귀신이랍니다. 황량한 들판의 무덤으로 가기 정말 싫어요."라고 말한다. "서재에 침상이 하나 뿐인데다 오누이 사이인데 행동을 삼가해야지요."라며 영채신이 말하자 소천은 억지로 일어섰다. 그 얼굴을 보니 무척 괴로워하여 곧 울어버릴 것 같다. 떨어지지 않는 두 다리를 움직이며 겨우 문을 나서다가 섬돌 앞에서 사라졌다. 영채신은 속으로 그녀를 가련하게 여겼다. 다른 침상에서 자도록 하고도 싶었지만 어머니가 노할까 두려웠던 것이다.
(寧齋臨野, 因營壙葬諸齋外, 祭而祝曰: "憐卿孤魂, 葬近蝸居, 歌哭相聞, 庶不見凌於雄鬼. 一甌漿水飮, 殊不淸旨, 幸不爲嫌!" 祝畢而返, 後有人呼曰: "緩待同行!" 回顧, 則小倩也. 歡喜謝曰: "君信義, 十死不足以報. 請從歸, 拜識姑嫜, 媵禦無悔." 審諦之, 肌映流霞, 足翹細筍, 白晝端相, 嬌麗尤絕. 遂與俱至齋中. 囑坐少待, 先入白母. 母愕然. 時寧妻久病, 母戒勿言, 恐所駭驚. 言次, 女已翩然入, 拜伏地下. 寧曰: "此小倩也." 母驚顧不遑. 女謂母曰: "兒飄然一身, 遠父母兄弟. 蒙公子露覆, 澤被髮膚, 願執箕帚, 以報高義." 母見其綽約可愛, 始敢與言, 曰: "小娘子惠顧吾兒, 老身喜不可已. 但生平止此兒, 用承桃緒, 不敢令有鬼偶." 女曰: "兒實無二心. 泉下人旣不見信於老母, 請以兄事, 依高堂, 奉晨昏, 如何?" 母憐其誠, 允之. 卽欲拜嫂, 母辭以疾, 乃止. 女卽入廚下, 代母屍饔. 入房穿榻, 似熟居者. 日暮母畏懼之, 辭使歸寢, 不爲設床褥. 女窺知母意, 卽竟去. 過齋欲入, 卻退徘徊戶外, 似有所懼, 生呼之, 女曰: "室中劍氣畏人, 向道途之不奉見者, 良以此故." 寧已悟爲革囊, 取懸他室, 女乃入. 就燭下坐, 移時, 殊不一語. 久之, 問: "夜讀否? 妾少誦楞嚴經, 今强半遺亡, 浼求一卷, 夜暇, 就兄正之." 寧諾, 又坐, 黙然, 二更向盡, 不言去, 寧促之, 愀然曰: "異域孤魂, 殊怯荒墓." 寧曰: "齋中別無牀寢, 且兄弟亦宜遠嫌." 女起, 容顰蹙而欲啼, 足俇儴而懶步, 從容出門, 涉階而沒. 寧竊憐之, 欲留宿別榻, 又懼母嗔.)

≪요재지이≫ <섭소천>에 등장하는 주요 인물들은 섭소천과 영채신, 그리고 연적하(燕赤霞)라는 인물이다. 그런데 여기서 여주인공 섭소천은 치정을 지닌 선량하고 열정적인 여자귀신으로 묘사되었지만, 남주인공 영채신은 여러 면에서 그리 성공하지 못하였다고 볼 수 있다. 작가는 작품 서두에서부터 영채신에 대해 "영채신은 절강성 사람으로 성격이 호쾌하고 올곧았으며, 언제나 사람들에게 자신은 평생 부인 외에 다른 여자를 사랑한 적이 없었다고 말하였다(寧采臣, 浙人, 性慷爽, 廉隅自重. 每對人言: 生平無二色)."라고 서술하고 있듯 처음부터 그는 도덕군자의 한 전형으로 그려지고 있다. 섭

소천이 다정다감한 치정을 지닌 반면 그는 예법에 구속된 선량한 남성의 모습일 따름이다. 처음에 섭소천이 밤에 그를 유혹하기 위해 찾아왔을 때에도 그가 군자답게 단호히 거절하자 그녀는 "제가 지금까지 보아온 사람이 많으나 당신처럼 강직한 분은 본 적이 없습니다. 당신이 성현과 같은 인품과 덕을 지녔으니 저도 당신을 괴롭힐 수가 없습니다(妾閱人多矣, 未有剛腸如君者. 君誠聖賢, 妾不敢欺)."라고 말한 부분은 포송령이 영채신의 강직하고 올바른 덕행과 성품을 간접적으로 강조한 것으로, 봉건 설교적 색채가 짙은 부분이다. 그러나 여색을 멀리하고 덕행이 출중한 그도, 나중에 섭소천이 그의 은혜에 보답하기 위해 첩이 되길 자원하자 바로 그녀를 받아들이는데, 그 문장을 보면, "그가 자세히 그녀를 살펴보니 피부가 곱고 매끈하며 전족한 작은 발이 예쁘게 뾰족한데 몸매도 날씬하여 낮에 보는 그녀는 정말 아름다웠다. 그리하여 그녀를 데리고 함께 서재로 갔다(審諦之, 肌映流霞, 足翹細筍, 白晝端相, 嬌麗尤絶. 遂與俱至齋中)."라고 묘사하였는데, 여기에는 그의 도덕군자적 이미지와는 다소 다른 가군자적 요소가 보인다. 당시 영채신의 부인이 오랜 기간 병상에 누워 있었음을 감안하면 어느 정도 이해가 안 되는 것은 아니지만 그가 "평생 부인 외에 다른 여자를 사랑한 적이 없었다."라고 하는 이미지와는 다소 거리가 있어 보인다. 그리고 "수년 후에 그는 진사에 합격하고 섭소천과의 사이에서 아들을 하나 얻었으며, 나중에 첩을 하나 두어 또 아들을 하나 보았는데, 모두가 과거에 합격하여 이름을 떨쳤다(後數年, 寧果登進士. 擧一男. 納妾後, 又各生一男, 皆仕進有聲)."라고 기술한 마지막 부분도 영채신이 부인이 병상에 누워 있을 때 섭소천을 받아들이고 그 후에도 다시 첩을 두었다고 하였으니, 이는 고대작가의 남성주의적인 의식형태243)에서 비롯된 것이라고 할 수 있지만 상술한 그의 이미지와는 다른 다소 속물적이고 위선적인 면도 느끼게 된다.

　　동양의 '아라비안나이트'로 불리는 ≪요재지이≫ 속의 애정류 작품들은 대체로 순수하고 선량한 감성적인 사랑을 찬미하고 있지만, 그 외에도 남녀 주인공들의 변태적이고 타락적인 양성 간의 성의식도 다루고 있어 주목할 만하다. 주지하다시피 포송령이 살았던 명말청초는 인성해방의 시기로 관학(官學)인 정주이학의 경직된 이념을 보완하려는 새로운 양명학이 등장하였고, 그 영향 하에 많은 학자나 문인들이 기존 성리학의 성과 리에 반하여 인간의 본성인 심과 신(身), 그리고 정과 욕을 중시하면서 이른바 만명의 종욕적(縱慾的)인 풍조가 등장하게 된 것이다. 이런 인성해방의 물결은 명말청초

---

243) 앞의 주에서 인용한 石育良이 ≪怪異世界的建構≫에서 제기한 지적을 참고 바란다.

의 문인들과 작품에도 영향을 미치는데, 청 강희 때에 등장한 포송령의 ≪요재지이≫에도 이런 명말청초의 분위기가 고스란히 드러나 있다. 이를테면 앞에서도 잠시 언급하였듯이 <향옥>, <연향(蓮香)>, <편편>, <항아>, <청풍> 등의 작품 속의 여주인공들은 대단히 자유분방한 성의식을 갖고 있다고 볼 수 있다. 뿐만 아니라 이런 개방적인 이성애 외에도 동성애나 인요(人妖, 트랜스젠더) 등과 같은 사람들의 사랑도 다루고 있는데, 그 대표적인 작품이라면 <황구랑(黃九郞)>, <협녀(俠女)>, <위공자(韋公子)>, <인요(人妖)>, <남첩(男妾)> 등을 꼽을 수 있다.

<황구랑>의 내용은 이러하다. 절강의 한 젊은 선비 하자소(何子蕭)가 순수하고 멋진 미남자 여우 요정 황구랑을 우연히 만나 밤낮으로 사모하며 쫓아다니다가 결국 황구랑을 감동시켜 그의 마음을 얻게 된다. 그런데 하자소는 미남 청년 황구랑에게 미혹되어 욕정을 너무 쏟아 부은 나머지 얼마 후에 세상을 떠나게 된다. 그러나 인간세상에서의 그의 수명이 다하지 않아 그는 다시 살아나고, 황구랑은 대책을 생각한 끝에 자신의 사촌 누이동생을 그에게 시집보낸다. 다시 살아난 하자소는 관직을 얻었는데, 남색에 빠진 상사 진번(秦蕃)에게 황구랑을 선사한다. 그리하여 진번도 잘생긴 황구랑에게 미혹되어 밤낮으로 애욕에 빠지고 돈도 무수히 낭비하게 되다가 결국 병으로 죽고, 황구랑은 그의 재산을 물러 받아 자유롭고 부유한 생활을 하게 되는 이야기이다. 이 작품 속에서 황구랑은 지조가 있고, 인정이 많으며, 게다가 지혜로운 여우 요정으로 묘사되고 있다. 이 이야기는 동성애의 비극과 그것의 극복을 통한 이성애로의 전환을 얘기하고 있다. 작품 말미에는 포송령이 농담조의 평을 통해 동성애를 조롱하는 듯한 얘기를 하고 있는 점도 우리들이 주목할 만하다.

<위공자>의 줄거리는 다음과 같다. 주인공 위공자는 공부를 싫어하는 방종하고 음탕한 귀족가의 사내로 멋진 기생이나 하녀들 가운데 그의 손을 그치지 아니한 여자가 없었고, 멋진 곳이나 번화한 지역에도 가지 않은 곳이 없는 방탕하기 이를 데 없는 한량이었다. 그는 기생집에서 일하는 아름다운 청년 나혜경(羅惠卿)을 보고 반해 그날 저녁 함께 뜨거운 밤을 보내고, 심지어 갓 결혼한 나혜경의 부인이 예쁘다는 말을 듣고 세 사람이 저녁에 한 침대 위에서 즐기기까지 한다. 그런데 알고 보니 그 미소년은 예전에 자신이 사귀다 버린 계집종의 아들로 자신의 혈육이었다. 세월이 지나 위공자는 또 심위낭(沈韋娘)이라는 아름다운 기녀를 알게 되는데, 그 젊은 여자도 다름이 아니라 자신이 약혼했다 버린 기녀의 딸이기에 바로 자신의 딸인 셈이다. 심위낭의 모친은 한을 품고 죽었으며, 그녀는 세 살 때에 심씨 가의 아낙에게 의탁되어 심씨 성을 따른 것이었다. 위공자는 그 사실을 알고 후회와 수치심에서 자신이 버린 여자의 딸인 심위낭을 독이 탄 술을 먹여 살해까지 한다. 이런 악행의 응보로 그는 젊은 나이에 파직도 당하고, 자식도 하나 없이 결국 병을 얻어 죽는 것으로 이 작품은 끝이 난다. 이처럼 파렴치하고 잔인하며 방종하고 인성이 없는 박정한 인간 위공자가 동성애자로 그려진 것을 보면 동성애에 대한 작자 포송령의 부정적인 시각을 읽을 수가 있다.[244] 물론 여기서 위공자는 단순한 동성애자가

아니라 양성애자이며 세상의 모든 기이하고 변태적인 것들을 모두 시도하려고 하는 자칭 당시의 '풍류공자'라고 할 수가 있다. 명말청초에는 사회적으로 이런 취향의 종욕적인 '풍류공자' 귀족자제들이 많았는데, 포송령은 이런 자들에게 따끔한 경계(警戒)를 가하려는 의도가 작품 속에 깔려 있음을 알 수 있다.

<남첩>의 내용은 이러하다. 어느 관리가 양주(揚州)에 첩을 하나 사러 갔다가, 한 부인이 아름다운데다 재능까지 갖추고 있는 자신의 14~15세가량의 딸을 파는 것을 보고 높은 가격에 사게 된다. 저녁에 관리가 이불 속에서 여자애의 피부를 만지니 부드럽기가 한이 없었지만, 음부를 만져보니 다름 아닌 사내였다. 놀란 관리가 자초지종을 물으니, 그 부인이 참한 가동(家童)을 하나 구해 예쁘게 꾸민 다음에 여자아이로 속여 판 것이었다. 관리는 그 부인을 찾았지만 이미 멀리 달아난 후였다. 그가 속상해하고 있을 때, 마침 절강 지역의 한 사람을 만나게 되어 그 이야기를 하였더니 그가 그 사내아이를 만나려고 하였고, 한 번 보더니 너무 좋아해 그를 같은 값을 쳐주며 데려 갔다는 내용이다.

이 작품에 대한 포송령의 평을 보면 당시 예쁜 연동(變童, 예쁜 사내아이)을 좋아하는 귀족 남자들의 수가 결코 적지 않았음을 알 수가 있다. 사실 명말청초의 유명인 가운데 남색을 밝힌 사람이 부지기수였다. 포송령의 ≪요재지이≫에는 남색과 동성애에 대한 긍정적인 시각은 없는 것이 사실이지만, 그 당시의 세태를 잘 반영하여 그런 사회 현상을 사실적으로 잘 보여주고 있다. ≪요재지이≫ 권13에 수록된 <인요>(트랜스젠더)를 보면 당시 동성애를 비롯한 여러 가지 복잡한 성애의 양태가 잘 드러나 있다.

<인요>의 내용을 살펴보자. 남주인공 마만보(馬萬寶)는 호탕한 성격이었는데, 그 부인 전씨(田氏) 또한 방탕하고 끼가 다분한 여자였다. 어느 날, 이웃 마을의 한 부인이 젊은 여자를 소개하였는데, 이 여자는 시부모의 학대에 못 이겨 잠시 집을 나온 여자로 그 부인의 집에서 일을 해주며 지내고 있던 여자였다. 그런데 이 여자는 여러 가지 재능이 많았는데, 특히 밤에 여성을 안마해주며 여성의 허약한 몸을 치료해주는 재주가 있었다. 다만 그녀는 남자와의 만남은 꺼린다고 하였다. 마만보가 집에 몰래 숨어 처를 찾아온 그 여자를 살펴보니, 18~19세가량의 젊은 미인이었다. 그는 속으로 기뻐하며 아내와 모의하여 병을 가장해 그 여자를 집으로 불러들였다. 그리하여 여자가 전씨와 같이 옷을 벗고 누우려고 하였을 때, 전씨는 몰래 빠져나오고 대신 남편이 이불 속으로 들어갔다. 남편을 전씨로 알고 있던 여자는 전씨를 희롱하며 몸을 만지다가 그 부분을 더듬게 되자 기급을 하며 달아나려고 하였다. 남편 마만보가 그 여자를 잡고 하체를 만져보니 다름 아닌 남자였다. 마만보는 크게 놀랐고, 남자도 여자도 아닌 그 '인요'는 벌거벗은 채로

---

244) 이런 점은 ≪요재지이≫ 권2의 <협녀>에서도 짐작될 수가 있다. 여기서 남주인공인 顧生이 좋아 따라다니는 동성애자인 젊은 청년이 등장하는데, 이 자는 여우 요정으로 경박한 소인배로 묘사되고 있다. 결국 그는 여주인공인 협녀에 의해 살해당한다.

무릎을 꿇고 살려달라고 애원하였다. 자초지종을 물으니 그는 누구로부터 비법을 전수받아 그런 짓을 하였으며, 지금까지 여자들을 16명이나 농락한 것이었다. 마만보는 죽을죄를 지은 그를 관아에 고소하려다 그 아름다운 모습이 아까워 그를 직접 거세시키고 약물로써 치료해주었다. 그리고 마만보는 그를 마치 계집종처럼 부리면서 밤에는 그와 같이 동침도 하며 즐겼다. 그 후 그 '인요'는 목숨을 건졌지만, 그와 작당한 다른 무리들이 모두 발각돼 사형을 당하게 되었고, 그는 마씨를 평생의 은인으로 여기며 끝까지 잘 모셨다고 한다.

위 <인요>의 이야기도 당시 동성애와 양성애 등이 난무하던 성애 양태를 잘 보여주고 있으나 작품 말미의 평에서 작자는 마만보에 대한 조소적인 풍자를 늘어놓고 있다. ≪요재지이≫ 속의 애정고사들은 통속소설이 아닌 문언필기소설이지만 당전기에 비해 성에 대한 관념이 훨씬 개방적이고 성에 대한 묘사 또한 더욱 노골적인 것도 명말청초 당시 변화된 성애관의 반영이라고 볼 수 있다. 특히 명 중기 이후 명무종(明武宗)을 비롯한 여러 황제들의 남색 성향을 선두로 당시 명사들 가운데 동성애자들이 매우 많았다.245) 사실 중국전통문화에서는 동성애와 양성애를 그리 배척하지 않아 남자 간의 성관계도 남자와 여자간의 성관계와 마찬가지로 적어도 만청(晩淸) 이전까지는 용납되었으며, 심지어 이를 모두 '풍류운사(風流韻事)'로 간주하였다.246) ≪요재지이≫ 속의 상황도 이런 중국의 성문화를 잘 반영하고 있다. 작가 포송령은 작품을 통해 동성애를 당시 매우 보편적인 사회적 통병으로 보면서 그것을 담담하게 묘사하고 있다. 다만 그는 그것을 정상적이지 못한 비정통적인 성행위로 간주하고 있음은 앞 장에서 <황구랑>의 예를 들며 설명한 바가 있다. 또 <위공자>를 통해서도 알 수 있듯 포송령은 위공자와 같이 '풍류공자'로 자칭하며 세상의 갖은 즐거움이나 신기한 일들을 모두 경험하길 원하는 자들에 대해 질책하고 있다. 그리하여 하녀를 탐내어 간음하고, 연동(孌童)을 사

---

245) 명대의 도륭(屠隆), 장무순(臧懋循), 장대(張岱), 기표가(祁彪佳), 전겸익(錢謙益) 등이 모두 동성애 경향이 있었고, 청대에는 오매촌(吳梅村), 모벽강(冒辟彊), 진위숭(陳維崧), 왕사정(王士禎), 조익(趙翼), 원매(袁枚), 정판교(鄭板橋), 화곤(和坤), 필추범(畢秋帆), 홍수전(洪秀全) 등이 모두 그러한 벽이 있었다고 한다. 당시 동성애의 사회적 유행은 명청 사이의 저명한 소설가 이어(李漁)도 ≪무성희(無聲戱)≫에서 세상사람 100명 가운데 99명이 그런 병이 있다고 피력하였으니, 그가 명 만력에 태어나서 청 강희 때에 죽은 것을 고려하면 명청 사이에는 실로 많은 사람들이 신분의 고하를 막론하고 이런 성향을 갖고 있었음을 짐작할 수 있다. 당시 문학작품 속에도 이러한 동성애 성향이 사실 그대로 반영되어, 명청의 저명한 소설 가운데에도 ≪금병매≫ 속의 서문경(西門慶), ≪유림외사≫ 속의 두신경(杜愼卿), 그리고 ≪홍루몽≫ 속의 가보옥(賈寶玉) 등이 모두 그런 성향이 있었으며, 이런 작품들 속에서 동성애를 묘사한 작가들의 어감으로 볼 때에도 그것에 대해 별로 크게 놀라거나 대서특필하지 않고 담담하게 묘사한 것을 보면 그것은 당시 매우 보편적인 사회현상이었음을 짐작할 수가 있다.-최병규, <요재지이 속의 性>, ≪중어중문학≫ 제43집, 2008, 315쪽.

246) 劉鈞瀚, ≪靑樓≫, 上海: 百家出版社, 2003, 65~66쪽 참고.

랑하여 동성연애까지 비일비재하게 행하던 명사들을 포함한 당시 사람들에 대해 비판적인 태도를 보이고 있음도 알 수 있다. 이 점은 만명의 주정주의 작가군인 이른바 '만명문인'들과 사숙훈장 출신 포송령의 차이점이라고 볼 수도 있다. 그럼에도 불구하고 포송령은 ≪요재지이≫를 통해 적지 않은 필묵을 할애하여 변태적이거나 심지어 외설적인 묘사를 서슴지 않고 있는데, 이는 당시 사회의 다양하고도 문란한 성풍속을 사실적으로 반영하고자 했던 작가의 사실주의적 의식 때문이라고 하겠다. ≪요재지이≫ 속에 나타난 강간, 수간 등과 같은 여러 형태의 변태적인 성에 대한 이야기들은 당시 민간의 기괴하고 다양한 성풍속을 사실적으로 반영하고자 하던 이른바 '사실성'과 '역사성'을 중시하던 중국 고전소설 작가들의 사명감에서 비롯된 것이라 할 수 있다.247)

(7) 중국 고전소설의 결정체 - ≪홍루몽(紅樓夢)≫

〈그림 76〉 조설근

중국소설의 최대 걸작이라고 지목받는 인정(人情)소설 ≪홍루몽(紅樓夢)≫이 18세기 중엽인 청대에 출현한 것은 결코 우연의 일이 아니다. 명 중엽 이후부터 싹튼 자유와 민주의식의 물결 아래 봉건주의 말기의 중국사회는 점점 변하고 있었던 것이며, 이러한 변화는 우리가 앞서 살펴본 명청시대 여러 소설 작품들과 진보적 사상을 지닌 일부 문인들의 주장에 의해 검증이 된 바 있다. 소설 ≪홍루몽≫의 탄생에도 작가의 뛰어난 사상과 문재 외에 ≪금병매≫, 재자가인소설, 삼언 등 전 시기 여러 우수한 소설작품들과 걸출한 문인들, 그리고 시대적

분위기 등의 직접 혹은 간접적인 영향을 결코 무시할 수 없다.

이 소설의 작가는 전통적으로 조점(曹霑, 호는 雪芹, 자는 夢阮)248)이라고 알려져 있지만, 진짜 작가가 누군지에 대해서는 아직도 끊임없이 의문이 제기되고 있다. 자서전적인 성격을 띠기도 한 이 소설은 실로 작가의 말대로 "한 글자 한 글자마다 모두 피로 쓰였으니, 십 년의 노력은 결코 예삿일이 아니었다(字字看來皆是血, 十年辛苦不尋

---

247) 이에 대해서는 최병규, <요재지이 속의 性>, 318~319쪽 참고.

248) ≪홍루몽≫의 작가 조설근은 자가 '夢阮'이었듯이, 그는 위진시대의 명사 완적을 매우 흠모하였다. 조설근이 ≪홍루몽≫을 통해 표현한 여성들에게 대한 연민의 정은 마치 ≪세설신어≫에서 완적이 여성들에게 보인 '연향석옥지정(憐香惜玉之情, 여성에 대한 아낌과 연민의 정)'과도 흡사하다.

常)."라는 말을 입증하듯, 빼어난 문장력을 과시하고 있으며, 또한 그 이면에는 상징과 반어, 풍자 등의 기법으로 표현된 깊은 사상성이 담겨 있다. 그러므로 홍학계(紅學界)[249]에서도 이 소설에 대해 평하기를 읽으면 읽을수록 더 알 수 없다고 하는 말이 예로부터 있었다. 이 작품은 작자의 손에서는 80회의 미완성으로 끝나고 나머지 40회는 다른 사람에 의해 속서(續書)되어졌는데, 그 속서인(續書人)은 건륭시대의 사대부 문인 고악(高鶚)이다. 그가 지은 속서는 기본적으로는 원서의 내용에 따라 주인공들의 비극적 결과를 묘사하여 이 소설의 전체적 흐름에는 큰 차질이 없었지만, 문장력이나 인물성격의 일관성 있는 묘사에 있어서는 현저한 차이가 드러난다.

〈그림 77〉 가보옥과 임대옥

《홍루몽》의 내용은 가보옥(賈寶玉)을 중심으로 임대옥(林黛玉)·설보채(薛寶釵)·사상운(史湘雲)·왕희봉(王熙鳳)·진가경(秦可卿) 등 '금릉십이채(金陵十二釵)'라고 불리는 12명의 여성들이 가부(賈府)라는 귀족 가정을 중심으로 살아가는 일상의 사소한 이야기들과 나중에 그들이 맞게 되는 비극적 인생을 묘사한 것이다. 이들은 모두 빼어난 외모에 제각기 독특한 개성과 기질을 지닌 자들로서, 단순히 선량하다고 표현하긴 어려우나 솔직하고 순진하며 우직하고 괴팍한 성격들이다. 작가는 이들 여성들이 봉건 남성들과는 다른 아름다운 인성을 지녔다는 점을 강조하였다. 이러한 젊은 여성들의 순수성에 대한 작자의 찬미는 소설 속에서 추한 영혼의 남자 인물들을 등장시킴으로써 좋은 대조를 이룬다. 그러나 여성들 모두가 젊은 나이에 요절하거나 결혼하여 불행하게 되는 결과를 초래하는 것을 이야기하면서 작자는 봉건예교의 잔혹함이나 말세적 감상주의 등 비관적이고 숙명론적인 허무주의를 피력하였는데, 이러한 철저한 비극성이 이 소설의 깊이와 진지함을 더해주었다고 할 수 있다.

---

249) 《홍루몽》만을 전문으로 연구하는 학문을 '홍학(紅學)'이라고 한다.

이 소설에서 작자가 말하려고 하는 주제나 중심사상은 주로 소설 제5회 이전에 나타나는 점도 주목할 만하다. 이를테면 제1회에서 공공도인(空空道人)과 묘묘진인(渺渺眞人), 망망대사(茫茫大士) 등 여러 인물들이 언급되는데, 여기서 공공도인과 돌(石頭)이 나눈 대화250)는 이 소설의 주제나 성격을 암시하는 중요한 단서가 되며, 또 파족도인(跛足道人)이 부른 "호료가(好了歌)"251)도 이 작품의 성향을 잘 말해주는 부분이다. 제2회에서 가우촌(賈雨村)과 냉자흥(冷子興)의 대화에서 우촌이 말한 장편의 의론(議論)252)은 바로 작가의 인성론을 이야기할 뿐 아니라 작가가 존중하는 부류의 인물들을 소개 나열한 것이다. 제일 중요한 제5회 부분에서는 운명을 점치는 판사(判詞)가 소개되어 '금릉십이채'의 일생을 미리 예측하기도 한다. 또 '경환선고(警幻仙姑)'가 보옥에게 말한 "여색을 좋아하나 음란하지는 않다(好色不淫)"와 "정이 있어도 음란하지는 않다(情而不淫)"는 말은 바로 작자의 '정관(情觀)'을 간접적으로 말해주는 부분이다. 또 가보옥이 미진(迷津)에 빠져 허덕이는 꿈과 처음으로 습인(襲人)이라는 여종과 갖는 운우(雲雨)는 모두 이 소설의 주제를 드러내거나 중요한 상징적 의미를 갖는 부분이다.

중국 문학작품에서 ≪홍루몽≫만큼 풍류를 강조한 작품은 찾아보기 힘들 것이다. 이 소설 제2회에서 언급한 "선량함과 사악함을 모두 지니고 태어난 사람(正邪兩賦而來)"으로 작자에 의해 존중되는 "총명하고 빼어난 영리한 기운(聰俊靈秀之氣)"을 갖고 있는 자는 바로 재기가 넘치는 풍류재자를 의미한다. 이 소설에서 "천하에서 제일 무능한 자(天下無能第一)"라고 표현된 남자 주인공 가보옥도 사실은 경환선고의 말대로 "타고 난 바탕이 영리하며, 성정이 매우 총명하다(天分高明, 性情穎慧)"는 풍류재자에 속한다. 그리고 소설 속에서 작자에 의해 비판을 받은 재자가인소설들은 그 주제나 구성의 천편일률적인 면 때문에 지적을 받은 것이지, 결코 그 자체가 부정된 것은 아니다. 따라서 이 소설은 명말청초 재자가인소설들의 구태의연한 구성을 깨고, 새로운 주제로 새

---

250) 공공도인은 이 소설이 충효나 풍속교화와는 무관하다고 하였고, 석두도 이 소설이 기존의 야사나 재자가인류 소설과 다른 독특한 면이 있다는 점을 이야기하였다.

251) '호료가'는 세상의 부귀공명이 한낱 꿈에 지나지 않는다는 내용의, 세인들의 허욕을 풍자한 노래이다.

252) 가우촌은 人性을 '大仁'과 '大惡', 그리고 正과 邪를 동시에 지닌 그 중간의 3종류로 분류하였는데, 이 가운데 그는 세 번째 부류인 '정사양부(正邪兩賦, 정과 사를 동시에 지님)'를 특히 중시하였다. 이는 선악의 문제에 대해 관심을 보이지 않고, 사람이 지닌 기질과 재정을 더욱 중시하는 ≪홍루몽≫의 독특한 인성론을 말해주고 있다. 이런 인성론에 입각하여 작자가 존중하는 '정사양부'의 독특한 기질과 빼어난 재기를 지닌 역사적 인물로 許由、陶潛、阮籍、嵇康、劉伶、王謝二族、顧虎頭、陳後主、唐明皇、宋徽宗、劉廷芝、溫飛卿、米南宮、石曼卿、柳耆卿、秦少遊、倪雲林、唐伯虎、祝枝山、李龜年、黃幡綽、敬新磨、卓文君、紅拂、薛濤、崔鶯、朝雲 등을 제시하고 있는데, 이는 우리들이 주목할 만하다. 여기서 조설근은 宋徽宗과 朝雲을 같이 취급하고 있는데, 사람의 재기와 개성을 출신성분의 귀천에 구애받지 않고 하나로 보는 것도 그의 탁월한 견해라고 할 수 있다.

작품을 창조해 낸 것이라고 볼 수 있다. 작가가 찬미된 임대옥이나 그 밖의 여러 인물들의 모습을 묘사한 부분을 살펴보면 '풍류'란 말이 떨어지지 않는다.

> 여러 사람들이 대옥을 보니, 비록 나이와 체격은 작으나, 그 행동과 말하는 모습이 속되지 않았으며, 신체와 얼굴은 약하기 짝이 없어도 그 태도에는 자연스러운 풍류가 몸에 드러났다.
> (衆人見黛玉年貌雖小, 其擧止言談不俗, 身體面龐雖怯弱不勝, 卻有一段自然的風流態度.)
> (제3회)

> 이미 한 여자가 안에 있는데, 그 화사하고 아름다운 모습은 보채와 같았으나, 그 풍류와 멋진 몸매는 또한 대옥과 같았다.
> (早有一位女子在內, 其鮮艶嫵媚, 有似乎寶釵, 風流嫋娜, 則又如黛玉.)(제5회)

> 어릴 때의 이름은 가아(可兒)라고 불렸는데, 커서는 생긴 모습이 날씬하였으며, 성격이 풍류스러웠다.
> (小名喚可兒, 長大時, 生的形容嫋娜, 性格風流.)(제8회)

> 비가 갠 후의 달은 만나기 어렵고, 채색 구름은 쉽게 흩어지는 법. 마음은 하늘보다 높아도 몸은 천한 신분이라, 그 풍류와 영리함이 사람들의 시기를 샀네. 그 짧은 목숨 모두가 훼방에 의한 것이었으니, 다정공자 그로 인해 마음아파 하도다.
> (霽月難逢, 彩雲易散. 心比天高, 身爲下賤. 風流靈巧招人怨. 壽夭多因毀謗生, 多情公子空牽念.)(제5회)

> 생긴 것이 재주와 미모를 모두 갖추었고, 풍류스럽고 소탈하여 언제나 관습이나 예법에 얽매이지 않았다.
> (生得才貌雙全, 風流瀟灑, 每不以官俗國體所縛.)(제14회)

위에서 언급된 인물들은 각각 임대옥, 진가경, 청문(晴雯), 수용(水溶)을 말하는데, 모두가 작자에 의해 찬미된 정면 인물들이다. 이 외에도 이 소설에서 풍류의 이름을 얻은 인물들이 많다. 이 소설에서 말하는 풍류란 "예법에 구속되지 않고 자연스럽게 풍겨 나오는, 속되지 않은 개성적인 멋과 분위기"라고 정의할 수 있다. ≪홍루몽≫에서 추구하는 인물상은 이와 같이 자유롭고 소탈하며 자연스러우면서 개성과 멋을 지닌 도가적인 풍류재자이다.

그렇다면 ≪홍루몽≫이 추종하는 인간상인 풍류재자들의 풍류의 내용이라고 할 수 있는 그 정신적 특질에 대해 좀 더 구체적으로 살펴보자.

첫째로 우주 일체의 생명에 대한 연민과 애정을 꼽을 수 있다. 이 소설 제27회에 있는 임대옥의 <장화사(葬花辭)>는 겉으로는 늦은 봄에 꽃잎이 떨어지는 조락(凋落) 현상을 통해 느낀 '젊음의 유한함(紅顔易老)'이라는 서글픈 심정을 읊은 것으로 이야기할 수 있으나, 그 내면적인 상징은 생명에 대한 작자의 연민과 동정을 나타낸 것이다. <장화사>의 정신은 소설 제23회에 이미 드러나 있다.

> 그날은 마침 삼월 중순이라 아침을 먹은 보옥은 ≪회진기(會眞記)≫ 한 집을 가지고 삼방갑 다릿가 복사나무 아래에 있는 돌 위에 앉아 책을 펼쳐들고 처음부터 자세히 읽어 내려갔다. 마침 "붉은 꽃 떨어져 무리를 이루다"의 부분을 읽었을 때 갑자기 바람이 불어와 복사나무 위의 꽃들이 우수수 떨어져 보옥의 책과 땅을 온통 뒤덮었다. 그는 몸을 흔들어 꽃잎들을 털어 버리려다 문득 발에 밟힐 꽃잎을 생각하고는 그것들을 옷자락에 싸서 못가로 조심스레 걸어 나와 못 속으로 털어 보냈다. 꽃잎들은 물위에 떠서 정처 없이 떠돌아다니다가 삼방갑을 지나 서서히 떠내려갔다. 돌아와보니 땅바닥에는 아직도 많은 꽃잎이 깔려 있었다. 보옥이 그것을 어떻게 처리할까 주저하고 있는데, 마침 등 뒤에서 누군가 "여기서 뭘 하세요?" 한다. 고개를 돌려보니 바로 임대옥이었다. 그녀는 어깨에 꽃 쟁이를 메고, 그 쟁이 위에는 꽃 주머니를 걸었으며, 또 손에는 꽃 빗자루를 들고 있었다. 보옥은 웃으며 말하길, "자, 어서 와서 이 꽃잎들을 쓸어 저 물속에다 버리자구. 나는 금방 저 곳에다 많이 버렸어." 한다. 임대옥은 "물에다 버리면 좋지 않아요. 여기 물은 깨끗하지만 일단 흘러 내려가 인가가 있는 곳에 가면 사람들이 더럽고 냄새나는 것들을 물속에 버리게 되어 여전히 꽃잎들을 더럽히게 되죠. 내가 저 모퉁이에다가 꽃 무덤을 만들어 놓았으니, 꽃을 쓸어서 이 명주 주머니에 넣어 가지고 갖다 묻어요. 그러면 세월이 지나도 흙으로 돌아갈 뿐이니 그 얼마나 깨끗해요?"라고 말했다.
> (那一日正當三月中浣, 早飯後, 寶玉攜了一套 ≪會眞記≫, 走到沁芳閘橋邊桃花底下一塊石上坐著, 展開 ≪會眞記≫, 從頭細玩. 正看到 "落紅成陣", 只見一陣風過, 把樹頭上桃花吹下一大半來, 落的滿身滿書滿地皆是. 寶玉要抖將下來, 恐怕脚步踐踏了, 只得兜了那花瓣, 來至池邊, 抖在池內. 那花瓣浮在水面, 飄飄蕩蕩, 竟流出沁芳閘去了. 回來只見地下還有許多, 寶玉正跴躕間, 只聽背後有人說道.. 你在這裏作什麼? 寶玉一回頭, 卻是林黛玉來了, 肩上擔著花鋤, 鋤上掛著花囊, 手内拿著花帚. 寶玉笑道... 好, 好, 來把這個花掃起來, 撂在那水裏. 我在撂了好些在那裏呢. 林黛玉道... 撂在水裏不好. 你看這裏的水乾淨, 只一流出去, 有人家的地方髒的臭的混倒, 仍舊把花遭塌了. 那畸角上我有一個花塚, 如今把他掃了, 裝在這絹袋裏, 拿土埋上, 日久不過隨土化了, 豈不乾淨.)

홍학자 여계상(呂啓祥)의 말대로 "꽃의 정혼(精魂)이자 시(詩)의 화신(化身)"[253]이라고 부를 수 있는 이 소설 제1의 여주인공 임대옥은 이미 정성을 보인 가보옥보다도 훨

253) ≪紅樓夢會心錄≫(貫雅書局, 1992년), 62쪽, "花的精魂, 詩的化身."

씬 세심하여 그 낙화들을 명주 주머니에 싸서 흙 속에 묻어줄 정도였다. 이 소설 제27회에 나타난 대옥의 <장화사>를 소개한 대목을 한번 보기로 하자.

그때 산언덕 저편에서 오열하는 소리가 들렸는데, 울면서 중얼거리는 것이 매우 슬프다. 보옥은 속으로 '어느 하녀가 무슨 억울함을 당해서 여기까지 와서 울고 있을까?'라고 생각하며, 걸음을 멈추어 그 울먹이는 소리를 들으니 이러하다.
"꽃이 져 꽃잎이 날리니 온 천지를 덮었네. 붉은 꽃의 향기 애처로이 소멸하니, 그 누가 그걸 가엾게 여기리? 연한 아지랑이 봄 정자에 하늘거리고, 버들 꽃가루 비단 주렴에 가벼이 날아든다. 규중의 소녀 봄이 간 것 애처로이 여겨, 서러운 마음 가슴 메워도 펼 곳이 없네. 꽃 쟁기 손에 들고 규방을 나서서, 떨어진 꽃 차마 밟지 못하고 이리저리 배회하네. 버들 꽃 느릅씨는 스스로만 향내 풍기고, 버려진 도화와 배꽃 이리저리 흩날리네. 도화와 배꽃은 내년되면 다시 피나, 내년의 규방에는 누가 있다 보장하리? 춘삼월의 꽃으로 집 만들은 무정한 제비여, 아름다운 그 꽃들 얼마나 희생됐을까? 내년에 꽃이 피면 다시 쪼아 집 짓겠지만, 사람이 가버린 빈 집에는 너의 집도 쓰러지리. 일 년 삼백 육십일 칼날 같은 바람서리 그 꽃들을 핍박했네. 화사한 그 아름다움 얼마나 간직했더냐? 하루 아침 비바람에 차취를 감춘 것. 핀 꽃은 쉽게 봐도 떨어진 꽃 찾기 어렵나니, 섬돌 앞 꽃을 묻는 사람 애간장을 쥐어짜네. 홀로 꽃 쟁기 의지하여 몰래 눈물 뿌리니, 텅빈 빈 가지엔 핏방울만 남아있네. 두견이도 말이 없는 황혼을 맞이하여, 쟁기 매고 돌아와서 무거운 문 잠그도. 푸른 등은 벽을 비추고 사람들은 막 잠들었는데, 찬비는 창을 때리고 담요는 아직 차디차다.
사람들은 오늘 내가 무슨 일로 이다지 슬퍼하는지 궁금해하는데, 봄이 가는 걸 애석해하지만 한편으론 마음에서 화도 치미네. 처음의 즐거운 마음 홀연히 슬퍼지고, 봄날은 우리에게 말없이 찾아왔다 말없이 떠나도.
어젯밤 뜰 밖에서 슬픈 노래 들리더니, 꽃들의 혼령인가, 새들의 정령인가? 꽃의 신과 새의 혼은 언제나 머무르게 할 수 없어, 새들은 말이 없고 꽃은 너무 수줍어하니까. 바라건대 내 몸에 두 날개 생긴다면, 꽃과 함께 날아가 하늘 끝 가리라. 하늘 끝 어디에 꽃 무덤 있는지? 하는 수 없이 비단 주머니에 너의 아름다운 뼈를 담아, 한 무더기 깨끗한 흙으로 너의 풍류 묻어보네. 깨끗하게 살던 너는 깨끗하게 가야 하니, 더러운 고랑 물에 빠지게는 못하리.
너는 지금 죽으니 내가 거두어 장사지내지만, 박명한 나의 몸 언제 죽을 지 알 수 없네. 내가 지금 꽃을 묻으면 사람들은 나를 비웃겠지만, 이다음에 내 죽으면 누가 나를 묻어줄까? 저 조락한 봄꽃들이 떨어지는 것, 그것은 바로 규중의 여인 늙어 죽는 때. 하루아침에 봄날은 가고 사람은 늙으니, 떨어진 꽃, 죽어간 사람, 모두 알 길 없어라."
(只聽山坡那邊有嗚咽之聲, 一行數落著, 哭的好不傷感. 寶玉心下想道… 這不知是那房裏的丫頭, 受了委曲, 跑到這個地方來哭. 一面想, 一面煞住腳步, 聽他哭道是… 花謝花飛花滿天, 紅消香斷有誰憐? 遊絲軟繫飄春榭, 落絮輕沾撲繡簾. 閨中女兒惜春暮, 愁緒滿懷無釋處. 手把花鋤出繡閨, 忍踏落花來復去. 柳絲楡莢自芳菲, 不管桃飄與李飛. 桃李明年能再發, 明年閨中知有誰? 三月香巢已壘成, 樑間燕子太無情. 明年花發雖可啄, 卻不道人去樑空巢也傾.

一年三百六十日, 風刀霜劍嚴相逼. 明媚鮮姸能幾時, 一朝飄泊難尋覓. 花開易見落難尋, 階前悶殺葬花人. 獨倚花鋤淚暗灑, 灑上空枝見血痕. 杜鵑無語正黃昏, 荷鋤歸去掩重門. 靑燈照壁人初睡, 冷雨敲窓被未溫. 怪奴底事倍傷神, 半爲憐春半惱春. 憐春忽至惱忽去, 至又無言去不聞. 昨宵庭外悲歌發, 知是花魂與鳥魂? 花魂鳥魂總難留, 鳥自無言花自羞. 願奴脅下生雙翼, 隨花飛到天盡頭. 天盡頭, 何處有香丘? 未若錦囊收艶骨, 一抔淨土掩風流. 質本潔來還潔去, 強於汚淖陷渠溝. 爾今死去儂收葬, 未卜儂身何日喪? 儂今葬花人笑癡, 他年葬儂知是誰? 試看春殘花漸落, 便是紅顔老死時. 一朝春盡紅顔老, 花落人亡兩不知.)

　　임대옥은 이 소설에서 '공맹지도(孔孟之道)'와 같은 전통적 사상을 부정한 가보옥의 유일한 지기였다. 그녀는 보옥에게 '사도(仕途)'나 '경제(經濟)'와 같은 일들[254]을 결코 말한 적이 없고, 당시의 규중여인들에게 가한 모든 전통적인 규범과 법도를 외면하며 공개적으로 ≪서상기(西廂記)≫ 등과 같은 당시 부정적으로 간주된 자유해방 서적들을 본 여인이다. 그러므로 이 <장화사>에서는 당시 봉건 전통세력의 압박 아래 겪는 그녀의 고통이 나타나 있다. 동시에 죽어가는 생명에 대한 연민과, 정결하고 아름다운 것 즉 이상에 대한 추구와, 인생무상이라는 비관적 허무주의 등의 복잡한 심정이 얽혀 있다고 볼 수 있다.

　　그러나 ≪홍루몽≫에서 가장 중요한 사람은 풍류재자이면서 '다정공자(多情公子)'인 가보옥이다. 가보옥은 입속에 옥(玉)을 물고 태어난 매우 상징적인 인물이다. 그는 돌잔치 때에도 돈이나 붓 대신 여자들이 사용하는 분과 머리 장식품들을 집어 들었다. 그의 천성적인 여성 편력은 부친에 의해 "주색지도(酒色之徒, 주색을 밝히는 무리)"란 불명예를 덮어쓰기도 하였지만, 그와 임대옥 등의 여성들과의 관계는 정신적인 순수한 지기 사이였다. 그가 그렇게 소녀들을 좋아하고 그들을 위해 기꺼이 희생하며 정성을 아끼지 않은 점은, 바로 과장되게 표현된 작가의 '여성의 순수성에 대한 극찬'에서 비롯된 것이다. 다정공자 가보옥의 여성에 대한 이런 깊은 정의 근원도 바로 아름다운 생명에 대한 연민의 정이며 모든 우주의 생명체를 사랑하는, 마치 장자의 '지정(至情)'과도 유사한 '박애(博愛)'와 '대정(大情)'의 경지에 해당한다.[255]

---

254) 전통적인 공맹 사상에서의 벼슬에 열중하고 國家大事를 말하는 일.

255) 多情公子 보옥의 情은 莊子의 胸襟과 흡사하다고 할 수 있다. 脂硯齋가 "多情而不情(다정하면서도 정이 없음)"이라고 평한 보옥의 이른바 '情不情' 사상은 장자가 우주만물에 대해 지닌 '至情'의 의미와 유사하다. 장자가 우주만물의 어떤 물상이라도 좋고 싫음의 구분 없이 동등이 대하여 그의 情을 無情이라고 한다지만, 사실 장자의 무정은 바로 그의 천지우주에 대한 큰 정을 의미한다. 보옥의 情도 이와 같은 상징적인 의미를 지니고 있다. ≪홍루몽≫ 제77회에서 보옥이 "你們那裏知道, 不但草木, 凡天下之物, 皆是有情有理的, 也和人一樣, 得了知己, 便極有靈驗的(너희들이 알기나 하겠어? 초목뿐 아니라 천하의 어떤 물건도 모두 情과 理를 가지고 있으며, 또 사람과 다름이 없어. 그리고 그들과 지기로 맺게 되면 그들은 곧 영험을 발휘하게 돼)."라

≪홍루몽≫에서 동경하고 추구하는 풍류의 세계는 청정담박(淸靜淡泊)의 자연과 임기천성(任其天性)의 자유를 표방하는 데 있다. 이 소설의 주인공 가보옥은 제3회의 <서강월(西江月)>[256] 사(詞)에서 소개된 것처럼 사상과 행위 면에서 구속되기를 싫어하는 광인(狂人)의 모습이다. 그의 성격은 이른바 '풍매치광(瘋呆癡狂, 미치고 얼빠진 듯하며, 바보 같고 광적이다)'의 특색을 갖춘 도가적인 위진명사들의 방달하고 괴이한 성격과 흡사하다. 그가 일생 동안 꿈꾼 세계는 '대관원(大觀園)'에서 음주작시(飮酒作詩)하며 청정담박한 자연과 더불어 자유분방하게 소일하는 것이다.

　　보옥은 대관원에 들어와 생활하면서 마음이 흡족하여 더 이상 바랄 것이 없었다. 매일 자매와 시녀들과 어울려 책을 읽거나 글을 쓰고 거문고를 뜯거나 바둑을 두며, 그림을 그리고 시를 읊었으며 심지어는 봉황을 그려 수를 놓기도 했다. 또 풀싸움을 하고 머리에 꽃을 꽂으며, 글자풀이와 맞추기 놀이를 하는 등 별별 놀이를 다하면서 매우 유쾌한 나날을 보냈다.
　　(且說寶玉自進花園以來, 心滿意足, 再無別項可生貪求之心. 每日只和姊妹丫頭們一處, 或讀書, 或寫字, 或彈琴下棋, 作畵吟詩, 以至描鸞刺鳳, 鬪草簪花, 低吟悄唱, 柝字猜枚, 無所不至, 倒也十分快樂.)(제23회)

　　보옥은 원래 사대부 남자들과 어울려 얘기하는 것을 싫어했고, 더군다나 아관예복에다 경하하거나 조상하러 다니는 것은 질색이었다. 오늘 이 말을 듣자 그는 더욱 득의양양하여 친척과 친구들의 면회를 모두 사절하고, 집안에서 매일 어른들에게 문안드리는 혼정성신의 일도 그의 뜻대로 하였으니, 하는 일이라고는 매일 대관원에서 한가로이 놀며, 단지 매일 아침 일찍이 할머니와 어머니에게 가보는 것뿐이었다. 그러면서도 그는 매일 언제나 계집종들을 위해 달갑게 일을 해주면서 마냥 한가한 날을 보냈다.

고 했으며, 또 제5회에서 "那寶玉亦在孩提之間, 況自天性所稟來的一片愚拙偏僻, 視姊妹弟兄皆出一意, 並無親疏遠近之別(그 보옥은 아직 어린아이였고, 또한 천성적으로 우직하고 편협적인 성격이었으므로 형제자매들을 대할 때 모두 한가지로 대했으며, 결코 친하고 소홀히 하는 차이를 두지 않았다)."이라고 한 표현에서 보옥의 情이 심상치 않은 사상성을 지니고 있음을 짐작할 수 있다.

256) ≪홍루몽≫ 제3회 <西江月> 사에 나타난 "세상의 일에는 전혀 관심이 없고, 어리석어 책을 읽기를 싫어한다(潦倒不通世務, 愚頑怕讀文章)."라든지 "국가와 집에도 아무 보탬이 되지 않으니, 그 무능함은 천하제일이다(於國於家無望, 天下無能第一)."라며 운운하는 그의 形象에 대한 묘사는 바로 비공리적으로 살아가는 그의 反俗的인 모습을 '反面春秋'의 필법으로 표현한 말이다. 그런 연유로 세인들의 눈에 비친 그의 狂人과 같은 삶은, 세상의 속인들이 이해하지 못하는 예술가적인 모습을 말하고 있다. 따라서 <西江月>에 묘사된 "아무런 이유 없이 근심에 쌓여 탄식하기도 하고, 때로는 바보인 듯 미친 듯하기도 하며"(無故尋愁覓恨, 有時似傻如狂), "행동이 편협하고 성격이 괴팍하지만, 세인들의 비난에는 전혀 관심이 없다네(行爲偏僻性乖張, 那管世人誹謗)."라는 말도 常人의 눈에 비친 예술가의 기질을 말한다. ≪홍루몽≫ 제35회에서 傅氏家의 두 아낙이 보옥을 평한 "때로 그의 곁에 사람이 없을 때에는 혼자 울기도 하고 웃기도 하더라."라든지 "제비를 보면 제비와 이야기를 하고, 물고기를 보면 물고기들과 얘기를 나누며, 별과 달을 보면 한숨을 지으면서 무슨 말을 중얼거리기도 해. … 물건을 아낄 때에는 터럭 하나라도 귀히 여기면서도 그것을 망가뜨릴 때에는 천만금이나 되는 물건이라도 아무 미련 없이 팽개쳐!"라는 말도 이 점을 잘 증명해주고 있다.

(那寶玉本就懶與士大夫諸男人接談, 又最厭峨冠禮服賀弔往還等事, 今日得了這句話, 越發得了意, 不但將親戚朋友一槪杜絶了, 而且連家庭中晨昏定省亦發着隨他的便了, 日日只和園中遊臥, 不過每日一清早到賈母王夫人處走走就回來了, 卻每每甘心爲諸丫鬟充役, 竟也得十分閑消日月.)(제36회)

도가에서 추구하는 가장 이상적인 인생의 경지는 무욕(無慾)의 '청정담박'과 '자유소요(自由逍遙)'일 것이다. 보옥을 위시한 대관원 내의 청춘남녀들이 복잡한 유교적 예교에서 벗어나 천진난만한 동심의 세계로 돌아가 개인의 자유추구를 만끽하는 것은 바로 이러한 도가의 이상적 삶에 대한 동경을 의미한다.

다음으로 ≪홍루몽≫이 제시하는 풍류의 세계는 격조 높은 정신적 연애의 경지에 있다. 소설 제5회에서 경환선고는 가보옥이 세인들과는 다른 '치정'[257]을 지녔으며 그것을 '의음(意淫)'이라고 불렀다.

경환이 말했다. "세상에 얼마나 많은 부귀한 가문에서 양가의 미녀와 청루의 기생들이 방탕한 청년과 여인들 때문에 더러워졌는지 몰라요. 더욱 역겨운 것은 자고로 경박한 부랑아들이 모두 '색을 좋아해도 음란하지 않다' 또는 '정이 있어도 음란하지 않다'고 하면서 일을 저지르고 있는데 이는 다 제 잘못을 변명하며 추태를 감추려는 말들이지요. 색을 좋아하면 음란해지고, 정을 알면 더욱 음란해지는 법이죠. 그러기에 무산에서 만나 운우의 즐거움을 갖는 것도 모두 그 색에 반한데다 다시 그 정까지 그리워하여 그렇게 된 것이지요. 내 그대를 어여삐 여기는 것은 그대가 천하고금을 통해 가장 음란한 자이기 때문이에요." 이에 보옥은 깜짝 놀라 황망히 대답했다. "선녀아씨, 아니올시다. 저는 공부에 게을러 노상 부모님한테 꾸지람을 듣고는 있지만 음란하다는 말을 들을 일은 하지 않았습니다. 더구나 저는 아직 나이가 어려 음란이란 게 무엇인지 모릅니다." 이에 경환은 답했다. "아니에요. 음란이란 다 같은 것 같지만 뜻은 달라요. 세상의 호음자(好淫者)들은 단지 고운 용모를 즐겨하고 노래와 춤을 즐겨하여 수시로 시시덕거리고 운우지정에 빠져 천하의 미인이란 미인을 죄다 자기의 일시적 흥취거리로 삼지 못해 애를 태우는데 이는 다 육욕만 생각하는 추물(醜物)들이지요. 보옥으로 말하자면 천성적으로 치정(癡情)이 있는 사람인데 우리들은 그것을 의음이라고 해요. 의음이란 말은 속으로 해득할 수는 있어도 입으로 전할 수가 없고 마음으로 통할 수는 있어도 말로는 전할 수가 없어요. 그대가 지금 혼자 이 말을 알았으니 안방에서는 여인들의 좋은 벗이 될 수 있지만 세상의 사람들에게는 상식에 벗어나고 행동이 괴벽하여 비방과 비웃음을 사게 될 거예요."
(警幻道: "塵世中多少富貴之家, 那些綠窗風月, 繡閣煙霞, 皆被淫汙紈綺與那些流蕩女子悉皆玷辱. 更可恨者, 自古來多少輕薄浪子, 皆以 '好色不淫' 爲飾, 又以 '情而不淫' 作案, 此皆

---

257) ≪홍루몽≫에서의 치와 치정은 ≪세설신어≫ 속 위진명사들의 삶에 나타난 치와 치정의 함의를 계승하고 있다. 가보옥의 바보스러운 치와 치정의 함의 속에는 ≪세설신어≫ 속에서 '치'로 유명한 완적, 고호두(즉 고개지) 등의 모습을 잘 보여주고 있다.

飾非掩醜之語也。好色即淫, 知情更淫。是以巫山之會, 雲雨之歡, 皆由既悅其色, 復戀其情
所致也。吾所愛汝者, 乃天下古今第一淫人也。"寶玉聽了, 唬的忙答道: "仙姑差了。我因懶
於讀書, 家父母尚每垂訓飭, 豈敢再冒 '淫'字。況且年紀尚小, 不知 '淫'字爲何物。"警幻道:
"非也。淫雖一理, 意則有別。如世之好淫者, 不過悅容貌, 喜歌舞, 調笑無厭, 雲雨無時, 恨
不能盡天下之美女供我片時之趣興, 此皆皮膚淫濫之蠢物耳。如爾則天分中生成一段癡情, 吾
輩推之爲 '意淫'。'意淫'二字, 惟心會而不可口傳, 可神通而不可語達。汝今獨得此二字, 在
閨閣中, 固可爲良友 ; 然於世道中未免迂闊怪詭, 百口嘲謗, 萬目睚眦。)(제5회)

'의음'은 색욕에 젖은 세상의 속물 남성들과는 구별되는 가보옥만이 지닌 격조 높은
정신적 연애의 경지를 말한다. ≪홍루몽≫ 속 가보옥과 군방(群芳, 여러 여성) 간의 관
계는 남녀 간의 육체적 욕정을 초월한 정신적 사랑인데, 이는 중국고전소설 양성관계의
발전과정에서 중요한 이정표가 되는, ≪홍루몽≫이 제시하는 남녀관계의 격조이다. 중국
의 고전애정소설에서는 남녀 간의 사랑에 있어 육체적인 결합과 정신적인 사랑을 엄격
히 구별하지 않았다. 앞에서 언급한 삼언이나 ≪요재지이≫ 등과 같은 소설에서도 이런
'정욕합일(情欲合一, 정과 욕을 분리하지 않고 하나로 봄)'의 현상은 여전하였지만, ≪홍
루몽≫에 이르면 정신적 연애와 육체적 욕정을 엄격히 구분하였다. ≪홍루몽≫은 이성
과의 육체적 욕정에만 집착하는 세속적 남성들과 달리 육체적 관계를 초월한 가보옥식
의 정신적 연애의 가치를 통해 양성관계의 한층 높은 격을 얘기하고 있는 것이다.

(8) 중국고전 풍자소설의 백미 - ≪유림외사(儒林外史)≫

≪유림외사(儒林外史)≫는 청대의 오경재(吳敬梓, 1701~1754)가 창작한 장편풍자소
설이다. ≪유림외사≫는 당시 관리들을 비롯한 지식분자들의 부패무능과 과거제도의
폐단, 그리고 유교적 예교와 허위 등에 대해 해학적이고 신랄하게 풍자하여, 독자들로
하여금 웃을 수도 울 수도 없게 만드는 미묘한 매력을 지닌 작품이다.

오경재는 어린 시절부터 여러 지역에서 관직생활을 겪은 부친을 따라다니며 관리들
의 부패함과 관직생활의 어두운 내막을 알게 되었고, 또 유산 문제 등을 비롯한 친족
간의 이해관계의 충돌로 인해 인정세태의 각박함도 경험하게 되었다고 하는데, 이는
모두 그가 이 소설을 짓게 된 배경적 요소가 되었을 것이다. 사실 오경재는 대대로 벼
슬한 명망 높은 가문 출신으로 그도 처음에는 과거를 열심히 준비하는 평범한 사대부
가문의 자제였다. 그는 일찍이 20살에 수재가 된 다음 29살에 과거를 보았지만, 문장은
훌륭하지만 인품이 좋지 못하다는 모욕적인 평가를 받고 과거에 실패한 이후, 다시는

과거에 대한 생각을 접었다고 한다. 그리하여 호탕한 성격의 오경재는 젊은 시절 부친으로부터 물려받은 재산을 주색잡기와 같은 방탕한 일에 모두 탕진하였지만 벼슬할 생각은 추호도 없었으며, 일생을 글을 팔고 친구들의 도움으로 겨우 연명하는 삶을 살았다. 이는 아마도 그가 어릴 때부터 겪은 관장(官場)의 비리와 부귀공명에 대한 비판적 태도, 냉정한 세태에 대한 염증, 그리고 그의 호방하고 반항적인 태도로 인한 까닭일 것이다. 그리하여 그는 마치 ≪홍루몽≫의 작가 조설근과도 같이 서른세 살 즈음에 무일푼으로 남경으로 이주하여 가난과 역경 속에서 20년의 세월에 걸쳐 ≪유림외사≫의 저술에만 몰두하였다.

모두 56회로 구성된 이 소설은 제1회 처음부터 작자 오경재의 화신이라고도 할 수 있는 왕면(王冕)에 대한 이야기로부터 시작된다. 그다음부터는 주진(周進), 범진(范進), 엄감생(嚴監生) 등을 비롯한 유림 속 인간들의 온갖 백태들에 대해 묘사하고 있다. ≪유림외사≫는 대체로 부정적인 인물들에 대한 풍자적 내용들이 주를 이루는데, 그 처음에는 주진과 범진으로부터 시작된다.

주진은 원래 훈장 출신으로 60세가 넘어 수염이 모두 허옇게 될 때까지 과거공부만 하였지만 수재도 합격하지 못해 온갖 수모를 당한 자였다. 어느 날 그는 성안의 과거장을 지나다 불현듯 자신의 과거인생을 회상하며 슬퍼하다 과거장에서 실신하였다가 깨어나 목 놓아 울부짖었는데, 결국 그를 불쌍히 여긴 몇몇 상인들의 금전적 도움으로 그는 감생(監生)이 되어 향시와 진사에도 뜻밖에 합격하여 어사(禦史)가 되고 광동 지역의 과거시험을 주관하게 된다. 그리하여 주진은 자신의 처지처럼 몇 십 년 과거공부를 하였지만 낙방한 범진을 문득 동정하게 되어 그를 수재로 합격시키는데, 범진은 합격 소식을 접하기 전에 집에 쌀이 떨어져 암탉을 팔기 위해 장에 나갔다가 그 소식을 듣고는 너무 기뻐 실성한 사람이 되어버렸다. 다행히 장인이 뺨을 때려 그는 깨어났고, 그로부터 평소 그를 멸시하던 주위 사람들도 그를 찾아와 집도 주고 재물도 주며 그에게 아부를 하게 된다.

그 후 제4회부터 제30회까지 엄공생(嚴貢生), 엄감생, 누가이공자(婁家二公子), 양집중(楊執中), 권물용(權勿用), 마이선생(馬二先生), 광초인(匡超人), 경란강(景蘭江), 우포랑(牛浦郎), 두신경(杜慎卿), 계위소(季葦蕭) 등 부정적 성향의 인물들을 소개하다가 제31회부터는 이상적 정면인물이라고 할 수 있는 두소경(杜少卿), 심경지(沈瓊枝) 등을 소개하고 있다. 그 가운데 몇 단락을 보자.

한편 주진은 성안에서 공원(貢院, 과거장)을 구경하려고 하였다. 금유여는 그의 마음이 절실한 것을 알고 돈 몇 냥을 쓰서 그와 함께 그곳을 갔다. 그런데 그는 막 도착하자마자 바닥에 쓰러졌다. 사람들이 놀라며 아마도 갑자기 사기(邪氣)에 홀렸다고 생각했다. 행주인은 "아마 공원에 그간 사람들이 오지 않아 음기가 충만해서일 것이요. 주선생이 마가 든 겁니다." 하였다. 그러자 금유여가 말했다. "제가 그를 부축할 테니 당신은 사람들이 일하는 곳에 가서 물을 한 모금 빌려 저 분 얼굴에다 좀 끼얹어보시지요!" 행주인은 그러자고 하며 물을 가져와 서너 사람이 함께 그를 부축해 물을 끼얹었다. 그러자 주진은 목에서 무슨 소리를 내며 입으로 침을 흘렸다. 사람들이 이젠 살았다고 생각하면서 그를 부축해 세웠다. 주진은 또 호판(號板, 옛날 과거장에서 잠을 자기 위해 용도나 탁자용으로 사용되던 판자)을 보더니 또 머리를 거기다 박았다. 이번에는 죽은 것이 아니라 대성통곡을 시작했다. 사람들이 말렸지만 막무가내였다. 금유여가 "지금 실성한 게 아니에요? 과거장에 구경하러 왔다가 집에서 사람이 죽은 것도 아닌데 왜 그리 목 놓아 우는 거요?"라고 물었지만 그는 그 말에 아랑곳 않고 호판에 엎드려 연이어 곡을 하였다. 한번의 곡이 끝나자 그는 연이어 두 번 세 번 곡을 하면서 이리저리 구르기까지 했다. 주위 사람들은 그 모습을 보자 모두 측은해하였다. 금유여는 아니다 싶어 행주인과 같이 주진의 목을 들어 올렸지만 그는 일어날 생각을 않고 계속해서 곡을 하다가 입으로는 선혈을 토하기 시작했다. 사람들은 황급히 그를 메어 과거장 밖으로 끌어내어 공원(貢院) 앞의 다관 안으로 들어가 앉히고 차 한 잔을 권했다. 주진은 여전히 콧물, 눈물을 흘리며 슬퍼하였다. 다관 안의 한 손님이 물었다. "주선생이 무슨 일로 여기서 곡을 하며 우는 거지요?" 금유여가 대답했다. "여러분들은 모르실 겁니다. 우리 삼촌은 원래 장사하는 사람이 아닙니다. 몇 십 년간 과거공부를 하였지만 수재도 한 번 딴 적이 없지요. 오늘 공원에 갔다가 자신도 모르게 슬퍼진 겁니다." 이 말이 주진의 속마음을 바로 짚은 것이기에 주진은 주위 사람들을 의식하지 않고 다시 대성통곡 목 놓아 울어댔다. 한 손님이 말했다. "이 일은 금선생이 잘못한 것이요. 주선생님은 점잖은 분인데 왜 그분을 이리로 데려와 이런 일을 당하게 하였소?" "너무 가난한 분이시고 또 하는 사업도 없어 어쩔 수 없이 이리 된 겁니다." 금유여의 대답에 또 다른 손님이 말했다. "당신 삼촌의 모습을 보니 필경 재주가 있는 분 같소이다."

(話說周進在省城要看貢院, 金有餘見他真切, 只得用幾個小錢同他去看。 不想才到 '天'字號, 就撞死在地下。 眾人都慌了, 只道一時中了邪。 行主人道: "想是這貢院裏久沒有人到, 陰氣重了。 故此周客人中了邪。" 金有餘道: "賢東! 我扶著他, 你且到做工的那裏借口開水灌他一灌。" 行主人應諾, 取了水來, 三四個客人一齊扶著, 灌了下去。 喉嚨裏咯咯的響了一聲, 吐出一口稠涎來。 眾人道: "好了。" 扶著立了起來。 周進看看號板, 又是一頭撞了去; 這回不死了, 放聲大哭起來。 眾人勸也勸不住。 金有餘道: "你看, 這不是瘋了麼? 好好到貢院來耍, 你家又不曾死了人, 為甚麼號淘痛哭?" 周進也不聽見, 只管伏著號板, 哭個不住; 一號哭過, 又哭到二號、 三號, 滿地打滾, 哭了又哭, 滾的眾人心裏都淒慘起來。 金有餘見不是事, 同行主人一左一右, 架著他的膀子。 他那裏肯起來, 哭了一陣, 又是一陣, 直哭到口裏吐出鮮血來。 眾人七手八腳, 將他扛抬了出來, 在貢院前一個茶棚子裏坐下, 勸他吃了一碗茶; 猶自索鼻涕, 彈眼淚, 傷心不止。 內中一個客人道: "周客人有甚心事, 為甚到了這裏這等大哭起來?" 金有餘道: "列位老客有所不知, 我這舍舅, 本來原不是生意人。 因他苦讀了幾十年的書, 秀

才也不曾做得一個, 今日看見貢院, 就不覺傷心起來。"只因這一句話道著周進的真心事, 於
是不顧眾人, 又放聲大哭起來。又一個客人道: "論這事, 只該怪我們金老客; 周相父既是斯
文人, 爲甚麼帶他出來做這樣的事?"金有餘道: "也只爲赤貧之士, 又無館做, 沒奈何上了這
一條路。"又一個客人道: "看令舅這個光景, 畢竟胸中才學是好的。")(제3회)

둘째 조카가 물었다. "삼촌, 아직 저희들에게 말 안한 은자 돈이 어디 있어서 그러시나
요?" 그러자 그는 눈을 크게 뜨고 머리를 또 절레절레 몇 번 흔들면서 또 손가락으로 가
리켰다. 할멈이 아이를 안고 말했다. "나리는 아마도 삼촌 두 분이 지금 여기 안 계셔서
생각이 나서 그러는 게지요?" 그는 이 말을 듣고는 눈을 감으며 머리를 저었다. 손가락
은 여전히 무엇을 가리켰다. 조씨는 다급하여 눈물을 닦으며 다가가 말했다. "나리, 다른
사람들은 모두 몰라도 저는 당신의 마음을 알아요. … 당신은 저 등잔 속에 넣은 심지가
하나가 아니고 두 개라 그것이 아까워 그러는 거지요. 제가 심지 하나를 끌게요." 조씨가
말을 마치고 얼른 심지 하나를 뺐다. 그때 사람들이 엄감생을 바라보니 그는 머리를 끄
덕이면서 바로 숨을 거두었다.
(二侄子走上前來問道: "二叔, 你莫不是還有兩筆銀子在哪裏, 不曾吩咐明白?"他把兩眼睜得滴
溜圓, 把頭又狠狠地搖了幾搖, 越發指著緊了。奶媽抱著哥子插口道: "老爺想是因兩位舅爺不在
跟前。故此紀念?"他聽了這話, 把眼閉著搖頭, 那手只是指著不動。趙氏慌忙揩揩眼淚, 走近上前
道: "老爺, 別人說的都不相幹, 只有我能知道你的意思!…你是爲那燈盞裏點的是兩莖燈草。不
放心。恐費了油。我如今挑掉一莖就是了。"說罷, 忙走去挑掉一莖。眾人看嚴監生時, 點一點頭, 把
手垂下, 登時就沒了氣。)(제5회 ~ 제6회)

첫 번째 인용문은 오랫동안 과거에 합격하지 못한 주진의 이야기이고, 두 번째 문장
은 엄감생이라는 돈 많은 구두쇠에 대한 이야기이다. 이런 부정적 인물들의 측은한 모
습 속에서도 작자는 자신이 동경하는 인물 몇몇들을 그려내고 있는데, 이들은 왕면(王
冕), 두소경(杜少卿), 심경지(沈瓊枝) 등이다. 제1회 도입부를 장식해 등장한 왕면은 원
대 말기의 실재 인물로 비록 빈한한 가정에서 태어나 어릴 때부터 남의 집 소를 방목
하며 살아가지만 재기가 넘치고 열심히 공부하길 좋아하는 자였다. 특히 그는 그림도
잘 그려 그가 그린 연꽃은 마치 살아 있는 연꽃과도 같았다. 그는 여러 군서(群書)를
섭렵하여 학식이 높았지만 부귀공명에는 관심이 없고, 사대부 친구들과 교제하려는 마
음도 없었다. 마을의 현령이 그를 찾으면 그는 일부러 피했으며, 주원장이 참군의 직책
을 주려고 하였지만 그는 끝내 사절하고 회계(會稽)의 산중으로 은거해 이름을 감추고
살았다. 작자 오경재가 그를 제1회에서 소개한 것은, 명리에 초연하고 관직에 연연하지
않는 진정한 명사풍도를 지닌 그를 가장 이상적인 인물로 내세우고자 하는 의도에서일
것이다. 그 부분을 보자.

왕면은 천성이 총명하였는데 나이가 스물도 되지 않아 천문(天文), 지리(地理), 경사(經史) 등에 대한 지식을 하나도 통달하지 않음이 없었다. 그러나 그의 성정은 남달라 관직을 구하지도 않고, 친구도 사귀려고 하지 않으면서 종일 집안에서 책을 읽었다. 또 초사 그림에 있는 굴원의 의관을 보고 자신도 높은 모자에 넓은 소매의 옷을 만들어 입었다. 꽃이 피고 버드나무가 우거진 시기가 되자 그는 소달구지에 어머니를 싣고 높은 모자에 헐렁한 옷을 입고, 손에는 채찍을 들고, 입으로는 노래를 부르며, 시골 전원에서 호숫가에 이르기까지 어디든지 돌아다녔다. 촌아이들이 삼삼오오 짝을 지어 그 뒤를 따라다니며 조롱하여도 그는 전혀 개의치 않았다. 오직 이웃 진씨 노인은 비록 농사를 지어도 뭘 아는 자라 그가 어릴 때부터 성장할 때까지 지켜본 까닭에 속되지 않는 그를 존경하고 사랑하였으며, 언제나 그를 정겹게 대하며 집에도 초청하여 담소를 나누었다.
(這王冕天性聰明, 年紀不滿二十歲, 就把那天文、地理, 經史上的大學問, 無一不貫通。但他性情不同: 既不求官爵, 又不交納朋友, 終日閉戶讀書。又在楚辭圖上看見畫的屈原衣冠, 他便自造一頂極高的帽子, 一件極闊的衣服。遇著花明柳媚的時節, 把一乘牛車車載了母親, 他便戴了高帽, 穿了闊衣, 執著鞭子, 口裏唱著歌曲, 在鄉村鎮上, 以及湖邊, 到處頑耍, 惹的鄉下孩子們三五成群跟著他笑, 他也不放在意下。只有隔壁秦老, 雖然務農, 卻是個有意思的人; 因自小看見他長大, 如此不俗, 所以敬他, 愛他, 時時和他親熱, 邀在草堂裏坐著說話兒。)(제1회)

자연 속에서 천진난만하고 소탈하게 살아가는 이런 왕면의 모습은 마치 《홍루몽》속 세속적 예법과 욕심에서 벗어나 대관원에서 아무 구속 없이 마음대로 장난치며 살아가는 가보옥을 연상하게 한다. 왕면에 이어 제31회부터 등장하는 두소경도 작가 오경재의 화신이라고 할 수 있는 이상적인 인물이다. 그는 이 소설에 등장하는 보기 드문 진정한 유생(儒生)이라고 할 수 있다. 그는 명리에 초연하고, 권력에 아부하지 않으며, 소탈하고 자유분방하여 예법에 구속되지 않는 자였다. 두소경은 비록 대관료 지주의 가정에서 태어났지만 여타 귀족들과는 달리 전통적인 봉건예교를 벗어나 과거를 멸시하고 부귀공명을 경시하였으며, 사상적으로도 민주주의적 요소를 지니고 있었다. 그는 당시 도덕 교과서로 전락한 《시경》속 음탕하다는 평을 받는 작품들을, 부부간의 자연스러운 정상적 사랑으로 해석하였다. 또 부녀자를 존중하여 남녀 간 지위의 평등도 주장하며, 일부다처제에 대해서도 반대하였는데, 그는 부인과 대낮에도 손을 잡고 유람하며 함께 술을 마셨다고 한다. 그는 진정한 유생이자 위진 풍도를 지닌 위진시대 명사 문인들처럼, 명교를 부정하고, 자연을 숭상하며, 산수자연을 자신의 정신적 낙원으로 삼아 부인에게도 서울을 떠나 시골에서 생활하길 권하기도 하였다.

마지막으로 심경지 역시 작자가 추종하는 이상적인 인물로, 소설 속에 나타난 그녀의 반항적 사상과 태도를 보면 그녀는 작자의 여성해방의식을 담은 인물로 해석될 수가 있다. 심경지는 원래 염상(鹽商) 송위부(宋爲富)와 혼인을 맺었지만 나중에 송위부가 그녀를 속여 처가 아닌 첩으로 맞아들이려고 하는 것을 알고 분개해 그날 밤 바로 송씨 집에서 뛰쳐나와 유랑하며 자신의 힘으로 생활하는 힘든 삶을 선택하였다. 따라서 그녀는 물질적으로는 풍요롭더라도 모욕적인 삶을 살아가는 첩의 운명을 거부하고 자존을 지키며 떳떳하게 살아가는 삶을 선택한, 당시로서는 대단히 용기 있고 자존심이 강한 여성이라고 할 수 있다.

≪유림외사≫는 ≪홍루몽≫과 같이 중국 청대소설을 대표하는 두 작품으로 양자는 여러 면에서 유사한 점이 많다. 우선 두 작품이 거의 동시대에 출현하였을 뿐 아니라 두 작가도 모두 부귀한 가문에서 태어났지만 벼슬을 하지 않고 몰락하여 궁핍한 환경 속에서 작품 창작에 매진하였다는 점이다. 그리고 작품들이 모두 과거급제와 부귀공명과 같은 세속적 추구를 반대하였으며, 가식적이고 위선적이며 부패 무능한 남성들의 가증스러운 면을 신랄하게 풍자하기도 하였다. 또 두 작품이 모두 가보옥, 왕면과 같은 남자 주인공들을 통해 세속적 욕망을 벗어나 타고난 본성대로 자유롭게 살아가는 삶을 추구한다는 점이다. 그리고 주인공들의 이런 사상적 배경에는 위진시대 명사들을 비롯한 중국 역대 풍류재자들의 삶과 사상이 투영되어 있다고 볼 수 있을 것이다.

중국고전 풍자소설의 백미인 ≪유림외사≫는 그 후 청대에 출현한 ≪얼해화(孽海花)≫, ≪이십년목도지괴현상(二十年目睹之怪現狀)≫, ≪관장현형기(官場現形記)≫ 등과 같은 이른바 '견책소설(譴責小說)'의 탄생에도 큰 영향을 미치게 된다.

(9) 기타 소설작품

그 외에도 명청소설 가운데 우리가 주목할 것으로는 다음과 같은 작품들이 있다.

❊ ≪평요전(平妖傳)≫

'평요(平妖)'의 의미는 요괴를 토벌하다는 뜻이다. 이 소설의 정식 명칭은 ≪북송삼수평요전(北宋三遂平妖傳)≫으로 북송 중기 농민 민란을 제재로 한 40회의 장편백화소설이다. 명대의 나관중이 이 책을 기반으로 ≪삼수평요전(三遂平妖傳)≫을 지었는데, 그때는 20회로 된 것이다. 그리고 명말에 풍몽룡이 다시 보충하여 40회본으로 완성하였다.

내용은 북송 인종(仁宗) 때에 하북의 패주(貝州)에서 왕칙(王則)이 농민반란을 일으켰을 때, 기괴한 요괴들이 대거 침투하여 요술을 사용해 난을 일으키는 신괴(神怪)스러운 국면을 띠게 되었는데, 이런 내용의 이야기가 북송 시기에 민간에 크게 유행하였다. 이 소설은 ≪서유기≫와 같이 괴이한 맛을 담고 있는 것이 특징인데, 나관중은 왕칙의 반란을 비판적인 관점에서 처리하고 있다.

❋ ≪육포단(肉蒲團)≫

≪육포단≫은 ≪금병매≫를 훨씬 '능가하는' 중국고전색정소설의 대표작이다. 이 소설의 작가가 예술적 삶의 아취를 기술한 ≪한정우기≫의 작가 명말의 이어라는 설이 유력한 것도 놀라운 일이다. 소설의 내용도 대단히 경이적인데 대략의 줄거리는 다음과 같다.

원대(元代)에 잘 생기고 총명한 청년 미앙생(未央生)이 대지주이자 지식인인 철비도인(鐵扉道人)의 데릴사위가 되었는데, 그 아내 옥향(玉香)은 외동딸로 어려서부터 엄격한 교육을 받고 자라 남녀의 방사에 대해 잘 몰랐다. 미앙생은 그녀를 잘 '교육하여' 부부는 즐거운 성생활을 하게 된다. 그러나 미앙생은 호색이 너무 심해 아내 하나론 만족할 수가 없었다. 그리하여 그는 과거를 빌미로 장인과 아내를 이별하고 미녀를 찾아 나섰다. 여행 중에 미앙생은 객잔에서 새곤륜(賽崑崙)이라는 한 대도(大盜)를 우연히 만나 의기투합하여 금란지교를 맺는다. 나중에 미앙생은 그에게 자신의 소망을 얘기하자 그는 흔쾌히 도와주려고 하면서도 필히 미앙생의 '능력'을 미리 알아야 된다고 하였다. 그는 미앙생의 양기를 보고는 그런 작은 밑천으로 어찌 큰 장사를 할 수 있겠냐며 조롱하였다. 미앙생은 크게 실망하던 차에 길거리에서 보잘것없는 양기를 거물로 만들어준다는 광고를 보고 마음이 동해 주소대로 찾아가 외과수술을 받는다.

그런데 그 수술은 실로 기상천외하여 암수 개를 결합시켜 암캐의 생식기를 도려내고 그 속의 수캐의 생식기를 꺼내 네 부분으로 잘라 미앙생의 양기 상하좌우에다 심는 것이었다. 그리고 수술 후 세 가지 주의사항이 있었는데, 그것들은 삼 개월 간 방사를 금하고, 수술 성공 후 방사를 치를 때 상대방이 처녀면 죽을 수도 있으니 필히 유경험자를 택하라는 것이었고, 또 불임을 면할 수 없다는 것이었다. 비록 세 가지 아쉬운 점이 있어도 미앙생은 평생의 소원을 이루기 위해 수술을 받았고, 수술이 성공하자 자신이 '위대한' 사람이 된 것이라 생각하며 날듯이 기뻤다.

자신감으로 충만한 미앙생은 엽색행각을 시작하는데, 처음 눈에 든 여자는 비단가게 여주인 염방(艶芳)이었다. 새곤륜의 도움으로 두 사람은 재미를 보는데, 염방의 남편 권씨(權氏)가 외출하자 두 사람은 마음껏 즐겼다. 그런데 나중에 권씨가 돌아와 처가 바람을 피운 사실을 알고 분개하였지만 간부가 대도 새곤륜임을 알자 감히 말을 할 수 없었다. 미앙생은 이를 이용해 염방을 차지하고 말았다.

권씨는 나중에 모든 사실을 알고 복수할 마음을 품었다. 그는 노복의 신분으로 철비도인

의 집으로 들어가 옥향을 유혹해 그녀와 사통하고 함께 집에서 도망쳐 나와 그녀를 기원
에 팔아버렸다. 집안에 변고가 났지만 미앙생은 전혀 모르고 계속 부도덕한 생활을 하며
'육포단'의 쾌락을 만끽하였다. 어느 날, 그는 당시 대단히 잘 나가는 기녀가 있다는 소
문을 듣고 침을 흘리며 곧장 그녀를 찾았는데, 그녀는 다름 아닌 아내 옥향이었다.
옥향은 사실을 모두 알고는 분하기도 하고 부끄럽기도 하여 목을 매 자살한다. 옥향의
단골손님들은 이에 분노하여 미앙생을 호되게 팼다. 만신창이가 된 미앙생은 결국 '색즉
시공'의 도리를 깨닫고 유명한 고봉(孤峯) 스님을 찾아가 참회한다. 그런데 권씨는 그보
다 앞서 이미 불교에 귀의한 몸이었다. 미앙생은 지난날의 잘못을 생각하며 결국 머리를
삭발하고 수행자가 된다.

내가 남의 처를 간음하면 남도 나의 처를 간음한다는 통속소설 속에서 흔히 보이는
주제를 내포한 이 작품은 경이적인 정형수술, 노골적인 성묘사, 해학적인 줄거리 등으로
로 일찍이 금서로 지정되어 선비들의 책장 깊숙한 곳에서나 발견되던 책이었다. 작가
이어는 원대의 관한경을 능가하는 중국의 '희극(戱劇)의 왕(王)'으로 칭해지는 재기 출
중한 실력파 문인이었지만 당시 명청 교체기라는 지극히 혼란한 사회적 환경으로 인해
벼슬을 하지 못하고 아까운 재기를 일련의 통속소설에 허비한 점은 아쉬운 일이다. 이
소설은 중국문화의 암흑시기라고 할 수 있는 원대를 배경으로 하였지만, 사실 명말청
초의 어수선하고 황음한 사회 분위기를 잘 반영하고 있기도 하다.

❊ ≪성세인연전(醒世姻緣傳)≫

≪성세인연전≫은 17세기 명말청초의 작품으로 작가 서주생(西周生)은 바로 ≪요재
지이≫의 작가 포송령이란 설이 유력하다. 이 작품은 명대 전기를 배경으로 전생과 금
생의 양세(兩世) 인연과 윤회응보(輪迴應報)의 이야기를 다루고 있다. 앞 22회까지의
내용은 조원(晁源)이 기녀 진가(珍哥)와 사냥을 하다가 천년 묵은 여우 한 마리를 죽여
가죽을 벗겼는데, 그 후 진가를 첩으로 삼았으며, 처인 계씨(計氏)를 학대하다가 결국
스스로 목을 매 죽게 만든다. 이는 전생의 이야기이다. 23회 이후는 후세의 이야기로
조원이 적희진(狄希陳)으로 환생하고, 여우는 그의 처인 설소저(薛素姐)로 환생하며, 계
씨는 그의 첩인 동기저(童寄姐)로 환생한다. 후세의 인연에서는 적희진이 부인을 무척
이나 무서워하는 남자가 되고, 설씨와 동씨는 대단히 사나운 성격의 여성이 된다. 그
여성들은 갖은 잔인한 방식으로 남편을 괴롭히고, 적희진은 아무 저항도 없이 고통을
받아들이며 살아간다. 나중에 한 고승의 도움으로 그들의 전생의 인연이 밝혀지고, 적

희진은 ≪금강경≫을 만 번 읽은 후에 업보에서 벗어나게 된다. 호적(胡適)은 이 작품을 17세기 사실주의 소설로 간주하며 가정생활을 비롯한 광범위한 사회생활의 면모를 드러낸, 매우 풍부하고 상세한 문화 사료라고 극찬하였다. 또 그는 17세기 중국 사회풍속사, 교육사, 경제사를 연구하고자 하는 학자나 17세기 중국의 부패한 정치, 고통스러운 민생, 종교 등을 연구하는 학자들도 반드시 이 작품을 연구해야 된다고 지적하였다.

❋ ≪삼협오의(三俠五義)≫

≪삼협오의≫는 청대 후기 탄생한 장편백화소설로 ≪수호전≫ 이후 등장한 무협소설의 역작으로 평가되고 있는데, 설화인 석옥곤(石玉崑)이 얘기하는 판관(判官)과 의협(義俠)의 이야기이다. 모두 120회로 구성되며, 앞의 4분의 1은 '이묘환태자(狸猫換太子,258) 살쾡이를 태자로 바꿔치기하다)'의 고사를 위주로 한 공안소설이며, 후반부는 남협, 북협, 오서(五鼠) 등의 의협에 관한 협의(俠義)소설이다. 별칭으로 ≪충렬협의전≫으로 불리기도 한다.

포청천(包靑天)으로 알려진 포증(包拯)은 북송 인종 때의 명신으로 불세출의 명판관이었는데, 그의 사적이 사람들의 소문에 의해 전송되면서 많은 고사들이 탄생하게 되었다. 남송 때에 이미 ≪포공안(包公案)≫이란 설화인의 작품이 탄생하였고, 원대에는 포공극(包公劇)도 등장하여 인기를 얻었다. 명말청초에는 ≪포효숙공백가공안연의(包孝肅公百家公案演義)≫아 ≪용도공안(龍圖公案)≫ 등의 소설들도 등장하면서 희극과 소설이 서로 영향을 미치면서 그 내용도 갈수록 다채로워지게 된다. 청대 도광 연간에 이르러 석옥곤이 이러한 고사들을 집대성하여 만든 것이 바로 ≪삼협오의≫이다. 그 후 광서 연간에는 유명한 학자 유월(兪樾)이 ≪칠협오의≫를 출판하면서 유사한 이름의 무협소설들이 등장하는 열풍을 맞게 된다.

❋ ≪경화연(鏡花緣)≫

≪경화연≫은 이여진(李汝珍, 1763~1830)이 지은 장편풍자소설이다. 이여진은 청대 지방관으로 음운학의 저술을 짓기도 하였다. 소설 속의 시대적 배경은 당나라이며 주인공은 당오(唐敖)라는 인물이다. 그는 사도에 환멸을 느껴 무역상을 하는 처삼촌 임지

---

258) '이묘환태자(狸猫換太子)'의 고사는 ≪삼협오의≫ 중의 문학고사로 송나라 眞宗 때 劉妃가 내시 郭槐와 모의하여 가죽을 벗긴 살쾡이를 李宸妃가 낳은 영아와 바꿔치기하는 이야기이다.

양(林之洋)과 함께 원양을 항해하며 이곳저곳을 유람하는데, 그들은 여러 기이한 나라들을 다 경험하게 된다. 군자국(君子國)에서는 물건을 사는 사람이 "물건 값이 너무 싸요. 좀 비싸게 파시오!"라고 하니 판매자는 도리어 "이미 이런 비싼 가격에 여러 사람에게 팔았다오. 정말이지 가격을 더 올릴 수는 없습니다."라고 하며 두 사람이 다투어 양보를 하였다. 또 여인국(女人國)에서는 여자가 대권을 잡고 남자들은 모두 여자의 모습이었다. 임지양은 불행이도 여왕의 눈에 들어 강제로 전족을 당하고 거꾸로 매달리는 수모도 당하지만 곧 신선을 만나 득도하여 선경에서 장기간 머무른다. 당오의 딸 당소산(唐小山)은 사실 백화(百花) 선녀의 환생으로 부친을 찾기 위해 천리를 마다않고 찾아 나선다. 작품 속에는 백 명의 재녀가 등장하기도 하며, 남녀평등의 논리를 펼치기도 하는 등 그 구상이 대단히 참신한 작품이라고 할 수 있다.

※ ≪관장현형기(官場現形記)≫

≪관장현형기≫는 청말 관리 사회의 내막을 폭로한 장편소설이다. 청말에는 사회의 암울한 면을 비평한 소설이 크게 유행했는데, 이 작품은 그 가운데 가장 대표적인 작품이다. 작자 이보가(李寶嘉, 1867~1906)는 이 작품 속에서 당시의 관리들에 대해 "사람들을 맞이하는 것 외에는 치적이 없고, 접대하는 일 외에는 재능이 없다."라고 하였듯이 관리들의 황당하고 구차한 추태들을 집중적으로 묘사하고 있다. 이 작품은 비록 문학적 수준은 높진 않지만 당시 독자들의 심리에 잘 부응하여 대단한 인기를 누린 소설이다. 이보가는 누차 과거에 실패하여 상해에서 신문을 발행하며 지냈는데, ≪관장현형기≫는 당시 ≪해상번화보(海上繁華報)≫라는 신문에 연재된 것으로, 작가는 원래 10편, 120회를 계획하였지만 중간에 병사하는 바람에 5편, 60회로 매듭을 짓게 되었다.

※ ≪해상화열전(海上花列傳)≫

≪해상화열전≫은 청말의 장편소설로 작자는 한방경(韓邦慶)이다. 서명 '해상'은 상해를 뜻하고, '화'는 기녀를 뜻한다. 따라서 이 소설은 상해의 여러 기녀들에 관한 이야기이다. ≪해상화열전≫은 상해 환락 사회의 백태를 수많은 등장인물들을 통해 핍진하게 잘 묘사한 작품으로 정평이 높다. 이 소설은 여러 인물들이 잠시 등장하였다가 사라지는 구조이지만 주요 줄거리를 얘기하자면 조박제(趙樸齊)와 그 가족의 곤궁과 영락(零落)의 일생을 묘사하고 있다. 상해에 와서 직업을 구하던 조박제는 화류계에 빠져

노자를 모두 탕진하고는 인력거를 끌게 되고, 그의 누이 조이보(趙二寶)도 예기(藝妓)로 전락한다. 이를 중심으로 중간에 수많은 남녀 간의 사연들이 삽입되면서 당시 상해 환락가의 내막을 생동적으로 잘 묘사한 것이 이 소설의 특징이다. 장애령(張愛玲)은 이 소설을 ≪성세인연전≫과 함께 대단히 걸출한 사실주의 작품으로 높이 평가한 바가 있다.[259]

❋ ≪얼해화(孽海花)≫

≪얼해화≫는 15권, 30회로 이루어진 청말의 장편소설로 작자는 증박(曾樸, 1872～1935)이다. 소설 속의 주인공 김균(金沟)은 소주(蘇州)에서 기녀 부채운(傅彩雲)을 만나 마음에 들어 아내로 맞이하고 곧 칙령으로 영국으로 파견되었는데, 부부는 유럽 사교계에서 호화스러운 생활을 하게 된다. 귀국한 후에 김균은 부채운의 끼로 인해 골머리 앓다가 오래지 않아 사망하였고, 그녀는 김균의 집을 떠나 홀로 상해에서 기원을 차렸다. 작자 증박은 김균 부부의 사연과 생활상을 기본으로 하여 고급관료와 혁명가들의 생활상을 서술하면서 청말 복잡한 사회현상을 생동적으로 표현해내었다. 소설적 구성과 묘사기교가 뛰어날 뿐 아니라 역사소설과 같은 장대한 기세가 느껴지는 작품이다. 증박은 관계에서 10년 보내고 사직한 후에, 상해에서 '소설림사(小說林社)'를 설립해 출판업을 개업하면서 자신의 책을 출판하기도 하였다.

❋ ≪아녀영웅전(兒女英雄傳)≫

≪아녀영웅전≫은 아름다운 북경어를 사용해 해학적인 재미를 풍기는 독특한 매력을 지닌 소설이다. 작자 문강(文康)은 만주족 출신으로 과거에 낙방한데다 만년에는 불효자로 인해 가문도 쇠락하면서 자신이 이루지 못한 꿈을 이 소설에 기탁하였다. ≪아녀영웅전≫이 완성된 시기는 청 도광 연간인데, 내용은 부친의 위난을 구제하기 위해 사방으로 떠도는 안(安)공자의 이야기를 서술하고 있다. 안공자는 대도적에게 붙잡히지만 다행히도 무술과 재색이 모두 절륜한 십삼매(十三妹)에 의해 구해지고 그때 동시에 구조된 미녀와 약혼을 하고 연이어 십삼매와도 혼인을 한다. 두 아내의 격려와 도움으로

---

259) 張愛玲은 1955年 2月에 胡適에게 보내는 한 통의 편지에서 다음과 같이 말했다.: "≪醒世姻緣≫和 ≪海上花≫一個寫得濃, 一個寫得淡, 但是同樣是最好的寫實的作品。我常常替它們不平, 總覺得它們應當是世界名著……我一直有一個志願, 希望將來能把 ≪海上花≫和 ≪醒世姻緣≫譯成英文。"

인해 결국 그는 두각을 발휘해 과거에도 합격하게 되고 부유하고 행복한 생활을 하게 된다.

이 작품은 ≪홍루몽≫에서 제재를 얻었지만 작자는 과거제도를 옹호하는 등 ≪홍루몽≫의 관점에 대해 비판적 태도를 지니고 있다. 인물묘사에 있어서도 ≪홍루몽≫ 속의 인물들과는 달리 ≪아녀영웅전≫ 속의 인물들은 모두 선량하지만 단순하여 깊은 맛이 없다. ≪홍루몽≫에 비해 진부하고 재자가인 소설의 구태에서 벗어나지 못하고 있다.

❊ ≪노잔유기(老殘遊記)≫

≪노잔유기≫는 청말의 유악(劉鶚, 1857~1907)이 지은 작품으로 주인공 노잔(老殘)의 견문록 형식의 소설이다. 이 소설은 우국애민의 관리가 마땅히 해야 할 행동을 말하며 당시 관리들의 폐단을 비판하였지만 작자는 정면으로 공격하기보다는 우회적이고 방관적인 태도로 풍자하고 있다. 유악은 제16장 평에서 말하길, "역대 소설들은 장관(贓官, 즉 탐관)의 패악은 들춰내지만, 청관(淸官, 즉 깨끗한 관리)의 패악을 들춰낸 것은 ≪노잔유기≫가 처음이다."라고 하였다. 왜냐하면 장관은 제 발에 지려 공개적으로 비리를 행하지 못하지만, 청관은 스스로 재물에 욕심이 없다고 여겨 마음대로 일을 처리하기에 나라와 백성에 끼치는 패악은 오히려 더 크기 때문이다. 작자는 이런 관점에서 작품을 통해 여러 관리들을 예시하고 있다. 작가 유악은 갑골문 연구의 선구자로도 알려져 있다.

2) 명청희곡의 풍류

중국의 희곡예술은 명청대에 이르면 성숙단계인 원대(元代)보다도 더욱 발전하여 전성기를 맞이한다. 특히 명대의 중국 희곡(전기라고 칭함)은 원대의 잡극에 비해 진일보 발전하여 중국희곡사의 중요한 한 장(章)을 차지하였다. 명대의 희곡은 원대의 잡극이 주로 창(唱, 노래)에 의지하여 인물의 감정이나 사상 등에 치중하여 등장인물들의 대화나 동작묘사 등을 등한시한 것과는 달리 노래를 중시하면서도 등장인물들의 대사나 동작의 묘사에도 세심한 신경을 씀으로써 인물들의 심리나 감정을 잘 표현하였는데, 이는 소설이 발달한 당시 시대적 배경과도 관계가 있다. 명대의 가장 탁월한 희곡작가일 뿐 아니라 명청 시대를 통틀어 가장 훌륭한 희곡문학 작가는 바로 탕현조였다.

(1) 탕현조의 ≪모란정(牡丹亭)≫

강서성(江西省) 임천(臨川)에서 태어난 탕현조는
명 중엽 이후의 진보적 사상가이기도 하다. 전술한
바와 같이 탕현조의 철학사상의 바탕은 태주학파의
창시인인 왕간(王艮)의 제자 나여방(羅汝芳)의 사상
을 이었으며, 그는 이 학파의 이지도 매우 존경하였
다. 따라서 탕현조는 만명 인성해방운동 물결의 선
구자인 이지와 풍몽룡, 그리고 장대나 공안파 형제
등의 만명문인들과 같은 문학적 성향을 지닌 자라
고 할 수 있다. 그리고 탕현조는 당시 어지러운 세
상에 분개하여 황제에게 상소도 올린 적이 있고, 나

〈그림 78〉 탕현조

중에는 중년의 나이에 결국 관직을 버리고 은거하면서 문학에만 전념한 점은 마치
1000년 전 동진의 도연명과도 흡사하다. 그의 대표작은 희곡작품으로, 이른바 '임천사
몽(臨川四夢, ≪牡丹亭≫·≪紫釵記≫·≪南柯記≫·≪邯鄲記≫)'으로 유명한 작품들인
데, 그중 <모란정>은 작자의 대표작일 뿐 아니라 중국희곡사에서도 가장 유명한 작품
중의 하나이다. 그 대략적인 내용은 다음과 같다.

> 강서성 남안부(南安府)의 태수 두보(杜寶)의 딸 두려낭(杜麗娘)은 어느 화창한 봄날 꽃밭
> 을 거닐다가 화원 내의 모란정 옆에서 잠깐 잠이 들었다. 그때 그녀는 꿈을 꾸었는데, 꿈
> 속에서 이상형인 멋진 선비 유몽매(柳夢梅)를 만나 둘은 매우 좋아하는 사이가 된다. 그
> 로부터 그녀는 그를 생각하며 상사병을 앓는데, 그녀는 그 와중(臥中)에도 유몽매에게
> 보일 자신의 초상화를 그려 남기고는 바로 병사한다. 두씨 집안 사람들은 유언에 따라
> 그녀를 뒷동산 매화나무 아래에 묻고, 또 '매화관(梅花觀)'이란 집을 지어 그 영구를 보
> 관하였다. 그 후 얼마 되지 않아 외지에서 온 유몽매가 매화관의 빈 방에 투숙하는데, 후
> 원의 정원을 거닐다가 두려낭이 생전에 그린 초상화를 주워 그녀의 얼굴을 자세히 보다
> 가 그 모습에 불현듯 정을 느껴 그날 밤 꿈까지 꾼다. 꿈속에서 두려낭은 그에게 어떻게
> 하면 자신이 부활하는지를 가르쳐주었고, 두 사람은 결국 상봉하여 크게 기뻐한다. 그녀
> 의 부친은 그들의 결합을 반대했지만 두려낭의 끈질긴 고집과 유몽매의 과거급제로 황
> 제가 중매를 섬으로써 결국 결혼을 승낙한다.

꿈으로 인해 정을 품고 그 정 때문에 죽은 두려낭의 순진하고도 강렬한 정은 당시
예교에 구속되어 답답한 삶을 살아가던 수많은 젊은 남녀들의 마음을 대표한 것이었다.

죽음을 불사한 그녀의 열정은 당시 계몽의식에 눈을 뜨기 시작했던 청춘남녀들의 자유연애에 대한 욕구와 자신의 이상추구에 대한 강한 의지를 북돋는데 크게 한몫을 하였다. 전하는 말에 의하면, 당시 유강(類江, 지금의 강소성 太倉)에 유이낭(俞二娘)이라는 예쁘고 문재 있는 젊은 여자가 있었는데, 그녀는 ≪모란정≫을 너무나 좋아하여 매일 그 대본을 반복해서 암송하며 음미할 뿐 아니라 깨알 같은 작은 글씨로 촘촘하게 주(注)까지 달아가며 감상했다고 한다. 그러나 그녀는 그 애절한 사연에 너무도 감명을 받아 결국 애간장이 타서 17세의 젊은 나이에 죽었다고 한다. 또 명말 항주(杭州)의 희곡배우 상소령(商小玲)은 ≪모란정≫을 가장 잘 연기하였다고 하는데, 그녀는 일찍이 미남 선비와 사랑하였다가 헤어진 이후로 우울증을 얻었는데, ≪모란정≫ 중의 <심몽(尋夢)>·<요상(鬧殤)> 등의 대목을 연기할 때 마치 자신이 당사자인 양 심취되어 언제나 눈물을 한없이 뿌렸다고 한다. 그러던 어느 날, <심몽> 부분을 연기하면서 자신의 가련한 운명을 연상해서인지 비 오듯 눈물을 흘리며 연기하다가 그 자리에 쓰러져 죽었다고 하니, 이 작품이 그 당시 젊은 사람들의 가슴을 얼마나 울렸는지 가히 짐작이 간다.

≪모란정≫은 청대의 희곡작가 홍승(洪昇)의 ≪장생전(長生殿)≫에도 지대한 영향을 끼쳤을 뿐 아니라, ≪홍루몽≫에서도 ≪서상기≫와 함께 임대옥의 마음을 울린 희곡작품으로 등장했으니, 이 작품의 영향력이 대단히 컸음을 알 수 있다. 작품 서문에 해당하는 작자의 '제사(題詞)'를 보면 다음과 같은 '정'에 대한 작자의 관점이 나오는데, 이 작품이 왜 당시 사람들을 그렇게도 매료시켰는지를 알게 해주는 부분이다.

천하의 여자들 정이 있다지만 어찌 두려낭만한 자가 있겠는가! 그 사람(즉 유몽매)을 꿈에서 보고는 병이 생기고, 병이 위독한 가운데도 자신의 초상을 그려 세상에 남긴 후에 죽었도다. 죽은 지 3년 후에는 꿈속의 사람을 위해 다시 부활하였으니, 두려낭과 같은 여자야말로 바로 정이 있는 사람이라 할 수 있다. 정은 어디에서 비롯되는지 한 번 찾아오면 그 깊이를 헤아릴 수 없고, 살아있는 자는 그 때문에 죽기도 하며 죽은 사람도 살릴 수 있다. 살아 있을 때 함께 죽을 수 없고 죽어서는 다시 태어날 수 없다면, 이 모두는 지극한 정이라고 할 수 없다.
(天下女子有情, 寧有如杜麗娘者乎! 夢其人卽病, 病卽彌連, 至手畵形容, 傳於世而後死. 死三年矣, 復能溟莫中求得其所夢者而生. 如麗娘者, 乃可謂之有情人耳. 情不知所起, 一往而深. 生者可以死, 死可以生. 生而不可與死, 死而不可復生者, 皆非情之至也.)

여기서 작자는 사람의 지극한 정(至情)은 생사를 초월하고, 시간과 공간도 넘나드는 위대한 힘을 발휘한다고 가정하였는데, 두려낭이란 이 소설의 여주인공이 사람들의 마음을 그렇게 사로잡은 것도 바로 생사는 물론 봉건예교의 속박에도 벗어난 지정(至情)이 있었기 때문이었다.

(2) 청대의 '남홍북공(南洪北孔)'

청대 희곡의 문단에는 '남홍북공'이란 말이 있었다. 그것은 남방의 홍승(洪昇)과 북방의 공상임(孔尙任)을 말하는 것으로 당시 그들은 각각 ≪장생전(長生殿)≫과 ≪도화선(桃花扇)≫이란 대표작을 지어 이름을 날렸다.

≪장생전≫의 내용은 백거이(白居易)의 시 <장한가(長恨歌)>와 백박(白樸)이 지은 원대의 잡극 ≪오동우(梧桐雨)≫의 전통을 이어받은 것으로 주로 양귀비와 당 현종의 숭고한 애정을 낭만적으로 노래한 것이다. ≪도화선≫의 내용은 후방역(侯方域)이라고 하는 당시의 지식인과 곧은 절개를 지닌 진회(秦淮)의 명기(名妓) 이향군(李香君)의 비극적 애정고사를 바탕으로 하면서 명말청초 당시의 부패하고 혼란한 사회현실과 통치계급내부의 알력과 투쟁을 진지하게 그려낸 작품이다. 특히 공자의 64대 후손으로 청대 강희 연간의 인물인 공상임의 역사극(歷史劇) ≪도화선≫은 ≪장생전≫에 비해 더욱 돋보이는 작품이다. 공상임은 비록 강희 황제의 신임을 얻어 청 황실에서 벼슬을 맡았지만 이 작품을 통해 명말청초 사람들이 갖고 있던 명에 대한 한(恨)과 청에 복종하던 간신(奸臣)들에 대한 풍자를 작품 속에 반영하였다. 당시 고증학적 분위기의 영향으로 그는 실재 사실(史實)을 작품의 배경으로 삼았지만, 그러면서도 작품의 예술성을 그대로 살린 점은 칭송할 점이다. ≪도화선≫의 줄거리는 다음과 같다.

> 명 시종(思宗) 숭정(崇禎) 말년 '명말사공자(明末四公子)' 중의 한 사람 후방역이 남경에서 과거에 참가하였다가 떨어지고 형수(滎愁) 호반(湖畔)에 잠시 기거하다가 양룡우(楊龍友)의 소개로 이향군이라는 기녀를 알게 된다. 두 사람은 정이 깊어져 약혼을 하게 되는데 후방역은 시를 적은 부채를 그녀에게 정표로 선사하게 된다. 한편 당시 남경에 은거하던 위충현(魏忠賢)의 여당인 완대성(阮大鋮)은 복사(復社)의 문인들이 배척하는 자였는데, 후방역이 궁핍한 것을 알고 후한 혼수를 마련해 그의 의형제인 양룡우를 통해 그에게 선사하며 그를 포섭하려고 하였다. 그 의도는 복사의 문인들을 구슬리고자 함이었는데, 이향군은 그 의도를 알고 불쾌감을 보이며 혼수를 물리쳐버렸고, 이로 인해 완대성은 그녀에 대해 원한을 품게 된다.
> 이자성(李自成)이 북경을 점령하자 마사영(馬士英)과 완대성은 남경에서 복왕(福王)을 옹립하여 등극시키고 홍광(弘光)이란 연호를 사용하며 정권을 농락하고 동림(東林)과 복사

의 사인들을 배격하였다. 이에 당시 무창(武昌)을 지키던 영남후(寧南侯) 좌량옥(左良玉)은 군왕 주변의 간신들을 제거한다는 이름으로 남경에 군대를 파견하려고 하자 홍광의 작은 조정은 공포에 질리게 되었다. 그런데 좌량옥은 옛날 후방역 부친의 도움을 받은 적이 있어 후방역은 편지를 적어 이를 말렸는데 도리어 완대성에게 모함을 받아 반군과 내통한다고 몰리게 된다. 후방역은 그 해를 피하기 위해 홀로 양주(揚州)로 도피하여 독사(督師) 사가법(史可法)에게 의탁하고 군무를 맡아주었다.

한편 완대성 무리들은 이향군을 억지로 조무(漕撫) 전앙(田仰)에게 시집가게 하자 그녀는 죽을 결심으로 항거하는데, 그때 상처로 머리에서 흐른 피는 후방역이 선사한 부채에 혈흔으로 남게 된다. 나중에 양룡우는 선면(扇面)에 남은 혈흔에 붓을 가해 도화도(桃花圖)를 완성하게 되면서 도화선(桃花扇)이 된 것이다. 완대성은 마사영을 초청해 상심정(賞心亭)에서 눈을 구경하면서 기녀를 고르다가 이향군에게 크게 욕을 듣게 되지만 그녀는 여전히 궁중으로 뽑혀가 극을 가르치게 된다. 이향군은 소곤생(蘇昆生)에게 부탁해 도화선을 후방역에게 전해주려고 하지만 후방역은 남경으로 그녀를 보러 오다가 완대성에게 붙잡혀 옥에 갇힌다. 청군이 강을 건너자 홍광의 군신들은 도망을 가고, 후방역은 감옥에서 나와 서하산(棲霞山)으로 피난을 가는데, 백운암(白雲庵)에서 이향군과 상봉하게 된다. 그러나 두 사람은 장도사(張道士)의 설교를 듣고 모두 출가하게 된다.

〈그림 79〉 공상임

이 작품이 세상에 드러난 후 공상임은 당시 정권의 불만을 사 관직에서 파직당해 그의 고향 곡부(曲阜)에서 조용히 여생을 보내게 된다. 그것은 이 작품 결미에서도 그러하듯 명 왕조의 몰락에 대한 슬픔과 한을 드러내었기 때문일 것으로 사료된다. 그러나 이 작품의 보다 깊은 주제는 단순한 명조(明朝) 유민(遺民)의 망국(亡國)에 대한 아픔만 말하고자 함이 아니라 역사가 나아가는 필연적인 거대한 힘에 어쩔 수 없이 끌려가는 인간 개인의 비극적 운명을 그려내고 있음에 있다고 할 수 있다. 작가 공상임은 이 작품을 통해 어느 한 개인의 잘잘못을 따지려는 것이 아니라 우주와 역사의 흐름에 맞서 대항하기 힘든 인간의 묘소하고 숙명적이며 비극적인 운명을 말하고자 하였다. 이런 점에서 《도화선》은 《홍루몽》과 같이 철저한 비극 작품이라고 할 수 있다.

중국에서 도화(桃花)는 그 화려함으로 인해 여성의 요염한 아름다움을 상징하기도 하지만 봉건시대 부녀자들의 박명(薄命)을 상징하기도 한다. 《도화선》 속 청루의 미인 이향군은 당시의 권세가들의 강압적인 요구에 피로써 대항하는데, 그때 그녀가 흘린 피는 후방역이 준 부채를 물들게 되고, 그 위에 교묘히 도화 꽃이 그려지는데, 이는 바로 이향군의 비극적인 애정을 상징하고 있다. 이 작품은 어려운 현실 속에서 갈팡질팡 고민하던 당시의 보편적 지식인 남성의 이미지를 대변하는 후방역과, 그와는 대조적으로 미모는 물론 총명함과 용기, 그리고 지조까지 남성을 능가하는, 고귀하고 아름다운 품성의 중국고대여성의 전형적 모습을 지닌 이향군을 잘 부각시켰다. 그러나 그녀는 결국 망국의 한을 안은 채 연인과 결별하여 산속에서 홀로 은거하는 장렬하고 비극적인 운명의 여자 주인공이 되고 만다.

\<색인\>

최병규

현) 안동대학교 중어중문학과 교수
한국외국어대학교 중국어과 졸업
대만 국립사범대학교 석박사 졸업

다시 쓰는
중국풍류문학사

초판인쇄 2018년 9월 28일
초판발행 2018년 9월 28일

지은이 최병규
펴낸이 채종준
펴낸곳 한국학술정보㈜
주소 경기도 파주시 회동길 230(문발동)
전화 031) 908-3181(대표)
팩스 031) 908-3189
홈페이지 http://ebook.kstudy.com
전자우편 출판사업부 publish@kstudy.com
등록 제일산-115호(2000. 6. 19)

ISBN 978-89-268-8569-7 93820